零《ゼロ》の進軍

大陸打通作戦　湖南進軍　㊤

死闘1400km　一兵卒の壮絶な大記録

吉岡　義一／著

「新老人の会」熊本支部

まえがきに寄せて

「新老人の会」熊本支部世話人代表　小山　和作

「生々しい一兵卒の戦場日記」――これ以上の真実があるだろうか！

今年二〇一五年は太平洋戦争が終結して七〇年目に当たる。この戦争に従軍した者はすでに九〇歳を越える。当時、子供だった世代で自ら戦争を体験し、その記憶がある者も、少なくとも既に後期高齢者である。戦争の記憶を後世に伝えるにはもう今しかないと我々「新老人の会」熊本支部の会員が等しく感じ、焦る思いに駆られていた。そこで我々は毎月一回公開講座として「戦争を語り継ぐ会」（平成二七年一月で六〇回を超える）を開き、代わる代わる自分の体験談を話してきた。それをまとめて、すでに二冊の記録集『語り継ぐ戦争の記憶』Ⅰ・Ⅱを出した。地元の「熊本日日新聞」紙面にも登場し、その熊日が主催するセミナーにも参加して、大いに語った。

そういう時のこと、ある日、会員の一人が「私の友人で自分の戦争体験を書いている者がいるので見て欲しい」といわれた。その一部に目を通して驚いた。それは、あまりに生々しいリアルな内容で、間違いなく真実の体験であることが紙面から迫ってきた。

それにこれまでいくつもの戦記物があるが、一兵卒の従軍日記でこれほどの克明な記録はあっただろうか。説得力ある文章、添えて描かれた挿絵が臨場感をそそる。

これはこの侭にしておくのは惜しい。いや、このことを知ったからには我々は責任がある。ぜひ製本して全国の人々に読んでもらいたいと思う気持ちが募ってきた。徳永武久副代表をチーフにして内容を整理すること、皆で手分けしてパソコンに打ち直そうと意見が一致した。しかし、原稿用紙約一六〇〇枚、ほぼ六四万字に及ぶ大作で、そのうえ古い用語や漢字が随所に見られ、応援してくれた熊本大学の学生さん達にも苦労をかけた。

会員の知り合いの紹介で出版社もどうにか決まり、一番肝心な資金の問題に頭を抱えていたとき、どこで聞き伝えたか「一市民」という匿名で寄付が送られてきた。あとは借金でいこう、本ができたらみんなに買ってもらおう、明るい先が見えてきた。

最後に、こだわりがあったのは題名である。最初、著者のタイトルは「大陸打通作戦・湖南進軍：一兵卒の従軍記」だった。これではインパクトが薄いということになり、編集委員が寄って議論する中で、いくつかの案が出された。そして、最終的に『零《ゼロ》の進軍―死闘1400km　一兵卒の壮絶な大記録―』となり、著者・吉岡氏も了承して決定した。

その題の意味するところはこうである。零《ゼロ》とは、・まずこの作戦には補給が零だった。・そして兵士の頭の中も零だった。今どこにいるのか、どこに向かうのか兵士たちには知らされていなかった。・兵士の人格も零だった。自分の意思での行動は許されなかった。命令に従うだけ。・さらに兵士の命も零だった。戦闘の中でおびただしい命が消えていった。いわば零ずくめの悲壮な行軍だったのである。

我々「新老人の会」は、1．愛すること、2．創《はじ》めること、3．耐えることの3つのスローガンを掲げ、「次の世代の子供たちにいのちと平和の大切さを伝えること」をひとつの使命と考えて日野原重明会長のもとに集まった仲間である。この「新老人精神」からしても、この大記録を後世に残す責任と使命があると言わざるを得ない。どうか全国の「新老人の会」の会員諸氏はもとより、全国民なかでも戦争を知らない世代の多くの皆さんに広く読んでいただきたい。そしてこの地球上から戦争を根絶したいと願って、まえがきとする。

序文

「目先のことや自分のことだけにあくせくしてはいけない。人間には社会的な責任というものがある。一生、家庭の中だけにとじこもっているわけにはいかない」

この言葉は、私の生活にこの上もない力強さと自信を得ただろうか。「湖南進軍」の実戦記の筆が、伸びたり、縮んだりになっていたが、一九四六年六月復員後、一五年を過ぎた今日、夜の疲れを忘れてペンを走らせた。一兵士として、大陸打通作戦に参加した私の、実戦の真相を愚かながらも記さねばならないような責任を覚えたからである。なぜなら中国人民の兄弟愛に答えなければならない責任を考えたからだった。

日本軍国主義の侵略戦争にかり出された兵隊は、湖南進軍の戦いの中に、どんなに考え、どんなに行動し、中国民衆にどのように接したか、これらの事実を記し得た喜びと勇気は、中国人民の兄弟愛に幾分なりとも答えるものであると同時に、世界平和にも自分の力をふるい起すことができるものと信じるものである。

一九六一年四月二十五日

吉岡　義一

零《ゼロ》の進軍

大陸打通作戦　湖南進軍

死闘１４００km　一兵卒の壮絶な大記録

（上）

零《ゼロ》の進軍（上）／目次

まえがきに寄せて　「新老人の会」熊本支部世話人代表　小山　和作　I

序　文……3

一、行動開始……9

二、出　陣……43
沙布から白螺礒へ／長江渡河の出陣式／岳陽を経て新市へ前進／Ｐ51の機銃掃射を受く／一日一〇里の強行軍

三、長沙総攻撃……75
劉陽河の渡河／長沙外廓雨花亭へ前進／凄家庄附近の夜襲／長沙市街戦

四、岳麓山の警備討伐……113
山下分隊長の火葬／栄湾市の警備と捕虜護送／牛型山の分哨と長沙市内米空軍の爆撃／討伐

五、衡陽総攻撃……………165
夜行軍でのクーリー虐殺／武田同年兵戦死す／七里山の警備戦闘
六、追撃戦……………217
沙灘橋の敵前渡河突撃／石期站へ敵前渡河
七、省界山脈を越ゆ……………247
㈠山越えの行軍／㈡全県・興安の攻撃／㈢松江口の山岳戦と反転作戦
八、松江口の山岳戦と反転作戦　一〇月一五日の日記から一〇月二三日の日記……………292

凡例

一、今日的視点では不適切な表現もあるが、歴史的文書としてあえてそのままとした。
一、人権上、表記がふさわしくない人名は、一部を仮名とした。

一、行動開始

中国大陸の一点、湖北省脈旺嘴警備隊で初年兵教育をうけて三ヵ月が過ぎる頃、不思議なことに大自然の感慨におそわれたようだ。

悠大な漢水の流れを兵舎の南側から見下ろすと、さざ波は夕日に映えて赤く輝き、東へ向かって流れ、流れ去って雄大な揚子江のきらめく流水にすいこまれて悠然と時を刻んで流れ去るのだ。

〝人生は逝く水の如し〟—一時の一人だけの思いがよぎると、漢水のはるか西方の地平線に近まった真っ赤な太陽の輝きが兵舎のガラス窓越しに兵隊の顔に反射している。

夕食後のほんの一時《ひととき》の時間である。今日も一日のおわりであると自分自身がはっきり大地にふれてひとしお、その思いが実感となってくる。

こうした華中平原での地平線をいつも見ていると、自分との隔たりを心の中で測っている。その地平線の向こうは宇宙だろうなんて想像するときもある。

そして自分が安心して直立の姿勢を保っていられるのも、地平線のはずれにあるんだなあと気付く。そうした一瞬の時は初年兵にとっては一番幸せな時であった。

この広漠たる平原こそ「三国志演義」にある荊州地区である。私は学生時代に漢文の時間にこの三国志の物語を聴く時間が一番楽しかった。

湖北省の揚子江沿岸に、こうした果てしなく続く野辺に、魏の「曹操」、呉の「孫権」、蜀の「劉備」、このような颯爽たる英雄もさることながら、一番興味を持ち引かれたのは、諸葛孔明であった。歴史物語では初めての出合いが劉備四七歳、孔明二七歳。劉備は孔明の草庵を訪れること三度。つまり〝三顧の礼〟である。劉備は息子のような年下の孔明を先生と崇め、君臣水魚の交わりとした。ただし孔明は決してのぼせず、常に謙虚であり、信義に厚く「天下三分の計」を劉備に授けた。私はこの「天下三分の計」の李白の詩は特に好きだった。それは、中国歴史の中であまりにも遠い昔のこととは思えない気がしている。

今、この荊州が日本と中国の戦場になっているからだろうか。

大隊本部の所在地・峯口に初年兵全員が行軍した日など、苦しい中にも諸葛孔明の軍が魏の曹操の軍との戦の歴史の足跡を行軍しているように思えた時もあった。

揚子江の赤壁の戦で曹操の大軍を大敗させたのは、

どのあたりであろうか。

それからはかり知れないほどの時が流れたであろうが、山河は昔に変わらぬが、人事は変ぜぬものとてなく、英雄皇帝の旧跡はすべて荒涼たるなかに埋没して煙霧に包まれているだろう。クリークのよどむ水にうつる柳の野辺には果てしなく続く色の行列をくり広げて地平線に続いている。

ただし現実は、この荊州の一地点・脈旺嘴は、我が中隊の戦闘行動開始の命下りて、歴史の想いも抹殺されてしまっていた。

一九四四年四月二五日、朝といってもまだ午前三時、朝靄が一面に広がり、鶏鳴が荊州地区の平野一面に聞こえてくるのは、実にすがすがしい大陸ならではの黎明である。

だがそのような自然の様は脈旺嘴警備隊の庭ではふっ飛んで、糧秣支給・弾薬支給・被服と次から次と集まってくる物を兵隊は自分の身体に皆、くくり着けなければならない。もう今日で三日間も完全軍装に追われ、最後にたばこ、菓子などが支給され、その背嚢を背負って立つと、私と同じ体重ほど（五〇キロ）の装具着装をしているので、最初は身動きがとれない。

三ヵ月間、自分の体を休ませてくれたガラス窓の下の寝台に別れを惜しむかのようにもたれかかっている。

警備隊の門にはすでに申し送りを受ける大阪地方の部隊が到着して、中国人苦力《クーリー》も入り混じって騒々しくなってきた。

その時「整列！」……兵舎の外から兵隊にたたきつける声が響くと同時に、初年兵は背嚢をもたせた寝台からガバッと立ち、ガチャガチャ音を立てながら走り出た。古兵たちの家からも完全軍装の古兵たちが走り集まると、

「第一小隊！　整列！」

「第二小隊！　整列！」

「第三小隊！　整列！」

各小隊ごとに警備隊の庭は今までにない兵隊の群が動く。各小隊は各分隊ごとに、まず点呼が始められた。

初年兵にはそれぞれ所属する小隊と分隊が命令されて整列している。

第一中隊の中には、私たち初年兵の一期の検閲を終えたばかりの二等兵が三二名いるが、第二小隊第四分隊には私の他に内田・宮下という初年兵と、計三名、各々の顔を見合わせて約五〇キロ余の装具で立ちすくんでいると、

「初年兵は元気を出せ！」

と小川四年兵が早や第一声の古兵の存在を示す。

古参兵はさすがに完全武装には慣れている様子である。

私は自分の体が地べたに足からのめり込む重みを感じながら立っている。

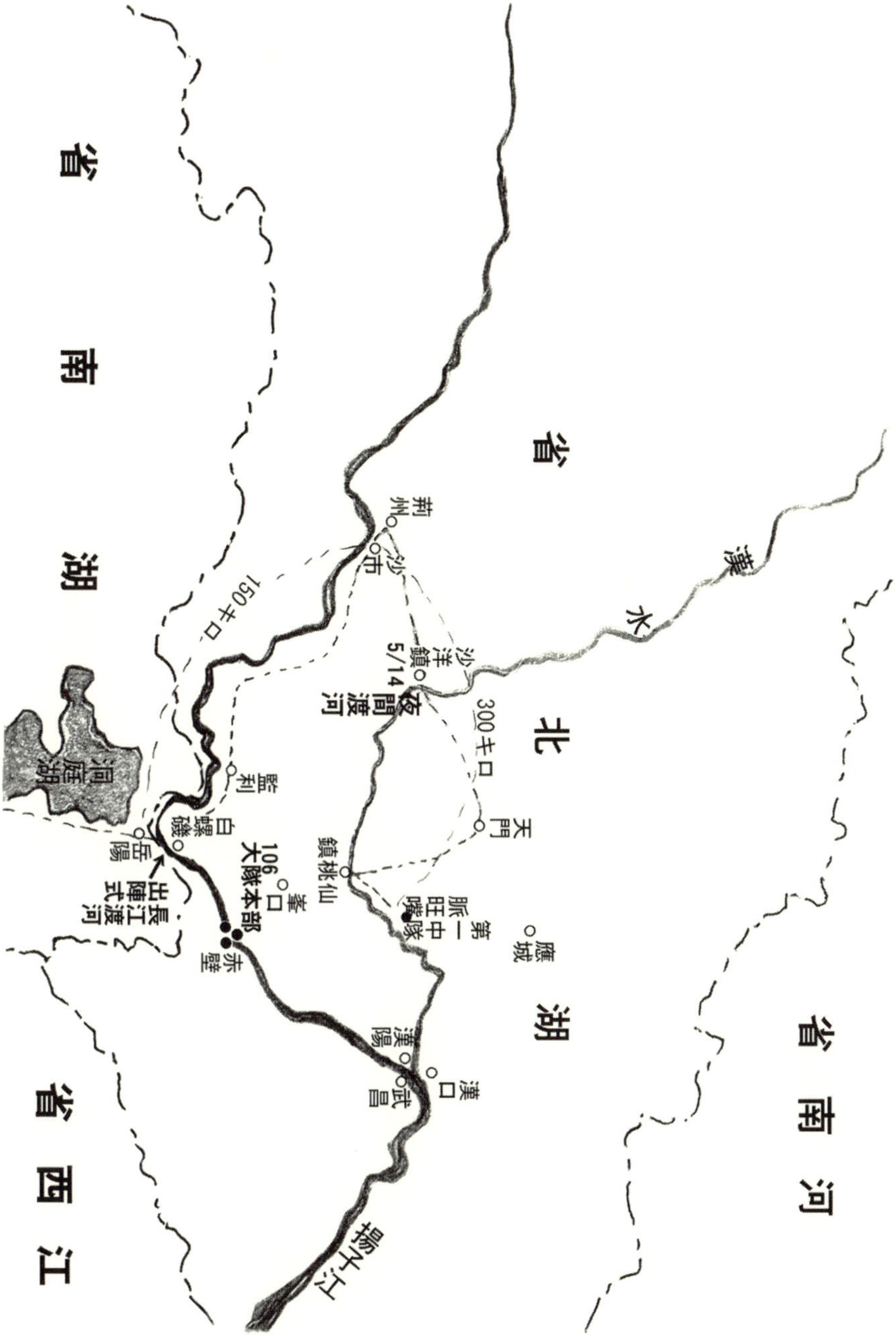
湖南省
湖北省
河南省
江西省
洞庭湖
漢水
揚子江
荊州
沙市
沙洋鎮
5/14
夜間渡河
300キロ
150キロ
天門
監利
白螺磯
岳陽
出陣式
長江渡河
106
大隊本部
峯口
仙桃鎮
第一中隊
脈旺嘴
應城
漢陽
漢口
武昌
赤壁

腰の帯革には左に銃剣、右に手榴弾二発、前には擲《てき》弾筒《だんとう》の榴弾（長さ二二・三センチ）八発、後ろの腰に小銃弾六〇発（後弾入）、背嚢《はいのう》には米三升・上下襦袢《じゅばん》・防暑衣・天幕・発煙筒・小銃弾六〇発をその上に押し込み、外側に小円匙《えんぴ》（スコップ）・飯盒・鉄帽・防暑帽がくくりつけられ、雑嚢の中には岩塩・白砂糖・粉醤油・缶詰二個・日用品に石鹸・たばこをつめたその負紐の上から水筒の負紐を重ねて左から右へ、防毒面の負紐を右から左へがんじがらめの態。動かすには三八式歩兵銃で支えるようにして不動の姿勢を保っていなければならないのだ。

「行動開始！」

これから何時《いつ》、何処《どこ》で戦争が開始され、人間の命がなくなるかわからないが今はただ、不動の姿勢で立つことだけに集中して気持ちを引き立てている。

灰瀬中隊長の姿が身軽そうに先頭小隊の前に近づいた。各小隊ごとに分隊長が「異常なし」の報告である。

原第一小隊長は軍刀を抜き、

「中隊長殿に敬礼！　頭　右ッ！」

「なおれ！　第一小隊原中尉以下〇〇名、出発準備終わりました」

小隊長の声は一人ひとりの初年兵の身動きできない体を一瞬はりつめた。

次は木原第二小隊長の

「中隊長殿に敬礼！　頭　右ッ！」

すでにあたり一面、日の出前の早朝の明るさが広がってきた。警備隊の外まわりの柳が芽を出し、何か別れを告げているように見える。

軍隊の組織、それは全く自由を認めない。名前も個性も無視されて自立性を容認しないのだから、兵隊の心には柳の若葉のような小さな自然が心に止まることが多くなってくる。

三小隊まで点呼を終えた灰瀬中隊長は落ち着いた言葉で、

「ただ今より中隊は作戦のため行動を開始する。寒い所ではなく、たぶん暑い所で戦闘が始まる。全員よく命令を厳守して間違いのないようにせよ。戦闘が開始されたら今までの訓練を充分に生かし、戦闘にあたること……」

「行動開始」の四文字が頭に残り、がんじがらめの体を張りつめさせていた。

警備隊の門の近くには、中国人の中年以上に見える男ばかりのクーリーを集めた本田曹長の指揮により、準備された中隊の食糧のうち中隊で持てない分をまるい籠にいっぱい荷造りされ、前後に担うようにクーリーたちの前に担い棒とともにおかれてある。

支那派遣軍は、「軍需用物資は現地補給せよ」との命令により、中国大陸の農民の田畑の穀類など、私たち兵隊の生きて戦う原動力となっている。

クーリーたちには、その妻や親兄弟であろう、別れを不安そうに、また行き先もわからず、本田曹長に泣

き顔で「シイサン、シイサン」と何か懇願している様子が見えるが、本田曹長は「うるさい」といった顔をして、心配そうに懇願している中国人の夫人や老人には見向きもしないでしゃがれ声の中国語でどなり散らしている。

そんな哀れさに誘われそうになった自分が、それ以上の体の重みに苦しく、忘れて出発を待った。

「前進！」

灰瀬中尉のさびた声が聞こえた。

「第一小隊前進！」

原小隊長を先頭に第二小隊の前を行軍がはじまる。重い編上靴の音だけが頭の心にくっついてくる。

「第二小隊前進！」……そして第三小隊と続く……。

行軍序列は建制順に中隊指揮班、第一、第二、第三小隊と一列に脈旺嘴警備隊の西門を離れてゆく。

五ヵ月前、内地を去って住みついた大陸の一地点脈旺嘴に一〇〇日余の初年兵教育期間中にふれ合った自然が私の心の奥に温かく感じていたが、行軍を始めた私には、ふり返る体の余裕もなかった。

漢水の流れに沿って一路西へ前進すると、実弾射撃で身をひそめたであろう道の下の民家や、栄養豊かな野菜が見納めのように感じてくる。

全身汗びっしょりになると、それからの行軍は前の高木一等兵の背嚢だけが見えて、目をそらす気もせず、肩の肉にくいこんでくる背嚢の紐を少しでもゆすぶり動かし、小銃をひっきりなしに左右の肩にかえた。

古参兵だけが後ろの方で、

「こんどの作戦は暑い所だからバナナもあるぞ」

「俺はヤシの実を食ってみたい」

「俺はバナナを食ってやるぞ」

などと、行く先が楽しみになるような話題を聞くと、私はまともな話ではない古兵の言葉を耳に入れたくもなかった。

それは未だかつて体験もしたことのない重装備で、毎日行軍しなければならない。もし病気で倒れたら一体どうなるか。この大平原のど真ん中でと思いをめぐらすと、漢水の堤防近くの目の見える範囲に点在する民家の群れから一斉に吠える犬の遠吠えの声が妙に心を引きつけている。

花の四月、東の地平線から真っ赤な太陽が登り、大陸の雄大な自然が、故国は「東だ」と教えているように見えている。

頭の中に湧き出るような大粒の汗がストストと頬を伝って流れ落ちてくる。体内にある行軍力は、もうこれ以上ないものかと体を張ってみると、装具の重みで倒れそうになる。

その頃、前方の指揮班から

「休憩一五分！」「休憩一五分！」

その声は感電するように敏感に全身をとおして伝わった。

堤防の斜面になっている右側に、指揮班から第一小隊と、ばたばた兵隊は仰向けに倒れて休憩するのは、将棋倒しという他はない。

私は背嚢の重みで身体が後ろへ引き倒されるように、堤防の地面にガツンと飯盒の音をさせた。するとまだ立っている小川四年兵が、

「吉岡、あまりひどく倒れると飯盒がへこむぞ」

と注意した。

第二小隊第四分隊は擲弾筒班で、先頭が山下分隊長(兵長)、次が谷口上等兵の第一筒手、多武一等兵の第二筒手、小川四年兵の第三筒手の三人がいて、弾薬手が高木一等兵、内田二等兵に私で、それぞれ三人の筒手の後から行軍する外に、宮下二等兵は衛生兵で、立

山三年兵が小隊長の当番兵で、計一〇名である。四分隊のあとには第三小隊が続いている。

小川四年兵は、最古参らしく軍隊の飯だけは人より多く喰ったという、初年兵にやかましい古兵に感じた。私に注意した後、まだ小川古兵は初年兵に自分の威力を示したいらしく、

「おい初年兵は頑張れ、落伍したら気合いいれるぞ」

続いて立山古兵も、

「初年兵！　休憩時間にたばこは吸っておけ」

二人とも立ったままで注意するので、初年兵の内田・宮下・私の三人は、「ハイ」「ハイ」と返事するだけで、たばこを吸う元気も消え失せた様子である。まだ一里あまり行軍しただけで、全身熱湯にはいったように熱く、汗につつまれている。

私は手だけを動かして雑嚢にやっとつっ込み、中国製たばこ「双魚」の一〇本入りを取り出して火をつけた。

朝霧をおびた柳の小さな若葉が生き生きして、上から垂れてのぞいている。

残春から初夏にかけての自然は、瞬間的に恋しさを誘う。それは平和な春が心の底に生き続けているからに違いない。

「出発準備！」「出発準備！」

指揮班からの声は各小隊毎に声がかかる。

「前進！」「前進！」

東から輝く太陽光を背に浴びて、中隊は仙桃鎮へ向った。

漢水の流れはキラキラ輝いている。見渡す限りの華中平野がどこまでも続く中を、汗びっしょりの兵隊の列は足音だけしか聞こえなくなった。

仙桃鎮まで一四キロ、到着したのはすでに正午過ぎであった。

仙桃鎮では五十一旅団司令部が漢水の対岸に行動を開始していた。私たちが到着すると、一〇六大隊本部も到着したらしい。

軍隊の組織では、師団・旅団などの司令部近くが下級組織の中隊にとっては一番いやな存在である。だが、一中隊は漢水の左岸の旅団司令部、大隊本部は右岸で、橋はない河だったので灰瀬中隊長も休んでいるようだった。

中隊は小隊毎に、小隊は分隊毎に、各民家に宿営の準備にとりかかった。

民家の六〇歳がらみの中国農民があわてて左右に開かれた塗土の前でおろおろした態で出たり入ったりして当惑しているところへ、威勢よく先頭分隊は入って行く。まるで中国農民は自分の家ではなく、日本軍のもので、自分の方が家出しなければならないのである。

家の真ん中の広い土間にいきなり背嚢と小銃などを下ろすなり、一息肩の荷が下り、溜息つくと同時に立

山古兵が、

「おいおい、初年兵は分隊長殿の背嚢を下ろしてやらんか。自分ばかり下ろしてケロリとしてる奴があるか」

古兵らとの同居は、四六時中監視されて行動しなければならない。次第に肌にくいこんでくる背嚢を下ろして厚い土壁の根元に置き、弾薬・銃剣のついた帯革を腰から取り背嚢の上に、そして防毒面・雑嚢・水筒を下ろすと、自分の体から約五〇キロの装具がはなれ、体が浮いてくる。

宿営となるとまず第一に飯盒炊餐。民家の広い土間に藁を敷いて寝床も作らねばならない。また、兵器の手入れ、編上靴みがきと分隊長を始め、古参兵の分まで初年兵は手入れせねばならない。

その他に中隊の使役もあり、行軍の疲れを休める時間は見出せない。

私は内田・宮下初年兵とともに分隊の飯盒を集め、漢水の流れに米をとぎに行くと、他の分隊の初年兵も一緒に出会う。

みんな巻脚絆をといた折り目が、気合い抜けしたように歩いている足が「く」の字におれて見える。

第三小隊第一分隊の松本初年兵が、

「おい吉岡、擲弾筒分隊はどうかい。顎《あご》だしたろ」

「ばかいうな、まだ顎だしてたまるか」

私も負けぬ気がでて自分を励ます返事をする（「あごを出す」というのは、行軍中疲れると次第に顔が上向いて、あごの部分が前に出てくることをいう）。

だが行軍は序の口も序の口、まだ始まったばかりで、どこで戦闘が開始されるか、血を流して戦うのだが、その兵隊は実は何も知らないのである。

今は戦争がどんなものかより、体の疲れでまず食うことであった。

そして分隊を離れて自然の無情をながめ、そこによりかかりたい気持ちが湧いてきている。

米を研ぎ終わる頃、中国民家の子供たちが二人、近づいて来た。しなびれた汚れで光る木綿の中国服の上衣とズボンをはいた九歳か一〇歳と思える子供である。私は急に杉合国民学校に就職していた時を思い出した。

四年生の約三〇名の生徒を受け持っていた楽しい日々をふり返ると、戦地の子供たちの哀れさは言葉には現せない。

「おい松本、お前漢口にいたから支那語をちょっと教えてくれ」

「支那語か、何ということか」

「お前何歳か？　とはどういえばよいか」

松本初年兵は自慢そうに、

「ショウハイデチイトサイだ」（日本流中国語）

また、その他にも二～三食べ物についても彼は教えてくれた。

私は行動開始の第一歩に中国語の必要を感じた。

子供たちは日本兵の残飯欲しさに来ていることが動作で判った。

内地の、あの玄界灘で別れを惜しみ、日本領である朝鮮を一路北上する時、あの一二月の吹雪の駅で、汽車が駅に止まる度に子供たちは日本兵の捨てる食糧を拾い集めに走っていった、あの日のことをふりかえる。朝鮮も日本の領土の一部となっているが、この貧困の現実は、内地では乞食は仕事をしない怠け者と聞かされていたが、この大陸では戦争が始まり、子供たちまで乞食しなければならない現実が、私は内地で感じていた乞食というものの考えが今、子供たちの前で打砕かれて、かえって親しみを感じていた。そして私は子供に近づいて始めて外国語で自分から話しかけようとする胸のときめきを感じた。

「ショウハイデチイトサイ」

何度かくりかえした。慣れない支那語での初めての子供との会話はやっと通じたのだった。

「シイ　アル」（十二）

子供は指も出して答えてくれた。一から一〇までの支那語はすでに覚えていたので「一二歳になるか、すると国民学校の五年生なのに……」、私は独りつぶやきながら、子供の肩に手をやりながら次の子供にも話しかけると素直に答える子供たちに対し、中国民族蔑視の教育をうけてきた他民族への排他的考えも一八〇度転換される心の衝動を感じた。大正末期生まれの私は、小学校時代から日本に反抗し、戦争へ巻き込み、日本軍に残虐な行為を続けている支那軍に対し、日本皇軍は止むなく戦争しなければならなかった蘆溝橋事件であると小学校の先生たちも村長もことあれば学校で聞かされたものだった。

子供たちは、言葉の違いはあっても内地の国民学校の四年生の子供らと変わったものはない。ただ、生活が想像以上に貧しいのだ。そして、ここは戦地戦場となっていることをぬきにしては考えられないことばかりである。

初年兵から何一つ貰う食糧もなかった子供たちは消え去って、見送る私は心の中でつぶやいた。

「お前たちに分けてやるものは初年兵の俺には何一つ持ち合わせていない。すべては官品で出来上がった兵隊なのだ。その上、俺の生命さえわからないのだ」

これは行動開始にあたり最初に起きた戦争のなかでの実体であった。

初年兵は漢水での米とぎが心からの憩いの時間となって、それぞれの分隊の部屋へ向って歩いていった。

その夜は、初年兵は不寝番に皆立ち、土間の藁の上から立ち上がり、銃をとって一時間、家の外で満天の星を仰いで過ごした。朝になると点呼が終わり、再び

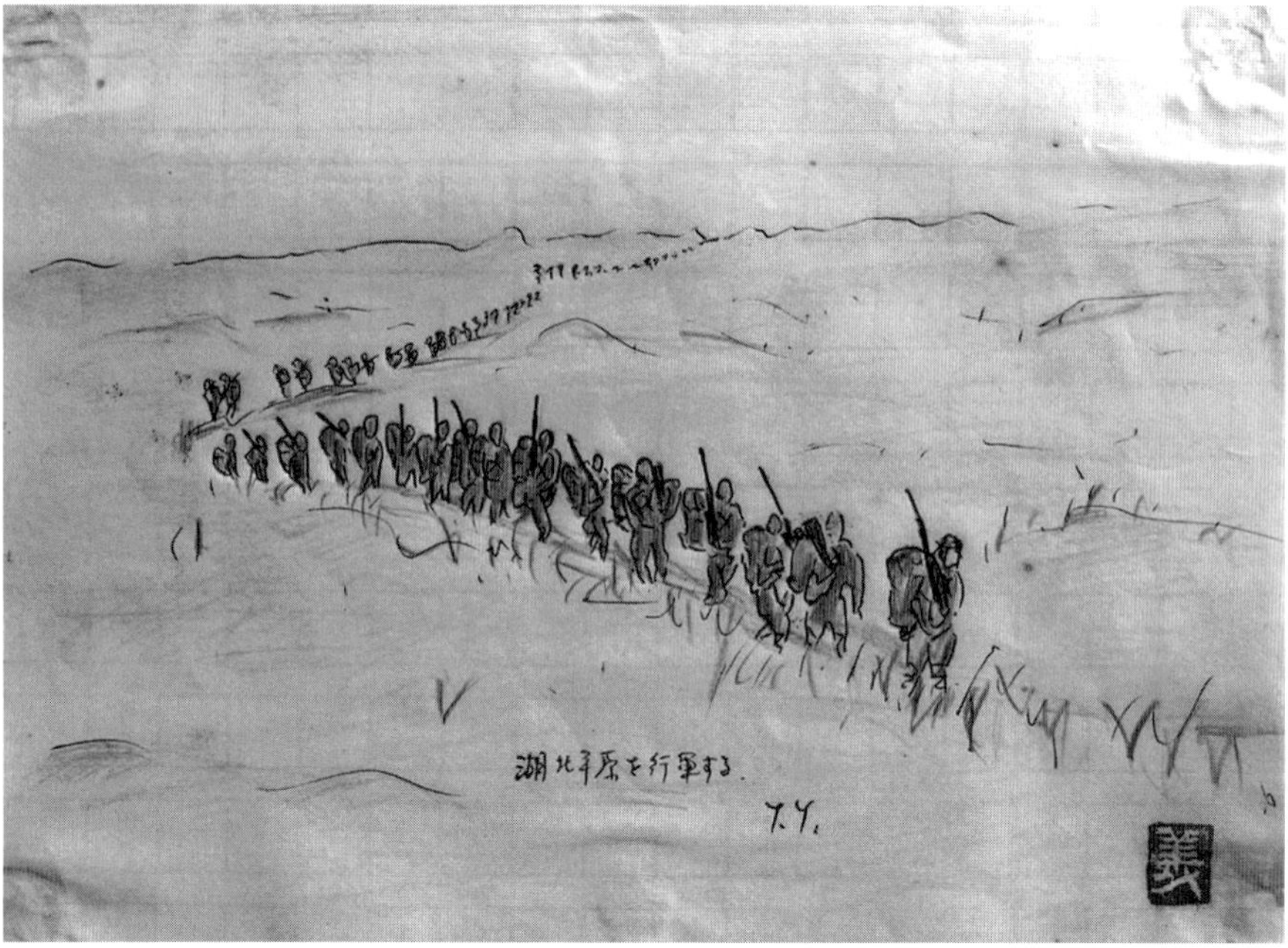

弾薬の支給で、また背嚢の重みが増していった。

仙桃鎮から、明くる日の午前八時頃出発した一〇六大隊長・今堀大佐の馬上姿も現れ、いよいよ命令も迅速になり、一列の行軍が限りなく広がる平原を西下する。

部隊は洋潭を通過し、新堰口から西北へ前進した。毎日、畑の中を横ぎり、道路へ出てはまた道なき平原を行軍する。

昼の一時間の「大休止」の声のみが一日中待ち遠しく感ずる。

行軍は一時間おきに一五分の休憩であったが、毎日連続しての行軍は肩にくい入ってくる背嚢の重さを忘れようと、畑の作物に目を向けると、戦争によって内地の畑に比べて手入れが全くできていない。ただ種を蒔き付けて収穫までそのままに放置されていることがわかる。

もう脈旺嘴を出発して二日目、四月下旬ともなれば、昼間は毎日行軍で軍服は汗びっしょりになった。

付近の菜種畑には、すでに花が散り、実ったさやが枝にいっぱいついて見える。

脈旺嘴で菜種の花盛り、蝶が飛ぶのを想い浮かべると、後戻りしたい気持ちさえ覚える。また、行軍の辛さに「休憩」の命令を時間的に頭の中で計り、逓伝の声を待つ。

一、行動開始

「休憩一五分！」「休憩一五分！」

尖兵中隊から流れてくる逓伝《ていでん》の声とともに、一列の長蛇の兵隊の列は将棋倒しに菜種畑からゴマ畑にかけて仰向けにばたばたと背嚢に引き倒されるように倒れて動かない。

第五十八師団（広部隊）を始め、武漢三鎮一円の日本軍の行動開始によって、中国民家の農民の姿は一人として見あたらず、ただ畑は作物が蒔きつけられたままの限りなく広がる華中平野に犬の声が遠くから聞こえてくるだけである。

倒れて休んでいる自分の顔にそっと手をやると汗の塩分で頬がザラザラする。胸に抱いている三八式歩兵銃の重みを感じては、これが自分の生命を守ってくれるような気持ちが起きた。それは何もない、気を許す人もいない、ただ危険な所に投げ出された、さびしい孤独の人間にされた立場からであろうか。そのような今起きている事実は私だけでなく、人間の生きる権利をもぎとられたみじめさを自分の運命と合わせて心にきざみながら、休憩一五分が過ぎていく。ただ説明としてではなく、存在そのものとしてである。

一日一日行軍に慣れてはきたものの、初年兵は落伍すればひどい目に合わされることを恐れて歯をくいしばって進んだ。

夕日が沈む頃、空家の民家に宿営して疲れを休ませるのが何よりの休養だったが、四分隊の小川・立山古兵は、初年兵に対しては日毎に気を荒だて、叱りとばし始めた。

行軍中は常に、

「初年兵、あご出すと気合いだぞ。わかったか！」

また、時には前の者から三〜四メートル遅れて離れて行軍していると、

「この野郎、もう落伍するのか！」

と後ろから編上靴で蹴飛ばされた。

古参兵も三年兵以上になると背嚢も軽そうに疲れを見せず行軍しながら、

「初年兵、よく聞け。行軍はまだ始まったばかりだぞ。一日五里ぐらいしか行軍しておらんのにあご出して何だ。敵軍が近まると一日一〇里の強行軍になるぞ。もっと気合入れろ！」

と大声でどなる。

こうして戦場に近まる時の男の気の荒んでくる様は、日毎に募ってくる。

今日は、灰色の雲で空は覆われ、足も重くなって、その日の到着地を耳にする。日暮れ時、

「もう天門にやがて着くぞ、頑張れ！」

と。初年兵には何時《いつ》もきびしい声と制裁が見張っている。

兵隊たちにはその日だけの目的地しかわからない。

それも中隊指揮班から小隊長へ、それを分隊長が聞いて、まず古兵たちにいう。最後に初年兵は古兵から耳にするほか一切の下界と無関係に、目の前の一歩一歩の行軍の苦しみに耐えて前進する以外にない。

「ああ、天門に着いたら二〜三日休養があるだろう。話によると九二大隊の警備地であったらしいから、食糧も集めてあるだろう」

雨の中の行軍は、雨水が頬をつたい流れ落ちる。装具すべて雨で重さが増して苦しくなる。その上、休憩一五分に地べたに腰を下ろすと臀部まで雨水がひんやりとにじんでくる。

一歩毎に「天門はまだか」「天門はまだか」と心の中でつぶやき、前進を続けた。

四月二八日、小雨降る夕刻、

「天門はあれだ！　あそこに見える」

小川古兵が叫んだ。仙桃鎮から八〇キロ余の行軍に、雨の中、皆、休養を待っていたのだった。

しとしとと降る雨、兵隊は正方形の天幕を背嚢から背にかけて覆って、その外は手も足も頭も雨水でふくらんでいる。

「我が国の軍隊は代々天皇の統率し給うところにある」と暗誦してきたが、何が天皇の軍隊かとなさけない。

次第に近づく天門は、広がる平野の真ん中にバラックみたいな兵舎が小雨降る夕暮れの淡い明るさに三棟ばかり見えた。

一見して「何もなさそうだ」、こう考えると最前線の警備隊の様子がうかがえてくるのだった。

夕闇迫る平原に目をやれば、農作物とて皆無の様子が、戦場としての風情が、身にしみてくる。

脈旺嘴より一歩前線を偲ばざるを得ない行軍中、自分の頭の中で想像していた天門は何一つなく、茫然として立ちすくむ私の脳裏には、内地で聞かされていた戦争の栄光輝く一瞬、勇ましいというイメージとは違い、現実の息苦しい行軍と食糧をつかみ取って殺し合わねばならないことを身をもって体験しつつあることに気がつきはじめた。

天門の兵舎は壁といっても、作物のカラで編んだ壁で仕切られ、ガランとしたバラックの区切られた部屋に、小隊ごとに入って土間に装具をといた。

一〇六大隊長・今堀大佐の命令はよく徹底した。大隊本部が一中隊の近くにあり、灰瀬中隊長も命令が厳格になり、小隊長、分隊長と一番下位の兵隊、そして初年兵は名前も個性も無視されたその他大勢の一人として死んでいく運命が待ち受けている。だから故郷が恋しい。戦友同士、小さな声で故郷の話でなだめ合う以外になかった。そこへ谷口上等兵がくる。

「吉岡、出発は明朝早いらしいぞ」

「谷口上等兵殿、天門には休養はないですか」

「あるもんか。部隊長命令が出ている。ぼさぼさしとると気合いがかかるぞ」

谷口上等兵は、中隊指揮班の命令受領である梅田兵長と同郷の親しみがあって部隊の行動命令を機会をみては聞いて、いくらか早めに知っていたので、彼と二人の時はよく話し合った。

ここ天門は何もなく、ただ限りなく夕闇の中にひろがる平原の中にあり、野菜一本見当たらず、飯盒で飯を炊き、粉醤油での夕食を終え、アンペラの上で夜を明かした。不寝番の一時間も夢うつつで交代した。

明くる日、早朝、雨の中を天門を出発する。四月二九日、脈旺嘴を出発して五日目、行軍は泥濘の中を続き、進路は魚新河という農村部落に到着した時、古兵も初年兵はもちろん、疲労は力の限界を超えていた。それを知ってか、大隊は民家に這入り大休止をとることになり、鶏や豚を探して分隊毎に分け、食糧はすべて現地調達である。雨で濡れた上衣も袴下・ズボンも乾き、疲労はまだ完全に癒えてはいなかったが、二晩の宿営で早朝に出発する。ちょうど日本の梅雨時期を想わせる灰色の雲が覆い暑くはなかったが、道は平原を横切り、足の重みも増し、ずきんずきんと痛みを感じる。「どうか足よ、痛まずにおくれ。そして俺の体を運んでやってくれ」と足に祈る。

夕日はすでに西の天際の雲中に沈み、あたり一面に夜のとばりが下り始めている。一列の夜行軍は、前の者も後の者も誰一人言葉を発する者もなく、黙々と闇の中に足音だけがする。まだ今日は目的地には着かないだろうかと、しきりに目をすかして、部落一戸もない林である時はもう地べたに座りたくなる。

夕食もまだ食っていない。水筒の水だけが行軍の力になった。

月もなく真っ暗な夜道の行軍は、どうやらクリークの岸の小路を進んでいる。水面が闇の中に白く見下ろすことができる。すると遠くで、キー　キー　キーと何か摩擦を起こしている音が不規則に聞こえてくる。

黙々と歩きながらその音を聞き取ろうと、私は全神経を音のする方へ働かせた。

「きっと民家があるに違いない。こんどこそ宿営地だろう」

と思った。

クリークの向こう側に次第に音が近まった頃、それは民家で穀物類を搗く音であることがわかった。

行軍中、農村の民家で異国の生活に心をよせ、見覚えたことから推察すると、民家で米・麦などを搗く時は、直経四メートルほどの円を作った石の溝の中に穀物を入れ、その溝に平たい石の車を牛に引き回させて精米・精麦をする。この時の円の中心の心棒がキーキーと音を出しているらしい。私は民家の父親が、麦か栗を搗いているのが闇の中に想像されるのだった。

日本軍が行動を開始したので危険を感じて夜の仕事をこっそりしているのだろう。そこへ我々が突然現れたら、びっくりして逃げるだろう。夜行軍は、次々に想像しながら苦痛に耐えなければならなかった。

行軍は、音のする近くのクリークの岸を前進すると、向こう側に林らしい黒いかたまりが闇の中にぼんやり浮かび、日本軍の足音で穀類を搗く。

私はクリークを渡ってその音のした民家の方へ前進することを考えてみたが、その林の影も一歩一歩遠ざかって行軍は続けられた。

もう自分の知覚もしびれた感じだ。考えたくもない。想像したくもない。ただ闇の中に体を運んでいるといつの間にかクリークから遠ざかり、小高い丘の道で行軍は止まった。先頭の指揮班で何か話し声がする。灰瀬中隊長の声らしい。

「逓伝！　休憩一五分！」

と疲れ切った声が伝わってくると、背嚢に引かれるように仰向けて闇の中に兵隊は倒れ、闇の空を仰いだ。

すると月暗く星まれで黒雲に蔽われた空に故郷を偲んだ。たばこに火をつけてそっと自分のいる場所を確認してみると、どうやら墓のある岡らしい。夏草がしっとりと夜露を受けて大地は深い眠りにおちている。


「逓伝、木原小隊長指揮班まで前へ！」

木原小隊長が立ち上がると、当番兵の立山古兵もすぐ立ってついて行く。しばらくすると指揮班から次々と話が伝わってくる。

四分隊でも山下分隊長の話では道に迷ったらしい。

一〇六大隊は、各中隊ごとに宿営地へ向って行軍していたが、暗闇の中で灰瀬隊はまだ宿営地を探し求めているらしい。そのため休憩は一五分をこえても続いていた。すると眠りにおそわれそうになる。三〇分ほど指揮班でマッチの火で地図を見ている様子である。

暫くして闇をついて沈んだ声で、

「出発準備！　出発準備！」

と指揮班から逓伝が流れたので、行軍は一本道の曲りくねった野路を前進する。暫く行軍してまた止まる、そしてまた前進と何回となくくり返しているうちに、右側にクリークの水が白く浮かんで見えた。

「宿営地だ！」

前の列から次第に後ろの方へ伝わってゆくと、夢からさめたように身体の五臓六腑が活発に動き出したように、少しずつ元気が加わってくるのを覚えた。そして夜の一一時頃、やっと京山県陳家集の予定の宿営地に着いたのだった。時は五月二日、初夏の夜風が身にしみる。

指揮班及び第一小隊は民家の扉をこじ開けている。

第二小隊も闇の中に土蔵作りの中国民家の扉を開いた。第四分隊は奥の部屋に足から先に忍び足のようにして這入ってゆくと、後ろから

「おい初年兵、火を燃やせ！」

と小川古兵がさけんだ。真暗闇の部屋の中、紙を丸めて内田が火打石で原始的に火をつけた。もうその頃は雨また雨の行軍でマッチもすでになく、民家の火打石を内田が常に携帯していた。その紙の火で暗い部屋がパッとあかるくなり、次々にすぐ燃えるものを少しずつ火についでいくと、土間と厚い壁と吹き抜けの瓦屋根が見えるようになった。八畳ぐらいの真四角な土間の中央に机や箱を叩き壊して火は盛んになった。

炎の明るさで飯盒を集め、分隊長や古兵の背嚢から先に米を取り出し、途中に見かけたクリークに手さぐりで内田、宮下と私三人はごそごそ白い水面に下りて近づき、米を洗い始めた。

クリークの水面が白く闇夜に淡い明るさを保ち、あたりの自然は静かな眠りについている。飯盒の中に水草がはいらないように水面を飯盒のふたでそっとなで、くみ入れると背中の汗がひんやりして背嚢のない肩が拍子抜けしている。

顔を上げると虫螢がポカポカ、水際で小さ

く光るのが心を呼び、温めてくれる。

分隊の荒々しい殺気だった組織の中で毎日行軍する人間たちには、喜びも悲しみも恐ろしいものも失い、ただ食うということだけに動いている。

明けて五月上旬の朝、天気快晴。ゆうべ見えなかった民家や林、小鳥の鳴き声が荒れすさんだ行軍の気持ちをなごませてくれる。

ここは湖北省京山陳家集の農村部落である。一〇六大隊はこの陳家集に於いて来たる作戦に備え、山岳戦・肉弾戦の訓練が予定されていたのである。

この付近の地形は丘陵が連なり、格好の訓練場でもあるらしい。また、中隊にも一七年徴集の下士官候補者が教育期間を終えて中隊復帰し、四分隊にも新しい襟章をつけた牧兵長が緊張した顔で分隊へ這入ってきて木原小隊長に、

「申告いたします。陸軍兵長・牧次人、下士官候補者教育を終わり、ただ今、中隊復帰いたしました」

奥の薄暗い小隊長の部屋で声を張り上げているのが聞こえる。

申告が終わると四分隊の皆の前に現れ、まず山下分隊長に対して、

「分隊長殿、ただ今中隊復帰いたしました」

と一応の報告を終え、同年兵たちと喜び合っている。

一七年徴集は、私たちより一年早い古兵になるので、上級の兵隊や同じ階級であっても古い兵隊が多くなるのは何一つとっても初年兵には不利なことが多くなり、喜ぶ気持ちにはなれない。自分より下級の兵隊がいたら、自分からやさしく兄のような気持ちで接したいとは思ったが、今は最低の初年兵、中国人か自然以外にやさしく話せる者はなかった。

四分隊は一名加わり、山下分隊長／第一筒手・牧兵長／弾薬手・高木一等兵／第二筒手・谷口上等兵／弾薬手・吉岡（著者）／第三筒手・多武一等兵／弾薬手・内田初年兵／第四筒手・小川一等兵／弾薬手・松村一等兵、それに立山一等兵（小隊長当番）／衛生兵・宮下初年兵以上で編成され、第二小隊の一分隊・二分隊・三分隊にも一七年徴集の下士候補の横谷兵長や西田兵長が中隊復帰したのだった。

初夏の太陽が輝き、一日休養だった私は午後、民家の裏の雑木林にコジュケイが盛んに鳴いているのが聞こえた。私はゆっくりその声のする方向へ歩いた。行動開始以来、厠は考えられない。行軍中は、一五分の休憩にいそいそと列から離れない場所で、出発の声を気にしながら草の上でしゃがんで大便の用をたっしなければならないときもある。行軍の列をのぞきながら息をつまらせての排泄は、不完全な排泄でも満足しなければならないのだが、今日は違う。コジュケイの「チョトコイ　チョトコイ……」という甲高い声を繰り

返す鳴き声を聞いて、荊州地区の広い平原を木葉の隙間から眺め、悠々としゃがんでやろうと考えた。

林の手前で一メートルほどの土塀があった。中国では至る所でよく見慣れた塀である。その塀を越えた。すると雑木林の隙間から凹凸になった平原が限りなく続いている。午後の日を浴びた青い絨毯の平原は次第に私の心を吸いとるように優しく、本能のようにこの明るい風景の中に母親らしい人がいるかどうか見廻した。

ゆっくりと自然の厠を離れた私は、仰向けに寝転んで身体を休めた。コジュケイは原産地だけに「チョットコイ」と甲高い鳴き声のリズムの中にひたっている。今は、この雑木林も、鳥も、木の葉の隙間から差し込む陽光も、周囲の自然はよりかかっていて安心できるかのように行軍の疲れが夢心地にしてしまった（私は一五年後の今日も、その時の気持ちだけは一〇〇万円の寝台よりも湖北の一点での寝心地に勝るものはない大自然が夢心地をつくってくれたことを忘れない。「南柯の夢」ともいえそうだ）。

約三〇分以上の夢の天国から目が覚めた。とたん軍隊の規律の目が光っていることに気がついた。急いで土塀を越えて、分隊の部屋に何知らぬ顔で這入ろうとした。そして、充分気を張り詰めて部屋の外で薪でも準備する様子にみせかけて制裁から免れようと感じたが、半分駄目かとあきらめて部屋に足を向けようとした時、谷口上等兵がそっと歩いて近寄ってきた。瞬間、彼一人であることを願った。運よく谷口上等兵の外には誰も部屋から出てこないので、張り詰めた気持ちが静まった。

するとと谷口上等兵はそっと小声で、

「吉岡、お前どこへ行っていた」

「林でちょっと便所に行っていました」

と小声で答えると、彼は誘うようにして、

「吉岡、外へ出よう」

私は後ろへついて行って、二人だけになった。谷口上等兵は、

「少し長すぎたようだ。今後気をつけよ」

「はい、注意します」

「お前がいないうちに中隊長の訓示があって、明日からここで山岳戦・肉弾戦の訓練があるそうだ。いよいよ作戦に部隊は動くぞ」

「そうですか。谷口上等兵殿、中隊はここに何日ぐらい宿営しますか?」

「一週間程度だろう。これからの行軍はひどいぞ。この付近は新四軍も出没するそうだ。作戦がはじまるから元気出して落伍するなよ。落伍すると病院もなく、おそらく野たれ死にする外はない。行軍中、苦しい時は俺に背嚢の弾薬をそっと渡せ。小川や立山にわからぬようになあ」

「はい、きっとこれから頑張って最後まで行軍します。しかし、どこまで行軍するのですか?」

「それはわからんなあ。まあ前線では徴発物は多いから豚でも食って元気出すんだ」

「でも、私は民家に年寄りの中国人がいた時はどうしても徴発する気になりません」

「俺も同じだ。だが自分たちが生きてゆくだけの食糧だけは徴発しなければなあ」

私と谷口上等兵との暫時の会話は、軍隊という組織からぬけ出した感じを生じていた。私は戦争というより、この湖北の大自然の平野にのびのびと生き続けたいという、もう一つの自分を想像する。

戦争という殺し合いのため兵を軍紀の鋳型にはめこみ、その自主性を容認せず終始命令に従属させられていながら、それからぬけだす勇気もなく、また抜け出す方法も考えられず、平和な生活を大自然に求める矛盾から矛盾をくりかえすことしかできないのである。

谷口上等兵から作戦開始と聞いても、何も勇ましい栄光な行動など想像もできなかった。

昼寝のおかげで、その夜の不寝番も疲れを忘れたように一時間を過ごした。

明くる日の点呼後、いよいよ戦闘訓練が始まった。陳家集の宿営地は、五～六軒の民家に中隊が分宿し、

その外側の雑木林の西側の私が糞尿を排泄しながら眺めた凹凸の原野に軽機・小銃・擲弾筒の攻撃訓練があり、主に匍匐前進・着剣・手榴弾の投擲をして突撃などが繰り返された。背嚢なしの訓練で体は軽かった。

二〜三日して、同郷・菊池の旭野村出身・石原初年兵と宿営地の庭に正午近く出会った。彼も同じ擲弾筒班で、よく初年兵教育期間は故郷の話をしたものだった。第一小隊と第二小隊とはいっても仙桃鎮以来の対面であった。

「よう石原、元気かい」

「おう、お前も元気だったか」

石原初年兵は巻脚絆をつけ小銃を持っているので、私は、

「石原、おまえどこかの中隊へでも行くのか？」

と聞くと、彼は張り切った様子で小銃の銃口を手でおさえながら、

「今から原小隊長殿の護衛で大隊本部までいかねばならんところだ」

「そうか、お前、行軍には強いようだなあ」

「行軍はもう慣れて徴発が面白いくらいだ。いろいろと徴発してくると古参兵が喜んでよくしてくれるぞ」

「そうか、俺はまだ行軍に慣れたとは言えない」

「俺も最初はあご出したぞ。だが、うちの分隊の古参兵は初年兵には今のところいい方で、たまにはなぐられることもあるが、宿営したら徴発することだ」

「それはお前の分隊はいい分隊だなあ」

数分の会話は、初年兵同士が自分の分隊の古参兵の態度を比べてみるのだ。それはちょうど若い妻同士が、自分の家庭の姑と隣近所の家庭の姑の態度を比べるのに似ていた。石原は私との会話もゆっくりした様子は見えず、上官の目が心配である態度を示して、「じゃ、また、元気で」と言い残して去って行った。

毎日訓練は続き、今日も広漠たる湖北の原野の赤い夕日に顔を染め、宿営地へ。

万朶の櫻か　襟の色
花は吉野に　嵐吹く
大和男子と　生まれなば
散兵戦の　花と散れ

軍歌の声のみが限りなく広い野に聞こえるが、口にする兵自身に命を散らす勇気は考えられなかった。ただ日本軍隊特有の「締めつけ図式」の枠の中の行動に過ぎない。陳家集での一〇日余は古参兵からの制裁も少なく、夏を呼ぶ虫の声を夜は耳にしながら元気を快復することができた。

五月一三日、いよいよ行動開始である。

早朝、五〜六軒の宿営した民家をふり返りながら出発した。

一〇日余り休ませてくれた厚壁の家はやはり心を引

いた。自分の心の中の平和がそれを要求するのだ。私は行軍しながら、中隊が寝た家の主人たちが後で帰ってくることを想像した。机や椅子や箱がみな灰になっていることにびっくりするだろう。また小豚も鶏も皆、皮だけになって無造作に投げ捨てられていることも、野菜も荒らされ、釜が割れていることに憤慨することであろうと想像した。私も農家生まれだけに、湖北の農家と内地の故郷を重ねて思い、農家の仕事を想像できるのだった。

初夏の太陽がジリジリと照りつける中を行軍する。頭の中では空想をえがいたりしながら、肩や足の痛みを忘れるまではよいが、いよいよ夕暮れになるとまた初年兵は一番に疲れをだしてくる。同年兵で入部・新城・茂藤の三人ほど病気も少しは出たのか、行軍中随分弱って下士官から叱られているのをちらっと見受けると、彼らも陳家集の宿営地では元気になったであろうにと思った。

野辺は果てしもなく続く色の行列をくり広げる湖北省荊州地区の平原を一歩一歩行軍は続いた。

五月一三日に陳家集を出発して二日目、凸凹の原野を過ぎ、広い田園に行軍は前進し始めた頃、急に上空一面、墨汁のように真っ黒い夕立雲があっという間に覆ったかと思うと、ひどく轟く雷鳴とともに電光が上空から光り、一瞬のうちに地上とつながる様は、大自然の威力の下に行軍は蟻の列に似たりといえた。

やがて大陸の雨が西の方から迫り、前方は雨でかすみ見えなくなる。降る雨は強烈でたちまち地面に押し出した水溜りにチャプチャプと足音がする。

天幕を二つに折って背嚢の上から雨合羽代用で行軍を続けるが、首筋から雨は皮膚を伝ってくる。目前に電光がカーッとひかり、轟音が耳を圧する雷鳴がひっきりなしに続く。雷は金属物を持っていればそれにいなびかりを引き、命に危険であることを子供の頃から父母に注意されていたが、今は誰も注意どころか三八式歩兵銃・帯剣・弾薬などの金属物で全身をかため行軍しているのである。軍の非情さというより、軍隊とは戦争目的のためならどんなことでも平然と実行していくのだ。兵を軍紀の鋳型にはめこみ、その自立性を容認しない軍隊の体質は、戦争にあっては兵士は名前さえ無視され、その他大勢の一人として死んでいく運命が待ちうけている。

そして次第に雷と大粒の雨に濡れて背嚢がずっしり重みを増してきて、肩がくずれ落ちそうに痛む。道はいよいよ泥濘と化し、行軍しているというより、ただ無意識に足が前に出ていくだけである。そうすると私自身、雷による命の危険など考える能力さえなくなって、その他大勢の一人として流されている。

「休憩一五分!」「休憩一五分!」

　雨中に遮られた声に兵隊は何もかもなく、水溜りをよけて雑草のある高みにどすんと仰向けに倒れ、身動きもしない。

　天幕は背嚢の下になり、大粒の雨は隙間もなく降り、一瞬にして胸から腹まで雨水は皮膚を伝って流れ込み、水中に沈んだのも同然の休憩である。

　第一中隊の前方を大隊本部が行軍していたため前方に漢水河渡河の準備が始まっていることがわかった。そのために道なき原野の泥濘の中を牛歩の前進で休憩も多くなり、どの兵も顔も軍服も泥にまみれ、目だけが光っている。すでに薄闇につつまれる頃、夕立は次第におさまり、原野の雑草の上にも夜のとばりが迫ってきた。

　時折、墨汁のような真暗い夜空から稲光が暗闇の大地をカーッと明るくする。前方に川の流れの音を耳にする夕立雨によって漢水河は増水しているらしい。汗で濡れた後、夕立雨でずぶ濡れの軍服のまま止まっては前進と牛歩の行軍を繰り返し、やっと川岸に到着した時、強風が顔を吹きなぐった。

　漢水河は水嵩を増し、流速も早く、強風に波が高まり、脈旺嘴で心ゆくまで眺めていた様は、今は日本軍の渡河を前に狂ったように音をたてて流れている。あたり一面の暗闇の中に流れる波を白く不気味な感覚をもって見おろした。

小隊長集会で木原第二小隊長も指揮班へ。前進行軍は騒がしくなってきた。

小隊長が指揮班から戻り、乗船は増水のために注意事項が達せられた。

一、背嚢は、すぐ体から離るよう装具のうち、後に背負うこと。

二、編上靴は脚絆の上から履くこと。

三、船は縁がないために前の者につかまること。

タプンタプンと波の音は強風で狂ったように船縁をたたきつけている。夜のとばりが下りると闇もその濃いさが増し、目前の動きしか見えない。その上、気温は急降下し、寒さが一層募ってくる。工兵隊の兵隊が大きな声で乗船させている声も聞きとれる頃、私は万一、水の中に落ち込んだら泳ぐ自信を心の中で確かめ、岸の下り坂を前の者に離れないように前進した。

「第二小隊、乗船準備！」

墨汁をはったような闇の中に声だけが聞こえる。山下分隊長の「四分隊乗船」の声で、前の者の動作に全神経をとがらせる。船のエンジン音がポンポンポン、船縁をたたく波の音がタプーンタプーンと乱れて音を立てる。船の横板近くにくると波のしぶきが白く見え、緊張する。

船は中国製の舢板《さんぱん》を並べ、その上に厚い横板を釘付けしてあるだけで、船筏みたいなものに、エンジンを取り付けてあるものだ。

乗船し、しゃがみこみ、波の音だけに気を取られて渡河上陸と同時に駆足で先頭の指揮班を追う。岸を登り、暗闇の原野の道なき道を前の者を見失わないように神経をとがらせながら約一〇分か一五分は走った。前の者が止まる。あたりを見ると、黒い兵隊の集まりは夕食を始めている。雷雨と渡河と寒さ、夕食ぬきの前進で空腹も忘れがちであった。そこへ指揮班から引き返した木原小隊長が、

「一五分の休憩に飯を食って出発だ！」

背嚢から冷や飯の半分つまった飯盒を取りはずし、闇の中に黒い動物がガクガクとふるえながら、飯盒の飯に粉醤油をふりかけて食うと、肩から腕から全身がふるえているので口を開いた歯と飯盒の縁がぶつかりあって、ガツンガツンと音を立てる。ただ、飯を腹の中へ入れたという時間で出発する。

どこからともなく吹きつける強い風の中を夜行軍する。黙々とどこをどうして歩いているのかさっぱりわからないで、一時間の休憩にも寒さに震える。ふと朝焼けの空を見た時、今までに一度も見なかった小高い禿山が遠くに見えて、畑道の曲がりくねった一本道を行軍していることがわかった。

やがて農村部落の家の集まりを見た時は「これで助かった」と思うのだった。部隊は中隊別に民家に入っ

てゆく。そして火を焚き、濡れた背嚢も乾かし、温かい朝食をとる時、こんな姿が内地で想像できようかと思う。

分隊長や小隊の古参兵に交じって私たちにも昨日の漢水河の渡河の話が伝わってきた。それは渡河後に熱発患者が続出したので、衛生兵や衛生下士官がまとめて沙洋鎮に残留したという。また、昼間の渡河は米空軍の空襲を避けるために夜間渡河であったこと。昼間の空襲では第五十八師団（広兵団）の工兵四名が作業中爆死したとのことだった（後の話に伝わったことは、病気した落伍兵が沙洋鎮に残留していたが、一人の兵隊が小銃の銃口を口にくわえ、靴をぬいだ右足の親指で引き金を引いて後頭部へ貫通。血を噴き出し、即死したという。いかに上官の特権によって非人間的行軍渡河が強行されたか推測される）。

一〇六大隊は、沙洋鎮をそれて前進し、黄家集の農村の民家に大休止となったのだった。民家の四角の土間にはいるなり、重い装具をといて下ろしていると指揮班で騒がしくなり、話が飛び込んできた。五〇〇メートルほどの東の禿山の頂上に新四軍らしい姿が見えるということで、灰瀬中隊長は、

「第一小隊より一箇分隊を出し、東前方の山を占領せよ」

と命令された。

出発以来初めての戦闘的命令に緊張した。山に登り始めた分隊は中腹に散開して前進する姿が小さく

見える（新四軍とは国民革命新編第四軍の略称で、湖北・河南・浙江省など揚子江沿岸より南の各地で抗日遊撃戦をもって日本軍と戦う中国共産党の陳毅軍長の指揮下にあり、日本軍は少数の遊撃戦になやませられる）。

私たちの第二小隊はほっと一息。新四軍攻撃から逃れたことに安心すると、戦争で身を護るのは自分一人の判断力に頼る以外はないと考えるようになった。

各分隊までの部屋割りもでき、昼食の準備にとりかかる頃、下山した分隊長が、

「少数の敵は逃げたので、分隊はただ今下山しました」と中隊長に報告していた。

私は内田、宮下とともに飯盒を手に帯剣だけを着け、徴発に出た高木古兵も後からついて来た。裏戸を出て野菜畑の間を行くと、民家と民家の間に美しいクリークがあった。クリークの緑は短い草が青い絨毯をしきつめたように美しい。

自然はどんな不用意な場合見ても、みじめな兵隊の心をとらえるのである。

洗濯物の干場らしく、物干し竿が平和な農家を一瞬想像させたが、クリークの向こうに鶏を二〜三羽発見した宮下は、「鶏がいるぞ、今日は立山古兵どんが喜ぶぞ」と勢いよく走り出したので、四人とも鶏を包囲して三羽の鶏をとらえ、無造作に生きたまま皮をはいだ。茶褐色の鶏の羽毛がパッと飛び、舞い下りたクリークの水面にゆれる。私もこんな仕事には哀れさを感じない人間になっていた。

米は民家の部屋にも少なく、たとえ発見したとしても奥深い所に少量の米であった。部屋に戻り、分隊の飯盒に米を入れて、飯と鶏肉汁を一緒に作りながら濡れたタバコを干して火をつけると吹き抜けの高い天井に向ってふかす煙が上がっていく——今は生きている実感を確認するかのようだった。

裏戸を出て自然の風景に目を広げると、小高い山、原野と畑の続く農村の美しさは抵抗のできぬ初年兵を無用に残忍に迫害する行軍からいつも遠ざけてくれるのだった。

食事は分隊毎に始める。今日の御馳走を内田が立山古兵に報告すると、立山は、

「初年兵も気が利くようになった。徴発ぐらい外の分隊に負けるな」

と今日だけは古兵の機嫌も良かった。内田は古兵の機嫌をとるのが上手で、古兵からいじめられることは少なかったが、私はひどく立山・小川古兵から要領のわからぬ初年兵として意地悪くされ、不寝番も多かった。今日だけは夜行軍のせいもあって午後は分隊長、古兵の洗濯物も終わり、ゆっくり休むことができた。そうした休みの間も、たいてい兵隊は民家の部屋を隈なく探し、食糧・衣類・銀製の水煙筒などの徴発が仕事に

なっていた。これらの徴発品の中の珍しい物を初年兵は古兵に貢ぎ物にすると、その初年兵は可愛がられた。だが私にはそれができなかった。

夕食前になって谷口上等兵が私に近寄り、

「吉岡、ひとつ徴発に行こう。休んでいるとまたやられるぞ」

と古兵の意地悪を注意してくれた。

「はい、準備してすぐ来ます」

そこで帯剣と三八銃だけを持って宿営地の民家を二人は出て、四〜五〇〇メートル離れた別の宿営していない民家の前のクリークの縁に来た。

するとクリークの向こう岸の柳の垂れ下がった枝の間から民家の厚い土壁が見える。その前に一匹の親豚を発見した。

「吉岡、あの豚を小銃でうってみよう」

と谷口上等兵から誘われて「はい」と答えたものの、初めて自由な自分の意志で発砲して豚を殺す気持ちに幾分とまどった。すると彼はすかさず、

「吉岡、一緒に撃ってみよう。弾薬は、俺の員数外を渡すからメイクワンシ」（大丈夫の意）

私は弾を受け取って弾をこめ、二人は並んで膝撃ちの姿勢をかまえた。

豚は動いたがダダーン、豚は一散に家の間へ逃げ去ったのだった。

「はずれたか」、谷口上等兵はにっこり笑った。私も久しぶりに笑い声を発した。

教育期間中、三〇〇メートルの実弾射撃では一〇〇パーセント命中で下士官が褒めていたが、今日は豚に命中していたら笑顔も二人の間にはおそらく消えていたであろうと直感した。

それから二人は家の中へ這入って薄暗い土間の部屋を探したが、何一つこれという珍しい物も見当たらない。寝室に踏み込み、寝台の上を見ると布団一枚もなく、窓際の真四角の机の上に小さな縁の汚れた鏡が一つあっただけで、机の引き出しをさっと引き出すと、紙の切れはし・鉄のねじ・小瓶など何年もそのままにされているような古い何の役にも立たないものばかりだった。

二人は奥深く探すことはしないで、すぐ隣の家に這入って行った。

民家は六〜七軒反りをうたせた屋根が南向きに横に並び、厚い塗戸は皆閉ざされて、どの家にも塗戸の上には大きな漢字の対聯《ついれん》がかかげられてある。

最後に私は一人で一番端の家の開かれた扉の前に来ると、左右に開かれたその塗戸の下で腰を下して一枚の丸いアンペラの上で小さな蚕に桑の葉をやっている老婆を見て立ち止まった。ゆっくり近寄ると老婆は、小銃を片手に下げて近寄った私を見て合掌して、命は

助けてくれというような動作で拝むのだった。

　もちろん、私はどうしようとも思ってないので、少しずつ覚えた中国語で、

「ローバン。スラスラメイヨ」（老婆よ、殺さない）

というと老婆は、私を見上げてわかったかわからないかは別として躊躇なく、また恐れもない様子で黙って蚕に桑の葉をやった。

　私は暫く立ち止まって老婆の小さな纏足した足を見つめ、皺の多いやさしい顔は、何一つ変わりない内地の故郷の死んだ祖母を瞬間的に想像させた。そして、徴発という戦争盗賊の自分から良心がよみがえった。

　何でも話したかったが、現地の言葉はむずかしかったので、だしぬけに、

「ローバン　チイタン　ヨウ　メイヨウ？」（老婆、卵はあるか？　ないか？）

　すると老婆は私を見上げ、頭と手を振りながら、

「メイヨウ　メイヨウ」（ない　ない）

と答えて外に何か早口で言ったが、私には何のことやらさっぱりわからなかった。

　私は老婆に蚕を指さして自分の家にもこんな蚕がいることや、日本ではどの家も同じ仕事をしているということを、中国語と日本語交じりで身振りそぶりもして話した。老婆は小声で何か言ったが、こちらもわからない。

　ただ、私を人殺しと考えられている自分の姿が辛かった。

　じっと手の小銃を見た時、「菊」の御紋章をほりこんだ小銃にふと疑問がわく。

「上官の命は実は直ちに朕が命と心得よ」と軍人勅諭に始まり、兵器は朕がさずけた武器となっている。但し現在、老婆にはその菊の御紋章の小銃は人殺しとしかみられていないのだ。

　私は、その家へ一歩も這入る勇気は微塵もなくなって、ただ立ちすくんだようにしている所へ谷口上等兵がやってきた。

「吉岡、帰ろうか」

「帰りましょう」

「サイチェン　ローバン」と私が言い残して引きかえすと、

「何だ、ローバンがいたのか。年寄りには手が出んなあ」

と谷口上等兵も戦争盗賊には性質が向かないらしい。

　私はこの時から民家の年寄りには絶対に手を出さないことを心の中で誓った。

　二人は肩を並べて歩き出した。

「谷口上等兵殿、徴発は中国人を殺してまでするようなことは戦争といってもひど過ぎると思います」

「そうだなあ、俺も同じだ。だが今度の作戦では食糧

は一切現地補給と命令が下っている。食わねば自分が死ぬのだから徴発しなければならないわけだ」

「中国人も食わねばならないし、今日のように家に老人がいては迷う気持ちも起きます」

もし外の古兵にこんな話をしたら、息の根が止まるほどなぐられる。しかし谷口上等兵だけは遠慮なく話せる仲になっていた。だから私にとっては二人だけでいる時が最も幸せであった。

「俺も同じことさ。老人は家によく残っている時があるので出来る限りのことはしてやりたい」

こんな話し合いが出来るのも、脈旺嘴警備隊で初年兵教育期間中に便所で出会って話し合ったのが二人のきっかけとなっていた。

そうして二人は何一つ獲物もなく、分隊の部屋へ帰った。

大休止の宿営地は今晩で別れ、明日早朝出発と大隊本部からの命令受領、下士官が中隊長に報告すると、指揮班から各小隊に電波のように命令が届いてくる。

夜のとばりも下りて一時間の不寝番にも昼の老婆を思い出し、中国にも蚕がいたのかと、私も幼い頃よく桑つみに父母と兄と働いていたので桑畑で遊んだり手伝ったりした想い出が浮かんで、想像は一路故郷へ走っていっていた。

分隊長以下兵隊は皆、腹一杯食って、故郷の夢にひたっているように、燈心の燃ゆる淡い明るさの下で寝顔が、いびきをかく音が心にしみてくるのだった。

私も不寝番を交代して藁くずの音をそっとさせながら、自分の藁のねぐらに横になった。

早朝出発すると、宿営地に散在していた各中隊は四方八方の部落から姿を現し、一列の長蛇の兵隊が南へ向って、第五中隊を尖兵中隊として大隊本部、第一中隊、第二中隊、第三中隊、第四中隊、機関銃中隊、歩兵砲中隊、行李班作業隊と約一、二〇〇名余の行軍序列を作って前進する。

初夏の雨上がりの好天は湿気を含んで、日中のムシ暑さは落雀の夏という息のつまる暑さを増し、行軍する兵隊を苦しめる。

汗でびっしょり濡れた軍服は、夜の寝床での体温で乾き、また夜が明けると汗に濡れる。汗を雨で流す日もある。背嚢の紐は肩をえぐり取るように重みをかんじながら、また、その背嚢が兵隊の毎日の生活道具でもある。

足からは血がにじみ出る痛みを感じてくるのだ。

ある午後、汗も出尽くすような暑い陽をうけ、疲れきって、前の者から二〜三メートル離れて行軍していると、立山・小川古兵は編上靴で私の後ろにきて臀を蹴とばすのだった。

また小川四年兵は、

「谷口・高木、お前たちも初年兵に気合いを入れろ！」

と怒鳴り散らすが、二年兵の松村一等兵も同様に疲れきって顔色も青白くなっている。初年兵という最下級の人間は、軍隊をやめない限り、この地獄からぬけだすことはできない。そうすればこれからは自分一個人の力に頼るより他に何一つないのだ。しかし、今では自分一個人の行軍力もすでに頼りないほどに疲れているようだ。

谷口上等兵も小川古兵や立山古兵の目もあって、私にも荒立った声で、「元気を出せ！」と時々いってくれたが、私にはやさしくしか聞こえなかった。

私とくらべると彼は二等兵ではあるが、うらやましいほど行軍力はあった。

脈旺嘴出発以来二〇日余りの行軍に中隊から初年兵を主に三〜四名落伍して二日、三日遅れて行軍している落伍組のいることもわかった。落伍者が出ると上官の命は厳しくなり、兵隊には一年でも多く軍隊の飯を食った古兵が気合いを入れるようになる。

私は特に内田・宮下よりも小川古兵・立山古兵からいじめられるようになった。行軍中、谷口上等兵から、「元気を出せ！」と言われても、黙って行軍していると小川古兵が、

「吉岡、お前は学校の先生だったから、二等兵の言うことはおかしくて返事ができんというんだろう！　何とかいえ！」

「いいえ、違います」

「違います？　こいつあご出しても言い訳だけはかったりする」

「………」

「お前の小銃は赤鰯か？　それで戦闘になって敵を殺せると思うか。昨日の大休止には小銃の手入れをしたか？」

「はい、しました」

私は宿営地の民家でボロ布で小銃をふいたので、手にうけている重みを感じながらじっと見た。分解してまでは手入れしなかった遊底覆は赤錆が見えた。

小川もそれを知っている。そこで、

「それで小銃の手入れはしましたと言えるか。この野郎！」

と臀部を後ろからいやというほど蹴とばされた。

涙が汗と一緒になり、大粒の玉となって頬を伝って落ちる。

何が悲しいのだろう。くやしい！

絶対服従の軍隊の組織では平気で下級である他人を人間扱いしない。個人の身体的特性である健康状態や肉体的なあり方まで国家によって付与されたものではない。自分の肉体は自分のものであって、虚弱であろうと頑健であろうと、それを国家や軍隊の名によって

責められる必要はない。

だが、一番下の初年兵には何の自由があるのだろう。私の涙は母のふところが恋しくなったのだろう。その心に思うことの自由さえない。じっと歯をかんで悲しさをおさえなければならない。

小川古兵は、そんな私の様子さえ見逃さなかった。

「こいつ泣いているのか、泣けばカラスがまた泣くぞ!」

芝居のせりふみたいに言って蹴とばす時もある。まるで田舎芝居みたいではないか。私は浪花節は大嫌いだ。

こんな時、他の初年兵は自分の安全を何よりとして、黙々として行軍する。

問題は、私の三八歩兵銃の赤錆からでたというのは事実。帝国陸軍にあっては兵器損壊は死に価することが明文されている。つまり、兵隊の命は虫けら以下であって、兵器は天皇から預かったものとして軍隊の何物にも代え難い存在なのだから、そこに根源がある。

そうした小川古兵の暴力は完全な私的制裁であるにもかかわらず、それを特権のように行使する古兵の精神状態は人間に価しない。

そんな時、突然苦しみが解消される時がある。それは新四軍が現れたという情報が大隊のどこかでわかると行軍は即時停止する。前面の敵に兵隊は集中しなければならないからである。

ある日、夜になってから一中隊は宿営地に向った。すると新四軍が前方に現れたとの尖兵小隊の報告で灰瀬中隊長は指揮班に小隊長を集め、対策を練り命令を出す。そこで攻撃命令からのがれた第二小隊は新四軍が逃げるまでは休憩で、夜空の星をながめてタバコをふかす。

「北斗七星はどれかなぁ? あれか、いやあれだ。なぁーんだ違うぞ。あーあれだ、柄杓の形がみえる。すると北極星はあれだなぁ」

と、こんなことを考えて休憩していると濃紺の夜空の下に限りなく広がる畑地は平和な畑地になって私の心をつつんでいる。

また、第二小隊の中から新四軍攻撃に出撃させられても敵が四〜五名の少数のため、第四分隊の擲弾筒班は残留で休んだ。

今晩は一時間ほど経て「前方の新四軍逃走せり」と伝令が報告すると休憩もこれまで、「出発準備」の声とともに夜行軍が続く。こうしたことが何回か起きるうちに新四軍は行軍のよりよき友達のように考えられるのである。

脈旺嘴警備隊での初年兵教育期間に聞いた話によると、一〇六大隊の中から兵隊が新四軍に逃亡して間もなく、今堀大隊長に対し次のような電話をかけてきたらしい。

「今堀大隊長、本日○時○分、旅団司令部より大隊本部間の電話線を切断する」

この有線電話を聞いた今堀大隊長はカンカンに怒って、「国賊め、ひっ捕らえたら銃殺にしてみせしめにしろ！」

と三好副官にどなったそうである。しかし、電話線は寸分の違いもなく切断されたそうである。

新四軍への逃亡者は一〇六大隊から二〜三名いて、日本軍に対し反戦運動をしているとも耳にしていた。

また、新四軍は捕えても決して虐待せず、かえって日本兵によく反戦教育を行ない、日本の戦争に対し抗日活動を理解させ、自主的に活動を行なわせるよう指導することを聞き、私は半分は信用しようとする二つの思いが入り交じって次第に事実を知りたい気持ちになっていた。

大隊から新四軍へ逃亡したことが旅団司令部の耳に達すると、大隊長は上官よりその責を問われ左遷されたり昇進がにぶったり面目がつぶれるので兵隊の逃亡については中隊に厳しく命令し、中隊長は小隊長に、「新四軍への逃亡は銃殺刑だ」という命令で兵隊はおどかされていた。

脈旺嘴の教育期間中もたびたび新四軍が警備隊の付近に侵入して抗日ゲリラ活動を行なっていたために、灰瀬中隊長は一箇分隊を出動させていた。

初年兵教育期間中も木原教官の訓示に新四軍に油断しないことを説明していた。そうした新四軍に対して入隊早々より警戒の指示や命令にその真相を把握したいと心掛けるようになるが、何も知る手がかりはなかった（そのことの概略は、陝西省延安を拠点として中国共産党主席毛沢東・朱徳・周恩来などの指導の下に、中国東北部・華中平原に八路軍及び新四軍と命名したパルチザン部隊が抗日戦争に活躍していることを兵隊はもちろん、小隊長、中隊長さえ正しく認識している者は一人としていなかった）。

「新四軍が出た」と尖兵中隊の発見によって一箇大隊、いや五十二旅団配下数箇大隊の行軍が中止されてしまう。

日本軍の一部が攻撃すれば少数の敵は逃走する。

〝勝てるなら戦い、勝てなければ去る〟という戦法の新四軍は僅か四〜五人の時もある。

私はその新四軍に対して二回三回と部隊が出合っているうちに、次第に敵意を感じなくなっていた。共産主義の真意など理解できるはずもないが、人間の極度の苦痛を一時とめる、それが目前の敵とはおもえない。何か相手の存在が、共通心理を生んでいる感じさえ湧くのだった。

その反面、部隊長の厳しい逃亡者への銃殺刑の命令、絶対服従の軍隊の組織で服従しなければならない矛盾を考えるより、生きることと食うことを考える人間にならざるを得なかった。

部隊は漢水河を渡河し、沙洋鎮から南下して荊州に向っているらしく、行軍中に分隊長の話から察することができた。

「どこへ行く」のか、何よりもまず兵隊はそれを知りたい。

知るための手順を考えると、大隊本部へ出ている中隊の命令受領の下士官が交代で中隊へ帰り、大隊長命令を中隊長へ報告する。その報告を分隊長は機会があれば一時も早く指揮班の同年兵から聞いて、もったいぶった口調で休憩時間に話す。時には小隊長より早く知っていることさえある。

また、間違った話もあるが兵隊にはそれがただ一つの日刊新聞の記事なのである。

「荊州はもうあと二～三里しかないらしいぞ。荊州では休養かと思ったら、通り抜けて沙市で五十八師団は集結らしいぞ」

と山下分隊長が言ったのをきっかけに、四分隊の行軍の列に話題がひろがった。

小川古兵は即座に、

「山下分隊長殿、沙市にはピーヤはあるかいなあ」

と最古参の話しぶりである。

「さあ俺ぁしらんなあ」

「ピーがいたらもう久しうせんから一発やってくるか」

こう言うと立山古兵も、

「もう脈旺嘴以来ピーの顔も忘れかけたぞ、早く沙市に到着せんば」

こうした最古参の古兵の話にのらず、分隊長は、

「だが部隊は沙市までは強行軍で大休止はないらしいぞ。初年兵はあご出さず頑張れ」

黙々と歩きながらこんな新聞記事の声を聞いて、沙市はたしか揚子江岸に所在する街であることを思い出す(沙市といえば湖北省南端の揚子江岸に位置する歴史に古い荊州地区の一地点である。学生時代の東洋史がふとよみがえった。いわゆる魏・呉・蜀の三国時代、荊州は三国の対立地域で、武将・諸葛孔明の智謀をもって勝利した幾多の古い歴史上の古戦場もあるだろう。〝赤壁の戦〟で魏の曹操の軍を打ち破ったのも湖北の揚子江岸である)。

現在行軍している場所も古い中国の歴史の舞台での地域であろう。

沙市も荊州地区の中の街である。だが荒涼たる平原からは、行軍の苦痛が激しく、諸葛孔明のイメージはわいてこなかった。

揚子江だけが何か淡い興奮を感じるのだ。それは入隊する途中、安徽省の津浦線の終点駅である浦口で揚子江を渡河して南京へ上陸、一ヵ月後、貨物船で南京から漢口まで遡行した日を思い出すからだ。

南京では正月元旦を迎え、初年兵だけの兵站宿舎での生活は、中国人との物々交換のレンガ塀越しのスリルを味わったこともあった。また、紫金山の頂上から南京市街を一目で眺めた大陸という感じも昨日のように思い出す。

そうすると、揚子江北岸の沙市から揚子江を一路船で下り、東進すれば内地が近まることなど、次々と思いを巡らしながら、荊州地区を一路南下、沙市へ沙市へと行軍は続いた。

五月一九日午後、荊州を通過する頃、日本軍の警備隊があると聞いたが、広がる田畑の野道の行軍で見ることもなく、疲れ切った体を沙市までは、沙市まではと心の中で叫び続けた。夕方、クリークが左右に長く続くのを眺めながら、行軍しているのは沙市北方の長湖附近であろうか。行軍中、沙市はいよいよ近いと古兵の間に話題になっている。クリークの岸辺に新緑の柳が続くのを見ながら何時間も行軍するが、クリークは切れるかと思えばまた広がり、切れ間なく水面は微かに揺れながら映えている赤い夕日の空の日輪の影を伸び縮みさせている。

白黒の鳥が柳の枝からパッと二〜三羽飛び上がる。舢板《さんぱん》に乗って空を眺めながら沙市まで行けたらめっぽう気持ちよいだろうと、実現もしない空想にふけって行軍していると、大きなレンガ作りの家が一軒見えたので、いよいよ沙市はすぐ迫ったと直感する。

暫くして、小隊長の話ではあと二里もあるらしい。中国によく市街の外塀に大きな土レンガ作りの門がある大きな家は、その門であるらしい。その家の門をやがて通り抜けると一本の道になった。

コツコツコツと兵の足音が門をくぐって夕空に向って続く。「沙市はもう間近だろう」と幾度もずーと考え通しに行軍を続けるが、市街らしき路には一向に到着せず、石畳の道の両側に点々と家を見るだけで「沙市はもう間近」という考えはしびれを切らしてしまった。

夕闇が迫る頃、足音とともに頭の心までコツコツ響きながら伝わり、一歩、歩を進める毎に、足は火の中に踏み込んだように石畳を踏んだとたんに痛みを受けている。夜のとばりは厚く、外は暗く見えなくなった頃はただ無我夢中に、「沙市まで俺の足は行軍を続けてくれ」と心の中で悲しく叫び続ける。

「足よ、沙市へ着けばゆっくり汗臭い豚皮の編上靴から出して、裸にして長江の水で洗ってやり、心臓より高い所でやすましてやる……」

「足よ、沙市へ着けば背嚢も弾薬も帯剣も水筒も防毒面も何もかも皆体から放して、天まで舞えるように軽くしてやる……」

コツコツコツコツ、また足音を響かせ行軍している

自分に気がつく。沙市の街はまだかと遠くに目をやったが、何も見えない暗闇が広がっている。

　夜も一一時頃だった。「沙市だ」「沙市だ」と前方で声がした。

　私は心の高ぶりを感じた。

　墨汁のように真暗い闇の向こうに淡い灯の明かりが見えるではないか。一歩一歩近まって中隊の先頭の指揮班から第一小隊・第二小隊と街の中へ足を踏み入れている。石畳の道が急に広くなっている。

　ここへくると両側に並んだガラスで覆われた長方形のカンテラの灯火が左右のぎっしりつまった家の表戸の柱に並んでかけられている。街の家は土レンガ作りの建て方はどれも同じ様子で、瓦屋根に反りを打たせ、壁が白い表構えに、板の厚い塗戸を門並に固く閉ざした家が、カンテラの灯火でやっと浮き出したように見えてきた。

　〝ついに行軍を続けたぞ……〟と心の中で叫んでいる。急に顔がほてってきて心の高ぶりが押えきれない私は、自分の足の一歩一歩を確かめるように行軍を続ける。行軍の列は急に騒がしく話し声が流れてきたが、日本兵の外に誰一人見られぬ静寂な街にカンテラの灯心が静かに揺れて炎を上げている。

　食糧不足の戦場で貴重な食油を果たして敵である日本軍への好意の灯とは思えるはずがない。街を破壊させないための仕業か、何かの灯であることは間違いないと思うと不気味な気持ちがわいてくる。左右から閉ざした門の真上には、「天官賜福」とか「五福臨門」といった風の文字が漆塗りの大きな聯《れん》で掲げてある。また、そうしたことが次第に菜種油の淡い灯で、その聯の朱や碧を塗った色が見えてくる。

だが日本軍が侵入することがわかってか、この街の生活はまるで密封されたようにひっそりとしているのだ。

一応、自分なりに街の様子を感じると、空腹を知る。「街の家の中には、油でいためた菓子やいろいろの食べ物が並んでいるだろう」と想像しながら行軍していたが、一歩一歩毎に石畳の反動で足がキリキリ痛むのでどのくらい街路を歩いたか、「休憩一五分！」の声を聞いた時は揚子江の岸へ着いていることがわかった。私は仰向けに倒れたまま暫く目をつぶって動かなかった。

やっと呼吸を正常にもどし、そーっと左右の兵隊を見た。背嚢にもたれたまま寝ている兵隊たちは、実際によく睡っているかの如く、動く気力を失っているのか、実に何物とも無関係に黒々と横たわったままだった。

揚子江の波の音がザーザーと時を置いて聞こえてくる。水が欲しくても起きて水を探す者は一人もいない。揚子江から吹き上げる夜風が心の奥までしみとおってくるのだった。

二〇分ほどの休憩で気力だけを取戻し、五〇〇メートルばかり歩いた先の一軒の大きな門の前に、灰瀬中隊は着いていた。

そこで目にしたのは、家の主人らしく黒い服を着た中国人が板の厚い扉を半分開いて、石段の上で灰瀬中隊長と本田曹長二人を相手に話をしていたが、中国人の主人が追い出された後に暗い土間にどやどや入ってゆく。こうして揚子江を前にして敵陣が近まったと感じる。戦争にあっては、われわれ兵士は名前も個性も無視され、その他大勢の一人として死んでゆく運命が待ちかまえているのだった。

その夜の明け方、不寝番に立ち、頭がふらふらするのを防ぐため、扉を開いて外へでた。すると五〜六メートルほどもあろうか、南の方の静かな夜の暗闇を通して雄大な揚子江の流れる水の音が聞こえてくると、私の心は自然にすいこまれてゆく感じがする。薄明るい星の光で延々と続く堤防が天際への流れゆく水とともにかすかに見えるようだ。

五月二一日の夜明け前である。汗にまみれた軍服がしっとりとして私の全身を包んでいるのを感じとっていた。そこには、揚子江の千古の流れを眼の前にして、一〇六大隊の将兵は人馬とともに仮寝している。

二、出　陣

五月二一日、雲が一面に空を覆い、揚子江の濁流は南西の風に波が立つ。黄濁の水は黄土を洗い流して、岸辺の土に波の跡を残している。波うち際を初年兵の靴跡が堤防から下りて足跡が続いている。小学校の頃、国語の時間で習った一年中流れて、上流から下流の上海まで下る中国人の筏生活を思い出す。

中国大陸に来てまた、南京・漢口・沙市と今三度目に長江の水際に立つ。水平線をのぞむと濁流の拡がりは限りなく続く洲の稜線には人家も人影もない。その彼方の岸を私はじっと眺めていた。鳥が飛ぶ雄大な長江の流れに私の心は自然に吸いこまれてゆく。暫時、疲れを忘れさせ、行動開始以来約一ヵ月間に約四〇〇キロの行軍に耐えて水際に立つ自分の体にほっと溜息をつくのだった。

濁流の水際で初年兵は米をとぐ時、話はいつも一体どこで戦闘を始めるかということが初めに出てくる。私はよく第二小隊第一分隊の小幡（天草出身）や松本戦友と話し合った。

「随分、俺たちの部隊は脈旺嘴を出発して廻り道して沙市へ到着しているようだが、一体どこへ着いて戦闘開始されるだろう」

と。脈旺嘴から西北方の沙洋鎮、それから南下し荊門、そして沙市と廻り道しているようで、兵隊には何も知らされない。ただ命令に服従せよということであるが、兵隊一人一人の心には納得できないことばかりである。そこで小幡戦友が、

「うちの中本分隊長殿の話では、これから揚子江岸を東へ前進して一〇六大隊本部の所在地であった峯口へ近まるそうだ」

こういった話を初年兵は話合うのも、自分の分隊で聞いたまた聞きの話である。

「敵に対して欺満作戦をとるために、また峯口時代の警備隊へ戻るように見せかけ戦闘をやるらしいぞ」

「いっそ本部が峯口警備隊へ逆戻りするなら、灰瀬隊は脈旺嘴に帰ってもう一度警備につけばこの上なしだ」

「だが、結局、命令次第ではどうなるかわからん」

と、互いに命令まで自分たちの安全な方向へ解訳するのだった。だが、兵隊たちには何一つ知らされなかったが、湘桂作戦（一号作戦）の命令は、第六方面軍司令官・岡村寧次大将から第十一軍司令官・横山勇中将へ、そして第五十八師団長・毛利末広中將へ、一〇六大隊長・今堀元貞大佐へと下達され、兵隊は今日の行方さえわからず知らされず「生きれば幸い」といえる命令発動であった。

第十一軍への命令は長沙攻撃であり、現在、軍は沙市一帯に集結したのだった。私たちの所属する第五十八師団だけでも歩兵第五十一旅団配下に独歩九二大隊・九三大隊・九四大隊・九五大隊、歩兵第五十二旅団配下に独歩九六大隊・一〇六大隊・一〇七大隊・一〇八大隊の約一万人の日本軍が沙市郊外に散在しているらしい。一五〇名余の灰瀬隊は二軒の中国民家に、重なるように軒下まで宿営しているので、指揮班だけは小さな小屋みたいな藁ぶきの家に移動した。あくる日になると、四方の民家もみな日本軍の住み家に一変してしまっている。一〇〇メートルほど離れた家に大隊本部、またそこからあまり遠くない民家に師団医務室もあり、各中隊から体の悪い兵隊は診察を受けるよう命令受領が伝えてきた。

私は苦しい行軍中、生水も飲んだので自分の体をふりかえるように察してみたが、病気らしい兆候もなく、大休止で一日一日元気をとりもどしていた。そこで弾薬・加給品受領などの使役に出た時は、一〇六大隊中にでも誰か同郷か知人かに会えたらと下士官・兵隊の顔を会う毎に見たが、見知らぬ者ばかり。ただ、谷口上等兵だけが頼りになる信頼できる戦友だと満足して帰隊した。

沙市の三日間は使役また使役で、五月二三日、出発の命は下った。出発間際に灰瀬中隊からも同年兵の入部二等兵を始め三名ほどの初年兵は入院のため残留となる。彼らの顔を行軍の途中で思い浮かべると、彼らも沙市までの行軍中、発病の兆候もあったろうに古兵たちからさんざんいじめられ、ビンタもとられ、耐えてきたのにと思いをやると、行くもあわれ、残るもあわれの初年兵というしかなかった。

第二小隊第四分隊では、

「これからの行軍であご出すやつは、蹴散らかすぞ！」と出発早々に小川寅男古兵がおどし、文句をわめき立てている。初年兵教育期間は入部二等兵も擲弾筒班でよく同年兵を笑わせていたが、別れの言葉さえかける余裕も自由も許されない。そうした思いが入交じって行軍は始まっている。重い背嚢が沙市で更に弾薬の追加補給があり、更に重さが肩を痛めつける。行軍は揚子江左岸に沿い南下を開始する。今までの迂回作戦はひとまず終わったらしく、敵陣へ近まった話は兵の間にひろがり、第十一軍の第一線進攻各兵団は一斉に南下攻撃前進が開始されていた。

第一日目で湯家湾という農村に到着、露営となる。次の日から次第に長江を遠ざかって平坦地を南下、部隊は一日一日強行軍になってきた。五月下旬の大陸は、日中は木影一つないクリークの多い田甫道の行軍に体全体の汗が皆無になりそうと感じるほどポタポタと顔から汗の玉が落ち、体内全身に流れている。太陽は雲一つない空を横切って燦燦と輝くので、一歩毎に呼吸が乱れる。足も編上靴の中でむれるので正午の一時間の大休止に木影で高い場所に向って足を休めると、全身微動もしないほど心地よい感じがする。

沙市出発後五日目頃から、行軍中にもっぱら監利へ今日あたり到着するらしいと話がもち上った。その理由は、峯口（元一〇六大隊本部）から監利間は五〇キロ余であるが、今日まで峯口出発・仙桃鎮・天門・沙洋鎮・荊洲・沙市・監利と迂回して行軍したのは五倍の二五〇キロ余に及び、その日数は一ヵ月間も要しているが、峯口から監利へ直進すれば五日間で到着する位置にあることが二等兵以上の兵隊には体験からくる地理感があったのだった。それは一九四三年一一月に遡ると、一九四三（昭和一八）年徴集として私たちが入隊する三ヵ月前に、湖南省北部の洞庭湖の西側にあたる常徳作戦で峯口を占領し、監利を占領した常徳攻撃を敢行しているからである。その作戦に参加した経験をもつ小川寅男四年兵は自慢そうに、

「監利は俺は行ったことがある。その時は朝鮮ピーと一晩寝て思う存分四八手の裏表を使ってやったぞ。いよいよ監利へ着いたらまた朝鮮ピーを抱いて寝れるかも知れぬぞ」

それを聞いた立山和義四年兵も、

「朝鮮ピーのチヤワンの穴も悪くはないが小川さん、やっぱり日本のおなごの毛のあるのを抱きたいと思わんかいな」

「そうそう立山さん、日本のおなごはあきらめて朝鮮ピーで我慢しよう。さあ、監利まで頑張るぞ！」

と小川・立山両最古参兵は動物の交尾にも似た喜びの様子で行軍している。かと思うと、

「初年兵あご出すな！　すぐ監利だぞ！　頑張れ！」

と抵抗出来ない人間を無用に残忍にあつかう古兵たちに、意地でも行軍してやるぞという気持さえ湧いてくる時もある。


だが、そんな考えもやがて消えうせ、肩の肉がちぎれそうに痛むのだ。足がキリキリ痛み、血がにじみ出る苦しみに、自分自身の心の中に何くそと闘うことをくり返すけれども、行軍に慣れない初年兵には約五〇キロの重みを体につけての毎日は苦しい。監利の噂が出てから、何時間か行軍は続いた。

「監利だぞ！」

行軍の列は顔を上げた。目前に密集している中国風作りの瓦屋根が、ぎっしりつまって見える。次第に近まり、街の本通りを行軍すると、点々と店を開いた家には魚や肉・饅頭・ピンズ（油でいためたメリケン粉の菓子）などの食べ物が何より先に目にとまる。何もかも捨てて店の中へ飛びこみ、この店の者でありたいと全く実現しないことをすぐ想像する。行軍は騒がしくなってきた。シュミーズ一枚の朝鮮女の疲れ切った姿が家の中へ二人入って行くのが見えるので、古兵たちは「よーいよーい」とそのシュミーズ一枚の朝鮮女に声をかけるが、その女は振り向きもしないで門の中へ姿を消して行った。

今、初年兵には女に心を止めたり、甘いロマンの想像をもてるわけがない。ただ、第一に監利で休憩をすることを一歩毎に待ちながら行軍していると、次第に街を通り過ぎ、反りをうたせた監利の町の瓦屋根はもうだんだん後の方へ遠く小さくなってゆく。その頃、谷口上等兵も足の捻挫でビッコを引きながらの行軍を見て、私は頼みの綱まで切れたような感じがしていた。彼の顔中、目も口もゆがめて、辛抱強く辛苦をなめての行軍の姿を耐えられない気持で見る。

沙市から白螺礒へ

古兵たちも殆ど監利を過ぎた二日目の五月二九日の午後の行軍の列は、次第に無口になってきた。外光は雨上りの灼熱する草原の太陽の下、体中が熱湯の中に浸ったように汗で熱している。その日は、長江の岸近

くらしい民家も木陰一つ見あたらず、凸凹の道なき道を「白螺磯まで、夕刻、大隊は集結して出陣式。揚子江渡河を行なう」との命令に強行軍となった。休憩も二時間に一五分間と遠くなり、付近一帯は限りなく広がる荒野に点々と沼地があり、すすきが一塊になって左右にあるのがせめてもの木陰であった。水筒の水は午前中からもうからっぽになり、首から短かくぶらさげたまま左右にゆれ動いている。白螺磯の集結地点まであと二里半と聞いた時は、顔から汗はポタポタと流れ落ち、咽はからからに渇き、水が欲しくて、水だけが自分を助けてくれると水溜を行軍しながら探してみるのだった。そこへ木原小隊長が、

「出陣式に間に合せるため駆足前進！」

と命令を下した。すでに中隊指揮班は駈け足で前進している姿が見える。よろよろになった体に足だけが駈け足をしているらしい。前の者から四〜五メートル遅れた。

「吉岡、遅れるな！」

後ろから古兵が大声で叱りとばすが、四〜五メートルを追い着くには死にものぐるいで駈足を続けなければならない。松村二等兵はすでに駈足から落伍した。初年兵は遅れては蹴られ、小銃の銃口で臀部をつかれて前方へよろめいた。

「休憩一五分！」「休憩一五分！」

電波のように伝わった声とともに兵隊は堤防の道らしい地点でバタバタと倒れて休む。誰一人として口をきく者もない。顔の汗もふかないで目だけ開いて上を見ている兵隊の顔に陽光が差別なくあたっている。私は、玉のような汗が頬を伝ってポロリポロリと落ちる時、一体自分の命はいつまで続くのだろうかと思うと、今の姿を内地の父や母に見てもらいたい気持がおきていた。

中隊指揮班では各小隊長集合で白螺磯までの駈け足行軍、そして出陣式・揚子江渡河という任務に緊張した命令の打合せが行なわれているらしい。人間としての要素を取りのぞかれた兵隊たちの倒れた姿は死体のように動かなかった。灰瀬中隊長は、落伍した兵隊を吉村少尉の指揮に入れ、中隊は駈け足で残された二里余を白螺磯へ前進することになる。第二小隊第四分隊長・山下兵長は道に立ち、

「吉岡、お前あんまり遅れるから落伍組へはいれ」

ときつい声で命令された時、私は、全身綿のようにつかれ身動きもせずクリークの堤防らしい高い道の上に仰向けに倒れて休んでいた。分隊長の命令に続いて、小川・立山古兵が何かと叱る言葉でうるさく言っていたが、それは聞きとれないほどであった。

「落伍組を残して出発準備！」

中隊が駈け足で堤防の道を去って行った後、私は急に軍隊の組織からやっと自由になったような感じがして、気分だけは元気が出た。解放感というものだろう

か。点々と横たわった落伍者は身動きもしないで目をとじて休んでいる。私は咽がカラカラに渇いているのに気付き、水を求めようと上半身を起して見ると、道の反対側に吉村少尉も顔は青白く疲れ切って休んでいる。疲れているせいか顔がやさしく見えたので、その目をぬすんで、私は堤防の道からごそごそと下へおりて行った。水溜りを見出したからだ。下りてから二〜三歩這うように歩いて、草むらの中の水際にしゃがんだ。水草が一面に生え、水面には草やあくたが浮んでいる。行動開始時、灰瀬中隊長から、

「伝染病が発生するのは水からが主である。必ず生水はとらず、熱湯にして飲むように」

との注意を受けている。だが今の私には、そんな注意なんて無用の言葉であった。「水」「水」――これが自分の咽をうるおしてくれる。私は水面のあくたを手のひらでそーっとなでた。ボーフラみたいな小さな虫が水中に忙しく泳いでいるのが目にとまった。いつの間にか腹這って口を水際までもってきた。〝病気したら入院でも何でもかまうもんか〟――直感的にはこう考えたが、それとも体中がかわいて耐えきれないからか、どちらともなくゴクリゴクリと水を飲んだ。食道を水が通って体中に水分がひろがってゆく。一度水面から顔を上げ、呼吸を大きくしてまたゴクリゴクリと飲んだ。やっと草むらに坐って我にかえり、古兵たちがいないという解放感が一段と心を落ちつけてくれた。ゆっくり首につるした水筒を取り、水中に静かに沈めた。ボグボグボグと音を立てて満水したものを首にかけ、ゆっくり元の位置に戻っていった。暫くして吉村少尉は自分の小隊の落伍者に人員をあたらせ、小さな声で出発を命令した。私は、急に元気がでてきた。それは前にも後ろにも古兵がいないという、ただそれだけの自由を得たことだけがそうさせたのだろう。だが、体はまだ一日休養しても快復しそうもなく、疲れきっている。

行軍はゆっくり前進した。吉村少尉を先頭に一二〜三名の落伍者組は二等兵から上等兵や兵長もいる。皆、綿のように疲れていて初年兵も二等兵も古兵もない。吉村少尉は遅れる者がいると一層ゆっくり行軍する。私は〝こんな中隊に編成されないか〟と考えて行軍した。午後四時頃、堤防の道から揚子江の水の音のする方へゆっくりと行軍すると、内田や宮下が四分隊の古兵とともに出陣式の時間まで駈け足で前進した辛さを偲ぶのだった。

長江渡河の出陣式

突然、友軍の飛行機の音がする。珍しく見る友軍機を力強く感じた。部隊の渡河を空から援護しているの

だろう。ヤンマ船のエンジンの音も風にのって聞こえてくる。こうして私たちは、何回も休憩をしながら疲れた体を無理しない行軍で五月三〇日の揚子江渡河を迎えた。渡河は夕暮時、薄闇の迫るのを感じつつ、筏船に乗り移った。部隊が渡河した後、縁のないヤンマ船のエンジンの音が波の音に重なって聞こえ、嵐の去った後の静けさであった。その昔から今に変らぬ雄大な流れに、私の心は自然にすいこまれてゆく感じだ。「唯見る長江の天際に流る」という今晩の長江は、これが見おさめかも知れないと思うと、この六〇〇〇キロ余の流れは、私の心を故郷に伝えてくれるような気がする。この長江を渡河すること、一度目は半年前の一二月、津浦線の終点・安徽省南京の対岸浦口より渡河して南京へ。そして今、白螺磯から岳洲へ、再び二度目の長江を渡る。「三度目はいずれの日ぞ、わが命その日まで健在なるや否や」。

三国時代の赤壁の戦い（魏の曹操と諸葛孔明の戦い）のあった古戦場もこの岳洲から遠くないだろうか。史眼に乏しい身分と疲れは、雄大な流れに身も心もすいこまれてゆくようである。南岸に着くまで船に乗っていた時間は長く感じなかった。下船後、一夜を露営し、岳洲（岳陽）に到着したのは翌日の正午近くであった。沙市出発から岳洲まで約一五〇キロの行軍は、脈旺嘴より沙市までの約二倍の三〇〇キロと比べれば行軍の辛苦は一段と厳しくなっていた。岳洲の市街を吉村少尉を先頭に一三名余の落伍組はゆっくりと午後の日光をあびて本通りを過ぎ、石疊の坂道にさしかかった時は、市街の南端らしく家もまばらに建ち、坂道を登りつめた所では市街の中心地が見下ろせるようになった。その高地の散在した民家の一つにたどり着いた。沙市で見た立派な漆塗りの門の扉は取りはずされ、先に前進して行った兵隊たちの糞だけが土間の真中に残されていた。戦争盗賊から荒されたからっぽの家の中へ這入っていく。私は吉村少尉の傍で装具をといた。吉村少尉は力のない口調で、

「ここで昼食をとり、夕食を準備すること。出発は夕刻のトラックで中隊へ追及するようになるのでゆっくり休め」

「ハイ」「ハイ」

落伍組にはこの上もないやさしい小隊長に心よい返事である。誰一人徴発に行けという者もいないし、全部の飯盒を集めて忙しく飯の準備をすることもない。ただ自分一人分の夕食を作ればよい。私はすでに完全とは言えないが、八分通りは快復していた。昼食となってすぐ吉村少尉には当番兵がついていないことに気がついたので、彼の当番兵は落伍せず行軍を続けて前進しているのだろうと思い、

「少尉殿、飯盒をあずかって行きます」

こう言って将校用の長方形の飯盒を少尉の背嚢から取り、水筒も肩にかけた。少尉は疲れているらしく、奥の寝室らしい暗いせまい部屋の壁の下に置かれた寝台の上に休む準備にとりかかっていた。飯盒をさげて石段を上り、家の少ない空地の野菜を私は一人探した。家はどの家も扉はなく、奥の方まで何もない空っぽの家であることが一目で見える。出陣式から湖南省の中国軍地区に進軍した部隊が通過した岳陽の街には恐らく食べ物など何一つ残っていようはずがない。あたりを見廻すと、そこここに飯盒炊飯をした土レンガが二列、黒く煙にすすけて並んだままになっている。薪にはすでに机も椅子もどんな小さな箱でも灰と化し、沙市とはまるで違った敵の地域内の街であり、友軍が荒した無惨な街の姿をしみじみ見せつけられた。また、ここに警備地と戦場地との差を揚子江を境に私の心に焼きつけられた第一歩であった。疲れた吉村少尉にも何か食べさせたいと考え、青く見えるものはすぐ野菜かと歩き廻ると人間の糞便が石ころのように散在しているのには弱った。ただし、これも友軍の戦争盗賊の置土産かと思うとうんざりもする。さんざん歩き廻ってやっとにらを発見したので、なるべく糞便のない所を選んでにらと米と粉醤油でにらぞうすいを作った。家に戻って吉村少尉の飯盒に軽くぞうすいを盛り、熱湯も水筒に入れてそえて寝台の上に差し出すと、

「やあ、ありがとう」

と答えて、すすけた寝台の上に坐った。私は、「ありがとう」と軍隊にはいって初めて上官から言葉をかけられたことが身にしみたようだった。入隊以来、古兵・下士官・将校などすべての上官にどんなことでも命令された通りにして報告しても、「よし」と返ってきた時は少なく、悪い時は「馬鹿野郎」と叱られるか、古兵の場合はビンタをとられることさえある。私は吉村少尉を軍隊の中で初めて血の通った人間のように思えた。

夕食がすみ、薄闇の迫る頃、落伍組は岳陽を後にした。そして暫く行軍して中広い道路に出ると輜重隊《しちょうたい》のトラックが弾薬らしい荷物を積んでいる。吉村少尉は岳陽に到着してすぐその輜重隊に連絡をとっていたのだった。行軍は止った。少尉は私たちに向って、

「これからトラックに便乗して中隊を追及するのでトラックが出発するまで付近に休憩する。あまり遠く離れないこと」

少尉はこういって自分も小高い所に腰を下ろした。私は背嚢にもたれて夜空の空を眺めた。するとどこからともなく他の中隊の一四～五名の落伍組も到着した。私はいつまでも吉村少尉の指揮下にあることを想像した。この落伍組は指揮官以下、戦争はできないだろう。そして敵の捕虜となって銃殺されるだろう。そうなるなら、やはり古兵とともに四分隊で命の限り行軍して

戦争するがいい。だが、結局どちらにしても命はない。ただし、新四軍の捕虜になれば命は助かるかも知れない。だが、それは故郷の父母に〝息子は逃亡した国賊だ〟と伝えられたら、家族はもちろん村の面目はまるつぶれだろう。いつまでも矛盾した想像になってしまい、結局、星をかぞえて平和な故郷を想像し始めた。

岳陽を経て新市へ前進

三〇分ほど休憩した頃、初夏の夜風が頬をなで、細い虫の声がする。

「乗車準備」

と声がかると、皆眠りから覚めたようにして立ち上る。

吉村少尉は、

「一中隊は第四車輌に乗車」

と命令した。

やがてトラックの人となり、固い鉄の荷物につかまって前進する。湖南への第一歩、岳陽は闇の中へ消える。「岳陽を見ずして長江を説く勿《なか》れ」というほどの旧蹟も史眼に乏しい身分には夜風とともに消え去ったようだ。小高い丘が両側にぼんやり見える。体がゆれ、車の速さで夜風が頬を洗う。すると右側に白く広がる湖が現れた。

「あれが洞庭湖だ」

中国第二の淡水湖、初見参の洞庭湖は、水増し、陰天低く湖上を圧し、小舟一つ見当らない。トラックは次第に洞庭湖に近づく。初夏の夜風にただよう水のように限りなく広がる水面は波立たず、白く淡い明るさが天際に達する。

全く静かに一面に水をたたえている洞庭湖の不動の大自然は、自分を忘れていつまでも水のほとりを離れたくなかった。湖の真ん中に小高い島が黒ずんで見える。この大自然は今までの辛苦の行軍の重くるしさを忘れさせていた。トラックは湖を離れる。夜の湖が次第に後ろの方へ遠ざかって、既に、湖南省の敵陣へ向ってどんどん前進していることに気づいた。車上の落伍組は二〇キロほども夜風をあび、車上の涼しい気持よい前進だった。トラックは新牆附近で止り、全員下車する。トラックに別れて一歩一歩行軍する時、体の重心がなくなった感じである。何度もトラックを振り返って見た。夜のとばりは下りて、すぐ見えなくなった。〝輜重隊になっとればよかった〟と、一人実現もしないことを心の中でつぶやく。少尉は道を探していたが、

「これから中隊の宿営地まで行軍する。皆んな元気を出せよ」

と注意する。そして灰瀬中隊の標識を行軍しながら探す。前進する部隊には、それぞれ軍服の左袖の上部に全員が白い布に書いてつけている。一〇六大隊が「ひ

峯」と記しているのは、第五十八師団が「広部隊」という記号だから「ひ」を用い、一〇六大隊本部が峯口を警備していたから「峯」を用いているのだ。従って「ひ峯」は一〇六大隊であり、第一中隊は「ひ峯一」と紙片に書いたものが、本道から小さな別れ道の場所の目につきやすい木の枝にさしてある。

「ここにあった。一中隊はこちらだ」

少尉はこういって夜道を前進する。また、暫くすると「ひ峯一」の紙片が白く夜の道に浮んでいる。いよいよ湖南省にはいり、この標識が後続中隊の追及する道しるべとなっているのだった。小さな田甫道を曲りくねって夜の一一時頃、やっと一中隊の宿営地である民家に到着した。

「これより各人、自分の分隊に復帰すること。解散」

少尉はこう言い残して立ち去った。いよいよ私は、再び小川・立山両古兵が待っている四分隊へ行かねばならぬかと思った時、足どりが重かった。だが元気そうに分隊へ帰らねばまたひどい目に会うかも知れないと考え、勇気をとりもどして四分隊を探した。中隊は着いたばかりの宿営準備で忙しく、火をたき、寝床の藁を土間に敷いている者もあった。

「第二小隊はここですか?」

と聞くと、第一分隊の刈谷分隊長が、

「おう二小隊だ。お前は誰だ」

「第四分隊の吉岡です」

「四分隊はこの奥の部屋だ」

と暗い部屋の中で顔にほてるたき火で目だけが光った兵隊が教えてくれた。

「山下分隊長殿、吉岡、ただいま分隊へ追及しました」

「すこしゃ元気づいたか」

その分隊長の言葉には皮肉を含んだものが返ってきた。そこへ立山古兵が背嚢から飯盒をとりはずしながら、

「吉岡、今からあごは出さんどたい」

と灯心の淡い明るさの中で、けわしい目で私をじろりと見る。

「はい」

と答える以外に用意した返事ももち合わせなかった。次は小川古兵が、

「これからが敵陣に近まり、お前のようにあご出していると敵の捕虜になり、四分隊の恥になる。さっさと装具を下して夕飯の準備せい！　ぼさっと立たず、俺たちはまだ夕飯は食っていないぞ。お前だけは楽々とトラックの上で食ってきたろうが……」

私は、すぐ内田・宮下初年兵の後をついて飯盒を下げ、家の外の暗がりに出た。すると二人とも案外気の浮かぬ顔をして私にはろくに話もしてくれない。それは二人とも私と別れて四〇キロほどの行軍を続け、辛苦をなめ、古兵からも叱りとばされたからであろう。

内田がぽつりと、

「吉岡、お前は二日間楽だったろうが、俺たちはあご出してえらい目にあったぞ」

「そうか。俺も今後は頑張って行軍するぞ」

すると宮下が、私を相手にしない格好できつく、

「早く飯たいて食うようにしようぜ」

私は初めて落伍した者がこれほど日本軍隊の組織は冷酷にあつかわれるものかを体験したのだった。しかも、同等兵までも冷たくするとなれば、万一病気で倒れた兵隊は一体どうなるものか疑わざるを得ない。〝よーし、死ぬまで頑張って見せるぞ〟と力んでみた。自信はなかったが、倒れるまで行軍を続け、戦闘になれば弾次第で命は左右される。その時は「倒れるまで」と天に向って運命を託すのだ。

その夜は夕食を終え、皆疲れているので私は一番不寝番に出された。

翌朝、早く出発。いよいよ湖南省の省都・長沙を攻略する任務で部隊は一路南下していることが兵隊の間にも知れわたった。そこで行軍もまた一段と強行軍となって夜行軍も続き、休む時間は一五分の休憩と朝昼晩の食事だけが一時間となり、夜民家で休むことは四〜五日に一夜程度の藁の上での一夜となっていた。それにともない下士官・兵ともに次第に気が荒々しくなり、初年兵に対してもむごい制裁が増して来た。新牆を過

ぎる頃からやさしくしてくれていた谷口上等兵も、分隊の最古参である小川・立山からにらまれ、私に対しても言葉だけは激しくあたる時もあった。ただし、二人だけの時、実に彼は兄のように接してくれ、私は何も彼に恩返しができないことを心細く感じるほどであった。

既に六月上旬である。湖南に踏みこんで付近の地形は、こちら側の丘陵と遥るかかなたの丘陵とのあいだに水田がひろがって空は広い。遥かな丘陵の中腹に平地があって農家の集まりが見られる。水田の小さな一本道を曲りくねって行軍すると苗代が作ってあり、水をたたえた苗代田の中から蛙のなき声がガアガアと忙しく聞える。こんな自然の中に鉄砲かついで人間の殺し合いをすることはなんて不自然だろう。一匹二匹三匹、その鳴き声は合唱となるかと思えば、また次第に二匹一匹とリズムにのって聞こえてくる。もう故郷では父母が苗代をしている頃だろう。そして田植も近まり、蓑笠つけた父母の姿を想像たくましくして行軍を続けていると、遠くの水田で苗を取っていた中国人が小さく見えた。隣の水田では三人の田植姿も見えて平和な農村を思わせたが、日本軍が近づくのを察して三人の農民は素早く逃げて消え去ったのだった。

雨上がりのある日、田甫の真中の三~四戸の民家に午後、中隊は酷暑のために大休止となり、はいっていった。日暮れ時の夜行軍の出発時までゆっくり休むことになったので、内田・宮下とともに三人は裏の田甫に出ると、戦争で田植ができないのであろうか、一面に水田裏作のえんどう豆が、誰も手をつけないで莢をたわわにつけて実っている。分隊の飯盒を両手に持って三人はえんどう豆の蔓の上に腰を下し、故郷の話に花をさかせて、ゆっくり莢から豆をほぐり出し始めた。その日、豆飯に舌鼓をうった古兵たちも疲れて静かに休んでしまったために、私たちも再び田甫に出て休むことができた。だが、こんなゆっくりした休憩はこれが最後ではないかと感じたのは、敵を身近にする環境が迫っていたからだ。すでに、新牆を過ぎて大荊市・黄市と南下。夜行軍は夜のとばりは厚く、墨汁のように真暗く、時折、雨が肌をさす中を丘陵を上り、また下る丘陵は次第に高い山に変わる。六月上旬の湖南は雨が多くなっていた。やがて内地では入梅の日も来るという頃、毎日雨と闘いながら行軍しなければならなかった。夜中過ぎから風雨が強まり、頭の芯まで冷たく感ずる道は、山また山の松林の道にさしかかった。民家でもあれば夜は宿営もあろうかと想像するが、山道にさしかかって今日も明日も民家の一戸も発見することはできなかった。道は泥濘と化し、上り下りの坂道ではすべり落ちて軍服も泥にまみれ、夜は松山に天幕を敷いて一時間余の睡眠だけが休む時間となり、肉体的疲労の度合は増してくる。だが、今日も明日も山道を上り下りする。ある日の午後、強烈な風雨となり、赤土色した山肌から雨水はおし出して流れている。一中隊は松山の頂上を行軍していた。

「休憩！」「休憩！」

「一時間の休憩に昼食だ！　すぐ飯を焚け！」

これは指揮班から第二小隊に戻ってきた木原少尉の命令である。各小隊毎に一斉に騒がしくなってきた。ここは松山の頂上である。何一つ飯を焚く物は見あたらない。分隊は全員で天幕を張り、その下に飯盒を並べて準備する。松の木の枝をボキボキ折る。雨水がバラバラ落ちてくる。生々しい松の枝が集まってくる。

「初年兵は下のクリークで米を洗え！」

小川古兵の激しい言葉に、私たち三人はすぐ下の中腹あたりに白く見える山の谷間の小さなクリークへ向って赤土色した山肌を下りて行く。後ろの方から谷口上等兵が、

「俺も一緒に行くぞ！」

と声をかけて来たので、私は何よりの力強さを感じた。彼は、いつも私のことについて味方になってくれるからである。クリークの縁へ向って下りてゆく。近づくと山上から流れてきた雨水が溜ったもので、赤土色の泥水であることがわかった。しかし、今はこの水以外に米を洗う水は見当らない。私は、

「谷口上等兵殿、この水で洗いますか」

「仕方なかろう。焚けば毒はない。かまわん」

私たち四人は、急いでその赤土色の泥水で米をとぎ、山肌をはうようにして上った。

雨は時折、大粒の雨となり、首から背中の肌伝いに流れるこむと心臓がぎゅっと引きしまってくる。

どんな雨の日が続いても漏れないよう背嚢の中にマッチを幾重にも布でまいて分隊の何人かが常に持っている。そのマッチで中国製の紙に火種を作り出し、天幕の下で青々とした生の松の枝に火をつけ、バリバリ音をたてて燃え始めた。

「さあ飯盒をかけろ。一時間しかないぞ」

古兵たちの荒々しい言葉に、急いで準備して両側から飯盒のとり手をさしつらねた棒を持ち、火の燃える部分に飯盒の底をもっていった。濡れた青い松の枝には松脂《やに》が含まれ、炎は白い煙をもり上げて燃え始めた。

「松の枝をどんどん持ってこい」

分隊長・山下兵長は松村二等兵に言いつけた。木原小隊長も雨の中で天幕の角を引っぱって手伝っている。分隊全員の飯焚きで、わずかの時間で飯盒の蓋がふき上り、飯が出来上がった。木原小隊長は各分隊に、

「すぐ飯を食って出発準備せよ！」

と叫ぶ。何しろ、今日は大隊本部の次という行軍序列で命令も厳しい。

各人の飯盒を取って、天幕を頭から覆って飯盒の蓋

土砂降りの雨の中に濡れた生松枝
で飯を炊く 1944.6 湖南

をとると、飯は小豆《あずき》飯のように赤土色の飯ができている。岩塩をふりかけ、ふうふうと息をはいて食った。まだやっと米粒がやわらかくなりかけたところといった飯であったが、熱いだけにうまかった。

飯盒の底をみた時は砂がこびりついて、泥水の飯も小豆飯と思って食ったのであろう。

「出発準備！」「出発準備！」

松山の頂に兵の群が動き始めた。やっと飯を終えた時、命令は下った。雨に濡れた重い背嚢をやっと背中へ背負った。小銃もすでに雨また雨で遊底覆は赤錆が見えるのでボロ布で巻いてかついだ。この雨の山道では古兵も下士官も皆、疲れきって、古兵たちはさらに人が変ったように荒々しい態度になっていた。泥水にそまった軍服の跨（ズボン）は歩くことによって摩擦し、足の大腿部が真赤に腫れあがり、苦しんでいる。三分隊の神崎上等兵が跨をはかないで褌一つになって出発を待つ姿も現れた。外の兵隊も泥にまみれて捨てられた雑巾みたいな姿が列を作って山を下り始めていた。幸いにも私はそうした股ずれをしなかったことに内心、足に感謝していた。「あー、よかった。もし股ずれする足であったら、この山中で落伍でもすれば家もない松林に死んでゆかねばならなかったであろう」――と。雨は次第に小雨になり、松林の急勾配の石ころの多い道を下り行軍していると、すべり転ぶ者も出た。松村

一等兵・高木一等兵も石に躓き、何度も転び、小銃を投げ出すので、

「お前、一等兵にもなって小銃を投げるやつがあるか！」と立ち上るところを蹴られてまた転ぶ。私は、それを見て歯をかんで死ぬまで行軍を続ける決意で頑張っていたため、山道の行軍では古兵の制裁は少なくなっていた。やがて松林の隙間から下の平坦地を流れる川が目に止まった。

「よーし、この山を下れば家もあろう。一晩ぐらい民家の屋根の下でゆっくり眠れるかも知れぬ」と一人想像をたくましくしながら山道を転ばぬように下って前進した。大隊本部の今堀部隊長も馬から下りて行軍していたが、午後になって部隊長が平坦地を馬上で前進している姿が前方に見受けられた。一中隊も田甫の一本道へ下りてみると、泥濘《でいねい》と化した道なき道は、編上靴の半分は泥の中に沈み、一歩毎に苦しい行軍を続けなければならなかった。前方に見える川は増水して濁流と化し、川幅を広めている。工兵隊が架橋した丸太の橋は通過するのに時間がのびて、行軍は雨の中で止っては前進、止っては前進をくりかえす。行軍が止って兵隊の一列の曲りくねった場所で顔の見える時がくると、どの顔も泥にまみれ、ほほ骨が出て、痩せて顔色悪く、疲れきった落伍寸前の兵隊は小銃を杖にやっと立ち、顎だけが前へ出ている。戦闘帽の下から髪の毛が伸びて、ぱさぱさした毛がはみ出している。ハサミで髪を刈ったのはいつの日か、今では伸び放題になっている。やがて中隊指揮班は丸太橋を渡り始めた。ゆっくりと前方の危険な丸太のつぎ目のゆれを観察しながら私は丸太を踏みしめて前進した。川幅は二〇〇メートル余に見えた。橋の三分の二ほどの地点に来るとうつぶせになって流れてくる人間の死体が目についた。私は注意して丸太橋の下を見て流れてゆくのをみた。「クーリーだ！」と心の中で叫んだ。脈旺嘴警備隊を出発する時、一緒に弾薬・食糧をかごに担わせ、クーリー監視の兵隊をつけ、各中隊の最後尾を行軍していた。一〇六大隊の前方を行軍している一〇七大隊か一〇八大隊の荒れくるった行軍の中で起きたクーリー殺しの結果であることは想像に難くなかった。山道の行軍で荷物をかついだ連日の雨の中でクーリーたちも疲れきった顔を帯剣でクーリー監視の兵隊から臀をつかれ、「快走！」「快走！」とつつかれていた時もあった。古参兵の中でも三年兵・四年兵は気が荒く無茶苦茶な制裁を非人間的暴力をふるうものだとその時感じていたが、今ではクーリーは死体になって濁流とともに流れ去って行く。泥にまみれた支那服も雑巾のようにやぶけ、背中の肉体が露出している。流れの波にのって浮き上る顔は紫色で変形して惨酷に殴られた傷跡が残されている。

力の限り荷物をかつぎ体力尽きて倒れると殺される、このような現実が白昼堂々と行なわれる。これが天皇の軍隊というものの戦争であった。俺も落伍して倒れたら、このクーリーのように捨てられるものなのだろうか？

兵隊だけには病院らしい病院ではなくともせめて屋根の下で休ませて、薬も与える野戦病院があるだろうと考えたものの、戦争の犠牲は、いよいよふえる。病気になった兵隊は結局みじめな最後を想像しなければならなかった。それは、日本の軍隊には病気に罹ることを極端に軽視するという伝統的な精神主義があったからだ。病気に罹るのは気合が足りないからだ、たるんでいるからだ、そんな奴は皇軍の一員ではない、そういう観念が全体に蔓延していた。

橋を渡って川岸を行軍すると川の流れの死体は二人目が濁流とともに流れてゆくかと思うと三人目が……、何ということか、クーリーの命なんて虫けら同然ではないか。

やがて行軍は川岸を離れて民家一軒見ることのない松林の山道を登り始めた。その途中、泥濘の中に足を入れるとバッと音がして編上靴の底革がはなれて大きな口をあけた。「しまった！」――私はどうしようもなくびっこを引いて行軍しながら付近を見ると縄切れが雨にたたかれて落ちている。前方を行軍していた大隊の荷物の縄であった。「しめた」とすぐ拾い上げ、編上靴の底革と上の足の方を二重に巻いてくくり、残った縄を片手にとって一歩毎にその足を引き上げる苦しい行軍を続けた。疲れきった体は「死」ということより「休んで眠りたい」ということだけが切なる願いごととして、生きている現実をなぐさめているのだ。夜のとばりは深く真暗い闇の夜で、星がはるか遠くに小さく輝くのを見出すと、その星に願いごとを届けたい。雨上りの夜風が音を立て、寒気がしてくる。上り坂の泥濘の道ではよほどしっかりした足どりで行軍しているものの、すべり転んで泥んこになる。その時、金属の音がすると古兵が後ろから、

「お前、小銃を落したろ！」

と暗いために頭だろうが顔だろうが松の枝で殴られた。起き上って、遅れまいと急ぐと、雲にかくれていた星が濃紺の夜空に現れてまたたくと、「天は人の願いを奪わず」という言葉が浮べば、知らず知らず涙がポロリポロリと頬を伝って流れ落ちるのだ。何が悲しいのだろう。またたく星から故郷の父母がやさしく声をかけたかのようだった。止めどもなく涙が頬を伝い、口の中にしみ入る時もある。

「休憩一五分」に松林にどっかり仰向けに倒れると、臀には泥水がしみとおってきて臀の肉体は死人の臀のよう冷たくなっている。雨が止んで夜行軍は午前四時頃、松林の頂上あたりで一時間の「大休止」となった。バラバラに倒れた兵隊は身動き一つせず、そのまま眠

りにさそわれてゆく。もう一週間以上、夜休んで眠った日はなかった。綿のように疲れた身体はすぐ眠ってしまった。その眠りには必ず故郷の夢があった。時にはもう死んだ方がいい、このまま眠り続けて死ねば一番楽かも知れないと想像をめぐらし、眠ったことも何度あったか知れない。

一時間ほど過ぎた頃、目がさめると自分のいる場所に朝がきて、朝靄の中に松林の梢が淡く見られた。雲が低く覆い、雨模様の天気である。やおら起き上って隣の兵隊の顔を見ると、頬の肉もそげ落ちて泥にまみれた顔に目の彫りが深くなった目だけをギョロギョロさせて顔と顔を見合せている。少し後ろの方に二年兵の松村一等兵はすでに起き上る元気もないらしくまだ目をとじていて、顔色は死人の顔色に似て泥にまみれ、病気になっていることが感じとれた。近くで木原小隊長は天幕の上から起き上り、

「第二小隊、朝飯の準備を始めろ！」

この命令で朝の静かな松山の山上もぽつりぽつり兵隊が動き始めた。私もやっと装具を全部といて飯盒を集め始めたので、内田・宮下も疲れた様子で一緒に朝食の準備にとりかかった。雨に濡れた松の枝で炎を上げ、飯を焚く。そして、ここでも岩塩で朝食をする。休憩は一時間過ぎたと思ったが、出発準備の声もかかる様子はなかった。将兵皆疲れ、この山中で遅れている駄馬部隊もあるらしく、灰瀬中隊長は本部からの命令受領が来るのを待ち、それまで休憩するらしい。朝飯を食って指揮班の兵隊も松の木の根本に散在して寝たり坐ったりしている。木原小隊長も背嚢と装具の重さは兵隊の半分の重さにもならないが、すっかり疲れた様子で、

「立山、俺も休むぞ」

と立山当番兵に言うと、立山は天幕の上の背嚢を枕に整えてやる。そうして、誰いうともなく兵隊は上官の態度を推定して休み始めた。私も松林の山上から少し降りて糞便の用をなるべく早く達して休む時間をかせぎ、斜面になった山頂の天幕の上で背嚢にもたれた。目の前に広がる静かな山の麓へ目をやると、低い雲間の松林の梢のまばらに見える外は一面に白い雨雲がただよい、谷間をかくして何も見えない。もう一週間近く松林の山また山の行軍で、民家が恋しくてたまらない。だがいつになったら平坦地の人間の匂いがする道へ出るやら想像もつかない。中国大陸の広大な大地の果ての山の中でも苦しみと一緒に感じとった。もう賑旺嘴も二度と見られない地点へ来てしまった。静かに目をとじて休んでいると今日までの辛苦の足跡が走馬燈のように浮んでくる。行動開始以来、毎日毎日汗と土にまみれ、日を重ねると同時に行軍の辛苦は強まってきた。岳陽出発以来七〜八〇キロは行軍しているらしい。六月も上旬を過ぎる頃であろう。えんどう豆の

田圃で腰を据えて莢をもいだのが休養らしい休養だった。あの日以外に人間らしく休んだことはない。新牆河を渡河して松林に休んだ時、編上靴をとって見るとすでに足から血が滲みでていた。あの時もその足を引きずって行軍していたにもかかわらず、小川寅男古兵が何度か蹴とばしたのだった。新牆河は足の膝までの水深であった。水の中の浅瀬を選んで流水をけって渡河し、そのまま太陽の照りつける赤土色した湖南の野山を行軍した編上靴の豚皮が乾いて干からび、固くなって足の皮をすりむいてしまった。止めどもなく出て来る涙をかみ殺したら、やっと松林で足の手当をして、やっと行軍を続けた。また、湖南にはいって制空権は米空軍に完全なまでに押えられ、米軍機Ｐ51の奇襲に二～三度出会った。

「バクオーン・バクオーン・バクオーン」

兵隊の叫ぶ声に一列の行軍は命令もいらない。一斉にバラバラになって行軍の列をくずして草むらにはらばって目だけが空を見上げた。

Ｐ51は「ダ……」「ダ……」と低空して銃撃する。機関銃中隊・歩兵砲中隊・行李班の駄馬の行軍している兵隊は、馬の大きい体が目標になるので隠す場所を探すが、突然で広い田畑などでは右往左往する。馬は馬でそんな時に限り引っぱっても動かない馬も見られた。

Ｐ51が去った後、行軍序列を作っていると一中隊から行李班に馬引きとして編成された沖縄出身の新城と出会った。私は空襲では苦労しているのだろうと思って、行李班の散開している所を通り過ぎる時、敵機が去ってもまだ馬の荷物の綱をしめているので、

「新城、やられた者はいなかったか？」

と聞くと、彼は黒く日焼けした顔に元気なさそうに、

「馬引きは辛いぞ」

となげるように返事したので、

「敵機が低空してきたらお前、馬から遠ざかって隠れたらどうだ」

「そんなことしたら血の出るようなびんた打たれるぞ。馬を隠すことが一番だ。今の銃撃でも二頭やられている」

「そうか……」

こうした同年兵の互いの命を永らえる一瞬の会話の日もあり、兵は皆行軍の辛苦に追いつめられ、疲れた身体をどうにか持ち続けて、この松林の行軍に入っているのだった。

命令受領も、本部から自分の中隊へ命令をもって来るにも、息も止まらんばかりの苦しい足どりで中隊指揮班までたどり着く状態である。本部より一里ほど前方を前進している中隊の命令受領は、一里の山道を駈足で追い着き、中隊長に命令伝達をしなければならない。この泥濘の山道では体の限界をかけた行軍なのであった。岳陽以来の疲れは、この松林の頂上で出発準備の声が聞

こえるまで微塵も動かず、こんこんとして眠っていた。虫の小さな声だけがリーリーリーリーと地上の人間の行軍とは無縁の世界を叢の下で営んでいる。その小さな鳴き声は湖南を南下する兵隊たちの疲れた体を眠りにさそう、唯一のやさしい鳴き声でもあったのだった。

約一時間余り眠ったらしい。目覚めた時、指揮班では命令受領が報告している灰瀬中隊長の顔に視線が集まっているところだった。背嚢に腰を下していると、中隊長の前で不動の姿勢で小銃を持ち、これからの行動の大隊長命令を伝え終った命令受領下士官兵二人は、棒のようになった足を引きずって指揮班の兵隊の真中にどんと腰を下ろして倒れた。二人の兵隊がすぐ起きて行き、背嚢をとってやり飯盒の飯を食う準備をする。この松林の雨の続く山中では、すでにタバコもなくなったたのむマッチも濡れはてて中隊で火のつくマッチは数少ない。携帯食料の徴発米も底をつきはじめ、飢え迫る夜は近まっているが、この山の麓にかけて虫の鳴く草木の繁った、まだ人間に侵されていない静かな自然がいつもひっそりと広く息づいているのだ。この松山を侵しているのは一本の極めて小さい線に過ぎないのだ。

やがて部隊の今後の行動について話し声が高まった頃は、ほとんど自覚した兵隊が動きはじめていた。そこへ指揮班から声がかかった。

「小隊長集合！」

いよいよ部隊の前進が始まることを直感する。この雨風の山道で、兵の病人も出はじめたが、戦争は兵隊にとっては惨めな苦しい酷いものだ。一度それに踏みきると勝つためと称し、どんな非人間的で汚いことでも平気で実行されるものであることに、今更ながら体験させられていることに気づいてもどうすることも出来ない。

「出発準備！」

この声とともに一斉に将兵は動きはじめた。雨上りの白い綿のような雲は山と山の谷間を低く流れてゆく。どこまでも続く山の稜線を南へ南へ行軍すると、松林の中に輜重隊のトラックが四～五台前進不能となって停止している所で休憩となった。するとこの隊のトラックは、もう二日間も松林に、道路というより地面が乾くのを待っていることがわかった。また、私たちも山の頂上から次第に谷間に下っていることも推察され、長沙に向って雨の中を歩兵部隊を始め工兵隊・砲兵隊・作業隊・輜重隊と長沙攻撃に必要な部隊が一斉に南下していることもわかった。

「二日間も休まれる輜重隊はいいなあ」

と一人つぶやきながら、うらめしそうにトラックの荷台に寝ている輜重隊の兵隊に何か分けてもらえないだろうかと考えて、私は荷台に近づいて声をかけてみた。

「輜重隊、あんたたちは米などはトラックに積んでいるだろうなあ？」

と聞くと、半分起き上って、

「糧秣は車に一ヵ月分ほど積んでいる」

「いいなあ、俺たちぁ背嚢に二～三升だからこの山道では心細い」

「そうだろうが、歩兵はどうせ第一線を行くし、後では食いたい物は食い放題だから」

こんな会話で終り、私は何一つもらえそうにないことを知り、泥だらけのトラックのタイヤにチェーンを巻いた車を見ながら遠ざかって休んだ。輜重隊も、一〇日も二〇日も前進不能となったら食料不足は命とりになる重大事であることは明らかなことである。

一〇六大隊は谷間に来てやっと今堀大隊長の馬上姿をチラッと見うけられたが、また、山道にはいって辛苦は日増しに重なり、兵隊の行軍力をにぶらせた。すでに外の小隊でも小隊長の軍刀で後ろからこづかれて、

「お前、それでも日本軍人か」

前によろめいた兵隊は、青ざめた顔が泥によごれ、泣き声が聞えるのだった。私はその兵隊を見て急に〝石にかじりついてでも行軍を続けるぞ！〟と心に強く刺戟された。雨はあがったものの日中の蒸し暑さは言語に絶した。辛さに泣きながら前進する兵隊の姿は、途中に見た川の水の流れにうかんでいた死体へつながる思いが脳裡を走った。〝何くそ倒れるものか！〟〝足からどんなに血がふき出ようと肩の肉がえぐり取れようと汗が流れつくして体全体がからからに乾いてもみじめな死に方はしないぞ！〟と、私は足が前に出て行くのも忘れてただ前の兵隊から遅れず行軍することに集中していた。中隊にも二人三人と落伍者が出て、そのあわれな落伍者はひどく叱られ、殴られている者もある。すると、指揮班の萬瀬准尉が中隊の最後尾と落伍者をまとめて行軍するようになった。私は落伍者が増すにつれて次第に心の中から勇気をふりしぼるようにして行軍を続けた。四分隊のやかまし屋の小川・立山古兵もすっかり疲れ、初年兵を叱りとばす言葉もなくなっていた。

中隊の行軍は山を下り始め、上り坂から下り坂の道に行軍は進むと、体を前に無理なく前進させているので下り坂に感謝する。そうした曲りくねりの多い道を暫く前進していると両側は見上げるように高い崖になって次第に平坦地に近づきつつある感じがする。その頃、

「休憩一五分！」

その声と同時にバタバタと前の列から兵隊は倒れて休む。もうタバコも水も、何も手をつけたくない。倒れて動かないという状態が最も自分に必要な時間である。分隊長以下、誰も口をきく者もいない。

その休憩は一五分を過ぎてもまだ出発準備はなかった。三〇分も休んでから指揮班で話し声が聞える。命令受領が変った命令でも報告したのであろう。その後私は、木原小隊長が指揮班へ前進して小隊の位置へ

戻っていたことも知らなかった。休憩は三〇分を越えた頃、一〇六大隊は尖兵中隊より新市の北側を流れる汨江を渡河準備中であることがわかった。

「ようし助かったぞ、行軍を続けてきてよかった。落伍しないで済んだのだ。今から渡河するまでは休憩は多い。新市に到着したら大休止だろう」

と心の中でつぶやいたのだった。私は、目をとじて仰向けに倒れたまま、生きている自分を確めた。暫くして出発準備がかかって前進するが、一〇〇メートルも前進しないうちに休憩となる。今はなるべく渡河が長い時間をとればよいと考えながら休んだ。後方に九六大隊が続き、麓から山にかけて長蛇の列が動かずに見える。午後の陽光を受け、やっと汨江の堤防の柳の木を前方に見る平坦地までやってきた。幾日ぶりかに見る河辺の一軒の大きな民家も目の前に現れた。「ああ助かった」と何度も心の中で喜んだ。反りをうたせた瓦屋根の大きな一軒家の前に来た時は汨江の向う岸の石垣の上に並んだ新市の町が見えた。もうそれだけで元気が快復してきたような気持がした。ただし、ここの一軒家は、正面の大きな扉はとりはずされて庭に倒れ、その開き放された入口を通して見える家の中は全く空虚な壁と瓦屋根だけの家であった。休憩の時間は古兵たちの話で急に騒がしくなり、新市では大休止に間違いないと話し合っている。そこへ命令受領が指揮班へ来て渡河についての大隊長命令を灰瀬中隊長に報告しているのを見て、皆黙って耳をかたむけた。

命令は下った。

「大隊はこれより新市に於て大休止をするため、汨江を渡河する。渡河は尖兵中隊である第五中隊が渡河し、敵情偵察後、第三中隊、第四中隊、第二中隊、大隊本部、第一中隊、歩兵砲中隊、機関銃中隊、行李班の順に行なう。一般中隊は舢板《さんぱん》（中国製の櫓のついた舟）四隻を徴発、準備してあるため、次の要領によって渡河すべし。

一、背嚢は舟底にまとめて七人を乗船させる。

二、編上靴は巻脚袢の上からはくこと。

三、対岸の石垣に着いたら櫓こぎの上手な者は舟をこいで素早く次の兵隊を運ぶこと。

四、一般中隊は急ぎ渡河し、駄馬の荷物を運ぶため舟をゆずること。

五、各中隊は新市到着後、入院患者を調査し、本部医務室山田軍医に報告すること。」

大隊命令は以上のようなものであることが兵隊に電撃的に伝達された。やっと大休止がとれたぞ、これで命がつながったと内心はりつめていた行軍の力がゆるみ、疲れきった体をずるずる引かれるようにして堤防を下って水際の砂をザクザク踏む時は、盛んに四隻の舢板《さんぱん》の櫓をこいで第四中隊が渡河しており、後から堤防を下りて来た行李班の馬も砂地の広い河原に列をくずして散らばり、荷物を下ろしている兵隊もある。一中隊より先に前進していた機関銃中隊はすでに銃器を下ろして裸馬にまたがり、水の中へはいって行くところである。先頭の機関銃中隊長・緒方中尉は、後ろの兵隊に向って、

「水が深くなり、馬が泳ぎ始めたら、馬の臀の方に乗り、馬の前足を軽くしろ！　よいか！」

と大声で呼びかけ、馬は次第に河下へ流されて行く。汨江はすみきった浅瀬から次第に深くなり、対岸の石垣の上には幾かかえもある大木が何本も並び、河の上まで枝が広がっていて、その下は水が青く水深を示している。

私たちは砂の上に立って、舢板《さんぱん》を待った。緒方中尉の褌一つの勇ましい馬上姿を見送って、足のとどかない深く流れも早いところを顔だけ水面に浮かばせ泳いでいる。緒方中尉は馬の手綱をしめ、馬の頭を引き上げるようにして流水にまかせ、石垣の対岸から離れた川下の草むらの岸に間もなく着いた。その後ろを下士官が続いた。

河原には褌一つで馬の手綱を引いている機関銃・歩兵砲・中隊の兵隊が散ばり、行李班の駄馬は荷物を下して堤防に馬をつないで休んでいる。私たちは、やがて乗船して二〇〇メートルほどの汨江の対岸に到着、石段を上った。

石垣の上にはぎっしり瓦屋根の家が並び、その家の土レンガ壁の間の細い石畳の道を出て、町の本通りの少し石畳の広まった道をコツコツと両側の家を覗きこむようにして、「ひ峯一」の標識を伝って行軍する。両側の家の大きな漆塗りの扉は皆とりはずされ、家の奥まで何一つ家具もなく見通される。中国人一人として姿を見受けることもなく、いよいよ敵陣が近まっていることが感じとられた。

二〇分ほど行軍して一中隊の宿営地の家の前まで来ると、灰瀬中隊長はすでに装具をといて身軽な身で開き放された門の前の竹製の椅子に腰を下ろしていた。四分隊は一番奥の部屋に入って行く。すでに指揮班や一分隊は、今はゆっくり休もうと飯盒を並べて家の土間で飯を焚く準備をしている。私は、内田・宮下とともに飯盒を下げて、何かこの小さな町に獲物がありそうなものだと徴発に出る。今来た本通りの道からすぐ細い石畳の裏道へ入って、薄日のもれる家の中を探した。

「おい内田、この町には何もないぞ。皆、中国人が持ち逃げしているぞ」

「そうだ。だが野菜は持ち逃げせんぞ」

といいながら内田もゆっくり隣の部屋から出て来た。新市に到着したと同時に、私は元気をとりもどすことができたので、小さいこの町から黒砂糖ぐらい探し出したい欲望が働いていたので、家から家を探しているうちに石垣の真上の家に来ていることがわかった。傍

にいた内田も徴発に熱心である。

「おい内田、この家の下は今渡河してきたばかりの河だぞ。見ろよ、まだ行李班の駄馬は渡河の真最中だぞ」

家の開かれた小さな裏戸から河原に散らばった何十頭の駄馬と兵隊の姿が一目で見えた。三人はそれを眺めながら宮下が、

「こういう時は馬引きより俺たちが早く休まれるから助かるぞ。だが、この町では何もないぞ。ただあるのは兵隊の糞ぐらいだ」

三人はあきらめてもと来た方の家へ引き返した。先着の兵隊は空っぽの家の土間の真中に糞便を置土産として立ち去っている。私たちは、得物よりその糞便を踏まぬよう注意しなければならぬ。友軍の置土産にうんざりするものの自分たちもまた、

「俺も糞するか」

「俺もそうする」

P51の機銃掃射を受く

三人が別れようとした時、突如、

「ブォーン！　キューン！　キューン！」

とP51戦闘機の急降下する金属製の音が電波をあびたように聞えた。すると、

「爆音！　爆音！　爆音！」

と兵隊の叫び声とともに、

「ダ……！　ダ……！　ダ……！」

心臓をたたくような機銃の音……米空軍のP51戦闘機の不意打の銃撃にあわてふためく。私たちは小さな奥の部屋でしゃがみこみ、天井のない瓦屋根を見つめていた。P51が四機ぐらいと想像された。すると渡河点の方から兵隊のうめき声とともに馬の嘶く声が入り交って聞えてくる。悲壮な情況に胸の鼓動をおさえて、耳をすますだけである。宿営地の家の方でも、

「爆音！」「爆音！」「爆音！」

と叫び、兵隊が駈け出して逃げる足音がする。今銃撃して敵機は飛び去り、心臓が鼓動を始めたかと思うと、再び敵機は、

「ブウーン！」「キューン！」

と急降下の音とともに
「ダ……ダ……ダ……」

一機、二機、三機と血生臭い機銃掃射の音とともに、馬引きの兵隊と馬の何一つ遮蔽物のない河原で血をふき死んでゆく姿をじっとしゃがんで思いをめぐらす外に何もできない。敵機は、三回、四回と機銃掃射をあびせているうち、三人がしゃがんでいる部屋の家の表の広い土間に瓦屋根から機銃掃射の音と同時に、「ボクーン！」と強烈な音がして土間に落ちた。

「内田、今のはＰ51の弾だ！」

と私はいって表の土間に出ると、土間の真中に突きぬかった機関砲の弾を発見し、恐る恐る拾い上げて見ると、内田も宮下も顔を出してきた。長さ七センチもある銃撃弾は、手の平の上で重みを感ずる。この大きな弾が体に命中したら血をふき、命が助かる保証はまずない。五回以上の急降下銃撃が終り、Ｐ51の爆音は遠のいた。私たち三人はすぐ裏戸にすいこまれるように駈けて行き、両開きの入口から河原を見た。そこには、河原の砂の上に横たわる鮮血の兵隊が二人三人と倒れ、浅瀬に倒れた大きな馬の死体から血がふき出し、汨江の流水を赤く染めている。兵隊も馬も全く予期せぬ不意打ちの米空軍のＰ51の機銃掃射に、今までの行軍で綿のように疲れた体は無慙にも鮮血の死体と化してしまった。一瞬の出来事に茫然となって眺めるばかりだった。修羅場と化す堤防の斜面になった所に、兵隊が頭から血をふき出しうつぶせになって死んでいる。そばに馬の横腹からも血をふき出し、死んだ馬の手綱だけが兵隊の手につながっているのを見ると、

「あれはまさか、金城ではないか？」

と思わずつぶやいて、一瞬のあわれな出来ごとに考える能力さえ失ったように立ちすくんだ。

　突然、雲の切れ間からＰ51四機が急降下、渡河点目がけて対地掃射を加えてきたのだから、一瞬にして修

羅場と化し、右往左往する人馬死傷者の収容作業で混乱状態となり、そこへ再び襲いかかる敵米機に対応しようにもなす術がなかった。最初の空襲から三〇分以上も続いたのだった。

敵機が去って暫く時が過ぎる。岸の石垣の上の大木の対称的な地上に六月の陽光は渡河点の悲惨な修羅場にも輝いている。そこからはなれる時、ただ冷酷な渡河でであったと一中隊の宿営地の家の前まで来ると、P51の空襲によって大騒ぎとなっている。戦死傷者の始末やら、一方では、町の北側の野菜畑に九二重機関銃でP51を射撃する対空射撃陣地を作り空襲に備えたので一中隊からも数名、対空射撃兵として命令が出ていた。そこで山下分隊長は分隊の部屋にはいると、

「吉岡、お前は飯焚きを止めて軽装で対空射撃へ行け」

とさっそく敵機への対応を命令され、準備をする。一中隊から五〜六名の対空射撃兵は、北側の九二重機の位置である家の裏の野菜畑の小高い所に出た。九二重機は丸い穴を掘って偽装網をはり、空に向って銃口だけつき出し動かしている。機関銃の小隊長は、やってきた私たちに向って、

「小銃分隊は胡瓜《きゅうり》畑の遮蔽物を利用して散開し、対空射撃の準備をせよ」

と命令され、胡瓜の蔓の上っている下に姿をかくし、小銃の銃口を胡瓜の葉の隙間からつき出した。すると一体この小銃で、あの速さで急降下するP51に弾が命中するのだろうかと私は疑うより、もう自分自身対空射撃なんて無用の対抗とあきらめて小さな胡瓜を取ってガリガリかんだ。そしていくら待ってもP51の襲撃はなかった。その日の残陽は赤く西の空を染める頃になって、

「小銃分隊は解散。各中隊へ戻れ」

と伝えてきたので、小さな胡瓜をポケットに二〜三本つっこんで中隊の方へ向った。四分隊はすでに夕食の済んだところだったので、私の夕食をすぐ内田が出してくれた。私が飯を食っていると木原小隊長が薄暗い部屋から出てきて、

「中隊は空襲により明朝五時出発する。明日からは一日一〇里の強行軍であるから落伍しないようにしろ。それから入院患者は指揮班の藤田准尉の指示を受けること。また、これからは敵の攻撃をいつうけるかわからん。道や家のまわりには地雷がしかけてあるので、作業隊が道の地雷には木の枝でその位置を示してあるから注意すること。以上、わかったか！」

新市の大休止は、P51の襲撃によって急転直下、今までの山道と雨の辛苦の行軍にまた拍車をかけて敵中を死にものぐるいの強行軍を覚悟しなければならなかった。

すでに一中隊から数名の入院患者を出し、四分隊からは松村一等兵も入院となり、小川・立山古兵から「松村、お前入院するから米や缶詰は初年兵に渡せ」と病

人から食べ物まではぎとる無情な古兵と対称的に、青白く泥でよごれた松村一等兵の顔をじっと私は見つめた。そこには頬の肉はそげ落ち、山道の行軍で無理を重ねて病気も軽いものではないことがわかる。私はふと、渡河の時、流水に浮んでいたクーリーの姿がまざまざと想像された。灯心の淡い光にやっと部屋の明るさを保っている土レンガの厚い壁の下に、ぼんやりとうなだれて入院する松村一等兵は看護してくれる者とて誰もいない。病人たちばかりで休める野戦病院を頼りにまた行軍を続けなければならないのだ。汨江の渡河点でP51の銃撃で死んでいた方が、よりましであったかも知れない。うなだれた彼の姿は自分の病気の体にこれからの心配が重くのしかかっているように見える。だが私には、そんな病気の二年兵の哀れさを気遣う余裕なんてないのだ。明日からの一日一〇里の強行軍に自分自身が耐えられるか、耐えられないか、それが気になる。まだ今日、到着したばかりの新市では今日の行軍の疲れをいやす時間だって全くない。私は灯心の光で背嚢から天幕を取り出して寝る準備を始めた。すると急に奥から山下分隊長が、

「ただ今から不寝番を呼ぶ。一番〇〇・二番〇〇・三番〇〇・四番吉岡・五番〇〇・六番〇〇」

不寝番がきまると、二小隊の部屋でゴロゴロと兵隊は体を休め始めた。一分隊から四分隊までの不寝番だから、四分隊は一人だけの苦役である。しかも時間は午前二時から三時までとなって私は、何とも言い難い不満を感じた。日本皇軍という軍隊の組織は、一番下の二等兵、一等兵が誰よりも重い背嚢をうめきながら背負い、夜になると誰よりも少なく眠って不寝番に立ち、敵が現れると誰よりも先に前線に出て命をさらけださねばならない。一体これから先、長沙攻撃となれば、どんなことが起きるか、もう今日から先のことについては考えたくもない。土レンガ壁にそって頭を並べ、一分隊、二分隊、三分隊、四分隊と兵隊は何日ぶりかの土間の屋根の下での夜を迎える。菜種油の入った皿のふちに灯心がゆっくり揺れて、真四角の部屋の明るさをやっと保っている。その皿のそばに不寝番用の木原小隊長の腕時計が下っている。

私は天井のないこの部屋の瓦屋根を見つめて休んだ。すると何が悲しいか、涙が目にあふれて瓦屋根は見えなくなってしまう。初年兵の辛さか？　そうではない。故郷の平和で自由な父母の存在する農村でのびのび生活がしたい。そう考えると故郷から母親が声をかけているように思えて涙が止めどなくあふれ、両方の瞼から枕の背嚢に落ちてくる。そして幾日も山道で疲れた体はいつの間にかぐっすりと眠っていった。

新市の町の夜は、猫の子一匹音もしない夜で、ただ一つ、兵隊の綿のように疲れきって眠る鼻息だけが更

けゆく夜の不気味な音だったかも知れない。

「おい……吉岡」「おい、吉岡……」

私はやっと足をゆすぶって動かす不寝番に気がついてその場に坐った。

時は午前二時……。

「不寝番を申し送るぞ。申し送り事項は分隊の飯焚きを午前四時に起床させることだ」

そう言い残して不寝番は、自分の塒《ねぐら》に早々と戻っていった。私はあまりの疲れと睡眠不足に坐ったまま前にうつぶした。それから先のことは朦朧となり、足が立たない限り、この体は目を覚すことは不可能である。どんなに激しい疲労があっても時間は待たないのである。また、時をひき戻すことはできない。すでに私が気がついた時は、もう外は明るく、隣の家で一小隊・三小隊はすぐ朝飯の準備ができた飯盒を下げて部屋にはいってくる同年兵に気がついた。

「しまった！」

と直感した時はすでに遅かった。分隊長以下みな目を覚し、第二小隊は騒ぎ始めた。立山・小川古兵は鋭い声で、

「不寝番はどうした。なぜ飯たきを起さなかったか。眠っていた不寝番がいたろ」

とわめき始めている。そこで山下分隊長は、

「四分隊の不寝番、来て見ろ！」

一・二・三分隊でも不寝番を集めて居眠りした者が誰であったか確かめている。一方では出発時間に間に合うため、大あわてで飯を焚き始めた。山下分隊長は私を尋問した。私は自分のことに気づき、正直に言う外に考えはなかった。

「自分は二時に不寝番を受けたことだけは覚えておりますが、それから先は眠ってしまいました。申し訳ありません」

こう恐る恐る答えた。すると山下分隊長は、

「この馬鹿野郎！」

といきなり頬を三つ四つ殴られてよろめいた。第二小隊の目は私に集中した。それからすぐ四分隊の立山・小川古兵が私の前にやってきて、かわるがわるよろめく私をいきなり頬を続けざまに拳骨で殴った。そのために私の口から血がふき出た。そこへ一分隊の小西古兵（入墨をした大牟田の炭鉱にいた男）も加わり、犬猫同様にかわるがわる殴りとばした。

「お前一人のために二小隊全部、朝飯食わずに行軍するところだぞ！」

とよろめき倒れる私をまた引き起し、血のふき出る頬を何度もくりかえし殴った。菊池出身といえば私の同郷でもある。その小川寅夫古兵は、

「お前、軍隊を何と思っているか。眠っていたら何ですぐ言わぬか。半殺しにしてやる！」

こうわめき殴る。また交代して鹿本郡出身の立山和

義古兵が殴る。前歯全部の金の入歯の小西、髭の後藤の四人で私をつき倒し、蹴る殴ることをくり返す。私は、やっと意識だけが苦しみに耐える力を出していたが、肉体は火のついたように熱くなっていた。

人間が心にもなく悲鳴を上げ、獣物のように呻いたり泣いたりする肉体の苦痛というのがどんなものか、誰に告げようもなく涙が堰を切ったように流れてくるのを全身の力をふるって歯を固くかみしめていたが止らなかった。しかも、その私の姿を指の触れようもないボロ布のように見すえる小川寅夫・立山和義・小西・後藤の四人の古兵たちは、権力のある椅子に坐ると平気で他人を人間扱いしないのだ。

「泣けば責任が済むというのか！」

と、ようようと立ちあがる重心を失ったような私は、再び殴られることを何度もくりかえした。生れて初めての苦痛を味あわされている所へ木原小隊長がやってきて、

「お前の責任で見てみろ、この大騒ぎになっているのを」

と他人事のように言った言葉を聞いた時、この小隊長まで何の指導も指揮も示さない権力の椅子だけで軍隊に坐っているのかと、苦痛と憤りにあふれる涙が頬を伝ってポロポロと土間へ落ちた。

「さあ、みな飯を食ってすぐ出発準備をせよ！」

小隊長の命令と出発時間が迫ったことで、私に対する制裁は終った。すると私には、耐えがたい苦痛によって反対称的にスパナのような強い力の精神力が生れてきたことを意識したのだ。朝飯の出来上った飯盒を内田から渡されて五分間の食事時間で食ったが、小石をかむ思いで味もなく、かんでは呑み込み、かんでは呑み込む。朝飯を終り、飯盒を背嚢につけて背に負うと、殴られた腕や肩が自由にならず、やっと背負ったのだった。元気な時でさえやっと背負ったのに、人間以下のあつかいであったのだ。

一日一〇里の強行軍

昨日の午後、泪江の渡河で辛苦に耐えた行軍の末、米空軍の対地掃射により、馬とともに死んだ兵隊の屍を残し、今朝は生きている兵隊は命令だけで、これから悲鳴をあげるような行軍の辛苦をうけて死の敵前へ前進しなければならない。兵隊の顔は皆、ゆがんだ悲壮な様子が見えて整列している。そこへ灰瀬中隊長から、

「本日より昼夜兼行の一日一〇里の強行軍となる。また敵前に近まり地雷が埋めてあるため地雷標識に注意して行軍すること」

以上の注意があり、前進を開始すれば、石畳の道をコッコッと音だけを続かせて新市の町を後に。日本軍の去った後は、また空虚な人影のない閑静な町に蝉の

鳴き声だけが想像された。

　石畳の道を過ぎると細い曲りくねった田甫道にさしかかった頃、私の後ちを行軍していた谷口上等兵が、

「吉岡、これから気をつけて行軍せよ」

と、やさしくかばうように言葉をかけてくれた。彼だけは最後まで私を見てやってくれる真の戦友であるかと思うと、また彼の親切に胸が熱くなって、湖南の自然はかすんで見えながら行軍しなければならなかった。そうしたこともあってか、一里と行軍しないうちに地雷の標識を私は一歩またいで行軍したのを小川寅夫古兵に見られた。するとすぐに、

「吉岡、今のは地雷だぞ！　わからんか！」

と大声でどなり、私の後ろへ駈けてきて、いやというほど臀を蹴とばされた。そしてまた、

「お前一人が踏めば俺たちまで死ぬんだぞ！」

と幾度も蹴とばされた。私は跨いだ瞬間気付いた。そこには木の枝の先に小さな赤い布をつけた木の枝を地面に立ててあったのである。小川古兵は自分の命だけは人一倍大事そうな言葉でわめき続けて行軍する。実のところ私は、地雷を踏んでも踏まないでも、爆発しても爆発しなくても、そんなことは麻痺状態のようでもあった。いっそのこと地雷を踏んで小川と立山とともに死の淵へともにつき落してもよいと考えた。このエゴイストが一番俺を迷惑にも思い、邪魔にもしている。小川・立山のように抵抗出来ぬ人間を無用に残忍に迫害する厚ぼったく鈍感な顔付きに少し焼きを入れて、他人の苦痛もわかるようにしてやる必要があると私は考えた。またある人間が心にもなく悲鳴をあげ、獣のように呻いたり泣いたりする肉体の苦痛というものがどんなものか、小川寅夫も立山和義も小西も後藤も、古兵たち自身が自分で知っておいてよいことなのだ。すると、これはいかんと気がつくだろうし、再び他人にそういう目を見せまいと考え直すだろう――などと、私は憤りを感じながら黙々と行軍を続けた。まだ口の中は血がにじみ、腫れ上って温い唾液がたまり、それをグッと食道へ呑みこみながら午後は雨の中の行軍を続けた。

　六月一一日は暦では入梅の日である。内地では父母が田植の準備で忙しく田畑で働いていることを想像できる時はよいが、雨で田甫の間の細い曲りくねった道は泥沼の道となり、すべり落ちて顔も泥にまみれ、足も重く泳ぐようにして一〇里の強行軍に落伍してなるものかと必死の一歩一歩であった。黙々と長蛇の兵隊の列が雨の中を湖南平野に続く。その様は人間も馬も中国人クーリーも極度の疲労を示し、付近一帯の美しい自然も目につかず、つきつめてゆけば人間が背嚢・雑嚢・弾薬・小銃などを運んでいるのではなく、そうした装具と弾薬・銃が人間に運ばせているという感じで、運ぶ人間＝兵隊はもはや人間ではなく運搬機械と

化した奴隷のようである。昼飯も雨の中で、田甫の畦で一五分で済まし、駈足に近い前進が続く。夕刻までに長沙に近い福林舗まで前進せよ、との大隊命令らしい。休憩も少なく足は棒切れみたいに不安定になっている。私より四～五メートル前方の第三分隊の九六軽機を肩にして行軍していた鹿本郡出身の菊川初年兵は、三～四メートルもある石橋から下へすべり落ちて小川の水にずぶ濡れになって上ってくる。彼の顔色も泥水で作られた人間のようになり、頭から頬から雨水が流れ落ちている。午後は降雨量も多く、戦闘帽の汗くさい臭いとともに雨水が顔中伝って流れ、口の中にしみ入ると塩からい味を感じる。薄暗迫る頃、田甫道から近くの民家で一時間の休憩。夕食を焚き、飯を食って、夜行軍の命令が下った。ずぶ濡れの体を民家の屋根の下に横たえた時、「俺も今日は一〇里の強行軍を成し遂げたぞ」と気が安まったものの、行軍は一時間後の夜行軍とあっては何一つ頼るすべもなく、一度に思い切りよく死の淵へ飛び込んできりがつくのがかえってよいかも知れないと考えたりもする。一時間後、夜行軍が始まった。敵陣の長沙が近まったか、あたり一面不気味さを感じている。背嚢の重さにうめきながら小銃を何度も替え銃して粛々と暗闇の行軍は続く。次第に六月の夜は暗さを濃くしていった。その暗闇の行軍は速度をにぶらせるので幾分か苦しみをすくった。半分は眠りながら行軍するとすべりころげて眼を覚す。すると感覚がはっきりしてくる。いつになったら夜が明けて大休止の命令があって休まれるかを考えてみる。「生きることは苦しい」「生きることは苦しい」――こういった人間の心にもない行軍の苦痛は一晩中続いた。暗闇の夜がやっと終って曇空の明るさが広がってくる頃、凸凹の細道が畦の高い田甫道を曲りくねって続くので兵隊は皆、極度にやつれ、狂暴な精神的変化を現す。古兵は泥沼の中に倒れたクーリーの頭や肩を棒で殴りとばす場面も強行軍の中では起きてくるが、その哀れさも無感動になるのは、自分自身が極度の苦痛と闘っているからである。また、午後になると田甫の高い畦道から下の泥水の溜った田甫に歩兵砲中隊の日本軍馬が落ち込み、立ち上れず下半身は泥沼の中に埋まり、首と頭を上げて嘶いている。馬引きの兵隊は、その馬の頭をめがけてひとかかえもある大きな石を投げつけている。馬が立ち上れなければ自分も遅れ、中隊追及に自分まで苦しまねばならぬことを馬引きの兵隊は承知しているので軍馬が死ぬことを急いでいるのである。日本の軍隊は員数主義で、馬は生きている間、員数のうちであるから、死んで初めて員数が消えるのである。

軍歌に「嘶く声も絶えはてて、倒れし馬のたてがみを、かたみと今は別れ来ぬ」とあるが、人間と人間の殺し合いの場では、唄の文句のように現実は生やさし

軍歌
嘶《いなな》く声も絶え果て、倒れし馬のたてがみを
かたみと今は別れ来ぬ
非人間的な戦争の場では唄の文句のように
現実は生やさしいものではなかった。

いものではなかった。

そこで、歩兵砲中隊の馬が何頭か倒れたために、昼飯を食った後、歩兵砲弾の大きな重い弾が、私たちにも一発あて重荷させられ、背嚢と肩の間にその弾をのせての強行軍であり、死にものぐるいの行軍となり、落伍者も再び出始めた。私は頭の中は無感動になり、果てしもない広い湖南を南下すれば、体が耐えられなくなったら湖南省の赤土にうずもれて朽ち果てる結果を得たであろう。

新市出発以来、数日間の強行軍は、いつしか初夏の外光は灼熱する湖南の太陽を全身にあびて、行軍も限界にきていた。午後、静かな農村の裏山で停止したのだった。

この農村は奉花山というひっそりした民家も少ない部落であった。そこへ大隊長命令が届いた。

「長沙は近まった。本日大休止を命令する。出発は明日午後一時」

そげ落ちた頬の肉を両手でなでながら、今日までの強行軍の辛苦に大きなため息をつく。首根っこに重しをのせられている日々からやっと何時間かが逃れた。生きることは苦しい。だが今、生きている。だから、だから今、休まれるのだ。急に故郷の母の顔が晴れわたった青空にやさしくさそってくれるかのように、うっとりと背嚢にもたれて……動く気力もなくして、ただ倒れたままに休んでいた。

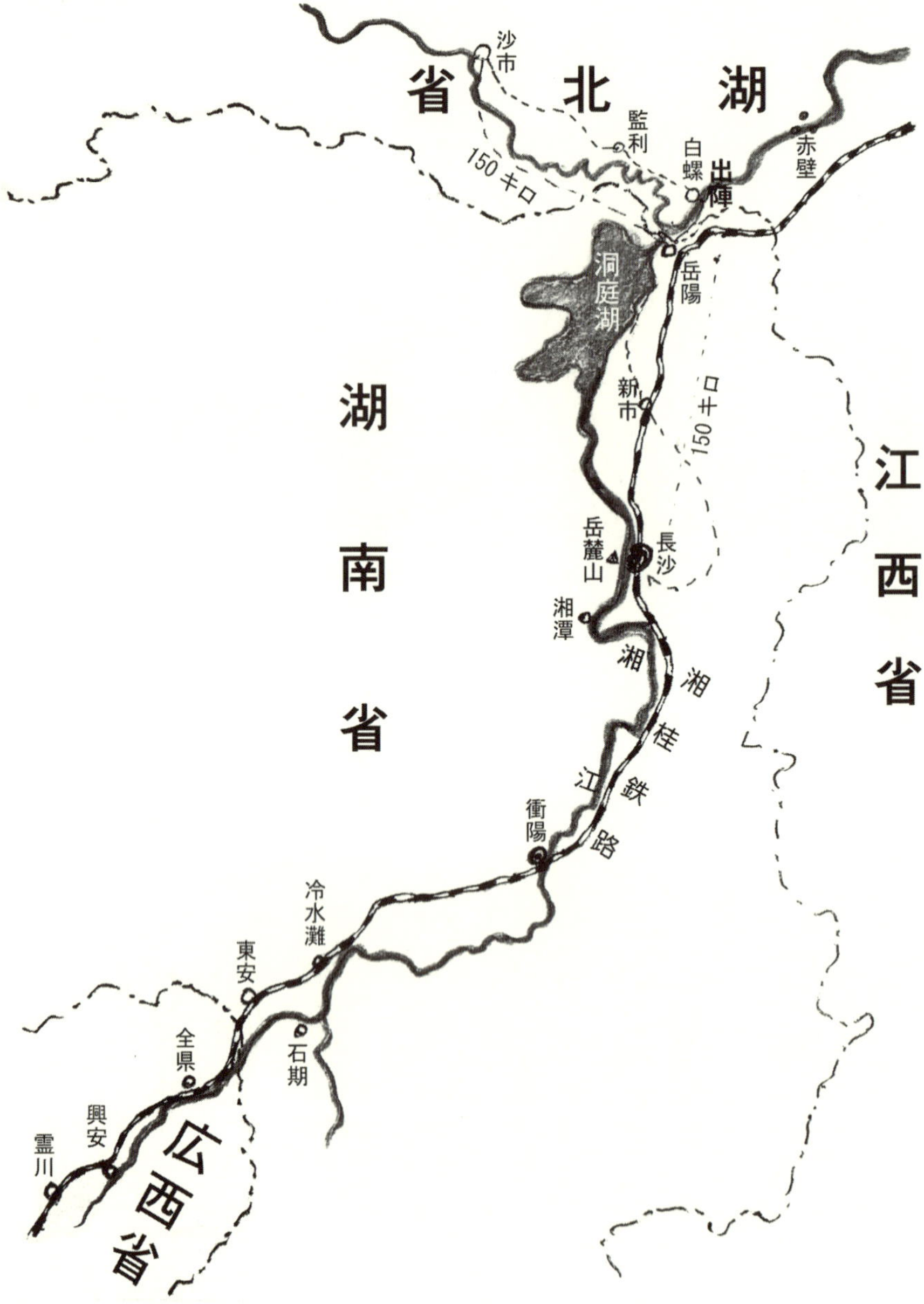

湖北省
沙市
監利
白螺
出陣
赤壁
150キロ
洞庭湖
岳陽
新市
150キロ
湖南省
江西省
岳麓山
長沙
湘潭
湘江
湘桂鉄路
衡陽
冷水灘
東安
全県
石期
興安
霊川
広西省

三、長沙総攻撃

各中隊は春華山の民家に宿営するため、それぞれに別れて進んだ。一中隊は赤土色した丘の下の民家に向って下りてゆくと、瓦屋根の家が三棟くっついて庭の先に大きなクリークがあり、静かに波一つ立たず澄みきった水をたたえていた。水草の繁った、まだ人間に侵されていない静かな自然がひっそりと息づいているではないか。そこへ中隊の兵隊がどやどやと這入って来たと同時に徴発、飯焚きと一斉に騒がしくなり、米を洗うクリークの水音は高くなった。四分隊では、土レンガが壁の隅で一匹の黒い大きな鵞鳥を宮下が発見して大喜びで、夕飯には久方ぶりのうまいすきやきで舌鼓をうったのだった。夕食後、まだ午後の残陽は高かったので家の中ではむしろ暑いので裏の木影で皆、それぞれに天幕を敷いて寝ころびはじめた。今までの強行軍で古兵も疲れきっていた。私も休もうと考えている所へ内田がやって来て声を落し、

「おいおい吉岡、こっちへ来て鵞鳥のスープを飲まないか。こんな疲労している時は油類は体に一番いいぞ」

といいながら土レンガ壁の下に、食後自分の飯盒に作ったスープを取り出した。

内田は炊事は好きで、よく古兵が休んだ後でうまいものを作って古兵が目を覚ましてから出したものだった。私の前に出した飯盒を見ると、鵞鳥の油が真黄色して油の玉をポカポカ浮ばせ、まるで油の液みたいだった。内田は、その飯盒をかたむけ蓋に一杯うつして私に差し出し、

「飲んでみんか、徴発の砂糖を持っていたからそれを入れたので甘くてうまいぞ」

私はそれを受取ってぐっと真黄色の油の玉をのむと、甘くてうまかった。食道をはいってゆく油が体力をつけるうまみのように感じた。

「うまいぞ」

と飲んだあとに必然的に言葉になった。

「うまかろうが」

内田は自信と誇らしげに私に笑みをうかべ、また飯盒をとって二杯目をついでやる。私はつい三杯目を飲んでしまった。

「これで元気が出るぞ。出発も延びたし」

といい残して、私は古兵がいない木影を探して天幕を敷いた。そこここに天幕の上に寝転んだ下士官も古兵たちも皆、疲れた体を横たえて死んだように地面に寝

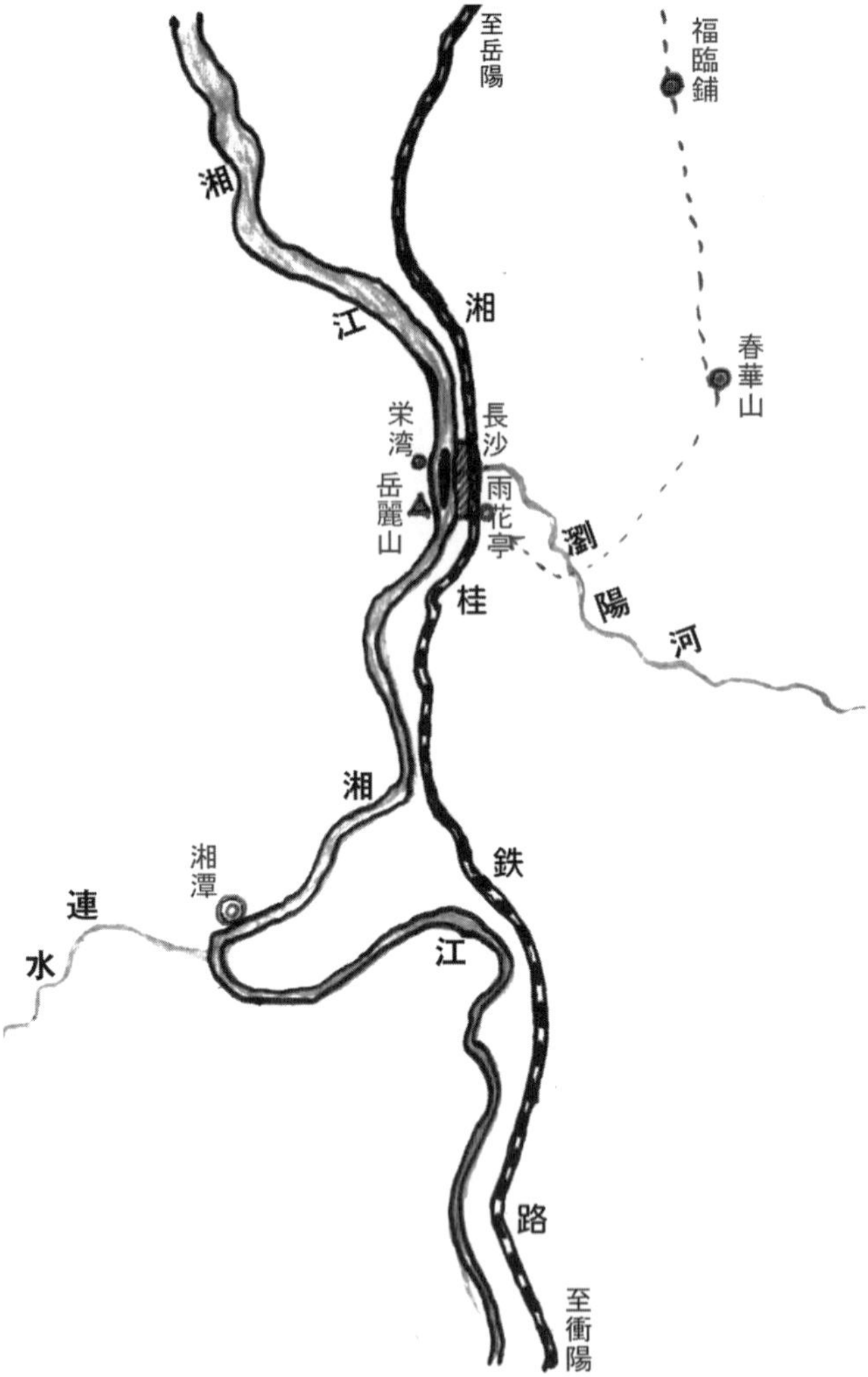

ていびきだけが聞える。実際によく眠った顔には、人間の殺し合いに来た顔とは思えもしない。

　脈旺嘴出発以来約六〇〇キロ、果しもなく広がる湖北平原の一本道や畑の中の道なき道を、また、どこまでも続くクリークの水を伝って一歩一歩行軍し、中国特有の石塁の道に涙を落としながら湖北省の荊州地区を一回りして、揚子江を渡河して敵中の湖南に入って今日も明日も強行軍の山道は、六月の内地の梅雨に似た雨、また雨に泥にまみれ、米空軍の銃撃に戦友を失い、軍馬も倒れ、湖南の民家にはことごとく中国人の人影は見えず、ただ、中国人クーリーは自分の国土に日本軍によって奴隷の如く重荷を負わされ、倒れた後は指の触れようもない塵芥のように見捨てられ、泥沼に朽ち果てて死んでいった。そしてこれまでの行軍はまだ序の口で、これから長沙攻撃が一歩一歩近まって行くのだ。そんな殺し合いを考えるよしもなく、私も天幕の上で寝転んだ。何とも言えない良い気持だろうが、それは殺戮《さつりく》の戦いとはうらはらに……大陸には常に風がある。木影の風は、春華山の小鳥の意をささやく鳴き声とともに流れてくる。

一夜を明かした朝も晴天で、民家に別れを告げなればならなかった頃は、既に外光は輝きを増していた。指揮班は家が別棟であったために本部からの命令受領が出発命令を報告に来たのも知らなかった。

「出発準備！」「出発準備！」

その声が重苦しく聞えて整列。赤土色の丘を越えて辛苦の行軍が始まった。そして次に各中隊の列が宿営地から前進し、長蛇の列が動き始めた。今日の暑さは今までにない暑さを感じる。顔は灼熱する太陽の光でほてり、胸から腹へ伝って流れる汗はひっきりなしに流れている。小さな松の木は背丈ぐらいで赤土の丘にまばらに生えているのが左右に見える。そんな丘を越えては下り、また越える。休憩一五分の時間にその小さな松の下に倒れて休んでみたが、灼熱する陽光をさえぎるだけの松の枝も葉も樹勢はない。その頃、私は急に下痢便を始め、腹痛を感じるようになった。

「しまった。内田が御馳走した鵞鳥の油が原因だ」

と私は直感したが、すでに間に合わなかった。最初は一五分の休憩時間に休む暇なく、付近の松の木の根本でしゃがんで下痢に苦しんだが、次に激しくなり、休憩時の合間に一度二度と多く排便しなければ耐えられないようになり、急に体が痩せ衰えてゆく感じが襲い、それに焼けつくような暑さも加わって小川古兵と立山古兵が何度も叱りとばす言葉も私には馬の耳同様であった。この二人の古兵がどんな強烈な制裁をもって迫っても、そんなことはどうでもよかった。ここでは伝染病という最もこわいものが存在している。この下痢によって、もし赤痢やコレラにかかったら再び内地と父や母の顔を見ることなく死ななければならないということである。よし、行ける所まで行軍して倒れてしまえばそれまでだと度胸をすえた顔をゆがめて行軍するが、すでに臀部は下痢便でぬるぬるして気持悪さを感じながらの行軍である。しかも、誰一人、病人と認める上官も一人としていない。それどころか落伍者として叱りとばされるのだった。もう私は下痢がひどく、一時間の行軍に三回も続ける頃、その様子を知った四分隊長・山下兵長が、

「谷口、お前、吉岡と一緒に遅れて行軍しろ！」

と下痢を認める命令を下した。そこで、出発準備の声がかかっても別行動で遅れ、谷口上等兵とともに行軍を始めた。二人は遅れて休みながら、下痢便の排出も何度も繰り返す。谷口上等兵は私の小銃を持ちながら行軍する。しかし、なるべく早く中隊へ追及しなければならないことは明らかであった。

中隊が全部行軍して去り、次の中隊が来る頃、やっと立ち上がり、松の木の丘から下って谷口上等兵の待っている場所へよろめきながらやってきた。すでに

一中隊の姿は一人も見えないので私に命令する者はいない。

「吉岡、辛かろうが頑張って行軍せんと遅れた分、中隊追及にまた苦労するぞ」

「わかりました」

と返事はしたものの腹の中は空っぽ、飢えと下痢になやまされ、よろよろと行軍すれば体の重心がとれない。谷口上等兵は後ろから何度も激励してくれた。小銃を急に持たないためか、いっそう私の体はよろめくのだった。彼から時折「危いぞ」と手をかしてもらうこともあった。もう行軍序列は大隊本部の位置と一緒になった。その頃、外の中隊の休憩一五分と一緒に交って私はぐったりとなり、仰向けに倒れて休んでいると、その前を元気そうな足どりで歩いて来て私の前に止った下士官があった。

「おい、お前、吉岡ではないか」

「はい。ああ、桧垣班長殿」

と私は動かないで顔だけ上げて見た。

「お前、顔色が悪いがどうかしたか」

「はい、下痢をしております」

「そうか、それはいかん。俺が正露丸をやるから、すぐのんで元気だせよ」

と桧垣班長は自分の雑嚢から丸薬を三粒、私の手の平にくれた。うれしくなった。

「桧垣班長殿、ありがとうございます」

「どんなに下痢しても何でも食べよ。食べないと一層弱ってまいるぞ」

と言いながら雑嚢に手を入れて「カンメンポ」を一袋取り出して差し出しながら、

「これでも食って元気だせよ、長沙は近いぞ」

と言い残し、また元気そうな足どりで休んでいる兵隊の前をどんどん歩いて行った。桧垣軍曹の姿が見えなくなるまで私は首だけ動かして「ありがとう」と心の中で言って見送った。

彼は私たち初年兵三〇余名が母国に別れを告げ、湖北省脈旺嘴の第一中隊（灰瀬隊）に入隊した当時、初年兵教育助手として私たちの前にずんぐりした体格の陸軍軍曹として現れた。そして三ヵ月、初等兵教育機関で擲弾筒の戦闘訓練を教え、同年兵の次といえる親しい下士官となっていた。彼もやはり教育した初年兵の私に対して子弟の情があって恵んでくれたのだろう。行軍開始と同時に軍曹は大隊本部指揮下の作業隊に編成移動となり、私も彼を忘れかけていたところであったため、急に彼が四分隊の分隊長であればよかったと不可能なことまで考えながら「カンメンポ」をもぐもぐ口の中に入れ、食ってみた。

下痢の空腹で飢渇が極度に達し、疲労も重なっていたので「どんなに下痢しても食べよ。食わないと弱って参るぞ」と言って去った桧垣軍曹の言葉を思い出し、一袋の半分ほど食った。味もない「カンメンポ」を口の中でくだき、唾液とともにゴクリゴクリと呑み込んだ。すると何か味のあるものを食べたいと考え、急に雑嚢に手を入れてみると「命令がない限り食ってはならない」と脈旺嘴出発の際に分配された牛肉の缶詰を取り出した。「もう、こうなれば命令も何もあるものか。缶詰一つでも食って荷を軽くし、元気快復することが大事だ」と考えた。谷口上等兵も離れた場所に眠っていたし、休憩ものびているらしい。「今だ」とばかり帯剣の鞘をはらい、缶詰の真ん中をたやすく切り開くと、中から牛肉の色のよい味のついた匂いが空腹をさそった。手の指でつまみ出し一切れ食った。「うまい、これで元気が出そうだ」――三切れほど食ってみると下痢の後で腹一杯の気持になり、切り開いた所を押し込んで、こんどはこぼれないように背嚢の横側にくくりつけた。それが終って桧垣軍曹からもらった正露丸を三粒、口の中にほうりこんで水筒の水でゴクリゴクリ飲み込むと、これで元気快復しそうに思えた。今は腹の中には体力の元がはいっていった気持になって、再び足をなげだし、静かに目をとじて休んだ。

それから暫くして、目を覚まして谷口上等兵を見ると彼も私の方を見ていた。すると彼は、

「吉岡、休憩が長びいている間に中隊へ少しでも追い着くよう出発しよう。でないとますます遅れるぞ。どうかい、体の具合いは？」

「はい、少しは元気が出ました」

と答えるとすぐに彼は立ち上って、

「それではすぐ、今のうちに行こう」

彼が私の前に立って来たので体を起こしてみると、「カンメンポ」や牛肉を食ったものが胸につかえたようで、動きたくない体をやっと起こした。

それから、二人は死んだように休憩している他の中隊の兵長の前を一歩一歩前進し始めた。草の上に休んでいる兵隊は、曲がりくねった一本道にそって背嚢にもたれたまま黒々と死んだように仰向けに倒れて地面に寝ている。実際によく眠っているのか、動く気力を失くしているものか、実に無関係に黒々と横たわったままだった。

小さなやせた松の木の根にもたれても、顔に外光は灼熱する湖南の太陽がさして汗を流したまま目をとじている兵が並んでいる。その頃は敵陣近まり、背嚢には擬装として葉のついた木の枝を何本もさしていたが、その葉のついた擬装の枝も枯れてきている。目を開いて背嚢に腰を下ろしているのは軽い背嚢を持つ将校だけである。私も谷口上等兵の前方を辛抱強く行軍してみたが、三〇分も行軍すると腹の力がなくなり、倒れそうになった。休んでいた他の中隊も行軍し始めたの

で、その間を前後して二人は行軍しなければならない。私の体は、行軍する力は下痢によって消耗され尽し、重心を失い、足だけが前に出て、その足の上に体が乗っかっているという恰好で行軍を続けた。

「吉岡、頑張れ。もうすぐ大休止もある。それまでの辛抱だ」

と谷口上等兵に元気づけられても、私の体は無意識に歩いているだけだった。田甫道の細い曲がりくねった一本道を「倒れてはならない」「倒れるなよ」と誰か呼びかけているような朦朧とした気分で歩くのだった。そこには午後の湖南の灼熱の陽光を正面に受け、戦闘帽と頭の間から生汗がずたずたに続いて流れ、軍服は汗で乾いたところはなかった。道が胸の高さほどの畦の下を行軍していた私は、ついにその畦に抱きつくように卒倒してわからなくなった。……気がついた時には畦の上の一軒の民家の横の細道で寝かされていた。空を仰いで見ると棗の木の影で休んでいる。そして私の外に四～五人、顔色も青く、泥でよごれ、動けなく死んだように地面に倒れて寝ている兵隊に気付いた。暫くして、この落伍者を指導するため中隊指揮班の萬瀬准尉が身軽そうに日本刀を左手に下げて家から出てきた。その後から飯盒を下げて民家から出てきた谷口上等兵は私の所へ急ぎ寄り、

「吉岡、お粥をつくってきたからこれを食って早く元

気だせよ」

「はい、ありがとう」

私は彼の親切に感謝の涙が溢れる思いで、心の中では「きっと生きていれば何か御恩返しをします」と誓うのだった。

飯盒の蓋で湯気の上るお粥に岩塩をかきまぜ、ふーふーと息をはいて食った。食道を下りてゆくお粥は飢渇だけを極度にけわしく知ることができる。反射的に「これで俺は助かるぞ」と意識する。そこで二〜三杯続けて食った。谷口上等兵は小走りにまた下の家からボロ布で水筒の口をさげてきて、

「お湯だ。かわいたろ！」

といいながら蓋についで飲ませてくれた。こうして彼の介抱で私は鵞鳥の油による下痢から助かった。内田の御馳走がとんだ不幸をもたらした行軍になったのだった。そこへ萬瀬准尉が近よってきて、

「吉岡、目が覚めたか」

「はい」

と地面に腰を下したまま答えると、

「お前、長沙を目の前にして戦争が恐しくなってきたのか」

「……」

黙って答える気にもなれなかった。すると准尉は語気を急に強めて、

「この卑怯者。お前、それで日本軍人と思えるか。軍人勅諭に何と書いてあるか。〝国難に耐え〟とあるのを知っているか！　この馬鹿野郎！」

とさんざんに叱られたが、私には馬の耳に念仏と言いたいところだった。古兵よりずっとこわくないし、その叱り言葉にも上官ぶったおかしな文句がわかる。軍隊生活の飯の数の多いことは中隊随一というところだろう。二等兵から准尉までの長い期間には苦しいことも悲しいこともあったろうに、ただ自分の階級昇進だけに軍人としての要領を心得てきた男だ。そんな男だから下士官時代には下級の兵を殴っていたに違いないが、准尉ともなれば二等兵を殴ることはしないと、私は十二分に承知しているので何と叱ろうがそれこそ平気である。

第一、長沙が目の前にあることは本当であることを知った。この准尉がもっと早く説明して食べさせていたら倒れずに済んでいる。軍人勅諭なんか何の役にも立たない。また、今は死ねない。まず食って元気をだすことだ。長沙が近いならばもう行軍だけに苦しまずに済むと考えられる。そこでやっと元気が出そうであると想像する。萬瀬准尉はさんざん私を叱り、次の落伍者の方へ近よっていった。

疲れきった体に腹だけが太り、ゆったりとした態になったのが、例えば原動機に油を十分にそそいだよう

な気持になり、はるかな丘陵に傾く湖南の赤い夕日を顔一杯あびて、まだ人間に侵されていない田甫や畑や小路を眺め、内地への想像をたくましく浮かべながら食後の休憩の時間をとっていた。日没頃、谷口上等兵の話では中隊はこの先の部落で大休止をとっているとのことであった。そこで二人は石畳の細い一本道を黄昏迫り黒く前方に見える部落を目指して行軍すると、「ひ峯一」の標識が白く見えて、細い曲りくねった一本道が私たちを誘導している。道の南側のクリークの水面が白く見えると、蛙の声が時をおいて聞こえてくる。やがて細い一本道から南側の部落の「ひ峯一」の標識は中隊がいることを示している。

「吉岡、ここからお前の小銃は自分でかついでゆけ。小川や立山がまた喧しいから」

こう言って谷口上等兵は私にも常に気をくばり、小銃を差し出す。やがて民家の入口に来ると家の中では各分隊は火を焚いて、その焚火《たきび》の明かりに顔をよせ合って夕食を食い始めた時間であった。一人一人の兵隊の顔が赤々と映えて見えるところを、私は黙って谷口上等兵の後からついて四分隊の場所へ着いた。谷口上等兵は、さっそく山下分隊長に、

「谷口上等兵、吉岡とともにただ今追及しました」

と報告が終り、私も午後の行軍での落伍から今やっと復活した五体にホッと一息ついて背嚢を下ろした。その時、焚火の炎の明りで背嚢の横にくくりつけた缶詰が立山古兵の目についた。彼は私の背嚢に近より、

「吉岡、お前、缶詰を食ったろ」

と言って私の背嚢から缶詰を取り上げながら鋭くつめよってきたので、私は黙りこんだ。立山は食べ物には特にうるさい古兵で、

「お前、下痢などと言って缶詰を食ったから下痢したんだ。この缶詰は命令がない限り食うことはできんと命令されていただろう。この野郎！」

と新市で受けた制裁の焼き直しをまた始められた。山下分隊長も立ち上がってきて、お粥でやっと元気づいた体を殴る蹴る。口からすでに血がふき出した。小川古兵も立ち上ってきて交代して殴る。私は度胸がすわる。

「殺すなら殺してみよ。俺が死ぬ時はお前も一緒に腰の手榴弾を爆発させて死なしてやる。小川、お前もだ」

と私は心の中で覚悟がわいてきて案外図太い態度で殴られた。すると山下分隊長が、

「もう長沙も近まったから、今後注意しろ」

と言われ、その後、頰を二〜三度殴られて終った。立山は私の食い残しの牛肉を木原小隊長への飯盒の飯に盛って差し出していた。

劉陽河の渡河

長沙外廓陣地の敵に迫っていて、その日の夜の一一時頃、大隊は出発する。

大休止の農村の民家から再び田甫の曲がりくねった細い道を行軍すると、丘陵の道を前進していることがわかる。尖兵中隊は第二中隊で敵情偵察しながらの前進である。休憩がたえまなくできる。そして行軍が止まれば「逓伝、足音をさせるな」と声を落しての兵の暗闇での言葉が心にしみてくる。私も後ろの兵に向かって「逓伝、足音をさせるな」と声を殺しての逓伝を送れば、細き虫の音と入り交ざってやるせない気持を覚える。そうした行軍が黙々と続き、六月一一日夜明け前に劉陽河の渡河を終った。劉陽河は長沙市の北側を流れる。市街の外廓陣地の敵と遭遇して行軍は停止したままである。

「逓伝、尖兵中隊は掩体壕を掘っている」と声が伝わってくる。するといよいよ来る所まで来たなあと自分を納得させる。

静かな夜明け前の下弦の月明かりがさして地面に倒れて寝ている兵隊の顔を照らしている。まわりの青草には露の玉が光って見え、その中から細い虫の音が敵陣近まる静寂な瞬間の中にある人間の心をさそうのである。

明けて六月一二日、どんよりと曇った朝が来た。夜明けとともに前方の丘陵に迫撃砲弾が炸裂した。ここまでくれば夜も昼もない。古兵たちも自分の命そのものが時間の問題となれば黙りこんでしまった。

一応これまでの長沙作戦の経緯をふりかえると、一九四一（昭和一六）年当時の第十一軍司令官・阿南惟幾中将は、中国・重慶軍を牽制して南方攻略作戦を容易ならしめるため、揚子江江南地区に攻勢を執るべき意見を支那派遣軍総司令官に具申した。総司令官・畑俊六大将は、この意見実現の必要を認め、当時の第十一軍をしてその計画に基く作戦を実施せしめることとし、華北の独立混成第九旅団を同軍司令官の指揮下に入らしめ、第二次長沙作戦は行なわれていた。一九四一（昭和一六）年一〇月二四日、攻勢を開始し、優勢なる敵の抵抗を排除して南進を継続し、寒気と飢渇になやまされて、一九四二（昭和一七）年一月四日に至り、長沙の大部分を占領した。ここに於て軍司令官は概ね牽制作戦の目的を達成し得たものと判断して、反転作戦に移るべく部署した。その反転作戦は優勢なる敵の急追攻撃を受け、多大の犠牲者を湖南の野山に捨て、難戦苦闘の末、一月五日、概ね新牆河以北に撤退を完了したのだった（内地の私の家の隣の貧しい家に育った坂本康隆は、私より四つ年上であったので、この第二次長沙作戦で戦死していた）。

こうした中国大陸での戦争の中でも長沙攻撃は第一次・第二次と二回も行なわれ、今また、第一号作戦（大陸打通作戦）の中の湖南の会戦は到底筆舌には尽し難い苦しい行軍の末、第三次の長沙攻略戦の火蓋が切って落とされている。そもそもこの第一号作戦なるものは、大命（大元帥陛下の命令）発令によって大本営から支那派遣軍総司令官・畑俊六大将へ下されている。その第一号作戦の実施の経緯、特にその発想検討、発令の大要について『戦史叢書』では次のようにのべている。

畑総司令官の言のように支那派遣軍にとってこの第一号作戦は、

「構想トイヒ派遣軍トシテハ未ダ嘗ツテナキ大作戦ナルカ、兵力資材特ニ全般戦力低下ノ状況ハ之ニ伴ハズ、派遣軍トシテハ誠に死力ヲツクシテ此大方ノ期待ニ副ハザルベカラザル次第」

であった。また、一九四四年三月二〇日、支那派遣軍の作戦計画の報告時、東條参謀総長が「支那派遣軍ハ総司令官以下作戦ニ自信アリカ」とその決意のほどを質したのち「コノ作戦間アラユル点ニオイテ内地ニ期待サレテハ困ル」と実行上の決断を促したのである。これから見ても明らかな通り、まことにその前途は容易ではなく、一九三九（昭和一四）年九月の派遣軍総司令部創設以来、第一号作戦（大陸打通作戦）は初めてのことで、中国大陸における戦略的一大野戦の展開は、一九三八（昭和一三）年秋における武漢攻略戦以来のことである。

「実戦部隊が安んじて命令のままに行動するには、上級機関に科学的な思考、周到な配慮、充分な準備確算がなければならない」――こうした観点から考えると兵隊の生命なんて最初から有っても無いも同然の作戦に組み込まれている。そして一九四四（昭和一九）年六月一二日、約六〇〇キロ余りの死の行軍で辿り着いた長沙外廓敵陣地から迫撃砲弾炸裂下に身をさらして前進する。

この作戦には第六方面軍（司令官・岡村寧次大将）配下の第十一軍九箇師団を主力に、第十二軍四箇師団、第二十三軍二箇師団を一斉に湖南省を南下させて、第十一軍（司令官・横山勇中将）配下の第五十八師団（師団長・毛利末広中将）が長沙攻撃の任務にあたり東南方から攻撃開始すれば、第三十四師団の一部が湘江対岸の西北方から岳麓山攻撃の任務を受けて同時に戦線は火蓋を切られている。

長沙外廓雨花亭へ前進

第五十八師団（広部隊）は第五十一旅団の九二大隊・

九三大隊・九四大隊・九五大隊は、まだ長沙外廓陣地までは到着できずに南下中で、第五十二旅団のわが一〇六大隊（大隊長・今堀元貞大佐）だけが一番乗りして外廓陣地で戦火を交えているが、まだ九六大隊・一〇七大隊・一〇八大隊も南下中で、いかに我が一〇六大隊の行軍が激しかったかがわかる。四月、湖北の警備地を出発して以来五〇日、苦難に苦難を重ねた行軍の末、最初の攻略目標である長沙を指呼の間に望み、兵隊も下士官も異常な緊張感をただよわせて互いに目だけがギラギラしている。

五十六師団の戦闘展開は、右第一線五十二旅団、左第一線五十一旅団となっているが、六月一三日現在、右第一線に於て配置について戦闘しているのは一〇六大隊だけである。小高い丘陵が散在しているため、その間の低い細路を左右に曲りながら灰瀬隊は前進した。一〇六大隊は外廓陣地の雨花亭を占領確保し、一応集結して大隊長命令をもって長沙市街へ攻撃突入の準備をするため前進中である。兵隊も殺気立ち、筋肉のひきしまりが体をおおっている。敵迫撃砲弾と重砲弾は交互にひっきりなしに附近に炸裂する。中隊は小さな民家が二〜三戸ある傍らの細路から、丘と丘の間の曲がりくねったところにきた。この戦火の中にも中国農民の一人や二人、自分の家の付近に潜んでいたのだろう、指揮班の本田曹長が一人の農民を引っ張ってきて雨花亭への道を聞いていたが、その農民は、「不知道、不知道」（知らない、知らない）と怯えた様子でくりかえし、追われるようにして歩いてきた。本田曹長は行軍しながら、ひどく荒々しい軍隊用中国語で聞いていたが通じないようで、何か早口で答えていたが、隙を見て右側のクリークの縁の小路へさっと走って逃げた。

灰瀬中隊長は「逃すな！」ときつい声で命令した。すると第二小隊第一分隊の小西古兵が追いかけていったかと思うと、中国農民の背中に銃剣をグサリ！と突きさした。鮮血が農民の背中にふき出し、倒れかかったところをまた、二〜三回銃剣でグサリ！ グサリ！と突きさした。農民は最後の声を絞り出して、クリークの縁に倒れた。一瞬の間に悲惨な最後をとげた中国農民の命を私は惜しんだ。戦争ではこれほど無抵抗の農民までも……人間の命が簡単に殺されるのである。今までの行軍中に死体は幾らか見てきたが、目の前で殺害されたのは長沙攻撃を始めて最初の出来事である。非人間的だ、何て非人間的行為か。「内地ではこうした死を、誰が農民の殺されてゆく死が想像できようか」――私は戦争にも参加していない年をとった農民まで殺害する〝戦争〟ということに初めて極めてはっきりとした考えがわいてきたことに気がついたのだった。

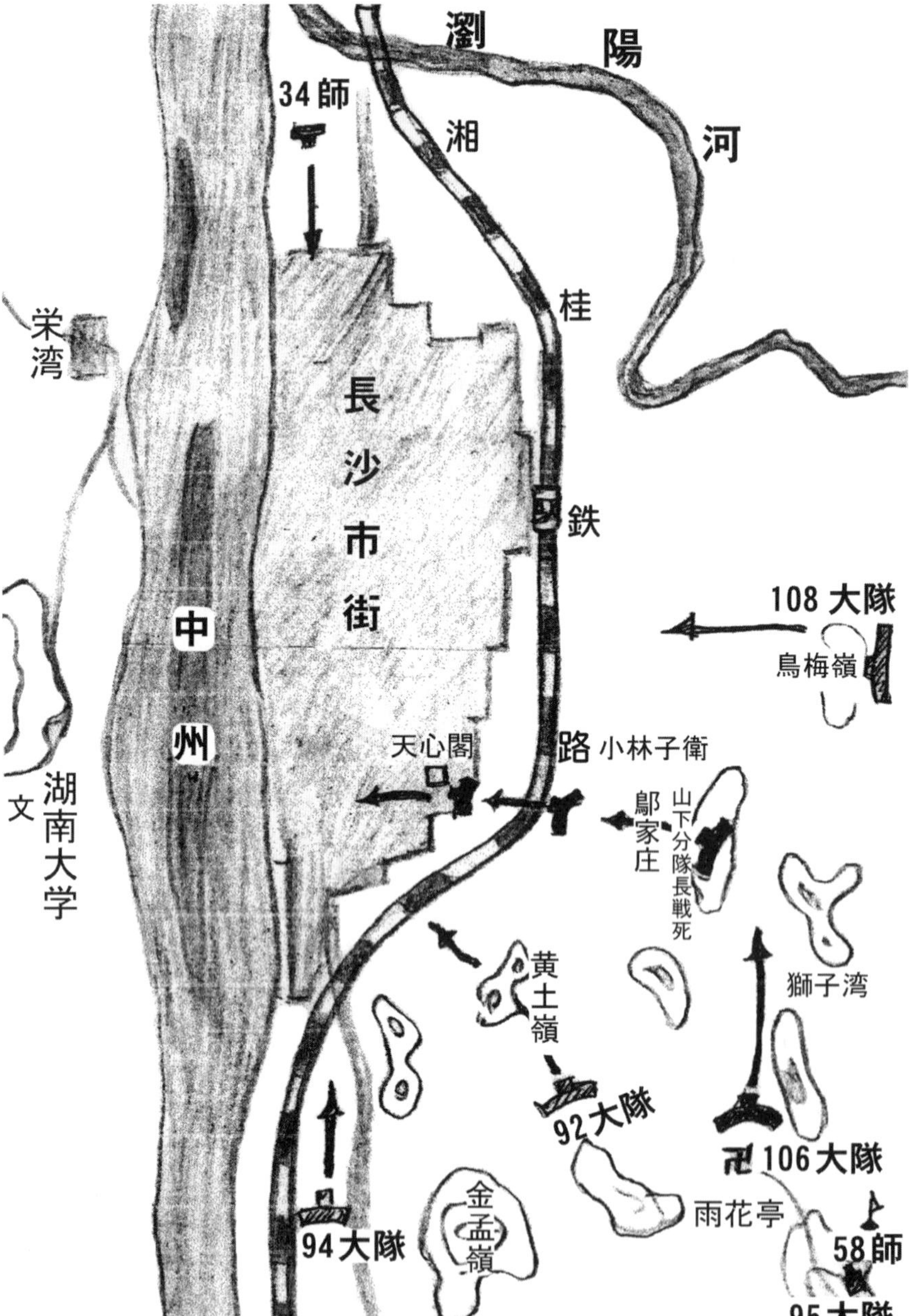
瀏
陽
河
34師
湘
桂
鉄
路
長沙市街
中州
栄湾
湖南大学
文
108大隊
鳥梅嶺
天心閣
小林子衛
鄖家庄
山下分隊長戦死
黄土嶺
獅子湾
92大隊
106大隊
雨花亭
金盃嶺
94大隊
58師
95大隊

小西古兵という男は内地では「やくざ男」で、福岡県大牟田市万田の炭鉱で暮していて、軍隊にきたのは昭和一七年徴集であり、弱い者に対して残忍極まりない男であった。無論、兵隊たちは無邪気に日本が勝つものであり、強いものと信じさせられていた。こう考えてくると私は〝日本は神の国なんかではなかった。同一条件に置いたら人間は同じものだ〟と中国農民の悲惨な死に強い憤りを感じたのだった。こうした出来事と、敵迫撃砲弾の炸裂に全身の汗も疲れも一時は忘れ、午後四時頃、凹地の大きな一軒家の前に中隊は到着した。ここは昨日、尖兵中隊の五中隊が敵の外廓陣地を占領した雨花亭で、一〇六大隊の集結の地であった。

木原小隊長は、

「各分隊は煙が上らぬように飯を炊き、夕食にすぐかかれ！」

と緊張した声で命令した。

中隊は中国の寺らしい家具一つ無い空虚な家の中で、天井のない瓦を下から見上げながら装具を下ろして家の外へ飯炊きの兵隊たちは出た。大隊本部は先着しているが各中隊は全部そろっていないらしく駄馬が見えない。部隊の現情は、後方よりの友軍の輸送は一切のものが全く絶え、携行糧秣は食い果し、胡瓜を囓り、飢えを満たす有様だった。ただし、今日の夕食だけは長沙攻撃を前に、来るか来ないか判りようのない死の影を兵隊は皆感じているために、あるだけの徴発米を雑嚢から出して焚いた。飯盒一杯に煮え、盛り上った飯粒をじっと見た時、本能的に飢渇が口の中で唾液をよんだ。各分隊の兵隊は大きな家の土レンガ壁の下で、各々黒焦げの飯盒に顔をつっ込むようにして食い始めた。岩塩の味と米粒を一粒一粒かみしめるようにして、口の中でいつまでも味わいたいと考えながら、私はゆっくり食っていた。

「この飯盒の飯は半分しか食うことは出来ない」と分隊長から命令があっていた。もうこれから先は米を徴発するまでは食うことはできないのである。しかもこの長沙攻略の戦闘が終らねば、米どころではない命の問題である。だが、兵隊はそんなことには無頓着であるらしい。

飯を食い終わった兵隊は壁の下で背嚢にもたれ、寝はじめていた。そこで谷口上等兵は私の傍に腰を下しながら、

「吉岡、いよいよ長沙攻撃だ。攻撃開始になれば行軍の苦しみはないから元気だしてゆけよ。お互いにまた会える命であるかわからないが…」

「わかりました」

私は自分の生死より、行軍の苦しみから逃れたことが最も気楽にさしていた。命が今日明日になくなるか

どうかということにはあまり感じていない。ただ、まだ腹の中がひもじい思いで、なにか腹をみたす食料がほしかった。

明けて六月一四日、小雨がしぶしぶ降り出した。空はどんよりと曇っている朝を迎えていた。そこへ一瞬、筋肉がギュッと緊張する。

「ヒュー〜ッ」「ダーン」

と家のすぐそばに敵砲弾が見舞われた。兵隊は土レンガ壁の方へ体をよせる。続いて家のまわりで二発炸裂した。今堀大隊長は、

「素早く各中隊は散兵壕を掘って散開しろ！」

と命令した。この付近は緩やかな起伏の連なる地形だが、長沙市街から数キロ、岳麓山の敵重砲地の敵眼に曝され、敵砲兵の射程内に這入る、言わば危険地帯の前線であることがわかった。各中隊は地形を利用して前進を続けると、あたり一面の自然も空気も戦場化して、間をおいて敵砲弾は炸裂している。一中隊は小雨の中を駆け足で高い土手の下まで前進してきた時、

「散兵壕を掘れ！」

と命令が下ったので、各分隊毎に散開して背嚢から素早くエンピをとり柄を組んで、その土手の根元に円い横穴を掘り始めた。穴を掘っている途中、雨花亭の大きな家は最後に本部医務室が避難した直後、敵砲弾で大屋根をふっ飛ばしたと伝えてきた。間もなく各人横穴におさまると私は「これなら敵砲弾でも大丈夫だろう」と判断し、背嚢を奥に入れ、窮屈な横穴ではあるが我慢しようと横穴の中に腰を下ろしてみた。

左右に二メートルほどの間隔で内田・宮下が横穴におさまっている。高い土手の上は丘になっていて砲弾の炸裂の音を聞くと、蟻の生活が頭に浮ぶ。するとこの穴の中だけにおいては自分の自由がありそうなことに気付き、命さえどうなるか判らない今、上官の命令もあるものかと、背嚢から命令があるまでは食うことはできないとされている「カンメンポ」を取り出し、袋を破って食い始めた。「これは旨い」と一人うなずきながら食っていると水がほしくなる。水筒を取り出してみると底にわずかの湯を入れたものが残っているだけだ。この敵砲弾巣下には水も探しに出られない。

「大事にしよう」と少し口にふくんで栓をする。そして横穴に臀の位置を安定させるために動くと服の袴の臀の部分はじっくり雨水で濡れているので気持が悪い。すぐ足元を見てみると膝を曲げている足の位置から先は雨が降っている。時間がたつと降雨量が増して地面に押し出した水溜りが横穴へ流れこんでいるのだ。

「これは大変だ」と独言を呟きながら、編上靴の踵で内側から土を踏み出して流れこむ雨水を止めた。もっと安心できる横穴にしようなどとは毛頭考えない。第一

動かずに休むこと。第二に食べ物である。だが、この横穴で第一のことは窮屈ながら実行できるが、第二の食べ物である。砲弾の炸裂も止んで、穴の外もすでに暗闇が迫っている頃、空腹の五体は本能的に穴の外に這い出て穴熊が獲物を探すように見廻すが、あたりは静寂そのものである。夜のとばりは厚く、大地は深い眠りにおちている。わずかの淡い明るさを頼りに隣の穴の内田に、

「おい、おい、内田、内田」

と低い声で呼ぶと、

「何だ」

と待っていたように穴から這い出て来る。

「お前、飯盒の飯は残しているか？」

「もう暗くなる前に食ってしまった」

「俺もイアンだ」（イアン＝同じということ）

私は穴を出る前、命のあるうちに飯は食っておかないと腹がおさまらないと、岩塩をふりかけて食った飯盒半分の飯が今は名残惜しい気がするが、すでに腹の中で反芻動物のように噛みかえす真似もできず、外へ出て何かほしいと現れてみたところであった。内田も同じく獲物がほしいと体をもてあましていたのだ。話し声を聞いた宮下も穴から這い出て、

「何かあるか？　腹がうなってどうにもならん！」

と気力消耗の声である。しかし、この暗闇では何する

こともできず、三人は別れて穴に帰った。地上は鬱とおしく陰気にしている。暗い夜の空からしぶしぶ雨が降りそそいでいる。

一〇分乃至二〇分眠っては目を覚し、また眠る。何しろ腰を「く」の字よりもっと曲げて休んでいるため、一時間も二時間も眠ることはできないのである。命令はここで待機して総攻撃の命令を待つのであって、夜になったからといって眠ることはできないことになっている。だが綿のように疲れた体は、戦場が自然の静寂にかえると目前の敵を忘れさせて眠りに誘うのである。

黎明のまだほんの淡い明るさが穴の外に迫ってきている。六月一五日である。曇空らしく雨は止んでいた。横穴から這い出して「うーん」と背を伸ばす。それから朝飯というところだが何もない。腰を下して巻脚絆をとくと脚がむれたような気がしているので、空気に素肌をふれさせたくて濡れた巻脚絆を巻き取り、袴下の紐をといて足の脛にまくり上げようとすると、銅貨銭ほどの円い座を作った田虫が幾つもできている。脛の皮膚にくっついている袴下をそーっと膝までまくり上げると、足の脛の甲は田虫で覆われ、すでに化膿して白い膿がよどんでいるではないか。その足の脛が急に空気にふれたものだから、足の脛は一枚皮をはぎとりたいほど痛痒いのである。袴下でそっとなでると一層激しくなる。脛の甲をさすればさするほど、苦しい気持になってきた。この横穴生活では、衛生兵からヨードチンキさえもらえない。自分の唾液を流して袴下をそうっと下して巻脚絆を巻くと、足の膝から下は火がついたように熱をおびてきた。そうしているうちに、あたりは人影がぼんやり見える朝が迫ってきた。

そこへ突然、立山古兵が現れて、

「初年兵は何しているか!」

誰も返事しないでいる。

「お前たちは俺が言わぬと穴の中で寝て朝飯の準備もせぬ! 馬鹿野郎が……」

そこで内田・宮下とともに三人は後方に獲物を探しに出た。

「何しろ胡瓜があるらしいぞ」

三人は野菜畑を探して歩いた。

今朝はまだ敵砲弾も飛来しないので、胡瓜畑らしい凹地へ来ると小枝のついた竹に両側から蔓が上っている畑を発見して探してみると、すでに他の中隊からも来て荒らされ、徴発済の畑は竹も倒れかけ、地面には軍靴の大きな足跡だけが無数にあって、獣物が獲物をとった後そのものの姿である。だが三人は、入念にその蔓を押し上げて、どんな小さな胡瓜でも取って集めた。帰り途で小さな胡瓜を噛みながら立山古兵の横穴

の前に止って、内田が、

「立山古兵殿、こんな小さな胡瓜しかありません」

と集めてきた胡瓜を雑嚢から出すと、

「馬鹿！　こんな胡瓜が食えるか」

と穴の中から長い胡瓜をとって見せた。すでに昨日から古兵たちは獲物を探して自分たちばかり食っていたのである。

「そんな胡瓜はさっさと持って行って食え。他に何か探してこい」

　三人は自分たちの穴に帰って親指ほどの曲がった胡瓜をかんで朝飯にした。暫くして、また穴から這い出して付近の様子を見ていると後方の木原小隊長の穴の付近で話し声がする。立山・小川古兵も昼食について何の文句も言って来ない。「いよいよ攻撃開始近しだ」と私は直感していた。それから何分もしないうちに予期した通り、

「第一小隊集合！」

　後方から命令は下った。空腹を忘れていよいよ戦火に身をさらさねばならない時がきた。一〇六大隊は攻撃隊形をとって前進し始めた。左第一線は第五中隊、右第一線は第三中隊、第一中隊の灰瀬隊は大隊本部の前衛として前進する。すると、突然、敵砲弾の射撃を受け始めた。友軍には未だ砲一門の援護射撃もないので、敵の弾着は正確で、大隊が前進中の左側の部落に命中する。その時、第四中隊の兵隊が一人、破片を受け戦死と伝わり、長沙攻撃最初の犠牲者であった。また砲弾の合間に胡瓜や野苺を口にしながら前進を続けると、

「ヒューッダアーン」「ヒューッダアーン！」

　続けざまに地響きして炸裂する。敵はわれわれを狙い撃ちしていることが分かる。夜に入って雨となり、敵砲弾も止み、戦場は再び自然の静寂である。

　明けて六月一六日、南下中の第五十二旅団主力も戦場に到着したらしく、長沙市街の一角が見える外廓の高地に散開して総攻撃態勢が完備した頃は、淡い灰色の雲が一面に覆っていた。第一中隊の灰瀬隊は右翼第一線の攻撃についた。敵重砲弾・迫撃砲弾の炸裂はいよいよ高地に轟き、また敵重機関銃・チェコ軽機関銃は頭上に熾烈になる。彼我相接して緊迫の度を増す。

「ダ……ダ……ダ……」

「ヒューン！　ヒューン！　ヒューン！」

　銃弾が頭上近く飛来したかと思うと、

「ヒューッ！　ダーン！」「ヒューッ！　ダーン！」

　迫撃砲弾が身近に炸裂する。今、戦場は幾多の人間の命を奪いとる必殺の音、地響きばかりである。灰瀬中隊長は、

「各小隊は壕を掘れ！」

全身にくいこむように激しい声で命令した。素早くエンピをとり、高地の赤土をはね上げて窪地を作った程度の所に散開して伏せる。灰瀬中隊長は高地の稜線へ進み、腹這いになって双眼鏡で長沙市街を睨んでいた。だがあまりにも敵砲弾の激しい高地に止まることは危険であると感じたらしく、指揮班の下士官に向っていらいらした様子で、

「本部からの攻撃命令はまだか！」

「ハイ！　まだ来ません！」

「何をぐずぐずしているんだ！」

と独言をもらして、また銃声の合間を見て双眼鏡を手にしていた。

灰瀬隊第一・第二・第三小隊とこの高地を横断して散開して腹這い、九六式軽機関銃・小銃・二〜三メートル後ろに擲弾筒を据え、引金を引くだけに準備はととのっているのだ。

私は銃声の合間をみてそっと頭を上げ、長沙市街を眺めてみたが、市街のぎっしり集まった瓦屋根が見えるかと思ったら、胡瓜畑らしい低地の畑が続いて、その畑のはるか前方の高地に何軒かまとまって家が見えただけで「まだ遠いなあ」と感じた。市街らしいところは何一つ見えなかったので、一体どんな戦闘展開になるのだろうかと思っていたところに、中隊右翼第一線に陣取っていた原第一小隊長が、

「灰瀬中隊長殿！」

と呼んでいる。灰瀬中隊長はすぐ、

「何だ！」

と大声で原第一小隊長の方向へ答えると、

「隣の九二大隊は攻撃開始しました！」

と叫んだ。すると中隊長は大隊長の命令を待ちきれずに、

「よーし！　第一中隊攻撃開始！」

と独断命令を下した。実戦ではこうも統制がとれないものかと思う。木原小隊長も穴から半分立ち上り、体を起して、

「各分隊！　攻撃開始！」

と叫ぶ。同時に岡村第一分隊長は九六軽機の後に、銃声の合間をとって飛んで出て双眼鏡を目にあてて前方の攻撃目標の距離をはかる。そこへ木原小隊長もはらばって行き、

「軽機の目標は前方の白壁の家の右端だ」

と双眼鏡を片手に命令した。軽機の引金を握っている小西古兵、その右側に小幡弾薬手、右後ろに岡本分隊長も双眼鏡で前方を睨んでいたが、木原小隊長の方を振り向いて、

「距離はどのくらいで撃ちますか？」

と聞いていると、

「一〇〇〇ぐらいで撃ってみろ！」

と木原小隊長の命令も演習の訓練の時とは全く明確でない命令の実体を見せつけられた。友軍の軽機が火をふいた。

「ダ……！　ダ……！　ダ……！」

胸をゆすぶる銃声と火薬の匂いに全身の肉がぎゅうっと引き締まった。鉄帽の重みも全くわからない。あたり一面、硝煙弾雨の巷になった。するとすぐ、

「やられた！」

と小西古兵の声である。また続けて、

「手をやられた」

といって軽機をはなれて左後ろの弾薬手・小幡初年兵の方へ這いよっている。

木原小隊長は、

「小西、大丈夫か」

「ハイ大丈夫です。手の指をやられました」

と答えている。岡村分隊長が、

「小幡！　小西と射手交代しろ！」

と叫んだ。

「ハイ、小幡交代します！」

私は、まだ擲弾筒の射撃命令は下らないので、腹這ったまま真面目な小幡の動作が目につく。すると岡村分隊長が、

「小幡、軽機は射撃すると火をはく。敵の目標になるから注意しろ！」

と、戦争体験者の分隊長らしい。友軍の軽機は一斉に、

「ダ……！　ダ……！　ダ……！」

と高地をゆすぶった。一方、後方の低地に後退した小西古兵は、この陣地へ来る途中、中国農民が逃げるのを後ろから銃剣でさし殺したように元気者だったのに、今は羊が虎の前にうずくまる態度を、私たち初年兵の目の前にさらけ出している。九六軽機は射撃すると火を吐くので敵から発見されやすく、小西は死を恐れて「手をやられた」といったのである。手をやられては引金が引けないという古兵の卑怯な悪知恵が働いている。こうした他人の苦しみに鈍感な奴がいざという時、度胸がないということを証明したのだ。そうしているうちに木原小隊長はいよいよ緊張した声で、

「擲弾筒も射撃開始！」

と命令したので私は待っていたとばかり、自分の八発の榴弾を今こそ軽くする機会だと感じ、谷口筒手の据えた擲弾筒に榴弾の重みを手に、素早く弾込めを終り、後ろへ下った。第四分隊長の三筒は一斉に射撃したけれど、どこで炸裂したか見る余裕なんてない。それは、この高地から前方は越えて市街まで命の保証はない。しかも硝煙弾雨の巷に命の綱と思える遮蔽物とてないらしい。そこへ灰瀬中隊長は、

「第一中隊前進！」

と叫び、軍刀の抜身を右手で高くふった。

「前進！」「前進！」

小隊長・分隊長の叫び声とともに兵隊は皆飛び出し、高地の陣地から低地めがけて駈け出した。

私は「止れ！」の命令の声でバタッと倒れて腹這った。どうして走って来たか無我夢中で背嚢の重みも弾の炸裂する音も意識しなかった。すぐ顔を上げてみると低地の前方は胡瓜畑が一面にあり、両側から立てた竹の枝の一面に蔓が繁ってのぼり、それがよく自分たちの姿をかくしていると直感した。するとまた、

「前進！」「前進！」

小隊長の軍刀の抜身をちらっと見て、また胡瓜畑に向って駈け出した。

敵の迫撃砲弾が「ヒューッ！　ヒューッ！」と頭上をかすめて飛んでくるのが多くなった。また、敵チェコ軽機の「パパンパンパン！　パ……！　パン！」と軽い金属製のかん高い音があたり一面を覆いかぶせるような修羅場の中に自分自身を確認している。駆け出してすぐは何もかも忘れ、全員がはりつめて駆けているので敵弾の音も初めての敵弾投下で無意識無感覚になってしまっていた。胡瓜畑まで約一〇〇〇メートルは駆けたであろう。駆けては伏せ、また駆けては伏せているうちに正常な感覚が少しは働いている。

「ヒュル…ヒュル…ヒュル…ダーン！　ダーン！」

追撃砲弾は激烈となり、胡瓜の蔓の間にも身の置き所に迷うほど炸裂が続くので「ここに止まっていては危ない」と私は直感した。

「前進！　前進！」

この声とともに胡瓜の蔓の間から再び飛び出し駆けた。もう小隊長がどこを走っているか、また分隊長も古兵たちも目につかない。ただ、谷口上等兵の姿は見逃さないよう必然的に気を使って駆けていた。

胡瓜畑を駆け出た。すると前方は四～五メートルの高い石垣の崖に竹の梯子をかけてあるのが見えた（作業隊がかけたのであろう）。すると後ろの方の胡瓜畑の端から灰瀬中隊長は軍刀をふりかざしながら、

「突撃！　突っ込め！」

としゃがれた声で叫んだ。私は谷口上等兵とともに竹梯子へ向かって駆けた。崖の下までに何人かの友軍の兵隊が鮮血に染まり、うつぶせに倒れて死んでいるのを飛び越えた。ちらっと見た死人の真っ青な皮膚の色と真っ赤な血の塊は自分の体のように離れず、竹梯子を登りつめると同時に四～五発の迫撃砲弾が目前に炸裂した。伏せて、また私は前方の家に向かって駆けだした。

「家の中へ飛び込め！」

後ろの方から中隊長の叫ぶ声を背中で聞いた。助かったことには崖の上は広場があり、その先に白壁の

家があったからだ。この家に飛び込むまで電線が無数に地上に乱れ落ち、電柱が倒れ、家の隅から白く煙が上がり、火薬の臭いが一面に充満している。家の前に山と積まれた敵追撃砲弾をちらっと見て「敵弾だ！」と直感した。家の中に五人、一〇人、一五人と集まってきた。もちろん灰瀬中隊長もいて、

「家の壁を破って前進！」

と命令する。家の中には次第に中隊の大部分がいつの間にか突っ込んで集まっている。そこでこの家に這入ったことを知った敵の弾は、家の外に鼠一匹の命さえ逃さないほど銃弾の音が家をゆすぶり飛び散っている。家はぎっしり続いてまとまっているので一軒二軒と壁に穴をあけて前進していると家の中に煙が上り、大きな釜に玄米の焼米が発見された。真っ先に飛びついた谷口上等兵は、

「吉岡、焼米だ。腹作りしよう」

生きている私を見て、すぐ呼びかける。香ばしい臭いが鼻に飛び込んでくると、私も走り寄って焼米を釜から掴んだ。まだ温かい焼米が食欲を誘う。いつの間にか大きな釜も兵隊に取り囲まれ、ガリガリと焼米の食料が敵さんから与えられている。今日は胡瓜だけの食料しか腹の中には何も入っていない。ガリガリ噛みながら左右のポケットにも詰め込む。

「さあ！　さあ前進だ」

灰瀬中隊長は用心深く次の家へ前進を命じた。中隊の指揮は分隊長・小隊長もできない状態で、中隊長一人が先頭集団を指揮している。こうして数軒も家から家へと壁を破って前進してきたが、午後も残陽がまだあるだろうと思われる灰色の雲を硝煙に包まれた家が見えた。家の傍に大木のある小さな家に一小隊は集まることになった。家の一歩外は敵から察知されたか、重機・チェコ軽機の銃撃で小鳥一羽の命さえもないほどすさまじく銃弾がうなりをあげて飛来している。灰瀬中隊長は大隊本部との連絡がとれるまで各小隊ごとに待機を命じたらしい。木原小隊長の顔も見え、

「各分隊は分隊毎に家の中に待避し、人員を掌握して報告しろ」

と命じた。各分隊は一つの部屋にまとまらないように部屋を選んだ。第四分隊は、バラック建のような小さな家の隅で山下分隊長が名前を呼び始めた。

「牧兵長」「ハイ」

「小川」「ハイ」

小川古兵は敵弾雨下に身を縮めている。

「立山」「ハイ」

「谷口」「ハイ」

「多武」「ハイ」

「高木」「ハイ」

「吉岡」「ハイ」

私はまだ石垣の下に鮮血に染まって戦死していた僚友の姿が頭の芯に残っていた。

「内田」「ハイ」

「宮下」「ハイ」

「異状ないなあ」

とみんなの顔を見渡していたが、奥にいる木原小隊長に、

「第四分隊、異状ありません」

と声だけかけて報告を終わった。

この長沙まで南下する行軍中途で野戦病院行きとなった松村一等兵を除いて無事であることがわかった。

この辺一帯は長沙外廓敵陣地の鄒家庄付近で、長沙市街には間近に迫っているらしく家々が左右に見られる。一〇六大隊はここまでの線へ各中隊ともに攻撃前進してきて、今は前進不能となったが、前方は高地になり、敵トーチカから無数の敵重機及び軽機の銃弾が間をおいて家の外に飛来している。家という遮断物で一応命の安全を直感している兵隊たちは、みな自分の命はまだ助かっていると感じて平静を保っているところであろう。ところで山下分隊長は私のすぐ前で背嚢にもたれていたが、二人の眼差しが合った。すると、

「これから市街戦が始まるぞ。吉岡どうかい、元気付いたか？」

「大丈夫です、分隊長」

私はきっぱり答えると、横から立山古兵が、

「腹が減ったのも忘れていたぞ」

といかにも余裕あるらしい言葉を吐いた。他の者はやっと安全地帯に来たと身動きもせず、じっと敵の銃声に耳をそば立てている。間をおいて響く敵銃声は、日暮れとともに少しずつ減っているようだが、迫撃砲弾でも一発この小屋に見舞われたら四分隊一〇名の生命は一瞬にあの世行きである。その生命を守るただ一つの条件は「現在この小屋に潜伏していることを敵に発見されぬこと」――これが四分隊の生命を守ることである。身動きもしない四分隊の一人一人の背嚢にもたれている姿を見ると、私の脳裏を石垣の下で名前も個性も無視され、その他大勢の一人として死んでいった鮮血の兵隊の生命の幻影が、痛いような速さで銃声とともにかすめていった。

銃声が止んだ。こんな時、ふてぶてしい陰険な顔つきで声を出すのが小川寅男古兵である。

「山下分隊長殿、何か食いたいですなあ」

すると山下分隊長は、

「腹も減ってぐうぐう鳴っているが、誰か何か探してこんか？」

誰一人返事する者さえいない。

山下分隊長はいかにも自分の命令が権威を失ったように感じて、胸を起して小屋の外を隙間から眺めていたが、左手を指さして、

「吉岡、あの畑から胡瓜をとってこんか」

私はその言葉を聞いた途端、山下分隊長の顔をじっと見て、怒りに満ちてきた。

「分隊長殿、私はいかに落伍して死のうと、今この小屋を出て胡瓜畑で命をさらすことはできません。それより私がこの小屋を出て敵に発見されたら、この小屋の中の四分隊全部の命が危険にさらされることになります」

私は吐き捨てるように、軍隊という組織にあって初めて上級への反抗を実施したのだった。しかも、それだけでもまだ強い怒りが消えなかった。山下分隊長は私を見ていたが、

「吉岡もこんな時は意地を出す」

と濁して苦笑いした顔は、いささか醜態でさえあった。そして周囲にいた小川古兵もこの時ばかりは自分の命を大事に考えたか、一言も言わなかった。立山古兵も黙り込んでいたのだ。私は暫く怒りが収まらなかった。それは故郷を出る時、日の丸の旗に送られて日本皇軍の聖職とうたったこの軍隊の組織の現実は、あまりにも残忍非道に思えてならなかったからだ。そして自分自身心の中で、同じ人間である兵隊に死の命令を発する権限を与えているのは戦争開始時の上官の命令ではあるが、たかが分隊長の分際で特権のように行使する敵弾雨下の畑で「胡瓜をとってこい」という命令が気に食わなかった。「俺は人間を殺したくない。殺されたくもない」と、こう考えて戦場の矛盾の中で今はどうするすべもなかった。

夕闇が迫るにしたがって敵の銃声は次第に合間が遠くなった。この小屋で飢餓をしのぎ、戦場で生死をともにしている状況にも関わらず、敵弾雨下で兵士を私的制裁する行為が平然と行なわれる。これでは「皇軍とは何ぞや」と言いたくなる。私の抵抗であった。

鄜家庄付近の夜襲

その六月一六日の夜のとばりは厚く、一面墨汁のように真暗い闇夜に、第一中隊に夜襲の命令が下った。これも自分の意思とは全く関係なく、一歩一歩引き込まれてゆく、深い谷底へ引き込まれるかのようであった。「第一中隊前進」と小声で「前進」といって動くと、その次の兵分隊長が小隊長が命令するはずのものが、前の者が後ろに伝えるということで行動を始めたので、前の者が動く通りに動くのである。戦場は流転しているの

だ。時々刻々と変化しており、帝国陸軍の形式的な員数主義などもの数ではなくなっているのだ。兵営や練兵場の演習通りに敵は動いてくれないのだ。けたたましい敵弾の飛来する中でさえ、直立不動の姿勢をとって上官に敬礼しろというのが帝国陸軍を支える中枢部の思想である。そんな軍隊の規律で戦争にどれだけの効率があるというのか、今その実践をしている。

前の者から、

「足音を立てずに前進」

小屋を出て夜霧が上った畑の畔のように感じるところを、前の者の背嚢に左手を触れながら何歩か前進した。

「逓伝！　これより匍匐《ほふく》前進」

声を殺して逓伝がくるので後ろの者へ送る。

私の前を谷口上等兵が腹這いになってゴソゴソ前進するので、彼の編上靴を常に手で触れて彼の足が動くと前進した。今夜は全く暗いのだ。「一寸先は真暗」というのはこのことかと思う。そして私は井戸の底にいるのだ、というように思えた。灰瀬中隊長や木原小隊長が、どこを前進して、どこを攻撃夜襲しようとしているのかさっぱりわからない。また匍匐前進で一〇メートルくらい前進したかと思うと、敵に察知されたのか、前方から敵チェコ軽機の銃声が、

「パパンパンパパパン…」

と闇に響くかと思うと、敵の水冷重機のずしりと重く連発する銃声が、

「ダ…ダ…ダ…」

と絶え間なく銃弾は飛来しているのだ。

「逓伝、鉄条網鋏班前へ」

と声を殺して前の者から伝えてきた。私は鉄条網があって前進できないでいることを考えながら、また二〜三歩匍匐前進する。もう夜襲の前進を始めてから数時間も過ぎているのに二〜三メートル前進しては停止し、敵銃弾の飛来が少なくなったと思うと、また前進を繰り返し、まだそれほども前進していないようだ。

停止の時間は長い時もある。そうした時、私はそっと顔を横に動かして空を見てみたが、ただ真暗で墨汁を一面にはったようだ。また顔を伏せた。何も考えることもない。考えても無駄だからだ。ただ全神経は絶え間ない敵銃弾だけに集中して聞いている。

もう夜中であろう。畔から少し低い畑らしい所に顔から先に前進する。前を前進している谷口上等兵は、何に突き当たったたか、ひとり言をもらしながらまた匍匐前進する。

私はこの畑は少し低いから幾分安全かと感じたとたん、敵銃声は一層激しくなって、その機関銃発射の音が目前に銃口があるように感じた。

私はまた考え直した。「敵陣は近まった」。

こう考えて、右側の腹這った横の三〇センチほどの高さの畔にぴったりと寄り添った。頭の鉄帽を左手で押えて見た。その時、私が入隊前に、母が「弾が飛んで来る時は、頭をあげてはいかん」と入念に口説いたことが、ちらっと頭をかすめた。母の兄は、二六歳で戦死していたのだ。行軍の時は、重たく感じていたこの鉄帽が、今は、自分の命を守っている。その畑の畔に沿って、また四～五メートルも前進した。すると敵の軽機と重機の射撃は一歩の前進もできないほど集中してきた。もう敵銃弾は間断なく火網を構成して飛来してくる。これでは夜が明けたら全滅から逃れられないと思ったところに、右側の畔の外の方で電線に何かが投げつけられた音が「ビューン！　ビューン！」と二～三度聞こえたかと思うと、私たちが腹這っている右側のクリークで「ボガーン！　ボガーン！」と爆発する。私は地に埋まるようにぴったりと腹這っている。バラバラバラと小石や土塊が背や足の上に落下した。敵の手榴弾の炸裂であることを直感する。そっと手を後ろの足の方を腰のあたりからさすってみて傷はないかと自問自答を試みた。痛くもないし、手榴弾の破片が自分の肉に突き刺さっているわけでもない。ただ、人間は自分の生命に限りない愛情がある。その愛情が自分の肉体を心配する本能的なものだろう。それは目的も自信もない戦場に於いて、ただ動かされて戦っているからだ。

間断ない敵の射撃音と炸裂音はすさまじく耳をふさぐばかり、まるでこの世の地獄である。すでに敵陣は数メートルに迫って、私たちの真正面に敵重機の銃口の位置があることを直感した。その上、時々敵陣から何やらわからない中国語の話し声さえ聞こえてくる。全く前進不可能と思えた。停止したまま前の谷口上等兵も全く動かない。敵は猛火と手榴弾によって我々の前進を必死に阻止している。手榴弾の飛来も多くなり、三発四発と続けて右側のクリークの中に落ちて炸裂し、土塊や小石を何度も背中にふりかぶるのだ。もし三～四メートル左側によって手榴弾が落ちたら私たちの生命は血にまみれて呻いて死ぬのだが、右側のクリークが命の綱となっている。こうして数時間、敵重火器の火網の銃弾と手榴弾の炸裂にこの突破は容易でないと判断した。すると、

「うーん」

と一声呻いた声が銃声とともに聞こえた。すると前方の方で息を殺した声で、

「山下分隊長がやられた」

私が腹這っている四～五人前方でささやく声が聞こえる。それからすぐ山下分隊長が戦死したことがわかった。すでに夜の一二時は過ぎているとすれば昨日

の昼間、小さな家の中で待機していた時、私に「胡瓜を取ってこい」と命令した山下分隊長は今「うーん」と一声呻いて死んだのだ。私は一瞬、胸が熱くなるのを感じた。

「腹部貫通銃創（右下腸部突透性貫通銃創）」

とささやいている。

「山下保行　二六歳」の人生はこうして終わった。民族のため、国家のため、朕のため、命令服従を強請されて死んだ。今は血にまみれた冷たい死体である。その騒ぎに敵陣からの銃火は一段と激しさを加えてきた。墨汁を流したような闇の頭上は、銃弾の猛射と手榴弾の炸裂と入り交じって続いているうち、

「うわ！　うーん。あー、あいたーあー」

と呻きと悲鳴が前方でした。すると、

「藤本三分隊長がやられた」

と押し殺した声が聞こえる。藤本分隊長の呻き声と悲鳴は大きくなり、目前の敵に聞こえているらしく、またも手榴弾が四〜五発炸裂したがクリークの中に落ち、土塊を被っただけで残りの兵は助かっている。そこへ、

「宮下衛生兵、前へ」

前方から四分隊の宮下を呼んだ。彼は私のすぐ後ろにいたが用心深く私の横をゴソゴソ腹這いながら前進した。藤本分隊長の悲鳴は虐殺される時のように、

「あーあーあいた…あーいた、あー…」と他の兵隊の身をよじる思いがするほど銃声とともに闇の中で聞こえる。

「大腿部だ。三角巾を早く出せ！」

藤本分隊長の悲鳴は死の直前のように続く。大腿部貫通銃創らしい。

二人の分隊長が倒れた騒ぎの様子が伝わってきた。それは山下分隊長がクリークの縁に這い登ったと同時に腹部貫通銃創で倒れた。その死体に手をかけようと藤本三分隊長がクリークの縁に這い登ったと同時にまたも続いて大腿部貫通銃創になったらしい。

このクリークの縁の敵銃火の直前へ前進しているのは第三・四分隊だけで、そもそも前進中真っ暗であったため、前進方向を藤本第三分隊長が間違え、中隊主力からはぐれて現在地へ進出していることがわかった。時はすでに一七日の午前二時か三時頃と思われる。藤本・山下両分隊長は中隊主力から前進方向を間違えたためにクリークをどこかで越えて中隊主力の指揮下に入らなければと話し合い、クリークの縁に這い登ったのである。

すでに藤本三分隊長がやられて一時間以上経過したらしい。悲鳴も次第に小さくなり、死の直前かとも思えた。もう他に誰一人指揮する者もいないので、頭を上げる者も前進する者もいない。暫くすると敵の手榴弾の飛来が止まり、敵トーチカ陣地の水冷重機の射撃も一瞬止み、敵兵の話し声さえ聞こえる。私は、呼吸を押し殺してまず敵対する現況を判断しようと思い、腹這ったまま顔を少し上げて辺りを見ると、幾分か腹這っている地面はぼんやりと見え、周囲が白くなりかけたような気がした。その時、私は一七日黎明が迫ったことを直感した。

目前の敵銃火の猛射は止んでいることに気が付き、頭を上げると、クリークの向こう側の二階建ての家に、ちらちら懐中電灯の灯りが見えた。敵の銃声はすでに遠ざかり、家の中に扉の音や足音とともに人の声がした。その声が日本語であることをはっきり自分の耳に確かめた時、後ろの方にいた四分隊の小川古兵が、

「中隊長の声だ！」

と小躍りする声で叫んだ。三・四分隊の兵隊は皆胸を起し始め、今までに忍び寄った死の焦燥がなくなったという一瞬の喜びを得たのだ。急に騒がしくなった。すると、家の二階も一階にも指揮班の藤田准尉の声、岡村第一分隊長の声と次々に聞こえる。

「中隊主力は敵の家の中に皆突入しているぞ」

「もう敵は逃げている」

やっと互いに話せる命を持ち続けることができたという態度で、今まで一晩中起し得なかった頭を上げ、

胸を起し、また立ち上がり始めた。そして戦友の顔が聡明に次第に浮かび出してくると顔と顔を見合わせるのである。私はこの時ばかりは〝戦場は流転しているのだ。時々刻々と変化しており、兵営や練兵場の演習通りに敵は動いてくれないのだ。そして命令のままに行動することは必死を意味する〟と痛切に感じたのであった。

第三・四分隊は藤本三分隊長受傷、山下第四分隊長戦死で指揮する者を失い、夜明けとともに分隊は担架を探すことにした。だが両分隊長ともに暗闇を前進したため付近の様子がわからず、担架にする物を探すよりも自分たちの目前の三〜四メートルのクリーク越しに半円形の敵トーチカ陣地に目を見張って凝視した。コンクリートの正面の四角の銃眼から置き去りにされている水冷重機の銃口が黒ずんで、私たちの胸ぐらに向いているではないか。

「真暗闇とはいえ、よくも火の中に飛び込むような所へ前進してきたものだ」

と、この世の地獄からやっと救われた思いが胸をなで下ろしていた。暗闇のため敵弾がやや高めに飛来していたので全滅をまぬがれたのである(実戦では夜間は銃弾は高めになる)。

やがてあたり一面白々と朝が迫った。クリークの向こう岸に鉄条網があり、また高さ三〜四メートルもある丸太をクリークの縁に沿ってぎっしりと埋め立てた木柵を作り、その内側に土嚢のバリケードが築いてあり、犬一匹這入れないように陣地を固め、その中にコンクリート造りの二階建ての家が見え、向かってその左側の端のクリークの縁に今、私たちの目前のトーチカ陣地を朝の明るさの中に見る時、心胆を寒からしめたのだった。

すでにコンクリート造りの二階建ての家では灰瀬中隊長を始め指揮班第一小隊と足音をさせながら戦利品や米を外に持ち出している。木原第二小隊長の顔も見えた。第二小隊は第一分隊・第二分隊だけが中隊主力に加わっている。第三小隊の同年兵の顔も見えた。私たちは、第三分隊長も大腿部貫通で担架が必要であり、第三分隊の同年兵四人でかつぎ始めた。私たちもクリークの縁に前進して死んでいる山下分隊長を四人で腕や足を持ってかつぎ上げた。腹部には数発の銃弾が貫通している。四分隊は牧兵長を先頭に、多武・谷口・私・内田の四人で山下分隊長の死体を運ぶ。後に小川・立山・高木・宮下と続く。クリークに沿って一晩中匍匐前進した畑を戻り、中隊主力が木柵を取ってクリークに橋を渡した所でやっと敵陣の内に這入った。

白い雲が見える朝が来た。戦闘の後、灰瀬中隊長の顔も厳しく、兵隊も皆、目だけがギロギロして、命の残った戦友同士で口もあまりきかずに顔だけ見合って

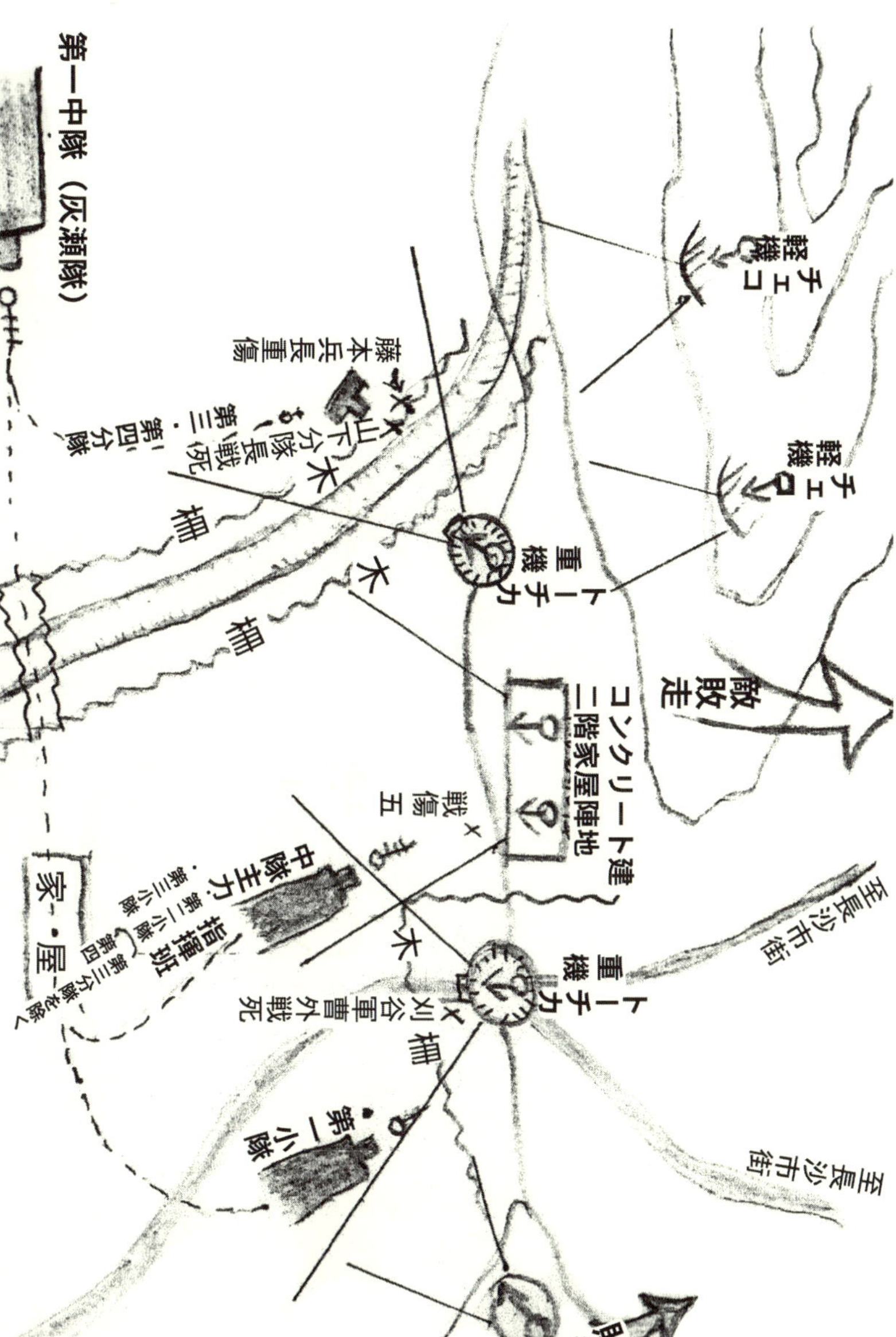

6月16日夜襲 鄗家庄附近の激戦

いる。

「各小隊は人員点検！」

中隊長は命令した。二階建ての家の前で並んだ。

「戦死傷者は皆、指揮班の前に連れてこい！」

藤田准尉は大きな目を丸くして叫んだ。

私たちは家の中から漆塗の大きな戸を取ってきて指揮班の前に山下分隊長の死体をそっと仰向けに寝かした。第一小隊第一分隊長の刈谷軍曹の死体も運ばれてきた。その後、次々と呻きをぐっと押し殺している戦傷者の指揮班の麻崎伍長以下五名が扉の担架にかつがれて来て並べられた。

木原第二小隊長は軍刀を抜刀して二六歳の山下分隊長の腕を取り、肱の関節の肉を切り、紫色の左腕だけを切り離して谷口上等兵に渡した。刈谷軍曹も同じく原第一小隊長から片腕を切り取られ、三角巾にまかれ、戦友の首から胸に下げられた。

こうして灰瀬中隊は傷ついた体制で敵外廓陣地から出発する。やや広い道路に出ると、ゆうべの夜襲で右翼第一線の攻撃進路で第一小隊が前進してきた方向であった。四分隊では私と内田・宮下を始め二等兵と谷口上等兵・多武上等兵・高木一等兵の六名のうち四人が山下分隊長の死体を乗せた塗戸の端をかついだ。五年兵の小川古兵・四年兵の立山古兵はかつがない。軍隊では階級とともに兵隊の間には何年軍隊の釜の飯を食ったか、飯の数が権力を持っていた。今、隊長の死体は重く、背嚢・弾薬の重量と重なり足がよろめいた。暫く進んでから谷口上等兵は私の横に来て、

「吉岡、交代しよう」

と言って手を出したが、すぐ小川古兵が、

「谷口、まだよいぞ」

と叱りつけるように言って止めた。

占領した家のあった敵陣地から広い道路を横切って前方のみかん山の高地へ向かった。すると木原中隊長が、

「第一小隊のゆうべの夜襲はこの道路からだ」

と指さした方を、首だけ曲げて担架の下から見ることができた。広い道路を丸太の木柵で横切り、犬一匹も入れない。内側に土嚢のバリケードがあるが、木柵は腰の高さほどのところで敵の銃弾で一本残らず折れている。激戦のなまなましい血の臭いがする。

「あの木柵のところで刈谷分隊長は戦死した」

と誰かの声がする。ゆうべの夜襲をふりかえると、人間の死には戦闘が開始されてからはその刺激がほとんど感じないまでになっていた。それは、自分自身が生きていることとは、まだ敵弾が自分の肉体に命中しないということだけしか考えられていないからである。

私も今現在生きているから山下分隊長の死体をかつ

ているのだと気付く。そうして道なき原野を力一杯かついで行軍した。

「休憩」「休憩」

と逓伝が聞こえた時は、雑草が繁った高地に来ていた。休憩と同時に戦死者の出た分隊は死体を付近に埋めることになった。

背嚢からエンピだけ取り、再び山下分隊長の死体をかつぎ凹地に下りていき、私と内田で穴を掘った。人間を寝かして埋まる程度の深さで長方形に掘って、死体を穴まで運ぶ段取りになる。そこで手と足を一本ずつ四人で塗戸の上から引き上げようとすると、傍に立っていた立山古兵が、

「山下分隊長の編上げ靴は牛革だぞ。脱いだ方がいいぞ」

と死体の編上げ靴に未練があることを示した。そこで、死体から牛革の編上げ靴が脱ぎ取られた。こうして戦死者から兵器弾薬はもちろん、防毒面・雑嚢・背嚢・編上げ靴とはぎとられてしまう。

戦場では感傷はない。必要が一切を支配する。死者に不必要なものは活用されなくてはならぬ。死んだ者はそれでお終いだ。生きている者は何とかして生きる工夫をはかる。しかも生きるためには自分で活路を見出さなくてはならない。誰も助けてはくれないのだ。

汗と泥がしみ込んだ軍衣袴だけで素足の山下分隊長の死体を穴の中に仰向けに寝かして、その上からすぐ土を盛って丸くした。その上に草花を二～三本さしてやった。埋葬を終わって中隊主力の休憩場所へ引き返した。

これが内地での死体であったら貧しくとも埋葬を行ない、清潔にした死体を棺におさめ、読経を唱えながら穴の中に静かに埋めて、身近い親族に見守られて墓標が建つのが当たり前の葬儀埋葬であるが、この長沙郊外の戦場では土の中に埋めたのが行き届いた埋葬であった。

山下分隊長の後任は、牧兵長が分隊長になった。下士官候補の教育を終えたばかりだけに、小川・立山古兵はいっそう古兵の我侭がのさばりでることが想像された。

第一小隊の方も戦死者の埋葬が終わり、中隊指揮班で占領した家からの徴発米を分配して朝食の準備をする。すでに、敵は高地の外廓からすべて退却して長沙市内へひそんだらしい。飯釜の中にふき上がってできた真っ白い飯に岩塩の菜《さい》で食うと食道から胃へ、体力を充電している思いで白米の飯がありがたかった。心の中で合掌して一口一口にかんで食ったのだ。敵の銃声は休憩している丘まで聞こえるが、散発的で銃弾の飛来は全くない。市街はここから数キロ下っ

て前進した所であると話し合っている。徴発した煙草の葉をもみくだき、紙にラッパ巻して煙をふかすと目の前に白い煙がふんわりと広がって上る。するとまだ俺は生きているんだと自分を強烈に確認している。

やがて大隊本部の位置も分かり、灰瀬中隊長は中隊の戦死傷者の報告、敵からの戦利品なども持参、護衛分隊を従え大隊本部の位置へ向かった。休憩中には、一六日の一〇六大隊の激戦の話が命令受領や小隊長の話で兵隊の間に電波のように広がってゆく。

それによると、一〇六大隊第二中隊は長沙外廓小林子街の攻撃で岡崎中隊長が敵のトーチカ銃眼を攻撃前進中に戦死する。それと知った今堀大隊長は第二中隊の位置へ前進して「第二中隊の指揮は楠原中尉がとる」と弾雨下の命課布達を行なった。

哀れ、岡崎大尉は変わり果てた姿で、兵一名とともに鮮血に塗られて斃れ、凄愴の極と……だが生きている者だけは死んだ者に哀れみを感じる余裕はない。他にも第五中隊など犠牲者を出しながら長沙外廓陣地を逐次占領し、長沙一角一番乗りを一〇六大隊は遂げた。

こうした大隊の全体の様子が次々にニュースとして入ってきた。山下分隊長を埋め、昨日からの一〇六大隊の戦場の様子も知り、今は敵の銃声を遠くに聞きながら背嚢にもたれ空を仰いで見た。灰色の雲が切れて時折、青空が覗いて見えるようになった。すると、雲の間に夏の太陽が輝いて、ゆうべの惨烈の場所に一夜を明かした体全体の神経が平常に戻っていることを感じると、″俺は生きているのだ〃と心の中で叫んでみた。ゆうべ一睡もしなかった兵隊は誰一人話し声を立てる者もいなくなった。僚友たちは皆、自分の命が死線を越えた安心感を味わって動こうともしないのだった。夕暮れ時になる一七日は夜襲の後始末と米・塩の徴発物資の分配などを終え、中隊はミカンの木の植わった丘へ移動した。安全地帯のミカン畑に夜のとばりが深まってきた。

長沙市街戦

六月一八日の早朝が来た。灰瀬中隊長が大隊本部から軍刀をひっさげて帰ってきた。ギロギロ光った目で腰も下ろさず、

「出発！　前進だ」

と自分にも言い聞かせるような言葉で命じ、続けて小隊長は指揮班へ集合と命令した。いよいよ長沙市街本攻撃の時が訪れたのである。命令を受けた木原第二小隊長は私たちの場所へきて、

「大隊はこれより市街戦に入る。第一中隊は大隊の予

備中隊である。各分隊は人員点検を終わったか」

「第一分隊、異状なし」

「第二分隊、異状なし」

「第三分隊、異状なし」

「第四分隊、異状なし」

「よーし前進！」

中隊は、第一・第二・第三小隊の順に高地を出発する。左右に野菜畑やミカンの木のある間を市街へ向かって下りて行くと、「大隊の予備中隊」と聞いたことが耳から離れない。そして現在、自分の命は助かっているということが全身にみなぎってくる。尖兵中隊は、昨日まで大隊本部の後衛の任にあった第三中隊であることが前進中に話題になる。前方の見下ろすところはコンクリート造りの大きな家が破壊されて壁だけが見える。その頃、大隊は尖兵中隊第三中隊に配属中隊として工兵分隊、機関銃中隊の一箇小隊、続いて歩兵砲中隊の一部と、コンクリートの破壊された壁の間を前進していた。

大隊本部の後衛中隊となる第一中隊(灰瀬隊)の前を大隊本部が前へ出て前進を始める。中隊は暫く止まって待つと、今堀大隊長の大きな体が当番兵を従え壁の間を前進する。その後を三好副官・吉田大尉と本部付きの将校が軍刀をひっさげて前進する。

「あの人たちは今までは一体どこにいたのだろうか」と思った。それと同時に、やはり一大隊が大隊長以下頭を揃えて前進する姿を目の当たりにすると何となく力強く感じた。屋根のない大きな家の中でざくざくと破壊された瓦・煉瓦の山を踏みながら空を仰ぐと真夏の陽光がまぶしく、雲の間から輝き照りつける(この高地は天心公園である)。敵は市街の外側が高地で囲まれているためにその高地の丘を利用してトーチカや散兵壕を掘りめぐらし、木柵バリケード鉄条網で陣地を守り、日本軍を迎撃していたことが今はハッキリ納得がいった。すでに前方では銃声が激しくなり、弾の音も近い。中国軍の市街内の防備もまた、堅固で周到を極めていることがわかる。灰瀬隊も市街に入ってぎっしりと左右に並んだ煉瓦壁の家の間を前進するが、大隊本部の後衛中隊となると危険を感じない。止まっては前進、また前進しては止まる。だが尖兵中隊の第三中隊は本通りに敵と正面対峙しているらしい。第一中隊の前方を前進していた大隊長以下の指揮官将校は、尖兵中隊の戦闘状況が逐一耳に入ってくる。街路は電柱を倒し、バリケードが設けられ、道路の前進は敵トーチカよりの猛烈な銃撃で前進不能である。家屋の壁を工兵隊と作業隊が破壊しつつ一歩一歩攻撃前進中である。そこへ、

「機関銃中隊、前へ！」

と逓伝が聞こえる。独立大隊の片腕ともなる九二重機

が四人の兵隊でかつがれ、本通りの方へ駆け出した。暫くすると九二重機の射撃と敵の水冷重機の猛烈な銃声が入り交じって、

「ダ…ダ…ダ……」

とすぐ前方の街路で飛び交い、敵も最後の攻撃に死にもの狂いの抵抗である。我々後衛中隊も本通りの家並みにまで前進すると、敵のトーチカは四～五メートル前方から猛射している。また暫く重機関銃の対抗で戦闘が続くと、第一線から状況が伝わってくる。

「第三中隊尖兵長・雪矢少尉戦死」

猛射する敵のトーチカ前一〇メートルに接近して手榴弾を投げようとする瞬間、敵の重機に狙われ即死。その他にも戦死傷者が出ているらしい。尖兵中隊は軒下を肉薄攻撃していると伝わってくる。後衛中隊の我々は、街並みの裏の塗戸を打ち破って家の中へ二～三人ずつ組を作って入る。私も内田・宮下とともに家の中に飛び込んだ。他の小隊の兵も家の中で徴発が始まっている。空腹の兵隊は尖兵中隊の苦戦とは命に関しては無縁である。これが上意下達だけの組織としての日本軍隊である。暫くすると表通りの方では、

「歩兵砲、前へ！」「歩兵砲、前へ！」

と逓伝の声がしている。いよいよ一〇六大隊の兵器の中で大黒柱である歩兵砲の射撃命令が下ったのだった。

私と内田は、家の中で商店街の家が今までにない品数と量の多い室内にわくわくする気持ちになって天井まで積まれた紙箱を眺めながら、「何だろう」と好奇心も沸いて積まれた箱の下までやってきて銃口で下積みの紙箱を突き崩すと、天井まで積まれた箱の山がガラガラと崩れ、足元まで散り重なった。一箱拾って蓋を開いて見た。何もない。次のを破って見たが、これも何も入っていない空箱の山であった。

表通りでは、

「ドカーン！　ドカーン！」

と数発の歩兵砲弾の炸裂する音とともに、私たちが這入っている家がビリビリと振動している。続く歩兵砲の射撃に気を良くしながら空箱を一個握ったまま家の中につっ立っていると、

「敵はトーチカから逃げた！」

と表通りに友軍の大きな声がした。すると間もなく後衛中隊の各小隊から兵隊たちがどやどやと家の中へ空腹の目をギロギロさせて入ってきた。私も内田と「もう大丈夫だ」と異口同音、手に持った空箱を投げ捨てて二階の階段を上った。二階の窓は固く閉めて薄暗く、大小の木製の箱が朱塗で黒褐色のつやがある。支那服でも入っているのだろうと考え、広い二階の部屋を「何を売っている家だろう」と思案しながら歩いた。す

ると、奥の壁の下に大きな胸の高さもある陶器の瓶が三〜四個並べてある。「何だろう」と近寄ってみると、上は蓋をして粘土のようなもので密閉してあるので蓋はとれそうにもない。私は小銃の銃床で瓶の横腹を一突きすると、ガボッと音をたてて穴が開いた。中には黒い四角の砂糖菓子と直感したものが、ずっしりと詰まっている。瓶の破片とともにこぼれ出たものを拾い、すぐ口に持って噛んでみると甘い。
「おい、内田、来い。早く来い。菓子だ」
「見つかったか？」
飛んできた内田と、口の中に放り込むやら雑嚢に入れるやら乞食の盗賊とも言えよう。盗賊には間違いない二人の賊は、やはり同類の友軍の姿が気になると見え、二階の鉄格子の小さな窓から表通りを見ると、同類の賊たちは悠々と歩兵砲の車を押しながら大きな砲身が敵トーチカへ勢いよく指さすように前進している。前方の四〜五〇メートルの十字路の真ん中に敵トーチカが見え、銃眼からは白い煙を出している。そのトーチカに向かって歩兵砲を先頭に、続いて四人の兵隊の肩にかつがれた九二重機が続き、尖兵中隊の市街戦の後を今堀大隊長の頭が見えて、大隊本部も表通りを前進している。二階の二人の盗賊は顔の蜘蛛の巣を手で払いのけながら階段を急いで降りた。するともう皆、表通りに来ている。私と内田は黒砂糖の甘味を口から喉一杯に残っているのを感じながら表通りの広い道に出ると、両側にぎっしりと並んだ長沙市の商店街裏通りで、見ることのできなかった異国の町の様子が目を引く。積まれてある商品が白い表構えに板の厚い開かれた塗戸の奥に見ることができる。

「腹いっぱい食われるぞ」と合点しながら、二人は駆け足で表通りを前進すると、護衛中隊の兵隊はそれぞれに並んでいる商店街の家に侵入していて、家の中から話し声が聞こえる。二人も駆け足で次の家の中に飛び込んでみると、もう家の中は商品を散乱させ、部屋中足の踏み場さえない。それが皆、空の紙箱が多く、他の大小のどの容器も皆、空の容器であり、また、爆竹や花火の紙の山で、賊の意表を突いたかの態である。前方には銃声が遠ざかって聞こえる。既に、一〇六大隊一番乗りの市街戦に一〇八大隊の攻撃も加わり「敵は逃げる一方である」と逓伝が入ってくる。商店の家に侵入しても何の得物もなく、次々と占領街の家々を前進して家の中を探し、巻タバコの詰まった箱を一個発見した。それもタバコを売る家らしく紙の小箱の山が部屋に崩れ落ち、その箱の向かいに巻タバコが一本白く見えたので「これはしめた」と思い、残っていた下積みの箱を入念に探してやっと一箱を得たのだった。こうして長沙の商店街であった表通りの家々は、一戸も残らず見る間に塵芥を部屋中に散乱させた商店街に変わり果ててしまった。

午後の残陽がまだ時折雲間に見える頃、敵の銃声も遠ざかって聞こえるようになった。市外への逃げ道を求めて射撃しているのだ。

商店の中の盗賊たちも皆、各自の小隊の指揮下に入って市中進軍である。やがて頑強に抵抗した敵トーチカが、十字路に来るとまだ血腥い銃弾の跡が半円形の外側に無数に見え、歩兵砲の砲弾で銃眼が崩れて、市街戦での戦闘の熾烈を極めた様が胸に焼きつくのだった。後ろのトーチカへの入り口に鮮血に染まった敵兵の死体が二人、うつぶせになって逃げた方向へ頭を向けて倒れ、道路には血をただよわせ、逃げ遅れた悲惨な姿を足元に見ながら、十字路を左に曲がり市街の中心部へ前進したころ、大隊本部命令が第一中隊に届いた。

「コレヨリ大隊ハ夕食。各中隊ハ一箇分隊ヲ出シ第四中隊長・中路中尉ノ指揮下ニ入リ市街掃討並ビニ戦利品隠匿兵器捜索ニアタラレタシ」

この命令により一同は大喜び。灰瀬隊はすぐ付近の家に指揮班と第一小隊・第二小隊と第三小隊と道路を挟んで両側の家に宿営準備を始める。四分隊も一部屋に集まり、命のある者だけの顔と顔が見合って、食うことの喜びを現していると、木原小隊長が、

「山下分隊長の腕はすぐ火葬するから刈谷分隊長の腕と一緒に指揮班でやれ」

こう命令されて、谷口上等兵が首からそっと下ろした分隊長の片腕だけの三角巾にまかれたものに四分隊の目がそそがれた。だが生きている者は自分の活路を見出すのが先決問題である。すでに家の奥の部屋はゴトゴト物音がしていて徴発が始まっている。私も空腹と装具を下した体が急に地につかないで浮いた感じで徴発を始めた。

湖南省の首都・長沙市の占領という勝ち戦の勢いから兵隊は今まで以上にいっそう荒々しく動いている。宿営した家が裏町の、もちろん長沙市民の家で真っ白い長沙米・黒砂糖・支那酒に卵など次々に分隊の部屋に集められて大喜び。私も卵の詰まっている木箱を引きずってきた。立山古兵は、女のハイヒールや布地を引っ提げて皆の前に出し、

「女の臭いだけでも、気持ちが出るぞ」

と他の分隊の古兵に見せている様は、盗賊が獲物の前に集まるように各分隊の古兵が部屋に顔を寄せ合い、男だけの笑い声をあげているのだ。戦争とはそもそもむごい悲惨なものだが、一度それに踏み切ると勝ったためと称してどんな非人間的で汚いことでも平気で実行する人間に変化させられる。だが、今はそれに気づいていない。こうして市街戦の後ざらえとしての徴発は、各分隊の部屋に手当たり次第に食料を始め珍しい異国の物が集まった。すでに銀製の水煙筒できざみタバコを吸う兵隊も見られる。

六月一八日の太陽が西の空を赤く染める頃、長沙攻撃以来初めてのご馳走が出来上がった。四分隊ではぜんざいをまず先に食い、豚肉の塩汁、そして卵と釜三つも作って夕食を心行くまで満腹した。体内に久しぶりに砂糖分が満たされたので、胃腸がびっくりしているような感じがする。私は、満腹した体をゆっくり歩かせながら表通りの道へ出た。すると瓦屋根の上の赤い夕焼け空から故郷が呼んでいるように、私の心は西の夕焼けの空へ吸い込まれてゆくのだった。ふと目を落して見ると道路の向こう側に、灰瀬中隊長が竹製の安楽椅子に仰向けに寝て目を閉じている姿に気がついた。

中隊長も長沙攻略戦を終わった今、心身ともに疲労が襲い、喜びも悲しみもなく、故郷に思いをはせて休んでいるのだろう。私は一人歩きながら、せめて中隊長ほどに休みの時間が兵隊にもあったらと自分の疲れと比較してみるのだった。夜のとばりが下りて点呼を済ませ、部屋には皿に菜種油をそそぎ、ボロ布の灯心に火をともした。各分隊も静かになって時々遠くに、

「ダーン」「ダーン」

と戦いの後の不発弾の破裂する音が聞こえる。分哨は逃れて、不寝番だけが今晩の任務であった。部屋の四方が厚い土煉瓦壁で蒸し暑い部屋であったため一人、二人と表の塗戸の付近に休んでいる兵隊、また道路に下りて休む兵隊、各々に一人一人綿のように疲れた体をただ「生きている」ということだけを感じて横たえている。

私も寝る前に暫く涼もうと思い、道路まで出たところであった。こうした一人になった時、空を仰ぐ癖が私にはついていた。すると心の中での平和な故郷が空の下弦の月となり、きらめく星は父母であり、故郷の人々であった。下弦の月は薄雲に見え隠れすると、動いている故郷が見えてくるのだった。家の壁に寄り添って体を休めると平静にかえっている平常心に、今日までの非人間的惨烈な行軍、そして長沙攻略戦の悲惨な現実がよみがえって血腥い臭いを感じる。夜になっても銃砲弾の炸裂した後の火薬の臭いが道路を流れてゆく。遠くには家の焼ける火の手が上がり、煙が道路の上にも漂ってくる。この長沙市街のど真ん中で〝俺は生きている〟ということにはっきりと気づき、自分が生きるためにまだこれからも危険があるということに心のどこかで気付いている。するとその反面に死んでいった僚友の体が目の前に浮かんでくる。一声「ウーン」と呻いて死んだ山下分隊長、切り取られた片腕の紫色が内地でこのような死を想像もできないかと思うと「名誉の戦死」などとは全く言葉だけで、信じられないどころかこの戦火から逃れたい気持ちがわいてくる。

日本皇軍の大東亜戦争は、栄光高く、勇敢で、男の死に場所と内地で教育を受けた考えは、今日までの実際の戦場で体験したことによって影形もなく脳裏から消え失せ、軍隊という組織に自分が組み込まれていることを悔やんだ。だが軍隊は逃れることなど考えられもしなかった。

俺という人間はきちがい染みた強い風に吹かれて動いているのだ。悲しいかな、動くようにできている。もっとも自分で気が付いたところで相も変わらず群動に過ぎない。いつまでも根が地面に下りない…根のない草…風次第で揺れ動くのだ。この姿が疲れ切った今の俺の姿である。

やがて足の底の痛みに気が付き、立ち上がった。
「もう寝よう。どうにもならない。長沙のど真ん中では……」

一人考えながら四分隊の部屋に戻って自分の背嚢のところに横になって天幕を頭からかぶった。こうして六月一八日の夜は更けていった。

四、岳麓山の警備討伐

六月一六日、長沙攻撃と同時に開始された第三十師団の岳麓山攻撃は、薄暮攻撃をもって岳麓山に対する攻撃を開始し、一七日、同山北西角及び桃花山北角を奪取し、引続き攻撃を続行して総攻撃の開始は一六日薄暮となった。右翼隊歩兵第二一七連隊は一六日薄暮、梅渓河に軽渡橋を準備して前方へ進出を企画したが、夜明けまでに二中隊を渡河させただけで、その部隊は翌一七日八時頃、やっと桃花前方斜面の小山陣地を奪取し得ただけであった。そこで、更に第一大隊を第一線として桃花山の主陣地を攻撃し、一八日一五時頃、遂にこれを攻略したのである。一方、中央隊の歩兵第二一六連隊正面では、左翼隊の歩兵第二一八連隊正面が梅渓河渡河不能のため、左第一線の第三大隊を右第一線に転用して岳麓山に対する攻撃を進めた。第三大隊は六月一七日夜、工兵隊架設の軽渡橋により梅渓河を渡河した後、重慶軍陣地に対し壮烈な夜間攻撃を敢行して遂に重慶軍陣地を突破し、一八日朝六時過ぎ、岳麓山頂に突入してこれを奪取した。隣接する牛型山も歩兵二一八連隊が同時に突入してこれを奪取した。

こうして敵が難攻不落を誇りし岳麓山攻撃には多くの犠牲があった。その岳麓山西方の低地の田圃にはすでに稲の穂が実っていた。

明けて六月一九日、快晴、点呼が終わるとすぐ大隊長命令が伝えられてきた。

「各中隊は市街の北部、忠愛社へ移動すべし」

この命令は市街掃討を含んでいるらしい。ゆうべの一晩だけは休めたが、体の疲れはいっそう増してくるのだった。

出発までは二～三時間、余裕がある。その間に次々と本部よりの命令が伝わり、事務整理（陣中日誌など）も行なわれているようであった。私たち初年兵一同には集合が命ぜられ、前の道路に灰瀬隊の初年兵は顔を見合わせて二列横隊に整列すると、灰瀬中隊長・木原小隊長・藤田准尉が前に出てきた。まず藤田准尉（人事係）が一枚の紙を取り出し、

「大垣二等兵以下二八名は六月一日付けをもって陸軍一等兵を命ず」

と進級命令を受けて、第一小隊（原小隊）の第一分隊・大垣初年兵が代表して、

「中隊長殿に敬礼！　頭　中ッ」「なおれ！」

「申告いたします。大垣二等兵以下二八名は、六月一日付けをもって陸軍一等兵を命ぜられました。ここに

謹んで申告いたします」

　中隊長は答礼をして静かな口調で、

「お前たちの進級は戦闘開始になって延期されていたが、部隊においては戦闘間でも進級は命ぜられる。今後も全力を尽して戦闘を遂行するよう伝えておく」

　以上の中隊長の言葉を終わってから初年兵教育期間の教官であった木原少尉に申告を終わり、赤い布地に黄色の星二つの襟章の分配を受け、各分隊の部屋に戻ってくると、山下分隊長に代わって第四分隊長になった牧兵長も、

「今からすぐ襟章を着け替え、それが終わったら本部医務室へ治療を受ける者は出発に遅れぬようにすぐ医務室へ行け」

　星二つの襟章に付け替えるよりも、私は足の底豆の治療を早くしたかった。道路に整列して「陸軍一等兵を命ず」と読み上げられた藤田准尉の声も、私の耳には虚ろだった。何の喜びも緊張も感じなかった。今は、金筋の通った襟章も、いくつ金星のついた上官の襟章よりも、ゆっくりと一人休ませてくれることが最高の喜びなのに、戦争にはそんな優しい命令なんてない。何の意味も感ぜず命令されるままに一等兵の襟章に付け替え、牧分隊長の所へ行って、

「ただ今から本部医務室に足の治療に行ってきます」と告げると、牧分隊長は、

「お前足が痛んで行軍していたなぁ、今後は十分治療してもらって顎出さぬようにせよ」

と新分隊長というのを感じさせる返答であったが、私は「俺の足の痛みがお前らに解かるか」と心の中で反抗心さえ抱き、指揮班で本部医務室を聞いて医務室の方へ道を急いだ。びっこを引きながら、両側に並んだ家々の門の真上の額の文字を一軒一軒見ながら歩いた。すると額だけでなく、表の白い壁に大きな字でスローガンが、

「日本軍是東洋小鬼・抗日排日・徹底抗戦」

と書いてある。私は中等学校（合志義塾のこと）の三年間、漢文を習ったことが大変役に立って、そのスローガンの意味がすぐに理解された。読み終わってまたびっこを引きながら医務室の家の見える方へ歩いた。すると今読んだ新四軍のスローガンである文字は心の中にきざみ込まれて、自分自身が軍隊の中で被害者でありながら中国人に対しては加害者であるということの矛盾に引き裂かれながら、その立場の二重性を一つのものにならない戦争という風に吹かれて動く自分が惨めでもあると感じるのであった。

　医務室の家の前に来ると、早く足の底豆を治療してもらい、これから元気を出して行軍もしようと気分を入れ替えるのだった。医務室では山田軍医が治療に当たっていた。各中隊から集まり治療を受ける兵隊は、

足が化膿して中の肉が紫色に変色した部分を衛生下士官にヨードチンキをつけてもらっている者や、足の豆をつぶして水を出し、ヨードチンキをつけて消毒してもらい、片足を両手で抱えてもがく兵隊もいる。その ゆがんだ顔は痛烈な苦しみを感じているらしい。すると「足の豆ぐらいで痛がる奴があるか、辛抱しろ」と衛生下士官が叱りとばしていた。私も順番がきて、まず衛生下士官に編上靴を取った右足の底豆を見せると、直径二センチほどの底豆の部分を押指で押さえて「痛いか?」と私の顔を見て聞くので、正直に「痛みます」と答えると、何度か押してみていたが「この底豆は軍医殿の方へいけ」と私の治療に見切りをつけて言ったので、私は軍医の方が幾分かましな治療をしてくれると思い順番を待った。見ているうちに私の番になって軍医の前の竹の椅子に腰を下ろすと「どこが悪いか?」と静かな言葉で尋ねたので「足の底豆が痛みます」と足の裏を差し出して見せた。軍医は医者だけあって、その様子から言葉使いまで優しさを感じた。そして軍医の顔をじっと見ていると、「これは底豆になって深いから上の肉を切り取った方がよい。おい軍曹、麻酔剤を取ってくれ」と後ろの衛生下士官に命じた。

それから足の裏の底豆の部分に二～三度麻酔剤を注射してからメスで切り始めた。麻酔はあまり効果なく痛かったが、やっと我慢して終わるのを待った。固くなっている肉の部分を切り取り、ヨードチンキをぬって「これでよい」と私の治療は終わって家の外へ出たが、右の足は地面に着けられないほどズキンズキンと痛むのをどうしようもなく、やっとびっこを引きながら今来た道を引き返した。

すると一抹の不安な気持ちが襲った。これだけ痛むならこれからの行軍が出来るだろうか？　到底行軍など考えられないのだ。しかし入院する理由にもならない。私はこれから先の行軍のことで不安と寂しさが急に胸に迫っていた。〝長沙を攻略したばかりの部隊だから、これから長沙警備になれば底豆ぐらい朝飯前に治ってしまうだろう〟と思い直して歩いてみるが、切開した足の裏は豆粒ほどの小さな石でさえ、踏めば頭の芯までズキンと痛んだ。上を向いたり下を向いたりして痛みを忘れようと努力しながら歩くと、さっき見た新四軍のスローガンが綿のように疲れた体を磁力のように引き付けるのであった。

中国人から日本皇軍は加害者として、人殺しとして怨み骨髄に徹していることを思うと、俺自身は動きも取れない、歩けない乞食みたいな一人ぼっちの兵隊になった時、周囲は中国人だけである。その時は俺は人殺しとして中国人からなぶり殺しにされるだろう。こう考えると加害者どころか、死に場所を与えられた被害者なのだ。これが、何で天皇陛下の御為・国の御為とは納得出来ない。一抹の寂しさが胸を横切る。疲れとびっこのわが身を思えば一層寂しさが重なり、同時に故郷への想いがつのるばかりであった。そして「俺は人殺しではない」と叫びたかった（この時、私の足は顔よりも大事な体の一部であると感じ取っていた）。

四分隊の部屋に戻ってみると、小川・立山古兵も上等兵に進級して襟章をニコニコ顔でつけている。そこへ来た私に牧分隊長が、

「小川・立山二人とも今日から上等兵殿だぞ、吉岡よいか」

と私に教えてくれたが、何の意味も感じることなく、自分の背嚢のところにペッタリと坐った。出発はあと一時間とあって飯盒に一杯飯を炊き、背嚢にくくりつけた。その他、煮つめた豚肉や砂糖・卵を雑嚢につめて、岩塩や白米一〇日分と装具の全重量は五〇キロ以上にも及んだ。私はこれからの行軍を思案しながら底豆の切開した部分に汚れた綿をそっとあてて靴下をはいた。さっきより痛みが遠くなり、いくらか気持ちも安らぎ出発を待った。

やがて中隊長を先頭に市中行軍が始まると、長沙攻略までと張りつめた体は崩れたように行軍力をうしない、一度に今までの疲れと重なって一歩一歩が前進しているとは思えない。右足の底の痛みは、疲れた体をいっそう消耗して足を上げる気力がなくなってくる。空を仰いだり、左右に並ぶ家々の門を次々と見ながら行軍の辛さを忘れようと努力するのが精いっぱいのことであった。途中、宿営地から探した布の紐を出して右足をくくり、一歩毎にその紐を引き上げて行軍する。

そうして市街の中央部を前進していると、市街戦の日とはまた変わり果てた商店街が見られた。左右に開かれた門から道路にかけて紙箱や木綿の布地や机や椅子が散在している。奥行きの深い家の中はまるで火事場跡のように、商品や家具も荒されたままに放り投げられ、無慙な商店街が続くのを見て「占領後二日にしてこれまでに皇軍は略奪したものか」と、自分自身も徴発したものの、茫然として見る外はないようである。

中隊は二時間余りで忠愛社という大きなコンクリート建ての家の前で止まった。家の中へ入ると、この家も一階二階と窓もなく、家の中は空虚なものである。ここで中隊は宿営準備を命ぜられ、行軍が続かなかったことを、まず安堵の気持ちになるのだった。さっそく、各分隊毎に部屋を分かれ、装具を整頓していると牧分隊長が中隊指揮班から帰ってきて、

「これから四分隊から一名、長沙市外の飛行場建設要員として派遣することになった。誰か元気を出して行くものはいないか」

この分隊長の命令に、誰一人進んで出ようとする者

はいなかった。山下分隊長であったら、まず初年兵に命じていた。しかし牧分隊長には自分より古参の小川・立山がいるし、また谷口・多武・高木と同年兵もいる。誰に命じようもなかった様子であったが、

「吉岡・内田どうか。行く元気はあるか」

二人ともに「ハイ」と返事をした。すると横から谷口上等兵が、

「牧分隊長、俺が行く」

と立ち上がった。牧分隊長は私たちに向かって、

「初年兵は二年兵、三年兵に苦労をかけるか」

と質問した。そこで谷口上等兵は分隊長に念押すように、

「分隊長、俺が行くからいいよ。出発は何時かなぁ」

と新米分隊長の無威力を補佐するように問いかけた。するとまた、小川上等兵が上等兵になった威力を示したいような態度で、私や内田の方へやってきて、

「初年兵はこんな時は俺が行くと進んで出るものだ。これからは二年兵、三年兵が出る前に名乗り出ないと気合いを入れるぞ」

と言って、今度は谷口上等兵の方を向いて、

「さっさと谷口上等兵の出発準備を手伝え」

たかが上等兵ぐらいで階級の上にあぐらをかく卑怯で臆病である古兵であることは皆知っている。ただし、私と内田は谷口上等兵の傍に来て飯盒を背嚢からとりはずし雑嚢に入れるやら擲弾筒の代わりに持って行く小銃の手入れをしたり、占領後の俄かな動きを感じていた。そこへ谷口上等兵は元気そうに立って、

「もういい。長くないから、一日か二日したらまた分隊へ戻るから荷物も少ない方がいい」

と私たちを慰める言葉をかけてくれる。私は胸が熱くなるのだった。彼も疲れていることは同じである。特に私の足の底豆の切開も知っているので、彼が代行していることを思うと弱者を庇ってくれる人間である彼の出発に同情も湧いてくるのだった。

「もういい、出発準備は整った」

と言う谷口上等兵に靴下の新しいものを背嚢から引き出してやったりなど、このようにして生きている苦しみには同情が働いているのである。しかし、僚友の死には一切無感動になっていることには自分自身気がつかないでいる。鮮血に染まって死んでいった僚友の死体は忘れ切っているのだ。

谷口上等兵は休む時間もなく大隊本部の集合地へ出発した。「ご苦労さんです」——私たちは彼の後姿を見送った。長沙占領直後だから兵隊は右にも左にも動きたくないほど皆疲れが全身を襲っているのだった。何でそうした時、飛行場の作業などに行く気持ちが起るわけがない。敵の銃弾が飛来しない限り、動きたくないのである。しかし谷口上等兵は初年兵に代わって、

苦しみを自分一人でかったのだ。そうした彼がいなくなると、私は急に寂しさを覚えるのだった。

忠愛社では戦利品の集積のため、大隊本部までに行くやら、白米、豚肉の食糧が分配され、夕食はまた豚肉ずくめの御馳走であった。あくる日も暇の時間には、「これからは長沙警備になるかもしれないぞ」と話し合うときもあった。「とにかく、一〇六大隊は長沙攻略一番乗りを果たしたから、いよいよこれから警備大隊となり、寒くなれば初年兵も新しく編入され、俺たちも実質的な二年兵として飯が食われるようになる」という想像である。そんな話が内田との会話でははずんだ時間が続いたのだ。その夜も蒸し暑くて休まれず、忠愛社の前の庭で、厚い塗戸を持ってきて露天で寝て空を見上げると、星がキラキラと輝き、視線は北極星を求める前に七つの柄杓の形の星を探す。「あれだ」――心の中で叫んで見出した瞬間に、その七つ星から計って大きく輝く北極星を見つめる。すると、内地は東の方だと教えている。そこには故郷の山や川、田や畑が浮かび、父母の顔もある。こうして戦闘の後には、夜空を眺めては空想に余念がないのだった。それから二日後の夜の一一時頃、急に入口の道路の方から足音と話し声がして騒しくなった。〝飛行場作業に行った谷口上等兵殿だ〟と直感して、ガバッと起き上がると間違いもなく中隊から出た数名の者が指揮班の方へ歩いて行く。牧分隊長も起き上がって、

「谷口上等兵は帰ってきたぞ」

と四分隊に伝えている。指揮班では「〇〇伍長以下〇〇名、飛行場建設要員として任務を終わりただ今帰りました」と申告している声が聞こえると、各分隊の初年兵は静かな夜の空想から急に騒がしく、夕食の準備に走り廻るのだった。谷口上等兵も「ただ今帰りました」と笑みを浮かべて四分隊の部屋へ入ってきた。彼の姿には疲れを隠しきれぬものを私は感じた。「御苦労さんでした」「御苦労さんでした」と皆の声の中に立つ谷口上等兵の周囲に私たちは寄り、小銃を取る、雑嚢を取る、編上靴を脱いでやるなど手を貸すと、「もういいよ、もういい」と彼は必ず初年兵をいたわる言葉をくりかえした。

しばらくして豚肉の夕食を出すと、

「おぅこれは豚肉か、腹がへったぞ」

と飯盒の音を立てて食い始めた。

私はお湯を水筒に沸かして持って行くと、彼は「飛行場建設は大仕事だぞ。作業隊は昼夜兼行で作業をしている」と長沙占領後の生々しい敵と対峙する戦慄を呼び起こした。その夜は夜明け近くまで谷口上等兵を囲んで話し合った。

山下分隊長の火葬

翌日早朝、指揮班は騒しい様子であった。すると命令は、

「灰瀬第一中隊は第五中隊とともに岳麓山の敵重砲陣地跡の警備を直ちに継承するため、湘江を渡河して栄湾市に向かうべし」

と大隊本部命令は下った。またも移動準備で落着く暇はない。

出発準備を完了している所へ指揮班の藤田准尉が来て、木原小隊長と何か話し合っていたが、四分隊の方へ二人は来て、木原小隊長が「牧分隊長」と呼んだ。牧分隊長は「ハイ」と返事して小隊長の前に来ると、

「四分隊はこれより藤田准尉の指揮下に入って第一分隊とともに刈谷軍曹と山下兵長の死体を火葬して遺骨をとって中隊追及せよ」

と命令した。ずんぐりした大きな目の藤田准尉を先頭に二〇名余りの二箇分隊は六月一六日の夜襲の激戦の跡へ向かって行軍を始めた。火葬分隊は破壊された市街の家々を両側に見て市街の鄏家庄へ向かうための細い裏道の石畳の道を行軍していた。先頭の藤田准尉の背丈が私たちより小さくずんぐりした体格であるために、行軍はゆっくりと歩を進めて行くので、幾分か今までの行軍より疲労が少なかった。その上、大隊長から中隊長、そして小隊長と階段式の命令から遠ざかったため、心の余裕が助けを加えた。石畳の道は市外の高地へ向かうらしく急坂を上り始めた。

すると道の両側の排水溝を汚水とともに小さな白いものが流れている。「なんだろう?」と思いながら米粒が流れているのかと側溝に近寄ってみると米粒より小さい白い虫が動きながら流れている。私は石畳の坂を行軍しながら、後ろの谷口上等兵に、

「谷口上等兵殿、下水の溝を虫の流れが続いていますと話しかけると、彼は、

「便所も一緒に流れているのだろう、汚いぞ」

「だが流れているのは、案外汚れていない水です」

「そうか、お前、水でものみたいのか」

「いいえ、あまり多くの虫が動きながら続いて流れてくるので、不思議に思ったからです」

と話しながら行軍していると、後ろの方から小川上等兵が、

「吉岡、虫も一緒に水を飲めばうまいぞ」

と冗談交じりで話しかけてきた。やがて坂を登りつめると高地へ出た。遠くへ続く長沙市外の高台外廓敵陣地の跡が湖南の果てしもなく広がる平原へと続いていた。そして、日本軍の攻撃した進路を想像させる。同時に高地の道路の両側にころがる敵兵の遺棄死体が目

につくや「くさい！」「くさい！」——兵隊は異口同音に叫んで行軍する。だが遺棄死体が多く三人、四人と見ていると、死体は時々動いているように見えた。仰向けに倒れて紫色に変色した皮膚、顔を見ると眼球の辺りに蛆がわき、顔の外側につづれ糸のように垂れ下がり動いているのだ。耳からも鼻からも。

「谷口上等兵殿、さっきの坂の溝を流れていたのは、この敵死体の蛆です」

「そうらしいな」

「散兵壕に、水が流れてます」

と声をかけて、私は壕をのぞくと胸の深さほどに高地の道路に沿って掘られた散兵壕の中に敵の遺棄死体は次々と腐敗して倒れている。

「吉岡、あの坂の溝の水を飲んでおけばとよかったぞ」

と、また小川上等兵は敵死体を見ていかにも友軍の勝者ぶりを感じているらしい冗談である。腐敗した悪臭はあまりにも長く続くので敵の死体の悪臭に麻痺状態になって行軍している。兵隊の話は、総攻撃に対し敵の頑強な抵抗ぶりを思い出した話題になり、二箇分隊は話し声とともに行軍を続けた。

　敵の遺棄死体は、紺の木綿服が張り破れそうに膨れ上がっている。このような死体を内地で想像も出来ようか。もし想像できたとしたら、軍隊をのがれることを考えるだろう。僚友の死んだ人間には何の同情も寄せず、前進また前進と戦ってきたものの、ただ説明としてではなく存在そのものとして今見る屍々累々たる現実に、大東亜共栄圏とか聖戦とか天皇なんかのひとかけらも心の中には無く、敵死体の一人一人からどうしても私の目をそらすことは出来なかったのである。

散兵壕の中で倒れている死体、壕から道路に半分這い上がっている死体、道路に重なり合う死体、柄の長い手榴弾を握ったままの死体、皆それぞれに逃げ道を求めていることを偲ばせるのである。彼らにも温かい家があり、親子・兄弟・姉妹があるのにと察すると何ものにも喩《たと》えようもない凄惨な極みが胸に焼き付けられて、「これが小学校時代から教え込まれてきた勇敢なる日本皇軍の戦争である。何が大東亜共栄圏で何が聖戦か、だが今俺はその戦争の真只中にあるのだ」と考えると、生への決別と死への接近へと向かっていくばかりの自分を認めざるを得ないのだ。だが人間が人間に命令服従を強制して死に追いやることが許されるだろうか。民族のため、国家のため、朕のためなど美名を使って……そうしていると私は、いつもひとりでありたい、孤独を楽しみたい、ひっそりと静かに煩わされずにいたい、そんな想いに強く引かれていった。

もう正午を過ぎた雲間に輝く陽光を見る頃、高地の広場にバラックの建物を見た。藤田准尉は「休憩、昼食だ」と行軍を停止した。二箇分隊の兵隊たちは、一人一人昼食の場所探しに迷うのだった。広場のバラックの家の中にも悪臭の死体が無数にころがり、昼食には未だかつて経験のない悪条件下であるが、正午過ぎても死体は累々と続いているのである。藤田准尉は、仕方なく広場を選んだので「人間の臭いだけで満腹するぞ」と分隊長も笑いながら背嚢を下した。そこで二箇分隊は素早く死体の間で背嚢に腰を下して飯盒の蓋を開いた。その場に展開されたものは、殺された人間の死体の腐敗した悪臭と、人が生きるための飯食いを、この地上に同時に実現していることであった。しかも、それが人間の仕業であることに気付こうとする者は誰一人なかった。

昼食後、まもなく一六日、闇夜の夜襲の激戦地であった鄒家庄の敵の陣地であったコンクリートの家、壊れかかったトーチカを前方に見た時、「山下分隊長の死体はどうなっているだろうか?」と、これまでの行軍に悪臭の敵遺棄死体を見てきただけに気になりだした。二箇分隊は激戦の地を過ぎ、段々畑になった道を少し登り、高いところに反りをうたせた瓦屋根が二軒見える家に着いて装具を解いてほっと一息ついた。

藤田准尉は、

「まず両分隊は、エンピを持って下の方に見える畑の中の一軒家の外で火葬準備の穴を掘って刈谷・山下両分隊長の死体を運んでこい。死体を運んで来たら長方形の穴の上に丸太の木を並べ、その上に死体を寝かして、その死体の上に薪になるものを人の高さほどに積み重ねてから点火する」

と説明して、すぐ出発するよう命令した。

第四分隊は宮下衛生兵を家に残し、他の者は皆エンピを手に段々になった田圃のあぜ道を曲がりながら下の一軒家に下りて行った。今日は立山古兵が木原小隊長の当番兵であるため、分隊から外れている。あの非情で抵抗できぬ人間(初年兵)を無用に残忍に迫害する立山古兵を見ないだけでも、気持がゆっくりした感じである。田圃のあぜ道を一段一段下りて行くと田圃には水稲が植え付けられ、水田の水が一段下へ流れ落ちる音は内地の八月の水稲を偲ばせるのだった。先頭が牧分隊長・小川上等兵・内田一等兵・谷口上等兵・私・多武上等兵・高木一等兵の順に畔を踏みしめながら下りていく。

「長沙は長沙米と言って米が多いから警備になったら食料は大丈夫らしいぞ」

と話が始まると

「蜜柑もある。野菜も多い。それに豚肉もある。脈旺嘴よりずっとましかもしれんぞ、多武」

と谷口上等兵も長沙警備はまんざら嘘でもなさそうな話しぶりであった。また小川上等兵までが、

「脈旺嘴のぜんざいもうまかったが長沙は砂糖も多いから一週間に二回くらい食われるぞ」

と兵隊にはまず現地の物を強奪して食うことが当然のようになっている。それも上級機関の命令だからである。

やがて一軒家の前の小さな畑に到着した。両分隊はまずそれぞれ一つずつ穴を掘り始めた。幅は人間の肩幅ぐらいで、長さは人間を寝かした程度の長方形の穴を掘った。私と内田と高木一等兵の三人で掘り終ると谷口上等兵は山下分隊長の死体をのせる厚い塗戸を小川上等兵らとかついできた。第一分隊も同じように準備して両分隊は死体を埋葬した岡へ向かった。午後の残陽が和らぐ頃、二つ並ぶ土饅頭の下で眠っている山下分隊長の墓地の前に四分隊は集まった。すると小川上等兵は年長らしく

「山下分隊長殿、四分隊は分隊長殿を火葬に来ました」

と言って土饅頭の前で手を合わせた。私たちも敬礼して「さあ死体を上げよう」と牧分隊長が呼びかけ、まず初年兵である私と内田がエンピで土をはね始めた。するとまた、小川上等兵は、

「山下分隊長の顔にエンピがふれぬように用心してやれよ」

と。この男、自分では動かなくても古兵の分際で常に

命令を下す。何回か土をはねているうちにガバッと軍服に触った音がした。「おい内田、もう死体だぞ」と顔を見合わせてそっと土をはね始めた。谷口上等兵も土をはね始めると多武・高木二等兵も土をはね、死体が土の中から形を現した。牧分隊長が、そっと顔にかぶさっている三角布を取ると、紫色に変色した顔の皮膚は張り切れんばかりに膨張し、「これが戦死前の山下分隊長の顔とは」――まるで影形もなく変わり果てた顔、悪臭、敵死体にあった蛆がわいていないだけで全く同然であった。さもあろう、夏の季節、死後五日も経過している。もう軍服だって脱げそうにない。死体は腐敗すると、体内が醗酵作用を起こし、皮膚が薄くなるほど膨張するのである。

だが、これだけ死体また死体と見たり接したりしている兵隊には、今では、何の同情も想像も起きては来ないのだった。「死んだらこうなるのだ」とこれが当然、起り得る現象でもあるかのように、「さあ四人で引き上げよう」と左右の手を谷口上等兵と高木一等兵、左右の足を私と内田とそれぞれに両手で握り、呼吸を止めて「さあ」と引き上げた。同時に編上げ靴を脱がされた分隊長の足首の皮がペロリとはげた。内田と顔を見合わせて呼吸を止めた。苦痛に耐えながら、小川上等兵が差し出した厚い塗戸の上に、四人は死体をのせた。

私と内田は後ろの方を向いて大きく深呼吸をした。「山下分隊長の品物は交換する物はないか」と小川上等兵は死体から役に立つものは取りたいらしい。すると牧分隊長も同じ葦北郡出身である谷口上等兵と小声で話していたが、

「戦死した分隊長ですから、もうこのまま火葬するがよか」

と最古参の小川上等兵を納得させた。すでに戦場には感傷はない。必要が一切を支配する。死者に不必要なものは活用されなくてはならない。死んだ者は、それでおしまいだ。それから死体は厚い塗戸の上に、皆に担がれて穴を掘った火葬場へ運ばれて行く。どんよりと空には雲が現れて風が強まってきた。この僚友たちに担がれた死体を家族の者は誰一人知る由もない。

熊本県葦北郡大野村出身・山下保行・二六歳、私より五つ年上である。戦友たちは、誰もその人生を考えはしない。二つの死体を穴を掘った一軒家の庭に運んできた頃、藤田准尉は当番兵を従え一軒家まで下りてきた。そして「すぐ死体の上に薪になるものを高く積み重ね、点火準備をせよ」と命令した。火葬分隊は死体を穴の上の丸太に寝かして「さあ、今から何でもかんでも燃えるものは家から皆持ち出し、死体の上に重ねよう」と両分隊は分隊長以下、皆一軒家に這入って手当たり次第に机や椅子・箱・棚・各部屋の寝台や厚

い塗戸など担ぎ出し、丸太でたたき壊して死体の上に積み重ね始めた。すると見る見るうちに二人の死体の上には背の高さ以上の薪の山となった。藤田准尉はその積み重ねた薪を見て「これでよし」と傍らに近寄り、皆が見守る中で点火した。下の穴から白い煙が上がり始めた。

暫くすると赤い炎が上がり、パチパチと音を立てて積み木が燃え始めた。薪に火がつけられ、メラメラと燃え上がる紅蓮の炎が決別する戦友の顔を照らし、粛然と立哨する屍衛兵の剣先に炎影を映し燃え続けた。熱い熱いと皆は遠ざかった。大きな炎は左右に揺れながら人間の肉の焼ける臭いがあたり一面に広がると、見ている兵隊の体内にしみ通る。肉の焼ける臭いが私たちに吸い込まれてくる頃、藤田准尉は両分隊長に、「どちらかの分隊からでも屍衛兵を一名おいて引き上げて夕食を始めろ。今晩は屍衛兵をおいて通夜だ」

一同は牧分隊長が指名した内田を屍衛兵に残して、田圃の畦道を上って家へ向かった。私は家に着くとすぐ、内田の小銃と弾入れを持って今帰ってきた田圃の畦道を下ると、すでに西の空は黒い雲に覆われて夜のとばりが迫ってきている。

「内田、一人では淋しいか？　歩哨は初年兵がまず第一だからなぁ……」

炎から遠ざかって眺め、ぼんやりとして立哨している内田に声をかけると、

「大丈夫だ。飯は出来ているか」

「うん、宮下が準備していた」

「一時間したらすぐ交代にこいよ」

「わかっている」

と私は別れて田圃の畦の方へ引き返した。田圃の上の家が衛兵所となり、夕食後、土レンガで四方が囲まれた狭い部屋の真中に火を焚いた。表の厚い塗戸だけが開かれ、小さな虫の声がやっと部屋まで届いてくる。

この頃から蚊群に襲われてきていた。衛兵所の家には一五名いるが、すでに隣の小さな部屋では藤田准尉が衛兵司令に腕時計を渡して休んでいる。衛兵に立哨せぬ者は藤田准尉とその当番兵・大野上等兵。それから衛兵司令が牧分隊長と第一分隊長で、夜の前半と後半に割って交代で衛兵指令に付く。衛兵交代をさせる兵隊が第四分隊と第一分隊から一名ずつ、それに宮下衛生兵の七名は、この衛兵所と隣の部屋で前半と後半に分けて休む。残りの八名が死体の燃えている三〇メートル余り下の一軒家の庭先まで下りて立哨せねばならない。現在、内田が午後七時から八時までの立哨である。この次は私であり、次は高木一等兵・多武上等兵と続く。

今晩は一〇時間以上の立哨時間がある。内田と私には当然、深夜に二度目の立哨が回ってくるのである。

火葬衛兵所が火葬場所と五〇メートル余も離れた位置を選んだのは二等兵から成り上がりの多年の軍隊生活と実戦も体験している藤田准尉の考えである。火葬の炎は夜は特に残敵に容易に察知され、不意の攻撃を受けぬとも限らぬことを警戒し、用心のために五〇メートル余も炎から距離を置いたのである。だが、立哨の兵隊は万一の場合は死を覚悟しなければならない。

私が午後八時になって交代係の兵の後から衛兵所を出た時は、もう夜のとばりは下りて闇夜の空からしとしとと小雨が顔に降りかかって、涼風を全身に受け、水田の畦道を一段一段と下りて行くと、上の水田から下の水田へ落ちる水音が一段一段と落ちる毎に水音が遠ざかって、衛兵所にいた時の気持ちが風とともに消えて、急に緊張した気持ちになってくる。やがて交代係の兵長とともに内田の立哨しているのを前方に見た。人間の焼ける臭いが鼻をつく。

「立哨中、異状ありません」

と内田は元気を取り戻したように兵長に報告して私との交代を終わる。

「御苦労さん」

と二人は私に言い残して去っていく。私は一人になり、衰えかかった炎の側に立哨した。するとやがて風が強まってきた。庭の外側には雑木が何本かあり、その木の枝が急にザワザワと強風に揺れ動いたので、私の頭の毛が一瞬ズゥーンとして総毛立ちになり、全身の筋肉がギュッと引き締まった。風は止まず、二〜三度強風に脅かされてやっと落ち着いた。それから私は考えた。

「万一、残敵が来襲すれば、ここでは衛兵所の友軍は私が発砲して知らせても救援には間に合わないことは明白である。すると、私はこの山下分隊長の火葬場に重ねられて再び火葬される結果を生むことは当然である。まず命を守ることだ」

この一時間は自分だけしか頼りにならないと強く自立心を意識してくると、木立の根元まで炎から遠ざかって暗闇に自分の身をかまえた。一〇メートル以上の雑木が何本か庭の端に並んで、根元には小さな竹藪があったため、自分の命の安全を守ってくれるただ一つの味方に思えた。

すると今度は、衰えた炎の中に死んだ山下分隊長の変色した膨張した顔が浮かび、頭の毛も筋肉もギュッと引き締まり全身が固くなる。「忘れよう」――私は空を仰いだが、墨汁を流したような闇の空には星一つ見出すこともできず、暗闇の空からシトシトと小雨が顔にかかる。風は強まり、頭上はザワザワとはげしく音をたてて木の根元まで揺り動かしている。私は緊張と不安から気持ちを落ち着けようと懸命に故郷を偲んでみた。だが、恋しい故郷の想像も頭の中で虚ろだった。それでも何度も何度も故郷を想像することを繰り返した。すると今度は、付近の藪の中で物音がすると敏捷に目と全身が音のした方に向かって銃口を突き出していた。「犬でも食いものを探しているだろう」と、また心を沈める。

「もう三〇分は過ぎたであろう」と頭の中で時間を勝手にはかり、時の過ぎるのを待つ。こうして何度も故郷を想像することを頭の中だけで繰り返した。やっと時間も最初よりは長く想像できるようになった。それから暫くすると、今度は「もう交代に来る頃だ」と頭の中で交代を考えながら、前に上体を曲げ、顔を低くして見るが、真っ暗闇では何も見えない。耳を向け足音を聞いてみたが風音ばかりで、まだまだ交代ではないらしい。「もう一時間は過ぎたろうに……」と、ややあきらめざるを得ず、また故郷の想像を始める。

「今ここで立哨している格好で父母の前に帰って行ったら随分びっくりするだろう。自分だって何と最初は話しかけようか。まず長沙攻撃の始まりから話そう。そしてまず自分が生き残って帰ってきたことも伝えよう。行軍の辛かったことも……そうしたら父母はさぞかしびっくりするだろうに。今、屍衛兵に立哨していることも話したい……」

こんなことを想像していると、前の焼けた炎の真ん中に青い炎が一瞬空間に現れる怪光の如くポカリポカりと何度か炎が上がると顔まで明るくなるようだ。人間の油が燃えているのであろう。その青い炎は、故郷の想像も吹っ飛んで、山下分隊長の死体が浮かんでくる。

「まだ交代がこないかなぁ」と幾度も真っ暗闇の水田の畦の方に目を向けたり、耳を向けたりする。

「もう諦めよう。交代してくれなくてもいい、俺は一人屍と夜を明かそう」――こう考えて自分の頭の中を整理しようと努力する。まだ風は止まない。炎の中に降りこむ小さな雨は火の中で即座に蒸発している。青い炎が上がるのを数えながら、私はじっと見つめていた。

すると水田の畦の方から庭へ下りた足音を耳にした。そして私に近寄った声が、

「歩哨交代」

この四文字の声が耳に届いた時、運命の前髪を掴んだような心の昂ぶりを覚えて、炎の前に飛び出した。

「立哨中、異状ありません」

私が報告すると、交代に来た谷口上等兵は着剣した三八歩兵銃を腰に支えて炎の前に立った。

「御苦労さん」と声を残して水田の畦に向かった。私の心の中では急に緊張がとけて全身から力がぬけ、交代係の兵長の後を用心深く畦を探りながら歩いた。

帰りの畦道で聞く水音は急に衛兵所の火を思い出し「寝る時間が自分の番だ」という喜びがわいてくる。衛兵所の扉は閉められていた。静かに開いて中に這入ると衛兵司令の牧兵長が「ご苦労さん」と眠たい顔でねぎらってくれた。他の兵隊は蚊にくわれないために火のまわりに皆、死人のようにゴロゴロ横たわって動く力さえない感じである。私もその間に装具をといて横になって目を閉じた。小雨は止んだり降ったりして風もともない、衛兵所の外では木の枝のゆれる音がする。もう何を想像する気もなく、すぐ眠りに落ちていってわからなくなった。

「吉岡、吉岡、交代だ。吉岡交代だ」

と胸をゆさぶり起こされて目を覚ました時、まだ一時間三〇分も眠ってない感じで、壁に建てかけた三八歩兵銃にやっと手をかけた。周囲に横たわる兵隊の鼾《いびき》が、うらやましく聞こえてならなかった。

こうして私は、二度目の立哨が午前三時から四時までに廻ってきた。まだ小雨は時折、顔に風とともに吹き付ける。内田と交代した時は火葬の火も燃えつくし、真っ赤な火が積み重なっていた。二度目の立哨は、幾分か心の落ち着きを感じたが、真っ赤な火の塊の中に青い炎が時をおいてぼーっと上るのを見た一瞬、頭の芯までヅキーンと緊張するのだった。死体の脂肪がまだ残って炎を上げているのである。風は真っ暗な夜空に木の枝をザアザアと動かすと、木の葉の水滴が火の

中に飛び込んでブスッブスッと音を立てるなど繰り返されて、落ち着こうとしても心の静まる余裕はない。最初の立哨と同じように、また故郷を想像し始めた。想像が切れると、夜明けをまだかまだかと待ち遠しく感ずるのだった。こうした屍衛兵は、故郷の父母も想像もつかないだろう。自分も、来るか来ないか判りようのない死の影を感じたのか、故郷の想いは一度にこみあげてくるものを感じるのだった。するとまた風の音、虫蛍の小さな明かりが瞬間的に自分を現実に引き戻し、立哨している自分に気が付く。幾度か同じことを繰り返しているうちに東の空が次第に明るさを感じるか感じないかと思う頃、二度目の立哨を終って衛兵所の中に入って寝た。すっかり任務を終わって肩の荷が下りた感じで、ぐったりとなって動かなかった。

「起床！　起床！」と朝の静けさを破る声を聞いた時は、眠って間もないような感じがして、時間の早く過ぎるのを恨んだ。疲労に疲労を重ねてきた兵隊は体を動かさないと、立っていても腰を下ろしていても眠るまでに疲労しきっていた。もし眠り続けてよかったら三日間ぐらい平気で眠っているかも知れないと思われた。

　起床と同時に点呼を衛兵所の前で行ない、宮下と藤田准尉の当番兵は、朝食の準備で飯盒を集めた。他は皆、准尉の指揮でエンピをかつぎ、遺骨を取るために火葬所に向かった。空は一面に雲が覆って淡い外光の空間に涼しい朝風を受けると、ゆうべの恐かった立哨の想像もわいてこなかった。水稲の青い葉が一面に朝露を受けて、自然は私たちを大きく抱擁してくれている。火葬場に着くとすでに僅かの火の残りしかなく、白い灰に静まり、張ち切れるように膨張した二人の死体は少量の白い灰の中にうずもれてしまっている。その前に腰を下ろした准尉は、

「遺骨をはさむ箸を取ってこい」

と牧分隊長に命じた。分隊長は後をふり返ると私がいたので、箸を木の枝で作るように伝えたので、私はゆうべ立哨した木立の下へ歩いた。そして、ゆうべ風で音をたて騒がしかった雑木を見上げた。すーっと真直ぐに伸びた雑木が数本並び、今朝は全く静かに中天をつき、ゆうべの立哨のわが身を守ってくれた親しみがわいてくる。その下の藪から二本の箸になる木を取ってきて准尉に渡した。受け取った准尉は、

「遺骨を挟むのは左の手だったか」

と分隊長に問うように言った。

「そうだろうと思います、准尉殿」

　分隊長が受け答えする。准尉は白い灰の真中をかき散らすと赤い火が見えて、更に赤い火もかき散らすと白い骨が一〇センチほどにくずれて火の中から二個三個と見出された。その白い遺骨の頭の部分と思われる

もの、腹の部分と思われるもの、足の部分と思われるものを数個、三角布（一平方ヤードの「かなきん」を、二つに折って三角にした包帯用の布）の端の方に重ねて積んだ。谷口上等兵が水俣の郷里に近い葦北郡出身である山下分隊長の遺骨をその三角布でぐるぐると巻いて首に下げた。一分隊も同じように刈谷分隊長の遺骨は分隊の兵隊の首に下げられた後、私たちは持ってきたエンピで分隊毎に焼け跡を土饅頭形に盛り上げて二つの墓を作った。それから墓前に整列して、准尉の指揮で一同黙礼をして最後の別離を行なった。

「これより衛兵所で朝食を終え、中隊追及する」

准尉は一つの任務を終わってホッとしたように命令した。火葬場を立ち去る兵隊には二つの土饅頭形の僚友の墓は永久の別離である。だが、兵隊たちには何の感動も湧いてこないのである。庭の中天へ伸びた雑木の並木だけが二人の墓を見守るかのように、風に揺られる小枝の動きが水田の畦道から見えていた。

藤田准尉以下二箇分隊は歩を早めて長沙市街を横切り、長沙西方の湘江へ向かって急いだ。昼食も三〇分ですまして、午後の残暑もやわらいだ頃だった。三かかえも四かかえもある大木と大木の間を通して輝く白い水面が、遠くへ広がって見えているではないか。

「湘江だ！」

残陽は水面を照らし、湘江の流れはゆっくりと北へ流れている。「いよいよ警備になるぞ」とすでに兵隊たちは自分に都合の良い話を始めて行軍している。

「一〇六大隊は長沙市内で警備すれば、アメリカの飛行機で爆撃を受けるから湘江を渡河して安全な所で警備をするらしいぞ」

など、古兵たちは得意そうにしゃべり続ける。

「一〇六大隊は長沙攻撃一番乗りを果たし、金鵄勲章も受けるそうだから、少しはこれから楽もする日が来るというもんだ」

「そうたい。長沙美人も多いらしい。早く抱きたいもんだ」

先頭を行軍する准尉も聞こえていたか、苦笑いの准尉のドングリ顔がちょっと後ろを振り返る。中隊から別れて少人数で行軍する時は、古兵はいつもおとなしくなる。人数が少ないだけに集団心理が多い時よりぐっと弱まり、生きている者が互いによりかかっていて、自分だけを守ろうとする。二箇分隊では少人数で、窮地に敵から追い込められたら意地悪な古兵でも初年兵にでもよりかかって助けを求めるであろう。こうした心理的変化もあって、私の底豆を切開した足もビッコを引きながらも行軍を続けることができた。その上、最も意地悪な当番兵・立山がいないことも分隊の雰囲気をなごやかにしていた。

すると後ろから谷口上等兵が、

「吉岡、足は大丈夫かい」

と問いかけてきた。

「もう大丈夫です、上等兵殿」

「長沙は物資が豊富らしいぞ。警備についたらぜんざいでも食って元気になれよ」

「ハイ。ただし上等兵殿、本当に長沙警備の任務が一〇六大隊には命令が下ったでしょうか」

「さあ、それは俺にはわからん。部隊長にでもならんと……」

と彼は笑いながら首につるした元分隊長の遺骨にも話しかけているようであった。道は石畳の道になって、やがて湘江の渡河点に近づいた。石垣で高く水際から築き上げた堤防の道に出た。前方には石段が巾広く下りて舢板《さんぱん》(民間に使用される小舟のこと。この船が家庭となり生活する水上生活者もいる)を待つわが中隊の第三小隊の糧秣収集の兵隊数名が水際で待っている。話によると、第一中隊は舢板が少なく、まだ渡河終了後間もないことがわかった。

「渡河するまでここで休憩する」

と准尉は命令したので、二箇分隊は高い石段の堤防の上で湘江の流れに向かって背嚢にもたれた。

　目前に広がる湘江は北に流る。中国何千年の歴史の有為転変の中で今に変わらぬ雄大な流れに私の心の総てが自然に吸い込まれて行くのだった。湖南省のど真中を南北へ流れ、中国第二の淡水湖・洞庭湖にそそぎ、揚子江の流れと合流して東へ流れ、大いなる湘江の自然の広がりは、兵隊の話し声も消え、暫時、茫然と見入っていた。

　碧く澄み切った水が滔々として流れ、はるか彼方に広がる対岸のなだらかな自然の景観……見渡す限り水際に広がる。流れの真中に、洪水による昔、堆積土で島ができたであろう中洲(橘子洲という)が流雲の如く、まるで水墨画に描かれた存在かのようである。

　中洲は、全長約五キロ、巾三〇〇メートルもあるという。対岸の岳麓山と長沙市街の真中にあり、その岳麓山に巨人が立てば中洲は飛び石の役目を果たし、二跨ぎて長沙市街へ巨人は来るという昔話さえうかがえそうだ。その中洲のとんがりの川上の方に小さく見える反りを打たせた瓦屋根の家と林が眺められ、それから川下にかけては野菜畑らしく見えて、青い絨毯をひいたように……その中間に小さな小屋らしきものが見える。付近に人の動きが二～三人発見された。すでに中隊の兵隊が上陸して徴発を始めているらしい。

　湘江は揚子江とはまた違った自然のやさしさを感じるのだった。私はいつまでもいつまでもこの湘江から離れたくないように、そのなだらかな対岸へ目も心も吸い込まれていった。

　岸の向うに果てしなく広がる平野の中に一塊になっ

ている民家が存在し、その向こうには小高い山々が連々と続いている。その山々も南になるに従い次第に険しく見え、見渡す限り天にひろがる。大陸の大自然の眺めに息もつかず、果てしない大地に私の心は歩きだしていた。そこへ藤田准尉がゆっくりした口調で、

「左前方の山が岳麓山という山だ。あの山の頂上から敵の重砲が我々を攻撃していたのだ」

と兵隊たちに地図を見ながら説明してくれた。私は、心の中で二～三度「岳麓山……ガクロクザン……」と呼んでみた。

敵重砲陣地というより、湘江の流れを見守るような泰然とした岳麓山は、人間たちの戦争なんて馬鹿馬鹿しい争いでしかない、みすぼらしいものと見据えているように、誰が人の世の浮き沈みを支配しているのかと……こうして一時間ほど湘江と岳麓山、そして果てしなく続く大陸の大自然に酔いつぶれ、抱かれた気持ちになって六月末の蒸し暑さも忘れ果ててしまっていた。

「乗船準備！」

准尉の声に腰を上げ、編上靴を巻脚絆の上から履き、背嚢の紐を緩めた。舢板《さんぱん》が石垣の堤防に近まってきた。二箇分隊は石垣をすべらぬように用心して水際へ下りていった。揚子江の渡河では濁流が大きく渦巻きをしながら流れているのを船の左右に見ながら緊張して渡河してきたが、湘江の舢板の上から見る水の流れは穏やかで、静かなさざ波の上に大陸の風を頬に受け、気持ち良い渡河である。

中洲が次第に近まり大きくなる。さっき眺めていた時より想像以上に大きな島が現われて、幾分か驚きの目を見張って中洲に体を乗り出して見る。中洲が目前に迫った堆積土のなだらかな浅瀬が川下へ続いている場所へ舢板を着けて、二箇分隊は上陸した。川上の方の立派な建物の家を見に行くと、反りをうたせた瓦屋根が五～六本の木彫の下の石の門の奥にある。家の前までいってみると横文字の標札が見えた。先に上陸していた兵隊もいて、

「この家は英国の領事館だったそうだ。徴発物は高価なものがあるぞ」

とほくそ笑みながら、いかにも物知りの得意そうな顔をした兵隊もいた。どこかで上官の話から知ったのであろう。兵隊の中には英語の読める者はまずいない。ＡＢＣぐらいである。准尉も横文字には全く歯が立たないらしく、兵隊の話にはのらず、渡河点へ急ぐよう命じた。一応、立派な家である理由がわかったところで、中洲を横切りながら川下の方を見ると野菜畑が一面に青々としてささえ竹に登っている胡瓜も何列か見え、中央に小屋があり、豚が散在して鳴き声が聞こえてくる。長沙は物資豊富だからうまい物が毎日食われると兵隊たちは喜びながらの話で、中洲から舢板に再

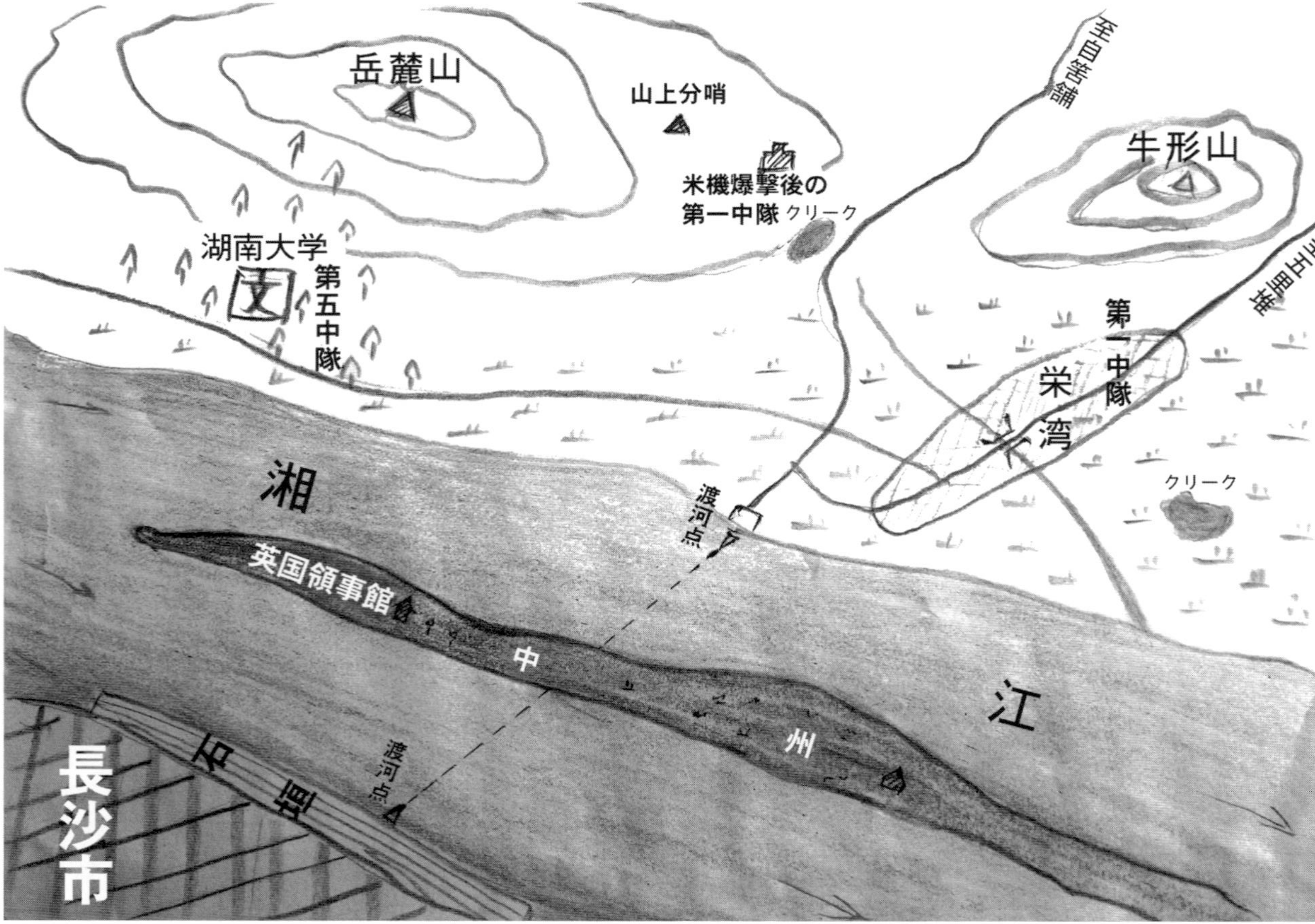
岳麓山
山上分哨
至白箬舗
牛形山
米機爆撃後の
第一中隊
クリーク
湖南大学
文
第五中隊
至五里堆
第一中隊
栄湾
クリーク
湘
渡河点
英国領事館
中
江
州
渡河点
石垣
長沙市

び乗船して対岸へ向かった。対岸の渡河点では指揮班の梅田伍長が兵二名を従えて待っていた。舟が着岸する。

「准尉殿、ご苦労さんでした」

と出迎えられて、藤田准尉以下二箇分隊は対岸に上陸した。「長沙は食糧豊富で、警備になれば」と古兵を始め兵隊たちは湘江をふりかえり上機嫌であった。万里の湘江を横ざまに渡れば、岳麓山も左前方に現れ、その景観は雄大なる大自然の壮観であった。

栄湾市の警備と捕虜護送

湘江を渡河して石畳の道を行軍していると、先着の第一小隊から岳麓山へ通ずる道路の別れ道の場所で一箇分隊が道路分哨に軽装で出かけているのに出会った。まだ占領直後で、どこに止まっていても分哨で敵の逆襲を見張らねばならない。

間もなく栄湾という小さな町へ到着する。石畳の道路の両側のぎっしり並んだ家に中隊は宿営準備が出来上がっていた。そこで藤田准尉以下の二箇分隊は解散し、小隊へ復帰した。私たちは木原小隊長と当番兵・立山上等兵が待っていた部屋へ入っていった。牧分隊長がまず木原小隊長に、

「第四分隊は山下元分隊長の火葬を無事終わり、ただ今帰隊しました」

と報告すると、

「ご苦労さん。お前たちはすぐ装備を下ろして軽装になり、捕虜護送に出発するから道路に集合するよう準備せよ」

との小隊長の命令に、今までの気のゆるみが一挙に緊張に変った。全く息つく暇もない。この栄湾でいよいよ警備中隊となり、ゆっくり休む日があるかと湘江の舢板《さんぱん》の上で考えながら渡河し、石畳の道の両側に青々と水稲が出穂前の葉を風に揺り動かせていた眺めは長沙米のうまい米の飯を腹一杯食えるかと、楽しみと最小限の希望をもって想像たくましく到着した途端、捕虜護送という行軍が待っていたのだ。さっそく、軽装で待機しているところへ牧分隊長が突然、

「四分隊から炊事要員として一名残すことになった。誰がいいか」

牧分隊長は自分より古い四年兵の小川上等兵や三年兵の立山上等兵がいるので、二人の御機嫌を伺うことをこんな時も忘れていない。すると立山上等兵が、

「内田、お前が飯炊きはうまいから残れ！」

「ハイ、内田残ります。分隊長殿」

「よーし。他の者は皆、出発準備はできたか」

私は出発以来、ありがたいくじに一度も当たらない

ので諦めたものの、炊事要員で残る内田を見ると一度にどーっと疲労が襲ってきて、行軍する力が消えうせたようだった。こういう時は、何と言っても古兵の機嫌を徴発の珍物でゴマを擦っておく手をもつ内田にはかなわなかった。

「整列！　整列！」

と道の方からわめく声とともに石畳の道路へ飛び出した。指揮班・第一小隊・第二小隊・第三小隊の順に四列横隊に整列すると、灰瀬中隊長はゆっくりと中隊の中央前に軍刀を左手にさげて立った。すると、

「中隊長殿に敬礼！　頭　中ッ」

「第一小隊原中尉以下〇〇名、集合終わりました」

この報告が第三小隊まで終わると、中隊長は、

「ただ今から中隊は蒋介石軍の捕虜約三〇〇を湘江下流約七キロの地点へ護送する。それについての注意事項を与える。

一、捕虜の列の間に加わり、第一小隊からその間を行軍しながら連行すること。

二、捕虜には絶対口をきかせないこと。

三、もし捕虜が話をしたり、おかしい行動を発見したら銃剣で突き殺してもよい」

以上の注意事項が終わる頃には、すでに整列している道路の西の方から本田曹長が護衛兵を従え勝者の権威を示しながら捕虜を黒山のように連行してきたのだ。

すると、

「指揮班出発！」

各小隊は道の片方に寄って、一列になって行軍を始めた捕虜の列の間に一名ずつ割り込み、行軍を始めた。栄湾はちっぽけな町であるため、やがて町並みの家々を後に田圃道の曲がりくねった小さな野道にさしかかり、湘江に沿い西へ西へと一列の行軍は続いた。湖南の大地を見渡せば残陽が前方に真っ赤に燃えて沈みかけ、西の地平線一面は夕焼けに色どられ、捕虜の一人一人の顔の面も赤く染まり、紺の木綿服に草鞋履きのうなだれた顔が、私の前にまたその前も黙々と続いて行軍している。私も、最初の間は敵の中にはさまれた感じで緊張していたが、次第に落着いて捕虜の惨めさに自分の気持ちが安心できたようだった。すると、

「逓伝！　地雷標識に注意せよ！」

まだ完全に敵は敗走したとは言えない。注意しながら行軍していると敵が埋設した地雷を一本道から二本の別れ道の所で見ながら、戦闘の後の生々しさを感じた。

家は見かけないが暫くすると田圃の真中に二〜三戸まとまった草ぶきの民家を発見して、その民家のうらの田圃道にさしかかる。田圃は浸水しており、半分程度植えられた水稲が見え、その続きのまだ田植されていない道にさしかかった時、その水田に三〜四名の中国農民の死体が転がっているのを見た。行軍しながら

一人一人を丁寧《ていねい》に見て行くと、その中の一人は女の死体である。その死体は特に目を引いた。乳房から下は全部なく、黒髪が首に乱れかけ、目が開かれたまま赤い夕日に顔がそまり、起き上がりかけたような格好に見えるではないか。私は直感した。

「長沙から逃げる途中、地雷にかかり爆死したものだ。どの死体も全くバラバラになった死体ではないか。また、その先の水田にうつぶせになった女の黒髪の乱れた死体が見えるではないか。戦争は女子供にも容赦はないのだ」

こうした外に、道路の両側に中国兵ではない長沙市民か、農民の死体がころがっているのを見ながら、丘の道へさしかかった頃は、夜の暗闇が迫っていた。すでに捕虜の二〜三名しか監視できない程度に夜の闇が深く、捕虜が逃げても全くわからないという恐れを感じるようになった。すると、

「逓伝！　小銃の安全装置をといておけ！」

安全装置をといて、すぐ発砲できるようにしておくと、なんだか私の前の捕虜が自分の死が迫っていると感じたのではと直感した。行軍は、丘陵の道を上がっては下り、下っては上っていたが、その小高い丘に上りつめた所で、頭の上に木の葉の繁った木が一定の間隔をおいて植えてある斜面の畑にさしかかった所で行軍は停止した。灰瀬中隊長は、夜間行軍の危険を感じてここで夜明けを待つことにしたらしい。捕虜は、この木の下に一塊に集まるよう本田曹長が指揮して集めた。その周囲を各小隊は囲んで監視徹宵ということになった。捕虜たちは一塊になる時、一言二言小さな声で話し合っていたが、それっきり声一つなく静かに暗闇の中に腰を下ろし、群鳥の塊のようにシーンとなった。私もその捕虜の一部の外側に腰を下ろし、小銃を立てて頭上に繁茂した木の枝を見上げてみた。

勝者と敗者、そこには勝者の指図通りに動く敗者、その現実を良心的に見れば獣物同然でもある。日本兵の前に捕虜は指図に違えば殺害されるのである。敗者は束縛から逃れるには、血みどろになって逃げ延びるか、または、殺されるかを選ぶ外ない。捕虜として残酷な仕打ちを受けるしかない。そうした生きている価値観さえない人間より、本ものの獣物の方がましな点さえある。私も疲れ切った体を捕虜と捕虜の間にはさまれて行軍したので緊張と勝者という気負いが、捕虜にくたびれた態度を見せまいとしてこの丘まで行軍してきた。そして今、丘一面の木の下で監視をしながら次第に眠りに誘われてゆくと、蚊群が顔や手の甲を襲い、その中には強敵のマラリヤ蚊が存在する。血を吸われて目を覚ます。また次第に眠りに誘われる。そうした仮眠をしていると、捕虜に対しても気持ちがやわらいできたのだった。指図通りに一言も口を利かずに

ムズムズ動いている者もある。

「もし、こんな暗闇に突然走り出して逃げる捕虜があったら、兵隊は皆疲れているから逃亡に成功するはずだ」

と、私はふと考えた。しかし、捕虜は一人として逃亡する様子もない。敗者ともなればどんな残酷な取り扱いにでも覚悟して辛抱するのか？　また、一人や二人逃亡すれば、残りの同僚が皆殺しになるとでも考えているのか？　殺し合いの相手であった人間たちとは全く考えられもせず、かえって敗者の惨めさ哀れさに同情心が動いたのだろうか。私は自分の任務である監視の役目は忘れて、襲ってくる蚊群を払いながら、仮寝の夜に故郷を偲び、勝者である自分は、被害者の苦しみからのがれようとしても逃れられない哀れさが身にしみて感じられるのだった。

それは被害者でありながら加害者であるという矛盾に引き裂かれている自分自身が、どうすることもできない現実をあきらめる他ない人間になっていた。大陸の一点、湖南に黎明がまるで静かな時の流れを象徴するように朝霧が一面に白く淡く見えてくると、蚊群も遠のいて、冷えた大地の上では特に眠り心地がよくなる時間でもあった。だが今朝は、いや毎日戦争にはそんな贅沢はないのだ。

「起床！」「起床！」

丘の静けさを破って中隊と捕虜は一本道の朝靄をついて下り始めた。淡い明るさの中で一定の間隔をおいて植えてあった木は蜜柑の木であったことが判明した。「なるほど、だから長沙市内では蜜柑が徴発されたのだった」というような憶いが浮かぶと、急に内地での正月の蜜柑を思い出しながら、小道は田圃道へ降りて行った。

今朝は初夏の晴れ渡った青空に東の地平線から赤い太陽が輝き始めた頃、付近の田・畑・丘陵の松林が遠くへ連なっている曲がりくねった風景は、絵の中の行軍のようだ。丘と丘の間に林があり、そこには一塊の家の屋根が目につく。全く静かな田舎の小道を行軍すると、ふと、もし戦争でなかったならとの憶いが脳細胞をかすめた。そこは民家の付近にも人影一人も見受けられないのだった。長沙陥落と判明して、中国人は姿を隠してしまったのだ。行軍はクリークの縁を通り過ぎ、前方は段々畑になっていて三〇〇メートルほど先の林の中に民家の屋根が見える所で、

「休憩一五分！」「休憩一五分！」

と指揮班の前方から声が流れた。私たちはそれぞれ左側の畦に捕虜が腰を下すよう「你坐！」「你坐！」（坐れ！）と言って捕虜をまず皆腰を下させると、彼らは互いに顔を見合わせる者もあって、小さな声で話し合っていた。自分たちの行き着く先を気にして話し

合っているのだろう。中隊だけの行動で、休憩も一五分を過ぎても出発はなかった。灰瀬中隊長も朝飯なしの行軍で、疲れないように休むのだろうと思った。兵隊は、昼間で捕虜が皆見えているので安堵して、ゆうべの疲れをいやして休んでいた。

すると第三小隊の方で、「捕虜が逃げた！」と兵隊が叫んだ時は、一人の捕虜が畦の上から畑をつっ走り、一目散に一〇メートルほど駆けている。それを見た灰瀬中隊長は立ち上がり「撃て！」「撃て！」と命令した。兵隊は皆、畦に小銃を据えて構えた時は、紺の木綿服に草鞋履きの捕虜は身軽く三〇メートルほども駆けていたろう。私も照準を合わせて引き金に指をあてていた。すると第三小隊の方で「ヅダン！」「ヅダン！」と小銃が三～四発火をふいた。同時に捕虜は次の畑の畦を飛び上がり、民家の方へ向かって左右に体を散らして駆けている。中隊長はさらに「機関銃、撃て！」と命じたので九六軽機が「バ……！」「バ……！」と火を吹いた時は、捕虜は高い畦の内に駆け込んで姿をかくし、約三〇〇メートルも離れた所までに駆けていた。その捕虜にはもう安心立命の林があり、家があり、丘の松林が続いている。私は、一部始終を見逃さないように見ていただけで小銃の引金は引いてはいなかった。そしてほっと一息した感じを受けて「誰だって自分の命は惜しい。あの捕虜一人で戦争の勝負がつくじゃなし」と思い、逃げのびた捕虜には何の怨みもない。もし、こんなことが今堀大隊長の指揮下であれば一大事になったかは灰瀬中隊長が一番よく知るところであり、その後すぐ「出発！」と中隊長の声で先頭から動き出した。木原小隊長も軍刀をひっさげて「逃げ足の速いやつ」とすて台詞を残して行軍を始めた。

こうなれば一刻も早く目的地に着いて捕虜を引き渡すべく、中隊長は早足で先頭を行軍した。しかし地の利に全く通じない湖南の大平原の行軍は、行く先々に地図を見ながら、やっと正午頃、目的地の飛行場作業を行なう任務を帯びて仕事をしていた〇〇部隊に申し送り、全員捕虜の引き渡しが終った。肩の荷を下ろした一中隊は再び灰瀬中隊長を先頭に帰路についた。長沙占領後の任務とはいえ、完全に捕虜護送の任を果たした中隊は民家に入り、朝・昼飯を一度に持参してきた長沙米の飯と鶏の徴発でゆっくり腹作りすることが出来たのだった。それから帰途の通路は、北寄りの平坦な一本道を行軍すると、両側の傾斜になった畑で蜜柑がちょうど開花期であろうか、花の香りに兵隊の列は鼻をヒクヒクさせながら内地の蜜柑の話に前も後も賑やかになり、戦争とは思えない楽しい行軍の時間であった。先頭の灰瀬中隊長は自慢の「黒田節」を、

酒は飲め飲め　飲むならば
日の本一のこの槍を

飲みとるまでに　飲むならば

これぞ真の黒田武士

としぶい声を張り上げての歌で、足も軽く行軍する。こうした行軍は四月の行動開始以来、初めての行軍風景であった。私も今日だけは古兵の無茶ないじめもなく、軽装であったため、疲労も忘れていた。ただ時折、石ころを踏んだ時、足の底豆の痕がちくりと痛みを覚えた。道は広がり自動車道路に出ると電線がなだれ落ち、道端には黒い焼跡に硝煙の臭いが残り、数日前の硝煙弾雨下の戦場の光景を思わせる残骸物もころがっている。道は湘江を左前方に見える地点まで行軍した時、付近の家の中で突然、クィークィークィーと豚の鳴き声を兵隊は皆、耳にしたのだった。広い道路にさしかかってから地雷標識は一〇回近く発見して「ここにもあるぞ、用心しろ」と注意し合いながら行軍していたが、豚の鳴き声は兵隊の食の欲望に火をつけ、家の中から全部の豚を連行した。そこで豚の七〜八頭は栄湾へ向かって中隊とともに行軍し始めた。その午後、汗びっしょりになって元気な姿での石畳の道へ足音高く帰り着いた。

「御苦労さん」「御苦労さん」

と藤田准尉以下の残留分隊に迎えられて、いっぱいに開かれた家の門からどやどやと各分隊の部屋にはいってゆく。部屋の中は塗戸を集めて横に並べて寝台を作り、各分隊毎にまとめてある。その四分隊の部屋に立った時、やっと今夜から仮の寝台の上で故郷の夢を見ることが出来ると思うと、生ある自分の体を精一杯いたわってやりたい思いになったのだった。

炊事は今まで各分隊毎の飯盒炊爨《すいさん》で苦労を重ねて来たが、ここでは中隊炊事にまとめ、石畳の道向い側の大きな家で大釜を幾つも並べて作り、夕食から飯上げが始まるという。脈旺嘴以来のことで、ここでやっと安心立命の警備部隊になった感じを受け、何日ぶりかの兵器の手入れを始めた。

今日も湖南の夕暮れが迫る。

「飯上げ！」「飯上げ！」

前の石畳の道路で大きな声が部屋に聞こえた。この言葉のつんざく声は脈旺嘴以来、初めて聞く声である。宮下と二人で分隊の空飯盒を集めて炊事場へ急いだ。広い家の土間で、大釜の並んだ中隊炊事場では一分隊の入墨古兵の小西の顔も奥の方で監督風に肩をいからせ、他にも意地の悪い古兵が顔をみせ、その中に内田も大釜の中の飯を間に合わせの板を削った大杓文字《しゃもじ》で飯の配分である。古兵が紺の木綿服を着た捕虜のクーリーに向かって、

「忠次、急いで湯をわかせ！　浅に巌は掃除しろ！」

と大きな声で日本語と中国語を組み合わせた勝手な言葉で命令している。このクーリーは捕虜であるが、湘

江の中洲の島で負傷して逃げ遅れたために一中隊につかまり、迫田衛生兵長に治療を受け、古兵から勝手に命名され、クーリーとして炊事場で使用されているのである。

「吉岡、これを持って行け」

と、内田が紙に包んだ物を渡した。

「うん、砂糖か？」

「だまってろ！」

私と宮下は飯と汁を飯盒に詰めてもらって分隊の部屋へ戻った。

「さすが内田は気が利いている。同年兵が炊事にいれば得をするものだ」

と思った。軍隊という組織は、兵を軍紀の鋳型にはめ込み、その自立性を容認しない体質で動かされているのだから、生きるためには矛盾だらけの中で生きている。

そして、夕食が終わると、

「ぜんざいを取りに来い！」

と炊事からまた声がかかった。

豚汁で満腹している上にぜんざいである。全く食料攻めである。省政府の所在した長沙だけに物資豊富なのか？　これまで長沙近郊から見た平野にある長沙米や、畑の丘で見る長沙蜜柑、まだ見ないのが長沙美人という噂である。

栄湾に落ち着くと、四分隊から谷口上等兵は事務整理のため指揮班へ装具をからめて部屋を移っていったので、急に私だけが淋しさを覚えた。

「彼だけを私は頼りにしていたのに。もう他には小川・立山などの意地悪な古兵で、制裁をかばってくれるものはいなくなったのだ。命の限りやってみるだけだ」と、暗い寝台の上に体を横たえた。夜のとばりが下りると蚊群が襲うのだから、不寝番は青草を昼間取って干かし土間にいぶすが、蚊は平気で足や手や顔の皮膚の出ている部分に襲いかかってくるのには弱った。この大陸ではマラリヤ蚊がいて、その蚊にさされると後で激しい熱発を起こしてマラリヤ病になると注意されている。まだ私はマラリヤ病の体験はないが、二年兵以上の兵隊はほとんど体験していると聞いていたので、私は蚊を避けるために足には靴下を徴発物靴下と合わせて二枚もはいて、手にも靴下をはいて、頭から天幕をかぶった。すると、夜中にはもう汗びっしょりになって全く蒸風呂同然で眠れそうにもない。天幕をはねのけるとすぐ額に蚊が止まり、いやというほど刺す。内地の蚊とは違ってチクリと痛いので久方ぶりの寝台も楽じゃない。不寝番の方がよほどいいのだ。こうして栄湾の夜は七月の初旬ともなり、蚊群に襲われる悩ましい夜が続いた。

ある日、内地の梅雨時期を偲ばせるような雨が降り続いた。すると明くる日は中隊の宿営している家の床下まで増水が迫り、町の外の水田は一面、白く水面が湘江へ続き、出穂前の水稲は剣葉の葉先だけが針のように水面に突き出て見えている。兵隊は皆、家の裏窓から海のような洪水を眺めていた。湘江まで一面に広がり、濁流が滔々として流れるさま、その大陸的洪水は予測もつかない大自然の怒り狂いが秘められているようで、私は暫く茫然となって見守るばかりであった。

明くる日の午後から水は次第にひき始め、穂はらみの水稲が次第に姿を現し始め、また真夏の暑い太陽が輝く日がやってきた。私は糞便の生理現象を覚えたので、ぶらりと正午近く石畳の路へ出た。炊事場の前を通りすぎて、開かれた家の門を這入っていった。奥行きの深い家が石塁の狭い庭をおいて何軒も次々と瓦屋根が続いている。これが中国風の民衆の住家の特長のようだ。左右も同じように家がぎっしりつまって建てられてある。私は二〜三軒通り過ぎ、裏庭に蜜柑の木のある所へ出た。白い雲の間から輝く夏の太陽がまぶしい。そして暑い。

「ああこれから暑さは増すばかりだ。病気にならねばよいが？……」

と、一人わが身の安否を気使いながら、

「この附近の家の中だったらゆっくり糞便の用を果すことができるぞ」

と思いながら裏戸から這入っていく。壁に密封された部屋は、這入ったとたん黒い下痢便が三ヵ所も排出されたまま、銀蠅がブンブンうなっている。異様な臭いが鼻を衝く。塗戸という塗戸は取り外され、次の広い部屋の土間へ足を踏み込むと、足の踏み場もない黒い下痢便の部屋になっている。捕虜護送から中隊が栄湾に帰った直後に一度糞便の用を果したが、一軒の家の中にもまばらにしか兵隊の便は見当たらなかった。が、今日は全く見違えるほどの黒砂糖の下痢便で塗りつぶされた部屋ではないか。私は下痢の上をまたぎ、飛び散る銀蠅を払いのけながら、次々と部屋を探したが下痢便のない部屋は見当たらない。寝室の寝台の上まで排出している兵隊の糞便もある。私はあきらめて、暗い部屋の土間に前後左右の排出便に用心深く注意を払い、中国製の牛皮のバンドをといてしゃがんだ。すると私の臀にも、すでに黒砂糖の下痢便がもちきれずに、しゃがむと同時にビリビリと土間に落ちて広がる。私は両足を広げたが、黒い下痢便は鍋の中の豚油が火に溶けて広がるようにどんどん広がるので、少し前進してまた排出する。内田のくれた黒砂糖ぜんざいをくりかえして食った結果の糞便である。

「これでアメーバ赤痢かコレラでも煩ったら死んでしまうかも知れない」

と思うと、不安な気持ちで立ち上がり、自分の下痢便に目を落とすのだった。こうして栄湾の町は、下痢便の町と変わり果てた。同じく長沙市街もまた、死体と糞便と銀蝿の市街に今は変わり果てているだろう。日本軍の攻撃もない平和な時代は、美しい雄大な大自然の湘江に沿った省政府の長沙市であったろうにと思いがはせる……（占領後は、病原菌の発生源の町となり、それに市内の食糧徴発での飽食はアメーバ赤痢の罹患者が続出し、死者の多くは戦病死であった）。

中隊炊事場には、湘江の中洲の外国領事館から徴発した洋式の風呂が二個、クーリーによって運び込まれてきたので、私たちは行動開始以来四ヵ月ぶりの入浴が夕食後に知らされた。四分隊の順番になって、中国製の木綿布の切端をさげて同年兵だけで広い炊事場の壁の下にある仮作りの風呂場に着くと、同年兵の小幡や竹田といった同年兵が風呂から上がり、気持ちよさそうに話し合っている。風呂を見ると、鉄製の真白く塗装した湯船は細長く、寝ながら這入るようになっている。内田も顔を見せた。一分隊の小幡が湯上りの顔も綻《ほころ》んで、

「おお、吉岡きたかい。この風呂に入るとアメリカへ行った気持ちがするぞ。ウハ…ウハ…」

と大声で笑う様子は、全く疲れを吹き飛ばしていた。一方、湯船には松本同年兵が這入り、寝そべって大声で大ぼらを吹いていた。私は、湯船の側に立って風呂の湯をのぞくと一瞬戸惑った。

「この風呂に這入った方が良いか、這入らない方がよいか？」

と迷う。それほど風呂の湯が濁っているのである。それもそのはず、四月行動開始以来、泥濘と汗と血まみれでの四ヵ月ぶりの入浴だから、これが本当の風呂の湯であろう。初年兵は最後の入浴である。小幡と松本の二人は、やがて風呂場から去っていった。私の順番である。さっそく裸になって湯船の縁につかまって、そっと足を入れた。すると水面は石鹸の泡に人間の垢が脂ぎって表面を張り浮び、体をそっと沈めるとその表面の垢が両側に広がり、全く泥水のような湯が見える。生ぬるい湯に全身をのばして浸った。

内田に顔を向けて、

「お湯があったら入れてくれないか」

と聞くと、

「もうあるものか。釜は皆、朝飯の準備がしてある」

と答える。私は、薄暗い天井の瓦の裏を湯船に寝ながら見て、手拭いでそっと体のモゾモゾする部分を洗うと「なるほど気持ちが良い」と独り言をつぶやく。各小隊の同年兵も続いて入浴に来た。私は半身を起して、持ってきた中国製の布切れで顔を拭いた。下痢便の臀もこの風呂で洗い落とされ、その濁《にご》り湯だけが真白い塗装の湯船半分ほど溜まっていた。入浴場は同年兵で賑やかになった。炊事場を去る時は体が軽くなって分

隊の部屋へ戻った。

　毎日、栄湾では分哨が出て警戒すること以外は食うことだけである。そこである日、夏の太陽が輝き、家の中でも蒸し暑かった。すると指揮班から分哨と炊事係の他はクリークの魚取りをすると伝えられてきたので皆喜んで外に出た。民家から網を徴発してきている。第一小隊の兵隊は、網をつなぎ合わせている。やがてその網と兵隊は、それぞれエンピをかついで町はずれの小高い丘の麓にあるクリークに向かった。付近は農村と自然の広がりであった。直径五〇メートル以上もあろうと思われるクリークは雨水を湛えている。その真中の深い所は二メートルもありそうに見える。このクリークの堤防を中隊の兵隊は総がかりで巾三～四メートルほど切り開いて深めていったので、水は付近の原野から畑へ勢いよく音を立てて流出した。その水の勢い、よく流れるさまを見て皆、大賑わいで褌一つになり、クリークの水が減るのを待った。やがて水が半分以下になると、真中あたりに水音がして魚が飛沫を上げた。「あすこに太《ぶ》てー魚が飛んだぞ！」と誰かが叫ぶと「あれにもだ！」「あれにもだ！」と全く子供の魚取りのように喜びあっている。水が腰から膝までの深さに減った頃は、兵隊は皆横並びに網につかまり、一方から次第に押していく。するとすごく大きい魚が飛ぶ。やがて網にかかった魚をおさえて取った兵隊は喊声を上げている（中国大陸は海が遠いので内陸部のクリークにはコイ・鱒・鮒といった魚の養殖が行なわれ、現地の呼び名の「双魚」という大きくなる魚も見受けた）。戦争にはどんなルールもどんな常識さえも通用しないのだ。長沙の民衆の大事な食料も喊声と腕力によって、今日の得物としてかすめ取られてしまったのである。初年兵は徴発の担ぎ籠に何杯もかついで栄湾へ引き上げていった。そこで夕食は、魚ずくめの夕食で満腹した。

　その頃、長沙西方の五里堆方面に一時、敵の進入の兆ありとの情報が頻繁に中隊へ伝達されていた。長沙占領後は、一〇六大隊主力は第一中隊・第五中隊を長沙に残して警備にあたらせ、長沙南方約四五キロの湘潭市までの道路補修に任じていた。

　そこで、敵の一部が長沙に向かって進入とあっては第一・第五両中隊の警戒が厳しくなる。七月、真夏の盛りが近づいていた頃である。第二小隊長・木原少尉が、部屋に休んでいる兵隊に向かって、

「各分隊より三名選抜して、岳麓山の山上分哨設置のため第五中隊の指揮下に入れ！」

と命令したので牧四分隊長もあわてて、

「多武・高木・吉岡、三名出れ」

と命じた。私も谷口上等兵が指揮班の事務整理になってから分隊にいるのも寂しく感じていたところであっ

た。軽装で昼食だけを雑嚢につめ、表通りに整列した。清田軍曹の指揮により出発して、湘江西岸を約二キロの道路分哨を経て岳麓山の方へ近まると、大きな木が何本か見える広い道へ来た。先頭の清田軍曹が、

「あれが五中隊の宿営地だ」

「あれは学校では……」

先頭の兵隊も珍しげに問う。

「湖南大学というんだ」

先頭の清田軍曹は得意げに説明して門の前に止まった。

「休憩。俺は五中隊まで行ってくる」

と言い残して、軍曹は石造りの大きな門を入って広い運動場を横切って行った。

私たちはいくらか自由になった気持ちであたりを見廻すと、まず目につくのが門の左右にある大木だった。木の廻りは四～五人がかりで抱くような大木が何本かあり、門の付近から運動場の周囲にかけて真夏の木影を作り、実に涼しい。私は、その大木の根に腰を下して湖南大学をゆっくりと眺めた。広い運動場の先に二階建ての長い校舎の付近を歩くのは五中隊の兵隊の姿である。校舎の裏は鬱蒼たる森が岳麓山へ続いている。大木の木影に涼しい風が疲れをよみがえらせる。私はまた、うっとりとなって眺めていた（この学校は、若い毛沢東を始め中国革命の勇士・幹部が学んだものとは知る

由もなく)。

すると「学びたい……」という私の欲望は疲れた体のどこかにまだ湧いていた。そして、木影から遠景の湘江の流れの水面が夏の太陽にサザ波がキラキラ輝いて見えるではないか。いつの間にか故郷の恋しさも忘れ「この大学で学び、生活をしてみたい」思いにふけるほど、目前の景観は私を吸いつけていた。

一時間ほどして広い運動場から第五中隊長・坂井大尉を先頭に門に向かって近づいて来た。清田軍曹は駆け足で来るなり整列を命じて坂井大尉を待った。そして、

「第五中隊長殿に敬礼! 頭 右ッ」

大尉の答礼がゆっくり終わる。

「ただ今より第一中隊・清田軍曹以下〇〇名、第五中隊の指揮下にはいります」

「よーし、出発だ。五中隊の後尾につけ」

大尉を先頭に校庭の端から岳麓山の登り坂道に行軍は進んだ。坂井大尉は、陸軍士官学校出身の若冠二四歳の中隊長で、一〇六大隊ではただ一人の陸士出の中隊長で、元気そうに先頭を岳麓山上目指して行軍が続く。山道は案外登りよい小路であったが、真夏の暑い日中に頬を伝って落ちる玉の汗は編上靴を濡らしていた。正午頃、山上に到着した時は足も疲れ果てていた。昼食に山上を吹き下す涼風を頬にあびて元気を取り戻し、飛び出している大岩の上に立って長沙市街を眼下に眺める。この山上は敵の重砲陣地であったため、敵の砲身の残骸が激戦の長沙攻撃を偲ばせた。一〇六大隊が雨花亭まで前進した時、この山上からの攻撃を受けていたのだ。だが、それよりも山上から視界いっぱいの遠望、湖南の大地の広がりゆく景観は、私の胸をゆすぶり、ふくらませるのだった。北に流れる湘江の白い水面が夏の太陽に輝き、はるかなる天際に消えゆく。流れに沿った長沙市街の南門・北門大通り、横町と瓦礫の街となった外側の戦火に逃れた家が太陽に照らし出されている。そうした市街から目を遠くのばすと連々と続く丘、そして大平原が一望千里に広がりゆく。

私は、この景観の中からぞっとする思いを引き起こした。この長沙まで血みどろの行軍を続け、連なる丘まで前進してきた時、この山上の敵重砲陣地からは日本軍はまる見えではないか。裸同然である。生き残った日本兵は「運」に強かった。もう一つは、この重砲陣地構築が不完全で、砲弾薬が間に合っていなかった。もしこの山上陣地の完備が構築されていたら、攻撃中の日本軍は全滅に近かったとも想像できたのである。人間の命なんて、戦争では石ころみたいなものでしかない。戦争には人間の常識さえ通用しないのだ。山上の兵隊は三々五々と集まって、岩の上で苦しかった戦

いの思い出と、これから続く苦しい戦いを予測するかのように話し合っていた。

　昼食を終わった坂井大尉も、山上の真中に建てられた大きな石碑を見上げていた。兵隊も次第にこの大きな石碑を囲んで、さわったり見上げたりしながら
「全く大きな石だ……」

と溜息をもらしている者もいる。コンクリートの土台が何坪あるだろうか？　その上に石の土台が重ねられてはみ出していて、その上に五メートル以上もあろうと思われる四角の石碑に中国の文字が大きく彫り刻まれている。この石碑は、土台の四隅に大きな丸太の柱で屋根を作ってある所からすれば、よほど立派な石碑であろうと思われるが、誰も中国の文字が読めないので判断の出来る者はいなかった。坂井中隊長は石碑の裏に廻って小さな文字の所を見上げていたが、

「これは蒋介石が建てたに違いない。敵の大将の建てた石碑なんかあるから俺たちが苦労するのだ。おいみんな、この石碑を引き倒すぞ」

と兵隊に命じた。五中隊の下士官が縄になるような物をいろいろと探し集めて、やっと長い縄が出来た。

「さあ皆、この縄を石碑の頭にかけて引くのだ」

と命令した。下士官の一人が、

「一箇分隊は後から石碑を押せ」

「始め！」

「よいしょ！　よいしょ！」

と兵隊は両方の縄を引いた。すると大きな石碑は、微動しはじめたかと思っているうちに「ズシーン！」と地響きを立てて転げ落ちて倒れた。坂井大尉は、

「これでよい」

と笑いながら石碑の上に立ってさも満足した笑顔をほころばせた。こうして第五中隊より岳麓山の山上分哨を残して、山上より西南方に連なる山々よりの敵を警戒することになり、他は下山する。西南方の山々や森のある谷間は長沙市民の逃げ場所以外に何であろうか。疑うことが出来ようか、ここは戦場なのである。

牛型山の分哨と長沙市内米空軍の爆撃

私たちが中隊へ帰ると、中隊では栄湾の南方一五キロほどの地点の山へ山上分哨を出してあった。四分隊の部屋に入ると牧分隊長が、

「四分隊は今から山上分哨の任務につく。すぐ出発準備だ」

と命じた。休む暇なく炊事場へ駆け込み、内田を探し出して、

「全く暇なしに任務、任務だ。岳麓山から下山して帰隊すると、今度は山上分哨だ。すぐ出発だからタバコ

に黒砂糖もくれ」

「おいおい吉岡、お前、俺が炊事係であるから何でも持ち出せると思っているのか。黒砂糖はもう絶対食わんと言ったくせに」

「内田、何をぐずぐず言うんだ。出発に間に合わん」とあわてて見せると、きざみタバコと黒砂糖を紙に丸めて渡した。もう炊事兵らしく慣れて、軍服も袴も黒くすすけて全く地についた炊事当番兵である。そして奥から別になにか手にして、

「これをやる」

と下げていた飯盒を前に出して、私に、

「豚肉のうまいところを煮詰めたものだ。山についてから食うとよい」

「そうか」

「中の洲の豚はうまいぞ」

この栄湾では湘江の中の洲の島から毎日のように食料が徴発されていた。外国(英国)の領事館らしい家もあったように、物資はいろいろと豊富であった。戦争が始まる以前は英国やまた日本の商船、軍艦が湘江を遡って長沙まで出入りしていたということである。内田は、銀製の水煙筒(タバコのきせる)もくれた。午後の残陽をあびて、四分隊は隊長を先頭に牛型山へ向かった。山上分哨は夕刻交代して、明くる日の夕刻まで二四時間任務であった。牛型山の麓には二~三メートルほどの高さの松の木が西の方向へ続いて見える。牛型山は標高二〇〇メートルから三〇〇メートルぐらいの山であったので、正面から真直ぐに登り始めた。軽装で体が自由になり、すぐ山上へ着くことができた。

「さあ、分哨交代だ」

頂上へ到着すると牧分隊長が呼びかけると、三分隊長が「待っていました」とばかりに散兵壕から出てきて、さっそく申し送り事項を伝えて三分隊は下山した。装具をといて山上に立った牧分隊長は、長沙市街の方向を眺めて、

「ここは見晴らしがいいぞ、夜も涼しいだろう」

「この山上分哨は蚊がいないと三分隊の者が言っとりました、分隊長殿」

と宮下が喜びながら言う。中隊を離れてのんびりした気持ちである。また弱者いじめの古兵である小川上等兵も、

「今夜だけは内地の夢見てゆっくり眠るか」

と愉快そうに壕の中をのぞきに行く。歩哨は西方へ連なる丘や道路に注意して警戒することを申し受け、他の者は夜のねぐらを準備し始めた。

「この松の葉をいぶしたら蚊は逃げるぞ」

と小川古兵がこういうことにはすぐ口出しする。だが、夜の安眠のためにそれぞれに松の木の小枝を折ってくると

「爆音だ！」

と誰か叫んだ。

「どこだ？」「どこだ？」

と皆、長沙南方の空を見上げる。

「あれだ！　あれだ！　大分高いぞ」

宮下が指さして大声でどなったので、皆の目は長沙南方上空に集中した。行軍中では「爆音！」と同時に体を隠していたが、この山上分哨は安心立命の場所らしい。よく見ると飛行機の編隊は、長沙南方上空から飛来しており、数千メートルの高度と思われる空を残陽をあびて六機ほど、長沙上空へ向かって刻一刻迫っていた。

「友軍機だろう？」

「うん……まさか敵機ではないぞ」

「だが長沙攻撃の時はツンコピン（蒋介石軍）の飛行機が二機、低空飛行してきた日があった」

と互いに半信半疑の話し合いをしているうちに、六機は長沙上空へ迫った。私は、友軍機は正三角の三機編隊なのに二機編隊で飛んで来たので敵機に間違いなしと見たので、

「分隊長殿、二機編隊ですから友軍機ではないはずです」

と言うと、少しどもりのある牧分隊長は、

「そうだなぁ……編隊が違う……」

するど小川古兵が、

「何か落したぞ！」

と叫んだ。長沙上空に達した飛行機から何か黒い塊に見える物をポロポロと落としている。一機・二機・三機と落として飛ぶ。

「友軍機なら内地からの食料だ。敵機なら爆弾だろう」

と当たり前の言いごとに夢中になって見つめている。落ちてくる黒い楕円形の塊が順々に間隔を開かせて長沙市街のド真中にまたたく間に大きくなって落ちたかと思う瞬間、

「グアン！　グアン！　グアン!!　グアン！　グアン！」

と正に天を翻し地を覆えさんとする光景はこのようなことかと……すると次の飛行機が爆弾を落としている。

「グアン！　グアン！　グアン！　グアン！」

牛型山の山上にも地響きが伝わってきて、人間の破壊の凄まじさが私の脳の一部に刻み込まれていた。分哨の兵隊はあまりの突然で凄絶な破壊に身をひそめ、

「米軍機だ！　B29爆撃機だ！」

「友軍の高射砲は来とらんとか……」

と口々に叫んでいるうちに、長沙市街は黒煙突如として中天に躍り上がり、空一面に広がり始めた。長沙市街は一瞬のうちに火の海と化した。湘江にも四～五発

爆弾が落下し、白く水しぶきを上げて炸裂している。兵隊は皆、歩兵がもつ銃火器の数十倍の破壊力・殺傷力を持つＢ29の空爆の怖しさを心の底に刻み込んでいたのだった。

そこへ小川古兵が古兵の強がりを見せようと、

「今の爆弾、湘江の魚をだいぶん浮かせているぞ。誰か取りに行かんと流れるぞ」

などと冗談をとばす。山上は賑やかになる。

「今の爆弾は五〇キロ以上あるだろう」

「山上分哨は、今夜は高みの見物というところだ。いよいよ長沙は一斉に燃え始めたぞ」

すでに市街は一面に真っ赤な炎の波がゆらゆらと中天の空を焼き、夕暮れ迫る湖南の空は人間の破壊によって赤く染められた。山上の兵隊の顔は市街から数キロもあろうというのに互いに見合えば顔と顔が赤く染まり、ほてっている。残っていた長沙市民と市中の日本軍の多くの生命が一瞬にして消え去ったことは言うまでもないが、命のある者同士は死んだ者とは無関係に顔と顔を見合わせて生きることへの能動的な行為だけがそこにはあったのだ。

「さぁ、火が燃えているうちに飯を食うぞ」

と分隊長は皆に呼びかけ、さっさと自分の雑嚢から飯盒を取り出した。私も自分の場所へ戻りかけた。それぞれに自分の飯に、自分だけの命は生きているということを確認するように、生きている者は飯を食うことである。兵隊は飯を噛み噛み燃え続ける長沙市街の真っ赤な炎の広がりを見つめている。戦場の時の刻みは悠久の歴史の一刻に刻まれて過ぎ去っていく。もうすでに濃紺の夜空にいくつかの星がきらめき、大地には湘江の流れが白く悠然と時を刻んで流れている。そんな夜空の下にいつまで続く炎か？　誰一人消火する者とてなく、あたかも悪業の終末を告げる業火の如く、真夏の一夜、火の海の省都と化していった。山上分哨ではあまりにも大きな破壊力の爆発と炎と黒煙が、明日はわが身かと内心痛むと、退屈したらしく、

「もう、ぼつぼつ寝ようぜ」

「立哨する者は松の枝をいぶせ」

と申し送り、各々の壕の中の雑嚢枕に横になった。私は宮下とともに夜中近くまで話しながら市街を眺めていた。今夜だけは米軍の爆撃により立哨の規則もゆるんだ。久方ぶりに蚊群の襲撃からのがれ、涼風をあびて眠りにつくことが出来た。

「起床！」

分隊長の声に目を覚ました時は、東の小高い丘の連なる稜線から真紅の朝日が半円をえがいて登り始めている。目を細めて、まず長沙市街に目を向けると一晩中燃え尽くした市街は白煙がゆっくりと立ち登り、七月の真夏の朝の明るさを上空一面にさえぎっている。

市の外廓の家々だけが残り、市街は昨日の市街とは一夜にして瓦礫の山と化してしまっている。

「ゆうべは何と燃えたことか」

「もう長沙市には食料はないぞ」

など話し合っている所に、山上へ声をかけながら登ってくる者があった。待っていると、一分隊の高村上等兵が山上へたどり着くとすぐ、

「牧分隊長はどこだ」

と分隊長と同年兵である高村上等兵は命令を伝達するために急遽分哨へ来た様子であった。

「おお高村か、何かあったか」

「牧分隊長、中隊長命令だ。中隊は今朝移動するからすぐ下山して中隊へ帰れと命令されたので走って来たぞ」

「そうか、移動は遠いか」

「それは知らん」

「全く休む暇もなく、移動ばかりだ」

「分隊長、栄湾は米軍の爆撃の恐れがあるらしいと木原小隊長殿は言っておられたぞ」

「なるほどそうか」

会話が終わるや牧分隊長は「さぁ、中隊へ帰るぞ」と、一夜を過ごした牛型山と別れを告げて下山を始めた。

早足で栄湾の宿営地に帰隊する。米軍の爆撃の恐れがまだ冷めやらず、灰瀬隊は栄湾から完全軍装で、炊事要員の兵隊は鍋や飯焚きの大釜までクーリーの「忠次・浅・巖」の三人に担わせたりして、中隊は西南方へ行軍を始めた。牛型山と岳麓山に連なる山の間の小路を曲がりくねって、丘と丘の間の田圃道を横切って段々畑になった蜜柑山の中腹に小さな家が点々ある。その家に一箇小隊毎に配置についた。そして、ここでの中隊の最初の仕事は、戦死傷者も戦病患者も次々にあって人員も減っていたので各分隊の編成替えであった。わが四分隊は、山下分隊長の後を牧分隊長が後任となり、谷口上等兵は指揮班に編成されて、二名は分隊から姿を消した。部屋の四方が土レンガの壁に囲まれた薄暗い部屋で緊張した声がする。

「申告致します。谷口上等兵、本日より中隊指揮班に編成されました。ここに謹んで申告致します」

と木原小隊長に向かって報告する声を聞き、私は言い知れぬ淋しさを感じていた。彼は報告を終わって、牧分隊長及び小川四年兵・立山三年兵にも、

「今日から指揮班になりました。お世話になりました」

と一応の別れを告げて、出口にいた内田にも「元気で頑張れよ！」と一人一人に言葉を残していた。私は家の外に出て彼を待っていると、小銃を片手にさげ私の側に来て、

「吉岡君、今日から俺は指揮班にいるから、行軍中で

も苦しい時は俺が弾薬ぐらいは持ってやるからなぁ、いつでも来いよ」

「わかりました」

「そしてお前、病気せぬように注意しろよ。病気したら野戦病院は哀れだ」

「ハイ、長沙までの行軍で幾分自信がつきましたのでこれからは頑張ります」

「お前、足はもういいかい？」

「もう大分よくなりました」

「これからの行軍までに早くなおせよ。それから、小川古兵や立山古兵に注意して行軍するんだよ」

「ハイ、上等長殿も暇の時は会ってください」

「うん、同じ中隊だからいつでも会えるよ。うまい物が手にはいった時は食わせるぞ」

「待っています」

「じゃ、吉岡、元気でなぁ」

「お世話になりました」

と敬礼して送り、私は蜜柑の木の間を上の段の指揮班の家に向かう彼を見えなくなるまで見送った。

彼が見えなくなった後、軍隊の中では兵隊の自立性をも容認しない体質で、戦争にあっては兵士には名前も個性も無視され、その他大勢の一人として死んでいく運命が待ち受けている同士であるのに、私と谷口上等兵との間には人間としての大事な要素を死ぬまでも失わずにいる人間同士のように思えてならない。

「よーし、これから四分隊では頼りになるのは自分自身だけだ。小川・立山古兵にも俺の土性骨を見せてやる！」

と心の奥底で焼きつくように自らを励ましていた。

それから何日かが過ぎて第一回補充兵要員到着とあって、指揮班の本田曹長が数名を指揮して中隊へ到着した。すると各分隊では今度の補充兵要員は三五〜六のオッサンばかりと噂がもちきりとなった。

「今日到着した補充兵要員は、長沙の空襲で半分になったそうだ。どうせ小銃の担い方もろくに知らぬそうだ」

四分隊では小川古兵が、

「初年兵がはいってきたらまず吉岡・内田・宮下、お前たちが気合いを入れてやれ」

「ハイ」

内田が答えて喜んだ顔つきだった。しかし補充兵要員は、四分隊には一人も来なかった。各小隊の一・二・三分隊の小銃分隊に戦死傷者、戦病患者が多かったために不足した人員を編入した程度であった。

私は初年兵を待つ気持ちは最初からなかった。体の貧弱な補充兵が、生への決別と死への接近へと向かっていくばかりの行軍、そして戦闘の中で打つ、蹴るという仕業は考えることさえ許さない気持ちが強かった。

討伐

蜜柑畑の一軒家の狭い炊事場に各分隊毎に夕食準備をしていると、指揮班の梅田兵長が上の家から下りて来て小隊長に報告している。梅田兵長が帰ると、「討伐らしいぞ」と兵隊は話し合っていた。そこへ木原小隊長が表の部屋に各分隊長を集合させ、命令が下る。

「本日夕刻から、指揮班とともに軽装で、白葱舗及び五里堆方面から長沙へ進入する敵スパイを待って逮捕するため、荷物監視を各分隊毎に一名ずつ残し、敵に察知されぬように静かに出発する。下の道路に整列」

命令を受けとった分隊長は、各分隊の部屋へ戻る。「敵」という言葉は兵士にとっては皆、生への決別と死への接近へ向かってゆくことであり、緊張を覚える。一軒の家の中のことゆえ、兵士は耳をすまして聞き取る。牧分隊長も四分隊の部屋に入り、

「宮下、今日は荷物監視に残れ。他は皆、スパイを逮捕に出発する」

「ハイ、宮下残ります」

午後の残陽が蜜柑の木の間から差し込んでくる。そこで早夕食の飯盒を並べて食い始めると、じんわりと汗ばんでくる。蜜柑の葉間からさしこむ残陽に兵隊の顔の汗が光っている。帯剣、弾薬を腰につけ、手入れの終わった小銃の弾倉に五発の弾を入れる。上の家から灰瀬中隊長を先頭に指揮班が一列に下りてきた。第二小隊の家の前で中隊長は、

「木原少尉、いいか」

「ハイ、すぐ出発します」

「第一分隊、前進」

分隊長の命令で指揮班の後に続いた。

木原少尉は二五歳の独身者で、商家の出。幹部候補出身の少尉で、よく灰瀬中隊長は「木原少尉、木原少尉」と呼びつけ、戦闘になれば第二小隊はよく任務を与えられていた。第一小隊長・原中尉(のち第四中隊長)、灰瀬中隊長と同年配らしく、三〇歳台で内地に妻子を残している関係か、任務を逃れることがある。第三小隊長・吉村少尉は木原少尉より新任の少尉で、体力も弱いのでよく任務を逃れるのだった。

残陽をあびて静かに蜜柑畑を下って一本の小路を西北方にゆっくりと数キロ前進した。敵を逮捕する場所は、指揮班で午前中に偵察していたので迷うことなく、灰瀬隊が到着したのは田園の広がる中に大きな楕円形のクリークの手前で停止した。

真紅の夕焼け空が西の小高い山上の空を染めて、今我々が止った一本の小路はクリークの淵を通り、赤く染めた山の稜線へと描かれたように登っている。赤トンボの群や畦道を飾る野菊、子供の頃に見慣れたあのわらべ歌にも似た情景が今、私の目の前に広がってい

る。やがて真紅の太陽は西山に深く沈むと、夕暮れの小路が曲がりくねって薄暮の空間に描かれたようにクリークの淵から丘の麓の彼方の空へ……思わず故郷を呼び思わせる。

　坊や良い子だ、ねんねしな
ねんねのお守りは　どこへ行った
あの山越えて　里へ行った

この唄が一瞬、脳細胞のどこからか聞こえるのだ。こうした、まだ人間に侵されていない静かな自然が、ひっそりと息づいている平和な自然の感傷にひたる一瞬と、目前の風景が消え去ってその裏返しの自分が全く逆の戦場にあり、人間の心を抜き取りケモノ以下に落とす二重性の狭間に動いている。

　戦争の現実は、クリークの手前で灰瀬中隊長と話し合っていた木原小隊長が二小隊の分隊長を集合させて命令を下す。

「ここで路の両側に伏せて敵を待つ。暗くなって前方まで敵を引き付け、ここまでやってきたらまず〝誰か！〟と誰何《すいか》する。その時、敵が逃げたらすぐ撃て。小銃は安全装置をといてすぐ撃てるようにせよ」

　命令を受けた第二小隊は、小路の両側に分かれて伏せる。指揮班は後方に伏せた。私は、一体どんな敵が現れるのだろうかと想像してみたが、時間が経つにつれどんな敵も現れそうにもないように思えてくる。時間は過ぎ、刻々と夜のとばりが下りて、静かな時の流れを象徴するように星が一つ二つ輝き始めた。クリー

クの水面が白く白布を広げたように静まりかえって目につく。道の両側に伏せた兵隊は、咳払い一つする者とてなく、しんしんと夜は深まってゆく。何とはなしに夜風が心の奥まで沁みとおっていった。濃紺の夜空に目を向けると大陸の空は暗かった。満天は降るような星空だったが、月は沈んでいた。小路の両側に伏せている兵隊は皆、来るか来ないか判りようのない敵の影を星空の下で発見しようと小銃をかまえていたか？

それとも星を仰いで故郷を想像していたか？……時は流れていた。

「来た！　来たぞ！」

第一分隊長・岡村兵長の息を殺しての声に、全身が硬直するように緊張した。次第に中国語の話し声が体全体に伝わるように聞こえ、三人ほどの黒い人影が動き近づくのを誰一人見逃さなかった。その人影は全く我々が待ち伏せているとは知る由もない。三人の黒い人影は相変わらず話し合いながら一小隊の先頭に迫った。

「誰か！」

日本軍独特の誰何した大声が暗闇の静けさを一瞬にして破ったかと思うと、黒い人影の三人はびっくり仰天、一目散にクリークの淵を引き返し馳せ逃げた。

「ズダーン！　ズダーン！」「ズダーン！」

小銃弾は闇を飛んだ。同時に兵隊は一〇メートルほど追いかけた。二度目の小銃が「ズダーン！　ズダーン！」と二発連発して飛んだ。私は、引鉄《ひきがね》に指をふれないで走り、地の理を得ている中国人の三人はすでに昼見た丘の曲がりくねった小路を遠く逃げ去っていると思い、足の歩をゆるめると、前後に二～三人ずつまとまってクリークの淵を離れて歩く。先頭を追った連中もすでにあきらめて歩きながら「もう追い着かんぞ」と停止する。するとクリークの先の上にある田圃の中から、

「ウーン　ウーン……」

と間をおいて呻き声が聞こえてきた。すると、

「田圃の中に呻き声がするぞ……」

と誰かが大声を出したので、小路の前後の兵隊も気づいて呻き声のする場所の方へ集まった。

「今逃げたツンコピン（蒋介石軍）が死んでいるに間違いないぞ」

と立山古兵の声である。立山は先頭で走って追ったらしい。すぐ水稲を押し分けて呻き声のする所へ近づく。後から木原小隊長が淡い懐中電灯の明かりをパッと水稲の押し倒れてくぼんだ場所を照らした。

「小隊長殿、死んでおります」

と立山古兵が報告している。小隊長は顔を突き出し、懐中電灯の小さな明かりを近づけて、

「よく命中したねぇ。誰んとが命中したか」

と問いかけたので、横から顔を突き出した牧分隊長が、「最初に撃ったのが立山上等兵でしたから、それが命中したと思います」

三分隊と四分隊の兵が七〜八人、死体を囲んで暗闇の田圃に立っているようである。私は、水田の出穂前の稲を下敷きにして、横倒しに苦し紛れに倒れている黒い人間を懐中電灯の明かりで見た。小路から三〜四メートル入った水田の中に、見ているうちに呻き声は止まったが、小銃弾は背中から腹部へ貫通して腹から大腸が倒れた稲の上にはみ出している。紺色の上下続きの中国服の裾は乱れ、持っているものは何にも見えず、ただ、身軽な服装からして長沙市民であることが一見して判明する（中国服の上下続きのガウンは市民に多く、農民は上衣とズボンである）。既に指揮班も集まり、暫く水田の死体を取り巻いていたが「引き上げるぞ」との灰瀬中隊長の声に水田から出始めた。立山古兵は待ち伏せする時、小路の前方の三分隊の場所にいたらしく「俺が腰にあてて撃ったのが命中した」と誇らしげに話していた。こんな話と裏腹に、死体を確認して引き上げた後に、上の水田から下の水田へ落ちる水音が後髪を引くように聞こえてならなかった。

帰り路は立山古兵だけが手柄話のように上機嫌でしゃべっていたが、他の兵隊は黙って歩く者が多かった。

私は敵兵ではなく、長沙市民である死体を思い出すとあの凄惨な姿が脳の奥に深く刻みこまれたのだった。最後まで日本軍に捕えられぬために道から水田の稲の中に飛び込み、体を隠した時はもう腹部貫通銃創で大腸小腸は外にはみ出し、破裂した体温の湯気が白く上がり絶命した。もし手か足であったら逃げ延びることも出来たろうに……歩きながら、右肩の小銃を左肩に変える時、ふと小銃の引鉄をひかずに今あることが、自分自身をいくらか慰めていた。しかし、どうしてもその夜は、あの黒い中国服の死体が忘れられなかった。小隊の家の真っ暗い天井を見つめて、何で腹部に命中したんだと思うとたまらないのだった。長沙攻撃は北方から三十四師団、東南方から五十八師団が攻撃したのだから、長沙市民は西南方の山の麓へ通ずる小路を逃げ、待避していたことは想像するにかたくない。彼らは自分たちの街、自分たちの家が気になり、暗闇の夜を利用して占領後の長沙市街の状況、またはわが家はどうなっているか確めるため帰って来ていたのだ。婦女子と子供と老人をかかえた男たちは、それが自分たちの生きる道である。それが突如闇から発砲されて、腹をえぐり通した銃弾に倒れ、絶命したのだ……。妻や子供たちは帰りを待っていたのであろうに、あの小銃の一発はどれほど怨み重なるものがあるだろうか。私は、敵の軍隊ではない住民に対しては、銃の引鉄は引かないことを考えていた（一八年も経過した今日、私はあの絵のような風景の小路の横の水田で呻き声がしているように思えてならない）。

明けて真夏の暑い午前の太陽を蜜柑の枝で遮る場所で、明日の戦闘のために兵器弾薬の手入れをしていた。すると指揮班の梅田班長が前田上等兵とともに一小隊の家に入ってきたのを見た小川古兵が、

「梅田さん、今度はまた出発かな？」

と四年兵らしい尋ね方に、

「いつも、よか土産ば持ってくる」

と言って木原小隊長の部屋へ這入って行った。暫くして帰りに梅田班長は「五中隊が遠いから辛苦多多」と言い残して去って行った。その頃、一〇六大隊主力が長沙南方五〇キロの湘潭方面へ前進しているため、長沙では一中隊・五中隊だけが栄湾附近の警備にあたり、長沙には五十八師団司令部があり、その直轄で五中隊に師団通信班が配属され、師団直轄での命令が五中隊から一中隊へ伝達されているらしい。暫時、兵器の手入れに冗談を交しながら時間を過ごしていたところへ、

「全員集合！」

「第二小隊、全員集合！」

と緊張した声が響く。

「いよいよまた出動か、討伐か」

各々の兵隊は兵器弾薬を両手にさげて狭い庭へ急ぎ集まった。

「第一分隊、集合終わりました」

「第二分隊、集合終わりました」

「第三分隊、集合終わりました」

「第四分隊、集合終わりました」

そこで木原小隊長は、

「皆よく聞け、正午より第二小隊は第五中隊長・坂井大尉殿の指揮下に入り、討伐に出発する。装具は背嚢を除く軽装だ。ただし米だけは残っている分は皆、雑嚢につめて持って行け。飯は二食分作り、昼食だけ食ってすぐ出発準備をせよ。荷物監視は体のどうしても悪い者だけ残して出発する。今度は少し遠いぞ、わかったか」

「ハイ」「ハイ」

第四分隊は皆元気だったので一人も残さず、討伐に行くことになった。大急ぎで内田・宮下とともに三人は飯盒を並べて、一人は蜜柑畑を下りて水くみ、一人は薪集めと、汗だくになって段々畑の石垣の根で飯を焚き始めた。暑くて火から遠ざかり、大粒の汗が額から顎をつたってしたたり落ちるのを手の甲で拭く。

「初年兵がおればねぇ……こういう時は」

と内田がグチをこぼすと、宮下も一分隊の飯焚き現場の方を指さして、

「小幡たちはよかぞ、初年兵を使って……」

と、ただ生きている自分自身のこと以外にはなに一つ考えようともしない。人間の要素を取り除いて兵隊にしこまれ、軍紀の鋳型にはめ込み、その自主性を容認しない軍隊の体質が、自分の命、食うこと以外は考えない動物にしている。外光は灼熱する湘南の太陽を頭上から受けて、下では焚火《たきび》の火熱をあびて急がねばならない。こうして出来上がった飯盒の炎ですぼった外側の部分を布でこすって、分隊長や古兵の分まで初年兵の任務である。まだ一発も撃たない榴弾八発、小銃弾、手榴弾、帯剣の絡み付く帯革を腰のまわりに装備すれば、敵との対峙の感あり。そこに出来立ての飯の飯盒を手に岩塩の菜《さい》で昼食すると、湯気のように汗がふき出る。毎日弾を運ぶ私たちも「討伐」という二字の言葉は心にしみて、敵を前面に全身の緊張感が熱気をおびて、今、現在、自分の命を感じて飯を食うのだ。早急な出発の時は、いつも岩塩の菜《さい》であるが、出来たての飯は味のあるものでうまかった。

　正午過ぎ、第五中隊長・坂井大尉を先頭に蜜柑畑の下の路に五中隊の一列の行軍が到着するとすぐ出発、第五中隊の後に続いた。太陽は雲一つない空を横切って燦々と輝き、湖南の平原が続く岳麓山西方・五里堆方面に向かって前進する。今日の行軍は背嚢なしの行軍だから一歩一歩がのびる。夕刻までに二〇キロほど田圃道を行軍して前方に小高い連山を見る地点までくると、行軍は停止して休憩となる。右側に巾一〇メートルほどのクリークが曲がりくねって田圃の真中を横切って西の方へ続いている。一帯の水田には水稲が夕風にゆれ動いて、戦場であっても作物の実りを人間だから感じている。やがて暮色があたり一面にただよう。太陽は沈んでいったが、それでも休憩は続いた。持っている飯盒の夕食も食い終わり、二時間三時間と夜空の星の下で休憩が続くので、兵隊の間にもやっと噂話が出始めた。まず敵がいる様子でもないので、大切に持っているきざみタバコを雑嚢から取り出し、紙片でラッパ巻きして煙をふかしながら、分隊長や古兵の話を黙って聞く。兵士には事実を知る権利などはあろうはずがない。だから激しい戦闘の時などは必死になって事実を知ろうとする。すると分隊長は小隊長の位置へ行ってきたらしく、

「このクリークに日本軍の憲兵隊の下士官二名が敵弾を受け、水中に沈んでいるらしい。その場所を五中隊がまだ探しているそうだ」

　すると第一分隊長・岡村兵長の声らしい、

「憲兵隊から選抜された挺身隊の下士官だ」

と言っているのが夜の大地の静けさに聞こえる。すると、他の古参の兵隊の話も広がる。

「広部隊が長沙攻撃する何ヵ月以前に、敵陣を偵察するため中国人に変装して岳麓山陣地構築のクーリーに

なって働いたそうだ」

「それじゃ挺身隊も苦労したんだ」

「あの岳麓山重砲陣を作るため、兵器や弾薬を運んだというから……そこから逃げて帰る途中やられたらしい」

「そんなら俺たちが長沙市ば行軍していた頃はもうこのあたりにいたんだ」

「小隊長の話では長沙攻撃の一ヵ月以上前から長沙に侵入していたらしい」

「このクリークで死んだ挺身隊の下士官は、日本軍であることが敵にバレたんだなぁ」

「挺身隊はめったにバレないが、運悪く敵につかまり殺された者もいる」

「すると挺身隊より俺たちがよい方かなぁ」

「歩兵と違って挺身隊は、支那語を三年勉強して、歩き方や身のふり方も支那人らしくならんとだめだそうだ」

するとと最古参の兵が自分だけはわかったような言い方で、

「挺身隊には誰でもなれんとぞ」

その声に続いて横谷第二分隊長が、

「日本人は腰をふって歩くが支那人は腰を全くふらないで歩くから、後ろから歩く姿を見るとすぐわかるらしい」

「そうたい、そうたい。歩き方、支那服の着こなし方も三年ばかり練習して挺身隊の任務につくそうだ」

「挺身隊の兵隊は、敵の支配地区だから敵に発見され、見破られたらお陀仏だ」

こうした話が暫く続いて互いに兵隊は、目の前の事実の知らされないものを一人が知り、他へ伝えて広がる。もう夜も真夜中になる頃であろう。昼の行事で汗びっしょりになった背を動かす度に、ひやひやして夜風が気持ちよく、腰を下したまま居眠りする者も多くなった。私も内地では横にならないと眠れなかったが、もう今では立ったままでも、腰を下したままでも眠ることが出来る。夜空には無数の星がきらめき、大地は深い眠りに落ちている。私はその無数の星の中から北斗星を探し始めたが、時折、夜風に流れて顔にあたる蚊も払わず、一時の仮眠の夢にひたった。

挺身隊――桜隊ともいい、作戦間各兵団に先行挺身して、重慶軍の司令部、通信中枢を襲撃し、その指揮機能を混乱麻痺させることを狙った特殊工作隊である。大本営から中野学校修了者の配属を受けて、その指導と実施に当たらせ、第十一軍は各作戦各兵団から約二箇小隊の選抜要員を抽出してこれを編成した。これらの部隊には所要の中国人も付された。

どのくらいの時間眠ったかわからなかったが、牧分隊長の声が聞こえて目を覚ました。

「四分隊で水泳ぎの出来る者はおらんか」

「……」

「おい第四分隊、皆眠っている者は起こせ」

私の後から背中をつついて宮下が声をかける。

「おいおい、吉岡、水泳ぎはできるかと分隊長が聞いているぞ。俺は出来ないから」

と声をかけられ、前方を星の明るさで見ると、牧分隊長が立って、

「友軍の挺身隊の下士官がクリークに沈んだ場所が憲兵隊から来て判明したので、水泳ぎの出来る者を選抜して、今からクリークを探すことになった。第四分隊にも水泳ぎの出来る者は誰かいるか？」

「……」

「俺は水の中だけは金槌だ」

とさっそく小川古兵は尻込みしている。もちろんさもあろう、討伐にきていつ敵から発砲されるかわからない地区にきている。その上、夜中に疲れて誰も水の中に裸で入りたくないらしい。一人も返事する者はなかった。

「吉岡、出ます」

私は水泳についてだけは、緑川（熊本県下益城郡杉合村）で鍛えた自信があって元気よく返事した。

「よーし、吉岡、すぐ裸になって準備してくれ」

牧分隊長も喜んだらしく私に答えた。立ち上がって装具をとくと、

「吉岡、お前の装具は俺が持ってやる」

内田が傍に来ると宮下も「小銃は俺にやれ」、また多武上等兵も高木古兵も手拭いを差し出したりなどして、入隊始まって以来の待遇を受けた私は、

「案外人は見かけによらないものだ。大口たたく古兵も命をかける任務には尻込みし水泳ぎも出来ないなんて、皇軍という名の軍隊とはこんなものか」

と思って褌一つになって、母が家を出る時大切にくれたお守りだけは首から下げたまま、

「吉岡、準備おわりました」

と報告すると、

「小隊長の所まで前進して報告してくれ」

と指示したので、前方へ向うと後方から、

「御苦労さん、御苦労さん」

と第四分隊の同年兵・古兵の声がして、上機嫌で一列に黒く横たわっている兵隊の間をまたいで木原小隊長の所まで前進した。

「吉岡、ただ今参りました」

褌一つの私は木原小隊長に報告すると、第一分隊の高村上等兵の裸体が私の後にすぐ現れて続いて報告、第二小隊から二名と判明した。小隊長から、

「これからお前たち二名は第五中隊の指揮班へ行き、クリークの死体捜査の指示を受け、任務が終わったら小隊にかえれ」

と命令を受け、第五中隊指揮班まで前進してゆくと、藤田少尉の指揮で第五中隊から六名、計八名の褌一つの兵隊はクリークに沿って曲がっている場所へ来ると、第五中隊長・坂井大尉は憲兵隊の下士官と話し合っていたが、やがて私たちに向かって、

「お前たちは、これから下のクリークの曲がった所から川下へ五メートルほどまでの間を水中に潜って友軍の死体を探してもらう。深いから注意して泳いでくれ」

命令任務を受けた八名は、畦の道からクリークの白く広がる水面に近まり、一人二人と「ドブーン」「ドブーン」と水音をさせて泳ぎ始めた。私もソッーと足を水中にふれると、昼の太陽でぬるんだ水が気持ちよく足の皮膚を伝って感じたので「ドブーン」と全身を水中に浮かばせた。栄湾の飲事場の濁り風呂に一度垢を落としたままである。あの洋式の白い湯船とは天地の差がある。天然の風呂とは、天が与えてくれた最高の休養なのだ。汗と垢の体の中までぬるんだ天然の水が染みとおってきて、皮膚全体がぴくぴく動いている。胸まで向う岸まで泳ぐと背の立つ浅瀬であった。胸までつかって水中に立つと足の底がくすぐったい。すべてを水に洗い流せと思い、顔を水中にザンブリとつっ込んで頭や腕をさすり胸・腰・足とさすって、天然風呂を味わい、道下の深い場所へもぐり始めた。道下の水深は背は届かなかったが、何度も底まで潜って手を広げて死体を探す。呼吸が絶えきれなくなると水面へ泳ぎ上がって、水しぶきを上げて大きく呼吸をする。八名はそれぞれに泳いで潜っているが、暗くて近くの者だけしか見えない。時折、藤田少尉は「死体にはふれないか？」と上から声をかけるが、何一つ手ごたえはないので何度も潜っては水面に顔を出す。クリークの水はゆるやかで危険はない。約一時間も探したが、誰も発見できなかった。そこで坂井大尉の声が聞こえた。

「藤田少尉、皆引き上げ、捜査を止めさせろ」

すると、上の方から藤田少尉の「引き上げ」の命令で、八名は畦道へ這い上がって解散。自分の分隊へ戻って行った。分隊の前までくると「御苦労さん」「御苦労さん」と皆から入隊以来初めてねぎらわれて、私は体を拭き、汗臭い軍服を着て、装具を着けた。元の位置で腰を下し、すがすがしい気持ちで暫時休んでいると、東の空が丘の稜線をくっきりさせて明るくなってきた。新しい朝である。一日一日を命をきざむように生きている朝が来たのだ。日が昇れば朝であり、日が沈めば夜である。これが永遠に繰り返される。そのひと時のうちに、私は自然とともに生きているのだと、

ふと感じている。淡い明るさの中で、付近の水田の稲の葉先に玉の露が白く光って見え始める……「朝だ……静かな」。まだ人間に侵されていない自然がひっそりと息づいている。それは平和な新しい朝の光をただよわし始めたひとときでもあった。

クリークの向うの丘の麓に四〜五軒の民家が淡い朝靄の中に絵のように浮き出て見える。討伐隊は出発し始め、先頭はその四〜五軒の家に向かって動き、前進している。民家に到着した時はすっかり明るくなっていた。家の庭の前に大きなクリークがあり、その東側に背丈の低い小さな竹林が自然の庭つくりになって静かで美しい。そんなこととは無関係に民家の門を押し開いてどやどやと兵隊がはいって朝の沈んだ空気を一瞬にして破ってしまった。そして命令は下った。

「朝食準備！　二食分作り昼食を残せ！」

各分隊は目の色かえて米・野菜・豚・鶏を探し始めた。私は、内田と奥の家の門をくぐった。中国風の民家は奥へ二軒も三軒も続いているのが特徴である。日本のような一戸建ちとは違い、表からはいると次に一戸、その奥にまた一戸と四角の庭を距てて続いている。そこで一番奥の家々が徴発には興味もあった。ここでは、裏が山になっているので奥の家に食料が隠されていると感じた。そこで私たちは薄暗い部屋に足を踏み込むと、六〇歳以上と見える老婆が五〜六名集まり、竹製の椅子に腰を下して纏足した小さな足を突き出している。内田と私がその五〜六名の前に突き立っても、二人の顔さえ見向きもしないで体も動かさない。私は急にこの老婆たちの前で、日本軍という自分と加害者という自分に冷や汗を感じた。そこへ内田がすぐ老婆たちの前に立ち、

「チ〜タン、ユウ？　メイユウ？」

「……」

「ツウユウ、メイユウ？」（猪（豚）有、没有？）

問われても言葉が通じたか？　それとも通じないのか？　全く返事の一言も返って来ない。身動き一つしない。隣の部屋ではゴトガタと何かをこわす激しい音がする。私たちも時間が迫るので、さっそく裏に出て内田が鶏二羽を捕える。それに野菜を徴発し、部屋に飯盒を連ねて威勢よく火を焚く。朝食はうまかったが、谷口兵長の姿が見えないのでちょっと淋しかった。

朝食で満腹すると、次は寝ることであった。午前中は「大休止」と命令があり、各人、民家の部屋の中や庭の木影をえらんで散り、休み始めた。私は、さっき見た老婆たちが気になって、何か一つでも支那語で話してみたくなり、奥の部屋に入ってみたが一人も見当たらなかった。仕方なく表の庭へ出ると灼熱する湖南の太陽は朝から木影がほしい……。私はゆうべの濡れた褌を股から取って、クリークの淵に腰を下し、朝食

の米をといだ洗い場の石の上で褌の洗濯を始めた。中国の農山村でよく見る庭の前の大きなクリークはいつも自然の庭作りになって、気持よく何度も水面を手でかき混ぜながらクリーク全体を見廻した。やがて立ち上がり、私は東側の竹林に足を踏み入れていた。竹は小竹で節が近く、下から枝がついているので、背を曲げて真中あたりまではいって行った。私は一人だった……一人でありたい、孤独を楽しみたい、ひっそりと静かに煩わされずにいたい。他の兵隊が来てくれないことを願って、竹林の中で上衣をぬいで竹の間に敷き、その上に仰向けに寝た。竹の笹の葉間から斜めにさしこむ太陽の光をさえぎるように、そーっと今洗った褌を竹の小枝にかけて干した。次にゆうべ水中で濡らした大事なお守りを首からとって、それもさしこむ太陽光線を見て竹の枝にかけた。仰向けに寝ながら、親指ほどの竹が私の体を見えないように囲んで生えている。手の触れる顔の近くの一本の竹の下の枝に手をやって、じっと竹の葉を見廻した。こんなに可愛い、珍しい竹を内地の母に見せたら、母はうちの庭に植えようと言うだろうと、思いを故郷に走らせ、自分勝手に想像たくましく始めていた。ちょうど若い母親が胎内に育って動いている赤ちゃんを感じながら、生れ出てからの姿や形をいろいろに想像しているのと同じ心の働きをしていた。影だけでいて心の中に這入ってきた父・母・兄・姉・友達に顔をつけ、着物を着せ、年齢を考えてやるのだった。見えない形を段々と生んでいくのが、急に心が明るく陽気な感情に満ち溢れ、ひとりで微笑してくる。だが、ゆうべ眠っていない私の体はいつの間にかぐっすりと深い眠りに落ちていた。そして、自然は変わることなく時を刻んでいたのだった。

「出発準備！」「出発準備！」

戦争の現実での兵隊を忘れることは出来ない。がばっと起きて目をこすった。家の門の所で五中隊の下士官がまだ大声で叫んでいる。全くわずかな時間しか眠らなかったような感じがして、もう昼の時間になったかと疑って竹林から飛び出して分隊の部屋に飛び込んだ。皆集合したところで牧分隊長が、

「一五分後に出発だ！　それまで飯を食い、整列だ。皆急げ！」

と命令した。私と内田・宮下は飯を食い終わり、分隊長以下の全部の飯盒をクリークで洗い、背嚢につけてやらねばならないので全く忙しい。もし遅れるとひどい目に合うのだ。飯は噛んで飲み込むという機械的に済まして、クリークに飯盒を洗ってもさっきのように自然の美しさなんて毛頭ない。やがて、坂井大尉を先頭に田圃道を残敵を探して行軍した。額の汗がポロポロ落ちると水田の水が太陽の熱で沸騰しているような

気もする。討伐隊は連山に向かって前進していた。約一〇キロも行軍していると思う頃、私は「ハッ！」と息の詰まる思いを急に起こした。同時に昼までに仰向けに休んだ竹林に心は飛んだ。「お守り袋を忘れた」――心の中に小さな竹の枝にかけたお守り袋が浮かんできた。気が付いた時はもう遅い。後戻りして取ってくる余裕なんて考えられもしないのだ。私はもとよりあきらめる以外になかった。

しかし、私は命の問題を考え出した。入営する時、内地の母が「このお守りは敵の弾が飛んできても体をそれてゆくから肌身離さず持ってくれよ」と重ね重ね心して渡してくれた言葉が、今も歩きながら思い出され、その言葉を信じていたのだ。

「今日まで命があったのもあのお守りのお蔭だったかも知れない……いやきっとそうだ……」

そうすれば、俺には自分の命を守ってくれると信じていたものは、現在何もない。義姉が長崎で作ってくれた千人針は、虱がわいてもうとっくにないのだった。「俺の命は今から天まかせだ」――命あらば生きて郷土の土を踏もう……命なければ湖南の大自然の中に朽ち果ててしまうのだ。「そうだ、もう命なんて考えまい」――こうして私は何時間か行軍し、一五分の休憩の時も一人黙って考えながら前進していると、いつの間にか登り坂の一本の曲がりくねった山路にさしかかっていることに気がついた。あきらめてしまうと何か急に体が軽くなったようだった。あの竹林に自分の形見の品でも残してきたかのような感じがしてきたのだった。

午後の暑さに兵隊はすっかり弱り、顔中が汗がかわくと塩分でざらざらして、互いに縞模様の顔をつき出して山路を前進する。残陽はまだ暑かった。山の森の木影の路に這入ってくると、先頭から「大休止」と逓伝が聞こえて行軍は止まった。私たちの小隊は五中隊指揮班と並んで休憩した。第五中隊長・坂井大尉の指揮下に入ってから、古兵たちから「第五中隊長の坂井大尉は陸士出の二四歳だが部下思いの中隊長である」と噂を聞いていた。休憩している山路の両側には、二かかえも三かかえもある大木が森をなし、涼風が心地よく頬を撫でて過ぎた。大木の根元に腰を下した坂井大尉もすぐ近くに休憩している。兵隊は皆、仰向けに背嚢にもたれて倒れたまま話する者もなく眠り始めた。五分も過ぎると木影に気持ちよく鼾《いびき》さえ聞こえ出した。坂井大尉にもその鼾が聞こえたらしい。

「俺も兵隊になればよかった。休憩と言えばすぐ眠られるし、兵隊の身分がうらやましい」

「……」

「中隊長なんかに、なるものではなかった」

と横にいた小隊長に話しかけている声を私は聞いて、

中隊長も責任があり、兵隊と違った苦労があるものだと思った。それから私はいっそう坂井大尉が好きになった（その坂井大尉も二ヵ月余りの後、秋風立つ広西省の松江口の山岳戦で部下を何人も戦死させて、俺が残るわけにはいかないと突撃して戦死したのだった）。やがて、夏の太陽が西山に傾いた夕暮時、

「出発準備！」「出発準備！」

の声と同時に、坂井大尉を先頭に東の方の禿山に向かって登り、前進した。先頭が中腹あたりまで登り詰めた時、行軍は止まり、前方から次々に伏せるように逓伝があり、一列の行軍は登り坂に伏せて停止してしまった。頭を上げて前方を眺めると、禿山から深い谷間になり、その谷間の向うに鬱蒼と繁った高い山に敵がいるということで、前進は止まったらしい。太陽が沈んで静寂な夜のとばりがただよってきたが、兵隊の伏せた列は動かなかった。やがて五中隊から一箇分隊が斥候を出していると、前方から逓伝が来て様子を判断する。先頭の坂井大尉も顔を登り路につけて腹這っている姿に夕闇が迫って見える。ここは山の登り道で、前方の列も後方の列も頭を上げると見えたので、時折私は前方の動きに注意していた。しかし、夜が次第に深まっても前進する様子もなかった。私は、うちの小隊長・木原少尉は、戦闘間は必ず小隊の後尾四分隊に交じって前進するが、坂井大尉は敵がいる場合、先頭に立って指揮するので部下想いの中隊長だ、と想像したりなどしてうつ伏せになったまま夜風が心の奥までしみ通って気持ちよく、次第に眠り込む時間が多くなった。夜中に顔に来る蚊に目を覚ましたが、前の者も変わらず動きもなく、後の者は私の編上靴に手をかけて眠り続けている。静寂の山路は変わることなく、時間を刻んで過ぎていく……。

前方に話し声が聞こえて目を覚ますと、大陸の湖南の朝が白々と明けかかり、山々の頂が大空にくっきりと稜線を描いて見えるではないか。禿山の草原の山路の両側の草に露が下りて光り、しっとりとして、谷間は朝霞の中から青黒い森の大木の梢の華が伸び出している。思わず立ち上がり、「あ……」と大きな口を開いて背伸びした。兵隊の列は皆、目覚めて騒がしくなった。

「五中隊長殿が眠ってしまったらしいぞ」

「部下想いの中隊長は自分が眠って部下を眠らせるのだから、いい中隊長だ」

と列の中で話題となっている。連山の頂から真っ赤な太陽が上り、東の方向を示している。兵隊の心は皆「故郷は東だ！」と想像したであろう。遂に敵は発見されなかった。討伐隊はこれから長沙へ引き返すことになった。「あ……これで命が助かった」と心の中でつぶやくのだった。

「討伐」と言えばいくらか暢気な戦闘のように受け止めているが、常にどこかに死の影を予覚して生きている。兵隊は皆、〇〇城攻撃とか長沙総攻撃となれば大衆心理に巻き込まれ、最初から死を覚悟して前進する。だから討伐では死にたくないという先入観があるのは、兵隊の共通した考えであった。

帰り道は豊かな湖南の平坦地の農村で昼食となり、民家に小隊毎に分散して入って行った。まだ日本軍に侵されていない静かな自然がそこにはひっそりと息づいていた家に木原小隊長は勢いよく侵入すると鶏・豚・野菜が畑や小屋の中にそのままに生きている。私と内田・宮下は三人組んで「今日は腹一杯食える」と微笑しながら鶏を二〜三羽追い回してつかむと、シャリシャリと剥いでしまうと鶏の温かい肉が体温の湯気を放つ。あっちにもこちらにも鶏の悲鳴、小豚の悲鳴がわめき聞こえる。私は野菜畑に入り「芋がらがうまいぞ」といって根元から四〜五本折ってきた。内田が肉を切っているので、私は薄紫色した芋の茎の皮をさっさと剥いで、宮下が用意していた民家の大鍋に豚肉と鶏肉とともに鍋の中で焚き始めた。飯は飯盒で焚き、兵隊の炊事は実に早かった。庭の木影に出て四分隊は大鍋をかこみ昼食を始めた。すると立山古兵が急に、

「この芋がらはエズカぞ！」

と顔をゆがめると、木原隊長も、

「おいおい、これは喉がチカチカするぞ」

と口から吐き出さんばかりである。私も芋がらを二切れ三切れ食った。すると喉がチカチカ針で刺すようだ。皆、顔をゆがめて、

「これはえづか、えづか」

と連発である。そこへ最古参の小川古兵が、

「しょうはなかたい。えづかつもこらえて肉だけでも食わにゃ」

と渋い顔……そこで昼食が終わって、立山古兵が、

「このえづかなべは打ち割ってゆくぞ」

と私たちに鍋を高く持ち上げさせて、「一、二の三」で勢いよく鍋を落とした。バリーンと鍋は四方に散り、鍋こそ役に立った上に大迷惑千万であった。内田はその後「吉岡に任せると何食わせるかわからん」と小声で私の耳元でささやいた。ここで私たちは、芋の茎には二度と手を出さないことにした。行軍は早く、まだ残陽の暑いうちに蜜柑山の中隊の家に帰り着くことが出来た(芋の茎は内地でよく母が味噌汁などに焚きこんで食べさせていたので湖南の芋の茎も同じだと思っていた。復員してよく見たら茎を食べる芋は「といもがら」といって里芋とは違うことに気が付いた)。

五、衡陽総攻撃

湘江渡河強行軍

明けて七月二三日、岳麓山警備を針部隊に申し送った私たちは完全軍装に身を固め、長沙よさらばと岳麓山を後に南進する行軍が始まっていた。その頃、長沙方面から衡陽に至る補給路は米空軍の攻撃で寸断破壊されており、日本軍の第一線部隊に対する軍需品・弾薬の輸送は困難を極めていた。そこで第十一軍は長沙占領後の第五十八師団に対して長沙飛行場の修復整備と衡陽へ向かう補給幹線道の修理を命ぜられて、一〇六大隊主力は道路・飛行場整備作業に炎天下難作業を完成していたので第一中隊主力も一〇日以前に南進しており、今度の行軍は第五中隊と第一中隊第二小隊のわれわれのみの少数の行軍が始まっていた。真夏の灼熱の太陽は刻々と上昇してまさに焦熱地獄である。泥と汗にまみれ脈旺嘴（湖北省）を出発して約三ヵ月、六〇〇キロ余りの行軍の過程が頭に浮かぶ。一ヵ月前に長沙をやっと攻略……長沙一番乗りの感状を横山第十一軍司令官より受けたという一〇六大隊も長沙攻略後のこの一ヵ月間、全く休む日はなかった。一～五中隊は岳麓山及び西方連山の警備討伐があって気の休まる日はなかったが、どこまでも続く果てしない丘や山々の谷間に豊かな農村のいくつかの思い出を残し、私は今、燦々と輝く炎天下に喘ぎ喘ぎ行軍を続け、振り返ると新緑の森に囲まれた岳麓山が後に一歩一歩遠ざかってゆくのだった。わが心の奥に、「嗚呼、岳麓山……。振り返る岳麓山にも一葉散って千秋を知る。秋風吹いて晩秋の日射しを浴びて山路を彩る紅葉の美を見る秋もおとずれように……またいつの日にか岳麓山の山路を踏むことも絶望か……湖南の田園にも黄金色の稲の取入れがすみ、積み藁を見る晩秋もわれわれが去った後に来るだろう。その谷間に横斜のわが影を踏んでゆく自分の夢でも見ようか……だが、今は流血の戦場に進み、野に朽ちて永久に帰郷できぬ人となるだろう――」

行軍は長沙からまず広域道路を南下し始めた。完全軍装と灼熱する湖南の太陽に照りつけられて一歩一歩前進する。再び兵隊はお互いに食い合うような目つきになり、気が荒れすさんで古兵は弱い兵隊に罵倒をあびせる行軍が続く。湘江から遠ざかり南進して夜行軍となった時、全く民家もないどこまで続くかわからない広漠とした大陸の大地に無限の静寂が続くと行軍も

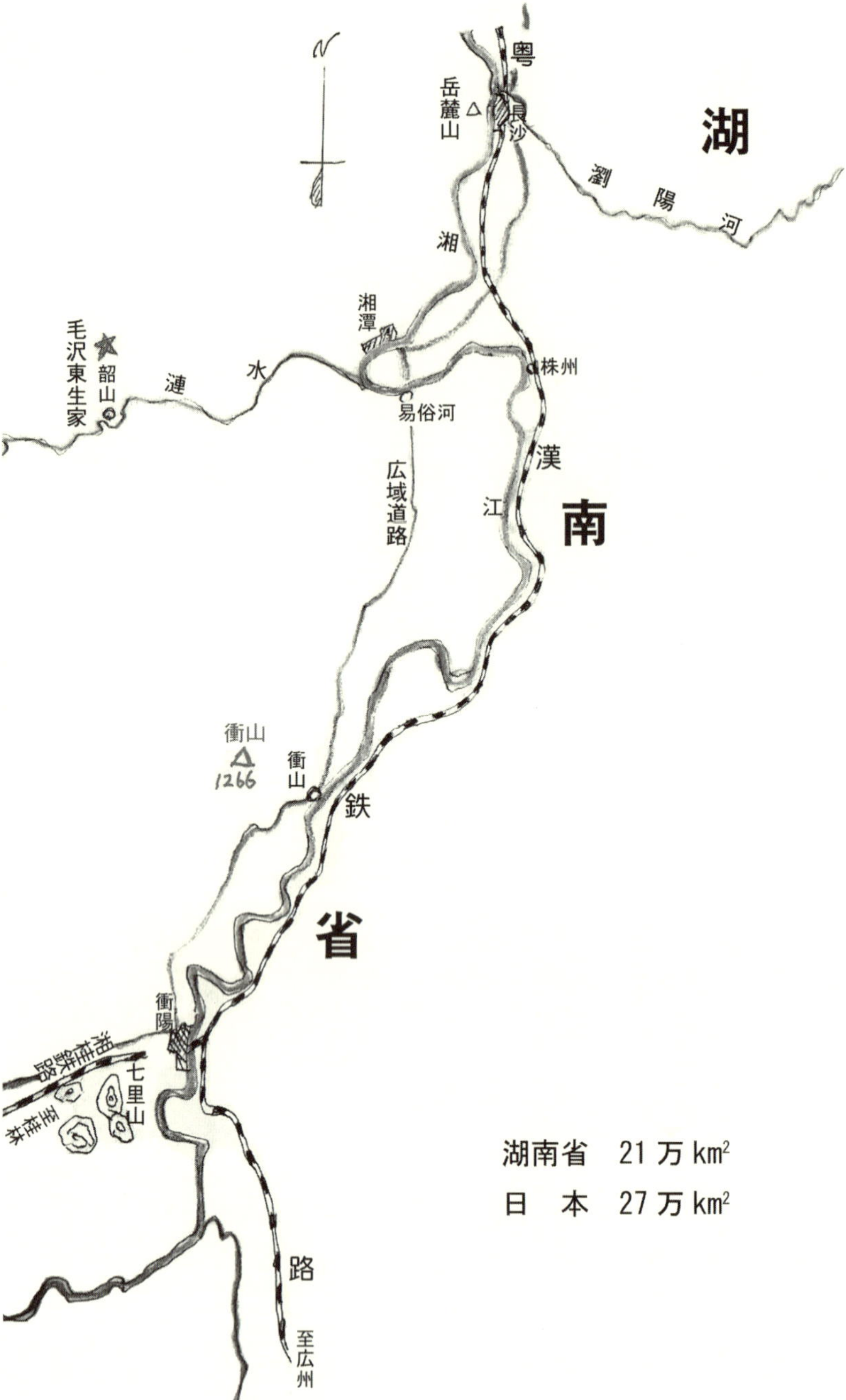

湖南省　21 万 km^2

日　本　27 万 km^2

半分は眠りよろめく。昼間の行軍は米空軍の空爆を必死になって警戒せねばならなかった。

「行軍中に飛行機の音を聞いたら、すぐ大声でバクオーン！と叫んで逓伝を急げ」

と命令を受けていた。

二日目の午後は広域道路の車道に出た。すると友軍の輜重隊《しちょうたい》のトラックが米空軍の空爆を受けて飴のように曲がった残骸を残しているのを発見する。五中隊長の坂井大尉はトラックの残骸を見て、

「車道は危険だから、空爆をさけるため、道をかえよう」

と丘の道へ上り、空爆をさけるはめになった。

それから行軍は松の木の散在する山路へはいって行った。山といっても丘の連なる道なき道もある。人間の腕ほどの松の木で日陰はたいした影にはならない。地面は赤土色した丘の表土で、雨水が集まって流れた溝を作り、下ばえのうらじろ草が目を引く。湖北省から湖南省へと一歩一歩南下する。自然の息づかいだけが私の心の支えでもある。そこには湖南の自然の特色がひろがっている。苦しい行軍には休憩のできる木陰がほしい。木陰になりそうな木を遠くに見て行軍すると、その木陰ははずれてゆく。暑さには耐え切れぬと思いながら行軍していると、湖南の俄雨《にわかあめ》がサーッと降りそそぐ。その後、また灼熱の炎天下の行軍である。

玉のような汗が額から頬を伝い、顎からしたたり落ちて編上靴をぬらす。行軍は一時間毎に一五分の休憩があり、日中の正午より午後三時まで民家を探して大休止がある。あとの時間は昼も夜も関係なく行軍が続けられて南下する。暑い日中は汗で付近の景色も目にとまらない。今日はもう何日になるだろうかと考えても、さっぱりわからない。顔中は体の塩分がふき出して乾きざらざらするが、兵隊は誰もそれを落としたり、拭く者はいないのだった。

背嚢の中にぎっしり詰まった一〇日分の徴発の携帯食糧、それに腰にくっつけているのが擲弾筒の榴弾八発・手榴弾二発・銃剣・小銃弾一〇〇発。まだある。鉄かぶと・外被・天幕・飯盒・円匙が背嚢の外にくっついていて、肩からさらに雑嚢・水筒・防毒面が重なっている。それに三八歩兵銃をかつぐと総重量は五〇キロを超える。それを担っての歩兵の行動は、たえず両肩の筋肉にめりこみ、肩肉や脊髄を痺れさせた。兵隊が立ち上がろうとする瞬間は、両脚の均衡を失いかけて眼がくらんだ。鉄鋲を無数に打った編上靴は、さらに兵隊の足を引きずる重さであった。

昼近くになって暑さも絶頂に達した頃、前方のクリークの先に大きな家がポツンと一軒発見された。家の周囲には一本の木もなく、原野が続いている。

「大休止！」「大休止！」

逓伝の声にやっと気持ちだけの元気を取り戻した先兵小隊は家の中へはいってゆく。やがて木原小隊も家の門の前に来ると、大きな家の扉はすでになく部屋の奥まで見通せる。衡陽攻撃に南下した部隊がすでに家の中味は食いつくした後である。門の上には「善福陽樓」といった大きな字の聯《れん》が上っている。門の両側の白壁には、

「日本軍是東洋鬼」

「抗日排日徹底抗戦」

「打倒日本帝国主義」

こういった漢字がはっきりと書いてある。私はこの壁新聞（中国革命運動の中に生まれたもの）は長沙付近から二〜三度と見かけたが、その一字一字が自分の心の中にくいこんでくるのだった。家の中で装具をといて、昼飯を作るために内田・宮下とともに飯盒を下げて門を出た。するとさっきの壁新聞の字が気になってならないので、門を出て白壁ぞいに歩き出し、その前で止まり読み始めた。

長沙付近の地形は、こちら側の丘陵とかなたの丘陵との間に水田がひろがって空は広い。はるかな丘陵の平地があって、農家の壁にスローガンが赤い字や黒い字で書かれていた。半分うすく消えかかったものもあったが「抗日排日」などはハッキリと読めた。今日は大休止の家の壁新聞なので、ゆっくり読むことができた。一字一字は自分の心のどこかに刻み込まれていく。すると、

「吉岡、昼飯が大事ぞ。昼飯が……」

と宮下がぶつぶつ言ってクリークに向かって行った。内田・宮下の二人は一九歳の志願兵で、私より三つ年下である。内地では田舎で百姓をしていたが、いやになって陸軍志願兵になって現在に至っている。こういう支那語の字には一向に目を向けようとはしない。読むことができないからでもある。私は支那語では読めなかったが、漢文として「返り点」「送りがな」を心の中で加えて読むと、スローガンなどは簡単に理解できた。私の最終学校は私立合志義塾卒業であったので、漢文は学校の特選学課でもあった。漢文の時間は「論語」の他に「日本外史」をよく勉強したのだった。好きだったので徹夜でよく読んだことも頭に浮かんできて、今、壁新聞の前に立って学問の必要性を死の苦しみの中にも焼きつけられるように感じていた。それは特に新聞などはいざ知らず、字を読むことはまずなく、世界情勢も日本の情勢も全く盲目同然である軍隊では、兵隊には事実を知る権利などあろうはずがない。だから今、私の頭の中では必死になって事実を知ろうとする。何かを知りたいという欲望、何かをつかみたいという欲望が、集中して働いているのだった。それで、一字一字を頭の中に暗記してからクリークに向かった。

内田・宮下の二人はクリークの淵に腰を下ろし、動こうともしない。

「吉岡、お前は俺たちが米とぎが終わるまで支那語をよんでいたか……」

「……」

「お前が昼飯を作るというのに、あんな壁に書かれた支那語を読んだりするから、小川や立山古兵どんから殴られるのだぞ」

「内田、あまり俺ばかり責めるな。またどこかでうまいもの発見したらお前にやるから」

「お前の徴発はあてにならん」

こう内田と押し問答をしていると、宮下が、

「吉岡、俺たちは壁に書いてある支那語はわからないが、何と書いてあったか?」

私は彼の率直な質問に米とぎを止めて、水の中に手をつきこみ涼しい気分になって答えた。

「俺も支那語はよくわからんが、支那語は漢字ばかりで、その字を日本語読みに訳して読めば大方わかるというものだ」

「何と書いてあるのか?」

「あの白壁には日本軍は東洋の鬼のように悪い者だから、その日本軍には徹底的に反抗して中国から追い出すように闘い、日本国を打ち滅ぼさねばならない、というようなことを書いてあった」

ここまでいうと宮下は少しも無理なく、

「そうか、俺たちの悪口を書いてあるのか」

「まあ日本軍の部隊がどこでもやっていることを書いてあるまでのことだ」

と本当のことを答えると、

「では、このあたりの支那人が書いたものか?」

「いや、それは違うと思う。脈旺嘴警備隊の時に町に侵入していた〝新四軍〟のような者たちが書くのだと思う。これまでに、時々、大隊と出会い、草鞋ばきで紺の服を着て小銃のつる草を肩にかけ、身軽そうに日本軍を射撃して、日本軍が攻撃すれば逃げていたろう」

「うん、新四軍は初年兵教育でも聞いた」

「民家の白壁に漢字のスローガンを書くのは新四軍だろう」

「そうか、わかった。さあ早く飯炊くぞ」

と三人は立ち上がった。内田が小声で、

「吉岡、お前が壁に書いた支那語を読んでいるのを立山古兵や小川古兵に見られると、古兵たちはお前が学校の先生をやっていたから古兵の言うこともおかしくて聞かれんじゃろと言って殴るから、これからは注意しろよ」

「内田、ありがとう。注意するよ」

小川古兵は自分の手紙さえ警備地では同年兵に代書

してもらって出していたらしい。こういう兵隊が軍隊では野生的で荒っぽく、陰険で残忍である。「自分は頑固者だと主張する」――そう考えて武装しているのが弱者の証拠である。貝殻の中に小さくしゃがんでいるのだ。外を見るのが怖いのだ。命は惜しくないとふいているのは生きる能力を自分から認めていない証拠である。要するに「自由」というものは弱い者には決してありはせぬ。

　こうして新四軍の行動及び壁新聞に二度三度と出会ってくると「知りたい」という自分の中で湧く考えを誰もおさえることはできない。だが、その「知る」ことには恐ろしい勇気も必要であることに気付き始めている。このようにして新四軍の壁新聞は、大休止となってホッと一息休む兵隊の心を動かしていた。厚いレンガ壁で囲まれたせまい部屋で、木原小隊の一・二・三・四分隊はそれぞれに汗だくになって飯を炊いた。付近一帯は原野で薪一つないので、各分隊に一丁ずつある十字鍬で大きな家の柱を建っているまま打ちかけ、バリバリとはぎ取って薪にするのだった。

　既に一〇六大隊主力は湘潭付近まで前進していることは知っていたが、第五中隊と木原小隊が行軍している地点は第一線部隊の通過した後であり、豚も鶏も牛も野菜も全く見あたらず薪さえもない。家の中はただ薪にけずり取られて細くなった柱だけの空虚な家である。長沙を出発して、黒砂糖の一かけらもなくなり、今日も出来たての飯盒の飯に岩塩の菜《さい》で昼食を終わった。一食分は夕食に残し、飯盒を分隊長や古兵の分まで背嚢に着け終ったところで、

「洗濯物はありませんか、立山上等兵殿」

と内田が言っているのを耳にして、私も内田の要領をまねて、

「洗濯物はありませんか、小川上等兵殿」

と気をきかしてみると、

「うん、やってくれ」

と汗くさい夏上衣をぬいで私に渡した。宮下はこうした時は＋（赤十字のマーク）の字をつけた革の衛生兵用のカバンを背負っているので、小隊の分隊長や古参兵の足のマメの治療があるので洗濯しなくて済む。私と内田は古兵たちが昼寝の準備をしているのを見ながら、クリークに洗濯のために家を出た。クリークには二人の他に誰もいない。クリークの水面が湖南の太陽に輝いている。淵の赤土に雑草が心を引く。まだ人間に侵されていない静かな自然がひっそりと息づいているのだ。それが私に解放感を生じさせている。

「内田、水泳ぎをやろう」

「よかろう、だが俺は泳ぎは苦手だから水につかるだけだ」

「いいさ」

二人は素早く裸になってクリークに飛びこんだ。私は一人でクリークの真ん中あたりまで泳いだ。内地ではもっと体がのびのびと自由に泳いでいたが、今日は行軍の疲労で体の固さを感じ、全身に新陳代謝を感じた。淵で待つ内田と洗濯を終わって引きあげると、命のよみがえるすがすがしさを感じた。すると長沙までの行軍の苦しみ、暑さにどうにか自分の体を持ちこたえたことをふり返り、これからの果てしもない行軍に自分の体に祈る気持ちが生まれ、大きな家の方へ戻った。そして土間の上に天幕を敷き、古兵の寝息に注意して背嚢枕に眠りについた。大休止の時間が一分でも一秒でも長びくように祈って……。

こうして長沙を出発して五日目、湘潭市の見える湘江対岸に到着した。湘江沿いに数十キロ流れを遡った水の流れは、ここでも悠然と時を刻んで静かに夜のとばりの中に流れていた。川岸の大樹の下の黒い陰で兵隊はゴロゴロと背嚢にもたれて動こうともせず休んでいる。川面の風が、汗くさい体に吹いてくる。

この向こう岸の湘潭から西へ四〇キロ余り行けば韶山という所がある。それこそ全中国の革命軍の指導者、中国共産党主席・毛沢東の生誕の地で、革命蜂起の地である。ただし、そのことを日本軍のどんな指揮官も兵士も、誰一人知る者はなかった。

一八九三（明治二六）年に、毛沢東は湘潭県韶山という農村に生れた。当時、王朝末期の革命的気運は中国全土に成熟しつつあった頃、農家の長男で反逆する「毛沢東少年」として育ち、一九一四年、二一歳で長沙・湖南大学で愛国的青年を募集して新民学会という革命的組織の重要な下地を作り、労働者の中に這入った。また、『湘江評論』という雑誌や「新湖南」という機関紙も発行し、進歩的陣営の組織に活躍する。当時は、湖南の虎と呼ばれ、遂に一九一九年三月の一大民族革命運動にまで発展するに至った。それより湖南の農民闘争の盛り上がりを最も正しく指導するとともに、工農紅軍第一軍第一師を確立、農村にソヴィエト（解放区）を建設する。それより数万の紅軍を組織するに至り、一九三四年、朱徳・周恩来・彭徳懐らとともに大西遷の歴史的行軍を起した。紅軍は湖南一帯の山地を越え、貴州省に向かい、一万五千華里の大長征となる。湖南・江西などのソヴィエト地区には国民党軍の軍隊が来て、労働者農民に対して戦車と機銃掃射によって赤区（解放区の村）は占領され、強制的集団移住と集団処刑によって部落は潰滅され、数万の農民が殺され、家を焼かれ、追放された。だが、これらの農民たちの中から驚くべし！　不死鳥のような新四軍が生れたのである。毛沢東は遂に延安を革命の根拠地として一九三七年、日本帝国主義の中国侵略が始まったと同時に抗日統一戦線をよびかけ、中国の民衆は新たに勇を鼓

して抗日の長期戦を起したのであった。

日本では国民に対して「知らしむべからず」という政策で、社会主義的な本を読んでも警察により逮捕され拷問を受ける弾圧政治に教育され、成長した(毛沢東を指導者とする湖南革命運動を知るよしもなかった)。

私たちは、やっと一〇六大隊主力の位置まで南進したのである。坂井大尉は大隊本部連絡のために護衛兵を従えて本部の位置へ向かっていた。そうした大隊復帰連絡などで大休止となり、私たちも灰瀬隊の位置へ追求して第一中隊は全部揃い、指揮班に編成された谷口上等兵も命令受領として梅田伍長や前田上等兵らと一緒に大隊本部へ赴くのをみかける。その後、私たちは河岸に夕食準備をする。日没後に大隊長命令が遂に届いてきた。

「明朝大隊ハ出発、湘江渡河ノタメ易俗河渡河点ニ向ヒ前進ス。明朝ハ朝食ヲ終リ二食分ノ飯ヲ携行スベシ。今後ハ敵米空軍ノＰ51ノ空襲ノタメ夜間行軍ヲスル！」

何しろ今夜だけは河岸で一夜を休むことができるのは何よりであったが、兵隊の間では皆、気持が騒がしく、今夜の戦闘の噂が夕食と同時に各分隊で広まっている。

「第十一軍（横山勇中将司令官／広・幸・鏡・椿・鯨の各部隊）は、また衡陽攻略作戦にあたるらしいぞ」

「そうか、長沙攻略で手柄をたてたから、今度は交代してもよかろうに……」

その頃は第六方面軍（岡村寧次大将）のことや、第十一軍の動向についてどこからともなく噂話がひろがり、また私も谷口上等兵と会っては大隊本部の様子などで部隊の動きを耳に集めていた。長沙を後に南下するうちに必死になって戦況を知ったことは、まず長沙の防守を放棄した敵の重慶軍の帳徳能第四軍長は捕えられて蒋介石総統の命により七月下旬、早くも銃殺されたと。

敵も味方もなしに軍隊とは戦争目的のためならどんなことでも平然と実行していくということが、自分の体も巻きこんでしまっている。湖南の真夏はまさに焦熱地獄の下に一体どこまで南下するのだろうか？　戦況のどんな小さなことでも機会あるごとに聞きとっていくようになった。

この湘潭まで南進したことによって衡陽攻撃についての戦況がやっとわかり始めた。私たちが属する第五十八師団（広）と第三十四師団（椿）の両師団が長沙攻撃すると時を同じくして第十一軍配下の第六十八師団（桧）と第百十六師団（嵐）の二箇師団は南進して六月三〇日から第一次衡陽攻撃を開始したが、焦熱地獄の戦場に両部隊の戦死傷者は続出、あまりにもその数多く七月二日、衡陽攻撃は中止となり、弾薬食料などの補給と協力部隊の再編成をして七月一一日、第二次衡陽攻撃の火蓋を切ったが蒋介石軍の抵抗は依然頑強で、灼熱の湖南の太陽の下、衡陽城内には一歩も突入することもできず、日本軍の犠牲は第一次に増して戦死傷者が続出したので七月二〇日、第二次衡陽攻撃はまたしても中止となった。そして再度、部隊の補充が必要となって第五十八師団（広）に命が下り、私たちの夜を日についでの南進の強行軍が始まっていたのだった。第十一軍の中でも第五十八師団(広)は南九州の兵の素質が軍司令官に高く買われたものであった。

独立歩兵一〇六大隊が熊本、第一〇七大隊が宮崎、第一〇八大隊が鹿児島という編成であり、特に一〇六大隊は南京攻略の熊本第六師団のなれ果てであったために大市街攻略担当兵団として、噂とともに作戦に当たらせられていた。

「また一〇六大隊は第一線に使われるか」

と、うんざりした言葉が出てくるのだった。

「明日から第一線部隊との距離を接近するために昼の一二時から四時まで大休止の他は昼も夜も強行軍らしいぞ！」

と岡村分隊長の自信をもった言葉だった。私はこれまで第二小隊第一分隊長の岡村兵長の言葉は信用することができると思った。

湘潭を後に南進の強行軍は始まり、長沙までの行軍よりまた拍車をかけた死の行軍が昼夜兼行で続いた。これまでに私の体につけている弾薬は、谷口上等兵と豚を撃った時の小銃一発が軽くなっているだけで、榴弾八発・小銃弾一二〇発・手榴弾二発・発煙筒などと何一つ軽くなっていないどころか、糧秣不足で携帯する徴発米は三日分以上と多くなっている。長沙攻撃でも榴弾の一発も四分隊では撃たなかった。そうすると私はただの弾運びのクーリーではないか。歩兵砲の弾薬馬が倒れると、大きな歩兵砲弾まで一発あたりずつ背嚢の上にのせて行軍せねばならなかった。もうどうしようもない……時の流れは敵陣へ一歩一歩迫り、背嚢の紐が両肩の筋肉へめりこんで肩肉が切れそうだ。一五分の休憩にぐったりと背嚢枕に暗い夜の空を仰いだ。

夜が明けると同時に各分隊の兵隊は目の色かえて飯炊きである。朝食を終ってすぐ二食分を作り、出発準備をしなければならぬ。大隊長の下では何かと厳しくなってきた。今堀部隊長の馬上姿を見かける日もある。続いて第二・第三・第四・第五中隊・機関銃中隊・歩兵砲中隊・行季班と一ヵ月ぶりに行軍序列の中にあって、易俗河渡河点へ前進は続く。江岸が遠くに見える所まで前進すると、

「バクオーン！」「バクオーン！」

と、逓伝の声と同時に一列の長蛇の列はくずれ、叢の中に飛びこんで伏せた。米空軍のＰ51の二機は行軍の列に気付かず、空高く飛び去っていく。部隊は運よく空爆をまぬがれたので、

「全身をもっと偽装せよ！」

と各中隊に命令があり、背嚢や帽子に青い葉のついた小枝や草をつけ足した。

それより大隊は空爆を逃れるため、松山の中で夕刻まで待機することになり、生命の危機を一時的にせよ脱したものの大隊長の指揮下で気軽な行動もできず、空からはＰ51から睨まれているようで落ちつかず、兵器の手入れをしていると雨が降り出した。渡河には雨は危険がともなうので命令も一層厳しく、兵隊たちの気も荒れる。雨の中、大隊は薄暮をついて前進を始めていた。雨の中の夜行軍は時折停止して、また前進をくりかえす。停止の時間が長くなると私は茫然となって雨にうたれた。江岸の渡河点までは墨汁のような暗闇の空間を前の兵隊の背嚢に引きずられるようにゆっくり前進する。一歩一歩夜の湘江が近まってくる。

「タン、タン、タン、タン、タン」

と兵隊を運ぶ急つくりのヤンマー船の音がする。雨が降れば風がともなう。灰瀬隊が乗船する時はもう真暗い中に、ずぶ濡れの体が寒さで歯の根も合わないほど上下の歯がガツガツかみ合って震えている。墨汁のような闇の空間は何も見えず、湘江の水面がただ白く見

えると戦慄を覚えてくる。渡河には同じく編上靴を巻脚絆の上からはき、背嚢をすぐはなれるように背負い、戦慄の渡河を終った。対岸に上って各分隊の人員点呼が終ると本部より命令受領が指揮班に戻っている。谷口上等兵もいるらしい声がする。やがて雨も止み、体は震えている。

「各小隊は、使役をすぐ出して指揮班の石田軍曹の指揮下に糧秣受領に行け！」

暗闇に命令だけが気丈に聞こえる。四分隊では牧分隊長もその声につられて、

「四分隊、吉岡・内田すぐ行け！」

二人はすぐ立ち上がり指揮班まで前進すると、石田軍曹の指揮で本部の位置まで闇の中を探りながら到着すると、糧秣及び加給品（甘味料・煙草）が地面に天幕を何枚か敷いて、その上に積み重なっている。そこで本部経理室の林下軍曹と端場軍曹が各中隊毎に米・白砂糖・粉醤油、それに菓子・巻タバコと分配してあるのが手にふれてみて判明した。そこで、私は一見して本部付の将校・下士官などには食糧の不自由はないと直感した。元気そうな端場軍曹が、

「機関銃・第二中隊・第三中隊は済んだ。今度は何中隊か！」

と呼びかけたので石田軍曹がすぐ、

「一中隊の分をたのむ」

「さあ、そこに持ってきた天幕をしいてくれ」

私たちは急いで天幕を広げると、その天幕の上に「二・四・六・八・一〇……」と巻タバコの箱が無造作に投げ出される。一方の天幕には白米を飯盒ではかり「一・二・三・四……」と天幕の上にさーっとかえして盛る。カリントのような油菓子や粉醤油・白砂糖と分配されるのを、私たちは棒のように立って見ている。そこには糧秣の横に兵隊が立って持つ蝋燭の淡い明るさの中で命の分配を見るようだ（日本軍経理からの糧秣支給はこれが最後であった）。

「よーし、一中隊はこれで終りだ」

そこで石田軍曹は、

「一中隊、出発」

と命令。使役は天幕の四隅を手でつかみ肩にかけた。大きなずだ袋である。雨は止んでいた。真暗い原野を中隊指揮班へ戻ると、すぐ石田軍曹は中隊長に報告する。灰瀬中隊長は、

「石田軍曹、急いで分配せよ。出発は早いぞ」

「ハイ」

「指揮班、誰か手伝え！」

と石田軍曹が呼びかけると、二〜三人の兵隊が飛び出して騒がしくなった。各小隊に分配されると同時に、

「これが一小隊、これが二小隊、これが三小隊だ。すぐ持って行け！」

私と内田も肩にかついで飛ぶようにして二小隊の位置へ戻ると、黒々と横たわった兵隊は半身を起して糧秣及び加給品と気付いて、

「タバコもあるか？」

「菓子もあるか？」

「早う分隊に出して分けてくれ」

と古参兵は闇の中で騒いだ。

私と内田は分配されてきた二小隊の分を木原小隊長の前において分隊の位置へ戻った。各分隊長は集まって分隊毎に分けたので、やっと夜中になって各人へ配られた。

巻タバコ（旭光）二〇本入一箱、菓子少々。他の米や白砂糖・粉醤油は私たちが何人かに分けて背嚢や雑嚢につめて行軍することになった。墨汁を流したように真暗い江岸に巻タバコの火が長蛇の列にホタルの明りのようにポカポカと見え始めた。私も寒さを防ぐかのような気持で一本の巻タバコに火をつけた。そして残りを雑嚢につめ、タバコの火を見つめた。

「出発準備！　出発準備！」

「これから第一中隊は大隊の前衛中隊として前進する！」

灰瀬中隊長の命令の声だけが暗闇に厳しく聞こえた。今まで後方を前進していたのが今度は前衛中隊として南進することは、敵との接触をいち早く感じる。前の兵隊の背嚢だけを暗闇に見失わぬように行軍すれば、どんな地帯を前進しているか全くわかるものではない。

夜を昼についでの行軍で、不眠と日中の酷暑に兵隊の顔の頬はそげ落ち、赤土に染まり、辛苦に耐えて行軍を続けた。食糧も一日一日少なくなり、毎日岩塩か粉醤油の菜《さい》で強行軍は続いた。灼熱する湖南の太陽の下、衡陽へ通ずる本道を兵隊たちは蒋介石道路と呼び、その本道を今日は行軍するかと思えば、明日は丘の松山の山道を丘を越えてはまた登ることをくりかえす。こうして湘江を易俗河で渡河して中路舗を経て衡山（中国でも有名な五岳の一つ、南岳ともいう）に近まる頃は、長沙を出発して昼夜兼行で一〇〇キロ余の行軍に兵隊の姿は見るかげもない。兵隊というより鉄砲かつぐ乞食にすぎない姿であった。四月の行動開始と同時に支給された軍服も汗と赤土に染まり、膝や背中や肩・腕のあたりまでボロボロにやぶれかけた雑巾のように手の触れようもない。皮膚の露出している部分や顔は汗と赤土がしみ、肌色なんて……全く土の汚れである。そんな顔に顎の辺りに真黒い毛がのびている者もある。

すでに行軍中に噂話する古兵もいない。暑い日も雨の日も毎日足音と古兵の叱咤する大声が時折聞こえるだけで、午前中も午後も夜にはいっても元気を出して行軍する気力はすでに消えうせて、ただ無意識に一歩一歩前へ進んでいた。

夜行軍でのクーリー虐殺

真夏の湖南の雨上がりの灼熱の太陽は、身をこがす暑さだった。夜行軍になると濃紺の夜空に星がきらめき、衡陽攻撃の第一線へ一歩一歩近まりつつあった。原野の丘が続く道なき道を、睡眠不足でふらふらしながら前進する。

長沙から拉致して担い籠に米や弾薬をかつがせてきたクーリーたちも各小隊の後尾を、もうこれ以上一緒に行軍は不可能となったか、或いはすでに体力の消耗が限度を超えて耐えかねないで、どこまでも続く原野の上り坂で籠とともに倒れた。するとクーリー監視兵の小西一等兵が、

「クリー！　ツオ！　ツオ！」（クーリー歩け、歩け！）

それに答える悲鳴は、

「シイサン、マンデ、マンデ」（兵隊さん、ゆっくり、ゆっくり）

「バカヤロ！　クワイツオ！　クワイツオ！」（馬鹿野郎！　早く歩け！　早く歩け！）

こうどなりながら小西一等兵はクーリーの襟をつかみ引き起すと同時に何度も編上靴で蹴りとばすので、よろめきながら担い籠を肩にやっと歩き出す。そうして遅れた距離だけ急いで追いつかねばならない二重の苦しみがある。私は一度振り返って見たが、自分も衡陽攻撃を前に倒れたらクーリー同様のしうちを受けるかも知れない。この凄惨な現実は軍人勅諭《ちょくゆ》にある「実ハ直ニ朕ガ命ト心得ヨ」ということが、下級の兵隊には私的制裁であるにもかかわらず、それを特権のように行使する精神状態であり、しかも戦場で生死をともにしている状況にかかわらず、何と卑劣で非人間的行為でしかないのだ。暫くするとまた木原小隊の前を第一小隊のクーリーがよろめきながら泣き声で、

「シーサン！　シーサン！」（兵隊さん、兵隊さん）

と声もとぎれに行軍している。すると星の明りで監視兵の銃剣がクーリーの後で淡く光って見える。そして

「クリー、クワイデ！　クリー、クワイデ！」（クーリー急げ、クーリー急げ）

とクーリーの臀のあたりを突いている。それは銃剣の淡く光るのを見ると、きっと剣先はクーリーの肉体までとどき血がにじんでいるだろうと察しられた。「なんて……非人間的な……」などと考えようとしてみたが、頭は茫然として自分自身が倒れそうにも思われる。背嚢の紐が肩の肉にくいこんで重さにうめきながら小銃を何度も替え銃して、粛々と夜行軍を続ける。

行軍に慣れていなかった初年兵の体力の弱い者は、行軍中、小銃を杖に止ってしまうと、

「こいつ！　気合を入れろ！」

「お前、クーリーと同じか！」

と元気のよい古兵のわめき声が聞えて、「ハッ」と眠気を覚ました私は、頭を上へ持ち上げるように夜空を見て暫く元気を出してみたが、また眠気と疲れで気がゆるんでしまう。

今日までに熱射病で倒れ、入院ときまった兵隊も数多い。ある日、雨上りの暑い日の行軍中であった。私たちの四分隊では、二年兵の高木一等兵が日射病にかかり、卒倒して白い泡を口いっぱいふき出すので、私たちもこれにはすっかり弱った。谷口上等兵が四分隊にいた時は彼の同年兵であるので彼が進んで高木一等兵の背嚢を持ってやるので、私と内田が小銃を交代で持ってやったが、長沙後はその谷口上等兵がいないので私たちにその重荷がくるのだ。高木一等兵は泡をふいて倒れたまま動かない。小川や立山古兵が、

「吉岡、内田、何しとる」

とどなられると彼の背嚢を肩からとって自分の背嚢の上に重ねて行軍しなければならない。私はその時ばかりはもう頭の中は朦朧《もうろう》として、どう歩いているかわからなかった。

前に頭を傾け、後の首の所へ高木一等兵の背嚢が乗って、小銃は肩にふれず上の背嚢にふれて垂直に立ち、手で支えて行軍しなければならない。二年兵の多武上等兵が時々交代してやるが、暫く時間をおいて私は、

「多武上等兵殿、交代します」

と再び彼に渡した背嚢を自分でかつぐと、肩の肉に食込む背嚢の紐で締めつけられて両腕がしびれを切らしてしまうのだった。

「もう俺もこれまでか……倒れはしまいか」

と思うと、反射的に動く意識は「何くそ！　何くそ」と意気込んでいる。ただし長くは続かない。汗がポロポロと頬を伝って落ちれば編上靴を濡らすわが汗が身にしみてくるようだ。内田も小銃二挺を両肩に必死の行軍を続けている。「休憩一五分」を何回かくりかえしていると、牧分隊長と迫田衛生兵長が高木一等兵の体に縄のような紐をまきつけて引っぱり、行軍の列に追い着いてきた。体だけの何も持っていない高木一等兵は、唇の色も青白く血の気がなく、よろよろと喩《たと》えようもない惨めな姿で分隊へ追いついたのである。そこへ、

「高木！　お前、一等兵のくせに何だ！　自分の銃は自分でとれ！」

と小川古兵がどなり散らした。彼は自分の小銃をとり、私の所へ背嚢を取りにきた。

個人の身体的特性である健康状態や肉体的なあり方まで国家によって付与されたものではない。たとえ思想の面で拘束されることがあっても自分のものであって、虚弱であろうと頑健であろうと、それを国家や軍

隊の名によって責められる必要はない。軍隊というところは、人間の要素を取り去られて兵隊になり、体の強弱は無視され、同一行動の強制の下に動かされるのである。

私は彼の悲惨な姿を見て「俺は日射病で倒れはしない」と心の中で決意を新たにしていた。

「一五分」の休憩が三〇分余り続いて幾分か体力が助かり、夕暮近く本道に出たが、またすぐ丘の小路にはいって行くと、

「今夜は宿営になるぞ」

「前方に民家はありそうか？」

「ある……ある……今日は間違いない」

「お、ここに〝ひ峯一〟があるぞ」

こうした話が飛び出し、兵隊の列は薄暗い林の中を久しぶりに騒がしくなって前進する。

大休止の宿営の場合、部落にはいる小路までくると〝ひ峯一〟（一〇六大隊第一中隊）〝ひ峯二〟（一〇六大隊第二中隊）の標識が目につく。四角に切った紙に「ひ峯一」とだけの字を見ると全身の力がぬけるほどだ。それが各中隊の入口の道案内である。その紙きれの標識は大隊本部と行動をともにしている各中隊の命令受領が木の枝にさして行く。これで助かった、もうこれ以上は行軍が続けられないと自分自身の押し問答を心の中でつぶやいている。

すでに暗くなった民家の門をくぐって真暗い部屋で動けない。

「火を焚け！　火を！」

古兵はわめく。汗に湿ったマッチなんか長沙でなくなっているので、内田が常に火打ち石で紙に着火するが、急ぐので着火しない。

「何をしとるか！　こっちへよこせ！」

立山古兵が手を出して取り、紙に着火させた。

「早く机をたたきこわせ！」

暫くしてバリバリと板や木が燃え、はしる音。隣の家にも赤い焚火《たきび》の明りが小窓から見える。

「小隊長、集合」

と指揮班から木原小隊長に伝えてきた。私たちは飯盒を並べて飯と汁を作る。出来上がった頃、木原小隊長は戻ってきた。そして、

「第二小隊、皆、よくきけ。今夜はここで宿営する。出発は明朝五時。飯は二食分いつもと同じ。今夜は敵の警戒を要するため裏の林へ歩哨を第二小隊から出せ。衛兵司令は岡村兵長、また衛兵所は指揮班の隣の家である。残った各分隊は不寝番をたて、これも警戒にあたる。衛兵司令は指揮班の藤田准尉から指示をうけよ、よいか！」

「ハイ、わかりました」

と激しい命令に岡村分隊長が答えた。

「さあ早く飯にするぞ、寝る時間がないぞ」

「もっと家具をたたき壊して燃やせ！」

明朝五時の出発とあって、家の中はごった返しで、古兵はどなり散らす。分隊長は歩哨に立つ兵隊や不寝番の兵隊を指名して順位をきめるのであった。

「多武上等兵、吉岡、二人は歩哨に立ってくれ」

「ハイ」

「それから不寝番に小川上等兵・内田・宮下……」

「ハイ」「ハイ」

牧分隊長はこうして四分隊の今夜の任務を指示した。私は返事はしたものの、がっくりと気を落した感じがした。

「歩哨に立つ者はすぐ一分隊長の岡村兵長の下に行き任務につけ。飯は衛生所へ持ってくる。多武上等兵・吉岡すぐ行け、かまわんでいい」

こうして宿営といっても第一線ともなれば緊張した宿営で、民家へ着くやいなやあっちこっちへ引っぱり回されるのである。

装具を体からといて肉体だけの開放感は腰がぬけるような気持になっているところへ、再び榴弾・小銃弾・銃剣などのくっついた帯革を腰の周りにしめると腰の皮膚が痛みを感じる。小銃を手に取って多武上等兵と二人で小隊長の前で不動の姿勢をとり、

「多武上等兵ほか一名、衛兵勤務につきます」

「よし！」

こう返事をした木原小隊長は民家の寝台に立山当番兵が作った寝床の上に腰を下した。その姿だけを淡い燈心の明りで見て部屋を出た。

「行って来ます！」

「ご苦労さん、ご苦労さん」

そんな聞きたくもない古兵たちの声を背に家の門を出た。

衛兵所は狭かった。土レンガで囲まれた真四角の部屋の真中に火を焚き、七人がその火をとりまいて腰を下ろす。衛兵司令・歩哨交代係・歩哨五名である。夕飯の来ないうちから歩哨はすぐ立硝するのだった。衛兵司令の岡村兵長と歩哨交代係と一分隊から来た歩哨は裏の林の方向の立硝位置へ向った。

歩哨は小銃に実弾をこめ、いつでも発砲できる姿勢で一時間の立硝を終え、衛兵所でまた一時間、計二時間起きていてから休まねばならない。私は自分の立硝の順番なんて考えもせず、燃える火の前で飯だけを待った。各小隊の中にはすでに兵隊の人員も減少し、同年兵も二小隊で四分隊だけが私と内田・宮下の三人が生き残り、他の分隊は同年兵は一人になった分隊もある。また分隊長も長沙の戦闘で二小隊は二名戦死したので一分隊長に岡村兵長、四分隊長に牧伍長と交代している。南進するに従い次第に戦友も淋しくなって

きていることに気がつく。そこへやっと飯が出来たらしく宮下が四分隊の二人分を飯盒につめて持ってきた。他の分隊も次々に飯が届く。焚火の淡い明るさで飯盒の中味を見ると、菜《さい》は暗闇に探したらしく菜葉の岩塩汁である。

「これは有難い」と感じ、熱いその汁を吸うと体のすみずみまでしみわたるのを覚える。こうして皆、飯を食っている所へ衛兵司令と交代係が戻ってきた。

「ご苦労さんでした」

と皆声をかけると、小銃を壁に立てかけた衛兵司令は、

「今夜の歩哨はびっくりするな」

と腰を下して話を始めた。その話はこうである。

立哨の場所は民家から一〇メートルほど離れた地点だが、その立硝位置のすぐ前の木に中国人の首つり自殺の死体があるという。

指揮班の藤田准尉が「ここで立硝して林の道から侵入する敵兵を警戒せよと命令されたから仕方がない」ということであった。

それを聞いた私は、長沙で故・山下分隊長の火葬で英霊歩哨に二度も立硝した経験があるので、別に気になることでもなかった。

「まあ木から下りてきて話しかけはしないからいいだろう」

と笑い話になった。だが立硝する兵隊にとっては、今夜の宿営は何と貧乏くじを引いたものかと悔む気持は消せなかった。

飯を食い終ると兵隊は黙って横になり自分の立硝時間を待つが、蚊群はその頃になると毎夜兵隊をなやますのだった。天幕を頭からすっぽり覆うと、汗びっしょりになって耐えられなかった。真中の焚火に雑草を焚いていぶすけれども、蚊群には効果がなく、眠っては起き起きては眠ることをくり返しているうちに、夜中の一二時過ぎに私の立硝の番がきた。交代係の上等兵の後を、半分眠ったような気持で歩いた。月はなく闇夜である。林のある木の下に到着した。

「歩哨交代！」

「立硝中、異常ありません」

「よーし」

「吉岡、歩哨交代します」

「ご苦労さん」

と言い残して去ってゆく。一人になった私は、命令通り小銃の安全装置をといてすぐ発砲できるようにして腰にかまえた。しかし、一度は首つりの中国人の姿を見届けなければ、自分自身におさまらない感じがあり、暗闇の林の上の方を見上げたが発見できない。目の前の木は入念に顔をつき出して見たが、容易に発見できないので二〜三歩前進してのぞくようにして付近を見ると、小路のすぐ横の木の枝がのびている場所に首つ

りの人間の姿を発見することができた。地面から足は五〇センチも離れていたろう。案外高い所を見ていたので発見できなかったことがわかった。しっかりと闇の中で黒い姿を見届けると気持ちも落ち着き、もとの位置へ戻ることができた。

中国人という異民族のせいか、身震いを一回して落ち着いた。だが、故郷の想像をたくましくするような気持ちにはなれなかった。前方の首つり中国人の死体が生きているように感じる瞬間さえあって緊張した立硝が続いた。三〇分も過ぎる頃は体の疲れがきて立っていることが苦痛になり、小銃を杖に全身を支えた。「もう、どうにでもなれ。なるようにしかならないのだ」

こうした人間の肉体が耐え切れぬほどに疲れてくると、恐ろしさとか悲しさとか平常に起きる感情も消えうせてくる時がある。首つり自殺で死んでいる中国人と、歩哨に立っている兵隊とは、後者の方がまだ生きているということだけの違いというような対照的な人間関係である。

林の隙間を通して見える空には流れる雲間に少ない星が淡く輝くが、空を仰いで想像する気力もなく、小銃に支えられて深夜の歩哨は交代を待つ。やがてコツコツと石畳の道を踏む軍靴の音にハッと気がつき、銃を腰に着ける。

「歩哨交代」

この声で我にかえって「生きているぞ」ということを、無意識に体全体に呼び起こしている。交代して立硝した兵隊のことなど毛頭感じない。ただ自分が休むこと以外に頭に浮かんでいないのだ。衛兵所に着いた。火の前に腰を下ろして、不寝番を続いて一時間、こうして二時間の任務を終わり横になって寝る。後は蚊群と闘いながら眠ることであった。蚊群の中にもマラリヤ蚊がいて、遂にはマラリヤ病にかかり高熱に悩まされ野戦病院へ入院した兵隊も出ていた。だから蚊の来襲を防ぐけれどチクリ、チクリと刺され始める。蚊を払うだけの気力さえ消えうせた兵隊たちは、こうして真夏の行軍に綿のように疲れきって闇夜の土間にころがり、懐かしい故郷の夢へ誘われるのである。

「出発準備!」「出発準備!」

夜が明けると、五時の出発のために兵隊は走り回る。私は、衛兵所から分隊の部屋へ戻ると、

「さあ、吉岡、早く飯を食え」

こうした強行軍命令下では、いつも飯の味など味わえるものではなかった。今日もまた日中は猛暑を予想しながら、首つりの部落を後に本道の広い道を一〇六大隊は行軍序列を作って南進が始まっていた。

幅五〜六メートル余りもある幹線道は、湖南省を北から南へ通ずるただ一本の自動車道であった。そこで

蒋介石軍はこの幹線を日本軍のトラックが通れないように一〇〇メートルおき程度に間隔をおいて二メートル余りの深さに横に掘りぬいてあるので、下の田圃に下りてまた本道へ上り行軍を続けなければならない。何度も本道から下りたり上ったりしているうち、何て戦争というのは互いに非人間的で実につまらないことばかりかと思ったりする。また小川が流れコンクリートの橋があったかと思うと、それは爆破されて白い煙がまだくすぶっている。敵は近いと感じた。こうした幹線道の行軍が午前中は続いて衡山付近を過ぎてから、行軍の列は丘また丘の原野の小路を前進すると敵陣近しを感じて全身に緊張感を覚える。衡山・南岳の敵は第一線部隊の第四十師団が攻撃して前進すれば、われわれ第五十八師団下の一〇六大隊はすぐその後を続いて衡陽市外郭へ前進しているらしい。

やがて広第五十八師団は衡陽郊外の楊梅付近に集結するための強行軍らしいことが判る。遠くで砲弾の音や火の手を見るまでに前進していることが、身を引き締めた。日中は灼熱の太陽に照り付けられ、日射病で倒れた落伍者は紐で引きずられ、丘また丘の行軍はどこまでも続く原野を夜行軍は前進を続ける。前方に松林らしいものが黒く見え、すでに衡陽市も近いと古兵たちは噂している。日没後、冷えた飯盒の飯を食い、すっかり夜のとばりも下りた頃、行軍は楊梅付近に到着したらしく、一中隊は、黒く見える松林らしい影を前方に斜面になっている原野の一本道で休憩となり、動く気力もなく背嚢にもたれて夜空に顎を突き出して、どこまでも広がる夜の空間に痩せた体が浮いている感じがする。濃紺の夜空は下弦の月が見えて、満天の星は日本へつながる星空の美しさの下に立っていても、戦争の現実での兵隊を忘れることはできない。

噂話では、師団司令部が到着するまで休憩は続くらしい。一中隊の前方を歩兵砲中隊が休憩している。夜も深まりゆく頃、前方の歩兵砲中隊の列の方で、

「こん畜生！　こん畜生！」

と威勢のいい声がしたかと思うと、

「シーサン、シーサン」（兵隊さんという意味）

とクーリーの悲鳴が聞こえてくる。すると再び、

「この野郎！　こん畜生！」

「アイヨウ……アイヨウ……」（哀喲＝苦痛を訴える言葉）

再び威勢のいい日本兵の声のクーリーの悲鳴が繰り返される。長沙から徴発米や砂糖などの食料を運ぶために連行したクーリーを叱咤して編上靴で足蹴りしていることが判った。満天の星空の明るさの下で三人の歩兵砲中隊の兵隊が立って、足を高く上げて歩けなくなって倒れているクーリーを力一杯踏みつけている。また、歩兵砲中隊の兵隊の荒々しい声が真夏の夜の空間に流れてくる。

「頭を力一杯踏まんと死なんぞ！」

「こん畜生！　よいしょ！　よいしょ！」

と叫びながら、二人か三人で代わる代わるクーリーの頭を編上靴の踵の鋲で強く踏むので、

「アイヨウ……アイヨウ……」

と聞こえる呻き声・泣き声を発するクーリーの凄惨な肉体の苦痛は刻一刻と死の淵へ迫っていることが、わが胸につきささるようにわかるのだ。凄惨な悲鳴は次第に低くなってくる。

「ア……ア……アイ……ヨ……」

悲鳴はか細く夜の空間にただよう。その息絶え絶えのクーリーの頭を、

「もうひとつか！　もうひとつか！」

「ゴツン！　ゴツン！」

また交代した兵隊が繰り返すと、遂にクーリーの悲鳴は聞こえなくなり、死んでしまったのだ。

「これでよし！」

「クーリーのおかげで苦労したぞ！」

「クーリーの荷物を分けようか」

こうして一人の中国人のクーリーの死があった。一人の人間の死があった。

何と野蛮な行動……野蛮な虐殺……。

私は、下弦の月と星空の下で悲鳴を聞くたびに疲れた体の鼓動の騒ぎを覚えるのだった。平和時には予想もつかぬことだが、ひとたび戦争という狂気の歯車が回転し始めると、常にまっさきに弱者が犠牲になる。

戦争が人間の心を抜き取り、ケモノ以下に落とすのだ。それは軍の非情さというより、軍隊とは戦争目的のためならどんなことでも平然と実行していく、その証でもある。

死んでしまった……声は何も聞こえない夜の冷えた空間が、それとは関係なく時をきざんでいる。ハッとして自分を取り戻す。現実の兵隊であることを忘れることはできない。すると死者には一切無感動になって、ただ生きている苦しみにだけ同情が働くのである。自分自身も同じ運命にあることを体験しているからであろう。

こうして、長沙から食糧や弾薬を前後の籠につめて担わせて、また中国人クーリーが倒れると強打を加え、銃剣でつつき、遂に歩く力も消えうせ倒れた時は、野蛮な虐殺が迫っている。凄惨な酷使の連続の後に、このようなクーリーの運命が目前に展開されることが、内地の父母や兄姉たちに想像もされようかと思った。

空には淡い光の月が何ごともなかったかのように、地上の兵隊の黒い姿を浮き出して見せていた。私はその淡い下弦の月だけが、何か平和を輝かせているように見えて心をひかれた。

真夜中も過ぎた頃であろう、第五十八師団司令部が後方に近づいてきたことが伝わると、間もなく一〇六大隊にも命令が下った。

武田同年兵戦死す

衡陽攻撃は三日前より第一線部隊百十六師団（岩部隊）、第六十八師団（桧部隊）、第十三師団（鏡部隊）、それにわが第五十八師団（広部隊）により衡陽攻撃準備なり、すでに岩・桧・鏡の各部隊は攻撃開始されているが困難を極め、一箇大隊は敵から全く包囲され、難戦苦闘に追い込まれている。そこで、

「一〇六大隊ハコレヨリ師団直轄下ニ入リ敵ノ包囲中ニアル友軍〇〇大隊ノ援護ノタメ第一線ニ進出シ、麻宥方面ニ攻撃態勢ヲトリ敵ノ包囲中ニアル〇〇大隊ノ反転作戦（退却のこと）成功後、衡陽西方ヨリ攻撃スベシ」

この第五十八師団長・川俣雄人中将の命令下達により、大隊本部付の命令受領の動きが忙しくなった。松林から駆け出してきた命令受領たちは、各々中隊長に報告するのだ。こうして命令が師団司令部から大隊本部へ、大隊長はその命令を各中隊に配置任務の命令を下す。そこで兵隊の列は必ず騒がしくなってくる。

「いよいよ衡陽攻撃になるぞ」

「指揮班へ命令受領の石田軍曹と前田上等兵も戻っているぞ」

「第一線の関西地方の部隊と広部隊が交代して攻撃させられるということだ」

こうした話が広がるのも実は八月四日、第三次衡陽攻撃開始の命令が第十一軍司令官・横山勇中将より下達されていた。

「ココニ岩・桧・広・鏡ノ精鋭ヲ以ッテ衡陽攻略ノ準備成ル、コノ機ヲ逸シテ亦攻略ノ機ヲ求ムベカラズ、軍ハ必成ヲ期シテ一挙ニ衡陽ヲ攻略セントス」

と厳命が下り、第五十八師団（広）は北西からの攻撃命令であった。今は各中隊までの命令下達も終わり、「出発前進」の行動の直前であった。夜空に、衡陽城のうちに赤い炎が上っている。鉄砲弾の炸裂が間断なく遠く近くと聞こえている。だが未だに衡陽の一角も占領できず、一箇大隊が敵に包囲されたため第五十八師団は長沙より強行軍の連日で、夜を日についでの兵隊は綿のように疲れきって、手の触れようもないボロを身にまとい、動こうともしないで背嚢にもたれて夜空を茫然とあおいで黒く横たわっている。

「出発準備！」「出発準備！」「出発準備！」

と逓伝の声が夜の空間に広がる。

易俗河で受領した徴発米はもう何日も前になくなり、ちょうど八月の米穀の端境期にあり、毎日やっと民家から玄米を徴発しての玄米飯に塩菜《ざい》も一日三度は食うけれども、行軍しながら食う日もある。第一中隊では、今日は灰瀬中隊長以下、生の南瓜を食って行軍を続けた。中隊長は食料徴発についてには、

「夜間の休憩時間には水田の稲を各小隊ごとに刈り取り、籾を玄米にして食料を集めろ」

と命令された。それも制空権は完全に米空軍のもので、来襲する敵機は連日我が物顔に爆撃や機銃掃射を加え、時には操縦士の顔が見えるくらいの超低空で攻撃を加えてきた。

夜の明けかかった頃、松林を抜け出て、再び丘の原野に出た。中隊の尖兵小隊は第三小隊、次に指揮班、第一・第二小隊の順に前進していた。そして、麻宥付近に到着した頃、行軍停止となる。尖兵小隊が敵に遭遇したらしい。敵のチェッコ軽機関銃の音、

「パパパーン！　パンパン……！　パンパン……！」

と金属製の軽い響きが、まだ明け始めた朝の空気を破っている。すると、第三小隊の九六軽機関銃の音が、

「バ……！　バ……！　バ……！」

と激しく戦闘が開始されている。敵は少数と察せられるのは尖兵中隊だけで間に合っているので、銃弾の音を聞きながら後方小隊で背嚢にもたれて、私は尖兵小隊長・吉村少尉の奮戦を想像していた。兵隊の列には前方の指揮班から戦闘情況がいちいち逓伝のようにして伝わってくる。尖兵中隊の戦闘開始はこういうことである。

尖兵小隊長・吉村少尉を先頭に丘の登り口に差し掛かって前進していると前方から、

「誰か！」

と日本語で誰何《すいか》されて吉村少尉は立ち止まり、言葉のアクセントで敵兵であることを直感し、臨機応変の判断。素早く後ろの分隊長の小銃をひったくるようにして取り、無言でサッと誰何した敵兵の前に躍り出ると、その敵兵は丘の頂上へ向かって一目散に逃げ去った。その敵兵に向けて小銃でズダーン！と一発撃てば、敵兵は負傷した体を引きずりながら逃走した。そこで小隊長は即座に、

「第三小隊、横に散れ！　第一・第二分隊は右翼、第三・第四分隊は左翼、丘の敵陣へ向かって攻撃前進！」

第三小隊は丘の麓から攻撃前進して頂上めがけて突撃した。

「ウアー！　ウアー！　ウアー！……」

尖兵小隊の突撃、その時の鬨の声が響くのに気がついていた。それからやがて後方の中隊長へ伝令が飛んできて、

「敵陣は占領し、第三小隊は陣地警戒中であります！」

と指揮班で報告したので、中隊は、

「前進！」「前進！」

と丘の同陣地に集まり、敵が置き逃げたチェッコ軽機関銃、弾などの戦利品を散兵壕にとび込んで集めた。そこで中隊長は大隊本部へ報告伝令を出し、次後の命令を待つまで伏せて警戒にあたることになった。

夜空が次第に東の方から白みかけてくる。吉村少尉は戦利品を数えながら立っていた。私は少尉の色の白い顔を見ると、岳州で一緒に落伍して飯を炊いて食わした日のことを思い出した。温厚で部下を叱る声も聞いたことのない吉村少尉は、敵陣へ先頭を進み、中隊主力に応援も頼まず、戦死者一人も出さず敵陣を占領した落ち着いた命令と気魄は、私の前に立っている彼の顔には想像されないほどのやさしさが浮かんで見えたのだった（それから一ヵ月余り後、吉村少尉は第四中隊に転籍して湖南省最南端の東安攻撃の際、将校斥候の任務を遂行しようとして戦死となった。私は省界山脈の山中でそのことを知った後も、顔の白いやさしい彼をいつまでも忘れることはできなかった）。

夜がすっかり明けて朝の戦場の空気は殺戮《さつりく》の霞が漂っていた。そこへ大隊長命令が下っていた。

「第一中隊は丘を占領して平地へ前進、吉村小隊を尖兵小隊として敵情捜索に」

黄金色の波をうつ平地の稲穂の中を前進していた時、尖兵小隊は停止していたので、中隊本部は詰め寄って前進したところへ、

「前方に友軍らしい人影が見えます」

と伝令が中隊長へ報告している。灰瀬中隊長は眼鏡を取り出して前方を睨んでいた。木原小隊長も指揮班へ

前進したかと思うと、

「敵兵だ！」

と灰瀬中隊長の声……続いて、

「姿をかくせ！」

その声と同時に兵隊は皆、稲田に伏せた。

衡陽郊外の地形は小高い丘がとりまき、その丘の頂上に敵は散兵壕を掘り、日本軍を待ち伏せている。今、尖兵小隊が占領した丘より高い丘があり、その頂上の陣地に敵兵の動きが肉眼でも見えた。しばらく灰瀬中隊長は吉村小隊長と話し合った後、

「第三小隊は吉村少尉の指揮と萬瀬准尉（指揮班）の指揮に分け、前方の丘の敵陣地の正面より攻撃前進せよ。敵がその攻撃に応戦すれば、指揮班第一小隊は敵陣後方に回り、敵に不意打ちをかけよ！」

命令下達と同時に、第一・第三小隊は匍匐前進を始めた。同時に灰瀬中隊長は、

「木原少尉、第二小隊は俺たちが占領するまでに後方の部隊で中隊の米を徹底的に徴発しとけ。飯は食わんと戦争はできん」

「はい、わかりました」

と答えた木原小隊長は、

「第二小隊前へ！」

と丘と丘の低地の森の中に数軒の民家の見える後方へ向かって田圃路を歩いた。歩きながら、中隊では木原小隊は長沙作戦に於いてよく任務を果したしたのでここでは後方任務になったのではなかろうかと、ふと思った。衡陽攻撃とはいえ、もともと攻撃の主力は岩・桧・鏡部隊であり、広部隊は援軍の任務で、郊外での戦闘らしい衡陽城内への友軍主力の突入を安易ならしめる任務であるらしい。灰瀬中隊長も、戦闘にまだ長沙攻撃と比べると余裕をもっているように見えるのだった。私は「まずはこれで命は助かった」と感じたが、同時に指揮班、第一・第三小隊の同年兵たちが敵と銃火を交えていることを思い浮かべるのだった。

民家に着くまでに二回、米空軍機Ｐ51が低空してきたので稲の中に伏せて、松山の下の二軒並んだ小さな民家へ着いた。前方の衡陽城付近には砲銃弾の響きが激しさを増してきた。家の中で装具をといた所へ木原小隊長が分隊長を集合させて命令した。

「今から第二小隊は各分隊荷物監視を一名ずつ残して、小銃を持って各分隊毎に民家から米を徹底的に徴発せよ。ここは敵陣内にあるから特に三名ずつ組を作って徴発にあたれ。中隊全員の食料だから、そのつもりで徴発せよ」

「ハイ」「ハイ」

「それから一分隊長と四分隊長と立山当番は残っておれ」

命令を受けた各分隊は三名ずつ組を作ると、小銃を

手に天幕を肩にかけて家の門を出た。私は、幸いにも多武上等兵と内田の三人で組して出発した。多武上等兵は無口な方で、私たちにも優しい面をもっていたので気が楽になって元気を出し、田圃の畦《あぜ》道を下りながら民家を探した。小高い丘が左右にあって、丘には小さい松の木が夏の日射しに光っている。その丘と丘の間の谷間が田圃で、黄金色の稲穂の波が風にゆらぐ。湖畔の道を歩いても家は見当たらないので、多武上等兵を先頭に丘の麓にそって曲がり、歩き回ってやっと民家を発見することができた。そこで三人は用心深く家に近づいた。先頭の多武上等兵が、

「内田、吉岡、中隊主力は戦闘をしているから張り切って米を徴発せんと駄目だぞ」

「わかりました、多武上等兵」

と内田が答えたが、私は民家に注意を払って、

「多武上等兵殿、前の民家には右側の松山の方から近づき裏門から入ったらどうです」

と歩きながら後ろから話しかける。私は疲れていても命の危険を前に自分の意見を出せる兵隊だけの三人組である気軽さがあったからだ。

「そうだなあ……。用心に越したことはない」

と三人は丘の麓の松山の方から家に近づいた。小銃の安全装置をはずし、裏門の前で緊張を覚え、銃口で扉を押すと軽く開いた。三人は部屋の中に入ったが、人のいる様子は感じないので部屋の中の箱類と思われる物は皆開いて探した。第一線の戦場だけにまだ何一つ徴発されず、私は目につくものが中国農民の生活を偲ばせる臭いを肌に感じた。どの部屋もきちんと整頓された部屋の様子が目にしみる。鍋にしても飯を炊いていることを証明するように黒く光っている。そんな感じをうけていると多武上等兵が奥の部屋から、

「あったぞ、あったぞ」

と叫んだので内田と私も駆け寄ってみると、狭く薄暗い部屋の隅の箱の中に籾が一杯つめてあるではないか。そこで多武上等兵は、

「内田、籾摺りの引臼を探し出すんだ」

「ハイ、籾があったから引臼はきっとある」

と内田も張り切って探し始めた。裏の薄暗い牛糞の臭いのする牛小屋で、

「臼はあった!」

と内田が叫んだ。さっそく三人は、その臼を中央の広い部屋の真ん中の天幕の上に置いて籾摺り準備はできた。籾をすくってきて籾摺りを始めると土間に敷いた天幕につやのある玄米がザラザラ落ちて、籾殻《がら》と交じって円を作って積み重なってくる。引いたり、押したり、押したり引いたりと、引臼のハンドルを三人は交代で汗の玉を落としながら籾摺りを続けた。

「もうよかろう」

と内田が手を休めて汗をふく。多武上等兵は、

「内田、一～三小隊は戦闘しているぞ。もっとがんばらねば済まんぞ」

「ハイ」

またズウーズウーと引臼の回る音とともに玄米が落ちている。私は、引臼の上に籾を移していたが、

「多武上等兵殿、裏が松山の丘になって続いているから、あまり長い時間いない方が良いと思われます」

と言うと、

「吉岡、お前、裏門の方をちょっと見てきてくれ」

と多武上等兵は私の言葉に従ったので、私は裏戸から出て丘の松林を警戒して見たが、人影らしいものは見えなかったので部屋へ戻る。こうして体の疲れもとれないままの徴発も命がけの仕事である。籾と殻を箕《み》であおりふるって玄米と殻を分け、玄米をそれぞれ天幕に盛り、四隅を引き寄せて紐で肩に背負うと、三人は心急いで家の裏門から出た。私は何ごとも起きなかったことをありがたく感じて、田圃のあぜ道を歩いていた。すると急に多武上等兵は、

「もう一ヵ所徴発するぞ」

と言って、松山の丘に向かって歩き始めたので私と内田も黙って後から歩いた。

多武上等兵は玄米を得たことを手柄のように感じているらしく、足を早めて逆戻りして丘へ登り始めた。


松の木の生えた根っこの赤土の地面が露出して雨水の流れた跡の溝を作って麓へ曲がりくねっているのは、なんて美しい自然現象の丘であろうか。溝の両側にうらじろ草や山の下ばえの小さな雑木や雑草が、まだ人間に侵されていない静かな自然が、そこにはひっそりと息づいているのだ。私はいつ絶えるともわからない苦しい戦場の中で、まだ人間に侵されていない自然だけが私という人間を慰めてくれることに気がつきはじめたのは、この頃である。ただし、現実の響きが自分をその現実に引き戻したのは、衡陽市方面からの銃火器の銃砲弾の音だった。

「グワーン！　ズダーン！」

「ダ……！　パパンパンパン！」

と炸裂弾の音のする方向を振り向いて見る。空は夏の青空に今日も灼熱の太陽が輝いていた。背嚢を背負っていないと、丘では涼風が常に頬に吹き気持ちよい。

銃火器の音はふと戦っている戦友に思いを寄せる。そして丘を降りて棗の木や水蜜桃の植えてある民家の庭にやって来て、多武上等兵は今度は警戒もせず家の門をくぐった。ここでは岩塩やタバコの干した葉を徴発して、急いで小隊の位置へ戻ってきた。二小隊が宿営している小さな民家の薄暗い部屋へ、汗びっしょりになって這い入ると、私はとっさに不満を感じたのだ。それは奥の寝台の上に木原小隊長は編上靴を脱いで背

嚢の上に両足をのせ、すっかり眠っているではないか。中隊主力は戦っている。われわれは命がけで玄米を徴発してきたというのに。天皇の軍隊にこんなひどい差別があってよいか？　また、立山当番兵も四分隊の装具の間にこれも編上靴を脱いで寝ていたが、私たちの足音に目を覚まし、

「ごくろうさん」

と眠たい声でごまかした。そして、

「食料はあったか？」

と多武上等兵に尋ねた。

「ありました。玄米と岩塩です」

「それはよかった。久しぶりに飯が腹一杯食えるぞ」

それから私たちは飯盒を集め、飯炊きの準備にかかった。

他の分隊も帰隊していたり、まだ帰隊していない分隊もあったが、私たちはさっそく夕食の火を焚きつけた。久しぶりの飯のような感じがして、人間一日たりとも穀類がなくては生きられない。即ち主食なしには滅ぶしかないことを体験していた。出来上がった玄米飯は、木原小隊長が最初に箸をつける。私たちも玄米飯に岩塩の菜《さい》で夢中になって顔を飯盒にくっつけて食った。夕食も終わった頃、太陽は西山に傾きかけていた。そんな空を眺めては中隊主力の連絡を心待ちにしていた。自由な時間みたいに一時的に命令から逃れて、厚い土レンガ壁の下で編上靴を脱いでみると、足が急に浮き上がるように感ずる。汚れた靴下の表面に円形の田虫がいくつも化膿して膿《うみ》が滲み出て乾き、カパカパになって足の甲から踵の部分へ上ってくっついているではないか。長沙以来の田虫が、薬もなく巻脚半を巻き続けているので悪化したのだ。自分の足を眺めながら情けなくなった。

「まるで俺の足は腐りかけている……。切って捨てねばならぬような足にでもなりそうだ……。巻脚半を取り、素足になって寝床に休む時がくるのだろうか？……」

背嚢にもたれ眠っている兵隊は、人間というより無感動な物の塊を置いたようにしか見えないのだった。

すでに湘江を渡河して約二〇日ぐらいになるだろう。暑い日も雨の日も編上靴を脱ぐ日もなく行軍を続けて、暑さで靴の中でうむれた足を引きずり、衡陽城攻撃の合間にこの民家の庭で素足で横たわる今の時間に「俺はまだ生きている、こうして俺はここでずーっと休まれるならこの中国の民家に残りたい」と考えてみたが、すぐ現実に引き戻された。日暮れ近く、木原小隊長は十分休んで起き上がり、

「第三分隊は中隊主力が前進攻撃へ出発した地点まで行って、中隊主力が反転して来たら、この宿営地まで案内せよ」

「ハイ、わかりました」

と返事をした第三分隊長・宮城伍長は出発準備を分隊へ命令した。そして、

「第三分隊、ただ今より出発します」

と言葉を残して出発した。

私は家の外に出て空を見た。大陸の真夏の太陽は血のごとく西の丘へ沈みかけている。

「ズダーン！　ズダーン！」

衡陽市方面から銃弾の音が聞こえてくるが、既に銃砲弾の音も遠くなり、何日間か続いた攻略戦も勝敗が決する頃ではないかと一人想像してみた。夕暮れ時、中隊主力はまだ反転して来ない。第二小隊から歩哨が立つ他は、夕暮れの風が涼しい。その風にのって足音と話し声が聞こえてくる。やがて中隊主力は灰瀬中隊長を先頭に民家の庭にぎっしり集まり、各分隊毎に人員点呼をしている。その時、私は兵隊の中から、

「第一小隊四分隊の武田は戦死した……」

の声を聞いた。

私は同年兵の武田清と聞いて胸騒ぎを覚えた。庭へ飛び出してみると、狭い庭は中隊主力の兵隊の列で、その中央に天幕で覆った武田の死体が急造の担架の上に横たわっているらしい。私は指揮班の谷口上等兵を探した。人員点呼も終わった指揮班に行く。

「谷口上等兵殿、吉岡です」

小銃を杖にもたれて立っていることさえ苦しそうな彼を見て、戦闘の疲れを直感した。

「おう、吉岡かい。飯は食われるかい」

「はい、玄米を徴発してきましたので」

「それはありがたい。武田は戦死したぞ」

「それを聞いて谷口上等兵殿に聞きに来ました」

第一小隊は武田の死体を松山に埋めるためにかついで行く。その間の時間に庭で兵隊同士の話し合いができた。谷口上等兵は、私が背嚢を下ろすよう手伝ったので両肩の荷が下りて、肩をゆすぶりながら次のように話してくれた。

指揮班、第一小隊は丘の敵の後方に回って前進していた。すると丘の麓に小川が流れている。指揮班、第一小隊は川に入り、ザブザブと水の中を前進する。丘の前方から攻撃開始している第三小隊の九六軽機と敵チェッコ軽機の銃撃の音が入り混じって聞こえてくる。小川の渡河で遅れていたが第三小隊の吉村少尉と萬瀬准尉の指揮する攻撃は激しくなり、一方の萬瀬准尉の指揮する攻撃隊は丘の頂上に迫っているのが指揮班の位置から見えると思うと、一部の敵は指揮班、第一小隊が前進する左側の中腹あたりまで退却してわれわれ日本軍に気づき、指揮班、第一小隊に対しチェッコ軽機の乱射を浴びせかけた。灰瀬中隊長は命令受

領の俺（谷口上等兵）と前田上等兵に「萬瀬准尉に攻撃停止することを伝え、指揮班、第一小隊の位置を確認する」命令伝達の任務を与えたので、さっそく二人が右側の中腹へ走り出した瞬間「パパ……パン」と敵軽機の銃弾が飛来した。「ウーン」とその時、一声を背後で聞いて走った。それが武田だった。左胸部貫通銃創を受けたのだ。その後、指揮班、第一小隊は敵の攻撃に対し擲弾筒をもって応戦し、榴弾の炸裂に敵は逃走、第三小隊も丘を占領、陣地を確保したので全部丘の頂上に集結した。負傷者六名、戦死一。武田は担架でかつぎ、ここまできたわけだ……

ということだった。

私は谷口上等兵の話を聞き終わって、同年兵・武田清の弱冠二二歳の顔が浮かんでくる。その死体は丘の中腹の松の間に埋められた。今夜は、灰瀬隊はこの小さな民家に仮の一夜を明かすことになった。私は土間に背嚢枕で、静かに武田の冥福を祈らずにいられなかった。

湖北省の脈旺嘴警備隊から長沙まで約六〇〇キロ、更に長沙を後に南進すること一六〇キロ余、全長七六〇キロの行軍戦闘であった。思い起こせば四月の菜種の花盛りに完全軍装で灌水のほとりから前進すれば、五月から六月にかけて雨また雨の難行軍、そして長沙攻撃、続いて七月、八月と真夏の灼熱の太陽の下を行軍南下し、敵弾雨下を前進攻撃して衡陽までたどり着いた今、思い返せば出発時の同年兵三〇数名が第一中隊（灰瀬隊）に編成されて、現在何名残っているだろうか。木原第二小隊にわずか四名、第一小隊（原小隊）は武田が戦死して三名か四名と見受ける。第三小隊には六名いるようだ。すると合計一二名余しか残っていないのだった。約半分の同年兵は、武田が一人戦死で、残りは皆行軍中病気が重くなり野戦病院に伏すか、病状によっては生きていようとは考えられないのだ。アメーバ赤痢・コレラ・マラリヤと命を左右する伝染病の病気ばかりである。

武田は玉名郡南関の出身で一人息子であった。私と同じ年の二二歳。昨年一二月、灰瀬隊へ入隊する。大陸への第一歩を踏んで南京の兵站宿舎に逗留していた日、朝食がパン食で腹がペコペコの時があった。その時、武田は夜になり兵站炊事場へ密かに入り、馬肉の生をつかんで戻り、寝床にもぐり毛布の中で馬肉の塊にかぶりつき、もぐもぐ食って隣の戦友に渡したその肉塊が私にも回ってきて食ったことが、昨日のように思い出されてならなかった。

同年兵の中でも内田・宮下のような志願兵は一八歳や一九歳で若く見え、徴兵検査で入隊した者同士は自然に話が合い仲がよかった。それだけに武田の死は私にとって心の打撃は大きかった。

死ぬのは誰でもできることだと考えていた。はずみをつけて弾の中へ自分から飛び出すか、弾の方が向こうから飛んできて片付けてくれるので怖ろしいことではなく、また勇気というものでもない。そうならないように生きていることの方が切ない辛さがある。存外、兵隊たちが自分の生死について無関心で鈍感でいるらしく見えるのも、健康でいる間には病気のことを考えずにいられるのと同じことである。

だが武田の死体は、なぜか私の胸を締め付けるのだ。総攻撃や討伐の後では各分隊で戦闘の激しかった状況をよくお互いに話し合って、生きている者同士が命を確かめ合う。今夜も土間に寝ながら古兵が話していたが、私にはそんなことは聞きたくなかった。まだこれから先、どこまで南進せねばならぬか兵隊にはわからないが、この地まで七六〇キロも命をつないで生きてきた武田が、今夜、裏の松山で戦友が掘った塚穴に永遠の眠りについた。この湖南の丘の一地点……赤土色した大地の中に……開かれた扉から見える空は隈なく晴れた月。今宵、戦友の最後を思えば切なかった。内地の親御さんは武田の帰還を待っていたろうに。同年兵の武田よ……私と同じ擲弾筒の榴弾を泥と汗にまみれて運んで行軍してきた武田よ、永久にさらば……願わくば湖南の大自然よ、温かく武田を抱いてもらいた

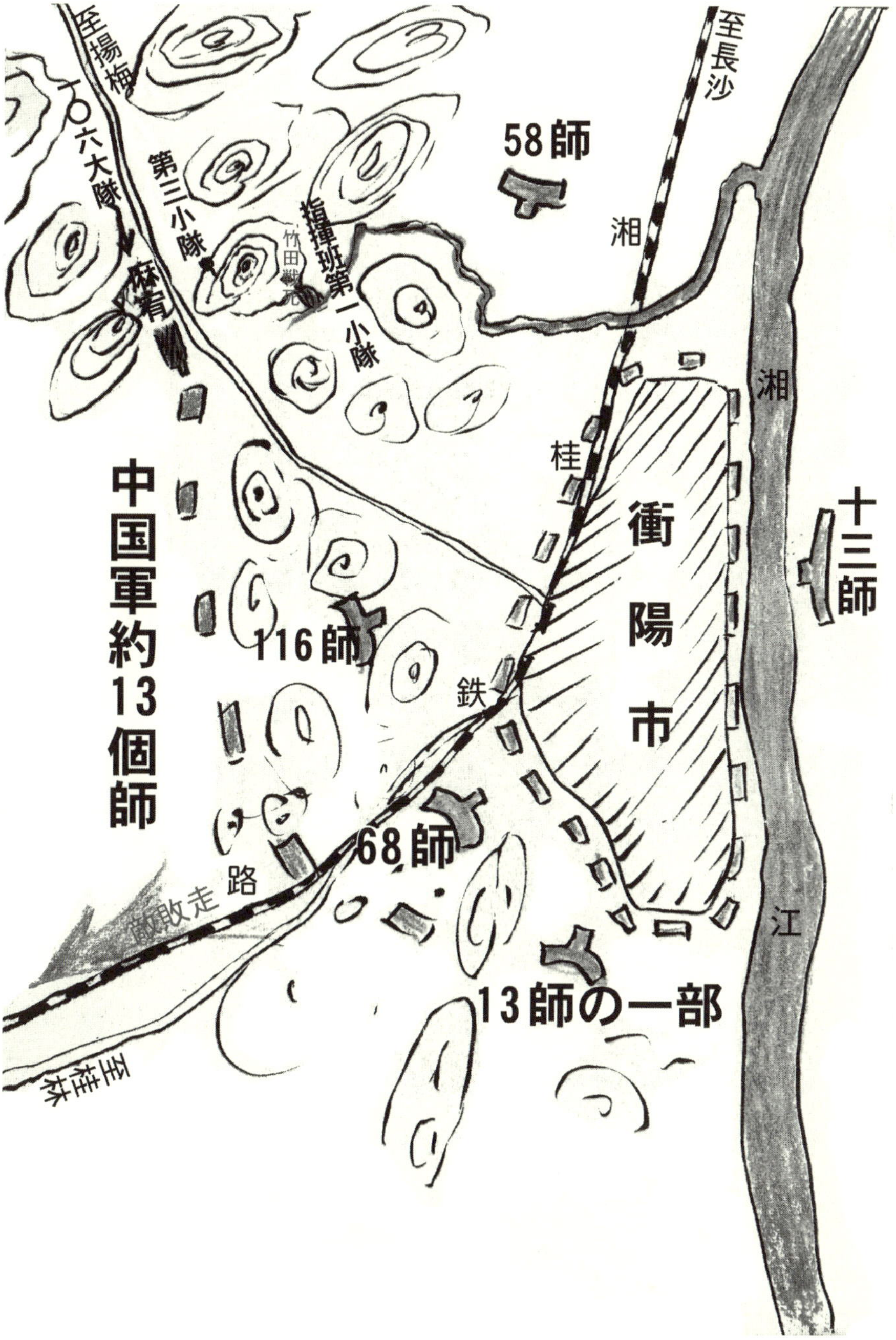

至揚梅
六大隊
第三小隊
麻宥
竹田戦死
指揮班第一小隊
58師
至長沙
湘
桂
鉄
路
衡陽市
湘江
十三師
中国軍約13個師
116師
68師
敵敗走
13師の一部
至桂林

いと祈る。

兵が皆眠りに落ちた八月上旬の夜は、しんしんと深まりゆく。

次の日の朝がきた。さっそく庭で整列点呼が終わると命令が下る。大隊本部からの命令はこうであった。

「第五十八師団（広兵団）の衡陽攻撃参加により衡陽城は八月九日午後一〇時、日本軍の占領するところとなる。一〇六大隊は各中隊毎に民家に大休止を二日間行なう。食料を充分徴発せよ」

幸いに大休止二日間とは極度の疲労の前には天祐とも思えた。灰瀬隊は移動して食料のありそうな部落を探しながら田圃道を行軍する。背嚢は背負うと同時に肩が痛んでくるのだった。大休止と感じていれば一層疲れがどっとくる。そうして行軍が開始されると、昨夕の武田戦友の死は頭の中から消え去ってしまい、自分の体を痛め苦しめている重しだけに神経が集中してきて、激しい戦闘で一度に思い切りよく死の淵に飛び込んでキリがつくという単純なものでもない。そうした、くるかこないか判りようのない死の影を感じながら歩いている。昨日の武田の死に対しては、死んだ武田と、今、生きている自分を対照的に考えて同年兵を偲んでいたが、再び行軍が始まれば死んだ者に話はなく、忘れ去り、生きている自分の辛さだけと闘っているのは、希望も目的も、自分を動かす原動力となる精神的なものとて何一つなく、ただ命令だけで動いている人間ではないか。この現実は、軍隊という組織は人間の要素を取り去られて兵隊になり、体の強弱は無視されて同一行動の強制の下に動かされているということだ。

そんな今日の行軍は、あまり遠くはなかった。柳の木に囲まれたクリークの淵を通り、すぐ民家が五〜六軒建ち並んでいたのが見えたので、中隊は各小隊毎に各家に分かれて大休止の準備をさっそく始める。大休止といっても私たちは、休まる時間は少ない。すぐ玄米飯を作らねばならないのだ。私と内田も疲れた体に張りをつけるようにして、火を焚きつける。多武上等兵や高木古兵も、自分の疲れを私たちに憂さ晴らしと小言を後ろで言うのを平気で聞き流しながら岩塩でナッパ汁を作った。やっと出来上がり、飯を食う準備をしている所へ立山当番兵から、

「吉岡…内田…宮下……ちょっと来い」

と呼ばれて、三人は立山当番兵の前に出た。すると彼は自分の装具を整理しながら、

「今日のおかずは何か？」

と問われたので、三人は即座に、

「野菜の汁を作りました」

「そうか……」

と、その声が唸るように声を出し、不満らしいことは

すぐ悟った。すると、次は態度が一変して激しい声で、

「三人とも間隔を開いて並べ！」

と吐き捨てるように言ったかと思うと、最初に私の前に迫り頬を握り拳で三つ四つ殴りかかったので、私はよろめいた。

次に内田が「ゴポリ！　ゴポリ！」と、私より少なかった。宮下は衛生兵ということで小言で終わった。私は口の中に生ぬるい血の唾液がよどんでいるのを感じた。そこへ立山は、

「お前たちは一～二分隊の飯の菜《さい》は何か知っているか？」

「……」

「知っているかと言っとるんだ！」

「……」

「吉岡！　見て来い！」

私はすぐ第一分隊の小幡同年兵たちがまだ飯盒の中で菜《さい》を作っている部屋へ入ってのぞいた。その汁の中には、机の引き出しを伏せて、その上で新しい掘りたての蓮根がきざまれた残り物に気がついた。私は即座に立山が私たちを殴った理由が判明した。

「蓮根の菜《さい》だ」

これだったのだ……すばやく四分隊の部屋へ戻り、立山の前で、

「一分隊は蓮根の菜《さい》でした」

私はこう報告した。まるで、子供の喧嘩みたいなことをやっていることに気づいた。すると、

「今わかったか！　のろまが！」

と立山はわめいた。そして続けて、

「近ごろおとなしくしていると、お前たちはずるけて何もせんだろうが！」

「……」

「さっさと蓮根を取って来い！」

「ハイ」「ハイ」「ハイ」

三人は家の外に出てクリークの水面に大きな円い蓮根の葉が浮かんでいた場所へ急いだ。そのクリークに近づき、淵に立った宮下が、

「見ろ！　蓮根があるぞ！」

「ある、ある」

「さあ早くクリークに入って取ろう」

三人は話し合いながら柳に囲まれたクリークの淵でズボンを脱ぎ始めた。丸い大きな蓮根の葉がポッカリと浮かんでいる。その上に蛙がとまっている。そこには蛙だけではない。静かに水をたたえている周囲には水草が繁って、まだ人間に侵されていない静かな自然がひっそりと息づいているのだ。三人は褌一つになってクリークに入った。内田はすぐに腰を曲げて根を探し始めている。私は素足で水中を歩く。足がくすぐったくて、なんて気持ちよいことだろう。それは大陸の

大自然が戦争を忘れさせ、本来の人間であることを体内に躍動させて時を刻んでいた。暫く水中を歩いて、のぞくと水の表面にいやな虫を発見して、「あっ!」と低く声をもらす。

「内田! このクリークには蛭《ひる》がいるぞ! 太い蛭が!」

「おいおい、吉岡、水の中に蛭がいるのは当たり前ではないか」

と内田は落ち着いた返事である。私は子供の頃から虫の中でも蛭だけはこの上もなく嫌いな虫である。しかもこのクリークの蛭は、大きいなんて初めて見る大蛭であった。

柳の枝を取って蛭めがけて水面を「ビシャッ!」とたたくと、くねって泳いでいた蛭は丸くなって止まる。その丸くなった蛭は何と湯飲茶碗の大きさはある。

「内田! 気持ちが悪くてたまらんぞ」

すると内田は蓮根を水中から引き上げながら、

「立山当番兵がぐずぐずしているとまた気合かけられるぞ!」

と言う。私は全く蛭に降参し、クリークから這い上がり別の場所を選びながら、

「俺は蛭のいない場所を探す……一匹どころか何匹もうようよしているぞ」

こう言って柳の木の下から歩く私に、内田と宮下は小さな蓮根を一本二本と投げながら、

「仕様のない奴だ」

とつぶやいている。私は一人離れて蛭の見えない水中を見届けて、恐る恐るやっと小さな蓮根を一本探し当てて二人のところへ戻ってきた時は、二人は分隊で食うぐらいの蓮根を集めていた。

こうして一・二・三分隊より遅れて、四分隊もやっと蓮根の汁を菜《さい》に玄米飯の昼食となったのである。食い終わった後でも立山当番兵は、

「四分隊には小隊長殿がおられることは、お前たちにはわかっているだろう。今後は他の分隊より早く小隊長殿に食わせる菜《さい》だけでも探せ」

と私たちに小言を付け加えた。殴られて口の中に血の唾を飲み込みながら、掘った蓮根を木原小隊長が真っ先に、当然のように食うのだ。私はこの小隊長に反抗心を抱いたが、それがもし言葉でも発見されたら半殺しに出合うことは火を見るより明らかであった。

玄米飯に蓮根の菜《さい》を食いながら思い出すのだった。一昨日、私たちが玄米の徴発に出て、玄米を背に宿営地に戻ってきた時、寝台の上で寝そべっていた木原小隊長と土間の藁の上で寝ていた立山当番兵を想像すると、権力のある椅子に座ると平気で他人を人間扱いしない小隊長と、立山当番兵のように抵抗できぬ人間を無用に残忍に迫害する厚ぼったく鈍感な顔付、いつか

は他人の苦痛もわかるようにしてやる必要があると、自分の心の奥に焼きつけるようにじっと自分に言い聞かせる気持ちになっていた。

また木原小隊長は、自分の部下の苦痛を考えてみることさえできないで、権力の椅子にいなければ卑怯で弱い人間だ――（敗戦後、本性が証明されている）。彼の鈍感な顔付の、このエゴイストには他人の苦痛なんて爪の垢ほどもわかろうとしない奴だ。私にとっては常にこの人間が迷惑にも思い、またずっと邪魔なのだ。その上、戦闘が開始されると小心翼々と怖れている。第二小隊の先頭分隊の中を前進するのは行軍中で、一度敵銃火の前では必ず小隊の最後尾の四分隊へ後進して、一・二・三分隊を先頭に前進させている。今日の蓮根の件だって木原少尉は四分隊の部屋で寝て、三人の兵隊が当番兵から殴られているのも知らぬ顔である。〃全く兵隊の幸か不幸かは上官の善し悪しによるところが大きい〃と想像する。

七里山の警備戦闘

こうして一日目は大休止も大多忙な一日を過ごし、二日目は玄米の徴発で、夜はぐっすり眠れた。そして明けて八月一〇日、再び命令が下った。

「一〇六大隊は次期作戦準備のため、衡陽西南方約八キロの地点、洞頭廟に集結して第一線の警備にあたり、敵重慶軍の反攻を撃破すべし！」

軍から師団、そして大隊・中隊へと命令下達すれば、兵隊の長蛇の列は夏空の下、湖南の一地点において動き始めていた。

一号作戦であるこの大陸打通作戦計画の現況は、次の如くなっていたのである。

衡陽攻略後は第十一軍をして概ね祁陽・来陽付近を対敵第一線として停止せしめ、桂林方面に対する作戦を準備せしめる如く腹案を有していた。しかるに従来の作戦経過に鑑みるに彼我航空勢力の懸隔予想外に大であり敵米空軍の戦場、特に我が後方補給路に対する跳梁甚だしく、水路（湘江）補給は困難を極め鉄道の修理もまた著しく遅延し自動車道の改修も意の如くならず、遂に衡陽攻略も遅延を来したような事例が起きた。従って今後は精鋭軍第十一軍をして衡陽付近に態勢を整え速やかに後方を推進し各兵団の戦力を快復した後、早急に第三期作戦を開始せしめ、途中全県付近で努めて短期間の停止をなすのみで、なるべく一挙に広西省へ突入し桂林攻略せしむる企図を有す」（昭和二八年判明。以上、大本営陸軍部参謀の作戦計画を大本営作戦課長・服部卓四郎が明らかにした）。

そこで、長沙以来第一線を前進していた第五十八師団は「衡陽西南方において守勢に転移した敵約七〜八箇師団の反撃を捕捉撃滅して、爾後の戦闘準備を完了すべし」と命令下達あれば、直ちに一〇六大隊の前進は始まったのだった。こうして大本営を始めとして上級機関の作戦計画は、現在の兵隊たちの体の衰弱疲労とは全く無関係に実行されている。一〇六大隊は再び「ひ峯」の標識の紙片を後続中隊の道しるべに残して南下し、八月一〇日午後、むし暑い太陽に照り付けられ、洞頭廟周辺に集結する。松山の広がる小高い所で露営して、八月一一日の朝が明けてさらに南下し始めると、空は灰色の雲が一面に広がり、小雨を顔に受け頬を伝って流れる。午前一〇時頃、休憩中に中隊の命令受領が大隊本部より小走りで指揮班の位置へ到着すると、灰瀬中隊長に命令伝達をしている。

「第一中隊は洞頭廟西南方、七里山の警備にあたるべく、今一一日の日暮れを待って敵に発見されぬよう出発前進すべし。食糧を持てるだけ徴発し、用意すること!」

長沙以来の次々の疲労が重なり、髪はバサバサと伸び、耐え難い極限に喘いでいる兵隊もいたが、戦争において命令は人間の疲労衰弱なんて関係なく、命令は実行されていく。兵隊の間には、ある中隊では逃亡がおきたとの噂さえ耳にするようになった。私は逃亡したと聞く兵隊の、その時の条件をふと考えてみた。

〝行軍中一五分の休憩などのチャンスをとらえて糞便の用を達すると見せかけて山の中に姿を隠し、新四軍の兵を見たら白旗を上げる〟などと想像されるのである。私も一度だけ衡陽までの行軍中であったが夜行軍で暗く、今逃亡したら成功するぞと考えた時、胸騒ぎがして内地の父母や姉の顔、顔がむらむらと思い出され、「逃亡!」という二字がすーっと消え去る思いをした瞬間を忘れないで、反芻動物のように思いをくり返していた。〝もし、私が逃亡すれば内地の父母にはお前の息子は中国の戦場で逃亡した国賊だと役場や警察から来て罵られるであろう。その時、内地の父母たちはどんな辛い思いをして残りの人生を過ごさねばならないであろうか?〟と考えると「逃亡は駄目だ!逃亡は駄目だ!」と自分の体の中から強く否定するものが湧くのだった。

今日も湖南の太陽は強く輝き、またむし暑い。だが、夕刻の出発まで準備せねばならぬ玄米の徴発である。

それは立山当番兵に、

「小隊長殿の米の分は吉岡・内田、一升当り分けて持っていけ」

と言いつけられ、六升の米を背嚢に入れ準備を終わった時、これも兵隊には「天皇の命令」と受けなければならないのか? いやそんな馬鹿な。立山当番兵には

「朕が命令」などと考える能力・智能さえないのだ。智能希薄な立山当番兵が特に私だけをねらって殴るビンタは完全な私的制裁であるにもかかわらず、それを特権のように行使する精神状態、しかも戦場で生死をともにしている状況にかかわらずであることは許し難いものが私の肉体に刻まれていた。その上、食うことに対してこの上もないやかまし屋の立山の顔さえ見ることに嫌気がさした。

「整列！」「整列！」

外から指揮班の兵の叫び声とともに各小隊は民家の部屋から飛び出し、灰瀬隊は木原第二小隊を尖兵小隊として出発する。湖南省を長沙、衡陽と南下すれば次第に丘は高くなって、松の木などの雑木の生えた山また山が迫ってきた。

七里山という山は一体どんな山だろうかと想像しながら行軍していると、疲労している体に六升の米をつめた背嚢を背に山の峯の連なる谷間から登り道にさしかかると体が後ろへ反り返るかと思われるのだ。それは背嚢の重さが体の重心を狂わせているからである。七里山の麓を登り始めた頃は、日は暮れて薄闇が迫っていた。山の斜面の松林の間を山上目がけて私たち尖兵小隊は一分隊先頭に、休んでは登りまた登っては休んで、重荷を背負っての急峻な山路は兵の行軍を悩ますのだった。八合目あたりと思われる七里山の急斜面の松の根っこに掴まって休憩していると、灰色の空から小雨がしとしとと降り始め、麓を見下ろすと指揮班、第一・第三小隊の黒い影は五合目あたりであろうか。休憩が長くなっていると指揮班からの伝令が辿り着き、灰瀬中隊長は中隊配属の歩兵砲一門を山の中腹に陣地構築を命じ、また、配属の九二重機も適当な地点を探していると伝えてきた。尖兵小隊の私たちは山の斜面に倒れ、仰向けに背嚢にもたれ、左手は松の木の根元に掴まり、右手に小銃を握り、小雨にうたれ、眠りに誘われるが、蚊群の襲来は全く激しい。顔、手、首筋と皮膚の露出部分には絶え間なく刺して来るので、天幕を背嚢から取り出して頭から覆うと汗びっしょりになって息苦しい。だが辛抱強く覆っていると、蚊群はその天幕の下の隙間からブーン、ブーンと入り込んでくるので、夜の明けるのを待ち望む外ない。

既にマッチも濡れ果ててタバコの煙もここ数日互いに見ず、夜は兵隊にとっては内地の平和な我が家を想像することが精一杯の慰めだった。

八月一二日、七里山にも東の山の頂が白々と見えて黎明を告げている。

「ああ朝だ！」

敵味方の殺し合いの戦場に、これほど平等に敵味方の人間に生命を与えている光景は、私の心の中まで光が差し込んで来ていた。

一列の兵隊も動き始めていた。

「俺たちはこんな場所に休憩していたのか！」

と声を出し合って、それぞれに付近を確かめると、七里山の八合目あたりの斜面の松林の間に、臀の部分は小雨でしっとりと皮膚まで濡れている。麓を松の間から見下ろすと白雲がたなびき、民家の屋根の下が恋しく谷間を茫然として眺めているのだった。やがて朝の明るさが来た。

「出発準備！」「出発準備！」

逓伝の声が山中に広がる。山頂へ兵隊の列が上り始める。指揮班と第二小隊だけが最も高い山の頂上へ到着した。私たち、尖兵小隊の後に続いて登ってきた灰瀬中隊長や石田軍曹、梅田伍長、谷口上等兵などの顔も上に向ってくたくたに疲れている様子である。

「こういう山岳戦には歩兵砲や機関銃中隊は山の麓に陣地を作るから俺たちと比べると楽なもんだ」

と小川古兵が息も切れ切れに愚痴をこぼすが、初年兵を殴る、いじめる他に何の能力も持ち合わせていないこの古兵が作戦について判りもしないことを口に出す。

中隊長以下、皆曲がった膝が伸びず、上を見上げ、午前の太陽を頭上に見る頃、全員山頂に到着していた。雨も次第に止み、朝靄も消えて、山頂から下界を見渡せば緑の山々に囲まれた谷間の沃野に黄金色の稲が見え、ある地点でのクリークの水面が白く夏の太陽に輝く。そのほとりに静かに民家の屋根が重なっているではないか。私は一瞬、山上への征服感と同時に湖南の大自然に酔い浸った。そして時の刻みを瞬間的に感じとっていた。その一瞬の過ぎゆく時間の前に人間はすべて平等だ。

暫くして頂上の立地条件を観察していた灰瀬中隊長は、

「おい！　木原少尉、ここは敵から丸見えだ。指揮班はここで陣地を作るから第二小隊は山上の前方と後方に陣地を作れ！」

「はい、判りました！」

「皆！　直ぐ体がわからぬよう偽装せい！」

兵隊たちは皆、山上の松の枝をボキボキ折って集め、鉄帽に偽装し、三人組を作って背嚢から円匙を取り外し、穴を掘り始めた。

私は、宮下、小川古兵と一組になって山上の後方陣地を命ぜられ、赤土色した湖南の土を掘り始めた。兵隊は敵前となれば命を賭けての仕事であるから、予想出来ないほど素早く出来上がる。三人這入って腰を下ろす程度に壕は作られた。小川古兵が掘り上げた時に松の枝を山頂の裏側から抱きかかえて持って来た。そして、

「吉岡、お前の天幕をこの穴の上に張り、その上にこの松の枝で偽装するのだ。おい、おい、宮下が掘り出した赤土の上には、直ぐこの松の枝で偽装せんと敵か

ら発見されると一コロだぞ」

と、この古兵はさんざんこれまで私に制裁を加えて来たが、全く敵前では小心者で自分の安全第一だけを終始考えている男でもあるのだ。出来上がった壕の斜面の入り口から自分の背嚢を持って来て三人はホッと一息。〝安心立命〟というところとなった。そこで私は、

「小川上等兵殿、敵は一体どの山にいますか？」

と、すぐ横にいた小川古兵に尋ねると、

「俺は知らん。中隊長殿が敵から丸見えだといわれたから敵がいるのは間違いない」

と答えるので、私は、〝なんて頼りにもならない古兵か！〟と思い、身近に敵を感じないので居眠りを始めた。三人とも疲労が重なり、黙りこんでいたが、宮下が腰を上げ、

「松の葉でタバコを作って来ます。小川上等兵殿」

「よし！　穴蔵生活では松のタバコでも吸わにゃ！」

そこで私も宮下の後に続いて壕を出て、山の頂上の裏側の松の木の多い斜面の山の雑草を踏んで歩いた。敵弾の飛来も未だ一発もない山の中とあって戦場の危機感も疎く、茶褐色に枯れた部分の松の葉を集め始めた。一握りほど集めると宮下は、

「俺は指揮班の方をちょっと見てくる」

と言い残して頂上の方へ再び登って行く。

「俺はここで待っているぞ」

と宮下に呼びかけ、山の雑草の上に腰を下ろした。こうした時間こそ、本当の人間としての時間であった。その時間の前に人間すべて平等だということが明らかになる。

私が腰を下ろした両足の間から、内地でよく正月元旦に飾る裏白草の葉が三枚顔を突きだしている。腰の回りにも大小の裏白草が生えているではないか。疲労してやつれ、空腹の一兵卒の目は、優しく裏白草から離れなかった。暫くして、そーっと手を草の根元へやって葉先まで撫でてみた。ザラザラする感触と内地の正月のお雑煮の餅の臭いを感じる。まだ誰にも侵されていない自然は、まだ優しく、一兵卒の目を山の斜面の赤土の方へ呼んだ。松の根っこの裏白草の間は、赤土のすべすべした表土が雨水の流れた跡を作って残している。私は子供の頃から山は好きだった……何とこの七里山は一兵卒の心を知るかのようだった。

やがて、がさがさ足音がして宮下が戻って来たと同時に、

「吉岡、指揮班は既に掩体壕を作り終わり、中隊長当番は二人で飯盒を両手に下げて山を下りて行きおったぞ」

「そうか、それじゃあ俺たちも穴蔵へ戻ろう」

と二人は小川古兵が一人しゃがんでいる壕へ這入り、松の葉タバコをふかしながら宮下が指揮班の様子を話

していたところへ声が聞こえて来た。

「木原小隊長殿は、どこですか？」

と指揮班の谷口上等兵の声を聞いて、三人は話を中止して出入り口へ顔を出した。

「木原小隊長殿！」「木原小隊長殿！」

すると近くの壕から、

「おうー、ここだ！　ここだ！」

「指揮班から、谷口、命令を伝えに参りました。中隊の飯は本田軍曹殿の指揮する炊事班が山の登り口の谷間の小屋で炊事を始めているので、昼飯から飯上げを出すようにとのことです」

「判った」

と木原小隊長が答えた後、谷口上等兵は去った。

　これを聞いた私たちも、腹の中がグーグー動き始めていた。そこで木原小隊長は、

「牧分隊長！　牧分隊長！」

と呼ぶと、

「はい！　牧はここにおります！」

「よーし、第四分隊から小隊の飯上げを出せ！　下の登り口の谷間の小屋まで行くと本田軍曹が炊事を指揮している」

「はい！　判りました！」

　牧分隊長が答えた後、こうなれば決まってしまったものだ。

「吉岡！　宮下！」

と名を呼ばれて穴から出て行くと、さっそく、

「第二小隊の飯上げ準備をすぐしてくれ」

　さっき登り上がったばかりの棒のような足でまた下り、また登らねばならなかった。宮下と私は両手に幾つもの飯盒を下げて、松と雑木の多い所を真っ直ぐに下りて行く。そこは古兵のバカげた命令は届かない、二人だけの山路であった。

　第一中隊の食糧は、一〇六大隊本部を中心として洞頭廟附近一帯にあり、二・三・四・五中隊が七里山の炊事班へ運んでくれていたのだった。その食糧も谷間の水田の稲は、もう八分通り熟れていた。

　四辺に谺《こだま》する銃砲声の伴奏で、兵隊は泥田に立って青田刈りから臼搗き、鉢摺りと明日の命も知らず、餓鬼腹を抑えて米研ぎ、しかも頻来する敵Ｐ51機の爆音に稲束を頭に乗せて泥田にしゃがむ。国のためとて厭《いと》いはせぬと故郷を出たが、今日は餓鬼腹抱えて稲を刈るにも命懸け。これが天皇の皇軍か？

　こうして集められた玄米が七里山の谷間の炊事場でも第一中隊の飯上げとなったのである。雑木の間の大釜の玄米飯をにわか作りの杓文字《しゃもじ》で混ぜているのは、内田であった。ここで彼の顔を見るとは！　ふと考えると、頂上の陣地づくりにも見ないと思ったら炊事班に選ばれていたのかと、要領のよい奴と感じた。

飯はもちろん、玄米飯の一人分飯盒の蓋一杯ずつと、塩汁に甘藷の葉ッパを刻み込んだものであった。それも本田軍曹のドラ声に従って奴隷の食糧分配の如く飯盒を小隊毎に並べて分配を受け、谷間の水を水筒に満たし宮下と再び山を登り始めた。戻り道は、なるべく松や雑木が多くて敵から発見されないよう近道を登って行った。そして食った飯盒の蓋一杯の玄米飯は腹のどこにおさまったか、感じさえ湧かなかった。

その夜は疲れと飢渇に夢うつつ、七里山上の夜を明かした。

二日目の朝早く、

「敵が見えるぞ！」

と誰かが大声を出したので、一瞬空腹を忘れた。

「敵？」一体どの山だろう……すると後方の山上の稜線に小さな黒い影が三〜四人動いているのが見える。

「第二小隊の壕は後方の山から丸見えだ！　皆、完全に偽装せい！」

と木原小隊長が叫んだ。第一分隊長・宮城伍長は中隊長へ報告のために山上から駆け出した。兵隊は皆、松の木をボキボキ折って壕の上に投げかけた。

だが敵は発砲する様子もないので、壕の中で食った玄米飯の反芻でもしたいほど飢渇を覚えるので、ただ、むやみに松の葉のタバコの煙をポカポカとふかした。

そうしているうちに日が暮れたが、夜は虫の声も遠くなるほど蚊の襲撃に悩まされ、眠れぬ夜を明かした。

そして、夜が明けると交代で飯上げに下山する同年兵の下げてくる玄米飯の飯盒が待ち遠しい。

二日目から木原小隊長の飯だけは立山当番兵が下山してわざわざ白米飯にして山上へ運んだ。私はそんな差別が体のどこかに刻みこまれて行くのだった。

五日目頃の朝、前方の山上から敵迫撃砲の一斉射撃を浴びた。

「ヒュル　ヒュル　ヒュル　ヒュル　ヴューン」

「ヒュル　ヒュル　ヒュル　ヒュル　ヴューン」

中腹の我が配属MG（重機関銃）小隊の陣地付近に三〜四発炸裂。また指揮班の陣地のすぐ下に三〜四発飛来して、破片が「ヴューン」と唸って山上の第二小隊も身を縮めた。やがて、友軍の九二式重機関銃の音が谷間に谺する。

「ダ……！　ダ……！　ダ……！」

重苦しい銃声が谷間を圧する。それとまた、敵迫撃砲と入り交じって中腹の陣地は修羅場と化す。

一時間余りして配属MG小隊から連絡があって、戦死二名、重傷一名と判明し、灰瀬中隊長も憂いたり。

その日から飯上げは、朝・昼飯を黎明時、夕食は薄暮時、二回に行なうよう命令を受けた。

夜が明けると迫撃砲弾に見舞われ、また近敵からは狙撃されるので、窮屈な穴蔵に五尺の体をもてあまし、夜だけ壕から這い出して、また蚊群と闘うのだった。

こうして一週間余り、山上警備で生活を続けるうち、雨が降り出し、壕の中に浸水してきたので装具は膝の上に乗せ、飯盒で排水作業である。天井から雨で緩んだ土塊がボロボロ落ちてくる。まるで陸へ上がった魚みたいに兵隊はなってしまった。

麓の谷間の炊事場の傍に湧水があり、その水を水筒に詰めて飲んでいたが、その湧水は鉱泉で下痢患者が続出した。また、着のみ着のままのボロボロの防暑衣の洗濯も出来ず、皮膚病で兵隊は悩まされていた。私も皮膚病には喩えようのない苦しみを毎日味わった。足の脛は長沙以来の田虫が化膿して、汗と垢にまみれた軍衣袴と脛の化膿した皮膚が密着して離れないので、巻脚絆の上から手でさすってやった。最も切ない痒みで持てあましたのは陰菌田虫である。男の陰部に突き出た大切な持ち物も赤黒く腫れ上がり、小便の時は尿道の痛みをジッと抑えるのだった。

一〇日間余り過ぎる頃、敵の砲撃も止み、穴蔵生活の中で兵隊は食うことだけに知恵を働かせた。穴から時々這い出して戻ってくる小川古兵は、突然よい知恵を得た笑顔で、私と宮下の顔を見るなり、

「一分隊では犬の肉を食っているぞ。こっそり徴発しているらしいぞ」

と古兵の貫禄を示して言うと、宮下が急に活気づいて、

「なるほど、裏の谷間に下りてゆくと何かありそうです。小川古兵殿、吉岡と二人で徴発してきます。もう、食わんことには」

「うん、俺が壕に一人おれば大丈夫だ。指揮班の話では、後の山頂の人影は住民の逃げ場所だ。二人とも小銃だけ持って行け」

と小川古兵とも話は決まった。私と宮下は、軽装で小銃に五発の弾を入れて穴を這い出した。

松林の間の赤土の露出した所をどんどん下りていった。裏の谷間は安全圏内にありそうだ。谷間の林の梢が眼下になってきた所で二人は止まった。小銃の安全装置は解いて右手に提げて三～四メートルの崖を飛び下りた。すると、一人だけ通れるような小路が両側の竹や雑木林の間を曲がりくねって続いている。一時停止して警戒してみたが人の気配はしないので、私が先にその小路を進むと両側の雑木の枝が顔に触れながら小さな曲がりくねった一本路は谷川のせせらぎの音のする方向へ下がっている。

「宮下、いよいよ民家があるらしいぞ！」

「今日は何かありそうだ！」

と宮下も意気込む。二人は緊張を覚えながら人影もない谷間で小銃を脇に抱えこんで静かに歩いた。やがて谷川の水音が強く聞こえるようになった。前方の大木の枝のさしかぶった下に小さな小屋が発見されたので、

二人はすぐそこへ近づくと何と水車小屋である。大きな水車が小屋の外にはみ出し停止している。中を覗きこむと穀物は一粒だに見えない。しかし、米、麦、粟を搗く水車があれば民家は間違いなしと気付く。宮下も小屋をのぞき込んで、私の後から歩いた。

谷間は不規則な狭い田圃が段々になって、小川の流れに沿って広がり下っている。その小路の藪の曲がりを出た時、すぐ前方に支那服を着た農民を発見した。その一農民も直ぐ後の曲り路を出て来た私たちを直感し、後をふり返った途端、素早く田んぼ道を駆けようとした瞬間、

「クーリー！　来《ライ》！」

私も緊張のあまり瞬間的に出た言葉で、小銃を脇に構え引き金に手をかけていた。農民は、その私の一声と同時に一歩も前進することなく停止し、後をふり返らず棒立ちに立っている。私は何一つ武器を持たない農民と判断し、走り寄った。宮下も続いた。近寄って見れば、四〇歳ほどの草鞋を履いた農民らしい。近寄っても棒立ちのまま依然ふり返りもしない。

「塩有《イエンユウ》？　没有《メイユウ》？」

「……」

農民は震えていた。殺されると思っていることを私は直感したが、私には殺す気は全くなかった。ただ、食う物が先決問題だった。

「豚有《トウンユウ》？　没有《メイユウ》？」

再度問うた。すると頭を横に少しふり小声で、

「……」「我不知道《ウオプーチーダオ》……」（解らない）

何とか、言葉ははっきりしないが、答えながら膝を曲げて合掌するのだった。それを宮下が、

「こ奴、嘘いうか！」

と銃口で肩を突いた。私は何の武器もない、抵抗もしない農民に、自分たちの方が残酷であることを認めざるを得ない感じが、脳裡を走った。宮下を制止して、

「殺死没有《シャースーメイユウ》！　殺死没有《シャースーメイユウ》！　你早去《ニーザオチー》！　早去《ザオチー》！」（殺さないから早く行け）

と私は自分の意を伝えたつもりで中国語で言うと、農民は「殺さない」ということが解ったようで田んぼ道を静かに私たちの前を歩いていたが、急に曲り路で歩を早めて下り、遠ざかって姿が見えなくなった。二人はその農民の後をつければ民家はある、と判断して小走りになって追った。小路の左側は山、右側は田圃になっている。その左側の山の切れ目に二軒の民家が小路の上に発見された。

「しめた！」

二人はその家に向かって坂道を注意深く登った。上り詰めると既に家の塗戸は左右に一杯開かれて、正面の正方形の土間に四人の老婆が竹椅子に腰を下ろしている。私たちは突然その前に立ち、

「塩有《イエンユウ》？　没有《メイユウ》？」

と声を掛けてみたが、纏足した足を突き出したまま、二人の顔さえ見向きもしないで返事も一言もない。長沙の討伐で出会ったときの老婆たちと態度が変わらない。二人は老婆たちでは面倒だ、奥の部屋を探そうと足を踏み込んで行くと小さな部屋で、その部屋数も少ないので裏の竹林に出てしまった。すると横の方で牛小屋らしい茅葺きの家が目を引いた。

「宮下、この小屋には何かあるぞ」

「こんな小屋に隠しているぞ」

二人は警戒心を強くして小屋に足を踏み込むと、やはり空の牛小屋であり、その小屋の天井に薪が積んである。私は、これは怪しいとすぐ天井に上がった。

「宮下、お前見張りをしておれ」

「大丈夫だ。何か探し出してくれ」

私は薪の束を何束かはね除けて隅の方へ顔を突っ込むと小さな甕の壺を発見し、塩であることを直感した。

「宮下、あったぞ。塩だ、塩だ」

「俺が下から受け取るから、そっと下ろせ」

もう宮下は壁際から登り、手を出している。塩甕をわたすと私は、いよいよこの薪の中が宝の山みたいな気がして薪を一束ずつはねていると、薪の下から黒い光沢のある行李の箱が、一見、宝の箱に見えた。

「宮下、あったぞ！　あったぞ！」

「いま、下へ落とすから待っていろ！」

私はこう叫んで薪の束をはね除けると、長方形の大きな漆塗りの箱である。きちんと鍵が掛かっているところをみると、いよいよ大事な物らしい。

「宮下、よいか！」

「よーし」

ドスーンと音をさせ、バリッと箱の一面は板が引き裂けた。私は直ぐ天井から飛び下りて、二人で小銃の床尾板で箱を突き割った。中から真っ白い反物が輝くように目に映った。表面の板をバリバリとはぎ取って二人は箱の中に顔を突っ込むようにして、キチンと積み重ねられている反物、背広、毛織物、支那服を取り出して両手で引っ張り、土間に捨て、また次々と箱の底まで引き出した。二人の周囲の土間には新しい反物や服が山をなした。その中から私は、真っ白い反物を縦長に横に四つ折りにして腹に巻き始めた。宮下も自分の気に入った物を取っている。汗臭い腹の皮膚に真新しい布の香りの腹巻きをすると気持が引き締まって来た。私はもう一枚、散らかった中から茶色の毛糸のチョッキを取って雑嚢に詰め込んだ。それは、黄色い稲穂に深まりゆく秋の冷え込みを感じていたからであった（この毛糸のチョッキは、一〇月以降の戦闘に私の体を十分に守ってくれたのだ）。

小屋の土間の真ん中に漆塗りの箱が破られ、真っサラの服・反物が土間一杯に散らされた様子を私はチラッと一見して、塩甕を小脇に抱えて裏の竹林へ出た。

先に出た宮下が、

「犬がいるぞ！　吉岡、静かにしろ！」

もう宮下は膝撃の姿勢で、小銃を構えて照準を狙っている。

「ズダーン！」「ズダーン！」

銃声と同時に犬に命中、倒れた。走り寄って二人は帯剣の鞘を払って犬の皮を剥ぎ取り、四本の足を胴体から切り取り、竹林を見回しながら四本の足を下げて家の中へ急いだ。狭くて薄暗いかまどのある部屋で、犬の肉を小さく切り、中華鍋に火を焚きつけた。沸騰したところで泡を吹いたので水を新しくして再び岩塩で煮立てた。すると宮下は箸で肉をつまみ上げて、

「こらーうまい、こらーうまい」

と言って、さも満足そうに食う。私は、火を焚いたので陰菌田虫がどうしようもなく痒く、力一杯、衣袴の上から股を上下にさすれば、摩擦熱とともに居ても立ってもいられないほど痒みが激しくなる。すると、体全体の神経がもつれてしまいそうになる。

だが飢餓も押さえ難く、右手で宮下の箸を受け取り、犬の肉を挟み、口の中に三つばかり放り込んで噛んだ。柔らかい肉が奥歯で噛み絞られて喉を通る時、明日の命の有るや無しやは微塵も感じなく、ただ、現在だけ食う欲望を満たすことに集中していた。長居すべきでない敵陣内のことで、山上の分隊の分を丸い容器に取り、犬の肉と塩甕をそれぞれ二人は脇に持って谷の森目指して小路を急いだ。崖をよじ登り、松林に頭を突き込んだ時、谷川の水車小屋で落ちる水音が次第に遠く聞こえるのを感じて、今日の戦場での徴発が無事であったことにホッと気が付き、山を登る足の重さを覚えるのだった。

万一、あの農民が味方を増して二人を襲っていたら再び七里山を登ることはなかったであろうということが頭の中を駆け巡り、気付いていたからだ。

また、私はあの家にいた四人の老婆の戦場での動じない姿から威力のようなものを感じていた。

壕の中に持ち帰るや、小川古兵は小躍りして喜び、豚肉と思っているらしく、

「牧分隊長の壕へ行って四分隊は皆ここへ来るように言え」

こうしてその日の夕食は、何の肉と考える余裕もなく平らげた。その後で宮下が、

「小川古兵殿、さっきの肉は犬でした」

と小声で言うと、

「そうか、道理で旨いと思ったぞ」

と答えたものの、一度唾きした。

その後、大隊本部より水牛一頭、灰瀬隊の苦労を察

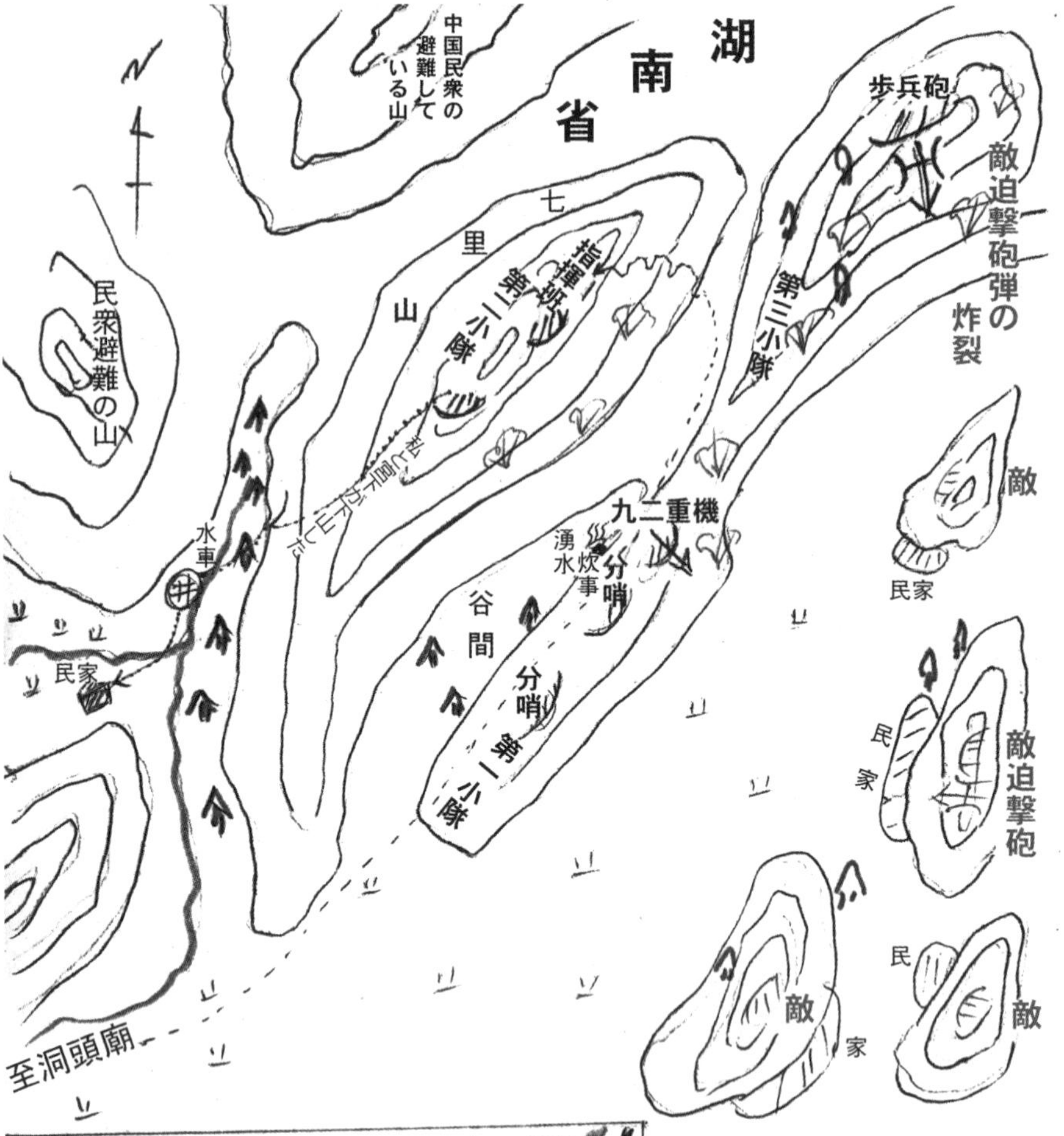
湖
南
省
中国民衆の避難している山
歩兵砲
敵迫撃砲弾の炸裂
七
里
山
指揮班
第二小隊
第三小隊
民衆避難の山
水車
民家
九二重機
湧水炊事
分哨
谷間
分哨
第一小隊
敵
民家
民家
敵迫撃砲
民家
敵
敵
至洞頭廟

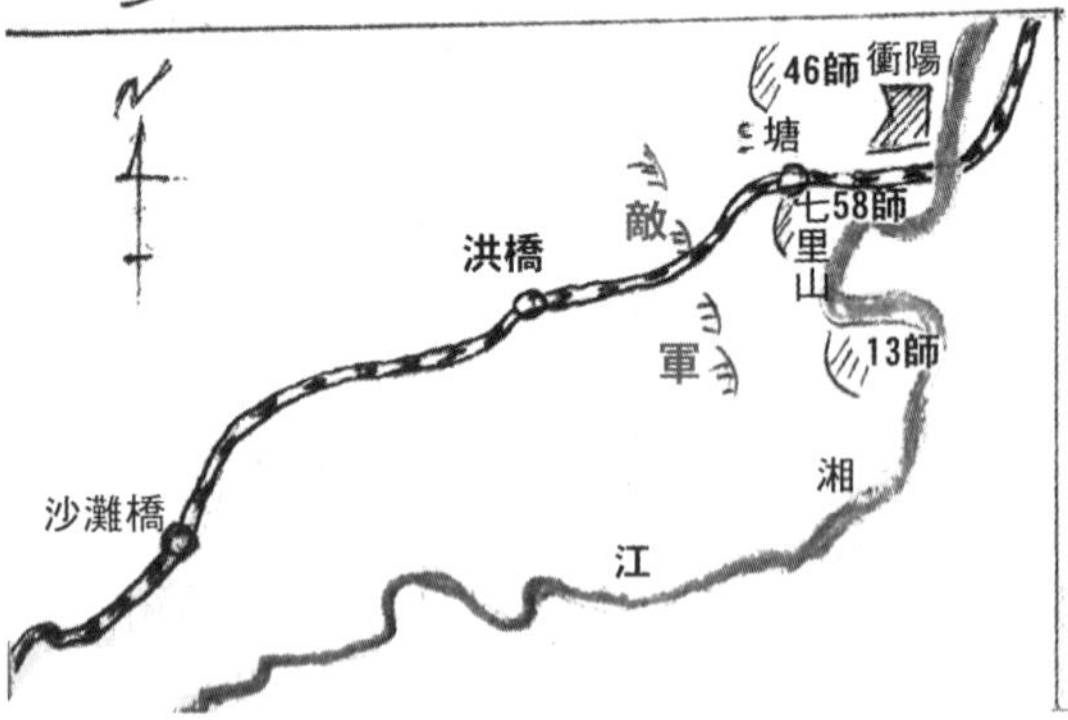
46師
衡陽
塘
敵
七
里
山
58師
洪橋
軍
13師
湘
江
沙灘橋

七里山・洪橋の戦い

して贈られたので、固い水牛肉汁で喜んだ日もあったが、一〇日、一一日、一二日と穴蔵生活をもてあまし、敵迫撃砲弾が飛んで来ない日は、山の中腹の松の根っこで糞便しながら、遠く見える平地の民家の家々が恋しくて、恋しくていつまでもしゃがんでいた。

重病患者（アメーバ赤痢・マラリア・コレラなど）は、衛生下士官に連れられて下山し始めた。壕の外は糞便も多くなり、美しい侵されていなかった自然の山上も日一日と様子を変えてゆく。晴天の日の夕陽は一層、人家を恋しく思わせ、下山の命令だけが待ち遠しい。

一五～六日目の朝の一〇時頃だった。

「第一中隊は早急に下山し、大隊本部位置に宿営せよ」

との命令に、命拾いした喜びを感じたのだった。

時は八月下旬、朝の風は涼風を肌に感じ、兵隊の長沙以来の防暑衣服は汗と垢でボロを纏った姿となり、白い支那服の上衣に背嚢を背負った兵隊も次第に見受けられる。顔は痩せて土色をした栄養失調の兵隊の列が、本部位置の民家の集まっている農村部落を目指して一列の行軍が続いて行く。大隊本部位置の民家の庭へ来ると今掘大隊長の、

「ご苦労であった」

という言葉を耳にして、予定してあった中隊の宿営地の民家にやっと入ることが出来た。

二週間余り、七里山上に敵と対峙して戦闘を交え、下山して今掘大隊長以下の戦友たちの動きを見て安心立命の地を踏み、ガックリと疲れが増してきた。三日間の休養の命令を受けて、中隊は農村の民家に小隊毎に装具を解いた。

こうなれば兵隊はさっそく徴発が始まる。

「今日は美味いもの食って今までの分を取り戻さにゃならん」

と小川や立山古兵は張り切って立ち上がる。牧分隊長も、

「さあ、徴発に皆、行くぞ」

と巻脚絆を解いて立ち上がる。

私と内田は、木原小隊長の寝台を用意して家の門を出た。内田は七里山では炊事要員であったので、私より元気に見えた。ゆっくりと密集した民家の開かれた門を出て、暫く付近を眺めながら野菜畑へ出ると、まだ日照りは暑さを覚えるが、涼風が一層疲れを増して来るのを感じた。私は一人になりたいと思って内田と離れ、林の見える所までやって来た。すると頭の上に木製の四角の枠が長く続き、その底の部分の角から水がポタリ、ポタリと雫となって落ちている。

〝何だろう、この水は？〟

ふと私はそう思って、つい好奇心に駆られて背丈よりずっと高い石垣を登って木の枠まで上がり、枠に足

を掛けてしゃがんだ。すると私が両足を枠の左右の縁を踏んでしゃがんでいる股の下を流れている水は、何て美しい澄みきった水だろうか。ソ〜ッと手を水の中に入れると、流れを遮って水が手首まで押し上る。平穏で気持よい気分にひたる僅かの時間は、私の心の奥に「生きたい」という希望の灯りを、まだほんの少しでも失っていないということを呼び起こしていた。

立ち上がって流れる方向を見ると、水は雑木林の中へ続いて流れている。私は、木の枠の横の石の上をゆっくり水に伝って行くと雑木林の中へ来た。

すると七里山の裏の谷川で見た大きな水車と小屋があった。そこでは飛沫を上げて水は落ちている。湖北省の大平野とはまた違って、この湖南の山や谷は、自然条件を利用した中国人の生活の知恵が脈うっている。こんな平穏な自然とともに生きたい……生きたい……と現実を忘れる一瞬の時の流れが体の中を駆け巡った。そして脳細胞のどこかに深く刻み込まれていた。

しかし、戦争の現実での兵隊を忘れることは出来ない。四月、脈旺嘴警備隊出発以来、約七六〇キロの行軍戦闘。一体まだどこまで戦闘を続けなければならないのか？　兵隊には何一つ知らされもしない。

こうした不安な気持ちが、水車小屋の中に入って孤

独になった私は、ふと頭の中を駆け巡る。

〝逃亡しようか？　いや逃亡なんて……〟

〝大隊では既に二〜三人、逃亡した兵隊があることを聞いている。それらの兵は新四軍で元気で反戦活動をしていると伝えられている。殺されはしない。今、この水車小屋の中からの逃亡は成功する。誰も見ている兵隊もいない。どうしようか？〟

　ここまで考えてくると私の頭の中にムラムラと浮かび上がってくる故郷の父母、そして兄、姉たち。私の帰りを来る日も来る日も待っているだろう。庭先の梨の木のテッペンに翻る日の丸の旗は出征兵士の家を示している。その私の家に、出征した息子は逃亡した国賊だと役場から伝えられ、村人から国賊の家呼ばわりされたら父母、兄姉はどうするだろう……考えると目の前に、家と父母たちが浮かんでくる。

〝逃亡は止めよう！　頑張るんだ！〟

　私は水車小屋から出て野菜畑を探し、野菜を取って小隊の家に戻った。四分隊では鶏に乾麺を徴発して、他の分隊で捕らえた豚肉を分けてもらい、一杯に開かれた家の門から西の陽光が紅くさし込んでいる民家の土間で中華鍋を囲んで夕飯の膳にありつくことが出来た。大きな陶器茶碗で玄米飯に肉の麺汁をズルー、ズルーと音をさせながら、兵隊たちは皆、餓飢腹を満たそうと食いついている。私はその時、麺を旨そうに眺めるが、どうしても食欲がなく、頭が重かった。一杯の飯も残して背嚢にもたれていると、牧分隊長が、

「吉岡、どうかしたか？　なぜ飯を食わんか？」

「今日はどうしてもいけません」

「体が悪いか？」

「頭が痛みますので休んでよいですか……」

「気分が悪いなら休んでおれ」

　すると立山古兵が、

「吉岡、飯だけは食え。食わんとますます弱るぞ」

「どうしても、いけません……」

「食えと言うのに！」

　まるで病人に対して強制的で強圧的である。私も嫌々ながら、また起きて飯にお湯をかけて喉へ流し込むと、今度は吐き気がしたので直ぐ寝て休んだ。やがて寒さを感じたので天幕を出して頭からかぶった。だが寒さは刻一刻と増して来る。すると、どうしても耐えられぬ寒さが襲い、歯の根も合わないようにガタガタ震えて来た。全身がブルブル震えているところへ内田が、

「おい！　吉岡、どうかしたか？」

「寒い！　寒い！」

　それを聞いた小川、立山古兵は、さすがに古参らしく、

「マラリヤだ。内田！　四分隊の天幕を全部、吉岡に

着せてやれ」

それから私の上には何枚もの天幕が頭から重ねられたが寒さは募るばかりで、内田が私の体を天幕の上から体でのしかかってくれた。

「宮下、本部医務室へ行って軍医殿から薬をもらって来い」

牧分隊長が宮下衛生兵に命じた。私は全身が硬直して動けなくなるほど寒さに震え、呻き苦しんだ。

「薬をもらって来ました」

との宮下の声に、私はどうにか自分の体の寒さを止めてもらいたいと祈った。

「吉岡、薬だ。そら薬だ」

内田が飯盒の蓋にお湯と白い丸薬のアスピリン錠剤を二個差し出しているので、やっと私は頭を出して歯をガクガクさせて薬を一度に飲み込んだ。

「薬を飲めば寒さは止まるぞ」

と小川古兵が言って、自分の体験を示している。それから私は、日が暮れて夜のとばりがおりて次第に寒さが薄らぎ、同時に熱発を感じていた。何枚かの天幕から顔だけを出し、静かに目を開いて見た。室内はただ暗闇の空間が漂う。不寝番が淡い灯心の灯りの傍で少し動いている。兵隊は皆、枕を並べ高鼾で、死人が転がっているように寝ている。私は上半身を起こし、天幕を二〜三枚剥いだ。全身汗びっしょりで、頭はフラフラ定まらず、立ち上がる気力もない。ばったりと倒れ、胸の上衣を開いた。一〇分、二〇分と熱は高まる一方で、自分自身摂氏四〇度を超える熱だと感じる。身の置き所もないほど苦しい。呼吸も荒々しく、死んでいくようなおぼろげな感じがした。

〝こんな所で死んじゃー俺はいやだ〟

私は全身の力をふり絞って力んで見た。全身、骨まで痛みを感じている。苦しくて苦しくて耐えられないような高熱を、誰の名を呼ぶ者もいない。ただ、呻き声だけが闇の空間に死んでいく者の声のように聞こえたであろう。

夜中の数時間、高熱に苦しみグッタリとなって、呻き声さえかすれるように喉の中が乾ききってしまったのだ。鼻の中もからからに乾き、

「水！　水！」

と冷たい水が狂うほど欲しかった。

不寝番は門の外に立哨しているらしい。私は手をついてやっと上半身を起こし、重ねられた天幕の上にうつぶせになった。立ち上がる気力も体力も全く消え失せ、ただ「水！　水！」――水が欲しいのだ。

いつの間にか寝ている兵隊の間を、両手をやっとついて腹這い始めた。止まってはまた動き出して、飯を炊いた炊事場へ少しずつ近づいた。真暗い炊事場の土間はひんやりしている。

「水甕はどこ？　水甕はどこにある？……」

私は心の中で叫んだ。高熱でカラカラになった喉をつき出し、両手を左右に動かしているうち、その手が冷たい水甕の縁に触れた。さっそく、水甕の縁に両手をかけ、自分の体を引き寄せた。蓋の上にある大きな椰子の実を二つ割りして作った柄杓で水をすくった。ゴクリ、ゴクリと喉に音をさせ水を飲んだ。暫く休み、また飲んだ。鼻の中にも水が入るようにした。

するとと全身の乾ききった肉と骨に水分がゆきわたる感じがして、やっと柄杓を甕の中へ落とした。体の五臓六腑が動き始めている。

「俺は生きている！　まだ生きているんだ！……」

どれほど苦しんでも「生きたい」という希望を忘れてはいない。しかし、この苦しみからどうやって脱却するかということには気がついていないのである。

「どうにかして生きたい」という最後の人間の希望も消え失せて湖南の曠野で死んでいった戦友の姿を思い浮かべながら、次第に薄明かりをもたらす土レンガ壁に囲まれた土間に戻り、暗い天井を見ながら、私は八月二八日の一夜を明かしたのだった。

内田と宮下が朝飯を作って鍋を下げて来た。家の外の庭では第一中隊の点呼の声がしている。点呼が終わると暫くしてどやどやと分隊の兵隊は部屋へ戻って来て、

「吉岡、元気になったか？」

牧分隊長や小川、立山古兵が次々に問うので、

「元気になりました。お世話になりました」

とやっと答えはしたものの、元気の「ゲ」の字どころか、やっと熱が下がりかけたところで立ち上がることも出来ない。そこへ内田が飯と汁を持ってきてくれた。

「吉岡、飯は食って、元気出せよ」

体中、分解しそうに痛むが、上半身を起こしてやっと一杯の飯と汁を食うことが出来た。内田が気を遣ってもう一杯食わんかと手を出したが断った。兵隊たちは旨そうに飯と汁・飯と汁と話しながら動かしているのが羨ましかった。

その食事中の話に、

「今日の進級は中隊では谷口と外は誰か？」

と小川古兵が言っているのを聞いて、私は谷口上等兵の兵長進級を知ることが出来た。

朝食後、各分隊では兵器の手入れをしている頃である。指揮班から谷口上等兵は兵長の襟章を着け、第二小隊の部屋へ入って来ていた。

「木原小隊長殿に申告に来ました」

と牧分隊長に伝えている声。

「小隊長殿は奥の部屋だ」

その声を聞いて奥の部屋に入っていく姿を私は見て

嬉しかった。暫くして、

「申告致します。陸軍上等兵谷口進、八月一日付をもって陸軍兵長を命ぜられました。ここに謹んで申告致します」

小隊長への申告を終えて奥の部屋から出て来た谷口兵長は四分隊の部屋へ足を入れると、チラッと寝ていた私を見て、

「吉岡、病気かい？」

「はい、マラリヤです。だがもういいようです」

「大丈夫か？」

「兵長殿、おめでとうございます」

「ありがとう。マラリヤか、用心して元気になれよ。明日まで休養だから……」

私は、彼さえ四分隊にいてくれたらと思いながら部屋を出る兵長を見送った。だが、行軍中でなくてよかった。明日までに行軍出来るようにならねばならぬ。こうして三日間の休養は、マラリヤで分隊長以下古兵の意地悪な制裁も受けず、一応、病人として見られた。

四日目の朝、ありがたいことには再び出発は一日延期となり、どうにかマラリヤ患者から抜け出られそうな体になったのであった。
ここは大陸の湖南省のど真ん中、内地はあまりにも遠いのだ。

六、追撃戦

ここで第六方面軍の作戦指導について説明を加えよう。

支那派遣軍は、湘桂作戦計画の当初より衡陽攻略後は、第十一軍をして概ね祁陽・来陽（衡陽西南方約一〇〇キロ）付近を対敵第一線として停止せしめ、桂林方向に対する作戦を準備せしめる計画を有していた（この作戦計画は行きづまっていた）。

しかるに今までの作戦経過を鑑みるに、彼我の航空勢力の懸隔は予想外に大であることは明白である。米空軍の戦場、特に日本軍の後方補給路に対する空爆撃は甚だしく、湘江の水路補給は全くならず、鉄道の修理もまた著しく遅延し、自動車道路の改修も日本軍の意の如くならず、遂に衡陽攻略も第三次攻撃でやっと占領、遅延を来たしたのだった。従って第一軍をして衡陽付近に態勢を整え、速やかに後方部隊を推進し、各兵団の戦力を恢復した後、早くも九月下旬頃、第二期作戦の桂林総攻撃を開始せしめる計画は、現在変更せざるを得ない。しかるに衡陽攻略後、敵はその西南方に於いて頑強に守勢に転移した約七～八箇師団、第一線に於ける日本軍第十一軍一箇師団及二箇旅団を停止せしめていた。よって一〇六大隊は七里山に於いて対敵していたのであったが、八月三十一日、敵は洪橋方面へ潰走し始めていた。重慶軍退却開始と同時に第一線部隊の追撃開始の命令が下った。

（以上「朝雲新聞社」）

九月一日晴天、第一線部隊追撃開始の命下る。敵は衡陽南方五〇キロの洪橋周辺に退却し始めた。我が方で広部隊（第五十八師団）の他に後方より辛うじて第一線まで前進できているのは、先頭梯団の嵐（第一一六師団）、鯨（第四十師団）、鏡（第十三師団）ぐらいの部隊である。さらに湘桂作戦遂行の命令は厳しかった。

灰瀬中隊長は出発準備完了、各小隊の点呼を終わって次のような訓示を中隊の全兵士に告げた。

「中隊は本日より行動を開始する。敵は洪橋へ向って退却中である。これを追撃捕捉撃滅せんとする。昼間は飛行機の銃爆撃が多くなっているから毎日飯盒は二食分を用意しておけ。追撃は強行軍だから行軍しながら飯を食べ、今日より昼夜兼行の前進であるから体に

湘桂鉄路追撃戦図

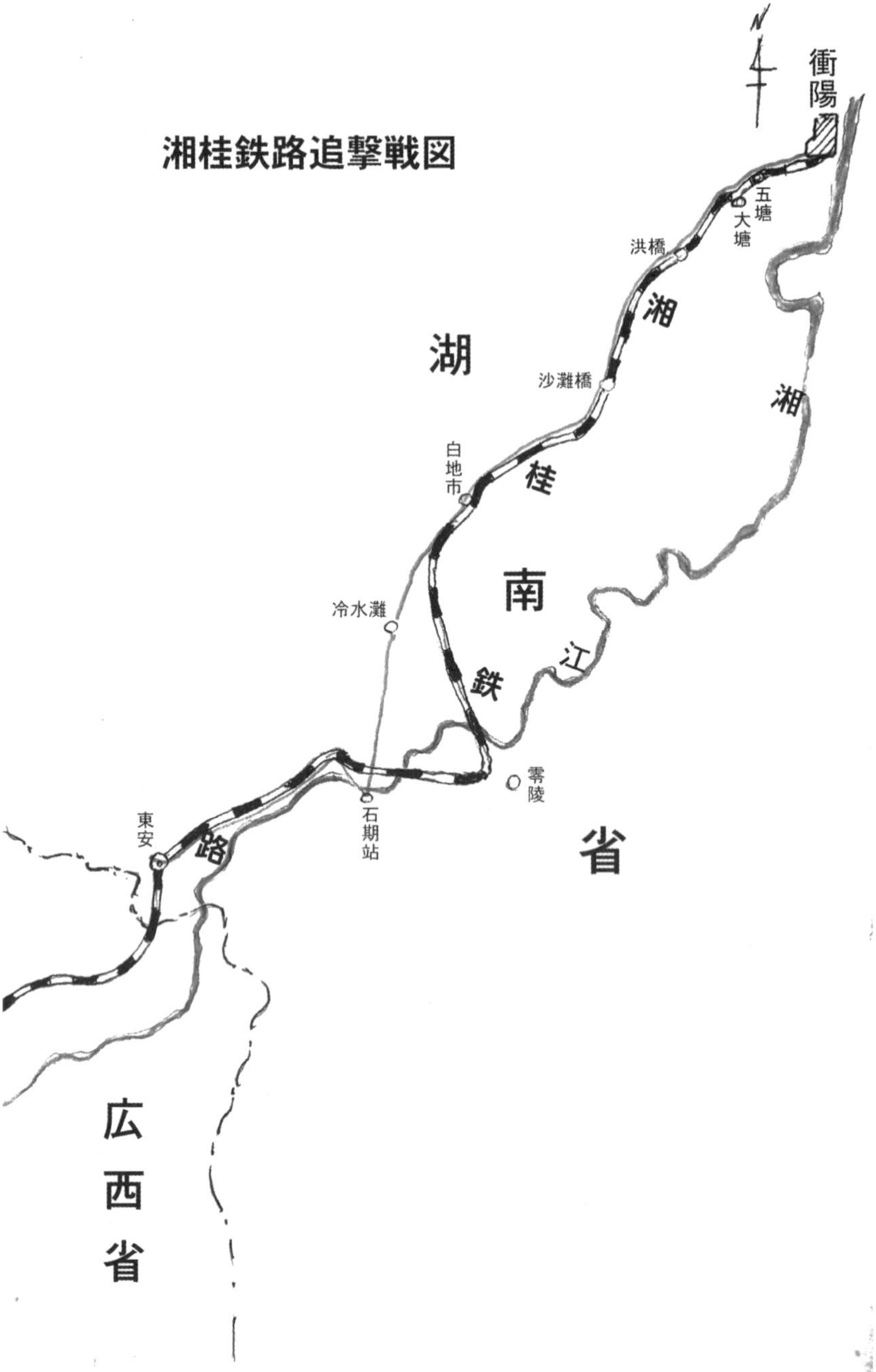

注意して生水は絶対飲むな。終り」

これを聞いた兵隊はいよいよ気が荒んで行軍が開始された。私はマラリヤで休んだ四日間の中国民家に恋しい憶いを残して出発した。しかも体は内地にあったら、まだ一〇日余も床の上で休んで養生するはずの体であるのに、今は完全軍装に身を固め、よろめく足に歯をくいしばった。

「吉岡、元気出せよ！」

もう小川古兵が後ろの方から声をかけている。全くどの古兵も「元気、元気」と唾液でも出るように気安く言う言葉は、私の耳には聞きあき、ただ最後まで体の続く限り行軍する外はない。背嚢には二食分の飯を飯盒に詰めていると、それがひどく重荷になっている。九月に入ったばかりで、残暑はまだ強い。夜行軍になって一五分の休憩になると、残り少ないタバコに火をつける。それも民家で大隊本部より一人当たり四本のタバコだけ分配されたものであった。

「前進！　前進！　前進！」

前の者が立ち上がれば、自分も立ち上がり、行軍を続けた。夜明け近く本道（自動車道）上に出た時は、前の者の黒い姿さえ見えたり消えたりして行軍しているのだった。

「休憩一五分！」「休憩一五分！」

と逓伝の声が聞こえると同時、腰をガクリと地面に落とし、背嚢にもたれたまま微塵も動かなくなっている。夜が明けると同時に丘と丘の間の民家に中隊毎に分散し、朝飯を中華鍋に炊いて食う一方、飯盒には二食分の飯をつめて、再び出発前進する。マラリヤ発熱後の私は、いよいよ行軍力の最後の一滴もなくなり、午前中の涼風にやっと行軍の列に加わっていることができた。

「バクオーン！」「バクオーン！」

一列の長蛇の行軍の列は、一斉にバラバラとくずれ散り、叢や木の下に腹這って空を見上げると、Ｐ51の編隊が無抵抗と知ってか、甚だしく低空を去って行く。敵機といえど、爆音と同時に行軍が中止されるので、行軍の辛苦と闘いながら前進している兵にとっては反面、どれほど元気を取り戻していたかわからない。私はこのＰ51の敵機（米空軍）が、何度もわが一〇六大隊の行軍の上空に飛来することを願いつつ、二塘・四塘・五塘と数時間前に退却した敵の置土産を見ながら南下した。

洪橋（衡陽西南方五〇キロ）へ前進すれば、前方に尖兵中隊がまだ抵抗する重慶軍との銃撃戦の機関銃の火薬の臭いが西風にのって漂い、疲れきった体を緊張させている。マラリヤ上りの私もこうした条件が落伍をまぬがれて前進を続けていた。夜行軍になると、兵隊には心身ともに疲労の度合が極度に増し、下士官も古兵も初年兵もただ無口になり、黙々と足音だけがする。そこへ「気合を入れろ！」と叱咤する古兵のどなり声が闇の中に突然聞こえてくる。

昼と夕食は一五分間の休憩に食わねばならなかった。これは落伍寸前の初年兵には特に手痛い食事であった。腰を下して背嚢から飯盒を取り、飯を食って飯盒を背嚢にくくりつける時間の一五分間は精一杯の時間であったが、自分の食事だけではない。

「吉岡、内田、宮下、分隊長殿の飯盒を背嚢から取ってやるぐらいお前たちにはできんのか！」

と小川・立山古兵が叱り飛ばすので、三人で分隊長一人の飯盒をとってやる。加えて小川・立山古兵の飯盒も分かれてとってやる。

「出発準備！」「出発準備！」

の声がかかる。休む余裕とてなく大急ぎで自分の背嚢に飯盒をやっと落ちない程度にくくりつけて前進するが、その「前進」の声に立ち遅れると、それこそ自分から後の中隊全部の責任を問われ、制裁が加えられるのである。

〝一体こんな強行軍がいつまで続くか？〟

生きている望みも次第に薄れかけてくる。二日三日と自動車道の広い道を行軍していたが、本部行李班の駄馬がＰ51の敵機に発見され銃撃を受けたため、正午頃、一時間の大休止となり、中隊は一軒家の民家に退避していた。そこでは昼間、絶対に飯を炊く煙を上げてはならない命令があっていたため、南瓜を生のまま食って過ごした。青臭みと甘味とが入り混じって変な感じがしていたが、後では生南瓜は常食のように感じた。こうして昼の行軍は予定の地点まで行くことが困難を極め、日数を要するので、再び鉄道線路へ出たり、細道の原野の曲がりくねった地帯を行軍したりするようになった。すると敵Ｐ51機の爆音は遠ざかり、自動車道を偵察していることが判明した大隊は、ここで昼夜兼行の強行軍が実行され始めた。夜行軍では曲がりくねった小路に迷い、部隊長が副官を従え、尖兵中隊まで前進して前進方向を示すことが何度かあった。そうして私も、日一日と体力の減退を感じていた。

真っ暗い夜雨にうたれ、前の者がわからなくなると、「遅れているのは吉岡だろう。貴様、新四軍に拉致されてみろ、お前の責任だぞ」と小川古兵らから時折口汚く叱咤され、後ろから突かれて何くそと思うと、誰にも見えない涙が頬を伝って雨とともに落ちて進む。そんな時、故郷の父母などのことを思い出すと涙が止まらず、歯をじっと食いしばって行軍を続けると、平和な家庭生活がやたらと恋しくなる。

〝軍隊という組織から決別するのはいつの日ぞ〟

今は我が命はそんな希望も無駄になってしまい、いつ来るかわからない死の影を感じて行軍は続けられた。夜行軍が三日四日と続けば、悉く兵隊は気力を失ってゆく。落伍して倒れそうな兵隊は気力を失ってゆく。落伍して倒れそうな兵隊に馬か牛のように綱をつけて引っ張りながら行軍する分隊もある。ふらふらして行軍している兵隊を棒切れで古兵が後ろから押していく分隊もある。こうして疲労の度合いは著しく重なった。長沙以来、打ち続く炎天下を生きる限りの体力を出し尽くし、衡陽を出て昼夜兼行の夜行軍と相俟って、その体力の消耗減退は著しいものがあった。

ある日、尖兵中隊が道に迷い、せっかく前進してきた細道を逆戻りして小さなクリークを渡河すれば、空は暗く小雨模様の闇の夜、不眠不休の兵隊の肉体はもちろん精神的疲労も限界をこえ、生きていながら死んでいる者同様、休憩時の姿はぴくとも動かない。黒い人体が地面にころがっているのであった。私はかすかに尖兵中隊の渡河が始まっていることを脳の一部で判りかけることができた。

夜中の三時か四時頃だろうか、体中の全神経が消失したようになって「お前は生きたいか?」「死にたいか?」と問えば、「どちらでも」と脳裏の働きは全く失われた人間となり果て、夜の時の過ぐるのもわからない。

それから、時間が過ぎてどうして渡河したか覚えず、ふと目を覚せば自分の体はしっとりと露おく草の上に背嚢にもたれ、朝の冷感をおぼえる。小隊長も分隊長も兵隊も皆、川の堤防の斜面の草の上に全滅の死体のころがった有様であった。

一度、脚下を照鑑すれば早や深みゆく秋の静寂にひたりながら、人も馬も皆痩せて、給養は悪化の一途を辿り、作戦の前途知る由もなく、皇軍の美名も空虚にして湖南の大地のみが、どこまでも果しなく続いている。すっかり夜が明け、付近の原野の木も草木も一木一草がはっきり見えるようになった頃、尖兵中隊が動き出し、付近の部落に分散した。大隊長も兵の疲労を見るに偲びずか、

「一日間の大休止」

を命令した。各中隊も民家に分散して、私たちも命が長びいた気持で装具をといて飯を炊く元気もなく、土間に腰を下しぐったりとなって休んだ。すると大隊本部よりの命令受領（その頃は石田軍曹、谷口兵長、中満上等兵）が中隊へ帰隊して灰瀬中隊長に命令伝達をする。

「今朝第三中隊の兵隊が民家の部屋にはいるなり一人奥の部屋で持っていた手榴弾を爆発させて自殺した。これからの戦闘に弾薬は大事なものであるから、断じ

てこのようなことをしないよう各中隊は厳重に注意徹底せよ！」

各中隊長から小隊長に、小隊長は各分隊長以下の兵隊を集めて注意をつたえた。

私は意識がさめたかのように自分の顔をなでて、まだ血の通っていることを確認していた。各分隊では、まず兵器弾薬の手入れが始まり、自分の帯革につけた手榴弾二発を布でふきながら、自殺した第三中隊の兵のことを憶えば、それは自分のことのように思え、「故郷の土を踏む日はいつの日か？」――計り知れない戦争の地獄の中で、ただ「頑張るんだ！」「頑張るんだ！」――これまで生き続けた体に僅かでも望みをかけてみるのだった。

兵器の手入れを終って、私と内田は徴発に裏の畑の方へ歩いていく。宮下は外傷患者治療で残っていた。

私たち二人は四～五軒の家の棟をとりまいている外堀

を出ると、少し高くなった畑が左右の林の間に細長く先へ続いていた。九月ともなれば落花生が畑一面に植えてあるかと思うと、全く作物のない畑がいくつも目につく。〝きっと戦争中で、農民も作付けする余裕もなかったであろう〟と考えながら、

「右側の林の方へ探しに行くぞ」

と二人は相談してゆっくりと歩いて林の中へはいると、たわむれる小鳥の声に二人は暫く会話も止み、小鳥の声に心は磁石のように引きつけられていたが、急に内田が、

「俺たちはいつ内地へ帰れるか、わからんぞ」

と一人言のように言う。

「そうだなあ、……俺も今日の大休止がなかったら、どうなっていたかわからん」

「俺は軍隊なんか志願して来るんじゃなかった。〝志願で出てくる馬鹿もおる〟と歌われていたように、まったく俺は馬鹿だった」

「だが、どうせお前も徴兵検査で軍隊に来る身だから一年か二年の差だろう」

「そうだ、だから志願したんだ。だがその一年でも二年でも内地にいた方がよかったと思っている」

「だがお前だって甲種合格と名誉の紙切れをもらった時は喜び、軍隊は勇ましい所で男の行く所だとお国のために一意専心軍務に精励しますと誓って出たろうが」

「そうとも、家を出る時ゃ日の丸の旗に送られてよかったぞ」

「誰だって同じことだ。俺だって国民学校の四年生男女が駅まで送って来た時のことは忘れられんぞ。しかし再び会って顔を見ることも望めないどころか落伍して栄養失調、そして伝染病。骨と皮になって死ぬよりはどうにかして最後の戦闘までついていかねばならぬと思うのだ。もう行動開始以来半年だ。これまでの戦闘期間は二ヵ月が最高と聞いている。もう広部隊も戦闘終結で警備につきそうなものだと考えたりしている」

こうして二人は林の中で久しぶりにしみじみと話し合って、林をぬけ、せまい畑へ出た。すると内田が、

「西瓜畑だぞ！」

すでに畑一面に這いまわった西瓜の蔓は枯れ、小さい丸い西瓜が四つ五つころがっている。

「西瓜は珍しいぞ。何年ぶりか？」

と喜んで一個をとり、編上靴に打ちつけて二つに割ると薄赤い中味に黒い大きな種子がある。一口がぶりと食いついたが、全く甘みを感じない。

「おい、内田、この西瓜はちっとも甘くないぞ」

「あたりまえだ。支那じゃ種子の中味を冬になると

食っていたろうが。種子をとるんだ」
「中味の甘い西瓜がよかろうに」
私はこう言って珍しい西瓜に飛びつきはしたものの、がっかりして半分はもう投げ捨てた。民家の方へ戻りかけていた時、里いもを少々下げて飯の準備を始めた。

午後は夕刻までぐっすり眠りについた。そして大休止も過ぎ、あたり一面、静寂な闇が迫るころ、農民の人影一つ見ない細い一本路を曲がりくねって、夜行軍は再び始まっていた。昼間はこんな細路の行軍も空から米軍機Ｐ51から発見されると執拗な来襲を受けていた。しかし夜行軍は空爆は逃れた。

そこで昼間、飯を準備して腹ごしらえをしなければならない。行軍は朝のうちは爆音もないので午前一〇時頃、山に囲まれた農村部落に大隊は今日の飯の準備を始めることになった。林に囲まれた民家の周りの隊は這入って、私と内田、宮下の三人は民家の中に灰瀬林の木陰になっている水田の中に入り、水芋を掘り始めた。ほかの分隊からも次々に水田に下りてきて掘り始めた。

「バクオーン！」「バクオーン！」

突如、兵隊の叫ぶ声が水田の向こうの第二中隊の家の方から聞こえたかと思うと、

「ヴーン！」「ヴーン！」「ヴーン！」

と三～四機のＰ51の低空と思われる爆音に、水芋掘りの兵隊は一斉に林の中に駆け込んだ直後、

「ダ……　ダ……　ダ……！」

「キィーン！」

と次の飛行機の急降下の音とともに、

「ダ……　ダ……　ダ……！」

三回、四回と急降下爆撃が繰り返され、既に二中隊の入った民家の屋根から黒煙が空に上り、炎は風にゆれて見える。すると、また三、四中隊の民家の方で敵機の銃撃が天地を震わせる。林の中の民家では灰瀬隊はまだ飯を炊く煙を上げなかったので銃声から逃れたことを知った。

里芋掘りから宿営地の民家に戻るなり「出発準備」と飯を食うことも出来ず、大隊は前進を始めると、さっきの空襲で二中隊で三名ほど死傷者を出したことが行軍中判った。一名は屋根の上から人差し指大の機関銃弾が腰を下ろしていた〇〇伍長の腹を貫通、即死したとのこと。この敵からの不意打ちに今掘大隊長は山の中へ退避を命じたのであった。

松山の中で一時間余り休憩を命じ、各中隊毎に炊事要員だけが民家に入って飯を炊くことになり、外の者は皆松の木影から頻来するＰ51機に対空射撃を準備することになった。私は対空射撃兵に選ばれて松の木の間から空の見える場所を探して腰を下ろした。臀

部を据え、左足の膝を立てて小銃を青空に向けて照準を合わせて銃口を睨み、待った。大隊の機関銃中隊が道路端の低地で九二重機を完全偽装して銃口だけが空間の夏空を睨んでいる。まだ炊事班は帰って来ない。空腹がＰ51機より自分の気持をせかせている。

飛行機なんて待っていると来ないものだと思っているうちに、

「バクオーン！」「バクオーン！」

と対空射撃兵の声が松山に広がった。敵米空軍Ｐ51二機が近づいてくる。爆音の響きとともに松山の上空へ向かって機体が次第に大きくなってくる。私は初めてこの敵機に向かっての発砲である。今までの腰の弾薬を一発でも多く減らそうと考えて空をにらんだ。最初に発見した敵機は松山の上空に向かって二機飛来しているではないか。すると、

「ズダーン！　ズダーン！」「ズダーン！」

松林の間から早くも小銃弾が飛び出した。私も遅れじと発砲した。飛行機は何の変化もなく飛び去ったが、日本軍に気づいて再び二機編隊は松山の上空へ飛来したのだ。小銃の銃撃は一発も命中していない。すると九二重機の威勢のいい弾の音が山中にこだまして響きわたる。

「ダ……　ダ……　ダ……！」

機関銃中隊の九二重機は歩兵にとって威力のある味方を感じさせていた。重機の対空射撃が終わるや否や、松山の中では、

「Ｐ51に命中！　Ｐ51に命中！」

各中隊に大声で伝わり、兵隊は山の中に立ち上がり、Ｐ51機の飛んだ方向を探しながら発見した。黒煙を吹き出し、帯を流したように引いて一機のＰ51が真っ逆様に地上に向かって落ちてゆく。「アッ」と言う間にその機から落下傘が飛び出し、敵飛行操縦兵の命拾いの光景が見られるではないか。兵隊たちは勝利気分に酔って一同万歳を叫んでいる。機関銃隊の位置まで前進した。そこで昼食をとりながら大喜びの話であった。

「Ｐ51を撃墜した機関銃中隊の射手は、金鵄勲章に間違いなしだ」

「毎日、俺たちをなやましたお礼だ」

「もうＰ51は、飛んでこないだろう」

兵隊には作戦については何一つ知らされていないので、こうした目の前に起った事実だけで単純に考えるだけだった。なんて愉快な昼食であろうか。Ｐ51機一機だけで攻撃を停止する米軍ではないことを考えつく兵隊があろう筈もなく、木原小隊長も、

「これで胸がスーッとしたぞ」

と上機嫌であった。こうしてＰ51機撃墜という目前の

ひとつの勝利を戦争の勝利へ結びつけて判断しているのだった。

休憩しているところは高い堤防のようになって続いている。その高いところに木が並んで植えてあるのが前方へ続いているので、その木陰で昼食後休んでいると、生死をかけた殺伐な戦場にも自然の秋風はすべてに平等に吹きそよぐ。汗で塩をふいた頬に爽快さを感じる。木の葉が一枚二枚と赤土の地面に落ちるのを見ると、そこは未だ人間に侵されていない静かな地面の息づかいが、ひっそりと伝わってくる。堤防のような高いところに沿って右側は作られたばかりの広い道路が続いているが、雑草が生えている。「新道かなあ？」と、じっと見ていると、その先は削られた土手が見えて赤土の層や茶褐色の層や小石の断層が出来ているのが見えている。「内地にもこんなところがあったようだ」と想像力をたくましく、湘南の赤土色した大地の匂いが故郷を呼び起こすのだった。こうした休憩時間が長くなる日もあると敵機撃墜ではしゃいでいた兵隊たちもみな疲労の色は隠せず、黙り込んで背嚢にもたれたまま目を閉じて、心は遠い内地へ帰りついたのだった。

そこへ夢をよびさます声が、

「出発準備！」「出発準備！」

命令下達の声に立ち上がり、再び、行軍は新道へ下りて前進していると、湖南を一本南下している自動車道路に出た。午後四時ごろだった。

「バクオーン！」「バクオーン！」

再び飛来するＰ51に兵隊の長蛇の列は四散する。敵、米空軍のＰ51の炎上で械化された米軍が劣勢などとは笑止千万な話である。

沙灘橋の敵前渡河突撃

九月に入って在華米空軍の勢力は増強の一途を辿り、貴陽・桂林・柳州・芷江をその第一線基地として活発に空襲を極めた。これに比し、我が方の空軍兵力は全く無に等しい情勢であった。第十一軍の第一線将兵、悉く友軍の日の丸の飛行機を見ることができず、残念がった。第一〇六大隊の上空に低空し、敵機に慌てふためく。機関銃中隊・歩兵砲中隊・行李班の駄馬中隊は右往左往して、意のままにならぬ馬の手綱を引っ張って大きな馬の体を隠す場所に命がけである。そこへ敵機の機銃掃射は始められている。

「キューン、ダ……！」

「キューン、ダ……！」

残暑の太陽に照らされた本道上に機関砲弾が、

「バスッ！」「バスッ！」「バスーッ！」……

地響きさせて土煙を吹き上げている。歩兵中隊は藪の中に体を伏せ、四機のＰ51が二機編隊で代わる代わる急降下しての機銃掃射にじっと耐えている。私は、小さな樹の下で顔だけは急降下するＰ51に目を向け凝視していた。すると、中隊の前方に落下傘爆弾が投下され、一瞬の間にその落下地点は、

「ドグァーン！　ドグァーン！」

地響きとともに土煙が吹き上げられた。

「今の爆弾はきっと被害があったぞ」

と小声で付近に囁く。兵隊は自分以外の兵隊の死傷には、いつも気が気ではない。そこへ、

「衛生兵は前へ！」「衛生兵は前へ！」

と逓伝される。するとそこへまた一機が急降下してくるではないか。〝これは危ない……〟と私は直感したが、間も置かないでＰ51は道路の向こう側の低い田甫の上空へ、私の目線よりやや上の高さまで急降下して、私の目前を横切ったかと思うと、胴体につけていた黒い三〇キロほどの爆弾が機体から飛ばされるようにして離れた。その黒い爆弾が急降下したその惰力でスピードをつけて田甫の先の林の間に見える民家に突っ込んだ瞬間、「ドグァーン！」と民家は炸裂破壊されてしまう。敵機は民家に日本軍がいると思ったのだろう。大隊の機関銃も今度ばかりは対空射撃どころか、逃げ場に精一杯の混乱ぶりであった。歩兵中隊の兵士は皆、木陰や叢に体をひそめて動かなかった。数回、繰り返して爆弾を落とし、機銃掃射を浴びせた四機は、爆薬が尽きたか悠々と省界山脈の上空へ向かって飛び去った。

一〇六大隊一〇〇〇余名の将兵と敵機Ｐ51四機の対戦結果、手も足も出ない戦いの終わった虚しい風に吹きさらされている兵の姿が、そこにあった。私はこの対戦に於いて、大隊長も中隊長も小隊長も誰一人、反撃の命令を何一つ出せないことを知ってくれれば、命がけではあるが休憩できたことだけが何より幸いかとふりかえった。だが、一中隊では指揮班の井上兵長が胸部貫通銃創（二日後戦死）、第二小隊第一分隊の小西一等兵と牧志一等兵は手と足に受傷したため、患者収容班まで間に合わせの担架で後退した後、やっと一中隊は尖兵中隊となり、前進を始めたのだった。

省界山脈の西山に接近した夕暮れの沙灘橋を前方に見る橋梁の拠点まで来ると、すでに橋梁及び鉄橋は破壊され、まだ白い煙が破壊された橋の切れ目から上っている。その崩れた橋桁の手前へ来た尖兵小隊の原隊長が前進したとたんに、

「パン……パンパン！　パン……！」

チェコ式軽機関銃の金属製の軽い銃声が連続して緊張感を与えたので、中隊は一斉に本道の両側の叢に体

を飛び込ませた。灰瀬中隊長は木原小隊長を従え、尖兵小隊の位置へ前進して敵情を双眼鏡で偵察し始めた。私は叢から顔を出して、首に吊るした水筒の残り少ない水を飲みほした。

「内田、お前の水筒には水はあるか？」

と聞くと、ひどく疲れた様子で返事もせずに水筒を左右に振って空っぽであることを示した。顔は赤土と汗に汚れ動こうともしない。ただ目だけがギョロギョロ光る。衡陽以来の追撃戦で兵隊は皆、乞食同様の姿になっていた。やがて後方の大隊本部から今堀大隊長、副官、三好大尉、吉田大尉、それに当番兵がついて、私たちがひそんでいる横を前進して尖兵小隊のところで灰瀬中隊長とともに敵情視察が行なわれ始めた。

その後、敵のチェコ軽機の銃声はないが、小銃弾の銃声が時々聞こえるほどだ。大隊長以下の敵情視察は暫く続いた。大隊長は後戻りしないので攻撃命令が下ったらしく、木原隊長は軍刀を手に腰を曲げながら木陰を駆け戻ってきた。第二小隊の兵隊はその姿を見て緊張を感じた。そこへ命令は下った。

「命令、ただ今より中隊は前方の川（約二〇〇メートル）を敵前渡河し、高地の敵陣へ突撃を敢行する。中隊の敵前渡河は大隊MG（重機関銃）の援護射撃が始まった直後に行なう。川の水は深いところで股くらいだ。渡河終了後は匍匐前進して、高地の敵陣一五メートルまで接近したら手榴弾を投げ、直ちに大声を以て突撃をする。わかったか！」

木陰に小隊を集めて命令伝達を各小隊は終わった。私は鉄帽の紐を締め、小銃の安全装置を確かめ、着剣も済んで前進を待ち、ひたすら木の葉の間から夕暮れ迫る川向こうの高地の敵陣を凝視した。対岸の小さな一軒家の廻りの雑木林は、必殺の巷と化する寸前の静寂か。西山は薄黒く淡い暗闇につつまれ、秋の夕暮れの感傷なんて一瞬にして消滅し、心の焦慮おさえ難し。人間だれしも生きるという希望・口実を持っている。だが今は、そんなこと考える予猶なんてなく、兵隊はただ命令に従うことだけに馴らされてきている。

「前進！　前進！」

と声を殺して次々に逓伝され、第一小隊右翼、第二小隊左翼、第三小隊、指揮班、予備第二線の任務をもって第一小隊から川岸へ腰を落して下りてゆく。

すると後方から、

「灰瀬隊の成功を祈る!!」

と今堀大隊長の錆のある大声が聞こえたかと思うと、MG重機関銃（九二重機）の援護射撃が一斉に地面をふるわす。

「ダ……！　ダ……！　ダ……！」

「ぜんしーん!!」

灰瀬中隊長は軍刀を振りかざした。兵隊は一斉に散開して水際から川の中へ飛び込んだ。敵味方の銃声入り交り、頭上に「ビューッ！　ビューッ！」と敵銃弾の飛来を感じるが、急流と股までの水深でジャブジャブと音をさせて進めども思うようにならず、川の半分を過ぎたところで首に吊るした水筒をひったくるようにしてとり、栓を歯で噛んでとるや否や前進しながら水筒に水汲みである。隣を前進渡河する兵も同じく水汲みをやっている。

〝人間どんな瞬間でも生きよう生きようとしているのだ。水の中でも地上でも、この世のものはみな生きたがっている〟――こうした単純なことをあまりにも明白に現した敵前渡河である。

岸へ飛び上った！　同時に、匍匐前進して一軒家の雑木林で「止れ！」の小隊長の声に頭まで地面につけてじっとしていた。暫くして全員渡河終了と判明すれば、灰瀬中隊長は軍刀を振り、

「攻撃！　前進！」

と命令する。あたり一面、暗くなった草の上を高地へ向かって前進する。銃弾がどこを飛んでるか、体は無感覚になって敵陣地へ近まってゆく。

高地の中腹も越えた頃、すぐ前方で黒く動く敵兵の影！　早口に聞こえる中国語に頭の毛の総立ちするのを覚える。そのとき闇の頭上に、

「ビューッ！」「ビューッ！」

と飛来する敵銃弾も意識するが、ただ無我夢中で敵陣へ近づいている。すると、

「手榴弾、投擲！」

と木原小隊長の声が、やや後ろから聞こえた。その息を詰まらせた声に、私は今ぞとばかりに腰の手榴弾を二発、すばやく取り出し、安全ピンを歯でくわえて抜いた。小銃を前に突き出して床尾板に信管をたたきつけ、一、二、三、四と心の中で数え、中腰になり力いっぱい投げた（手榴弾は、信管をついて発火を確かめて投げるが、発火から爆発まで七～八秒かかるので、発火して直ぐ投げるとまた敵から投げ返されて投げた方に爆発して損害を受けるので、数秒手に持ってから投げる）。

続いて二発目も投げた。すぐ前方に、

「ブューン！　ブューン！　ブューン！」

高地をゆすぶって轟く。

「突っ込め！　突っ込め！」

小隊長の声に立ち上がり、

「ウワー！　ウワー！　ウワー！」

兵隊は敵陣へ突っ込んだ。すると敵は目の前に闇の中を駆け逃げていく。敵の陣地の散兵壕の中に飛び込み、逃げる敵を小銃で射撃すれど暗くて命中するもし

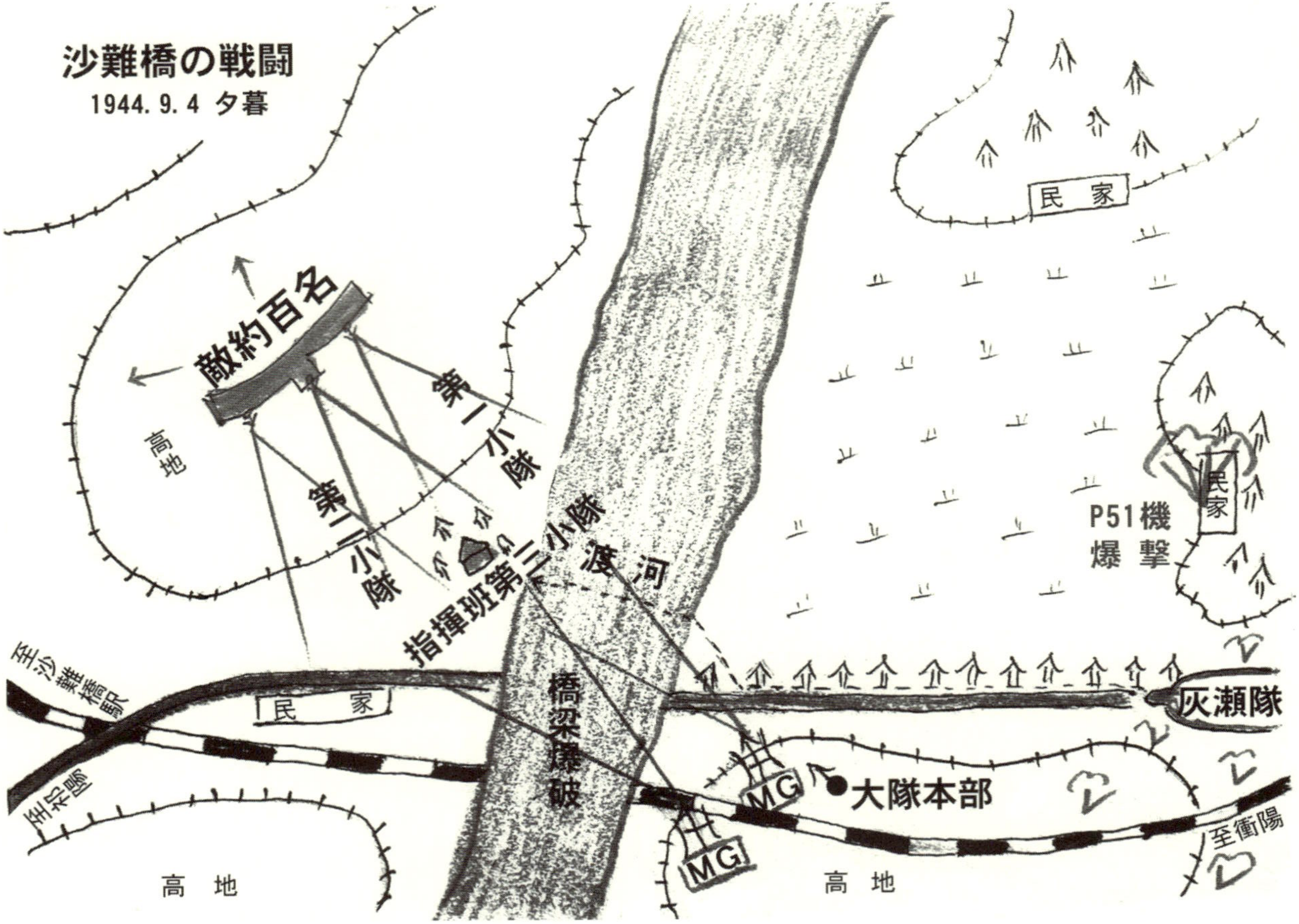
沙灘橋の戦闘
1944. 9. 4 夕暮
敵約百名
高地
第一小隊
第二小隊
指揮班
第三小隊
渡河
橋梁爆破
民家
民家
民家
P51機
爆撃
灰瀬隊
MG
MG
大隊本部
至沙灘橋駅
至祁陽
至衡陽
高地
高地

ないもない。

「擲弾筒で撃て！」

灰瀬中隊長の命令に、私は重い榴弾を取り出していると、古兵の小川が、

「吉岡、弾だ！　弾だ！」

と呼ぶので壕から飛び出し、小川の擲弾筒の筒に弾を込め、二発連続して逃げる敵に向かって打ち込んだ。

「ヴューン！　ヴューン！」

第一小隊の方も擲弾筒を発射している。

「馬蹄型に敵地占領！」

灰瀬中隊長の命令で中隊は敵に対し馬蹄の形に陣地を確保し、膝撃の姿勢で小銃を構える。軽機班が暗闇に射撃する。こうして一応の戦闘に終止符が感じられると、ふと、自分の命があることに気付くと同時に、火薬の匂いが鼻を突き、高地一面の空間に漂っているのに私は初めて気づいた。

その後、中隊は戦死傷者の収容である。戦死者の腕を切り取り、死体を簡単に埋め、戦傷者は患者収容班に運ばねばならない。闇の中に戦死傷者の出た分隊は右往左往し始めている。

わが四分隊には一人もなく、皆無事であったため、私は敵前渡河で汲んだ水筒の水をゴクリ、ゴクリと飲んだ。

「内田、水はあるか」

「ない。お前持っているか」

「水だけは充分だ」

と答えて、内田へ水筒を渡した。疲れ切った彼は、喉が渇いたらしく半分ほど飲み干した。

後で言うことには、彼も敵前渡河で首から水筒をとって水を汲もうとしたとき水筒を水中に落とし、流されたことをそっと伝え、早く他の兵隊の水筒をとらねばならぬとうかぬ顔。水筒は命の綱のように、行軍はいつも水飢饉の状態である。

戦死傷者の始末が終わって、今夜はこの陣地で夜を明かすかと思っていると、大隊本部が前進してきて第五中隊を尖兵中隊として逃走する敵を追って冷水灘方面へ前進、湘桂鉄路へ出る夜行軍が続いた。疲れ切った体は耐え難く、早く敵と正面衝突するのを願いながら、鉄道の枕木を踏んではまた踏み、またいではまた踏む。兵の足元に続く二本の鉄のレールが夜空に冷たくどこまでも続いている。兵隊たちは疲れて一言も発する者はなく、一歩一歩枕木を踏む音だけがする。

どのくらい前進したか、次の駅らしい地点に到着した頃は、東の空が白々と明るさを増してレールの分線が何本も見え、電柱が倒れ、電線が地面に下がり乱れ、そこここに白煙が立ち上がり、鉄道を破壊して逃げた

敵の様子を身近に感じる。

霧深い秋の朝、昨日助かった命もまた耐え難い行軍の苦痛を受けながら、ただコツ、コツ、コツと足音だけが続いてゆく。湘桂鉄路は湘南の丘また丘の間を縫って松林の間に出た。すると尖兵中隊の五中隊は鉄路からそれて松林の中の小路に入っている。そうした行軍の変化には兵隊の感覚は常に敏感に働いている。右下の森の見える地点まで来ると、尖兵中隊は数戸の民家に向かって前進しているのが見えてきた。

「大休止だ」と私はとっさに喜んだ。もちろん、兵隊はそれぞれに命拾いした思いである。午前一〇時頃であろうか。そこで大隊は敵機の銃撃を避けるため、昼間は大休止ということになった。各中隊毎に民家に入り、さっそく装具を解く。そして巻脚絆を外すと、全身が崩れてしまいそうな気がする。完全軍装の時は全身の筋肉が一ヵ所でも緩めば落伍するので、大休止となるとその張り切った筋肉が一挙に緩み、体がバラバラになるように筋肉が痛め付けられている。

だが、この戦争は「現地給与」という命令を受けていると聞く。「現地給与」とは、戦場の現地の物資食糧で戦争を遂行せよということだから、住民の物資食糧を徴発せよということである。徴発は分隊ごとにすることにとりかかった。わが四分隊も鶏を数羽捕え、皮をむいて昼食準備にとりかかった。飯盒には二食分の飯を作る。衡陽攻撃前あたりから玄米飯であったが、この頃は白米が徴発されるようになり、三度の食事をやっとつないでいた。

昼食で久方ぶりの鶏肉が胃袋をうるおした。木原小隊長が「皆、出発準備を整え、ゆっくり休め」と命令すると、分隊長も古兵も初年兵も、悉くその姿は疲労甚大であることを現していた。一人、二人と兵隊が天幕を広げて背嚢枕に休み始めると、三々五々と気のおもむく木陰で皆ゴロリ、ゴロリと数が増えた。

私は、その枕もとを静かに自分の装具を下げて静かな木陰を選んだ。そして天幕の上に背嚢枕にして仰向けに休めば、真上の木の葉がわずかに秋風にゆれて残暑の太陽の光をチラチラとのぞかせる。長沙以来の頭の髪は耳たぶの上に伸び、鼻の中に指を突っ込むと中から毛が三〜四本ほど伸びだしている。

昼食後、民家の炊事場で冷たい水で洗顔した頬をそっと撫でてみると、やつれ果てたわが身に同情が湧いてくる。林の中で鳥の声がいつしか眠りに誘い、この雑木林という自然だけが寄りかかっていて安心できるように昏々と深い眠りに落ちていた。こんな時よく見る夢は、故郷の幼き頃の思い出がよく現れ、意識は

六、追撃戦

衡陽から湘桂鉄路を行軍追撃 昼は米空軍機の
P51の銃爆撃をさけ昼寝日没後は二本の鉄路
の枕木をコツコツと踏みしめ月明りの影を落して
南下するのだった。
YOSHIOKA

内地の故郷の遊びなれた場所で、子どもに帰って「華胥の夢」にも似た心地であった（華胥の夢＝黄帝が、天下がうまく治まらず心配したが、夢で華胥という園に遊んで、命令する人も欲張る人もいない、自然で平和な理想郷であるのを知り、夢が覚めてから政治の要点は自然にあると悟ったという伝説。転じてよい夢、昼寝）。

ここの大陸の一地点の時の刻みは過ぎて、自然の静かな眠りは破られる。

「起床！　起床！」

この一声だけが兵隊を一瞬にして現実に引き戻していた。夢から覚めて起き上がる木陰の兵は我に返り、急いで天幕を折りたたむ。

「出発準備！　出発準備！」

自分の休んだ自然の場所に別れを惜しみ、再び鉄道線路に出て一路南下、進撃は続いた。雨の日は敵機の来襲がなく、昼夜兼行の行軍で進撃は続き、今日も明日も、また次の日も鉄路の枕木踏んではまた踏む。行軍で右手の小銃が次第に下がってくるのを肩へ押し上げる力さえやっと残り少ない体力で同じことを繰り返し、無意識に行軍を続ける。

「休憩一五分！」「休憩一五分！」

この逓伝の声とともに、兵隊は枕木に並行して一方のレールに背嚢を体ぐるみ落し、両足は一方のレールの上に投げかけ夜空を仰いだ。九月上旬、下弦の月が深く輝き、南の黒ずんだ連山へ近まるのを見れば、月は悠久の時間を伝えている。そしてまた月下の鉄路をまたぎ、夜行軍は続いた。もう秋の感傷なんて消え去り、月下の二本のレールだけが白くいつまでも南へ南へと果てしなく続いている。

ある日は鉄路の両側が高い赤土の段層になり、その上は松林になっていた。またある日は高原をレールは続く。またある日は稲株の並ぶ水田を見下ろして続く湘桂鉄路は次第に松林の丘の高さを増してきた。

小雨降る日中の行軍中、前方に新四軍ありと。行軍は三〜四時間停止、大隊長自ら前進してきて、やっと少人数の新四軍を追い払った時など、心の中では新四軍に感謝の気持ちさえわいた（新四軍は、中国共産党の指導するゲリラ部隊である）。

ある日は落伍する兵隊を叱咤する罵声を聴くときは、自分も倒れそうにして行軍中であり、まだ生きている兵隊には同情がわいてくる。〝生きることも苦しいが、死ぬことも苦しい〟――背嚢の紐は肩の肉をえぐりとるように痛みを覚える。

夜行軍を通して黎明を迎える頃、冷水灘の駅が前方に見える。何本にも別れたレールの切れ目に白い煙が立ち上り、レールが飴のように曲がっている。レールの間に大きな鍋がすえられ、焼米がまだ温かく、南へ遁走している敵軍を身近に感じ、倒れそうな体に幾分かの緊張をもたらしてくれる。

やがて行軍は停止した。鉄路の上から左前方を眺むれば、駅の小さな建物の横から道は急に下り坂になり、冷水灘の小さな町のぎっしりつまった瓦屋根が重なり合って見下ろすことができる。朝霧が瓦屋根の上に浮かび、何本かの大木の梢が屋根の間から秋の中天に突き出して、ふと暖かい家の中の生活を恋しく憶わせる。

〝あ、ここでもいい。夜は寝床で休み、人殺しの毎日から抜け出したい〟――こうした想いにふけることは、ほんの一時の間である。

大隊本部が駅に近まった頃、大隊命令が下った。

「一時間の間に朝食を終わり、二食分の飯を携帯して、出発準備をせよ！」

各中隊は大急ぎである。冷水灘の街の反対側の鉄路のすぐ右下に小さな茅葺の家が鉄路に沿って並んで見えた。そこへ一中隊はどやどやと下りていく。今朝、遁走したばかりの敵の休み場所であったらしく、白米や豚・鶏が手に入って元気が出てきた。白米は残らず徴発して雑嚢につめる。家の外で一斉に火を焚き、熱い鍋の飯をフーフー息をふき出して兵隊は朝飯である。飯も肉も鍋の中に残っている。そこへ立山古兵が強がりらしく、

「内田、吉岡、残った飯の鍋をたたき割るぞ」

三人は鍋の縁を持ち上げ「一・二・三！」と力いっぱい地べたへ落とす。ガボッ！と鍋は白い飯とも四方へ散るのを見て小川も喜ぶ。立山は実に愉快そうである。肉の鍋も同じようにしてたたき割り、野蛮な人間の行為と知りつつ行動をともにさせられていく。そして冷水灘の鉄路で再び行軍序列を作った。

石期站へ敵前渡河

そこへ第五十八師団命令が届き、

「一〇六大隊は石期站の敵を撃滅すべし」

ということになり、第一中隊は再び尖兵中隊となり、湘桂鉄路からそれて小高い丘の松林の間を強行軍となる。大隊では第一中隊（灰瀬隊）、第五中隊（坂井隊）は今堀大隊長のお気に入りらしく、よく尖兵中隊に前進を命ぜられ、その兵隊の間では「迷惑の方が多い」とつぶやいていた。その日は続いて夜行軍で前進すれば、倒れそうな体で顎だけをつき出し、夜空を仰いで行軍を続ける。

細い小道は高原らしい場所へ出ているようだ。秋の夜空には上弦の月が薄雲の上で輪を描いて、淡い月明りで左右一面の様子をうかがう。小道の片方には背丈より高いすすきが……。「休憩一五分」の声でバタバタと兵隊は仰向けに倒れる。すすきの根元である。淡い月明りですすきの葉先に夜露が光るのを見て眠ると、内地の幼き頃の男女の友達が夢に浮かぶ……。

「出発準備！」「出発準備！」

この逓伝の声で、はっと目を覚まし現実に戻る。そしてまた前進、一歩一歩と歩き出す。片方のすすきは点々と間がある。その間から遠方を通してみると民家も何もないらしい。川も流れていないようである。原野の小道より低く、だだっ広い田圃のような気がする。一言も言葉を発する兵はいない。ただ黙々と足音だけがコツコツと続いている。時折、頭がぼんやりとなってふらりふらりと体が揺れて目が覚めると、黒く見える前の兵隊に近まる。〝故郷が恋しい〟――湘南の民家の灯火が発見されたら飛んで行って屋根の下で寝たい。暖かい場所が恋しいのだ。

もう一晩中行軍した感じをもって前進していたころ、指揮班から前方は川が流れていてその向こう岸が目的地の石期站であると伝えられた。すると「やっと目的地か」と、自分の命の安否よりも体を休めるという今生きている現在だけしか考えない。

暫くして灰瀬中隊長は後方の大隊本部の位置まで下

がり戻ってくると、いよいよ攻撃準備となった。

「石期站は川の向う岸にあり、中隊は黎明を期して敵前渡河を行ない、直ちに石期站に突入する」

命令が下るや灰瀬中隊長は、敵前渡河準備を指示し始めた。上弦の月はすでに落ち、闇の中に川面だけが薄白く前方に見える。まず中隊は渡河するための舢板《さんぱん》(中国の伝馬船)を探さねばならない。そこで、本田曹長が第一小隊から一箇分隊を指揮して川の方へ舢板捜索に出発した。その間、中隊の九六軽機は皆、渡河の援護射撃を行なうため川岸の高いところに陣取っている。長沙攻撃でも真っ暗闇の夜襲であったが、兵隊は暗いと見えないので殺戮《さつりく》という戦争の悲劇は感じていないのだ。

向こうの川岸に石期站の街が黒く見えるが、数百メートルの川一つ隔てていて、敵は何の反応も示さない。そのためか兵隊は皆、草の上にぐったりと背嚢にもたれ、今、これから自分の命の安否なんて考えることもなく、黒々と倒れたまま動かない。

灰瀬中隊長は舢板が三〜四艘徴発されて渡河準備完了すると、小銃分隊を先頭に、巻脚絆の上から編上靴をはくなどの注意が与えられる。しかし、向こう岸の石期沾は空虚な静寂を続けている。その静寂の空間に向かって、攻撃命令は発せられた。

「軽機班、射撃開始!」

「バ……! バ……! バ……!」

「前進!」

小銃班は川岸へ飛び出す。各小隊ごとに一艘あたり準備してある舢板に飛び乗り、闇の川を横切る。まだ敵陣の石期站からは何の反撃もない。舢板の櫓脚がジャブジャブと水音を立てて、石期站の街の家々が黒々と迫った。友軍の軽機は射撃を止めた。同時に舢板を岸に着け、兵隊は我先にと岸に飛び上がるが早いか、家の土蔵壁の根っこに体を引き寄せられるようにして伏せた。

未だに敵銃弾は一発も飛来せず、石期站の街へ突入出来た今、家の中は真っ暗で何も見えないが、どうしても自分の感覚では空虚な民家らしい。そこで兵隊は低い声で戦友の名を呼び、一人ぽっちになることをさけた。私の後ろには宮下が常に川岸から続いてついてきているらしい。どんな暗がりでも、よく分隊ごとにまとまるように兵隊は常に馴らされている。立川・多武上等兵なども隣の部屋でささやく声が聞こえてくる。やがて、私と宮下と前進している部屋へガサガサと四つん這いになってきた黒い影が、

「誰かいるか?……四分隊はいるか?……」

小川古兵が声を殺して呼ぶので、宮下が、

「ここにいます」

と答える。すると、立山は私の体に抱きつくように手

を触れ、小心で臆病風にふかれて、

「おお、いたか、誰か?」

　私は立山であることに感が働いていた。

「吉岡たい」

「うん、吉岡か。暗くてわからんぞ」

と大きく息をはきだし、全く安心した様子である。

　すると隣の家の方で、

「敵はいないらしいから何か探すか」

と第二分隊長・岡村兵長の声が闇の中から聞こえたので、四分隊も「さあ徴発だ」と暗い部屋を手探り始めた。私は、カメに手を触れたので支那酒かと思って手を突っ込み、濡れた指先をなめてみたら水であることがわかって一人苦笑、夜明けを待った。

　中隊指揮班が暗闇の街を敵情偵察したが敵兵は発見されず、やがて黎明となり石期站の街の屋根、屋根が浮き出して見えてきた。街は湘江の支流に沿い、東西に数十戸余りの商店が石塁の一本道の両側に並んでいる。その石塁の道に灰瀬中隊長以下が現われた時は、朝の明るさが来て両側の商店の家々の扉も固く閉ざされ、門の上の赤い紙に大きな文字の聯《れん》が見える。入口の扉の左右の柱の対聯《ついれん》の文字は、日本軍を見ているかに見えた。この小さな街の生活はまるで密封されたように、ひっそりと中隊の兵隊たちの前に立ち並んで続いている。

灰瀬中隊長は護衛兵を従え、敵情報告のために川岸へ向かって大隊本部へ去った。その間、大休止である。中隊の兵は我先にと固く閉ざされた漆塗りの扉を左右に開き、家の中へ飛び込んで徴発を始めた。私も甘味品には長沙以来縁がなく、今日何なりと胃袋を満たしたいという思いで、後に続いて家の中へ這入った。

「うあ!　ある、ある」

「ここにもあるぞ!」

「○○上等兵、これを分隊で食うぞ!」

飛び込んだ兵隊は薄暗い部屋の中で大騒ぎしている。

　この街は日本軍が侵入するとは全く予測していなかったためか、昨日までの中国人の生活のにおいとともに、砂糖菓子類、メリケン粉、煙草、支那酒など、咽喉から手の出るようにほしいものばかりの品物が、どの家の部屋にも積んであるのだ。

「こんなことがなければ、俺たちの命が助からんというものさ」

と古兵は古兵で有頂天になって巻煙草を吸い、雑嚢、防毒面、軍服の物入れに押し詰め、目につくもの皆、我がものである。私も、部屋の中で黒砂糖菓子を口に頬張り、次に銀製の水煙管《みずぎせる》を物珍しく感じ、防毒面の横に押し込んだ。兵隊は自分自分の体に蓄えはするものの、兵器弾薬があって歩兵には限りがある。そこで各分隊ごとにメリケン粉の詰まった袋や菓子ガメを家から二人三人がかりで石塁の道へ担い出し始めた。四分隊では立山古兵が指図にやってきて、中華鍋まで私と内田に道まで出させた。

石塁の道は朝の日光が輝いて道に立つ兵隊の影を作るころ、大隊主力は町の川下より渡河して、馬上の今堀大隊長を先頭に街の石塁の道にさしかかった。第一中隊の兵隊は道の片方に寄り添い、大きなカメや袋や鍋を棒で担ぐ準備をしていた。それを見た今堀大隊長は大きな声で馬上から、

「何だ！　その徴発品は！」

「……」

「捨てちまえ！　みっともない！」

「……」

「灰瀬中尉！　一中隊はどうした！」

馬上の大隊長の後から道案内してきた灰瀬中隊長は、いきり立って中隊の前に飛び出し、

「何だ！　そんなもの！」

「……」

「早く捨てろ！」

「……」

兵隊一人が叱られ罰せられるのではなく、兵隊全員が今権力のある上官の叱咤する命令を受けているのである。誰一人、動きもしない。また、投げ捨てられるような品物でもない。ただ、担い棒だけを石塁の道へガランガランと投げ出して、長沙以来飢えた物にしがみついた兵隊の手は動かない。自分一人ではない、全員だということを皆、感じているのがまた拍車をかけているのである。灰瀬中隊長は、一小隊の大きなカメを足でやっと踏み倒した。今堀大隊長も馬上から前進し始めた。灰瀬中隊長も、

「第一中隊、前進！」

と、いきり立った命令であった。すると、たった今叱られた兵は、捨てた棒を拾い上げ、こそこそと担ぐ準備をしている。第一小隊から町の東へ向かって前進が始まると第二小隊では大きなカメを二人でかついで歩き始めた。それが馬上からは道路が真直ぐなので運が悪く、大隊長は振り返って目につくなり、

「徴発品は皆捨てろ！」

と再び大声でわめいた。しかたなく兵隊は捨てたカメや袋から、腹巻を体からとって風呂敷代わりにつつめる分だけとって行軍を始めた。こうした場合は、小隊長は兵隊と最も身近な関係にあるため叱りとばすようなことはしなかった。万一、大声で叱咤したりなぐったりすれば、自分の食糧は自分の指揮する兵隊が毎日与えていることを知っているからである。長沙以来、玄米飯に岩塩をなめて生きてきた兵隊たちは現在、甘味品に生き返るような味を感じ、巻煙草の煙が酔わし

てくれているのだ。大きなカメや袋が何で捨てられよう。

「またあとでとりにくるぞ！」

とつぶやきながら、大隊長の後に続いた。

大隊長・今堀大佐の命令も今日だけは掛け声だけに終わり、一中隊の兵隊は軍隊という鎖につながれながらも同盟罷業の心理にふれた行動をとったのだった。

徴発行為、それは悪いとはいえ、こうして一中隊の兵隊は一人の体に持てるだけの物を持って大隊長の後に続き、街の東端へ来ると左側に深く澄んだ川の水がゆるやかに流れ、岸の石垣の下に五～六隻の帆を下ろした舟が横付けされていて、黒い帽子に赤線のついたものをかぶり黒い服を着た中国人一〇名余を見る。すでに大隊本部の通訳が調べたらしく行軍中の話によると、長沙郵便局員が大型の帆船で湘江を溯って逃避している所であったらしい。

大隊は町より約二キロ南西の山間部落に宿営することになり、兵隊は大喜びとなった。

一中隊より第一小隊（原小隊）が華民街に潜伏を命ぜられ出発する。私たちは久方ぶりの御馳走と休養にほくそ笑んだ。小川・立山古兵は特に意気込んで御馳走に力こぶを入れる。四分隊ではぜんざい・肉汁・白米飯と次々と中華鍋に昼食準備が進んだ。木原小隊長は、靴の中でむされて白くなった足を投げ出して寝台の上にねそべっている。

真四角の土間に藁を敷き、昼食を各分隊ごとに始めた。珍しく支那酒に酔い、古兵たちは上機嫌になった。私は、ひどい疲れの後であることを考え、行軍中は支那酒は常に遠慮していた。昼食を終わって内田・宮下とともに分隊全部の兵器・弾薬の手入れをしていると、本部兵器より弾薬補給があって、再び出発当時の弾薬を身につけなければならなかった。兵器の手入れを終わって内田とともに汗と泥にまみれた防暑衣の洗濯に出ようとすると、立山古兵が、

「これを洗濯してくれ」

と木原小隊長のシャツと袴下をまるめて投げかけた。黙って受け取り外に出た。

秋の晴天の空は碧く高い。自然の芝生が一面にやや黄色く色づき、深まりゆく秋を偲ばせ、高く低くうねっている。その芝生の中を通っている小さな一本道が、芝生とくっきり切れ目を見せて曲がりくねり、遠くの農村部落へどこまでも続いているかは、この地方の住民の主要な足で通う日常の道を想像させる。芝生の高いところで大きな槐の木が一本、秋の涼風にひらひらとその葉が舞い落ちてくる。

「一葉落ちて天下の秋を知る」

痩せた頬に秋風がしみるのだ。槐の木のまわり、直

径三～四メートルほどの石の溝が円型につくってあり、清穀している様子がうかがえる。そこを過ぎると小川が流れ、両岸の柳の小枝が揺れ動いている。

「お！　吉岡、来たかい」

一分隊の小幡を始め四～五人の同年兵が、小川の流れの真中で気持よさそうに洗濯している。

「小幡、元気がいいなあ」

「顎出しちゃ、つまらんよ。最後まで頑張らにゃ」

と彼はよほど行軍力には自信がありそうだ。私は自分の体が疲労していることに全く歯がゆい思いもしたが、優しく抱いてくれる自然にいつまでもよりかかって過ごしたかった。三ヵ月ぶりに長沙以来同年兵と親しく話せる時をかせいだ。

思い返せば湖北省脈旺嘴に三二名が第一中隊に入隊して三ヵ月の戦争基礎教育を受けた直後、大陸打通作戦の行動開始となり、なれない行軍に苦しみ、古兵にいじめられ、あえぎあえぎ楊子江北岸の白螺磯においての出陣式となり、長江を渡河、湖南省の敵戦区を一路南下すれば突如、新市の渡河に於いて米空軍の空襲に人馬は鮮血に染まり倒れた。長沙攻撃が一歩一歩近まるや、強行軍で各小隊から二人三人と伝染病に倒れ、同年兵は次第に数が少なくなっていった。長沙に血煙を上げ、疲労快復もないうちに衡陽攻撃、それに続いて七里山の戦い……湘桂鉄路の追撃戦で戦闘のあるごとに一人二人と兵隊は湖南の赤土に埋められ、病弱者は死の野戦病院へ後退していった。

憶いかえせば楊子江を渡河したのも、すでに長江に再び立つ夢は今は空しく、行動開始以来、なんと約八五〇キロにも及ぶ行軍戦闘で南下し、現在、この清流の小川に何名の同年兵がいるのだろうか？

天草出身の小幡一等兵、真面目で行軍力もある軽機関銃の射手である。同じく天草出身の菅田一等兵の顔も見える。彼は温厚な性格で、私と同じ擲弾筒の弾薬手で、色黒く言葉も少ないが黙々と歩く。これも行軍力がある。下益城郡出身の松本一等兵は軽機関銃の弾薬手で、なんでも大休止ともなればペラペラとしゃべっていたが、行軍力も尽きた様子で全く弱りきっている。熊本市出身の大垣一等兵は幹部候補という名を背に歯をかみしめて行軍を続けている様子である。沖縄出身の金城一等兵も顔は泥にまみれ、やっと石期站まで命をつないで来たといった顔つきである。ここで考えてみれば、まあ行軍力があり、これからも大丈夫と保証出来る兵隊は、同年兵では第二小隊第一分隊の小幡と第一小隊第二分隊の大垣、第三小隊第四分隊の菅田及び第二小隊第四分隊の宮下の計四人程度しか考えられない。あとに残った一〇名余は私と同様、顎出していつ倒れるかわからない体である。

同年兵も約半数に減り、殆どが伝染病で倒れ、最近はコレラ・アメーバ赤痢発症のために生水を飲むことは厳禁されているが、そんな注意なんか兵隊には今日聞けば明日は忘れるのが長沙以来ずっと習慣になっている。身につけた防暑衣のまま、秋の夜は冷感を覚えるころとなり、同年兵は一体何名が最後まで生き残るのだろう。

命あっても戦争の将来は一体どうなるだろうなんて兵隊には一切未感覚で、ただ現実の苦しみだけしか考えない。いや、そういう人間に毎日慣らされて作られているのだ。僚友の死には一切無感動になっていても、生きている苦しみには同情が働いている。

私が行軍中、飯の菜《さい》に塩がなくなっていると、内田は雑嚢の手で黒く光っている底まで手をつっ込んで一つまみの岩塩を汚い手で渡してくれた。

「塩……汚くない……」

無言のうちに受け取った私の感動であって何だろう。

こうして来た同年兵たちは、やがて各自の分隊へ洗濯ものをかかえ小川から離れて戻っていった。明日、誰の生命が湖南の赤土に埋められようなんて考えもしないで……。

「砂糖はターター（多く）有だ。わけてやるぞ」

温厚な小幡は別れぎわに言い残した。

民家の前の小さな木に衣服を乾かし、澄み切った小川に素足で入ったときの快感を腰を下ろして再び感じながら、秋草の上に編上靴を脱いで素足を投げ出した。あの小川は何と気持ちよい水だったであろう。足の脛までつかった時、ズキーンと全身に感じて、その後は言葉に言い表しようのない快感、暫く洗濯もせず腰を曲げて底まで澄み切った水の流れに見入っていたのだった。黒く艶のある石が底にまるで生きているように見え、小魚が勢いよく泳いでいた。水の流水の中に顔をつけて目を開いてみると、水中の魚と友達になったようだった。最後に頭もまるごと水中に清めて上半身を洗い、一時的にせよ自然な平和の喜びにひたりながら垢を落としたことが、今、上半身裸の体の皮膚の上に反射する秋の残暑の太陽によって〝この体はまだ生きている〟と、太陽の光にひきつけられる憶いを湧かせていた。

「出発準備！」「出発準備！」「出発準備！」

俄《にわ》かに自然の空間に響く兵隊の大声にガバと跳ね起き、厳しい軍隊の現実に心身ともに急変する。編上靴をはいて分隊の部屋へ戻った。第二中隊の方も、第三中隊の方も南の森に続いた家々にも「出発準備！」の大声で兵隊たちは飛んで民家に走りこんでいる。四分隊の部屋には私が走りこむと立山古兵がいて、

「吉岡、洗濯物は？」

「乾かしています」

「とぼけるな！　干していけるか！」

「すぐとってきます」

私は外へ飛び出した。各分隊では徴発に出た兵を呼び返したり、洗濯物を集めたり、大混乱の状態となった。それもそのはず、この宿営地に到着した直後、黒い帽子に黒い服を着た中国人が大隊本部へやってきてメリケン粉を数袋寄贈するなど、日本軍厚遇のことも起こり、古兵の噂はいつも嘘が多いが、「一〇六大隊は長沙一番乗りを果たしたので石期站の警備につくらしい」などと根も葉もない噂を散らしたので、疲労と餓えに悩まされた兵隊にとってはたしかな嘘であってもいくらか信用したかったのである。

そこに突如として「出発準備！」とは、全くどうしたことか。しかし命令は絶対服従である。何が何でも、わからなくても、ただ命令通りに動くよう慣らされているのが軍隊である。

大隊本部がいち早く一本の細道へ出ている。各中隊は全く乾いていない防暑衣を着て、袴下などはまるめて雑嚢につめこみ、補給弾薬は重量を増し、素足の喜びも束の間の出来事、完全軍装で民家の庭に整列、人員点呼、出発となったのである。

上から下まで洗濯した兵隊が褌一つで雨外套を着て洗濯物は雑嚢につめて行軍する姿は、雨宿りもない、物もらいの姿にも似たりといえた。第三中隊が尖兵中隊で、初秋の太陽の光をあびて石期站の街を東から西へ通りすぎてゆく。コツコツ石塁の道の上に足音だけが残る。両側の家々の門に挙げた漢字の聯を見るのも御用納めかと思うと、軽い離愁を覚える。町を通り過ぎて湘江の支流の渡河のため岸の木陰に休憩すれば、力ない様子で雑嚢から砂糖、タバコが出て兵隊をなぐさめているようだ。私は銀の水煙管できざみ煙草をゆっくり吸うと、水煙管がブクブクと音がするのは水煙管が話しかけているように感じ、石期站の土産物になっていた。

「一〇六大隊は石期站を反転し明九月一四日〇〇時迄冷水灘西方約三五キロの東安へ前進すべし」

師団命令は、即座に現在実行されているのだ。

「わざわざこの石期站に来て一日の休養もなくすぐ引き返すようなら、最初から湘桂鉄路を前進しておればよかったのに」

と行軍しながら愚痴を考える。それも疲労の度合いが急に重なり、顎だけ突き出し、へたばりそうだったからだ。煙草や砂糖も体の疲労には何の役にも立っていないようだった。分隊長も古兵も衡陽攻略以後、めっきり行軍力も減退して、行軍中、立山・小川の古兵などが「バカヤロ！」と時折怒鳴る程度で、蹴飛ばした

りする元気は失せていた。しかし大休止となれば、自分が疲労して動こうとせず、私たちをひどく叱咤したり、頬を殴ることも屡々あった。第二小隊第一分隊にも小西古兵という腕に入墨をした福岡・大牟田の万田炭鉱の炭鉱男の脳無しがいて、私の同年兵もひどい目にあわされていた。外の分隊にもやはり同じように、どの分隊にも一人か二人は初年兵を人間扱いしない古兵がいた。指揮班だけは怒鳴り散らす声は聞かなかった。

　太陽が沈んだ頃、渡河を終了し、夜行軍が始まっていた。果てしもない原野の一本道を兵隊の足音だけが続いていく。秋の濃紺の夜空に高くきらめく星が見え始め、眠さと綿のように疲労した体から僅か顔だけが夜空を仰いで「北斗七星はどこにあるだろう？」——どこまでも高く果てしなく広がる秋の夜空いっぱいにちりばめた輝く星の天国から私を誘うだけだった。

「あれに光る星ではないかなあ」「いやあれは北斗七星ではない……」——憶いにふけっていると小石に躓き、前方に体全体よろよろと動揺する。前の兵隊の黒い姿に近づき行軍の歩調をどうにか整える。そしてまた夜空を仰ぐ。「どこだったかなあ……さっきの星はあれだ……」——一つ一つ輝く星へ目を移動する。「ああ……あの星は柄杓の水のはいる所だ。そうだ、あの星を数えてゆくと柄杓の柄になる。一つ二つ三つ四つ五つ六つ七つあった、あった。その柄杓の入る端の星からずっと目をのばしてみると輝く大きな北極星だ」

私の足は、また急に小道の窪みに踏み込み、体はよろめき倒れそうになった。すると後方から小川古兵が、

「吉岡、眠りこけるな！」

と叱りとばされるが、返事するエネルギーもない。やっと小銃を地面に落とさんばかりにして立ち直り、再び歩調を整え行軍する。

「休憩一五分！」「休憩一五分！」

果てしもない広野の静寂の空間を破って聞こえる逓伝の声と同時にゴト、ゴト、ゴトと背嚢が地面に着く音……兵隊の黒い姿は、背嚢とともに倒れ、動かない。

私は背嚢にもたれてまた夜空を仰いだ。濃紺の夜空に輝く星のうちから「北極星はどれだったかなあ？……ああやっとあった。輝く大きな星……内地へつながる星空の美しさ……あれだ、あの星の彼方が北とすれば、東はこっちだ。内地はあの方向だ」と想像をめぐらす。故郷の我が家……あの道……あの杉林……そして一家揃っての楽しい夕膳の湯気の前に浮かぶ顔、顔、顔……。父や母や、やさしくしてくれた姉……。


「出発準備！」「出発準備！」

一瞬にして冷酷な地獄からの声は、私の全身に緊張を覚え、再び小銃を杖に立ち上がる。そこでは戦争の現実での兵隊に戻っていた。

「前進！」「前進！」「前進！」

黙々と兵隊の足音だけが続く。下弦の月が上って、高い濃紺の空の浮雲から出ては、また隠れる。道は果てしない原野を僅かに上ったり下ったりする。背より高いすすき穂の先が頬をなでる。道の両側はすすきで、その狭間を小道は大きく曲がりくねりながら、北極星を前方に見て前進している。湘桂鉄路から南に向かった石期站へ前進して反転しているのだから、今夜は北に向かっているのは湘桂鉄路へ再び前進していることだけが察しられた。

北極星から東の方の内地を想像たくましくしたのがきっかけで黙々と行軍すると、次から次へと心の中に生じてくる。若い母親が胎内に育っている赤ちゃんを感じながら、生まれ出てからの姿や形をいろいろと想像しているのと同じ心の動きをしているのである。自分の心の中にはいってきた父母・姉・幼友だちに顔をつけ服を着せ年齢を考えてやるのだった。見えない形をだんだんと生んでゆくと急に心が明るくなり、綿のように疲れ肩の肉をえぐる背嚢の紐の痛みを一時忘れると同時に、暖かい感情に満ち溢れたかと思うと、そ

の反面の現実のボロ同然の防暑衣は手のふれようもないほど汚れて、動く気力も消え果ようとしている自分に気がつくのだった。

〝故郷の父母や姉や友達が、こんなみじめな姿の私を想像できようか……〟

次から次へと想像していると、また前方にのめり倒れようとする。

「吉岡、なんばしよるとかい」

と立山古兵の注意の声。行軍中は初年兵は古兵から監視されている。

もう湖南の秋の夜は冷感を覚え、「休憩一五分」には背中の汗がひやひやと筋肉の引き締まるのを感ずる。一時間二時間と果てしもない原野で「休憩一五分」には幼き頃の夢、「ハッ」と我に気がつけば、譬《たと》えようもないみじめな我が姿にほろりとつたう両頬に冷たいものを感じながら行軍する兵に淡い月の光がさし、その影を落としている。その影は、来るか来ないか判りようのない不気味な影を感じるのである。

行軍はやっと原野の小道を過ぎ、松林の間を前進するころ、東の空は白々と明るさを増せば夜の静寂から再び人間の血なまぐさい殺し合いの夜明けである。そこへ、

「大休止！」「大休止！」「大休止！」

静寂は破れ、兵隊の列は騒がしくなった。やがて松林の中へ各中隊毎にまとまって装具をといた。露おく草もしっとりと松林の中はまだ宵が残っていて、まだ人間に侵されていない静かな自然がひっそりと息づいていたことに気がついた。

各分隊はさっそく朝食準備にとりかかった。石期站の土産は今朝もぜんざいと白米飯・肉汁とを生の松の枝をボキボキ折って松林には一斉に真白い煙が立ち上がった頃、九月一四日の朝が訪れたのだった。それから朝食も終わって午前中は松林の草を枕に兵隊は死んだように皆眠りに落ちていった。そのまま昏々と眠ってしまって再び醒めることはなさそうにさえ思えたであろう。

「起床！　出発準備！」「起床！　出発準備！」

一時間後に地獄からの一声が松林に響き、薄雲に覆われた午後は再び湘桂鉄路に出て枕木を踏んでは下り、また踏んで一路前進。夜を日について湖南省と広西省の省境へ一歩一歩近まっていった。

秋の空からしとしとと降る雨に泥にまみれた頬を洗えば、もう身の冷えるのを感じ、深まりゆく秋の行軍は続いた。秋から冬へと季節は変わっていくが、まだ防暑衣のままの兵の姿に容赦なく時間は止まらないのだ。湘桂鉄路の両側は、次第に丘は高さをまし、山の木も大きく、森は暗く見え、険しさも感じてきた。

二本の鉄路は崖の上を一筋に南下し、短いトンネルをぬける日もあった。「大休止」では二食分の飯を準備して前進する。野戦病院へ後退する兵隊も二人三人と行軍の列から消えていった。しかし、ここまで延びきった前戦での野戦病院行きは九死に一生を得る覚悟でなければならないことは、兵隊にも計り知ることができるのだ。そんな情況の下で私は、ただ「大休止」のみ命の綱とたのんで、その声を毎日待ちわびて行軍を続けた。

九月も下旬にはいった。夕暮れ時、高い崖の上を鉄路は続く。左側を見下ろせば山の麓を美しい川が流れ、川の流れの中には波頭が素早く動いて生きているのだ。両岸に転がる大きな石は、水源地に近いと想像された。両岸の大石と大石を橋桁にして無造作に架けられている。もしこの橋を農夫でもわたっているとすれば、平和な自然そのものであるが、人影一つ発見することなく、山の奥へ前進している自分の生への決別と死への接近へ向かって行くばかりであった。

やがて鉄道は短いトンネルを出ると、前方の山々は黒く深い闇のおとずれを知るころになった。行軍は止まってはまた前進することを幾度も繰り返していた。一中隊は大隊本部の後方を行軍している。ふと右側の低地の前方を見下せば、真っ赤な炎がゆらいで、迫りくる夕闇に立ち上っている炎の明かりで町の瓦屋根が重なりあって見えてきた。

「東安だ!」「東安だ!」「東安だ!」

大隊本部から中隊指揮班へ、そして第一・第二小隊、更に後方の中隊へと伝わってゆく。

東安……それは湖南省最南端の小さな街であり、広西省の入り口、省界山脈に近い所であることが、噂され始めた。

省界山脈に深まりゆく秋を覚ゆ
山合いの川辺に静かな町　東安
一瞬にして炎の修羅場と化す
残れる一握の自然よ
よりかかって抱かれる時を

（省界山脈に近づいた日）　義一

七、省界山脈を越ゆ

㈠ 山越えの行軍

ここで第十一軍の動きを簡単にまとめることにする。

衡陽攻略後〝広〟第五十八師団の歩兵大隊は洪橋附近の戦闘後、敵第一線を撃破して湘南進軍を続けた。途中で〝幸〟第三師団、〝鏡〟第十三師団が第一線を交代となって東安附近に集結する如く命令されていた。これより敵は広西省北部の全県付近を第一線として米空軍の援助のもとに桂林城を死守する態勢にあり、その勢力約一〇箇軍二五箇師団と推定された。よって東安より第十一軍は湘桂鉄路を〝幸〟第三師団、〝鏡〟第十三師団を第一線に攻撃前進することになり、〝広〟第五十八師団は省界山脈を越え山岳戦によって西南方の重慶軍第七十九軍を撃破し、速やかに桂林城に向かって攻撃前進の命を受けていた。但し、全県西南方の山岳方面には、住民の一般に武装団体を組織した自衛団の抵抗がまっていることには兵隊は誰一人気付かなかった。兵士には事実を知る権利などあろうはずがない。だから必死になって事実を知ろうとするのである。

（『大東亜戦争前史』「湘桂作戦の終結」服部卓四朗）

九月一〇日、太陽は西方省界山脈の山に没し、坂道を下りて行く。真っ赤な炎は夕闇の空を紅く染め、東安の町の屋根瓦は次々と崩れ落ちていった。その炎の町をそれて部隊は谷間へ向かって下りて行く。一〇六・一〇七・一〇八各大隊は、兵も駄馬も皆疲労の度は重苦しく、下り坂道をころがるようにして行軍の列は続いた。東安の町の端を過ぎ、田圃の小道に出て、一〇六大隊の「大休止」の位置となった。

月もなく付近は暗くて、谷間の稲刈後の田圃であることだけが判明して、近くを流れる水田の小川のせせらぎの音だけが聞こえる。中隊は、田圃に藁こずみが三つ四つあることに気が付き、藁を敷いて寝ることになった。幸いにも一〇八大隊が尖兵とあって、不寝番なしの「大休止」である。兵隊は一人一人藁こずみから藁たばを引き出してちらばった。私も、今夜だけは眠れるかと三束・四束敷いて、その上に体を休め、足の上に一束、腹の上に一束、頭から一束覆って、全く藁束の巣におさまった。秋の夜冷も少しずつふかまっていたが、今夜だけは藁の御蔭でありがたさが身にしみて静かに目をとじていった。それぞれ兵隊は田圃一面、ガサガサと音を立てて寝返りをうち、藁の巣を寝心地よく作っている。暫くして輝く星空の下に音もなくジーン、ジーン、ジーンと虫の声とせせらぎの音だけに変わり、秋の夜は静かな時の流れを象徴するように流れていった。体を包む藁束が体温で温まって親鳥の羽毛のように、まるで天国へ迎えられた死後の霊のように夢も無く、一切の感動なんてもちろん消滅し、眠りが続いたのである。〝私はもう一〇年余すぎたこの夜の寝心地が現在も秘められた宝のように胸の中に静かに収まっている。例えようのない寝心地であった。〟

時間は人間を待たなかった。そこへ現実の……

「起床！」「起床！」「起床！」

けたたましい規律ある軍隊の地獄からの一声にパッと目を覚す。両手で顔の上の藁束をそっとのけて顔を出すと、東の森の上に真紅の日輪が……。

「あー美しい……」

思わず心の中で頷かずにいられなかった。

目が眩しい。パチクリ目を瞬きしながら、しっとりと露おく藁束をはねのけ、巻脚絆をつけ、腰に帯剣・弾薬で武装をすると、

「点呼！」「点呼！」「点呼！」

前方の谷間の田圃も、後方の田圃の中にも、各中隊毎に点呼がはじまった。

「中隊長殿に敬礼！　頭　右っ」「直れ！」

「第一小隊、異常なし！」

「第二小隊、異常なし！」

「第三小隊、異常なし！」

「これより中隊は一時間以内に朝食を終わり、前進する！」

命令下達が終るや、私と内田・宮下は四分隊の飯盒を集め、田圃の間を曲がりくねって流れる水路に米をとぐ。空は碧く高く秋空は果てしなく田圃の畦畔《あぜ》にある棗《なつめ》の木らしい木の葉も色づき、小鳥が、「チ……」「チ……」と群がってはすぐ飛んで逃げる。水は澄みきって底の小石まではっきり見透される。小さな虫も……冷たい谷から流れて水草の繁った、まだ人間に侵されていない静かな自然が、ここでもひっそりと息づいているのだ。小鳥のさえずる声は米とぐ兵に呼びかけているかの如く……。朝露をたたえ、色づいた木の葉はヒラヒラと木の根元へ落ちている。

私はこの豊かな農村の景色に一時、見とれてしまった。小学生の頃から静かな農村の風景画は何よりも好きだった。その私を慰め、優しく抱きこむ風景画を思いきり筆をふるってみたかった。それは一瞬の想像以外にどうすることも出来なかった。

しかし自然の美しいものは、不用意に見ても全く美

しいものである。本能のように、この明るい風景の中に別の人間でもあるように自分を見ようとするのだった。

「吉岡、ボーッと立っとらずにやらんか」

内田が呼びかけた声に、軍隊の組織のなかにある現実の自分に戻った。

「さあ一分隊の小幡は、もう火を焚きつけたぞ」

と三人は急いで田圃の畔の石の根っこで飯盒を並べ、火を焚いた。白い煙がそこここに立ち上がって、一〇六大隊の将兵は朝飯をとることになった。

東安の町の火は今朝はおさまり、敵は深山へ逃げ去り、全く中国人の人影は探しても一人として見あたらない。不気味な戦場の現実を表している。

朝食を終わり、いよいよ尖兵中隊は前進を始める。田圃の中の石畳の小路が深山へ向かっている。行軍はそこから始まった。コツコツコツと軍靴の音、石畳の小路のすぐ横を美しい水が流れている。時折、その流れに映っている空の日輪の影を眩しく伸び縮みさせている。一歩一歩と美しい自然につつまれた東安を後へ遠ざかり、その日の夕刻、山道を登り始めた。一列の長蛇の行軍は人も馬も皆痩せ、険しい道が迫れば後ろの方から古兵が、

「初年兵はあごだすな!」

「落伍したら気合だぞ!」

「……」

「一人落伍すれば俺たちまで遅れて介抱せにゃいかん。そうなったら敵にこの山奥で拉致されるぞ。わかったか!」

「ハイ」「ハイ」

いつまで続く重苦しい行軍、そして銃声一発で戦闘開始。一番下ずみの兵隊は戦争で死ぬのは仕方がないとしても、なぜ最下位の兵隊だけが真っ先に死ななければならないのか。山道の石ころでも思う存分蹴飛ばさねばおさまらないのだ。

山越えのため、東安出発にあたって大隊では逃走した敵兵の食糧が分配され、一人当たり五升の米を背嚢に負わされ、自分たちの食糧とはいえ耐え難い重荷となっている。それなのに小川・立山古兵は、半分の米しか背嚢にはつめていない。

行軍は落日に向かっていて、日暮にもなるといよいよ大きな石の飛び出した険しい山道にさしかかった。


歩兵砲中隊及び機関銃中隊は、各駄馬毎に歩兵砲及び九二重機の分解搬送が始まり、困難な山道を前進すると一般中隊は停止になり、そこへ歩兵砲の大きな砲弾が三人に一発当たり渡され、全く兵隊の体は皮も肉も骨も弾運般に悉《ことごと》く尽きるまで使用されるのである。もう私も駄目になってこの省界山脈の深山の石の上で冷たい死体となるかと頭の心が朦朧となって、顎を伝ってしたたり落ちる玉の汗はポロリ、ポロリと山路の石を濡らして登った。内田・宮下と三人交代で歩兵砲弾を一発、背嚢と両肩の間にのっけて前進すると、もう後ろへ体もろとも逆転しそうである。殆ど下げた左手が山道の石をなでるように上体を前に倒して登る。時には石に躓《つまず》き、両手を石の上にゴトリと倒れる。

「馬鹿野郎! 小銃を捨てる奴があるか! 菊の御紋章がわからんか!」

「立て! 立て!」

痛む足を小銃でつつかれて立ち上がり、また山路を登る。山は淡い月の夜の行軍となったが、月夜の感傷なんて兵にあろうはずもない。二度三度、小川古兵に倒れた所を叱られ、小銃でこづかれ、夜の真夜中、山の頂上と思われる所に到着した。

山は岩の突き出た険峻な山路である。頂上を超え、路は下り始めると転げんばかりにして行軍を始めた頃、やっと歩兵砲弾を小川が私から取って、

「このくらいの弾が何だ。こん畜生！　今から下り坂だから張り切れ！」と、なげすてるように荒々しく叫んだ。中隊長以下、難行軍になれば殺気立ち、この山の奥で落伍すればそのまま置き去りにするわけにもいかず、自分の体がぎりぎりの体力で行軍しているのであるから背負って行軍するなど思いもよらない。時たま、灰瀬中隊長も下り坂で一小隊の落伍寸前の兵に向かって「この山道で落伍してどうする！」と叱咤する声が闇の山路で聞こえてくる。

しかし慣れていない初年兵だけが古兵より重荷して行軍しなければならない。これが日本の軍隊というものであり、

〃俺も死ぬまで頑張ろう。力つきて倒れたら……その時は死ぬまでになっているだろう……いや生きて頑張り通すんだ！〃

自分自身を励ます言葉は、それ以外になかった。

休憩一五分でさえ、体の休まる思いはしなくなった。路は曲がりくねって下って行くと足の爪先がきりきり痛む。だが体の重みで惰力がつき、上りよりも行軍は足が軽い。前の兵隊に惰力で突きあたることもある居眠り行軍なんて、全く出来ない。前の兵が小走りに間隔をあけると、自分も小走りにその間隔を縮めなければならない。こうしたことをくり返し、くり返して、やっと平地らしい地点で砲弾を歩兵砲中隊へ返却。「大休止」かと心の中で叫んで待つ間もなく、大隊本部は前方を行軍中であり、中隊は駆け足で追及となるが、もう兵隊には駆け足を続けるだけの気力もなくなり果てていた。少し道は広がって石ころのはみ出した道を一〇歩ほど小走りすれば、前の前の四〜五人が行軍している。すると、また前方の四〜五人の兵が間隔を縮めるために小走りする。その後は間隔を開いたまま行軍して、また暫くして小走りで間隔を縮める。石橋の上でやっと私は間隔を縮め、小川の流れを見て小さな山村部落の民家があれば屋根の下で大休止でもと心の中では大休止のみを頼みの綱に心待ちしながら行軍を続けた。

暫くして目前に黒く一塊りの林が現れると、民家はないかと闇の林へ目をくばり、近づくと民家らしい屋根もなく、行軍は続いた。そして夜行軍は、黎明時に一時間の大休止がやっと与えられた。私は、もう駄目か？　もう駄目か？　と何度か自分の体の安否をさぐって行軍を続けていた頃だった。付近の様子もどんな所を行軍しているか全く見渡す気力も消滅し、背嚢にもたれ、仰向けに倒れたまま動かなかった。暫くして私は「吉岡、吉岡」と呼んでいる声に気付き、付近を見廻して返事すると、立山古兵が、

「一時間の休憩の時どま、自分の小隊長の敷き藁ぐら

い探してこれんのか。こん野郎！」

「……」

私は背嚢の紐を肩から取り外すと抜け殻したような体を起こし、やっと立ち上がった。そして付近が谷間の田圃であり、稲藁のこずみがあることがわかった。やがて黎明が近づいている冷感を覚え、やっと体を二本の足が支えているようにして、田圃の稲株を踏んでぼんやり見える藁こずみに近よった。動く気力もない私には、立山古兵の言葉がキリッと激しくゆさぶり、

〝何であの野郎、俺にばかり吉岡・吉岡と奴隷みたいに使いやがる。命令というのがこんなものではないのは明らかだ。戦闘で銃弾でもくって呻いてみろ、俺がかばってやるもんか〟

こう思うと意地の力で藁こずみから「俺の分までだ」と一束ひったくるようにして取り、肩からぶら下げて背嚢にもたれ寝ている木原小隊長の前に立ち、

「藁です」

「おー」

と目を覚ました木原小隊長の横に下し、一束は自分の背嚢のある所に敷いて黙ってその藁の上に腰を下し、背嚢にもたれた。もちろん、知っていた立山も何の一言も返す言葉はなかった。兵隊は皆、行軍の苦痛に死人のように倒れていたからでもある。藁の上で休憩した私の体は、藁のやわらかい温かさによって疲れをいやし、行軍力をほんの少しでも復活させてくれた。もう晩秋も深まり、黎明時は汗でびしょ濡れの背中は冷え冷えと寒気を覚え、遠ざかる太陽に焚火《たきび》が恋しくさえなる頃だった。谷間の田圃道にも大きな石ころは多かった。こうして昼夜兼行の強行軍に時折、昼間、山間の四～五軒の民家で「大休止」があり、二食分の飯を準備すれば鶏や小豚や白米と、山岳第一線にもこうした食糧を腹一杯食って前進することができたのだった。

しかし、春夏秋と未だかってない長期間の行軍戦闘で、兵は日増しに疲労の度合いを深め、マラリヤ患者・アメーバ赤痢なども各中隊に出て、休憩中に自分の手榴弾で苦痛の根を絶った兵隊も再び出た。深山の奥深い山の行軍であれば逃亡より死を選んだのだ。

ある日の休憩中、木原小隊長は小隊の兵が休んでいる前で、

「山越えは序の口で、これからが本当の山越えの山岳戦となる。今夜はここで休むから充分に休養をとり、これからの山越えにそなえておけ。また生水は絶対のんではならぬ」

と言い渡された。いつまで険峻な山路か？ 想像する気にもなれなかった。その夜は古びた民家の土間に藁を敷き、真中に焚火をした。内田は下痢が昨日から続くと、夕飯の準備をする時、焚火の炭を粉にして薬代

用に服用している。私は下痢では、長沙以来、骨の髄まで苦しい体験済みであるが、二〜三日前、山中で糞便に血が滲じんでいたので幾分きがかりになり、

「俺も用心のため飲んでおこう」

といって服用した。一時間の休憩時に山の小高い所でしゃがみ、血の滲んだ糞便を見て、暫時、袴下も足まで下したまま、

「俺は伝染病かなあ？　しかし便は固い。あまりの胡椒の食い過ぎで痔でも悪くしたか？」

こう考えて去ったが、やはり自分の体に兵隊は皆、気がかっていた。また、内田は足の脛を押してみて、親指の跡が凹んでいるのを私に見せて、

「俺は脚気にかかっているから、米糠を炒って食わんと足が駄目になる」

といったので二人で玄米を石臼で挽いた時、米糠をふるいとって飯盒の蓋で炒り、米糠を二人で食った日もあった。こうして兵隊には病気になってもまず第一線では薬なんて全くあたえられることはないのだ。明日から更に険峻な越城嶺に続いている山越えとなり、駄馬中隊は通過困難のため、湘桂鉄路を前進することになり、その護衛小隊として一中隊から第三小隊(萬瀬小隊)が命ぜられた。第三小隊四分隊には菊池郡旭野村出身の石原同年兵がいる。彼と朝、出会ったが笑顔で、

「山は、もうごめんだ」

と言ったのがうらやましかった。その第三小隊が湘桂鉄路へ向かって出発した直後、大隊主力も出発。再びはるか前方に濃紺の山の稜線が秋空の空間に続いて見える。一日目の行軍は森林の間を前進すれば、頭の上に覆いかぶさるような雑木の森が鬱蒼と繁茂し、あたり一面薄暗い。夕刻、その森を出て一〜二軒の民家を谷間に見て、稲刈後の田圃道に来ると、山は一日中の行軍で接近して見えてきた。一時間の大休止で二食分の飯を準備する時は、山間の一軒家に米、豚、鶏と今朝まで生活を続けていた中国人の生活の臭いから想像することができる。そまつな土焼の土瓶に湯気が立ち、温かい湯を呑み、家庭生活の温かさを偲ぶ。そして付近の風景は、山紫水明、どこか内地を思わせる自然が心の慰めだった。山が近まるに従い、低い山を登ってはまた谷間へ、次第に高さを増した山にさしかかる頃、小糠雨がしとしとと頰を伝う。水玉に冷寒を覚え、いつまで続くか……山路の行方は想像もつかず、ただ前の兵から遅れまいと歯をかんで頑張った。第二中隊（木原小隊)第四分隊も出発時は一二名もいたが、現在では七名の約半数になり、小川・立山古兵も疲労を増し、最初の山越えでは叱りとばしたが、毎日の山越えに叱る気力も減退していた。それだけに行軍の張り合いを失った感じがしたが、雨に濡れて寒さに筋肉がひきしまり、炎熱下の湘南の行軍より苦しみに耐える気力を

もつことが、私にできた。

戦友を背にして　道なき道を
往けば戦野は　夜の雨
すまぬ　すまぬと　背中で言えば
馬鹿を言うなと　また進む
兵の歩みの　頼もしさ

歌の文句のように温かい心にふれた行軍の姿は、どこにものぞかれようともしないのだった。歌は多かれ少なかれ、あらゆる状態の雰囲気を盛り上げる一つの原動力としての意味をもつものであるが、自分の行動する目的さえ知らないまま、また階級的絶対命令で服従させられている兵隊、その人間の体力が最終的極度の疲労に襲われている状態の中で、士気を盛り上げる歌が通用しようか。現実は深刻なのだ。兵隊一人一人が感動さえなくなろうとしている。険峻な坂道は転げ落ちれば再び戻ることはできないような坂道を登り始めた。頭の上から孟宗竹林がさしかぶり、水玉が秋風にバラバラと落ちてくる。尖兵中隊を後尾中隊から見れば、はるか中天の空間を行軍しているのだ。夜は小雨でじっくりと濡れた山草の上に天幕を敷き、目をとじても寒さと疲労で休まる夜もなく、山草の湿気は天幕を通じて臀部から次第に冷え冷えと気温も落ちてくる。自分を何とか励ましてはみるが、例えようのない惨めなわが身にただ〝生きることも苦しいが死ぬることも苦しい〟と、それでも残っているいくらかの動力に頼って前進していた。二日間にわたり、どこまで続くか臆測する頭の働きさえなくなり、雨上がりの連山の谷間にただよう白い雲が、下界は遠いと教えているようだった。

三日目の正午頃、山の頂上に近いと思われる場所に小さな家の軒のたれ下がった杉皮を見ると急に人懐かしさがわいてくる。すると大隊はその山頂の一軒家の周囲で大休止、昼食準備となった。すっかり疲労した兵隊は、暫時家の前後左右に装具をといて立ちすくみ、話し合う言葉さえ見い出せないように気力も消失していた。四分隊でも小川・立山古兵もさすがに山路が苦しかったとみえて、背嚢の上に腰を下して動かない。私も腰を下ろしたまま動かなかった。そんな時間が暫時過ぎ、やっと立ち上って飯盒を背嚢から取り、内田・宮下とともに米を出していると、大隊本部より、
「山の家の物置に多量の木炭があるので、飯は木炭で焚くように」
と伝えてきた。そこまで行ってみるとなるほど家の横に木炭小屋があり、一杯つまっていて周囲には木炭が一面にころがっている。さっそく木炭の火をおこし飯盒を並べている中隊の兵もある。木炭小屋に山と積まれたものは、私たちの想像を超える自然へのめぐり合わせを感じとっていた。家の前は庭らしい所もあり、

その先は崖になり森の木の梢が眼下に見え、谷を隔てて霞んで見える連山が果てしなく続いている。〝この山奥で倒れてはならない。どんなことがあっても山を下りるまで頑張ろう〟と心の中で決意するほど、もの悲しく寂しくなった自分を励ましてみた。昼食の温かい飯盒の飯と岩塩の菜《さい》は、生き返るように胃の中に届き、一粒一粒の飯が体の五臓六腑に沁み渡っている感じを覚えていた。昼食後、兵隊の間には家からいくらか下りた所に甘藷のあることが知れ、私は内田とともに甘藷掘りに下りた。中国人の生活はその人の魂胆の大きいということにふれると同時に、このしぶとく生き続ける知恵に木炭のありがたさを感じていた。そして小さな甘藷は生のまま甘い味をもっていた。持ち戻り飯盒でふかして食った。手に握った芋から湯気が立ち上り、フーフーと口をほそめて食う兵の顔……顔……顔……。

その頃、東安南方六〇キロ余の全県へ湘桂鉄路ぞいに前進していた第十三師団(鏡)は全県へ突入占領したが、その時の様子は次のように伝えられた。

「部隊(十三師)の集結は九月一八日完了したが、全県への突進中に大営市付近で歩兵六十五連隊第五中隊に発生したコレラは、その後、各隊に散発して、このころ三〇名にのぼった(うち死亡一〇名)。」

師団は、防疫撲滅対策を強化してコレラ撲滅の命令を下達したが、蔓延の恐れなしとせず、全県各地の土民にも発生している模様であった。また師団の警備地区内には武装匪の出没活発で犠牲者も相当にあり、通信の破壊も屡々であった。ときには歩兵第百十六連隊の本部と、第二大隊本部も襲撃され、行方不明者も生ずることがあり、師団はその都度各隊に掃討を命じたのである。

どの部隊もこのように省界山脈に入り、戦線は延び過ぎて物資輸送は不可能になり、制空権は敵にあり、兵隊の疲労と病気は想像を絶したのであった。それは、赤土にまみれ、頭の髪は耳たぶの上にかぶさり、防暑衣はちぎれて雑巾に等しい。大隊本部経理室から行李班で運んでいる僅かな上衣と袴・靴を中隊に分配されても、小隊長・下士官までくらいしかゆき渡らず、兵隊は手にふれることも出来ない。たまに古参の分隊長に靴が支給されて、分隊長の古い靴が私たちに支給されるぐらいであった。こうした時期に、幸にも私は七里山の谷間で徴発した毛糸のチョッキを背嚢の底から出し身につけると、やわらかくて温かい毛糸の肌ざわり、こんな上等の品を兵隊に支給してくれるのは湘南の民家以外にはないことを考えると、七里山での戦闘が昨日のように瞼に浮かんでくる。私は省界山脈以後、このチョッキと腹巻の木綿の布だけはこの上もなく私の生命を守ってくれた。

この山上の一軒家での一時間の大休止は、出発が遅れたのでいくらか体を休めることができたのだった。

「これより山を下り、明るい中に紅花舗で、各中隊は足の歩を早めるので遅れないよう前進すること」

山上で命令は下った。尖兵中隊は、山の森で太陽の光を遮られて淡い明かるさの山路を動き出した。雑嚢の中には塩も残り少なく、米も何日分とない。山路の片方に深い崖を見下し、一列の長蛇の行軍の列は小走りに早めて前進していた。道につき出した岩につまずき、危ない時もあった。山間の民家が空虚であっても一時の安息の場所となり、恋しく待ち遠しい。靴の先の爪先が皮を突き破ってとび出しそうな痛みを我慢して前の兵に遅れまいと、そして一時も早く紅花舗の民家よ、我に近まってくれと心の中で祈りながら、倒れそうな自分を前進させ続けた。

日没の時刻、前方にかすかに見える白壁の民家……。

小川古兵が、

「こん度は間違いないぞ」

と、民家をまだかまだかと待ちこがれて兵隊はみな行軍を続けていた。白壁の家が接近して現れてきた。到着してみると中央に両開きの扉だけの門だった。兵隊は門をくぐる者毎に落胆して前進してゆく。だが門の両側の白壁に大きな漢字で、

「日本小鬼来……」

と書かれた壁新聞こそ、真の心の寒さを覚えたに違いない。既に戦闘さえも心細くなるほど疲労の度は深く、糧秣さえも民家より徴発なしには生きられない状態で、兵隊はその民家を恋しく、待ち遠しく、到着した所へ新四軍のお先廻りとは——。

「日本小鬼……」

これを一見して自分のことだと判断できない兵隊がいようか……。その門の白壁の家に珍しく赤い夕日が壁をそめていた。

秋の入日はもの悲しい……。暗くなってやっと山間の民家のある紅花舗に到着して、何十日ぶりで屋根の下に夜を過ごすことができた。だが、その夜の噂は何しろ興安攻撃が迫っているらしく、明くる早暁、紅花舗を出発して樟樹脚を経て小池口に到着した。ここも山間部落で四～五軒横一列に並んだ民家が四段に分かれ、森にかこまれて、鶏・豚・米・野菜に恵まれたのも、まだ一度も侵されていない部落だったからである。この小池口で一週間の大休止の命が下り、天からの拾いもののように目前の安心立命を喜んだのだった。

「衡陽以来、第十一軍の追撃に敵は九月一日頃より随意退却を開始したため、夜を日についで前進、かくして敵第一線は遂にくずれ、広西省全県を攻略するに至った。八月上旬以来、衡陽周辺に蝟集した敵軍は、我が十一軍の攻勢により逐次

後退し、その主力は桂林及び柳州地区の防衛に任じ、その第一線兵力は桂林周辺に於いて一〇箇軍（二五―二六箇師団）、柳州地区に於いて四箇軍（一二―一三箇師団）と算定される。一方、大陸奥地には在四川省の重慶軍予備軍及び華北から転用した湯恩伯指揮下の軍が逐次貴州省方面に南下しつつある外、ビルマ遠征軍中米式化したものの転用も顧慮しなければならなかった。従って桂林の攻撃開始はなるべく早きを要すると判断されていた。敵は、桂林・柳州地区の死守を呼号しているため、そのことを知った」（以上、朝雲新聞社「一号作戦広西の会戦」）。

第十一軍司令官・横山中将は、参謀集会の席で、「広兵団の死屍を越える時、桂林城は陥落するであろう」

こう言って、桂林攻撃の時期の遅れに気まずい参謀たちを激励したというようなことが、この小池口の休養中に伝えられて来たのだった。

広兵団は一〇六大隊の熊本県人、一〇七大隊の宮崎県人、一〇八大隊の鹿児島県人、その他九州勢の編成で九二大隊・九三大隊・九四大隊・九五大隊・工兵隊・通信隊・輜重《しちょうたい》隊・野病隊という兵隊からなりたっている。その我々歩兵大隊の兵隊が桂林周辺に於いて死ねば、その屍を飛び越えて前進攻撃する時は必ず桂林城は攻略占領できると、我々は次の戦闘に死を約束された。その第一線に今生きている兵隊は、糧秣の追送なく、自ら糧秣を徴発・収集・自活して行軍し、悪天候及び払暁薄暮の前後にその行動を制限され、艱難辛苦に耐えている現状であった。

小池口での休養は、これからの戦闘のための休養である。

明くる日、湘桂鉄路を駄馬中隊の護衛として前進していた第三小隊長・萬瀬准尉以下は宿営地に到着したが、これも鉄路ぞいの行軍とはいえ疲労の色は見逃せず、灰瀬中隊長に報告のため整列している兵隊は小銃を杖に顔だけが前に突き出して、やっと立ちすくんでいた。この部落の一番上の段の四～五軒横に続いている民家に指揮班と第一小隊（原小隊）、二段目の並ぶ民家に第二小隊（木原小隊）と第三小隊（萬瀬小隊）が宿営して、三段目と四段目の並ぶ民家は空家になっていた。

二〇軒もある小さな部落のその全体の周囲の面積は、内地の家の面積とは比べものにならない。横一列の四～五軒の家でも天井の高い土蔵作りの中国家屋が、大小の差はあれ次々に棟を並べ、一塊になった集団家屋である。その横一列の民家の前に石畳の道が横に真直にあり、道の一段下は次の家々が横に並び裏戸の扉が見えている。こうして四段の僅かな土地に二〇軒余が一塊の部落を作り、便利なことにはその両端に石畳の上り坂が真直ぐにある。その周囲は森にかこまれ、色づいた木の葉が石畳の道に散らかっていた。外敵から守るといった部落の存在感を感じるのだった。

　ここで木原少尉は中尉に任官するとともに第二小隊から第一小隊となる。それは第一小隊長だった原中尉が第四中隊長として転任したので、第二小隊は萬瀬准尉小隊長、第三小隊長は藤田准尉が小隊長に編成されて、戦病死・戦傷者で各中隊も編成時より人員が少なくなっている現実を前に淋しさも感じるのだった。また同時に木原小隊が第一小隊になったことで、我々にくる任務も多くなるだろうと思った。分隊が宿営した家は、その日のうちに役に立つものは皆使用し、下二段の空家には物探しに各分隊の兵隊が顔を合わした。私たちは、大きな箱の中に収穫したばかりの籾がぎっしりとつめてあるものを発見したので、外の分隊とともに臼挽き・鉢摺り・精米に励む。この民家の主が隠匿した正月用の糯米を発見して白米にする。こうして分隊の家に戻ると、立山古兵が大喜び。多武上等兵も手伝い、餅を搗くことになった。

　そこでさっそく、餅のあんこにする甘藷の芋掘りに出かけた。広西省の山間地の甘藷芋は特に甘味多く、兵隊には絶好の食糧となっていた。意地悪の立山古兵は特に忙しく立ち働いた。甘藷芋が徴発されてくると待ってましたとばかりに立山古兵は、

「俺がカライモであんこ作るから、お前たちは糯米を早くたけ」

「……」

「内田、あんこ作りに加勢してくれ」

「……」

と食うことには人一倍やかましいが、作ることも中隊炊事場できたえただけに上手なもの。彼は煮えた芋を土鍋のような器に入れて丹念に突きくずし始める。一方、多武上等兵は、

「吉岡、早く俺たちは臼を洗うぞ」

と、前の石畳の道から前の段の家の裏戸から飛び入り、石臼を据え込んである部屋へ飯盒で水を運んだ。土間の表面より下へ八分通りうめ込んである丸い石の臼の中を洗って、洗い汁を飯盒で汲み上げる。二〜三回、ていねいに多武上等兵は洗い上げ、石の杵も洗いあげて準備を終わると、立山と内田と鍋の中に煮えた糯米をかかえて走り込んで来た。

「さあーできたー」

「準備、できました」

　臼の中にうつされた糯米のおこわは真白い湯気を上げる。餅をつく杵は梃子《てこ》を利用した三メートルほどの四角の木製の棒の先に石の杵がしっかりと取りつけられている。私と多武上等兵が二人がかりで棒の端を踏

めば石の杵が持ち上がり、臼の真中にドスーンと落ちておこわをつぶす。また杵をもち上げて落すと次第に米粒がつぶれて餅のねばりをさそう。はずんでくると立山古兵が、

「俺が餅を返すから杵を上げてくれ」

多武上等兵とともに棒の端を力一杯踏んで杵を持ち上げる。すると、杵の先に餅までくっついて上っているると立山古兵はあわてて、

「オー、餅が逃げるぞ。内田、お湯だ、お湯だ」

立山は忙しい。再びゴツン、ゴツンと餅つきが始まると、石の杵にくっついて上がったりおりたりするので四人は大騒ぎして、

「さ、お湯だ、お湯だ」

「あまりお湯を入れると餅にならんぞ」

「早く搗かんと餅にならんぞ」

杵の音はペッタンコ、ペッタンコと音がするようになって餅になってきた。

重苦しいあの行軍戦闘も忘れ、餅つきに大童《おおわらわ》な兵隊は童心にかえった喜びと食欲にさそわれ、そこには死んでいった戦友の悲しみも同情もなく、生きている者同士の喜びだけがわいていた。そこには、生きている苦しみへの同情がお互いの間に働いているのであった。

つき上げ終わった餅をまるめて、抱くようにして四分隊の部屋へ戻った。餅はもう湯気もなく、温かくやわらかい塊が部屋中に喜びを満たしている。小銃を手入れしていた小川古兵も宮下も喜んで七名は集まり、甘藷芋のアンコを中に餅作りである。餅とり粉は小川古兵が白米を粉にして準備していたが、粒が荒くザラザラしている。こうして昭和一九年一〇月の晩秋の日、急造りの広西餅が出来上ったのである。木原小隊長にお膳立てをして立山当番兵が差し出した後、皆で食った広西餅のうまさ、喉がギュッ、ギュッとうなるようにして胃袋をみたした。また、広西餅のアンコもすばらしいアンコであった。見ているうちに平らげた後、木原小隊長が、

「風呂を作ってくれんか」

と立山当番兵に依頼した。またその後が忙しい。なるべく大きな水甕を石畳の道に置き、鍋に湯を次々に沸かさねばならない。二つの鍋に湯が沸騰すると急作りの風呂瓶に移した。

「さあ、もういいぞ、水を持ってこい」

「まだ熱いぞ」「……」

「お湯はうんと準備しておけ」「……」

水を使うにも四段の家の端の坂道を下りて、凹地のクリークから汲んでかついで道を上がらねばならない。二人がかりで桶に汲んでくるその石畳の坂道は、三〇度ほどの傾斜であろうかと思われる坂道である。家の前に据えた急造りの風呂瓶にまず木原小隊長が裸に

なってきて風呂あびを始める。小隊長の体のまわりから淡い湯気が上り、その気持を推察することは容易にできた。皆、長沙の泥風呂以来のことであるからだ。

「あぁ気持ちがいい……」

「あぁ気持ちがいい……」

木原小隊長は何度もくり返し、今までの疲れを全部吐き出してしまっているようだった。立山当番兵は背中を流してやる。褌の世話までして小隊長の女房役に忙しく立ち働く。その後、小隊長が風呂から上がると、次は分隊長から小川古兵・立山古兵・多武上等兵の順に入浴する。最後に私たち、宮下・内田と三人の初年兵だ。私は三人のうち、最後にゆっくりはいりたいと待った。お湯が泥水のように濁っているのは体験済みだ。私は内田が上がったので、ゆっくり風呂瓶にはいった。長沙以来の風呂である。それ以来の垢が一度に水瓶に落されるのである。私がその瓶に足を静かに入れた時、瓶には三分の一ほどの生ぬるい湯が残って、夕暮れの明りで見れば染料のような汚れた湯の中に腰を下し、ボロ布で湯を肩から流せば、

「あぁ生きていて良かった」

苦しい生き方からのみ生まれる言葉なのか。全く気持ちの良さに、やっと体のどこかに残っていた「生」への喜びが湯水に浮かびだしたように風呂にひたることしばし……夕暮れのせまる空を仰げば、赤くそまって漂う薄雲がもの寂しく故郷の田畑、そして山や川、道が浮かぶ……こうして長沙以来の六名分の垢で染料のように汚った広西風呂は、私の生命の生きる希望をよみがえらせたのだ。

垢を流している所へ内田が鍋の沸騰した湯を加えてくれて心地よい湯加減になって上がった。その夜は一時間の不寝番の任務を果たした外は心ゆくまで深い眠りについた。また、大休止の休養中、民家の鋏を探し、頭の髪を兵隊同士でかり合って雉《きじ》猫頭を作ってすっきりした気分になったのだった。

(二) 全県・興安の攻撃

こうして六日目、再び食糧を徴発し、小池口の段々部落の虫の声に分かれを惜しむ一夜を明かし、早暁、大隊は興安攻撃の命を受け、早朝出発するや敵第一線と戦闘を交えるに至った。敵の迫撃砲弾は間断なく飛来し、「フューン！　ヴューン！」と炸裂して大隊の前進を食い止めた。昼間は松林で敵と対峙することになる。

その間、今堀大隊長は各中隊長を集める命令があり、灰瀬中隊長は大隊本部の位置へ行ったまま戻って来ないので、兵隊は背嚢にもたれ、松林の位置が安心立命

の場所であると察すると、戦死者がでない限り動こうともしないのである。一週間の休養でいくらか元気快復したが、午前中の渡河で深さ膝までの川にはいり、濡れた足でこの松林の繁る小高い連山までの行軍で、足がズキン、ズキンと痛みだした。

私は編上靴をゆっくり脱いでみると、徴発の靴下は赤く血が滲みでている。この松林まで前進するまで一歩足を動かす度に水に濡れた豚皮の靴は足の腫をいやというほど皮をむいてしまったので、前を前進する多武上等兵より四～五メートル遅れてしまった。立山古兵が、

「敵前だぞ！　吉岡、遅れるな！」

と後ろから牛馬でも追うように追いたてるのである。後では小川古兵と交代して私の体を押しまくるので、足は地面に着けられぬほど痛みを感じていた。その足が今、編上靴からぬけ出したところを見ると、自分の足が血まみれで、可愛想でむごたらしく、情けなくなってくる。敵前では、こんな足は治療するどころか、衛生下士官にでも言えば「馬鹿野郎」とたたかれるのが関の山であった。「わが足よ、痛まずにくれ、頼むから痛まずにくれ……」――こう願うのも無理はない。体の腕にたれている破れた防暑衣を引きちぎって血の滲んでいる部分にあてがって、用心深く靴を足にひっ込みながら、言い知れぬ苦痛を偲ばねばならなかった。豚皮の編上靴は水に濡らすと伸び、乾くと縮みが大きいので、初年兵だけがこんな苦痛を体験しなければならなかった。

松林での夕食も飯盒を取り出し、小池口で徴発したもので命をつないでいた。時間は総てに平等に夕暮れが迫っていた。自然の松林に夜のとばりが下りる。兵隊は眠りもせず、起き上がることもなく、松林の中に待機していれば……無言のまま、敵を前にして緊張もあったが、激しく銃砲弾の飛来もなく、一夜を過ごす間には、やはり故郷が偲ばれ、うつらうつらの眠りに心は内地の故郷へかえっているのだった。

翌早暁、大隊は興安攻撃を開始、友軍の歩兵砲弾が松林にこだまする。続いて九二重機関銃ＭＧの連続しての銃声が入り交って、一瞬のうちに松林は修羅場と化した。そこへ、第一中隊は挺身隊として重機関銃一箇分隊・歩兵砲一箇分隊・師団通信一箇分隊を配属の上、興安東方約一〇キロの俸山郷に進出して敵の退路遮断のため前進する。激しい鉄砲弾の響きで足の痛みも忘れ勝ちとなる。人間生きている間は常に自分の生命の安全に全神経が働いているのだ。どんな境遇にしろ……。第二中隊は正面より興安攻撃、大隊主力は背後の迂回退路遮断の任務を持って、それぞれ攻撃前進が始まっている。どの任務の戦闘が安心立命の道か？もちろん計り知ることはできないが、兵隊はその場そ

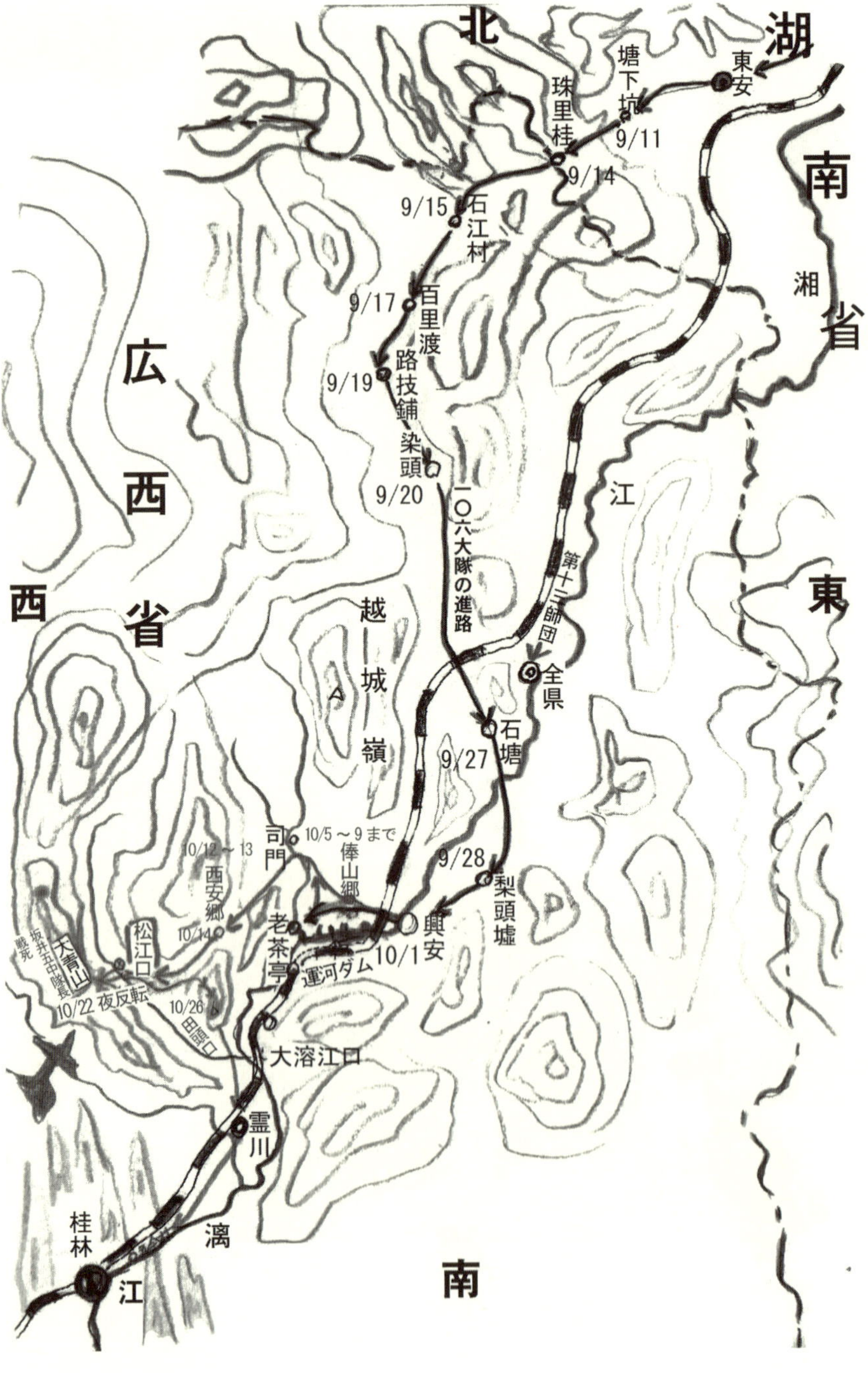
湖
南
省
湘
江
東
北
広
西
省
西
南
東安
塘下坑
9/11
珠里桂
9/14
9/15
石江村
9/17
百里渡
9/19
路技鋪
染頭
9/20
一〇六大隊の進路
第十三師団
全県
越城嶺
石塘
9/27
9/28
梨頭墟
興安
10/1
司門
10/5～9まで
倖山郷
10/12～13
西安郷
10/14
老茶亭
運河ダム
松江口
大青山
坂井五中隊長
戦死
10/22 夜反転
10/26
田圌口
大溶江口
霊川
桂林
漓
江

の場で素早く体を動かして一瞬一瞬の感覚が最高に働いている（興安占領後にわかったことであるが、敵は連なる山々の頂上におのおの監視小屋を設け、山麓部隊と電話連絡をとり、日本軍の前進を阻止していた）。

正午近く、第一中隊は興安の町に突入したが、敵は遁走の後だった。幸いにも中隊には戦死傷者もなく、町の中央らしい本道を前進すると、道路の両側の家は火事場のように棟はすべて落ち、煙が立ち上り、火薬の臭いがただよい、電線が乱れ落ち、どこで不発弾が爆発するかわからない。灰瀬中隊長は自ら注意して前進するように呼びかけた。兵隊も皆緊張し、まだ生きていると意識する自分の生命の一部がピクピク動いている。敵のチェコ軽機の銃声が煙をついて、

「パン！　パン！　パン……！　パ……！」

銃声はその音によって近いか遠いかはすぐ判断できる。今日の銃声は逃げる敵の銃声で、いくらか遠く、中隊には身の危険は感じなかった。

第一中隊が前進して任務についた。敵の道路遮断は、既に敵は遠くへ逃げて見当たらなかった。一方、桂林防衛の外郭戦の強敵突破の任務をもって攻撃した大隊主力は、地の利を得たある地点で頑強に抵抗する敵と戦闘が開始されていることが伝わってきた。その方向では、敵味方の銃声がひっきりなしに聞こえてくるので、やはり、戦友たちの一人二人と戦死していることを思い浮かべながら、第一中隊は本道から谷間の小路にはいり、山間部の老茶亭（興安南西方）に向かって前進したが、夜間行動になり前進、停止をくりかえしたので私の足の痛みが助かった。

夜半を過ぎる頃、大隊主力の銃声も止み、その戦闘状況が伝わってきた。大隊主力は興安南西に前進中、某地点で頑強な敵に阻止され、尖兵中隊の第四中隊長・中路中尉戦死、続いて小隊長・分隊長も戦死せり。本部付作業隊は山中で友軍の前進路を作るため第一線の作業前進。敵と遭遇し白兵戦となり、作業隊にも戦死傷者が続出したと伝わってくると、

「敵さんも強いそうだ。なんといっても逃げたりしないで戦うらしいぞ」

こうした暢気な話ができるのは、老茶亭へ進出した第一中隊の前には、すでに敵は逃げて姿なく、更に前進して興安西方の俸山郷へ進出して再度、敵の退路遮断を命ぜられていたけれども、大隊長の誤算らしく、ここでも敵の姿を発見することなく、俸山郷に宿営していた。

すでに一〇月、神無月にはいり、五月、岳陽で長江を渡河し、一路、湘桂鉄路沿いに約六〇〇キロ南下、湖南省を南北に縦断し、今、広西省の省界山脈の奥深く更に南下すれば、湘江上流の海洋河と桂林市中を南に流れる漓江との間の低い分水嶺に霊渠を開鑿して湘

江の水を漓江に引き入れた霊渠運河は二〇〇〇年余も昔、秦の始皇帝が「人」の字形をしたダムを興安北方から桂林方向に作られている。数十万人の人夫を徴集して作られたダムにより、北に流れる六〇〇キロ余の湘江と、更に南へ、漓江から桂江へと流れ、南支那海へ五〇〇キロ、南北一一〇〇キロ余の舟の交通路が存在する古代からの南北水路の要路である。

その霊渠運河を南へ通過した大熔江(興安南方二〇キロ)の山地が平行して縦走している山岳で、桂林防衛の外郭線の強敵と大隊主力は戦闘が続いていることが判明してきたのだった。俸山郷付近の要地を確保していた一中隊には、大隊主力の戦闘の話が命令受領によって伝わってくるので兵隊の間では常に気掛かりであった。大隊主力は攻撃開始、やっと敵陣を占領、直後、夕食を食っている所へ敵兵二名が大隊主力の真中へノコノコやって来て捕えられ、「気がついたら日本軍だった」と嘆息する敵兵のニュースなど、滑稽な場面もあったという。その敵兵はわざわざ戦死者の小銃を四~五丁もかついでいたという。

「それは面白かったろう」

「あはは……」

こうした会話は、中隊の殺気だった気分をいくらか柔らげているように思えた。それは敵味方の人間、丸裸にして見ればやはり同じ人間なのである。こういう心理は兵隊たちの生きている者同士、体のどこかの部分に無意識のうちに感じていたに違いない。さらに大隊主力の戦闘状況は、明けて一〇月二日、再び老茶亭付近に至るや、山岳地の地の利を得た敵は狭い山路に頑強に一〇六大隊の南下前進を阻止していた。さらに敵機も飛来し、地上と上空からの敵に呼応して攻撃が始まり、第一中隊も俸山郷から老茶亭方面へ進出して、大隊の左翼を攻撃前進する。二日、尖兵中隊第二中隊(楠原中隊長)は前進中、前方、岩山上から急射撃を受け、停止してしまった。その日は山麓の木の下で背嚢にもたれていた。第一中隊は大隊本部の後衛を命ぜられていたので、命の余裕を感じていた。尖兵中隊には第四中隊を、第二中隊が左に展開、日没とともに攻撃を開始することになったらしい。

ここ広西の戦場の自然にも、秋は動から静への季節への移行期であり、日没は兵隊の胸中に最後に思い浮かべる故郷と同じ夜空が広がっていた。濃紺の夜空に皓々と満月が輝き、碧い月光を兵隊は皆吸いこんでいる。そして、満天の星は内地へつながっていることを細く澄んだ秋虫の声がささやくように聞こえているではないか。しかし反面、戦争の現実を兵隊は忘れることができない。払暁、尖兵中隊は月光の下を敵第一線陣地へと前進していた。

やがて東天が白み始めた三日朝、突如、敵迫撃砲やチェコ機関銃が火を吹き始めた。敵の山上陣地も判明し、大隊長は第五中隊を急進させ、山頂の占領を命じられたらしく、前方の山頂争奪の激戦を見る。この戦闘で第五中隊長・坂井大尉は、頭部及び右手に受傷後、続いて水俣出身の前田末彦兵長は、胸部貫通銃創を受け、仮繃帯で担架で運ばれてはいたが、瀕死の状態で吐血している様子などと「命令受領」の谷口兵長が中隊へ命令伝達に来て立ち寄り、くわしく伝えてくれた。また、次の日の夜襲にあたった第四中隊は混戦状態となり、第四中隊長・中路篤中尉戦死、続いて瀬戸口兵長戦死の報が、後衛の第一中隊に次々に伝わってきた。

こうして二日間でやっと敵第一線を撃退して、大隊は身近に敵を感じながら田圃道を前進すれば、前方に深まる秋の山々が重なり合い、迫りくる冬を偲ばせる。晩秋のこの戦場、大溶口付近は東方に北流する湘江の水源地である海陽山を望み、西北方に南流する桂江の水源地である猫児山(二一四一メートル)があり、その湘江と桂江が霊渠運河で結び、運河の北方の大溶口付近の山岳戦に明けくれている。それより西方の連山は、遠く貴州省の限りない南嶺山脈の奥深く続くのだ。

大溶口付近の敵の第一線は、ここ数日間の戦闘で退却している。大隊は第一中隊を尖兵中隊として山合いを更に南下すれば、連山には鬱蒼とした森が覆い連なっている。大隊は俸山郷で五日間の宿営休養をとったので、私の足も痛みは殆どなくなっていた。

九日、老茶亭へ進み、漓江支流を渡河すれば、南の山々の麓から次第に田圃が広がり、麓から遠くない手前に栂《つが》の木(松に似た木)の林が見えた。その林の手前に西安郷の小さな部落の民家が四〜五軒集まっていた。一〇六大隊の最前線の宿営地。この西安郷に第一中隊・灰瀬隊が到着したのは一〇月一〇日の晩秋の日暮時であった。ここで第一中隊は大休止となる。大隊主力は後方二・五キロの部落民家に大休止をとっていた。

灰瀬中隊長は、

「第一中隊は大隊の第一線にあり、敵に最も近い場所であるから注意して行動せよ」

と森の入口で伝えられた。兵隊は皆、言葉一つ発せず、五〜六軒密集して土塀に囲まれた所まで来て停止した。そこで中隊は小隊毎に整列すると、中隊長は軍刀を杖にして、

「中隊は本日一〇月一〇日より一三日までここで大休止を行なう。付近一帯は敵に近く、この林の外はすでに敵兵がいるので、二〜三注意しておく。

一、宿営地で大声を出したり、今、中隊が通って来た以外の所で一切徴発に行ってはならない。

二、三日間休養が終ったら今までより激しい山岳戦となるので体を十分養っておけ。

三、各小隊は兵器弾薬の手入れを怠らず、戦闘準備

を完全に整えること。
四、前方の森へ第三小隊より一箇分隊の分哨を出すこと。
以上、注意しておく。また中隊の人員も大分減っているので、ここで若手の人員移動を行なう。終り」

各小隊長は声を殺して、

「中隊長殿に頭　中ッ！」

と低い声で敬礼を終わり、各小隊毎に背丈ほどの土塀をくぐり、石畳の入り口から家の中へ這入った。秋の空には灰色の雲が重くたれ、陰鬱な曇天である。民家の部屋の中は薄暗く、空虚な静寂は兵隊の全身に緊張をおこさせた。秋は、稲藁があり、宿営には大助かりであった。ここでも家のそとから各分隊毎に藁を土間に敷いて、三日間の塒《ねぐら》を作った。多武上等兵と内田と私の三人は夕食の準備にとりかかった。家の作りは厚い土蔵壁で、軒が手を上げると届くほど低い。炊事場の部屋は暗くて、炊事用具もわからないので、菜種油に灯心を入れ、灯火を二つ作った。その淡い明るさで炊事場の隅々までのぞけば、塵一つなく、かまどの上に丸いふくらんだ飯鍋、浅くて平たい鍋も油ぎって光り、大切に使用されていた痕が窺がえるのであった。かまどの横にはゴマがらの薪の小さな束を少量置いてあり、生活の温かさを想像させた。

「いいものがあったぞ」

部屋の隅から多武上等兵の声に近づいてみると、直径三〇センチほどの瓶の中に真白い豚油が一杯つまっているのを探し当てているのであった。自家製手作りのラードである。

「これはよかった。この付近は敵前だから何だってあるぞ」

と危険を感じる半面、人間の満たしたい欲望の一端に希望を求めているのである。そこへ木原小隊長の寝床を作るために立山当番兵から呼ばれて、奥の狭い部屋へ私は灯火を持っていき、立山当番兵に渡した。立山当番兵は、

「寝台も布団もあつらえものがあるじゃないか」

と当番兵の世話役として喜んでいる。私は、床が起きたままになっているので木綿の垢づいた紺色の薄っぺらな敷布団をのばすと、まだ幾分か人間の温か味を感じ、戦乱の巷にひっそりと寝しずまっていた老人を想像せずにはおられなかった。

「まだ少し温かいようだから寝ていたらしい」

と一人言をつぶやき、その上に布団を広げた。終わると立山当番は、

「小隊長の話では、これから桂林までは厳しい山岳の敵陣を進むようなものだ、といわれた」

と言って、危険を感じているらしい。一応、夜の準備を終わり、隣の家から小豚を二分隊が発見、各分隊分

け合って夕食に間にあった。

夜は不寝番に立ち、秋冷を覚えながら土塀の外まで警戒に出る。曇天の夜空は星の輝きもなく、夜風が戦いの寸前の静寂を吹きつける。私はこの広西の山奥、生きて再び故郷の地を踏むということは次第に諦めかけていて、故郷の想像も感じる余裕もなくなっていた。ただ防暑衣の下に着ている七里山で徴発した毛糸のチョッキに、そっと腹に手をつっ込んで「あぁ、このチョッキはよかった……」と嘆息をもらし、迫りくる冬の寒さと、敵銃弾の危険だけを覚えて、一時間の交代をしたのだった。

一夜を明かし、朝飯が済むと、昨日より身の危険を感じるのが薄らぎ、山中の戦の食糧を集めることにした。中隊では牛一頭を発見、大きな股の肉を各分隊毎に分配して、山岳戦の食糧に用意する準備をする。

午後になって小隊全員の異動があり、第一小隊長は第四中隊長へ昇進、木原小隊長が第二小隊長から第一小隊長になり（私たち第二小隊はそのまま第一小隊となる）、第二小隊長に萬瀬准尉、第三小隊長に藤田准尉となり、分隊長も二〜三の移動あり。

湖北省脈旺嘴での行動開始以来、半年以上が過ぎ去った広西省の山岳の寒村で、戦友の数は初年兵という苦しい境遇故に半数をすでに割り、残った戦友同士の情も反面濃く深まっていた。これからいよいよ困難な山岳戦となり、山を越え、不滅の城と言われる桂林城総攻撃となるのに、春四月の湖北平野は菜種の花の絨毯を一面に敷き、果しもない大平原に陽炎とともに倒れていった戦友と別れを告げることもなく、長江を渡河し、泥濘の小道を一路南下すれば、米空軍の銃撃にあわてて逃げる瞬間さえなく、兵隊は鮮血を吹き出しあっと言う間もなく苦痛の根をたちきった。そして続く長沙攻撃に重なる死体で戦友の影は、一人、また一人と消え去る。糧秣とてなく、兵は八分に熟れた稲を刈り、収集自活して炎天長期の夜行軍と相俟って、兵も馬も減耗は著しく重なり、衡陽攻撃で死んだ戦友を埋めて南へ南へと敵を追撃前進すれば、地の利を得た敵に戦友の命はまた一人、二人と奪われ、空からは米空軍P51の来襲も日増しに頻繁となり、辛苦の末、省界山脈に達すれば防暑衣のまま兵の歩みにしみじみと迫りくる秋冷の季節と同時に、山岳戦はまた激しさを加えてきた。すでに一〇〇〇キロ以上の延々たる行軍戦闘を続け、今、広西の山中に戦友の顔を見れば、汚れ痩せた顔に目だけが緊張し、体のどこかに一抹の郷愁が寂しさを感じるのだった。

第二小隊から第一小隊となった分隊も、軽機分隊では四〜五名の分隊もある。私の所属する第四分隊も、一二名が今は八名である。牧分隊長、小川上等兵第一筒手、多武上等兵第二筒手、吉岡一等兵第三筒手、弾薬・高木上等兵、内田一等兵、外に宮下衛生一等兵、立山当番兵の八名である。

私は、脈旺嘴からここまで運んだ三八歩兵銃に代わって擲弾筒を与えられ、木原小隊長が、

「吉岡、お前、これから筒手だから元気を出してやれ！」

「はい」

その時私は、これから先どうしようなんて何も考えてはいない。現在自分の手に持った擲弾筒は小銃の三分の一の短い全金属製の筒になっているから、小銃との重さの比較を考えていた。短いので幾らか動かしよい感じはしていたが、長い行軍が続けば、またこの兵器も自分の心臓を抑圧する重荷だとも考えていた。そうして、大休止二日目は中隊の人員異動があって、整理や第四中隊長の任務をもって原中尉は一箇分隊の後衛を従えて出発中隊をはなれた。また、第三小隊長・藤田准尉は、中隊人事係として陣中日誌などの事務の仕事を持っていたが、小隊長の任務も果さねばならない現状である。揚子江渡河時、優しく接した吉村少尉（当時、第一中隊第三小隊長）も、第二中隊へ移動後、戦死の由と耳にした。消え去った僚友の生命には、何の感傷もわかないが、来るか来ないかわからない死の影だけを抱いて藁床の上に西安郷での第二夜を明かした。

三日目の朝、いよいよ最後の日だと立山古兵は色々と山岳戦の食糧を考え出している。民家の小さな空缶を探し出して来て、

「この空缶に昨日分けた牛肉を煮つめて持って行くぞ。吉岡、お前たちも空缶を探せ」

「……」

「ゴマ塩も作って、長く持っても腐らないものを作っておかんと後で困るぞ」

「……」

常に欠くことの出来ないマッチの代用として民家の火打石が必要なので、私と内田は寝室の机の引き出しを探してみたり、炊事場の隅々までさがした。隣の家にないと、また次の家にはいり探す。中国民家は密集して家が次々に連なっているので、徴発するには便利であった。やっと二個ほど集めて戻り、うまそうに煮えた牛肉を、集めた空缶をきれいに洗って押しつめた。そうした山岳戦用の保存食の準備ができて、内田は私の傍に来て跨下をまくり上げて足の脛を見せ、親指で脛を押して、「俺は脚気にかかった」と何度も脛を親指で押すと、ぺこっと親指の跡が窪んで肉が上がってこないのを顔を近づけて見ている。私も自分の足の脛を出して押してみたが窪んだ感じはなかった。

「お前の足は脚気ではないか」

「……」

「玄米を探して米糠を出し、それを炒って薬代りに食わんと、行軍できなくなる」

と行軍が気になっていた。そこへ牧分隊長や小川古兵たちも集まって、脚気の検査を始めた。

「脚気は野菜を食わんといかん。今から何でもいいから食われる野菜は取って来い」

と小川古兵がしきりに脚気学の講義を始めた。それが終わって私と内田はさっそく野菜を探すことになって家の門を出た。この民家へ来た道の方向は安全だと中隊長が注意していたので、もと来た道に向かって宿営地の民家をでた。すると、その道からそれた方向の林と林の間の田圃が耕されて、何か植えてある様子に見えたので、

「内田、あの田圃まで行ってみるぞ」

「大丈夫か？」

「大丈夫だろう」

　身の危険をおかす時は〝第六感〟というか、その時の瞬間的な感覚で行動するように習慣づけられていた。田圃の畦までくると、にんにくが全面に芽を出している。私は、

「内田、これは大した収穫だ。脚気の薬だ」

　こう言って二人は田圃のうねにしゃがんで、まだ青い柔らかい芽が一〇センチにも伸びていない若芽を二人は取り始めた。こうして二人はにんにくの若芽を持てるだけ取って戻った。宿営地の前まできた。前方の森に分哨が出ている。私はふと気になったので、

「内田、ちょっと分哨の方をのぞいて見ようじゃないか？」

と誘うと、

「俺は先に戻っている」

と脚気が精神的に悩みがあるようだった。

(三) 松江口の山岳戦と反転作戦

　内田と別れて私は一人森の中をつきぬけている小路を進んでいると、周囲は淡い明るさの空間が続いていて、高い栂《つが》の木が地面から中天に伸び、昼間の光をさえぎっている。私は上を仰ぎ見ると、木の葉の間から僅かな曇天の空間の明るさが地面へさしこんでいる。また少し進むと急に明るさを増し、隆々と伸びた木立の間から前方の明るい広がった田圃が見えた。私の足は自然と止まっていた。森の中の一本路は自然の景観の美を作って、曲がりくねった小路は森を通り抜け、田圃の真中をつきぬけて山の麓へ見えなくなっていた。私は、この森……田圃……そして連山の景色に瞬間、その自然に身も心も抱かれそうになったが、ひらひらと舞い落ちる栂の木の葉にはっと目が覚めたかのよう

に、この自然の物音一つしない静寂に気がついた。晩秋の風が心にしみて人影一つ見えない山間地に今から起ころうとする殺戮《さつりく》の静寂か……感ずるものは肌寒さだけであった。私は、今来た路をすぐに引き返した。足で踏む落葉の重なりに今、気付いた。

　宿営地の土塀の所まで来た時、大隊本部から命令受領の梅田伍長と谷口兵長の二人が、笑いながら小銃を右手にさげて来るのに出あった。

「おー、吉岡、元気かい？」

　同じ中隊にいても滅多に会わない谷口兵長に胸が熱くなる懐かしさを覚えた。

「元気です。兵長殿」

「いよいよ中隊は出発だぞ」

「今日ですか？」

「いや、明日だ」

「そうですか」

「元気でやれよ。今度会う時は、お前たちは尖兵中隊だからうまいものでも徴発しておいてくれよ！」

　こう言い残して二人は元気そうに指揮班の家へ入っていった。命令受領の二人が大隊長命令を伝えて去った後、各小隊にはその命令がすぐさま伝達されたのである。

　大隊長命令の要旨は、

「敵〇〇軍の一部は松江口に集結しあり。第一中隊は配属DP（作業隊）、MG（重機）各一箇小隊、それにW（師団通信）一箇分隊を併せ指揮し、明一〇月一四日午前六時、現宿営地を出発し界脚底へ前進し、油路界を越え、更に楓木屯・松江口へ通ずる山道を松江口へ向い、先遣隊として前進すべし」

　こうなると、いよいよ明日は出発。一三日は明るいうちに出発準備を整え、各分隊ではこれから先の噂話にもちきりだった。

「桂林まで、あと三日で到着するそうだ」

と牧分隊長が言うと、立山当番兵が、

「小隊長殿が桂林にはバナナもあると言われた」

「そんなら桂林まで行けば広部隊は警備につくだろう」

「小川さんが言う通り、間違いなかろう」

「いよいよ我々も寝台に寝て、支那ピーを抱ける日も近まったなあ」

　小川古兵は警備になれば古兵の思うままに振る舞える世界であるらしい。

「チャンチュウも永いこと呑まんなあ！」

と無口な多武上等兵は低い声で支那酒が欲しいらしい。

「多武、桂林についたら多多《タタ》支那酒《チャンチュウ》飲むぞ」

　全く小川古兵は、桂林が正に兵隊の安全極楽の地でもあるかのように話し出すのであった。こうして夕刻まで、民家の土間の藁の上で、生きている者の欲望を

全部満たすかのような話し合いが、古兵間で続いた。私は内田と部屋の片隅で宮下も加わり、

「桂林を攻略し、警備中隊となれば初年兵が到着するだろう。俺たちも何年も初年兵をしているわけにはいかぬ」

と、こちらはこちらで一日も早く二年兵の貫録を示したいのである。私は自分の装具をもう一度点検した。破れかけた編上靴にも十分豚油が沁みこむように厚く塗って光っている。帯革・弾入と革類の装具には皆、豚油をべっとりと塗って磨いているので黒く光っている。背嚢の上に、これから毎日持たねばならぬ擲弾筒が黒光りしている。

〝身を護るのには、自分一人の力に頼る外ない〟

心の奥では、自分の人生が戦争という極端な非人間的行動にどんどん引きずりこまれていながら、どうすることも出来ないでいる自分に気がついていた。

こうしている間に夕闇があたり一面にたれこめて部屋の中は真っ暗になってきた。西安郷の最後の夜、不寝番の一時間は、真っ暗い部屋に菜種油の灯火が土レンガ壁の部屋をほんの少し明るくしている。そこには兵隊たちの黒々と横たわった静かな寝息だけが……今宵かぎりの命などと想像されそうにもない、その静かな寝息が……私も同じ寝息に交じって、一三日の深夜の眠りについたのだった。


一〇月一四日。

「起床！」「起床！」

低い殺した声で兵隊は起こされた。まだ外は暗い。さっそく朝食の準備にとりかかる。内田も一言も発しない西安郷の曇天の朝が広がる。午前六時、朝食も済まし、出発準備を完了して待った。

「整列！」「整列！」

土塀の外から指揮班の前田上等兵の声に外に飛び出した。各分隊毎に人員掌握が終わると、各小隊長は軍刀の鞘をはらい、前方中央の灰瀬中隊長の方へ向き直った。

「第一小隊、気をつけ！」

「中隊長殿に敬礼！　頭　右ッ！　直れ！」

「第一小隊、異常なし！　出発準備完了しました！」

灰瀬中隊長は「ウン」とうなずく。次は、

「第二小隊、気をつけ！」

「……！」「……！」

「第三小隊、気をつけ！」

「……！」「……！」

その後に続いて配属小隊の重機（MG）、作業隊（DP）、配属師団通信分隊（W）の報告が終わって、中央に向き直った灰瀬中隊長は、

「これより中隊は、先遣中隊として松江口へ向って前進する。道は険しい山道である。現在地の森を出ると

敵から見えるので、前進を始めたらすぐ偽装すること。大隊主力は一日遅れて中隊の後を前進してくる。以上！」

「行軍序列は尖兵小隊の第一小隊（木原小隊）、続いて建制順」（これは軍隊用語で一番から順次という意味）

「第一小隊！　前進！」

「第二小隊！　前進！」

「第三小隊！　前進！」

空には灰色の雲が一面に広がり、小路の両側にススキの穂が静かにたれて、野山はすでにすっかり晩秋の気配が肌に感じ、まだ人間に侵されていない自然が息づいている。

第一小隊は尖兵分隊第一分隊（横谷分隊長）を先頭に、第二・第三・第四分隊の順で、木原小隊長は第四分隊の先頭を前進している。その後、一〇〇メートルほどの間隔をおいて中隊指揮

班、続いて第二・第三小隊配属の小隊が続いている。

栂の木の林を出た。すると前方の山の麓から次第に広がっている秋の田圃の真ん中を一本の細道が曲がり

くねって、山と山の谷間の森の中へ吸いこまれるように消えている。小さな石橋を渡る時、クリークの縁に柳の木が見えたので、小隊の兵はボキボキ枝を折って前進しながら偽装をしていった。私は、やがて肩にくい込む背嚢の紐の重みを感じる。毎日、山岳戦に備えての食糧が重量を増しているのである。また小銃より短い擲弾筒を右手に下げていると、手が肩から抜け落ちそうに感じ、持ち慣れない擲弾筒を肩においたり手に下げたり、全く私はこれからが気がかりになってきた。

しかし、あたりの目前に広がる自然は全く美しい景色である。たんぼの中央に小さな丘があり、その真中に栂の木と思われる大きな木がくっきりと中天に枝を広げているではないか。たんぼの細道の両側の雑草は、露重く、人通りの全くなかったことを現し、兵隊の靴を濡らしてゆく。

田圃の稲株が秋の収穫を想像させ、注意されていた危険も忘れようとした頃、前方の細道に段差があり、田圃は左右に一段と高くなった。その段の左へ目をやると、丘の一本木へ続いている。尖兵分隊の第一分隊長がその細道の段を越えた。

「ズダーン！　ズダーン！」

田圃一面に響く銃声とともに、「キューン！　キューン！　キューン！」と身を切る音が飛びさった。

木原小隊長以下、第一小隊四箇分隊は、いち早く一段下のたんぼの石を積んだ段のある畦畔に各自身を寄せ、鉄帽の紐をしめた。木原小隊長は、

「第一小隊！　横に散れ！」

と叫んだ。一斉に下の田圃を畦畔の根っこにそって、右翼第一線一・二分隊、左翼第一線三・四分隊と散って前進準備をする。私が後ろを見ると中隊主力も細道に一列のまま伏せて停止している。私は敵銃声とともに全身がぞっと総毛立った。西安郷の森で危険を感じていたし、この銃声は拍車をかけて全身に滲みわたった。木原小隊長は腰をややのばし、膝を地について双眼鏡で前方の山の麓をにらんだ。第一分隊長・横谷班長もその横で双眼鏡をにらんでいる。

「立山！　こっちへ来い！」

木原小隊長に呼ばれ、当番兵・立山が腰を曲げて田圃の稲株を踏んで小隊長の横までいった。

「あすこの山の中に小屋が見えるぞ！」

木原小隊長の声がすると、横谷班長も、

「見えます！　あれが今撃った敵の場所に間違いありません！」

「ようーし！　わかった！」

こう話し合っていること四秒か五秒か……後ろの中隊主力の先頭から灰瀬中隊長の叫び声がした。

「木原小隊！　散開して前進せい！」

聞こえた木原小隊長は後方へ手を上げて合図した。そしてすぐ命令した。

「第一小隊！　散開して駆足前進する！　各自前方の遮蔽物を利用せよ！　前進！」

石を積んだ畦畔を飛び上るや否や、田圃を山に向かって駈けた。

私は、擲弾筒をひっさげて背嚢の重さなど一切感じていない。無我夢中。ただ、田圃の少しでも高い畦畔へ向かって、頭を突っ込むように走った。横に散開した兵隊は前後バラバラになって走っている。やがて谷間の森がずっと近まり、あまりにも敵が早く身近になったことを感じた時は、森の入口に小さな小屋の屋根を見た。

その時、

「突っ込め！」「突っ込め！」

木原小隊長の声に、

「ウァ！　ウァ！　ウァ！　ウァ！」

兵隊は小屋に集中して集まったが、敵の姿は一人も見当らなかった。第一小隊の兵隊は皆、小屋の周囲に木原小隊長を囲んで、

「この小屋で俺たちを待ち伏せしていたんだ」

「散開してから五〜六〇〇メートル以内だろう」

「ツンコピン（中国軍のこと）は、どこ狙って撃ったか？」

単純すぎる勝者気取りの話が騒がしい。そこへ木原小隊長が、

「中隊主力はまだか？」

とふり向いた時、灰瀬中隊長を先頭に姿が見えた。頭の上は木の枝が薄暗く覆いかぶさっている。その谷間の森の入口に立った灰瀬中隊長は、先遣中隊の任務重大という様子で、近づくやいなや、

「木原中尉、前進！　前進！」

と呼びかけられた。木原小隊長もすぐ、

「一分隊！　前進！」

と命令する。人間、誰でも死にたくはない。小隊長ともなれば、こんな危険な場所では要領を得ている。谷間の森の中を細道は曲がりくねって突き抜けて、横谷分隊長を先頭に小幡軽機射手、弾薬手と続き、二分隊・三分隊・木原小隊長・四分隊の順に前進している。右も左も前方も五〜六〇〇メートル程度の山また山が重なり、その谷間は雑木林になり、行軍はその雑木林が右側だけで左側は真直ぐに突き立った黒岩の山になり、その崖下に降雨で集まった雨水が流れる溝になっている。その縁の山路を前進し始めた。その瞬間、

「ズダーン！」

谷間に木霊《こだま》する銃声一発。

「ウーン！」

尖兵分隊の中に呻き声が……同時に第一小隊の列は、

左側の崖の下の溝に我先にと飛び込んだ。兵隊は全身に張り切るような危険を感じ、銃声とともに敏捷に動く。木原小隊長の命令も不必要だった。

「小幡がやられた！」「小幡がやられた！」

尖兵分隊に声がした。私は心臓に「ハッ！」と電撃を受けたのだ。すると数秒の時間が過ぎる。

「胸をやられた！」「胸をやられた！」

横谷分隊長の声がすぐ前の溝の中から聞こえる。木原小隊長が尖兵分隊へ這うようにして前進する。それから数分の時間が過ぎる。

「小幡は死んだ！」と伝わってくる。

小幡の倒れた場所から木原小隊長の声、

「牧分隊長、中隊長殿へ戦死一。報告にゆけ！」

黒い岩山の路での銃声一発は前進を阻止してしまった。それが同年兵でやさしかった小幡一等兵の胸部貫通銃創とは、あまりにも不公平に思えた。私は溝の中に半分立ち上って前方を見た。すると木原小隊長は軍刀を抜き、

「腕を上げて、持っておれ」

こう言いながら、死んだ小幡の腕を引き上げて、肘の関節から切り取っているのが見える。やがて切り取った小幡の腕を横谷分隊長が三角布にまいて首にさげ、一分隊は総がかりで死体を小路に上げ、反対側の雑木林の中へ運び、木の枝をボキボキ折って死体の上にのせ、また溝へ駈け下りてきた。この様子を二・三・四分隊の兵隊は溝の中から棒立ちのまま見送ることとし、発する言葉も一言もなかった。

小幡は、死んだ雑木林の中にただ一人だけ置き去りにされる……。恐ろしく不幸なことだ……そして内地は果てしなく遠いのだ……。もし、平和な家族と共にあって死んだら、その悲しみを抱いて温めてやる人々もあるのに、その人々には今行なわれた小幡の死体の始末を想像出来ようか？　小幡も西安郷に於いて九六軽機射手となっていた。それも入墨の小西古兵が仮病を主張して、小幡を射手にして自分は弾薬手になり、小幡の後方を前進していたのだ。何と不公平なことだ。交代していなかったら、初年兵を泣かせてきた入墨の小西が死体になっていたのだ。

戦場では誰だって僚友の死に一切無感動になってしまうのだ。戦場では感傷はない。必要が一切を支配する。死者に不必要なものは活用されなくてはならぬ。死んだ者はそれでお終いだ。生きている者は何とかして生きる工夫を計る。しかも生きるためには、自分で活路を見出さなくてはならない。誰一人助けてはくれないのだ。死んだ小幡から弾薬・米など、生き残った兵隊で分け合う。私は黒岩の溝に腰を下ろし、岩にはみついている小さな山草をむしり取っていた。この谷間の入口の界脚底で一名の戦死を出したが、右も左も

山また山で敵の姿は一切、皆目つかめない。しかし命令は前進する以外にない。死体処理は終わった。

「前進！」

木原小隊長の命令で再び岩の溝から出て、一本の山路は前方が右に曲がり、雑木林に入ると林の間を小川の水が石ころの間を曲がり、くねっている。そこを一・二・三分隊・木原小隊長・四分隊と小川を渡り、路は左に曲がり尖兵分隊が雑木林の端を上がり、坂にさしかかった。

「パン！　パン……！　パン！　パン」

「ズダーン！　ズダーン！」

敵チェッコ機関銃と小銃弾の飛来に兵隊は素早く雑木林の中に頭から突っ込んだ。私も同じく林の藪の中へ飛び込んだとたん、

「馬鹿ッ！　俺の傍へ来るなッ！」

と先に飛び込んだ小川古兵がどなったので、私は〝糞ッたれ！〟と内心、憤怒をおさえて、離れた場所にわざとゆっくり腰を下して小川の方を見る。私は敵銃弾の恐ろしさよりも、小川古兵の態度に無性に腹が立って、頭を上げて小川古兵の方を睨んだ。藪の中に小川は頭を突っ込んだまま、背嚢だけが見えている。

「何てざまだ！　小心翼々と恐れる奴が！」

小言にでるほど小川に対して苛立つものを感じていた。

脈旺嘴を出発して半年を過ぎ、一〇〇〇キロ以上も重なる苦しい行軍に、そして、四分隊の同じ釜の飯を食って度重なる戦場で互いに生き残ってきている現在の兵隊と兵隊の関係なのに、敵の銃声で「俺の所に来るな！」とは何事ぞ。自分だけが生き残りたいという強欲な男〝小川寅夫〟、お前一人生き残って僚友が皆死んだら、お前も気狂いして最後は哀れな死が来ることがわからんのか、と言いたい。

お前は、階級で抵抗できぬ人間に対し、陰険で残忍な制裁を加えてここまで来ている。私は湖南省新市で小川から受けた迫害は未だ胸底に焼き付いているのだ。人間が心にもなく悲鳴を上げ、獣物のように呻いたり、泣いたりする肉体の苦痛というのがどんなものか、彼にも知って置いて良いことなのだ。小川古兵の浅黒い、そして厚い鈍感な顔つきに他人の苦痛も少しは分かるようにしてやる必要がある。

また、いざ戦闘開始となれば後ろへ遠ざかり、四分隊の前を前進する木原小隊長にも界脚底での山岳戦場において自分の小隊長なんて思いたくも無いのだ。責任ある小隊長は、なぜ先頭の尖兵分隊の危険性を見て指揮しないのか。なぜ、先頭に行って指揮をとらないのか。〝俺なら行ってやる〟、こう木原小隊長にも焼きを入れてやりたい。

実戦部隊が安んじて命令のままに行動するには、上

級機関に科学的な思考、周到な配慮、充分な準備の確算がなければならないのだ。〝人間真理を知ろうとしない人生には生甲斐はない〟――私は学生時代からそう信じていたからだ。

すでに中隊主力は後ろに迫り、先頭の灰瀬中隊長は命令をくだした。

「第二小隊、右の山。第三小隊、左の山を攻撃前進せよ！」

雑木の繁茂せる両側の山にがさがさ登ってゆくのを見て、われわれ尖兵小隊も左側の山の中腹を登っている小路を前進し始めた。敵は少数らしく地の理を得て、中隊の前進を狙撃していたらしく銃声は止まっていた。尖兵第一小隊は横谷分隊長を先頭に、左の山の中腹を背を低くして早足に登りつめる。右下は谷間である。二・三小隊も山中の前進は困難であり、山から下りて尖兵小隊の後を前進して来た。左の山の頂上へ尖兵小隊は一時停止する。私は頂上から目に見える範囲の前方を睨んだ。すると頂上は荒涼たる草原であり、眼下に山また山の連山が幾重にも重なり、高く低く、谷間は雑木繁茂せり。全身緊張して背嚢の重さも擲弾筒の重さも感じていない。頂上から左へと小路の一本路は曲がり、谷間の森へ向かって消えている。前進！　尖兵小隊は大股で坂を下り始めた。下り坂を下りて孟宗竹林が頭の上にたれている。その先の谷間の一番低い所で水音が聞こえる。路は大きな石の上を通り、右下に小川の見える所まで来ると、左前方の森の中に小さな水車小屋と人家が見えた。

第一分隊は注意深く前進して人家に近まった頃、

「パパン！　パン!!　パン！」

と金属性の軽い敵チェコ軽機関銃の銃声が谷間にこだまするも、飛弾は高めに感じた。

「前方の家の影まで行けッ！」

木原小隊長が叫んだ。横谷分隊長と尖兵小隊は人家の壁に引きつけられるように走り寄った。続いて二・三・四小隊も人家の遮蔽物に身をすいつけられる。

そこへ灰瀬中隊長も目をギラギラさせて、苛立たしく昂奮して軍刀を引っ下げ、

「どこだ！　敵は！」

「今、双眼鏡でみています！」

木原小隊長が答えていると、

「早くしろ！」

灰瀬中隊長は先遣中隊の任務が非常に重大らしく、殺気だって見えた。中隊長の後ろには当番兵がくっついてうごいている。

「横谷！　立山！　俺について来い！」

木原小隊長は家の壁から腰を曲げて走り出したが、敵の銃声はなかった。小さな家の先には石橋があり、一本の細路はその石橋を渡り右へ曲がっている。路の

左側は深い小川が山の谷間から流れてきて飛沫を上げる水音が聞こえる。左側は雑木の林が道の上にさしかかっている。木原小隊長・横谷分隊長は石橋を渡り、木の根の大きな石を遮蔽物にして前方の偵察を始めた。すると灰瀬中隊長も小路に出て落ちついた足どりでノコノコと小隊長の所へ進んで行く。後についてゆく鍬田当番兵は小心の格好で小銃をひっ下げて続いてゆく。すると第二小隊長・萬瀬准尉も私たちの所まできた。戦闘の暫時の合間に背嚢の重みと鉄帽の重みを頭に感じてくる。そうした銃声が止めば生きている自分に気がつくのである。

破壊・残虐・殺戮の巷に人間の心理が荒々しく変化してゆくが、体のどこかに平和の希望の水源地がひそんでいるのだ。それが休憩の一時の合間に兵隊の心を呼び起こしているのだろう。

やがて偵察を終って中隊長以下、家の影まで戻って来た。灰瀬中隊長は後方の中隊主力も家の影まで前進するよう命じた。物静かに中隊全員集合したところで、中隊長は命令を下す。

「敵はこの坂路を登りつめた油路界に監視小屋を設け、付近一帯に我々の前進を阻止しようとしている。木原中尉はこれより配属(MG)重機と第一小隊より狙撃手一〇名を指揮し、石橋を渡り右前方の山へ登り一斉射撃を行なえ。また萬瀬准尉は第二小隊より狙撃手一五名を指揮し、この家の先から左前方の山上へ登り一斉射撃を行なえ。残りの指揮班以下は左右の山上の一斉射撃が終わったと同時に駆足前進して、油路界に突撃を敢行する。両方の山上の一斉射撃が終った配属(MG)重機狙撃手は速に下山して突撃に追及せい！　木原中尉・萬瀬准尉すぐ出発せい！」

灰瀬中隊長の錆びのある声は、全部の兵隊の耳に滲み通る。広西省の山奥の静かな自然は突如として破られ、命令下達は行なわれた。木原第一小隊長は各分隊長に狙撃兵を三名宛出すよう命令する。牧第四分隊長は四分隊の顔を一応見ながら、

「四分隊には射撃の上手は誰かいるか？」

「……」

二年兵の牧分隊長は小川・立山の三・四年兵に指名することをためらうように言ったが返事がない。

「初年兵の時は、実弾射撃は誰が上手だったか？」

と内田・宮下、それに私の三人に問うような言葉でいったので、すぐ宮下が、

「吉岡が上手だった」

と私の方を見ていったので、分隊長はすぐ、

「吉岡、小銃を持ってすぐ出れ！」

誰しも、どこの場所が命が危ないかわからないが、危険な場所はさけるにこしたことはない。だが、敵陣を前に肉薄迫り、そんなこと考える余裕なんてない。

私は内田の小銃と交換して狙撃兵の一員となり、出発地点に出た。

「前進！」

木原小隊長は路へ下りた。右翼狙撃隊は後に続いた。石橋を渡って右へ折れると黒岩の崖が続いている。その下に背嚢を置いて軽装になり、筋肉の引きしまるを感ず。

「山上の一斉射撃が終わったら、ここまで下りて自分の背嚢を取ってすぐ坂道を駈け足で突撃する中隊に追いつかねばならぬぞ！」

木原小隊長はこう命令して崖を登り始めた。岩の間から小さな松や雑木が藪の中から出ている。その崖を狙撃兵は小銃だけで登るが、配属の九二重機関銃分隊は四人でかつぎ、想像も出来ないような険しい崖を登るのだ。平常であったら、こんな無茶な山登りは考えられないだろう。人間というものは戦場で死の影を前に殺気立ち、不可能なことを可能にかえる。この崖登りが正にそうである。私も何度かすべり落ち、松の木の根っこにしがみついてまた登る。配属重機も遅れてはいるが、だんだん登って来る。無我夢中で上へ上へと攀《よ》じ登っていると、疎らに散在する松の木の間から空が見えた時、頂上であった。松の木の根元の草の上に腹ばい、藪の間から前方を見ると敵の監視小屋が見えるではないか。ぞっと全身が総毛立った。木原小隊長も山頂に達し、場所を選んで腹這いになって双眼鏡を手にしている。

「敵から発見されぬように射撃位置につけ……重機はまだか！」

「ハイ、もうすぐ登り着きます！」

狙撃兵の誰かが答えた。その後、重機班はガサガサ音をさせ、フウ！　フウ！と息も荒々しく頂上へ到着した。

「重機関銃！　登り着いたか！」

「ハイ、今来ました！」

「ヨーシ、俺の所へ機関銃を据えろ！」

「ハイ！」

九二重機は山頂の右側に据えられ、狙撃兵はその右に散在した。木原小隊長は顔をやや上げて、

「みんな！　敵の監視小屋が前方の山の稜線に見えるか！」

「ハイ！　見えます！」「ハイ！　見えます！」

「敵の監視小屋からずっと左に見ると、山の中腹に壕の上に立っている敵兵は見えるか！」

「ハイ……」「ハイ！　わかりました！」

すると木原小隊長は双眼鏡でにらみながら、

「重機関銃は監視小屋の敵！　射程距離三五〇！　狙撃兵は左の方に見える壕の上に立つ敵兵！　距離四〇〇！　照準を合わせろ！」

「ハイ！」「ハイ！」

山頂は細長く散在する小さな松の小枝が秋風にゆれているが、敵から発見される様子もなく銃口を藪の中から突き出して照準を合わせた。私は、初年兵教育期間距離三〇〇の実弾射撃では一〇〇パーセント標的に命中させたものだった。それが現在、本物の人間を弾をこめた銃口を通して狙っていると命中するように感じる。深い谷間をはさんで敵味方は血煙を上げる瞬間である。油路界の監視小屋は左の山上から稜線の中腹にあり、その小屋から左の山の中腹へ散兵壕を作り、二〜三名の敵兵は壕の上に立ち、大きな丸い傘を脇の下に肩からさげて小銃を手に、自分が狙われているこ とは全く知らない。また、散兵壕の中では頭だけが動いている。

「用意はよいか！」

木原小隊長は双眼鏡を下した。

「敵を狙え！」

「……」

私の左手でささえた小銃の照準はぴったり合い、壕の上に立つた敵兵の腰から上がその照準の上に正確にのった。

「撃て!!」

引き金を引いた。

「ズダーン！」「ズダーン！」「ズダーン！」

「ダ……！」「ダ……！」「ダ……！」

瞬間、私は見た。壕の上の敵兵が後ろの壕の中へ見事仰向けにひっくり返ったのを……。それから先は無我夢中、五発の小銃弾を照準も合わせずに撃ちまくった。

「ズダーン！　カラン、ズダーン！　カラン」

小銃の遊底から飛び出す薬莢の音だけを感じる外に何も感じようとはしなかった。

「撃ちかた止め！」

小隊長の命令と同時に、半分立ちあがった。

「すぐ山を下りて突撃前進せよ！」

木の枝や山草につかまりながら崖を下り始めた。岩山の崖は土煙が上る。

「ズル、ズル、ズルーッ」「ズル、ズル、ズルッ！」

足から背中まで崖にすり打ちつけ、すべり出した。すると崖にとび出した木の根っこに股がかかり、がくんと体が止まる。兵隊は皆、それぞれがまるでエレベーターである。私はすべった途端に股の急所を木の根にぶちつけて「うーん！」と一声唸り、また崖をすべり、一挙に崖下に下りたった。兵隊は皆、埃まみれの顔に目だけがギロギロ光り、自分の背嚢の位置まで駈けた。息つく間もない。

「さあ！　駆け足で中隊の突撃に追いつくんだ！」

木原小隊長は軍刀を抜きはなった。

「コツ　コツ　コツ　コツ　コツ」

早い足音だけを残し、着剣した小銃をひっ下げて我先にと走った。

油路界への坂道は少し広まり、石ころが無数にとび出している。私は何度かころび、道に両手をついた。そしてまた走るが、体の重荷と急勾配の坂道は走っていても速度は出ていない。上の方で銃声が乱れ、敵味方の戦闘を感じ取り、息が止まりそうに走り登った。油路界の敵監視小屋が上に見えた。すると中隊主力が散開して突撃する。たちまち響く鬨の声！

「ウアーッ！　ウアーッ！　ウアーッ！」

連山に木霊する喊声に励まされ、ただ中隊主力に「追いつくのだ」「追いつくのだ」ということだけが体全体をかけめぐり、この油路界に小銃を下げ、両手を地面にふれるようにして這い登り、中隊主力の後ろに到着した。そこでは小銃によりかかってやっと体の直立を保ちながら、互いに目だけがギロギロと光る。棒立ちになって小銃によりかかる兵隊は安定せず、ふらふらとゆれ動いている。

「川口二等兵の死体をこっちへかついでこい」

前の方で第三小隊長・藤田准尉の声に川口新一二等兵（菊池郡龍門出身）は戦死ということを直感した。戦闘毎に死んでゆく僚友を見ては一抹の寂しさを感ずるが、〝俺はこの峠に現在、小銃にもたれてつったっているのだ。俺はまだ生きている……〟。

こうした行動と感動のはざまに、今、登り着いた峠路から谷間の方向を見れば、曲がり曲がった一本の小道の左側は一歩誤れば岩を噛む谷川の断崖であり、右側は雑木・茨の繁茂した崖が直立して、一本の山路以外は前進不可能である。敵はこの〝地の利〟を利用し、峠には丸太で作った堅固な野戦陣地を築き、屋根の上に偽装してある木の枝は真新しく、敵と近接した戦いであることに気がつき、全身の肌がひきしまる。また、その小屋から両側に長々と掘ってある散兵壕、その掘った赤土を盛り上げた土が今掘ったばかりのように感じると、右向こうの山の中腹へ続く壕の中に小銃で撃たれ仰向けに倒れて死んだ敵兵の姿が頭に浮かんだ。

「第一小隊集合！」

「第二小隊集合！」

「第三小隊集合！」

峠から一本道は油路界から下り道になって見えている。

「第一小隊は前へ出ろ！」

木原小隊長の声に私たちは先頭の方に整列する。丸太で作った敵監視小屋には、チェコ軽機関銃、小銃、手榴弾などが投げ捨てられ、敵兵は身軽になって逃げ去っている。また、四～五メートル先の下り坂の道の両側に紺の木綿服を着た草鞋ばきの敵兵四人の死体が、逃げた方向に頭を向けて鮮血に染まり死んでいる。顔や手の出ている部分の皮膚の色は紫色をして、生命の終わりを告げているのだ。戦場に感傷はない。空には冷たい灰色の雲が一面にひろがり、雨模様になってきた。

「木原中尉！　尖兵小隊は前進！　前進だ！」

　灰瀬中隊長はひと山毎の殺戮の戦闘に休む間もなく「前進」を叫び、大隊通過の前進路を切り開くため昼食する時間はないらしい。もうすでに正午は過ぎている頃である。前方に目を向ければ山から谷、そしてまた山から谷が果てしもなく続いて、曇天の谷の森は薄暗く、時たま「ズダーン！」と敵銃声がこだまして我が身の冷たさを知る。将兵悉く殺気立ち、いつ来るか来ないかわからない自分の死を想像する予猶があるだろうか。そんな時、

「尖兵分隊は、こんど何分隊だったか？」

と木原小隊長は何知らぬ顔で言ったので、第二分隊長がすたすたと先頭に出て後ろをギロリと振り向き、

「俺が前進するから、ついてこい！」

と言葉も荒々しく言ったかと思うと、小銃をひっさげてつかつかと山道を谷へ向かった。人間、激しい時ほど本性を現す現実を私はいやというほど見届けたのだった。命をかける尖兵隊を指揮官がその場になって知らないで部下に問うなんてあるだろうか？——実戦部隊が安んじて命令のままに行動するには上級機関に「科学的な思考、周到な配慮、充分な準備の確算がなければならない」ということは、天皇の軍隊にはあまりにも頼りなかった。

　岡村分隊を先頭に早足で前進の列を作ると木原小隊長は第三分隊の後尾を行く。こうなれば先頭は敵の弾よけの兵隊とならざるを得ない。岡村分隊長の内心は〝先頭を前進する勇気は小隊長にはないのだ。そこで俺が前進してやる〟であったろう。こうした態度をとった言葉が「俺が前進するから、ついて来い！」といった意味の言葉であることは、容易に後に続く兵隊にはよめた。私も界脚底以来、尖兵小隊の隊長である木原中尉が敵銃声と同時に後ろへさがるとは、あまりにも卑法で憤慨に耐えない思いをして「俺だったら」と疲労した自分に鞭を打つ気概を感じたことであろうか。指揮官は先頭の分隊長に山道の真ん中を前進することは危険極りないことを、なぜ注意を与えないのかと思った。しかし、やはり自分に気がつけば一言も反抗出来ない分際で、軍隊という組織の強い風に吹かれて動いているのだ。悲しいかな、動くように出来ている。もっとも自分で気がついたところで相も変わらず動いている。いわゆる群動に過ぎないのだ。

　道は曲がりくねって下り、両側は崖もなくなり、雑木林が薄暗く感じるように繋っている。まだ敵銃声は

幾らか離れたところで「ズダーン！」「ズダーン！」と谷間に冷たくこだまする。誰一人、言葉を発する者もなく、足音だけがコツ、コツと続くだけである。下り坂を下りてしまうと、いくらか谷間の広がりの真ん中に道はさしかかると、前方に小さな小屋がぽつりと一軒見えた。先頭の岡村分隊長は平気な様子で小屋の横を前進する。小屋は壁もなく何もないので私は、岡村分隊長は小隊長に憤慨して敵を恐れず前進しているように見えた。その小屋を過ぎると一本道はやや広い谷間を左へ横切り、雑木林はなくなり、また前方に小さな小屋が二軒並んで見えた。壁も板壁を三方にはり、屋根は杉皮でふいてある。小屋には戸もなく、木炭の取り残しがつめられているのが見えた。

「なるほど、中国でも炭焼きは山奥でするものか」

と思って、私は幾分敵が遠ざかった感じを受けた。岡村分隊長は木炭小屋の中に入り、敵にかかわる様子を探しているので、尖兵小隊は皆、小屋の前に集まった。中隊主力はまだ姿を見せていない。この小屋の前の一本道は、先は雑木の森の木が暗く、鬱蒼と茂り、見上げる山の上まで続いている。その小屋の端から七〜八メートル前進した岡村分隊長は小銃を杖に立ち、後ろの方をふり返り、

「小隊長殿、これから先は道がなくなっていますが、間違えてはいませんか？」

と呼んだので、尖兵小隊の兵隊は皆、岡村分隊長の所へ集まった。すると、道は急に三メートル余の崖を下りて、下は大きな石の間を流れる小川で、暗い森の木のさしかぶった下から聞こえるせせらぎの音に気がついた。木原小隊長は腰を下して五万分の一の地図をひろげ、岡村分隊長とともに見ている。だが作戦地図も広西の山奥まではわからないらしい。時間は敵味方平等に刻みながれてゆく。そこへ中隊主力も後ろに迫り、灰瀬中隊長の姿が先頭に近づいてきた。

「中隊長殿が見えました」

岡村分隊長が小隊長に伝えた。そこで木原小隊長は尖兵小隊の兵隊の間を後ろへ行って中隊長に近づいて、

「中隊長殿、道はこれだと思いますが？」

と聞くと、灰瀬中隊長は自信ありげに、

「これだ、これだ。間違ってはいない」

「この先は川が流れて道は切れています」

「その川を渡って道を探せ！　道はあるはずだ」

「ハイ、わかりました」

木原小隊長は安心したらしく、尖兵小隊の方へ急いで近づき、

「岡村分隊長、何しろ川を渡れば道があるはずだ。前進してみろ」

「わかりました」

答えた岡村分隊長は小銃をひっ下げて三メートル余

の崖を下りて、やがて、

「道は川を渡っているようです！　小隊長殿！」

と後方に呼びかけて、右へ曲がった小川の石の上をすべらないように用心して小川を下る。その尖兵分隊に続いて第一分隊・第三分隊、その次に木原小隊長・四分隊と続いて崖をおりた。私は崖をおりて直ぐ一本道は消え、白く平ったい大きな石が橋代用になって川を斜めに下っているのを見た。そして二つ、三つ目の石のうえに立った。先頭の岡村第二分隊長が、

「路はここにある！　ある！」

と後方に伝えながら小川から左へ曲がり、森の小道に飛び上がった瞬間、

「パン！　パン！　パパン！　パパン！」

山の静寂を破り、こだまする敵チェッコ軽機関銃の銃声とともに、

「うー、うーん！」

と一声、人間の生命の最後の呻き……。

小川の石の上に下りていた尖兵小隊の兵隊は、銃声とともに水の中をバチャ、バチャと飛び込んで、上の山から覆いかぶさる雑木の下に体を我先にと突っ込んだ。私はハッと自分に気がついた時は、川岸の虚《む》ろになっている藪の下に腰を曲げ、編上靴の中に小川の冷たい水が滲みこんできているのに気がついた。目を落とし足元を見ると、足の首まで水中である。腰を曲げても背嚢の重みなんか全く感じていない。

「岡村分隊長殿は戦死しています！」

尖兵分隊の誰かが藪の中から声を殺して小隊長へ報告した。

「岡村の死体は後ろへ運べるか！」

木原小隊長も藪の中にもぐったまま、声だけである。暫く沈黙の時間が過ぎさる。その後、尖兵分隊の方での小声は岡村分隊長の死体収容を相談しているらしい。

「第二分隊、岡村の死体を二人ばかり近づいて運んでみろ」

木原小隊長が藪の中から命じた。すると、

「今すぐ、行きます！」

こう答えて背嚢を下しているらしい。私は〝ゴクリ〟と口の中の唾液をのみ込んだ。敵はそれっきり撃ってこない。谷川のせせらぎの音だけが、戦火とは全く無関係に心をさそう。あたり一面の自然の静寂に一段と寂寞たる感じがただよう。それから数分後、第二分隊の兵隊二名が藪から飛び出し、小川から左へ登った道へ向かったと同時に、

「パン！　パパン！　……！」

再び響く敵チェッコ軽機関銃の銃声！　一人の兵隊は、岡村分隊長が小川から左へ曲がって坂道へ向かったそれより前方へ敵銃声とともに頭から藪の中に突っ込みたおれ、

「うーん！　うーん！」

　また時を置いてかすかに、

「うーん！」

と、これも生命の最後の呻き声である。小川の岸の藪へ引き返し、飛び逃げた一人の兵隊が、

「塚本上等兵は、やられた！」

　こう言って、小川の藪伝いに後ろの小隊長の方へ二～三メートル戻り、

「小隊長殿！　小隊長殿！」

と声を殺して呼んでいるのは、玉名郡出身の高村上等兵とわかった。

　そこへ、

「高村！　敵はみえるか？」

　木原小隊長は、まだ藪の中で問いかけた。

「全然見えません。道は左へ坂になって登っています。塚本上等兵はその道の先の藪の中に戦死していますから、敵からまる見えです」

と尖兵分隊の死闘の現況を伝えると、

「そうか、軽機では敵を撃たれんか？」

　木原小隊長はこう言いながら、やっと藪から腰を曲げて姿を現した。

「高村、軽機を出せ！」「……」

　高村上等兵が藪の中から軽機を出すとチャプ、チャプと水音がする。

「パパーン……パパン、パン！」

　敵銃声とともに、木原小隊長も高村上等兵も再び藪の中に飛び込み動かない。この小川から山の坂道へ体を現せば、死は決定的なものであることは判然としている。藪に身をひそめる兵隊には皆、容易にそれを知ることが出来るのだ。この小川へ下った所は三メートル程度の崖であったが、尖兵小隊の兵が身を隠している場所は左の敵の側の高い山に雑木が生い繁り、その左側の岸も崖が数メートル高く、小川の上から木の枝が垂れ下がっている。全く前進不能となれど、この山越え、谷を渡る一本の細道は、先頭を前進する兵隊には生きることは許されないのである。木原小隊長は前進不能と見て、

「中隊長殿に報告して来る」

　こう言い残して小川の中を這うようにして元来た崖の方へ後戻りする。灰瀬中隊長も心配して崖の下り口まで来ていた。

「中隊長殿、岡村と塚本が坂道へ出た所で戦死していますが、危なくて死体収容が出来ません」

「そうか！　敵はみえるか？」

「今のところ、どこから撃っているか、わかりません」

「それでは、まず小川からこの線まで退れ！」

「ハイ」

　灰瀬中隊長と木原小隊長の話を一言もらさず聞いた

私は、やっと手に下げていた弾筒擲の重みをしって曲げていた膝の上にのせた。

「第一小隊、静かに川から元の線まで退れ！」

押さえた声で命じた小隊長の声……生き残っている兵隊は、下りて来た崖を這い上がり、小川の岸になる崖にそって長い窪地がある。その中に陣地をとって、第一小隊は散開した。退りぞいた距離は僅かなものであっても、自分の体が一歩、安心立命の所へ退った気持は、何とたとえようのない気持……ちょうど全身に通っている血管を全部止めて、それを一斉に血液を全身に送り始め、五体が今サーッと温かくなったようとでも言おうか(殺戮から一瞬救われた気持ちは、ペンをして現せないような感じがする)。

一〇月一四日の刻一刻日没が近まる頃となり、殺戮の合間の静寂には、谷間のせせらぎの音だけがすべて平等に聞こえ妙に心を引く。時折、小川の向こうの山で「バ！　パン！」とこだまする敵銃声は、一層骨身に滲むようで、言葉を発する兵隊は一人もいない。私の左に内田、次に小川古兵がいるが、こんな情況になれば初年兵も古兵も小隊長も勇気がものを言う場面である。内田が私の所へ小石を投げて自分の水筒を振り、水がないことを示したので、私は首につるした水筒を投げてやった。今朝六時、朝飯を食ったきり何も食っていない。もちろん、飯を食う余裕なんてない。中隊長たちは炭焼き小屋に集まり、作戦を考えた末、薄暮れに戦死した二人の死体を収容して、中隊は小川の向こうの山に登り、敵陣へ突入することに決定したらしい。時を刻む長い一日の一〇月一四日の曇天の日暮れは、この谷間には速いと思われるが、兵隊にとっては長い昼間であった。ただし暗くなれば敵弾の飛来も止み、敵味方ともにこの山中では動けない。我々先遣中隊の後を半日遅れて出発した大隊主力が早く来てくれるのも待ち遠しい。既に小川は暗く、小さな虫螢がポカポカと岸の藪の中に無数に明りを見せる(中国ではこの辺で一年中、虫螢(土螢)が谷川に住むそうだ)。〝何て心を引く虫螢だろう〟——私はポカポカと動く小さな明りをじっとみつめていた。

「第二分隊集合！」

声を押さえて、木原小隊長は後方から呼んだ。いよいよ二人の死体収容である。

すでに第二分隊は高田上等兵以下三名である。

「第三分隊も来い！」

あまりにも少なくなった人数に木原小隊長は第三分隊を加えた。そこで高田上等兵を先頭に崖を小川へと下りかけた。灰瀬中隊長は崖の上から、

「敵が撃ってきたら、暫く待て！」

と木原小隊長に伝えていた。私たちが腹這っている崖の下を水音一つたてず、粛々と死体収容に向かう。

〝無事であってくれ〟と心のうちでは願わずにおれなかった。

そこにはせせらぎの音以外は夕闇せまった静けさだけが残って、時は刻一刻と刻み過ぎてゆくのが深い谷底へ引きずりこまれるかのようであった。〝もう死体の場所まで行った頃だが〟――こう思い、死体を引きずって来る兵隊を想像する……。崖の上で待つ私たちは頭を地面の草にうちつけて戻ってくる足音を今か今かと待つばかりである。五分・一〇分・二〇分。

時は刻まれ、過ぎて行く。

「バン！　パン！　バン！　……」

無事か？　それともまた死か？　呻き声を耳をすかして聞くが、聞こえない。無事か？　と思っていると暫くして、水の中を戻ってくる足音がした。一歩一歩戻ってくる。私たちの前の崖の下まできた。

「よいしょ！　よいしょ！」

重そうな死体を引きずって来ていることがわかる。敵銃声はその後二～三発「バン！　パン！」とこだましたが、銃弾は高めでもう小川の曲がった安全な場所へ来ている。〝死体収容が出来たのだ〟――こう思った時、私はがっくりと安堵の気持ちで全身の力が抜け出たようだった。木原小隊長を先頭に崖から登り、二人の死体が引きずり上げられ、木炭小屋へ運ばれてゆく――すると、われわれがここまで前進してきた後方の真っ暗い森の端へガヤガヤと人声が騒がしくなり、大隊主力が到着したことを直感すると、また引き続いて安心感に全身が酔ったようにぐったりとなった。安堵の充溢である。こうして深まりゆく夜を迎え、死体を埋める。大隊長への報告などと約一時間余は過ぎて、第一小隊には今日一日で四人の腕が三角布に巻かれ、戦友の首に下げられ、再び夜間攻撃の命は下った。

大隊主力が後ろの森に集結していることで昼間よりも心の中では力強く、援軍を得た気持ちで、灰瀬中隊長を先頭に再び崖を下りて昼間敵弾に身を隠した小川の藪まで足音を水中に殺して前進すると、藪に散らばる虫螢がパラリ、パラリと水面に何匹も落ちてポカポカ光りながら水面を明るくして流れ、また舞い上がる。その水面の淡い明るさに妙に心をとられる。虫螢の体は見えないが、ポカポカと明るい螢の光は、敵前にいつ来るかわからない死を前に何と心をひかれるものか……。

「第一小隊より山に登れ。続いて指揮班・第二・第三小隊の順……」

声を落として灰瀬中隊長は、藪から命令する。次々に逓伝して二～三小隊に伝えられると、小川から木の枝につかまって第一小隊より登り始めた。目の前は真っ暗であるが、木の枝を手で探して根元に片手でつかまり、自分の体を引き上げる。私の左に内田が登る。

体の動く音だけで戦友は互いに確かめ合って登る。「一寸先は闇」というのは今夜のことである。その中で兵隊は音だけで絶対に一人離れることはしない。左右の僚友の手足の音で、自分もまた次の木を探して体を引き上げる。こうして一時間、二時間、僅かな高さに登っていたとしてもそれは随分登っている感じである。夜半に至り、小雨がしとしとと降りだしたのに気がつく。木の葉に集まった玉の雨水がポトポトと落ちてきて、顔や首をひんやりさせる。夜半の戦いの一瞬、無限の静寂が続く。その一瞬、一瞬の時の刻みの前には敵も味方も全く平等に過ぎてゆく。一段一段と登る度に敵に接近する感じが体中の末端まで伝わる。左右の僚友の体が……それも極めて静かな体の動く音、およそ音するものの最低とでも言うか……すると、上の方で真っ暗い闇に電波のように伝って聞こえてくる音。

「コッン、コッン」

「コッン、コッン」

その次に、

「……」

それも中国語の低い声が、電気を帯びて体にビリッとくる。――一瞬、興奮をおさえて、壕を掘っている敵兵のシャベルの音であることに全神経が集中する。

「すぐ上に敵がいる。中隊長殿に伝えろ」

この声も闇に沈みゆく息を殺した声。私は、中隊長は登り始め、私の右の僚友の次を登っていたことを察し、右の僚友に、

「すぐ上に敵がいる。中隊長殿に伝えよ！」

と口に手をあて声を圧して伝えた。こうして中隊長まで届いたらしく、今度は右側の僚友から、

「そのまま、夜明けまで待て！」

と中隊長の命令が返されて来た。

「そのまま、夜明けまで待て！」

「……　……」

小雨はしとしとと深い真夜中に斜面の山の勾配も急で、木の根元につかまってもずるずると自然に体が下へずらかってゆく。また木の根元につかまり体をずるずると引き上げる。そして腕で木の根元に組みつき、体の動きを止めて溜息をもらす。

山も八合目ぐらい登りつめた所であろうか、下の谷川のせせらぎの音も聞こえず、目の前にあるものは真っ暗い闇だけである。だがその中にただ一つ、虫の細い鳴き声だけが戦争とは何も縁もゆかりもなげに聞こえる時がある。目を閉じる。また開く、だが闇だ。また目を閉じることをくり返した。一体、この山奥で俺はどうなるだろう？　今までにない深い谷底へひきずりこまれるようだ。こう考えてみたところで、どうにもならない。だが、自分は今生きていることだけは間違いない。だが今日一日で小幡・川口・岡村・塚本

は死んでいった。

西安郷を出発する時、顔は日に焼け、元気で九六軽機をかついで前進していた小幡同年兵の姿が想像されるのだった。軍隊には大隊長・中隊長・小隊長も各々戦闘には、その特長ある任務と指揮権をもっている。ところが兵隊は単なる一兵卒である。その中でも私のような一等兵は谷川の石ころだけにしか命令出来ない。力も極めて小さい。そしてよちよちと一歩ずつ第一線を前進するだけである。しかし、考えてみるとこの一兵卒こそは、実は偉大な任務を命惜しまず遂行する能力をひそめている。兵卒は前進して突撃路を開く。そして尖兵小隊もまた、本当の尖兵であり挺身隊である。こうした働きをしながら、常に戦友とともにいつも後続部隊を待っている。味方の他の中隊と力を合すれば自分の力が強大となることもよく知っているのだ。また、ある兵隊は守備には関門を守る。そして陣を張る。身を挺して最前線で頑張るのは常に兵隊である。兵隊は守る時は自分の周囲を守る。黙々としていつまでも守り続けるのだ。兵隊ほどいとしいものはない……営々として働く兵隊は、誰より先に敵との手がかりも作る。そして敵陣へ突入して勝者の身となっても、「御苦労であった」とその働きをねぎらってくれる上官はない。パッと捨てられたと同じで、その敵陣占領の名誉は小隊長・大隊長にあるのである。戦局を勝利に導き、絶対服従の命令のもとに死地につく……まさに偉人傑士の心境といいたい。兵は黙々として何も言わない。自分が犠牲になって味方を勝利に導いたこと、心ひそかに知っているに過ぎない。何といういじらしい心根であろう。岡村・塚本の二人の兵隊は味方の危機をすくった。この一本の曲がりくねった山道には大隊長も、中隊長も、小隊長も、先頭には近寄り得ないのだ。こうした苦しい戦場の第一線は、およそ兵隊によってなされるのである。

眠れない一四日の夜は、続いて幾度も下へずらかる自分の体を引き上げていた。深夜の一瞬ではあったが一〇月一四日という日の長い長い一日の時の刻みは、敵にも味方にも平等に過ぎている。そこに〃内地の父母が、今夜の山の中の自分を想像できようか？　いや絶対に出来ない〃――こう思ってみた（私はほんの一瞬の間のこの思いは、何十年過ぎ去っても、これは生きている限り忘れようとて忘れることのできないことである。それは私の体の脳細胞のどこかに深くきざみこまれて動いているからだ）。

深夜を過ぎると、時々睡魔におそわれ、ハッと気付いては頭の上の敵に気をとられる。

（Ⅰ）松江口附近の戦闘図 10月14日～10月16日まで

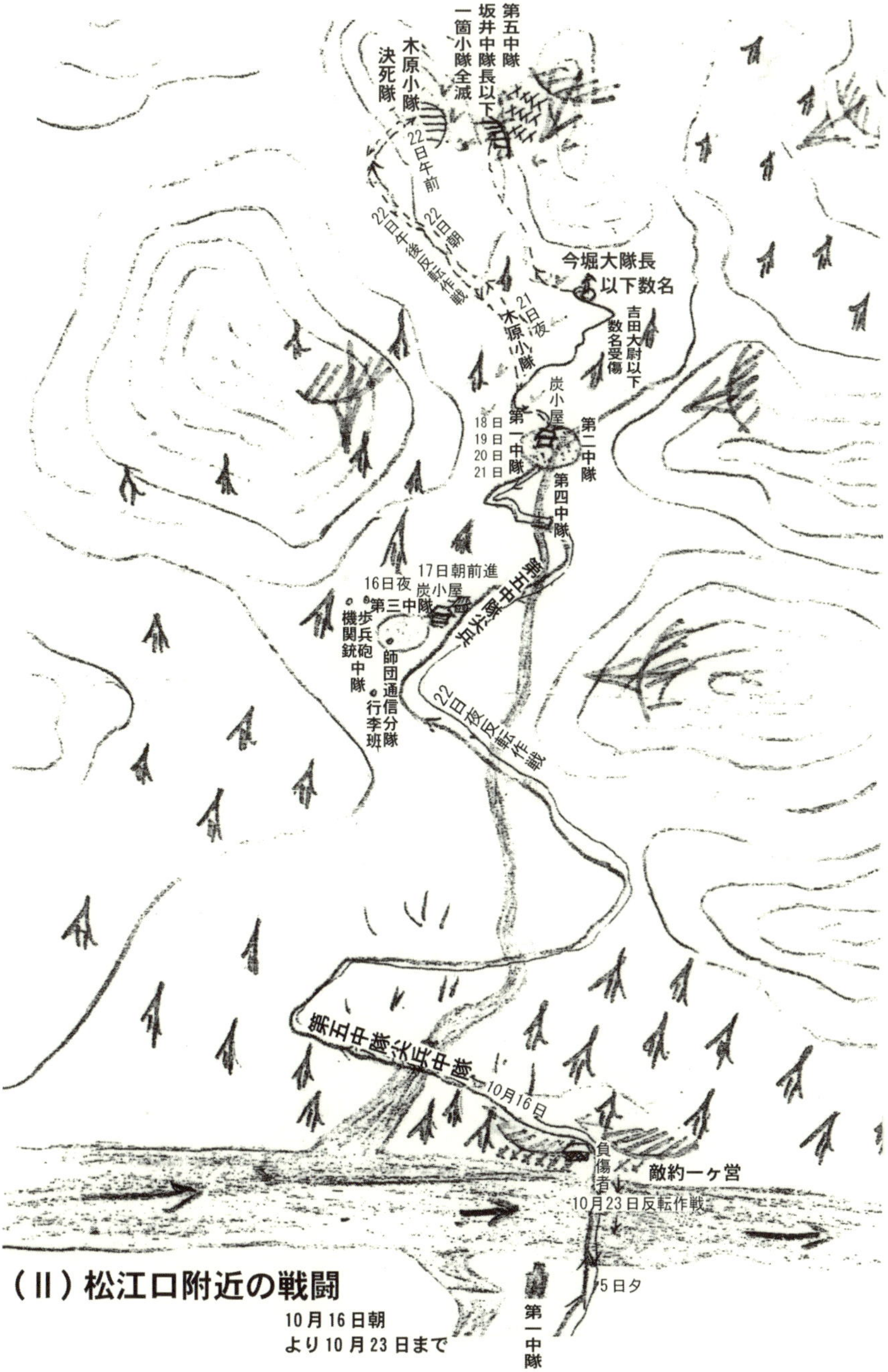
第五中隊
坂井中隊長以下
一箇小隊全滅
木原小隊
決死隊
22日午前
22日朝
22日午後反転作戦
21日夜
木原小隊
今堀大隊長
以下数名
吉田大尉以下
数名受傷
炭小屋
第二中隊
18日
19日
20日
21日
第一中隊
第四中隊
17日朝前進
16日夜
炭小屋
第三中隊
第五中隊尖兵
歩兵砲
機関銃中隊
師団通信分隊
行李班
22日夜反転作戦
第五中隊尖兵中隊
10月16日
負傷者
敵約一ヶ営
10月23日反転作戦
5日夕
第一中隊
（II）松江口附近の戦闘
10月16日朝
より10月23日まで

八、松江口の山岳戦と反転作戦

一〇月一五日の日記から
一〇月二三日の日記

一〇月一五日

「夜がくれば朝がくるんだ」

――こう気がついたのも目の前の山の木とともに、自分がしっかり腕を巻き付けている木の根元がボーッと見えるではないか。

「夜明けだ！」――これは中隊の誰もが気がついた一瞬である。すると左上の方から、

「山上の敵は山を下りたらしい」

こう逓伝してきた。私は、右の兵隊に伝えると右下にいるのは内田であることが分かった。灰瀬中隊長に山上に敵はいなくなったことが伝わる。夜明けの時の刻みは刻一刻進んだ。

山の木の間から下を見下ろせば、闇がうすらぎ、麓の小川から山道が中腹へ曲がって登っていることも判明した。灰瀬中隊長は、

「もっと、下へおりろ！」

逓伝が内田から伝えられてくる。

「もっと下へおりろ！」

「もっと下へおりろ！」

つぎつぎに小声で逓伝を送った。

私の右へ内田、灰瀬中隊長、指揮班の兵隊と山中に散らばり、私の左へ入れ替わった第一小隊、それから第二小隊、その下の段に第三小隊の兵隊が身をひそめていることが分かった。

山上の敵は中腹へ登る山道へ集結しているらしく察せられる。灰瀬中隊長は軍刀を抜きかざして、

「これから指揮班、第一小隊がまず下の山道へ突撃をする！　二、三小隊は後に続け！」

と命令を下した。命令は逓伝により、木原小隊長へ、更に二、三小隊へ伝達された。

この山では敵の方へ向って突撃出来る範囲は、指揮班と一小隊の半数ぐらいしか出来そうにないのだ。

「もっとこっちへ寄りながら、静かに下におりろ！」

中隊長はこう命じて、抜き身の軍刀をひっさげ少しずつ山を下りた。内田も私も中隊長に近づき、中隊長の前へおりてきた時は、朝の光がやっと差し込んできていた。

山には雑木が暗く密生し、根元には藪草が膝まで一面に生えている。夜の秋雨も止んでいた。麓の藪の下に坂道が今、中隊が登っている山の中腹へ通っている。その坂道へ約一〇メートルほどに迫った。敵兵の姿は一人も発見されない。兵隊の小銃に着剣したのが光り、

生死の感情がひらめく。私は左手に銃を下げ、右手に帯剣をしっかりと握りしめていた。私のすぐ上で、灰瀬中隊長の激しい突撃の声は、突如として山の静寂を破った。

「突撃！　突っ込め！」

「ザ……ザ……ザ……」

「ウアー！　ウアー　ウアー！」

約一〇メートル、山を駆け下り、兵隊は後先になった。先頭に内田が坂道へ飛び降りた瞬間、

「パパーン……パ……パン！」

「あいたッ！　……あいたッ！」

敵チェコ軽機関銃の銃撃と同時に坂道へ飛び降りた内田が手で鼻を押さえ、山へふりかえった姿を私は見た。内田の悲鳴とともに坂道へ降りようとした私は、藪から片足を道へ出しかけて藪の中にうつ伏せに腹這った。

内田も藪の中に体を突っ込み、山へ這い上がる。それを見て私も無我夢中で、藪の中を山へ這い上る。頭の中の感じなんて一切なく、体だけが生きる場所へ向って、力の限り動くのである。ただそれだけである。気がついた時は、山の中腹へ灰瀬中隊長以下逃げ、集まっていた。

私はすぐ内田を探すと、彼は鼻の下に手を押し当て、たいしたことはないらしい。私はいくらか、生きている内田を見て安堵を覚えた。

麓の坂道は敵の直前であることが判明した。だが、そんなに危険な場所へ突撃したのは、内田一等兵一人で、辛うじて一命を拾い、恐ろしい不幸からのがれることが出来たのだった。彼の悲鳴に二番乗りの突っ込み寸前にあった私と後ろの中隊の兵隊は止まり、それぞれに一命を拾ったのだ。

この一瞬の突撃の出来事は、内田の犠牲的悲鳴が中隊全員の命を救ったことであった。だが、兵は何も言わない。突撃のため山を駆け下りた時は、中隊長より先に突撃せねばならないということだけで、内田と私の二人には発する言葉もなく、灰瀬中隊長の前へ前進して駆け下りて突っ込んだのであった。

灰瀬中隊長も、この山では次にとる作戦とてなく、

「下の川へおりて、一応退れ！」

こう命令した。そこで中隊は山の斜面を滑り、木につかまりながら小川へ飛び下りた。こうしてまた再び、小川からもと来た崖を登って後退し、昨日腹這って陣取っていた小川の上の窪地に中隊は集結した。この山と谷間と小川の自然空間は、夜明けとともに突撃の喊声とともに敵チェコ軽機銃の激しい銃声が響きこだました後、山の森と森の間に白い朝霧が立ちこめてゆれ動いている。

〝俺はまだ生きている〟

ただ、それだけを感じて背嚢を下ろし、遠くの谷間、そして陰影の山を見れば、曇天の空はせばめられて山の奥であるこの現在地に気付くのである。そこには命を刻む時が過ぎてゆく。もし、さっきの突撃が全員で遂行されていたら、今頃は敵チェコ軽機関銃の絶好の餌食となり、指揮班、第一小隊は全滅状態となり、あの坂道を真っ赤な人間の血でぬらし、小川の水まで赤く染めたであったろうに。内田の「あいたッ！　あいたッ！」という悲鳴とともに、山の藪へ振り返って体を突っ込んだ内田の姿が、まだ脳裏から離れない。

その内田を見た瞬間、私は、どうして坂道へ飛び下りようとして後ろへ体をふり返り、藪に腹這ったか全く分からない。その時、私は生きていることを無意識に感じた直感がそうさせたのだろう。後ろの灰瀬中隊長以下数人の兵隊が、後に続いて飛び下りていたら、私も死地に飛び込んでいたに間違いない。だが、内田の悲鳴とともに、誰一人と坂道へ飛び下りなかったことは、私が内田の次に山を駆け下りていたことも知っていたか、知らなかったかわかりようはないのだが、それは人間の生きている直感というものであろう。

私が「ウアーッ！」と喚声を上げて飛び下りなかったから、後に続く兵隊が飛び下りなかったか、またそれも計り知りようがない。このつい今先の戦闘の出来事の恐ろしい不幸から脱却した私は、ただ、茫然と山の一点を見つめていた。

暫くして内田が大隊医務室の軍医の治療をすませて戻ってきた。

「内田、大丈夫か？」

「うん、大したことはなかった。俺が道へ飛び下りた時、敵銃弾が俺の二〜三メートル前の路面に飛んできて石をはねて、その石の破片が鼻の下へ飛んできたんだ。俺はまるっきり弾が当たったと思ったぞ」

「それが敵の弾だったら、お前死んでるぞ」

「そうだ、敵はあの坂道を登りつめた所にチェコ軽機を据えているに違いない。俺は全く命拾いした」

と大きくため息をついた。

牧分隊長以下、内田の受傷が軽傷で、恐ろしい不幸からのがれたことを喜んだ。小川古兵、立山古兵も私たちに野蛮な打擲による制裁を加える様子も、この山中の戦場では意気消沈して、うずくまっている。

ふり返ってみると、全く地の利を得ない突撃をしたものだった。ただ戦死者を出さなかったことだけは、心をやすめることができている。

その間、灰瀬中隊長は大隊本部へ行ったらしい。後方の森には大隊主力の兵隊の姿が見え隠れしていて、木炭の薄い煙も上がり、飯盒を下げた兵隊が右往左往するのを木の間に見て、

「俺たちも尖兵交代すれば、気が休まるだろうに…」

と、尖兵中隊の兵隊として思いは複雑な心の動きのうちに体の休まる時間が過ぎていった。

中隊長の姿も忙しそうに木炭小屋の方から見えてきた。木原小隊長、萬瀬准尉も姿を現して窪地まで来た。灰瀬中隊長も落ち着きを取り戻した様子で、

「大隊主力が後方で握り飯を作って運んで来るので、皆、腹一杯食ってくれ！」

と伝えた。各小隊長は木炭小屋の端まで握り飯を各分隊毎にとりに行くことを命じた。私は内田の受傷を感じてすぐ立ち上がり、

「宮下、飯、取りに行くぞ」

と呼びかけると、牧分隊長も、

「お前たち二人で行ってくれ」

と二人の姿を見上げた。私と宮下は天幕を背嚢から取りはずし、木炭小屋の方へ行くと、後方の本部位置から天幕の四隅をかかえて、真っ白い握り飯が二かかえ、三かかえと運ばれて来る。小屋の前まで来ると握り飯をもってきた谷口兵長に出会った。

もう何ヵ月も会わないような懐かしさを覚えた。私を見かけた彼は、にっこり笑いながら、

「吉岡、疲れただろう」

「大丈夫です」

「今、一中隊の握り飯を作って、どんどん運ぶばい」

「昨日の昼から水だけ飲んでひもじさも忘れていましたが、握り飯を見て急にひもじくなりました」

「ひもじかっただろう、うんと食えよ」

「大隊は全部来ましたか？」

「うん、後ろの森に一〇六大隊は全部到着している。お前たちは苦労したなあ……」

「兵長殿、ありがとう」

「では元気で、体に注意してなあ。尖兵中隊もやがて交代するだろう」

「そうですか」

「では、元気でなあ」

彼は厳しい戦場で命令受領として大隊本部とともに行動をとっているので時間的余裕もなく、前田上等兵とともに早足で本部位置へ向かった。私はその後ろ姿を見て、やさしく話しかけてくれた時間をふり返り、〝ああ生きていてよかった〟と思うのであった。

長沙以来、四分隊から彼が去った後、小川・立山古兵の残忍な制裁だけが残って行軍してきた私は、一番階級の低い初年兵としてまことに惨憺たる行軍戦闘を続けて来たが、省界山脈以来、長い行軍に対する忍耐力が作られ、幾度かの戦闘に行動〝カン〟と〝経験〟を身につけていた。

小川寅夫古兵も西安郷以来、自分の逃げ場に飛び回り、私たちを叱咤する言葉なんてどこかへ消え去っていた。

宮下と天幕の四隅をかかえて四分隊の窪地へ持ってくる。天幕の中には一人当たり三個ずつの大きな白い握り飯が湯気を上げている。

「一人で三個取って下さい」

分隊長から順に分配していると、灰瀬中隊長が窪地にやって来て、

「大隊長殿から第一中隊には腹一杯、思う存分に飯をやれとの達示であった。皆、うんと食ってくれ」

こう伝えて小屋へ戻った。

「うまい、うまい」

空腹は、人間の精神活動が幾分鈍くなった時に感ずる。今朝までひもじいなんて考える兵隊は一人もなかった。一歩後ろへ後退して初めて空腹を知ったのだった。大きな握り飯を三個も食えば、人間誰でも腹の虫がおさまる。ホッと一息ついている所へ、灰瀬中隊長は木炭小屋から腹作りも終わり出てきた。

何しろ大隊長もすぐ後ろで指揮しているという状況で、中隊長も前には頑強な敵に悩み、常に緊張した様子である。そこで窪地で第一小隊に命令を下した。

「これから第一小隊の擲弾筒で敵のチェコ軽機を撃て。それから第二、第三小隊は小川まで下りて敵の様子を窺っていろ！」

命令されて、私はやっと自分の任務が発揮出来て、行軍をなやます榴弾の荷を軽くしようと、窪地の斜面になっている所に腹這って擲弾筒を地面を選んで据えた。

「距離は三〇メートルぐらいで撃ってみろ！」

「弾込め！」

「目標は、小川から登っている坂道の方向だ。木の枝に弾がふれないよう注意しろ！」

第四分隊の擲弾筒は、小川、多武、私の三人である。弾を込め、左手で筒を握り、右手で引き金に手を掛けた。

「撃て！」

「ダーン！　ダーン！　ダーン！」

山の中で擲弾筒の榴弾の火ぶたが切られた。

「ブューン！　ブューン！　ブューン！」

四七ミリ榴弾の炸裂は広西の山奥にこだまする。時は一〇月一五日正午過ぎ……。

第二発目、第三発目。

「ブューン！　ブューン！　ブューン！」

榴弾は大きく半円を描いて飛び、敵陣の上から落ちてその炸裂に威力をもち、第一線歩兵にとっては小砲ともいうべき存在である。今日の山岳戦に於いては、あまりにも曲がり曲がった山道で、軽機関銃も重機関銃も前方の見通しがつかず、全くその機能を発揮出来ないのである。そこにこの擲弾筒は、見えない敵に向かって上から敵陣に落とし、強力な炸裂が起こるのだ。

三人の擲弾筒から四発目の榴弾が飛び出すと、前の小川に前進している第二小隊長の萬瀬准尉の声。

「敵の声が聞こえてくるぞ！　擲弾筒は命中したぞ！」

と、この山岳戦でやっと気軽な叫び声に灰瀬中隊長も浮き足だって、

「萬瀬准尉！　第二小隊尖兵！　逃げる敵を追え！」

「ハイ！　わかりました！」

「第一小隊は、中隊の最後尾を前進！　さあ指揮班は下の川へ下りるぞ！」

後方には大隊主力がつめかけ、先遣中隊は任務重大で、二日目、この坂道を切りひらいて前進が始まった。

私たち第一小隊も小川の石を飛び、岡村分隊長戦死の坂道へ来て、内田の受傷した所を登りつめた（その間約一〇メートル余）。その坂を登りつめた場所の右側に根元からY字型になった大きな木がある。その木の根元には、敵チェコ軽機の薬莢が散らばって火薬の臭いも山一面にただよっている。

「この木の股にチェコ軽機を据

えて、俺たちを撃っていたんだ」

次々に前の兵隊はこう言い残して通り過ぎる。私もよく見ると、全く地の利を得た頑強な陣地となっている。この地の利にあっては敵と懸隔が余りにも大きかった。そこから急勾配の下り坂になる所で、

「敵は擲弾筒で負傷して逃げているぞ！」

勇み立った言葉で下り坂の道を駆け、前進すると、下り坂には真っ赤な血がしたたり落ちて、両側の草にべったりと温い血が山草の葉を染めている。

「擲弾筒の弾で敵は負傷して逃げているぞ！」

兵は口々に勢いづいた言葉を発する。私は自分の撃った榴弾で血に染まって逃げる敵兵を、この山の前方に感じとっていた。

「戦争は殺し合いである」――しかし殺せと命令されて撃ち殺す。目的なくただ命令によってである。そして現実の結果を見て私は気が沈む瞬間を感じたのは、戦争という現実が肌を透して私の描いていた心象の世界を微塵に打ち砕いているからであろう。

尖兵小隊を交代して中隊の後尾を前進すると、これまでの戦闘間、極度の緊張による疲労の度が急に全身をおそい、完全軍装の重量が著しくなり、行動を鈍重にしている。また精神活動もいくらか鈍くなって進む足が重い。坂道を下り始めると、左側は山、右側は眼下に孟宗竹のテッペンがなびいて見える。そして細い坂道から転げ落ちでもしたら命が危ないような崖になっている。この崖下の孟宗竹林が風木屯である。尖兵小隊の第二小隊は戦闘が有利に展開しているらしく、銃声は山々にこだまして前進を続けている。指揮班、第三小隊、第一小隊は風木屯へ下って檜林へ前進、太陽の光が終日差し込まない薄暗い道へ出た所で停止すると、

「ダ……！　ダ……！」

尖兵小隊の軽機が火蓋を切って谷間にこだますれば、敵と接近した距離で戦っていることを敏感に電波のように感じているものの、尖兵小隊を交代した私たちには、距離はわずかにしても死線から遠のいた安心感で銃声も自分の耳には虚ろな聞こえでさえある。

「パン！　パン！　パパン！　パパン！」

敵チェコ軽機も応戦している。灰瀬中隊長は尖兵小隊まで前進して戻ってくると、

「第一小隊は左の山の敵を追い払え！　追い払ったらこの谷を松江口へ向かって前進せい！」

「ハイ、わかりました！」

更に中隊長は意気込んで、

「指揮班、第三小隊！　尖兵小隊に続け！」

中隊主力は二つの方向に分かれた。檜林の谷の前方には小川が広くなり、水量も増して、檜林から水の流れが見えていた。

私たち第一小隊は木原小隊長の地図を見ながら、左の山へ登り始めた。ゆうべの秋雨で山の斜面に重なる落葉もしっとりと、一〇月一五日の午後の空は木の葉の間から差し込む明るさが増したが、まだ灰色の雲が覆っていた。山を登るにしたがって雑木が疎らになり、一層明るい所へ来た。木原小隊長は先頭で地図を見ながら止まった。

「この山はどれかなあ?」

独り言を呟きながら地図の上で現在地を探している。兵隊は尖兵の死線をやっとのがれた様子で、止まれば腰を下ろしていた。

木原小隊長自身も尖兵小隊から任務がのがれて全く緊張が消え、止まっては登り、止まっては登ってゆく。敵は全く発見されず、下の谷間にチェコ軽機の敵銃声を耳にし、谷間沿いに敵は逃げていることが推察されるのであった。

頂上に達すると、大きな雑木が点々とあり、急に一面の山々を見ることができる。山の頂は馬の背のように長く続く。第一小隊が到着した頂上で、一本の大木が枯れて、根こそぎ倒れている。小隊長はここまで前進して、停止して辺りを見回し、

「こっちには、敵はおらんぞ」

付近の山頂には敵なしと見てすっかり安心の態で、兵隊は倒れた大木の幹の上に立って、果てしなく続く山また山の頂をただ茫然と眺めた。山肌が陰翳をきざんで紫色に重なったこの広西の山々は、貴州山脈への足がかりともいえよう。

その貴州省には中国では古い歴史をもつ少数民族である苗族が住む。このようなことが兵隊にはわかりようもなかったが、この大自然の大いなる空間は殺気立った兵隊の心をやさしく抱く瞬間も過ぎ去っていく。

「山上に敵なし」と急ぎ足で下山すれば、膝まである小川が曲がり曲がりくねって流れ、右側はそそり立つ岸壁で、左側は雑木林になっている。前方に中隊の配属重機・軽機の銃声が激しくなっている。

「ダ……！　ダ……！　ダ……！」

それに応戦する敵チェコ軽機が、

「パン！　パン！　パパン！　パパン！　パン……！」

と敵味方の銃声は谷間に入れ替わりこだまして、殺戮《さつりく》の谷である。

「中隊主力まで追いつけ！」

木原小隊長は、こう叫んで左側の雑木林を用心深く前進する。一本の曲がりくねった山道は、どこで消えたかわからない。谷川が右へ急に曲がっている所で敵は迎え撃ち、抵抗を続けていた。中隊主力の配属重機は、左側の雑木林から銃撃戦の火蓋を切っている。私たち第一小隊は中隊主力の後尾に止まり、前方の様子を窺って見ていると、

「敵は、川の中を逃げ出したぞ！」

重機班の声に灰瀬中隊長はいきり立って、

「撃て！　撃て！」

「ダ……！　ダ……！」

「敵は死んだ奴を引きずって、川下へ逃げた！」

「あれに敵の死体が流れているぞ！」

「二人！　三人！　四人！」

「よーし！　前進！　敵を追え！」

灰瀬中隊長は中隊の尖兵小隊、第二小隊及び配属重機とともに前進。水の中をジャブジャブと音を立て谷川を追撃、中隊主力もそれに続く。谷川は次第に幅を拡げ、水量も増し、大きな川へ近まっていることを感じる。再び曲がっている所で、

「パン！　パパン！」

厳しい敵銃声に先頭の配属重機の兵隊は谷川の両岸に体をくっつけた。

「萬瀬准尉！　左の山に上り軽機で敵を撃て！」

灰瀬中隊長は右岸の岸壁に身を寄せて命じた。

「ハイ！　承知しました！」

第二小隊長・萬瀬准尉は、軽機一箇分隊を指揮して左岸の雑木林へ上ると、

「敵は二名！　川を左へ上って逃げました！」

「よーし！　前進！」

一四～五メートル前進すると、右岸のそそり立った岸壁がなくなり、細道が谷川から右へ登って見える。前方は次第に山が低くなっている様子で、雑木林も少なく小さな松の木が疎らに見え、左岸は谷川とともに次第に低くなっている。

立ち止まった灰瀬中隊長は地図を見ながら、

「指揮班、第三小隊、配属重機は右の山道へ上り前進する。谷川沿いに第一、第二小隊が前進して松江口へ出ろ！　もうすぐ松江口へ出るはずだ。さあ！　尖兵小隊、山道を前進！」

中隊は二手に分かれて前進を始めた。谷川を前進した第二、第一小隊は、第二小隊長・萬瀬准尉を先頭に川の中を駆けて前進したり左岸の雑木林を前進していると、谷川の曲がりで二人の敵兵を発見して緊張したが、九六軽機を二度あびせて銃撃、目前の敵兵二名を追いながら前進した。すると右の山道へ上って前進した第三小隊（藤田准尉小隊長）配属重機の銃声が深山をふるわせてこだまする。

「ダ……！　ダ……！　ダ……！　ダ！」

銃声の判断で敵主力は山道を逃げていることが判明する。木原小隊長は、萬瀬准尉と相談して、

「中隊主力の方へ前進しよう！」

と方向を変え、左岸の斜面になっている茨の中を前進すると、一本の細道へ出た。すると前方に配属重機の銃声が激しく、

「ダ……！　ダ……！　ダ……！　ダ……！」

山一面に響き渡っている。奥からぬけ出した場所で銃声は広がり、草木皆がふるえている。

「松江口は近いぞ！」

萬瀬准尉が意気込んで叫んだ。

「ダ……！　ダ……！　ダ……！　ダ……！」

「パン！　パン！　パン！　パパ……！　パ……！」

応戦している敵チェコ軽機は遠ざかっている。山道は下り始めた。次第に雑木林の松の木もなくなり、背丈ほどのススキの間を下り前進すれば、

「川が見えた！　松江口だ！」

先頭の方で声がした。私は首をのぞかせて前方を見ると、ススキの葉間に白く水面が広がり、ゆるやかに流れる川が見えるではないか。これが桂林へ流れるのだろうか？

一四日、一五日の連続二日間の山岳戦は長かった。

「やっと民家の屋根が見られるか」と思えば、深まりゆく秋風にゆれるススキの葉が頬をなでる。まだ前方の川岸で逃げる敵を銃撃する九二重機の銃声が、川面に響き渡っている。

川岸へ到着すると、敵が渡した仮橋のたもとへ中隊は集結して陣地確保する。川向こうには一軒の瓦屋根の家が見えた。灰瀬中隊長は配属重機に向かって、

「あの家には敵がいるぞ！　重機関銃！　あの家から敵が逃げ出すまで撃て！」

「ダ……！　ダ……！　ダ……！」

暫くして「敵は敗走せり」と報告すれば、中隊長は、すぐ後に待機している作業隊に向かって、

「作業隊！　前方の橋が渡れるか、見てこい！」

「ハイ！　わかりました！」

作業隊長・H軍曹以下七名、橋を渡り始めた。人間が渡るだけに作られた橋らしく注意深く渡っていた作業班は、向こう岸へ立ち手を上げて大丈夫であることを合図した。

「間隔をおいて渡河前進！」

指揮班、第一、第二、第三、配属重機、配属通信隊の順に、一五日の夕暮れ、松江口へ向かって大溶江を渡河し始めた。兵隊の間隔は一メートルおき、橋の幅は約一メートルの板切れを並べてある。水の流れを見れば、渉り始めは水深二〜三メートルはあるらしい。川の中ほどから次第に浅くなってゆく。橋桁は筏を組み、それを棒の杭を水中に立ててくくりつけてあるだけで、歩く度にゆらゆらと揺れた。

向こう岸の砂浜に下りてゆっくりと歩くと、川の流れに洗われた輝く砂の上をザクリ、ザクリと足音を一つ一つ自分の耳で確かめるようにして上がっていく。

すると、前方には一軒の瓦屋根の民家が見え、裏は檜林が暗く見え、奥の方の山は険しさを加えてきて、

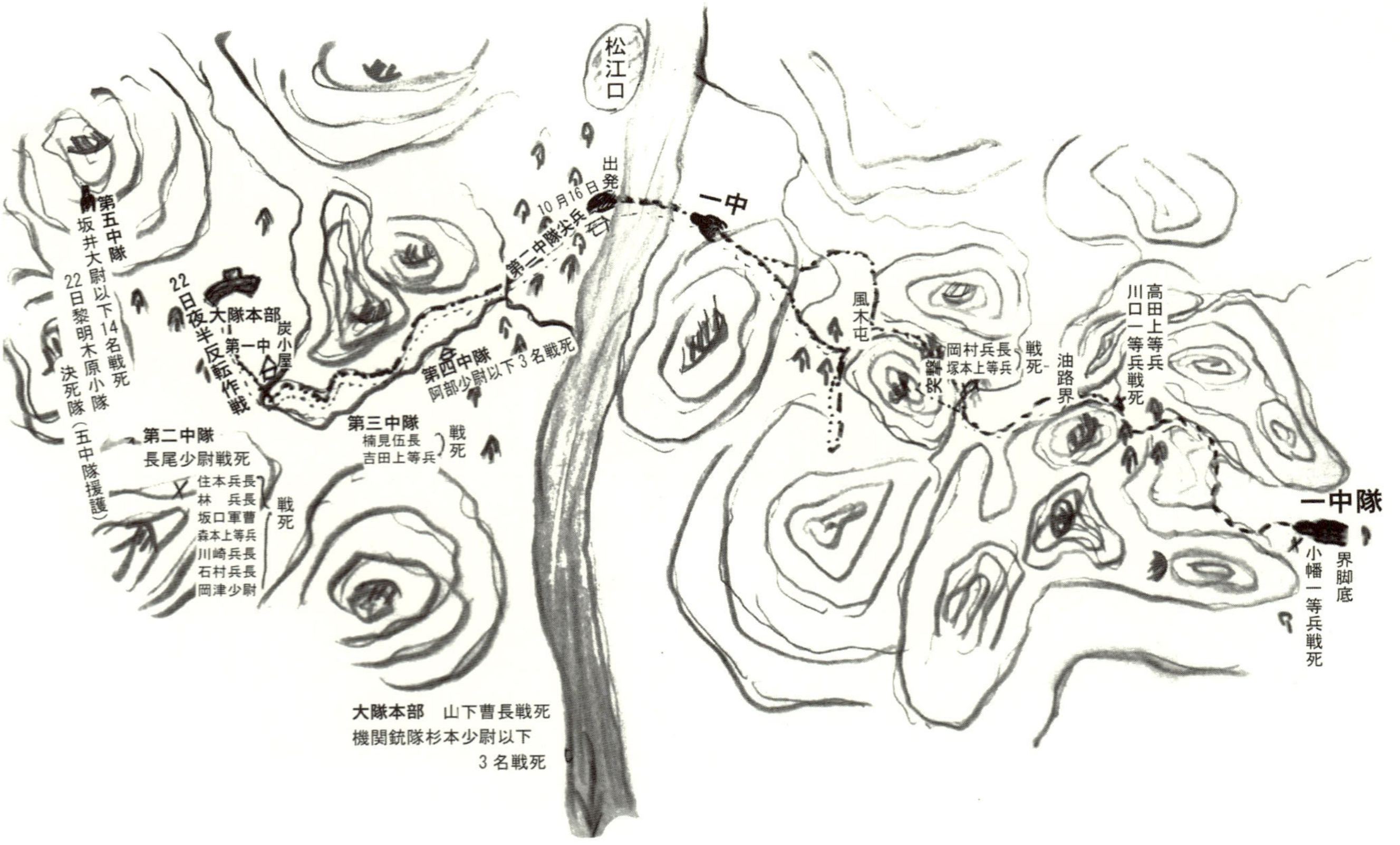

松江口
10月16日 出発
一中
第二中隊尖兵
第五中隊 坂井大尉以下14名戦死
22日黎明木原小隊 決死隊（五中隊援護）
22日夜半反転作戦
大隊本部
第一中
炭小屋
第四中隊 阿部少尉以下3名戦死
第三中隊 楠見伍長 吉田上等兵 戦死
第二中隊 長尾少尉戦死
住本兵長 林 兵長 坂口軍曹 森本上等兵 川崎兵長 石村兵長 岡津少尉 戦死
大隊本部 山下曹長戦死
機関銃隊杉本少尉以下 3名戦死
風木屯
突撃
岡村兵長 塚本上等兵 戦死
油路界
高田上等兵 川口一等兵戦死
一中隊
界脚底
小幡一等兵戦死

前進する方向は夕闇をよそおい黒々と続いて見える。

この川は大溶江の上流である。川上は鬱蒼たる山の間へ曲がって消えている。

川下も同じく深い山の間へ流れ去っているようだ。

渡河後、中隊は裏の檜林で陣地確保となる。そこには敵死体が七人も倒れ、激戦の跡を思わせる。その檜林から見ると山道は左へ檜林の森の中を通り、鬱蒼たる樹林に消えている。反対の右へ通ずる一本道は、森の端に見える瓦屋根の民家数軒が軒を並べて見える方向へ通じているらしい。こんな山奥に家が並んでいようとは、想像もできなかった。ここが松江口である。

後方の川岸を振り返ると、夕暮れ迫る大溶江を大隊主力がススキの葉間に列を作ってつめかけ、渡河中である。中隊は檜林に陣地を確保して大隊主力の渡河を待った。

こうして第一中隊(灰瀬隊)は松江口までの先遣中隊の任務を完遂したのだった。敵はこの松江口に約一箇営の主力を置き、山嶺聳え連なっている一本の山道に地の利を得て中隊の前進を待ち伏せ、必殺の銃弾を浴びせて逃げては、また再び必殺の銃撃で先遣中隊の前進を阻止してきたのだった。山道に待ち伏せた敵は松江口の陣営に連絡していたことも判明した。

大隊主力の渡河終了後、第一中隊のために作られたにぎり飯を二個宛て分配されて、僚友たちの心づくしに温かい気持ちが湧くのだった。

大隊長は渡河後、さっそく第一中隊に一箇小隊を出し、松江口の部落掃討を命じた。中隊からは第二小隊がこれにあたった。第二小隊は数時間後、クーリー七名を捕まえてきて大隊本部へ引き渡した。

〝この激戦地域によくも中国人は自分たちの家を、部落を命をかけて守る勇気ある中国人だ〟

と、私は一人感じ入るのだった。

檜林に夕食準備を始め、今夜はここで休めることになった。この一帯では木炭が至る所に積まれてあり、焚き火には不自由はなかった。

檜と檜の間に飯盒を並べ、木炭の火を真っ赤に焚き、谷川で濡れた巻脚絆をといて火に足を近づけると白く蒸気が上がる。足の脛が温かくなれば痛みと痒みでいたたまれなくなり、地面に臀をついてズボンと袴下をゆっくり膝までまくり上げてみると、長沙以来丸い座を作った田虫がすでに化膿して吹き出物になっている。わが足をじーっと見つめ、自分自身の哀れさ……、厳しい不幸で見るにも悲しい足になっている。

〝一晩でいい、暖かい布団の中でゆっくり休みたい〟

こう想わずにいられなかった。

隣りでも内田が自分の足を哀れみ、

「宮下、何でもいいから薬をつけてくれ」

と頼んでいる。衛生兵が持っているのはヨードチンキぐらいしかなかった。

檜林のそこここに真っ赤に焼けた木炭の火の前で腰を下ろした兵隊の顔はやつれ、疲れきった姿は、顔だけほてらせて石のように動かない。川岸には渡河したばかりの行李班（本部書類、弾薬、銃などの員数外などを運搬する駄馬中隊のこと）が馬の背から荷を下ろしている。

やがて出来上がった飯盒の飯はうまかった。西安郷で作った牛肉の煮付けを雑嚢から出して、静かに暮れゆく大溶江岸の檜林で夕食につくことができた。飯盒の飯の白い湯気をフーフー吹いて食うと〝俺は生きている…、生きていてよかった…〟と食う体のどこからか言い聞かせている。小川古兵も立山古兵も一言も小言を言わず、山岳戦で精神活動も鈍っている。皆、黙って顔を飯盒の中に突っ込むようにして食い入っている。

夕食後、第二中隊が前進して陣地確保し、後衛中隊も配置され、尖兵中隊の任務を果たした私たちは、ゆっくり一夜を明かすことになった。松江口に迫り来る夕闇は虫蛍とともに……檜林の空間の夜のとばりが下りて、兵隊の黒い影は天幕を地面に敷き、背嚢枕に雨外套を頭から覆い、戦闘間の極度の緊張による疲労の度は大きく、睡魔におそわれたようにぐったりとなり、あたりに鳴く秋の虫の声とともに冷気ただよい、山の夜は静かに時を刻んでいく。地面に敷いた天幕は冷たく、しっとりと露を受け、頭から覆っている雨外套もひえびえと深山の冷気で目を覚ます。深い眠りではなかった。戦闘間の仮眠に動く気力も失った兵隊の横たわった姿に、深夜の晩秋の風は兵の心をどこへ誘うのであろうか。この山奥では、故郷を想像することも、自分の命さえわからない。一〇月一五日の夜は、故郷を想うこと自体が無駄であるような気がして、眠りに誘われてゆく。

そこには谷川のせせらぎの音が厳しい不幸を伴って音して、西安郷から松江口まで約三キロを前進するのに二日を要した山岳戦の夜の刻みが過ぎていた。

一〇月一六日　晴れ時々曇り
松江口の檜林に一夜を明かすと、露おく雨外套もしっとりと山岳戦にわが命を守ろうとする緊張感が朝からみなぎる。
先遣中隊を交代した第二中隊は、すでに黎明時、出発している。点呼を終わり、大隊は第三中隊、第四中隊、第五中隊、大隊本部の順、後衛中隊として第一中隊がその後を前進し、歩兵砲中隊や行李班が続いている。檜林を前進すれば大隊本部の次で、今堀大隊長の大きな馬上姿をちらほら前方に見かける。
右側に谷川が岩をうがって流れ、檜林の端に出ると、左側には中国特有の死棺(柩)が作りかけられたまま放置されてある。付近には木の切り屑が散らばっている。

「こんな山奥で死棺は作るものか」と、私は中国人の性格らしいものを想像できた。板の厚みは五寸以上もあり、深さ約三尺、長さ六尺以上はある。この厚い板は一枚一枚檜の大木で手作りするもので、値段も高く、普通の中国民家でも買い求めるには大変なことらしいと聞いていたことだが、いくらか納得できた。早朝から死棺を見ても縁起も何も感じない。

山道は谷川にさしかかった。飛石が斜めに谷川を横切っている。飛石まで前進すると中国兵の死体が三人、浅瀬に倒れている。三名とも前方へ頭を向け、倒れるまで逃げていたことを示している。昨日の川岸からの重機関銃の射撃で戦死したものだ。谷川を渡った今堀大隊長は、敵死体の上に木の枝を置くように命じた。

「みにくい勝者となるより、よき敗者たれ」の言葉通り、今堀大隊長は人格を備えていた。

紫色した敵死体は、谷川の石を赤く染め、薄黄色の薄っぺらな木綿の服に半ズボン、素足に巻脚絆を葛巻に巻き付けて草鞋を付けた足が乱れ、いたましい様相であった。

「蒋介石軍は全く戦友の死体をよくも捨てて逃げられるものだ」

と、私は死体を見送った。

谷川を渡ると山道は曲がりくねった峻険な石の上の道となってきた。すると前方に敵チェコ軽機銃の銃声がこだまする。早や、第二中隊の尖兵は敵の待ち伏せを受け、必殺の銃弾の火蓋が切られている。友軍の銃声も応戦しながら前進しているらしく、私たちは止まっては前進、止まっては前進を続けているうちに空腹を感じ、飯盒を取り、ごま塩で昼食をしながらの前進である。

すると坂道の左上方の木炭小屋のある所で前進は止まり、夕暮れ迫る頃まで前進できず、山嶺の谷間に敵味方の銃声がこだましていたが、夕闇とともに銃声がしなくなると、谷川のせせらぎの音が身にしみる。闇の中に虫蛍の光だけが無数に動き、兵隊の心をさそった。だが、常に厳しい不幸が後方に伝えられてくる。闇の山中に敵と対峙して夜を明かす尖兵中隊の僚友の姿が、胸にくいさがってくる。尖兵中隊である第二中隊の朝からの戦況はこうであった。尖兵中隊が一キロくらい前進した時、中国人の木こりに遭い敵情を尋ねると、「あと五〇〇メートルも行かぬうちに中国兵と遭うだろう」と答えたという。兵力を聞くと「多々的、多々的」と言う。谷川沿いの小径は雑木林、竹林に囲まれ、尖兵中隊は直ちに戦闘態勢を整え、第一小隊は谷沿いの道、第二小隊は左山地の稜線上、第三小隊は右山頂を尺取り虫式に前進する。山頂を前進する小隊が見下しに敵を狙撃し、谷地を行く部隊が手榴弾を投げ、突入を反復しつつ昼間は前進していたが、夕刻～夜間の体制に移行する直前、左山頂の敵陣前で第二小隊長・長尾少尉と兵二名が敵の集中砲火を浴びて戦死した。

左方向の大青山や前方の山々には相当数（約一箇連隊以上）の敵がいるらしい。夕刻には敵迫撃砲の乱射さえ始まったので、「歩兵砲前へッ！」と後方中隊への逓伝があり、応戦のため一中隊（後衛）の待機している間を歩兵砲の一箇小隊が前進したのだ。また大隊本部は山峡の炭小屋の窪地に飛び込んでいる。

第二中隊は現在地確保の命を受けたが、当面の敵はラッパを吹き、「日本兵、少々的！」と叫びながら喚声を挙げて擲弾銃と手榴弾を投げ突撃を反復して攻撃するに、友軍の尖兵第二中隊も全力を揮って防戦に努めるが、次第に損害が増加するばかり。敵は地形の有利、小敵と侮った無謀な攻撃に莫大な損害を出すばかり。山嶺の上から見下しに砲撃を加えてくる敵は、鬱蒼たる樹林に遮蔽され、これに潜み隠れているらしい。

尖兵中隊から伝わって来ることによると、昨日までの敵とは全く違うかなり有力な部隊が桂林方面から投入されている。敵は山々の各稜線・山頂部に陣地を構え、樹林の揺れ動く状況でその存在が判明する。低地という不利な位置にある日本軍は、銃砲火に曝され身動き出来ない状態に陥ったようである。

一六日は、尖兵中隊で約二キロ程度しか前進出来ず、戦況膠着の状態で敵と相対しながら暮れている。

私たちの尖兵中隊の日より戦況は最悪であることを知る。眠る時間も限られた夜だった。

一〇月一七日　曇り

早朝から敵チェコ軽機の銃声は激しくなった。すでに敵は多勢を予想され、兵器も増えたと見え迫撃砲弾がズシーン！　ズシーン！と炸裂して、その物凄い音が山峡にこだますると後衛中隊も緊張を覚え、朝飯をごま塩で食っているところへ、

「第一中隊！　前進！」

の命令を梅田班長、谷口兵長が持って来た。命令受領も昨夕から尖兵中隊近くに前進していることもわかった。中隊の後方には駄馬中隊が峡谷の山道に沿って待機している。私はその後方を一見して、後方中隊に心引かれる思いを瞬間的に覚えたが、すぐ前進方向の峡谷の道を用心深く一歩一歩進むと、尖兵第二中隊の決死の前進路がうかがえた。

峡谷の小径を上ると、谷川は深いところもあって一本の丸木橋が架けてある。丸木橋を渡り、中隊は前進すると両側は雑木が暗く繁茂し、高い山の稜線へ続き、第一中隊が尖兵で進んだ径より遙かに険峻であること

を知る。それから二度、谷川を渡り、昼なお暗き鬱蒼たる峡谷の小径を登ると両側が岩壁で、その間を谷川が穿って音を立て水しぶきを上げて流れている淵の岩の上を登ると、わずかな広さの窪地の小さな木炭小屋へ到着した。すると前方に敵迫撃砲弾の炸裂は近かった。この窪地には戦傷者と本部医務室の下士官兵数名が残り、第二・第三・第四中隊も頑強に抵抗する敵と交戦中であり、第五中隊は特に高い山の大青山で悪戦苦闘していることが判明した。

一七日の大隊の戦況はこうであった。

窪地から見上げるような正面の高い山が大青山。これを超せば桂林の側背である。まず第四中隊は正面の敵、第二中隊は右翼よりこれを攻撃、第五中隊（重機関銃一箇小隊配属）は左の山より大青山を攻撃。攻撃開始は薄暮時を利用して突撃、突撃成功せば信号弾を発射すること。第三中隊、予備隊、作業隊は第四・第五中隊に各一箇分隊配属と命令下達後、各中隊長は夜明けの径を、それぞれの中隊位置に戻り部署についた。

その後、大隊本部は食事を摂ることになり、大隊長以下本部勤務者が飯盒に手をかけるや、轟然たる敵砲弾が本部周辺を包み、砲撃は一時間ばかり続いたという。第一弾は本部直後の崖に炸裂して、無線班長・国津少尉、暗号班・石村兵長が戦死、本部付き吉田大尉は前額部負傷、また機関銃中隊長・緒方大尉は大腿部に重傷を負った。大隊長は席を外していて健在であった、と。大隊本部は死傷者の介護手当に大混乱となった。

この時の死傷者は合わせて八名。大青山の敵は更に増強せられている模様で、約二〇分くらいの間隔で射ってくる。左山中から攻撃中の第五中隊はどの辺を前進しているか、予定の時刻になっても信号弾があがらない。大隊長以下、戦況を案じて今か今かと待ちわびているが何の連絡もない。

その頃、第一中隊は窪地の木炭小屋まで前進しているわけである。木炭小屋に到着するや、本部指揮官は第一線へ前進しているために、窪地から灰瀬中隊長は命令受領とともに今堀大隊長の位置まで前進した。中隊は木炭小屋付近に待機していることになった。

この狭い窪地は険しい鬱蒼たる樹林にかこまれ、炭小屋の後ろは五～六尺の土手になり、上は雑木林になっている。その土手の左端から細道は登っている。この土手の上は敵の迫撃砲弾の射程距離で、何分毎にか砲弾の炸裂が骨身に滲みわたってくる。

窪地の右端は、崖の深い下を谷川が流れ、その谷川を渡り上ると一坪か二坪の甘藷畑があり、芋はすでにほぐり出されている。谷川の流れは、昼なお暗く険しい峡谷を上っている。私は一応、この場所を偵察して

松江口大青山の死闘

戦死 35

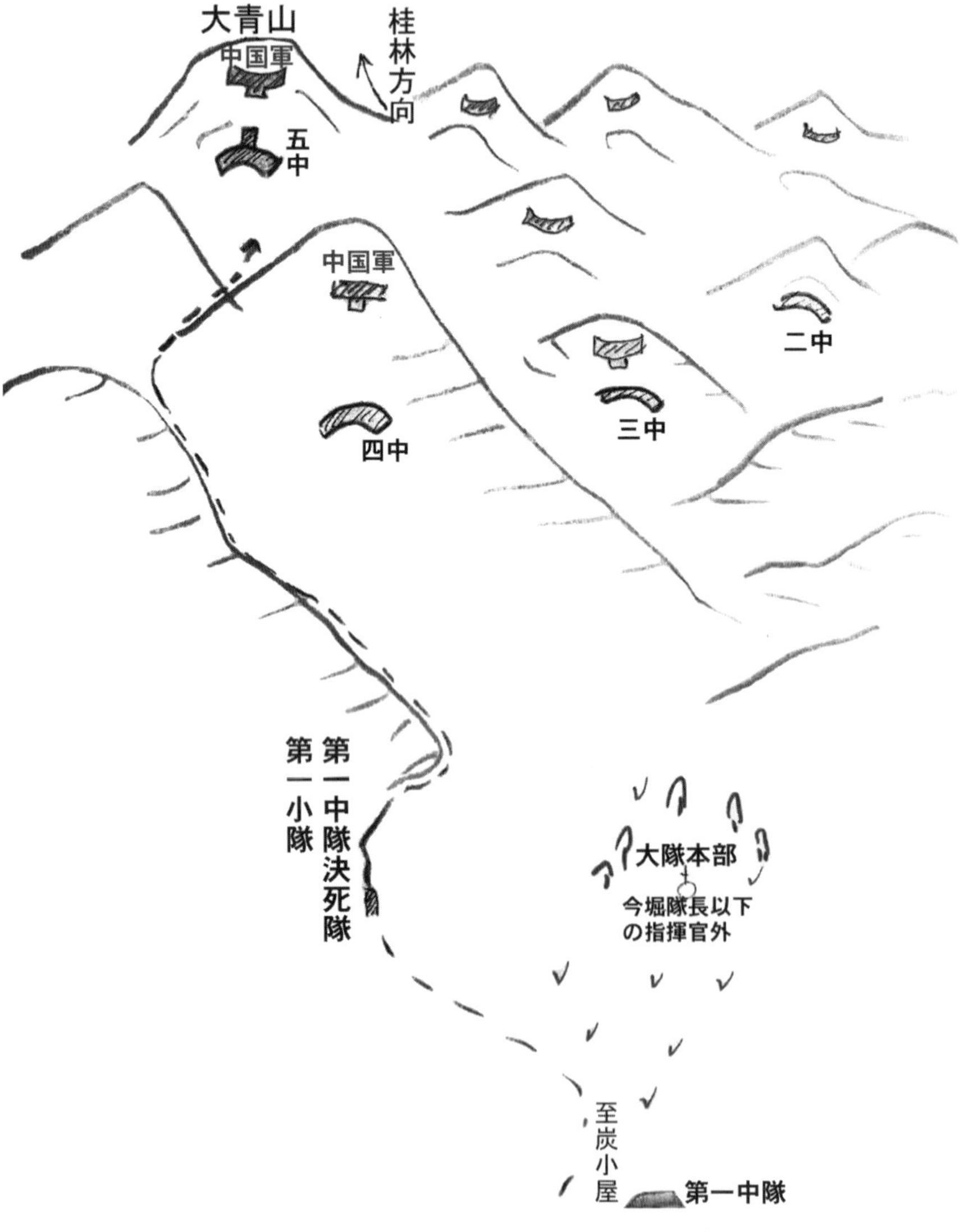

みた。谷川へ下りて糞便の用も達して、この場所が自分たちに有利であることを願った。

小屋裏の土手の下で内田と背嚢から米を出し、銃声の合間に飯の準備をしようとすると牧分隊長が、

「米はあと何日分あるか、分隊全員の手持ちをまとめてみてくれ」

と、私と内田に指示した。そこで七名の分隊の手持ちを聞き合計してみると、何と五升余りしかない。それも木原小隊長の分まで八名分である。節約しても二日分しかなかった。

西安郷を出発する時、山道を抜け出ると桂林市の側背に進出する作戦計画であったが、今日一日間でわずか四〇〇メートルだけしか前進できないのである。

「これでは米を節約せねばならない」

と話はまとまり、朝一回、飯盒一杯を焚き、それを一人一日分とした。

各分隊毎に手持ちの米の量を確かめ、節約の話し合いをしていると、土手の上で敵迫撃砲弾が、

「ヒュル、ヒュル、ヒュル、グァーン！」

と炸裂したので全員身を縮める。敵は山上に陣をとり、火網を充分に構成しているらしく、一〇分か二〇分くらいの間隔で砲撃する。

そこへ土手の端から二人の兵隊が命からがら窪地の小屋へ走り込んできた。第五中隊の兵隊で、前の者が紫色に変貌した戦死者の腕だけを二本、脇に抱いて来ている。第五中隊の僚友の死んだ腕である。二本だから二人の僚友が峻険な山奥で死んだのだ。恐ろしい不幸なことだ。ただそれだけであった。その不幸が、いつまた来るかわからない死を前に、米の節約とは全く皮肉な話であるが、兵隊は常に僚友の死に一切無感動になっていても、生きている苦しみに対してはお互いに同情が働いているのである。

こうして小屋の中は、昨日からの受傷四～五名に戦死者の腕を集める小屋であり、本部医務室の藤田衛生曹長以下がこれにあたっている。

第一小隊は小屋の裏の壁の下にまとまり待避して、今日は飯盒一杯の飯を中・夕食の二回に平らげて夕闇を待った。飯の準備と糞便以外に立ち歩く兵隊の姿はなかった。

夕刻、灰瀬中隊長も小屋へ戻り、大隊本部より任務を受けて来たらしい。夜遅くまで敵チェコ軽機の銃声は、ひっきりなしに周辺の山でこだましていたが、真っ暗な闇が迫る頃、やっと銃声は止んだ。兵隊は誰言うとなく小屋のまわりの板壁の下に背嚢枕に仮眠につく。どうやら第一中隊はこの炭小屋の戦傷者及び衛生兵の護衛中隊となったらしい。

不寝番は小屋を廻ることになった。深夜に私も一時間不寝番に立った。鬱蒼たる樹林にかこまれた窪地の

小屋は、真っ暗い恐ろしい静寂であった。ただ、夜ごとに聞こえる谷川のせせらぎの音…、虫の声…、命をかけた厳しい毎日の繰り返しである。谷川沿いの虫蛍もポカポカと心をひくが、聞こえるもの、見えるもの、山中の総てが敵を想像させ、緊張を覚える。

不寝番を交代しても常に目を覚まして眠れない。仮眠の夜は、生への決別と死への接近、深い谷底へ引き込まれるような山中の戦いの夜の無限の静寂が続く。その一瞬一瞬の時の刻みの前には、敵も味方も全く平等に過ぎていく。

この日の一〇六大隊の戦況は時とともに悪化し、最前線の大青山攻撃の第五中隊の戦況は何の連絡もなく途絶え、第二・第四中隊の攻撃に対しても、敵は樹林の中を見え隠れ、突撃ラッパを吹いて反撃突入して来た。従来の中国軍と異なる精鋭部隊であるという。

また、第三中隊も、その第二・第四中隊の右翼後方にまわり攻撃するため前進途中、谷川を通らねば前進できない。しかし敵から谷川は見通しで何の障壁もない。必ずその都度、敵の砲火が集中し、魔の谷川と呼ばれているという。各戦線とも、敵の攻撃ぶりは今までの作戦と異なり、物凄い銃弾と大軍が投入されているると判断されてきた。一方、わが歩兵大隊には携行する弾薬・糧食にも限りがみえてきた。

一〇月一八日　曇り

日増しに敵銃砲弾は激しさを加え、窪地の谷川の上からもチェコ軽機の銃声がこだましてくるようになった。この窪地の左側の土手から前方に通ずる小径の方向の山には、第五中隊大青山攻撃第一線に、その右翼の山に第二・第三・第四中隊が敵と対峙して戦っているので幾分力強いが、右側の谷川沿いは全く無防備である。この谷川の上の山から不意打ちでもくらったら、それこそ灰瀬一中隊は全滅からまぬがれることは出来ない。

朝の銃声が少ないうちに飯を準備せねばと、内田と谷川に下りた。それも各分隊が一緒にならぬよう注意して小屋の後ろから飯盒を下げて出た。私は、谷川の突き出た大きな石の上に立っていたが、川下の方は兵隊の糞便も多いので三メートルほど川上に上って上流を見ると、水の流れは曲がりくねって暗く、両側の山から垂れている鬱蒼たる雑木のトンネルになっている。

立ち止まって全身の総毛立つを知る。

〝今、この川上から敵が現れ、私を撃ったら…私の運命もこれまでだ…〟

こう考えると、立ったまま動けない緊張感が起こった。

こうして、米をとぐにも命がけ、小屋の裏で飯盒の蓋がふき上がって飯が出来上がる時、やっと心の落ち着きを取りもどした。飯は毎日、岩塩の菜《さい》で腹ぺこである。しかし一箇中隊いれば毎日何人かが糞便の用をしに立つ。一日目は谷川の川下に下りて用を達したり、付近の藪の中でやっていたが、今朝から臆病風に吹かれてか、小屋の前の窪地の端にしゃがみ、目をキョロキョロさせて糞便を達している将校もあれば下士官、兵もある。

前方には迫撃砲の敵弾の炸裂が一定の間隔をおいて「ヒュル、ヒュル、ヒュル、グァーン！　グァーン！」と地面を覆さんばかりの音。その合間にチェコ軽機の銃声。これに応戦するわが機関銃中隊の銃声と入り交じって聞こえると、第一線である第五中隊の苦戦が目に浮かぶのだった。

昼頃、第五中隊の兵隊が、また紫色の変色した僚友の腕四本を抱いて土手の小径から下りてきた。それに引き続いて負傷者と肩を組んで二人、三人と続いてうなだれて小屋へ入ってくる。夕刻も二人の負傷兵を僚友が背負って小屋へ戻ってきた。私は一人ひとり見届けて、心の内では変色した腕の兵隊が呻き苦しむ顔が浮かんできていた。

薄暮から第三小隊は、集まった負傷者を松江口まで後送する護衛小隊の任務を受けて出発。小屋には二箇小隊だけ残り、激しい敵銃声におびえながら、夜の闇に閉ざされていった。窪地の両端には、各一箇分隊の分哨も夜間には出された。第四分隊は分哨をのがれたが、心の安まる夜ではなかった。

一〇月一九日　曇り

今朝は、夜明け前から敵チェコ軽機の銃声が間断なく窪地の前後左右から激しく、敵から次第に包囲されているらしい。いよいよ飯を炊くのにも小屋の後ろで命がけである。考えると、敵は日一日と一〇六大隊を包囲殲滅せんとする兆候が現れ、この窪地の近くまで敵が来たらどうするか、私は一人考えながら分隊の朝食を作った。米も第四分隊ではすでに手持ちもいよいよ底をつくようになり、今朝から全員がお粥飯盒一杯を一日分とする。

朝食後、負傷者護送の任務で松江口から戻った第三小隊長・藤田准尉は、一箇分隊を指揮して後方の状況を灰瀬中隊長に報告していた。その報告によると、後方の松江口までの小径も敵チェコ軽機の攻撃で駄馬中隊は包囲されて生きた気持ちはしないと伝えたという。それも駄馬中隊は、一般歩兵中隊のように一人ひとりが小銃を持つのと違い、機関銃中隊（ＭＧ）・歩兵砲中隊（ＪＡ）は指揮班だけの兵隊が小銃を持ち、残りの小隊は九二重機を分解したもの、あるいは歩兵砲を分解したものや、その弾薬を積む馬を引いている兵隊であって、小銃は持たず、突然、敵が山から飛び出して

きて撃ってきた場合、それに応戦する兵器がないのである。だから炭小屋と松江口との中間に待機している機関銃中隊の護衛のために、藤田第三小隊に残ってくれとの頼みを機関銃中隊長・緒方中尉殿から依頼されたとの知らせである。そこで灰瀬中隊長も余儀なく第三小隊長・藤田准尉にその任に当たらせた。

また朝食後、大隊本部の現在位置と各中隊の配置、戦闘状況を知ることが出来た。この窪地の炭小屋の前方五〇メートル余の山の麓の斜面に倒された木材が積まれてあり、その下に今堀大隊長以下大隊本部の指揮官たち、当番兵、師団通信分隊が陣を作り、その前方の山上の敵に第二・第四中隊が逆襲を繰り返される苦戦に陥り、第三中隊が本部護衛の任務もかねて前方の山に対峙すれば、ここも敵はラッパを吹いての逆襲を再三再四頻繁に繰り返し、味方は苦戦を強いられている。

また第一線の敵主力と対峙している大青山の第五中隊からは何の連絡もなく、戦死者は増え続けているということである。本部付近にも迫撃砲弾が炸裂していたが、木材の外へ出た今堀部隊長に三好副官が、

「待避して下さい」

と言うと、

「第五中隊の苦労が偲び得ない」

と答えて、棒立ちに立って双眼鏡を目に当てていたと

いう話が、窪地の兵隊たちにも伝わってきた。その大隊本部の位置から山は急に険しく鬱蒼たる樹林に覆われ、標高も一段と高まり、大青山では第五中隊長・坂井大尉以下頑強な敵と対峙して苦戦、日一日と戦況は悪化し、戦死者は続出していることが判明する。

窪地にはその第一線の戦死傷者も一時収容、衛生下士官、兵数名に本部事務下士官数名も加わり、その護衛に第一中隊のうち第一・第二小隊がその任に当たり、約二〇〇メートル後方の松江口との中間に機関銃中隊主力（一部は第五中隊配属）、駄馬とともに待避すれば、その護衛に灰瀬隊第三小隊がその任にあたる。それより約二〇〇メートル後方の松江口には歩兵砲中隊、行李班、負傷者収容班が待避しているが、この後方の松江口にも敵チェコ軽機の銃声が迫ってきているという。

ここまで戦況が迫っているとなれば、〝これが最後か〟と私の一方の命は考えざるを得なかった。また一方の私の命は、〝だが一〇六大隊は長沙攻撃以来、作戦に破れ、多大の人命の損害を被った闘いはなかった。きっと勝つ。そして、山岳戦を切り開き桂林へ突入するんだ〟と、こう考えた。前者も後者も五分五分の考え方であるが、銃声を耳にしては敵兵が土手の上に突然現れたらどうするかと、心の中で自分の敵に対処する手段を考える。それもこの窪地のまわりに不意打ちに敵兵が現れたら中隊長の命令なんて役に立たないことを今までの戦いの中から計り知ることが出来るからである。

山岳戦では曲がりくねった小径を一歩一歩と先頭を前進する者から死んでゆく。誰一人喜んで先頭を進む将兵はいない。しかし命令で誰か先頭を前進する。戦場で上官にそそのかされ、「自分が行きます」と真っ先に突撃していった兵隊は決まって戦死する。生き残った者は時計の秒針の動きとともに、一刻一刻が自分に迫る死を感じているのだ。そんな時、突然、この窪地に敵が四方から現れ撃ってきたら、瞬間、兵隊は自分自分の直感で飛び動くに決まっている。中隊長が「突っ込め」と命令したって動く兵隊はいない。よほど部下から尊敬され、信頼されている中隊長で無い限り。

そうしたことが戦闘を重ねる度に兵隊には次第に心の中に刻みこまれてきている。兵隊たちは炭小屋の裏で敵銃声に縮こまっていては最悪の事態の到来に取るべき手段を自分だけで考えざるを得ないであろう。

朝食をこそこそと終わり、土手の小径を下りる。死んだ僚友の腕が二本、三本と戻ってくるかと思えば、肩を組んだ負傷者が血にまみれ悲惨な姿でうなだれてくる。敵銃砲弾はひっきりなしに一帯に響き、鬱蒼たる樹林をふるわせる。正午近く、山の木で急造りの担架で第五中隊の小隊長が重傷で送られてきた。

小屋の中には負傷者が呻いている。今夜か明日の夜はまた負傷者護送だと感じた。窪地の分哨は昼夜連続して警戒に当たった。私も交代で何度も立哨して、谷川の上にこだまする敵チェコ軽機の銃声に注意した。午後、再び急造りの担架に担がれ、天幕を上から張った負傷者が、顔も血達磨になって「ウゥーン、ウゥーン」と呻き、その声も死の直前の声と察せられる負傷者が小屋に運ばれて来た。すると、今来た土手の上で迫撃砲弾が一発、「グァーン！」と炸裂した。

炭小屋の中は負傷者が横たわり、足の踏み場もない。宮下衛生兵も暇なく衛生下士官から仕事を言いつけられて小屋の中に入り浸りである。さっきの担架できた重傷の兵隊は小屋の中で寝かされてから、いよいよ呻き始めたのだった。

「アーアー、アイター、アイター、ウゥーン、アーン、アイタアー、アアアアアイター」

この呻き泣き叫ぶ声は、小屋の裏の第一中隊の命ある者には皆、等しく身に滲みて聞こえてくる。昼も夜も山上で敵と対峙した激しい戦場で重傷した兵は、今は呻き、泣き狂っている。戦争は物凄い銃砲弾の飛来炸裂する中での殺し合いで、凄愴とか悲壮という言葉ではない。戦争が人間の心を抜き取り、ケモノ以下に落とすからである。

「ウゥーン、ウゥーン」

「アーアー、アイター、アイター、アーン、アー、アイタアー」

声は付近一帯に聞こえてくる。人間が心にもなく悲鳴を上げ、獣のように呻いたり泣いたりする肉体の苦痛というものがどんなものか。アンペラ壁一重を隔てて、私はたまらなく、戦場での手当はどうにかならないものかと自分自身心の中でもがく。

薄暮れから第二小隊より一箇分隊が松江口まで歩ける負傷者数名を護送した。夜のとばりも下りて、飯盒の底に残るわずかなお粥を夕食にずるずるとすすり食った。小屋の中から聞こえる呻き声が胸を引き裂く思いをさせるかと思えば、土手の上では何分おきにか敵迫撃砲弾の炸裂、それに続いて前後左右敵チェコ軽機銃声が谷間一帯にこだまして響き、厚い樹林をふるわす。完全に敵に包囲されてきたと判断されるのだった。夜の一〇時過ぎだろう、やっと敵銃声も消えたが、炭小屋の重傷兵は再び呻き泣く叫ぶ。昼も夜も全身に緊張の連続である。

深夜の空を樹林の隙間から仰いで、雲間の下弦の月に向かって悲運の瞼をそっと閉じる。

〝あー、今宵の命〟

谷間の戦場は身も心も休まる時とてなく、首うなだれる。

「ウゥーン、ウゥーン、アーアー、アイターアー」

「アイター、アーン、アー、アイタアー」

アンペラの壁を通して聞こえる呻き声が一瞬切れた。その合間の静けさに、谷間のせせらぎの音が聞こえると、「死んだかなあ?」とハッと自分に返る。するとまた、

「アーン、アーン、アイター、アイター、アー」

再びその声に気を取られる。夜半に宮下衛生兵が静かに壁伝いに来て、私の横で腰を下ろし、背嚢枕に横になった。その宮下に、

「おい、宮下、あの呻いている兵隊はどこをやられているか?」

「……」

「何中隊か?」

「五中隊だ。おれも少しゃ休まんともてんぞ」

捨てるように答えて動かなかった。宮下も毎日、昼夜ぶっ通しの負傷兵の血止めに疲れていた。

深夜に私は不寝番に立哨した。小屋の横を歩いていると衛生兵が小屋の中から出て来た。呻く重傷兵の看護をしている本部衛生兵らしいので近寄って、

「おい、ちょっと、衛生兵だろう」

「うん」

「あの苦しんでいる負傷者は大丈夫だろうか?」

と私は問い詰めてみた。すると、

「あれは足を股から弾で打ち切られ、出血が多く、三角巾も五~六人分集めて止血しているが、血が止まらず困っている」

こう答えて立ち去った。私は自分にできるすべもないことに一層の哀れさを強く感じた。

私が立哨交代後も呻き泣きわめく声は聞こえては止み、また止んでは聞こえた。夜明け近くまでその声は続いていたが、一時止まったと思っていたが全く聞こえなくなった。

窪地の朝は敵チェコ軽機の銃声とともに明け、足の股から砲弾でぶち切られた兵隊が出血多量で死んでしまったことがわかった。木炭小屋は悲しい。そして恐ろしい不幸の朝靄に包まれていたが、次第にはっきりと谷間の空間が浮き出してきた。死の悲鳴の夜だった。およそ声するものの終わりであった。こうして長い一日を命をきざむように生きている。

内地は遠いのだ。

一〇月二〇日　風晴後薄曇
日が昇れば朝であり、日が沈めば夜である。戦場とてこれが毎日繰り返され、自然は果てしなく永遠に繰り返されている。敵味方もなく人間はそのひと時の中に自然とともに生きているにすぎない。
しかし、現実の朝は窪地を必死で守ること、一日分

の飯盒一杯のお粥を準備することである。そして夜は、毎日一箇分隊は負傷者を松江口まで護送する任に当たる。この谷川沿いの山という山の上からは、皆、敵チェコ軽機の銃弾に狙われている。谷間一帯に敵銃弾はこだまし、夜が明けるのだ。今や一〇六大隊は敵の袋の鼠となってしまった。だから夜暗くなってからの負傷者護送である。昼間は兵隊は皆、来るか来ないかわからないような死を感じている。今朝も戦死者の紫色に変貌した腕を抱いて来ても何の感動もなく、互いに目だけがギラギラ光ってうずくまっていた。

今夜の負傷者の護送は第四分隊となり、薄暮時、敵銃砲弾のやや静まる時期を見計らって小屋の前に軽装で整列した。すると小屋の中から宮下が出て来て、今夜の負傷者は歩ける者はいないのでまず第五中隊の小隊長から先に担架に乗せ護送するよう牧分隊長に伝えた。小屋の中からすぐ四人の衛生兵に担がれ、急造の担架に横になった小隊長を四分隊の私たちの前に置いた。

「それでは頼みます」

こう言い残して衛生兵は小屋へ戻った。チェコ軽機の銃声が闇の山からこだますると、全身総毛立つ。天幕の棒に巻き付けた担架に仰向けに寝た小隊長を私たち四人が「よいしょ！」とかけ声で担ぐと、

「ウーン」

と小隊長は痛そうに呻いた。牧分隊長や小川古兵が横から、

「用心して担げ！」

と注意する。牧分隊長を先頭に、多武上等兵と内田が担架の前を担ぎ、宮下と私が後ろを担ぎ、その後ろを小川・立山古兵が小銃を持ち窪地を出た。七名のうち小銃は三挺だけで心細い。側面が岸壁で暗く、その間を小川の水が岩にあたって水しぶきを上げて流れている。その小川の淵に一本橋がある。窪地からまずそこをどうにか脱出して、石ころの小径に出た。鬱蒼たる樹林のわずかの隙間から淡い月の光が差し込んでいる。曲がりくねった小径は暗いところが多い。

担架を担ぐ四名の兵隊は細い径からはみ出し、岩の上を歩かねばならない。藪の虫蛍が足で払われるとポロポロと落ちる。担架の前を担った多武上等兵と内田は暗くてもどうにか前方の足の踏み場を見極めて歩くことが出来るが、後ろを担っている私と宮下は全く足はどこを踏んで歩いているかわからない。担架が大きく揺れると負傷した少尉は「ウーン、ウーン」と呻くので、

「少尉殿は大腿部を迫撃砲弾でやられておられるから用心して歩け」

と後ろから小川が注意する。だが四～五メートルも行かぬうちに足が岩にかかり、私が前にのめると「うー

ん」と少尉は呻くので全神経を足に集中するとともに、担架の棒で肩がえぐられるように痛んでくる。夜中でも時折、敵チェコ軽機の銃声が「パン！　パン！」と夜の静寂を破ると、小心者の小川古兵はすぐ、

「急がんと帰り道に夜が明けてみろ、いちころだ」

と後ろから追い立てるのである。私は二度目に前にのめった。やっと倒れるのを岩に片手を支えて立ち止まった。

「うーん、あーいたー」

少尉は呻いた。

「馬鹿野郎！　しっかり担げ！」

小川と立山古兵が後ろから叱咤した。もう私の身体中の筋肉が張ち切れそうに頑張って担いで歩いた。やっと数百メートル歩いて一本橋にさしかかった。谷川は膝までの深さである。もちろん、橋は歩けない。

「用心しろ！」

先頭の牧分隊長が後ろを振り返り注意した。多武上等兵と内田が谷川の崖を片手をついて渡り始めた。少尉は担架の上で「ウーん」と呻く。

「吉岡、注意しろ！」

小川古兵が私には目の敵のように絶え間なく注意する。谷川の水の冷たさもわからないボロのような防暑衣の下に汗が滲む。用心深く私と宮下が谷川の崖に片手をかけた。全神経が足の踏み場に集中して、ただそれだけで精一杯である。右足を崖の岩の突部に踏みかけ、胸まである崖を僅かに登った。少尉は背中が崖に着いているので、「うーん、うーん」と呻いている。その時だった。「あっ、しまった」、私は二歩目、踏み掛けた足が谷川へ落ちて担架が肩からはなれた。

「アイター、アイター」

少尉は呻いた。

「馬鹿っ！　担架を放す奴があるか！」

小川古兵は足で私を蹴った。宮下はどうにか担架にしがみついている。私は腰までずぶ濡れになってすぐ立ち上がり、崖をよじ登り、担架を担いだ。

「用心しろと言っているのに、この馬鹿が！」

立山古兵がぷりぷりして叱咤する。私は力の限り体力の残すものなく出し切って担ぎ、少尉を護送しているのだ。しかし人間の体力には限度がある。私は初年兵中、体力は貧弱な方である。兵隊一人ひとり個人の身体的特性がある。健康状態や肉体的なあり方まで国家によって付与されたものではない。たとえ、思想の面で拘束されることがあっても、自分のものであって、虚弱であろうと、頑健であろうと、それを国家や軍隊の名によって責められる必要はない。

軍隊というところは、人間の要素を取り去られて兵隊になり、体の強弱は無視され、同一行動の強制の下に終始動かされるのだ。

しかし現実は、担架の上の少尉は傷が深いのだから、担架が一方に傾けば「ウーン」と呻く。すると小川古兵と立山古兵が交代で後ろから、

「吉岡、こんど転んでみろ、少尉殿に申し訳があるか！」

と、私の責任であるかのように叱りとばしてくるかと思えば、

「夜が明けると、俺たちまでいちころだぞ！」

と小心者の小川古兵が言うのは、時折こだまする敵チェコ軽機の銃声によって小川自身の命まで私の責任になすりつけているのである。

宮下は志願兵で、体格も上位の方で力強く、それに衛生兵ということで全く叱責されることもなかった。また、彼は肩の力も強い。私は今夜の護送にあらん限りの力を出し切っているが、体力には限界がある。その上、足許が見えない。前の者との交代など命令もない……。知らず知らず頬を伝って落ちる暖かい涙を振り落とした。谷川のせせらぎの音だけが何知るとなく人の心を呼ぶように聞こえてくるのだった。

「牧分隊長、もう松江口まで半分ぐらい来たかなあ？」

と小川古兵は夜の明けることだけが気が気ではないらしい。立山も立山で、

「帰り径の時間もあるから深夜の一二時までに松江口に着かんといかんが、もうやがてこの月じゃ夜中の一二時近くあるだろう」

と自分の命には代えられぬ護送である。万一、敵が突如前面に現れたら、小川古兵や立山が誰より早く逃げるだろう。

それからやがて松江口までの半分を超えた地点の谷川にさしかかっていた。この谷川を横切ると、やがて最初の木炭小屋まで到着する。そこが半分の道のりを超えた地点である。

「こっちが浅いから来い」

と先頭の牧分隊長は谷川の石ころの多いところを歩いているらしい。靴の鋲と石がかち合う足音がした。私はもう全身が崩れそうに肩の重みがして、歯を力一杯噛んで歩いた。谷川の水のない、石ころばかりの上を二、三歩踏んだ。

「あっ！」

私は前に突っ込むように倒れた。他の三人も担架の均衡を失い、石ころばかりの谷川へどっと落とされた。

「あいたー、あーあー、あいたー」

少尉は耐えられぬ痛みの呻き声を上げた。

「こん畜生、こんな所で転ぶ奴があるか！」

いきなり私の足や臀部を蹴りつける小川古兵、私は素早く立ち上がった。すると、

「吉岡、俺が交代する」

と言って立山古兵が小銃を私の前に突きつけた。するとすかさず小川古兵が、

「吉岡、上等兵殿に担がせて自分は歩こうというのか」

　古兵同士がぐるになっての初年兵いじめをこの戦場でも現すのだった。

「自分が担ぎます。分隊長殿！」

と答えて、呻いている少尉の担架の棒を握った。多武上等兵も内田も前の方と交代してやるとは一言も言ってくれなかった。

　担架の上では被った天幕がまくれ、負傷した少尉の大腿部が大きく三角巾で巻かれてある。私はその足に天幕を掛けてやり、「何度転んだって担いでやる」と思うと、急に大粒の涙がポロポロと石に上に落ちるのだった。その後ろに立山古兵が近寄り、

「急がんと夜が明けるぞ」

と言い、私の横腹を小銃の床尾板でいやというほど二〜三回突きたくった。

「さあ！　急ごう！」

　分隊長は浅瀬を歩いた。四人は再び担架を担いだ。少尉は呻かなかった。深夜の淡い下弦の月が谷川の水にゆれ、伸び縮みして明るさを幾分増してくれた。谷川は広がり、岸のススキが夜風にゆっくり動く。今はすべてが担架を担ぎ歩くことに力を自然のやさしさに求める以外になかった。谷川が広まるにつれ、岸がなめらかで、ススキが続いた。淡い月も雲が切れたか、急に明るさを増した。私は頬を伝って流れる涙を舌を出して舐めた。それは母親の乳を感じとっていた。そして足元だけを睨むようにして、あるだけの力を出して担ぎ歩いた。

　森が遠ざかり、月の光で足元が見えることが嬉しく、ありがたく、一層涙がこぼれた。中間にあった炭小屋を過ぎ、分哨の歩哨が警戒に当たっていたので牧分隊長も心強く感じてか、

「負傷者、護送中！」

と言って過ぎ去った。すると今までより坂道がなくなり、ススキの間を担ぎ歩き、松江口への接近が私にも担ぐ自信となってきた。隣を歩く宮下も、

「もう吉岡、大丈夫ばい」

と元気づけてくれた。私は、崖が足元から遠のき、月明かりが増した明るさが足元に差し込むようになったことが何よりの私の味方だった。自然はいつも自分の味方のように感じた。もういつ敵が撃って来たってかまやしないと思った。帰途にはかえって夜が明けた方が私は内心嬉しく思っていた。

　苦しみのどん底にくれば、案外人間は糞度胸が出るらしい。〝死〟を何とも思わない。死を超越して危険に立ち向かう気持ちを煽り立てるのである。小川古兵と

立山古兵は、後ろの方で夜明け近いだろうと気を縮めるようである。そこでやっと小川古兵が、

「立山さん、交代して急ごうか」

「よかろう」

「牧分隊長、後ろは交代するから止まってくれ」

担架を止めた所へ、小銃を私の横に置き、

「さあ、交代だ」

と担架のにない棒を取って交代。宮下の方も立山が交代した。すでに松江口に近まったことは、私も感じた。

「この悪党野郎、もうすぐ到着するようになって交代とは全く腐った古兵だ」

私は彼らの後ろから小銃をかついで、二人の古兵の残忍で強欲さ、そして小心な根性が深く深く心に刻まれた。

やがて、松江口を出発して最初に谷川を横切った地点へ来た。今堀大隊長が、三人の敵死体に木の枝を被うことを命令した所である。谷川を横切ると人間の腐った悪臭が鼻をつく。谷川にころがったまま月光の下で……、せせらぎの音は、埋葬の読経であろうか。

「人間死んでしまえば、それまで」

とは言え、人は皆、親もあり妻もあり友人もあるのだ。

谷川で悪臭を放つ敵兵の死体とはいえ、同じ人間、故郷もあり温かい家庭があるのだ。今堀大隊長が前進の途中、「木の枝を死体にのせろ」と命じた言葉は、人間の言葉である。案外、人間には不用意に用いる言葉の中にこそ真実があるのだ。死人には無感動になっていても、どうかすると今夜のように谷川の水に揺れながら映っている空の月影が三人の敵死体を浮き出し、思わず心ひかれる。

谷川を横切り岸の細道へ出て、私と宮下は前の多武上等兵と内田と交代して担いだ。松江口は近まってきた。中国特有の死棺を見た道を過ぎて檜林へ来た。一五日の夜を明かした檜林から白壁の家の前で止まり、担架を用心深く下ろした。すると、私はがっくりと何かが体からぬけてしまった気持ちで棒立ちに立ちすくんだ。開かれた門の中から衛生下士官が出て来て負傷した少尉を部屋の中へ入れると、足の踏み場もないように負傷者が枕を土間の天幕の上に並べている。呻いている者もいた。別れ際に部屋の隅々まで見ると、部屋の隅の灯心の炎が風にゆるやかに揺れ、枕を並べて動けず、傷の苦痛にやっと耐え、命を支えている負傷兵たちに、冷たい夜が覆っていた。

「今、軍医殿に時間を聞いたら夜明けまで一時間ぐらいあると言われた。さあ急ぐぞ」

牧分隊長は歩き出した。小川・立山古兵は分隊長の後を大股で急ぐ。私は最後尾を歩いた。一生背負った重荷を一度に下ろし、任務を果たした感じとはこんなものかと思う。それに加えて、雑嚢一つ肩からつり、

帯剣、手榴弾だけが腰に着いている。両手には兵器はないので身を軽くしている。私は、

「さあ、いつ敵が来てもよい」

こういう感じは全く自分だけで、頼るものは他にない。誰に頼ることもできない。自分しか自分を救うことはできないという現実を知ると、誰も恐れる必要はないとの心境に到達したのだった。

私は戻りの道では気が立って来た。前の方で小川・立山古兵が敵の銃声のした場所へやってくると声をひそめて足音さえ用心する様子は、私は権力の椅子を利用して抵抗のできぬ人間を無用に残忍に迫害を加える二人の古兵に、人間の呻く苦痛がどんなものか知らせてやればきっと気がつくであろう。再び、他人にそういう思いをさせまいと気がつくだろう。一人憤慨して歩けば一層気が立ってくる。

窪地に近まり、二～三発敵銃声が谷間にこだました。重く沈みかえった夜の小径を、月明かりに自分の影を踏んで窪地の炭小屋に戻り着いた。牧分隊長が木原小隊長に報告に行った。

私たちは自分の背嚢の所へ来て、倒れるように腰を下ろした。私は炭小屋の後ろの自分の背嚢を見た途端、急にその背嚢に恋しさを覚え、私を待っていてくれたように思われてならなかった。ゆっくりと背嚢に頭をのせると、俺は生きていると背嚢に伝え、愛情を感じた（行軍中は重荷で肩をなやます背嚢でも、自分だけが頼りに生きる時は、こうした感じを起こすものだった）。

こうして負傷者の護送任務を終わり、すでに二一日の朝方の残り少ない仮眠に静かに瞼を閉じた。私が叱りとばすとすれば谷川の石ころしかないのだ。

一〇月二一日　曇り時々小雨
朝からしぶしぶと小雨が降り、銃声はいくらか少なかった。精神的、肉体的に疲労の度は深く、誰も想像できない極度の苦しみに耐えた後、一～二時間、僅かではあったがぐっすり眠り、目が覚めても動こうともしなかった。そして、ふと心の中で「ああ、内地の父母が今の自分を想像できようか？」

だが、窪地には人間らしい感傷なんて予猶もない。

分隊長は目を覚まして分隊の兵の名前を小声で呼び、人員点呼して小隊長に報告する。窪地では整列した点呼はない。

「誰がこの山奥で逃亡したり、自殺したりする兵隊があろうか」

人間が自ら苦しみ、逃げたり、永久にその苦しみを断ち切れる時は、平和で美しい条件を選ぶのだ。軍隊の毎日の点呼は規律であり、ただの形だ。

私は腫れ上がった目を谷川で洗顔して、大きく呼吸した。両側は崖で誰も見えない。小雨がボロ布でふい

た顔をぬらす。今朝はゆうべの負傷者護送の苦しみの後に心の落ち着きを覚え、敵銃声に何一つ恐れを感じない。体の緊張もない。窪地に来て今日で五日目、完全に敵から包囲された今、なるようになれといった度胸である。

崖から上がると、灰瀬中隊長が窪地の端の場所で腰を下ろし、糞便の用を達している。こんな格好は誰一人可笑しく思う者もなく、ここでは通常にしか見えない。だらりと下がった陰部も丸見えである。私は腰を下ろしている中隊長の前を通るので、見て見ぬふりの動作で過ぎ去った。

今日は次第に激しく近まってくる敵銃声を聞きながら、少しばかりのお粥を食べた。敵の迫撃砲弾は窪地のすぐ上の方で「ズグァーン！　ズグァーン！」と炸裂して、いよいよこの窪地の炭小屋も狙われていることに気がつく。左右の山の敵チェコ軽機の銃声も近まり、炭小屋の上を「キューン！　キューン！」と飛来する。

正午頃、命令受領が土手から下りてきて、
「大隊本部位置まで灰瀬中隊長は前進せよ」
という命令があって、さっそく灰瀬中隊長は護衛兵二名を従え、土手の小径を上って前進した。するとヒュル、ヒュル、ヒュルと敵迫撃砲弾が飛来する音を聞くと、今し方前進した灰瀬中隊長の去った後に「ズグァン！」と一発炸裂した。私は裏の土手から這い上がり、雑木の間から中隊長の安否を確かめてみると、六〜七メートル前方の藪から飛び出してゆく中隊長を見て小屋の裏へ戻った。この土手を上る小径は雑木林の切れ目で、敵から発見できる位置であることが判断される。

その後、第五中隊の僚友の死んだ腕を抱いた二名の兵隊と軽傷の下士官の三名が土手を這うようにして下りてきた。そして彼らは炭小屋へはいると、大青山の第一線の様子を話し始めた。すると付近の兵隊や衛生兵も皆静まりかえって聞き入る。言葉一つ発する者もなく、炭小屋の中も小屋の裏の兵隊も耳をひかれるようにして一八日以降の戦闘状況を聞くのだった。五中隊下士官の話は切れ間なく続いた。

五中隊が今、敵と対峙している大青山は、木がめっぽうにあって、壕も掘れたもんじゃない。敵は俺たちのすぐ上に声も聞こえ、兵器弾薬を運ぶ音がやたらにする。最初、五中隊がこの山頂に接近して、一小隊が突撃をやってみたが、敵チェコ軽機で逆撃ちに攻撃され突撃は失敗、戦死者を収容するだけで山頂の敵陣へ接近した兵隊は次々に戦死してしまう。

そこで坂井中隊長が一箇分隊の斥候を出して敵陣の様子を詳しく見てくるように命令されたが、〇〇分隊長以下、敵に発見されて悉く戦死。二名だけが命拾いして中隊長に報告した。

何しろ敵は数も多いらしいが、その敵と五中隊は一〇メートル以内に接近しており、木が繁っていて全くわからない。坂井中隊長殿は腹を決められ、決死隊を募られ下士官以下一〇名、別れを告げて夜明け前にひそかに敵陣へ迫った。その後ろを中隊も敵陣へ近づき、決死隊の声とともに中隊は突っ込むことになっていたが、その以前に敵に察知され、敵チェコ軽機で目もくらむばかりに攻撃されて全く前進不能であった。

敵銃弾で兵隊も木もバタバタと倒れ、決死隊はやっと全滅からのがれ、三名が生き残っただけだった。戦死者の腕を切る、負傷者を下山させるなどしてやっと壕まで戻り、九二重機と軽機、小銃で俺たちも一斉射撃して、再び黎明時、〇〇少尉以下の決死隊を出されたが、これも戦死者を出すばかり、全く敵陣へ突っ込み肉迫できない。五中隊の下士官は中隊の苦戦に絶えがたい気持ちで小屋の中で話を続けていたが、急に声を詰まらせて、

あまり戦死者を出すので、坂井中隊長殿は自ら指揮班と一箇分隊を指揮して、自分自ら先頭に前進されようとしたので、「中隊長殿は行かないで下さい」と言うと、坂井中隊長殿は「お前たちだけを殺すわけにはいかん」と言われたので、俺たちは中隊長殿とお別れだとわかっていたのだ。

そこまで言った下士官は、すでに涙ぐんで声が濁り、鼻をすすり上げた。声は震え、泣きながら続けた。私も胸の熱くなるを覚える。

中隊長殿は、出発時に「俺に手榴弾を三発くれ」と言われて、腰につけられた。そして軍刀を抜いて、夜明け前に敵陣へ迫られた。暫くして中隊長殿以下指揮班と一箇分隊が大青山の頂上敵陣地へ迫られた頃、敵の迫撃砲弾が炸裂し始めたと思うと、敵チェコ軽機の銃撃の乱射する時、すでに敵の火網の中だと判断した。手榴弾の爆発が山にこだまする。中隊長殿はその時…、その時…、戦死…、された…。

下士官は黙り込んだ。泣けて声がつまる。鼻汁をズウズウすすり上げて、やっとまた声が出た(坂井大尉は二四歳であった)。

指揮班の兵二名とともに坂井中隊長は右肩から左脇下に敵弾貫通し倒れられた。指揮班の川上伍長が敵弾を受けた中隊長を抱きかかえると、坂井中隊長は「皆、要心せよ…」と、かすかな言葉を残され戦死された…。

当番兵・小城上等兵は辛うじて中隊長殿の軍刀、拳銃、眼鏡、皮脚絆を遺品として取りはずし得た。敵陣から雨霰のように銃弾が注ぎ、手榴弾が降る

ように落下して炸裂している中を、指揮班の川上伍長は生き残った兵員をまとめ、とりあえず第一小隊の待機する位置へ後退することができた。

それから俺たちは中隊長殿の死体だけは持って帰らにゃ申し訳ないと思い、何度か現場へ近づいたが、またも戦死者を出すばかりで……。今のところ坂井中隊長殿以下全滅寸前で、中隊長殿の死体もわからない。俺もその時、腕を負傷した……。

五中隊の負傷した下士官の言葉は止んだ。誰一人、声を出す者もいない。凄愴を通り過ぎていた。悲壮を超越していた。

坂井中隊長以下第五中隊は、出発当時の半数の五～六〇名であったのが、この大青山上でわずか一〇名余で、死体収容も不可能であり、逆襲してくる敵に対し苦闘している。広西の連山の頂きに紫色に変貌する死体が目に浮かぶ。聞き入っていた周囲の兵隊の沈黙は不気味なまでの静けさであった。私も、やっと熱くなってこみ上げてくる胸がおさまって、

「俺も死を覚悟しなければならない時が来た」

と決意を新たにした。

生まれて初めて本気の死を覚悟した時、急に心の迷いが消えてきて心の安らぎを覚える。人間は死を決意するまでは、あらゆる迷いと障害を越えなければならない。だから一度死を自覚すれば、すべては空虚であることに気付く。小屋の裏で兵隊はそれぞれに自分の雑嚢に手を入れて岩塩を出してなめたり、水筒の水を飲んだり、小銃の手入れをする者もいた。顔つきは皆さらりとして、垢づいて時々目だけがギロッと光る。

薄暮が谷間から近づく頃、風も強まり、小雨は降ったり止んだりした。灰瀬中隊長は敵銃砲弾下を窪地へ戻って来た。そして、

「木原中尉！」

灰瀬中隊長はこう呼んで土手の下に腰を下ろしている。木原小隊長は、

「ハイ、ここにいます」

と炭小屋の軒下から返事して、灰瀬中隊長の傍へ近づいて行き、暫く話し合っていた。当番兵が萬瀬第二小隊長も呼んできたので話に加わり、三人で話し合っていたが話が終わり、萬瀬第二小隊長は第二小隊を集めて、

「第二小隊は持っている米を今すぐ飯盒に炊け」

と命じた。第一小隊には何の命令もないので、これは第二小隊が任務を受けたかと私は思った。暫くすると、ひそひそと兵から兵へ話は伝えられ、どうやら第一小隊が第五中隊の増援の任務で、第二小隊はわれわれ第一小隊の最後の飯を炊いているらしい――と。

しかし、私はどうせ来るところまでくれば「かた」が着くと思っていた。それに引きかえ小川古兵は自分

大青山へ決死隊となる
灰瀬中隊長の命令下達
義

の背嚢にもたれ、うずくまっている。あたりの谷間から夜の闇が迫ってくる。私は思った、どんな暗い夜であっても、必ず明るい朝がやってくるのだ——と。一中隊が先遣中隊で山の頂上に迫り、闇の一夜を過ごした時も明るい朝がやってきた。そこへ命令が下った。

「第一小隊、軽装で円匙を持って集合！」

木原小隊長の声であった。瞬間、私はいよいよ「来るところまで来たんだ！」と思い、擲弾筒を下げ円匙を背に負い立ち上がった。

土手の下で二列横隊に整列点呼。そこへ灰瀬中隊長が軍刀を杖に中央に立つ。

「中隊長殿に敬礼！　頭　中ッ！」

「……」

「直れ！　第一小隊、木原中尉以下〇〇名、出発準備完了しました！」

「よーし！　休め！」

そして静かな口調で、

「尖兵中隊は、第五中隊長坂井大尉以下、大青山上の敵陣突撃を数回にわたり決行したが、敵軍の反撃は猛烈で、五中隊は中隊長以下全滅状態にある。現在、尖兵中隊は〇〇軍曹の指揮で僅か一〇数名で敵と対峙している。大青山は特に険しく、少人数でないと敵に近づけない。そこで第一小隊のお前たちにこれから第五中隊の増援として山上の敵に当たってもらうが、最後の別れとなるかも知れぬ。しっかりやってくれ！　おわり！」

「気を付け！　中隊長殿に敬礼！　頭　中ッ！　直れ！」

一瞬、全員総毛立つ思いがしたが、すぐに心の落ち着きを取り戻し、木炭小屋も見納めかと、いよいよ来るか来ないかわからない自分の死を覚悟するのだった。

萬瀬准尉が第二小隊で作った温かい握り飯を二個ずつ兵隊に分配するよう命じた。久方ぶりの飯にぺろりと二個を食ってしまった。

夕闇迫る窪地の土手…、第五中隊の戦死者の腕が次々に下りて来た小径の下へ腰を落として、第一小隊は前進攻撃の火蓋を切った。先頭、第一・二・三・四分隊の順、人数も西安郷以来、戦友の姿が一人・二人と姿を消して、生き残った兵隊の顔が死の淵へと飛び込んでゆく。

「土手を登ったら、一人一人間隔をおいて走れ！」

木原小隊長は命令した。

「前進！」

土手に飛び上がり小径を突っ走った。前方に迫撃砲弾が炸裂してきた。日暮れ迫る山の小径へ私も飛び出した。その時、迫撃砲弾が「ヒュル、ヒュル、ヒュル」と上空へ飛来する音が全身に突きささるように聞こえた。兵隊は皆、藪の中に頭を突っ込んだ。

「ズグァーン！　ズグァーン！」

二発、地響きさせて炸裂した。

「異常ないか！　前進！」

木原小隊長の声とともに藪から飛び出した。山の麓までは右側は雑木の森で、左側は山へ続く斜面にススキがある。敵の迫撃砲は、この間の小径を狙い撃ちしている。迫撃砲弾は上空へ飛来すると「ヒュル、ヒュル、ヒュル」と音がするので、はっきり弾の飛来を知ることができる。この兵器は弾の落ちる距離を近めたり、遠くしたりすることは簡単にできるが、左右に動かすことは面倒な兵器であることは、兵隊は皆知っているので、「ヒュル、ヒュル」の音を聞くと左右に飛び散る。数発の迫撃砲弾を受けたが、全員無事に山の麓へ到着した。

私は四分隊の兵隊の顔をふり返ってみると、何と小川古兵は最後尾についている。窪地を飛び出した時は三分隊に続いて牧分隊長、小川古兵、多武上等兵、私に内田、宮下、立山古兵の順であったのに、分隊長の次に多武上等兵、私、内田が一緒に、やや離れて宮下、立山古兵、小川古兵がいるではないか。全く戦闘開始となると逃げ足の早い奴と私は思った。

第五中隊が登った山の足跡も、山は真っ暗い闇につつまれていて、前の者の靴に手をかけてその靴が動けば次の者も登った。山は急勾配の険しい山である。手を触れてみる木は小さな木もあれば、一抱えも二抱えもありそうな大木もある。時々足の踏み場をすべらせて両足から下へザーッとすべり落ちると、やっと木の根につかまって停止する。すべりを止めてつかまった手が抜けんばかりである。

誰一人言葉を発する者とていない。敵銃砲弾は山上と麓の方で時間をおいてこだましてくる。敵は有利に展開してきた山岳戦となり、夜昼となくその攻撃は激しさを増してきて、一〇六大隊は毎日続く死傷者の損害を被れば、敵弾の炸裂する毎にそれぞれ兵隊へのショックは大きかった。

急斜面の山に腹這い、目だけは開けるだけ開けているつもりだが、一切が墨汁のような真っ暗い闇である。木の葉の玉の水滴が、ポツリポツリと小さく音をたて、小雨模様の空を感じる。

一メートル登っては止まり、私は多武上等兵の編上靴に手をかけ、擲弾筒を持った腕を木にかけて停止していると、上の方でガサガサと落葉の上を這い上る音で前進に気付き、足の踏み場を探す。多武上等兵の編上靴が縮まった。その靴から手をはなし自分も足を縮めると、下の内田が私の靴から手をはなす。ぐーっと木の根に体を引き寄せ、多武上等兵の靴からはなした手で上の音のする方向の木を探す。木につかまって体を引き上げ、二〜三メートルほど登って止まる。木は山の斜面に密生しているので都合がいい。だが、あまり急勾配なので、手頃な木を選ばないと足がすべった時、腕が木から外れて体が下へ落ちるのだ。

私は一度だけすべり落ちたが、木の根に服をはさみ、すべった勢いで睾丸をいやというほどうったので慎重に登った。一時間、二時間、三時間、時の刻みは、昨日も今日も変わりはないが、今夜の山登りは惨憺たるものである。

何時頃だろうと、時間を知るにも一切が「カン」である。「早く頂上へ着きたい」と思うのも無理ではない。だが、頂上は死の淵であり、死に場所であることには、登っている最中には気がついていない。兵隊は常に目の前の苦しみだけに心がいつも働いているのだ。また、人間の要素を取り去られた兵隊には、何事もそうした考え方になるよう軍隊の中で仕込んであるとでも言った方がいい。

夕闇迫った頃、山の麓から登り少しずつ前進を続けているが、夜中の一二時過ぎた頃だと思いながら攀じ登る。腕を木の根元にかけて体を引き寄せるにも、スパナのような強い力が出るようになって前進は続く。だがいくら登っても頂上らしい場所へ到着しないし、墨汁のような闇は続いている。「まだか？　まだか」と思い、ただ黙々と攀じ登りつづけていた。

　すると、どうやら頂上に近いらしい感じがした。それも木が少なくなり、急勾配がなくなり、また暫くすると急勾配にさしかかった。小雨は止んだらしく、夜風に木の枝の動く音がするが、水滴は止んでいた。

　一〇月二二日　曇り時々晴れ
　二度目の急勾配にさしかかり、必死に攀じ登っていると、知らず知らず自分の腕で巻き付けていた木がぼんやりと見えるではないか。「夜明けだ、夜明けだ」――どんなに暗い夜であっても、必ず明るい朝がやってくる。兵隊は、皆それぞれに朝を感じとっている。そこへ木原小隊長の
「夜が明けたら、敵から発見されぬよう注意しろ」

との逓伝が小声で伝えられる。

　山の細長い馬の背のような峯を前進していることがわかる。左前方に東の空が次第に明るくなる様を見て、私は瞬間「内地はあの方角だ」と直感し、永久のお別れに故郷に向かって心の中で合掌するのだった。細長い馬の背の峯は木が疎らで、木の間から山また山の外に何一つ見ることはなかった。木原小隊長は、五中隊の前進した足跡を暫く探していたが、すぐわかった。夜明けと同時に敵チェコ軽機の銃声が時をおいてこだまするので、兵隊たちにも前進する方向は「カン」で知ることができた。細長い峯を登りつめると、右側へやや下がって次の山の峯へ続いている。その方向へ下り前進するうち、すっかり夜が明けて明るい朝がやって来た。

「五中隊は、ここを通っているぞ！」

　先頭の一分隊長が言うと、木原小隊長も一分隊とともに前進している。やがて前方の山の方向から敵チェコ軽機が攻撃してくる。頭の上の木の枝の間を「ヒューン！　ヒューーン！」と銃弾の飛来する音に「注意しろ！　注意しろ！」と逓伝を送ってくる。

　また次の山の峯へ登り始めた。私は大木に銃弾の傷跡の真新しいものを見た。「いよいよ死の淵だ」――体中の末端という末端が電気を帯びて、その末端がびりりとくる。所かまわず興奮する。

　前進しているうちに山の木は大木が多くなり、頂上に近まっていることも感じられた。前方に大木が倒れ、森の間隙を作っている所へ先頭の第一分隊が前進する時、「ヒュル、ヒュル、ヒュル」と頭上に迫撃砲弾の飛来とともに、第一小隊の兵隊は時をすかさず左右の木の根にしがみついた。「グアーン！」と炸裂した一発は、一小隊の列を真横に飛び越えて爆発したので、凄まじい地響きがしてきた。

「壕を掘れ！」

　木原小隊長は叫んだ。続いてまた二発、三発と前後

に「グァーン！　ズグァーン！」と炸裂すれば、地響きとともにバラバラと落ちてくる木の枝や、「メリ！メリ！」と音を立てて倒れる木、殺戮の山は死を呼ぶ！私は一抱え以上もある木の根元の窪んだ所に、背負ってきた円匙を素早く手に取り、擲弾筒を置いて懸命に穴を掘った。すると付近にいた木原小隊長は、

「立山！　立山！　俺の壕を掘れ！」

と声を落として叫び続けた。私の後ろの方に自分の穴を精出して掘っていた立山当番兵が走り出した。

「ヒュル、ヒュル、ヒュル」

「ズグァーン！　ズグァーン！」

炸裂と同時に頭の上から木の枝がボリボリと落ちてきた。敵から発見されているようである。私は、木の根にしがみつき、「俺は生きている…」と自分に気付き、また、穴を掘り始めた。大木の根が地面に張り出して、全く思うように穴が掘れない。だが敵は我々を発見している。動けば死であることは立山当番兵が飛び出したことで判明した。チェコ軽機の銃弾も「ヒューン！ヒューン！」と身を切るように飛来している。全身汗びっしょりになって穴を掘った。戦友たちが掘っている姿など目にも止まらないのだ。

木の根の間を膝まで掘って臀部を入れたが、木に背中を向けてみるとこの大木が敵弾を遮ってくれている感じがした。再び円匙を取って両足のはいる所を掘ってみたが、木の根が何本も張り、到底掘れないことを知って、深い所に両足を置いて足を曲げて木の根元に体を縮めた。迫撃砲弾は一小隊の位置を横切って前後に炸裂していたが、戦死傷者は出さなかった。私は大木の方に向きなおって、顔を少しはなして大木を見上げると、すぐ頭の上から二股になって別れ、Y字形になって伸び繁っているのに改めて気がついた。

この大木の前方に敵陣はある。この大木は私の生命を守る無数の木の中のただ一つだけの大木であることを感じとると、この木は暖かい同情の心が通っているように思えた。兵隊は誰一人動く者はいない。声も発しない。皆、それぞれ穴の中に縮まり込み、死を待つ思いである。私は帯剣を抜き、右手で大木の表面をなでて、ただ無心に剣先で刻み始めた。木の皮の屑が膝の上にポロポロと数を増して落ち続けた。「吉岡」と無心で刻む字は、自分の姓名である。一字一字が自分の命を守ってくれる。この大木に自分の心が通い始めている。何といういじらしい心根だろうか…。

私が二字目の「岡」を刻み終わろうとする時、前進してきた後方の峯の方から、

「おーい！　一小隊はどこだー」

と呼ぶ声がする。兵隊は一斉にその声が天の声のように気づいた。木原小隊長は、姿は見えないが、

「牧分隊長！　すぐ下へ行ってこっちへ来いと知らせ

てこい！」

と命じた。牧分隊長は穴から飛び出し、後方の峯へ駆け下りてゆく。しばらくして第一小隊の登って来た峯を息せき切って駆け登ってきた指揮班の伝令、三名である。木原小隊長の傍まで近づき、

「木原小隊長殿！　一〇六大隊は夕刻より松江口へ向かって反転作戦となりました！　第一小隊はすぐ下山せよと中隊長殿の命令です！」

息絶え絶えに叫ぶ声…。

「よーし！　わかった！」

木原小隊長の返事も軽い。私は瞬間的に何か胸にこみ上げてくる喜びを感じて大木を見上げ、帯剣を鞘におさめると、この大木との別離が全身に走った。

「木は一生動かない」――そして擲弾筒を握りしめた。

もしこれより前進すれば、死を見ること落葉の如く、次々に戦友の死体に重なり、私も二二歳の人生に終止符を打たねばならないのに、何という不幸中の幸いか

…。そんな最高の幸せも、兵隊はみな言葉に現すことなく、穴から飛び出し駆け始めた。峯までは一列で下ったが、急勾配の斜面にさしかかり、兵隊はそれぞれすべること甚だしい。列もくずれて我先にとズルーズルーと落葉を散らしてすべり降りると、木の根に足がかかり、頭が先に返る者もいる。また、木の根に股をはさみ睾丸を木に打ちつける者、「あいた……」の悲鳴が聞こえる。しかし喜びの悲鳴でもあるのだ。私も木に打ちつけた擲弾筒を撥ね飛ばしたりしてすべり下りた。

一晩中を費やして登った山を、あっという間に駆け下りたようだ。麓で各分隊毎に人員点検、木原小隊長を先頭に窪地へ敵弾をさけながら戻りついた。

時は正午過ぎであった。決死隊として送った第一小隊の整列した中央で灰瀬中隊長の喜びの色はかくし得なかった。

「中隊長殿に敬礼！　頭　中ッ！　直れ！」

「第一小隊、木原中尉以下、異常ありません！」

「全員無事だったか？」

「ハイ！」

「それは、よかった」

と灰瀬中隊長も重ねて喜びを表した。

炭小屋の中の負傷者は全員護送済みであり、本部衛生下士官の藤田曹長も反転作戦のために逃げ支度の身を整えている。私たちも小屋の裏の自分の背嚢にすぐ手をかけた。

敵はますます勢いをつけ、兵力、武器の増強を得て、反撃はますます激しく、敵歩兵は山上の第二、第四中隊の前線において再三再四突撃を繰り返し、手榴弾戦を投じ、白兵戦を展開するに至り、それに対し我が一〇六大隊の第一戦中隊は弾薬食糧底をつき、敵と至近距離に相接し死闘中で、今日現在に於いて反転作戦に行動開始しなければ全滅もまぬがれない状況にあったのだ。そこへ旅団命令の「反転せよ」という切迫した状況での命令が下ったのだった。

反転作戦の行動は、特に敵に察知されぬよう注意して声や足音も立てずに行動するように指示され、薄暮の反転出発を心待ちした。それまでの待ち時間に「もう今夜から逃げるから持っている米は食ってしまえ」と各分隊とも少量の米で飯を炊き、一応の腹作りもできる。そこへいよいよ反転行動の命は下った。その薄暮時から、天の助けか、神の恵みか、夜のとばりがおりる頃、沛然と愁雨が降り出し始めた。

「第一中隊は松江口へ反転援護のため陣地構築すべし！」

敵弾は依然、我が方の反転を知らず、今まで通りの地点へ飛来しているようだ。まだ窪地より前方の二・三・四・五中隊と大隊本部は一人も反転しない。

第一中隊が最初に窪地を出発する。粛々と小径を歩き、窪地を遠ざかってゆく。なぜか、あの谷川が…、あの炭小屋が…、あの一本橋が胸に食い下がっているように感ずるのだった。そして二度と踏まない谷川の小径に心が残ってゆく。さもあろう、一週間も命を刻んで過ごした窪地である。長い一日一日を命刻むように生きて来た炭小屋もある。小川の一本橋も、これが最後だと渡れば、樹林は雨雲で暗く、肩に冷たい晩秋の雨が降りかかってくる。

一歩一歩、敵銃声が遠ざかる。「今日と同じ明日はないのだ」と心の中で教えている。深まる闇とともに松江口の檜林の中に一中隊は散開して陣地確保する。そして大隊の反転を待つ。一時間・二時間、深い谷底へ引き込まれるかのような時の刻みが過ぎてゆく。そこへ下士官以下一〇数名になった第五中隊、続いて第二中隊・第三中隊・第四中隊と最後尾に大隊本部が足音を殺して続々と檜林を通りぬけて行く。敵はまだ我が一〇六大隊の反転に気がついていないらしい。チェコ軽機の銃声も遠ざかっている。一〇六大隊は、その隙に松江口の渡河を始めていた。

一〇月二三日　小雨のち曇り

第一中隊が松江口の大溶江の上流である川を渡河する時は最後尾で、白壁の家の中には一人の負傷者も衛生兵の姿もなく、左右に開かれた部屋の中は真っ暗であった。「何という心細い限りであろうか」——こんな思いをして夜明け近く渡河完了してホッと一息つくと、川岸の高地に第二中隊が陣地を確保し、第一中隊は大隊本部の次を反転する。晩秋の冷たい雨は降りつづいて川の水の流れが見え、白々と朝がやって来た頃、敵銃声は対岸の松江口から猛烈な一斉射撃を始めた。

「パン！　パン！　パパパン！　……　パン！」

すでに敵は反転に気付き、一〇六大隊を追撃してきたのだ。それに応戦する第二中隊の九六軽機が、

「バ……！　バ……！　バ……！」

と火蓋を切る。残りの中隊は駄馬中隊を先頭に反転し、前進してきた山路を駆けて逃げるのである。楓木屯を過ぎて突撃した坂道を駆けると、秋雨の中に岡村分隊長、高田上等兵戦死の地を偲び、死体に目を配って探したが、急ぎ足のためにどのあたりに眠っているかわからない。

こうしてどやどやと反転中隊、駄馬中隊と交わり騒がしくなり、最初の木炭小屋のある谷間の広がりの所に停止となる。一般中隊、駄馬中隊、大隊本部の生き残りの兵、下士官、将校たちの負傷者は、天幕を覆って寝たまま呻く。集まった兵隊たちのざわめきとともに、進撃する敵銃声のこだまする山は、全く逃げる気

持ちの怖さを初めて体験している。これより担送患者と歩ける受傷者を護衛小隊をつけて先発、その後を駄馬部隊、一般中隊の順に反転再開すれば、空腹と重なる疲労に上り坂は足が重かった。

油路界の峠にさしかかると、一〇七大隊が陣地確保し、反転援護にあたり、反転する兵隊、皆、峠を過ぎる者毎に援軍の間を駆け、安心立命の山路を急ぐ。この峠も川口一等兵戦死の地である。岡村分隊長、高田上等兵など、次々と心残りする僚友の屍は、晩秋の冷たい雨に洗われているであろう。

やがて界脚底に来て大隊は停止。敵銃声も遙かに遠くなっていた。ここで思い起こせば九日前の一〇月一四日の朝、第一中隊は私たち第一小隊を尖兵として界脚底を前進中、敵銃声一発とともに小幡一等兵の左胸貫通銃創、ウーンと一声、およそ声する者の終わりを告げ、小幡は死んだ。片腕をもぎとり死体を藪の中に置き去り前進したのだった。今、小幡の死体はいずこ？　後続中隊の通過で細道は広がり、しばし惑う。小幡よいずこに……木原小隊長とともに四～五名の同年兵は探す。晩秋の冷たい雨の降る中に私も探し求めた。

小幡の死体は、大きな岩の間に眠っていた。同年兵は、その死体を取りまいた。悲惨なるか、紫色に変貌してゴム風船のように張り切れんばかりに腫れ上がった死体…、胸をつく悪臭…。顔の頬の部分が生きているようにピクピク動く。鼻の穴、閉じた口の間から蛆の塊がぼくぼく湧き出ている…、全身中味は蛆の巣である。眼球の辺りに白い糸(蛆)をたらして蛆がもつれ下がっている。

一同は兵器を置いて合掌した。木原小隊長が、秋の枯れかかった草を死体の上にのせてやった。私も木の枝を秋雨で洗われている小幡の顔にのせてやった。なんたる不幸なことだ…、恐ろしい不幸なことだ…、ただそれだけであった。

すでに日暮れが迫り、冷たい晩秋の雨がしっとりと肌にしみ通ってくるのを感じていた。

「小幡のようになりたくない」――兵隊の誰もが、心の奥にくいさがって、脳細胞のどこかに深く刻みこんでいた。

「小幡よ、さようなら」――心の中で別れを告げ、日暮れの田圃道を大隊は宿営地へ向かう。敵銃声も消え、生き残りの兵隊は中隊毎に白竹塞の民家に宿営するのが一一日目であった。

こうして一〇六大隊は虎口を脱し、久方ぶりの食らしい食にありついたのだった。

ここで魔の松江口の日記を終わることにする。

松江口よ、いざさらば…。小幡よ、さらば…。

【著者略歴】

吉岡　義一（よしおか・よしかず）

大正12年10月1日、熊本県菊池郡清泉村亀尾2724（現・菊池市泗水町）に生まれる。

昭和 6年　4月　清泉小学校入学
　　13年　3月　同校卒業
　　13年　4月　合志義塾（普通科）入学
　　16年　3月　同校卒業
　　17年　1月　下益城郡杉合東部国民学校助教（4年生担当）
　　18年 10月　徴兵検査で甲種合格
　　　　 12月　中支派遣7317部隊
　　19年　1月　初等兵教育3ヵ月
　　　　　6月　戦闘開始（一兵卒として）
　　20年　8月17日　終戦により桂林より撤退
　　21年　6月4日まで抑留生活（湖北省）
　　　　　6月5日復員（山口県仙崎港上陸）

復員後は農業（無農薬野菜の栽培）製茶業を営み現在に至る。91歳。

零《ゼロ》の進軍　大陸打通作戦　湖南進軍
死闘1400㎞　一兵卒の壮絶な大記録（上）

二〇一五（平成二七）年五月一五日　初版

著　者　吉岡　義一
発　行　「新老人の会」熊本支部
　　　　世話人代表　小山　和作
　　　　〒八六二－〇九二四
　　　　熊本市中央区帯山三－一六－一四－四一〇
　　　　☎〇九六（二八八）九五八四
制　作　熊本出版文化会館
　　　　熊本市西区二本木三丁目一－二八
　　　　☎〇九六（三五四）八二〇一（代）
発　売　創流出版株式会社
　　　　【販売委託】武久出版株式会社
　　　　東京都新宿区高田馬場三－一三－一
　　　　☎〇三（五九三七）一八四三
　　　　http://www.bukyu.net
印刷・製本／国際印刷出版研究所
※落丁・乱丁はお取り換え致します。
ISBN978-4-906897-25-4　C0021
定価はカバーに表示してあります